조용한 재앙

신데렐라
포장마차
5

# 조용한 재앙

신데렐라 포장마차5

ⓒ 정가일 2022

| | | | |
|---|---|---|---|
| **초판 1쇄** | 2022년 8월 19일 | | |
| **지은이** | 정가일 | | |
| **출판책임** | 박성규 | **펴낸이** | 이정원 |
| **편집주간** | 선우미정 | **펴낸곳** | 도서출판 들녘 |
| **디자인진행** | 한채린 | **등록일자** | 1987년 12월 12일 |
| **편집** | 이동하·이수연·김혜민 | **등록번호** | 10-156 |
| **디자인** | 고유단 | **주소** | 경기도 파주시 회동길 198 |
| **마케팅** | 전병우 | **전화** | 031-955-7374 (대표) |
| **경영지원** | 김은주·나수정 | | 031-955-7376 (편집) |
| **제작관리** | 구법모 | **팩스** | 031-955-7393 |
| **물류관리** | 엄철용 | **이메일** | dulnyouk@dulnyouk.co.kr |

| | |
|---|---|
| **ISBN** | 979-11-5925-998-2 (04810) |
| | 979-11-5925-279-2 (세트) |

# 신데렐라
# 포장마차

# 5

## 조용한 재앙

정가일 지음

들녘

이 책의 부검 부분을 감수해주신
전 국립과학수사원 원장 최상규 박사님께
깊은 감사를 드립니다.

차례

# 프롤로그

스피커에서 잔잔한 선율이 흘러나왔다. 요한 제바스티안 바흐의 미뉴에트다. 천장의 조명이 서서히 밝아지며 아침이 시작된다. 과도한 업무도 늦은 일과도 없이 원하는 대로 정한 시간에 상쾌하게 일어나서 하루를 시작한다. 세수와 양치를 마치고 가볍게 스트레칭을 한 다음, 밖으로 나가서 쾌적한 온도의 복도를 가볍게 걸어간다. 콧속을 간지럽히는 건강한 숲 향기에 발걸음이 가벼워진다.

"Hi!"

개를 데리고 마주 오던 사람이 웃으며 인사하자, 그도 '안녕하세요.' 하고 가볍게 고개를 숙였다. 마주치는 사람들은 모두가 웃는 얼굴로 친절하게 인사를 주고받았다. 모두가 가족 같았다.

복도 천장의 아침 조명은 살짝 강했지만, 눈이 부실 정도는 아니었다. 고무처럼 탄성 있는 매트가 깔린 바닥을 지팡이에 의지해서 천천히 걸어간다. 갈림길을 몇 개 지나 기지의 안쪽으로 향하니, 부드럽고 상쾌한 바람이 얼굴 가득 느껴진다. 미세먼지로 오염된 한국에서는 느끼기 어려운 상쾌함이다. 복도 코너를 돌자 안쪽에 웅크리고 있던 뚱뚱한 고양이가 귀찮다는 표정으로 하품하며 자리를 옮겼다.

긴 복도는 조금 더 넓고 밝은 메인 복도로 이어지는데, 그 끝에서 사람들의 목소리와 음악 소리가 뒤섞인 정겨운 소음이 들린다.

그 소리에 끌리듯 긴 복도의 끝을 지나면 태양처럼 눈 부신 빛과 함께 중앙광장이 나타난다.

1평방킬로미터 정도 크기의 사방에 빙 둘러서 촘촘히 나무를 심어놓았고, 그 한가운데 드넓은 잔디밭이 펼쳐져 있다. 높은 천장에 있는 초대형 스크린에 푸른 하늘과 점점이 떠 있는 하얀 구름, 아침 무렵의 밝은 태양이 떠 있었다.

갑자기 강한 바람이 일었다. 참새 떼가 '푸드득' 날아올랐다. 그들을 노리고 하늘을 떠돌던 매 한 마리가 날쌔게 그 사이를 가로질렀다. 영역을 침범당하는 줄 안 까마귀무리가 '퍼더덕' 날아올라 매를 향해 날아갔다. 자연계에서 볼 수 있는 일상적인 긴장감이 여기에도 있었다. 인공의 세계에서 느껴지는 자연스러움이라니. 순간 소름이 돋았다. 이 모든 것이 지하에 만든 인공시설이라는 사실이 그저 놀라울 뿐이다. 이 회장은 지팡이에 의지해서 발걸음을 옮겼다.

광장 전체를 돌 수 있는 트랙이 있었고 나무 사이로 구불구불 이어진 산책길도 있었다. 사람들은 그곳에서 각자 몸을 풀고 운동을 하거나 벤치에 앉아서 음악을 들으며 휴식을 취하고 있었다. 멀리 떨어진 은행나무 가지를 뒤흔든 부드러운 바람이 이 회장의 얼굴을 스치고 지나갔다. 그는 눈을 감고 온몸으로 그 상쾌한 감촉을 느꼈다. 자끄는 이곳이 인공지능에 의해 통제된다고 했다. 모든 것이 완벽하게 자연 그대로라서 이상한 이질감이 들었다. 어쩌면 이것도 '불쾌한 골짜기'와 비슷한 느낌일지도 모른다.

광장 한쪽에 늙은 백인 강사가 지도하는 태극권 모임이 있었다. 부드러운 음악에 맞춰 천천히 몸을 움직이는 사람들. 그들의 얼굴은 편안해 보였다. 백인 강사가 동양인 여성의 틀린 곳을 고쳐주는 모습이 이색적이었다. 이 회장은 그들의 면면을 꼼꼼히 살펴보았지만, 그가 찾는 사람은 없었다.

이철호 회장은 스트레칭을 하며 주변을 둘러보았다. 얼핏 보면 뉴욕 센트럴 파크의 한 부분을 그대로 들고 온 것 같은 느낌도 들었다.

이곳에서의 삶은 놀라웠다. 여유롭게 독립적이고, 한가하게 사회적이었다. 철저하게 개인의 프라이버시를 지켜주지만 필요하면 서로 도움을 준다. 서로에 대한 간섭도 없고 평가도 없다. 일하고 싶을 때 일하고 쉬고 싶을 때 쉰다. 그리고 무엇보다도 휴대폰이 없었다! 누구를 만나려면 다른 사람을 통하거나 전언판 등에 메모해서 약속을 정해야 한다. 아무도 원하지 않는 사람을 만나거나 귀찮게 할 수 없다. 처음에는 어색했지만, 조금 지나 보니 이것이 바로 천국이었다. 노예의 차꼬에서 해방된 느낌이었다.

'치직' 하고 대형모니터의 화면이 깜빡였다.

문득, 지난번의 충격이 떠올랐다. 몇 개월 전의 일이었다. 이곳에서 비현실적인 평화로움에 잠겨 있을 때, 공원 한가운데에 있던 대형모니터가 켜지더니 갑자기 뉴스 방송이 흘러나왔다.

"중국 우한에서 시작된 코로나바이러스가 전 세계로 퍼져나가고 있습니다. 각국 정부는 국경을 봉쇄하고 확진자를 격리하기 위해 애쓰고 있지만, 확산세는 점점 더 가팔라지고 있습니다."

앵커의 긴장된 음성이 광장 전체로 퍼져나갔다. 이것은 아주 이례적인 일이었다. 외부와 단절된 채 살아가는 이곳 사람들은 아주 중요하거나 특별한 소식이 아니면 뉴스를 들을 일이 없다. 다시 말하면, 뉴스를 보여준다는 것은 그들의 일상을 뒤집을 만큼 아주 중요한 일이 발생했다는 뜻이다. 뉴스의 내용보다도 뉴스가 방영된다는 그 사실 자체만으로 사람들은 충격과 공포에 휩싸였다.

그가 찾는 사람은 두 번째 요가그룹 속에 있었다. 흑인 여성 강사의 지도에 맞춰 고양이 자세를 하고 있었다. 이쪽은 다른 쪽보다 조금 더 어려운 자세를 하고 있는 것으로 보아, 고급반 같았다.

이철호 회장을 발견한 나딘이 웃으며 손을 흔들었다. 그러다가 중심을 잃고 기우뚱하다가 간신히 몸을 세웠다. 나사 하나가 빠진 것 같은 이런 비글미가 그녀의 매력이었다.

"나마스테!"

요가를 마친 사람들이 서로에게 인사하고 자리를 정리했다. 자신이 가져온 매트를 돌돌 말아 옆구리에 낀 나딘이 이철호 회장에게 다가왔다. 활짝 웃는 얼굴의 주근깨가 귀여웠다. 밝은 곳에서 다시 보니 그녀는 더 어려 보였다. 십 대 후반이나 많아야 이십 대 초반처럼 보였다.

"안녕하세요. 미스터 리. 잘 주무셨나요?"

"아기처럼 잘 잤어요. 아기보다 주름살은 많지만…."

"나이보다 훨씬 젊어 보이시는데요. 듣던 대로예요."

"듣던 대로? 누가 내 이야기를 했나요?"

"오! 음, 인터넷에서요."

"인터넷?"

이철호 회장은 고개를 갸우뚱했다. 20년 전에는 인기 작가였지만 지금은 사람들 사이에서 잊힌 지 오래다. 그런데 그의 최근 근황을 인터넷에서 알았다? 더구나 거의 한국에만 있었는데?

하지만 이철호 회장은 말없이 웃어 보였다. 그는 또 다른 질문으로 나딘을 괴롭히지 않기로 마음먹었다.

"아침 식사하셔야죠? 오늘 아침 메뉴는 프랑스식 크레프예요."

어색한 얼굴로 필사적으로 화제를 전환하려는 그녀가 안쓰러우면서 귀여웠다.

"오, 크레프! 아주 좋죠. 크레프 살레인가요? 아니면 크레프 수크레?"

'크레프 살레(crêpes salées)'는 계란과 치즈, 햄 등을 넣은 식사용, '크레프 수크레(crêpes sucrées)'는 잼이나 과일, 초콜릿을 넣은 후식용이다. 한국에서 일반적으로 쓰이는 '크레페'는 프랑스발음에 서툰 일본식 오류가 그대로 전달된 것이다.

"둘 다 있어요!"

"굉장하네요. 같이 갈까요?"

"아, …전 방에 먼저 들러야 해요. 샤워하고 옷도 갈아입고… 또….."

"알았어요. 알았어. 천천히 하세요. 전 배가 고파서 먼저 먹어야겠어요. 둘 다!"

"네. 그럼 나중에 만나요."

안심하고 돌아서려는 나딘에게 이 회장이 직격탄을 날렸다.

"오늘 주방에 얀이 있나요?"

"없어요. 아니, 그게 아니고, 저….."

나딘이 대답을 못 하고 머뭇거렸다.

"저는 대답할 수 없어요."

"왜요? 간단한 대답인데? 그냥 있나 없나만 대답하면 되잖아요?"

"그게….."

"미스터 리!"

등 뒤에서 자끄의 목소리가 들렸다.

"제발, 불쌍한 나딘을 괴롭히지 마세요."

"아닙니다. 저는 그럴 의도가 없었습니다."

변명을 하려던 이 회장은 나딘의 표정을 보고는 바로 태도를 바꿨다. 이 순진한 소녀의 얼굴에 괴로워하는 표정이 역력했기 때문이었다.

"불편했다면 사과드리죠."

자끄가 프랑스인 특유의 표정으로 고개를 저었다.

"때가 되면 다 말씀드리죠. 조급해하지 마세요."

라파엘도 모습을 나타냈다. 두 사람을 이 시간에 공원에서 만나기는 쉽지 않았다. 그가 고개를 끄덕이자, 나딘은 '좋은 하루… 되세요.' 한마디를 남기고는 종종걸음으로 달려가버렸다.

"산책 중이신가요?"

라파엘의 물음에 이 회장이 미소로 대답을 대신했다.

"이곳은 정말 대단하군요. 여기가 땅속이라는 게 믿기지 않습니다."

"여기는 완벽한 자급자족이 가능한 지하도시죠. 현재는 백 명이 안 되는 소수의 인원만 머물지만, 기지의 모든 자원을 활용하면 천 명 이상의 인원이 최소 삼 년간 거주할 수 있습니다."

자끄가 자랑스러운 목소리로 말했다.

"천 명이요?"

라파엘이 고개를 끄덕였다.

"이곳은 지금도 확장 중입니다. 모든 설비가 완공되면 더 많은 인원을 수용할 수 있겠죠."

"나중에는 해변도 생길 거예요."

"해변…이요?"

어안이 벙벙해져서 되물었다. 산속에 해변이라니?

"그리고 인공파도도요! 물론 작은 규모지만… 누구 때문에…."

자끄가 원망스러운 표정으로 라파엘을 노려봤다.

"그게 우리 최선이야. 자끄! 예산은 항상 부족해!"

"예산은 언제나 부족하죠! 하지만 이왕 하려면 제대로 해야죠!"

"자네 말대로 하려면 돈이 몇 배나 더 들어!"

"돈이 문제가 아니라…."

두 사람이 티격태격하는 모습이 이상하고도 재미있었다. 그들의 관계는 기이할 정도로 수평적이었다. 명령을 내리고 따르는 상하관계가 아니었다.

"죄송하지만, 물어보지 않을 수 없네요."

그들의 다툼 사이에 이 회장이 끼어들었다.

"당신들의 목적은 들었지만 이해가 안 되네요. 왜 그렇게 많은 사람을 수용하려고 하는 거죠? 그냥 보물만 관리할 거라면 최소한의 인원만 머무는 게 경제적이지 않나요?"

"그렇지 않습니다."

라파엘이 고개를 저었다.

"바로 그 경제성의 원칙 때문에 우리 인간은 지구를 파괴해왔습니다. 사실상 인류의 수명은 겨우 백 년도 안 남았습니다. 급진적인 학자들은 삼십 년 내에 인류가 멸망할 대재앙이 찾아올 것이라고 말합니다."

"대재앙이오? 이곳이 대재앙과 무슨 관계가 있다는 건가요?"

"이 판도라 기지는 인류의 보물을 보존하려고 만들어진 곳입니다. 그것이 우리가 존재하는 이유죠. 결론적으로, 인류의 최고 보물은 바로 '인류' 그 자체입니다."

이 회장이 놀란 표정으로 중얼거렸다.

"노아의 방주!"

"그렇습니다. 자세히 보셨는지 모르겠지만 이곳에는 꽤 많은 동, 식물들이 있습니다. 우리가 키울 수 없는 동물은 알이나 체세포 등 유전자를 냉동보관하고 있죠. 마음만 먹으면 언제든지 살려낼 수 있도록 준비하고 있어요. 즉, 우리는 지구의 다음 세대를 준비하고 있는 겁니다."

"그래서 여기 젊은이들이 많았던 거군요!"

주변을 둘러보고 뭔가를 깨달은 이철호 회장이 말했다.

"잘 보셨습니다. 우리는 기지 내부 사람들의 평균연령을 서른 살 전후로 맞춰놓았습니다. 사람들은 매년 나이를 먹기 때문에 그만큼 젊은 사람들을 보충합니다. 그리고 새로운 생명이 태어나기도 하죠."

"이 안에서 태어난 사람이 있다는 말인가요?"

"그렇습니다. 하지만 우리는 어린아이들이 여기서 성장하는 것을 원하지 않습니다. 그들도 더 넓은 세상에서 살 권리가 있으니까요. 태어난 아이들은 부모와 함께 밖으로 나가서 살게 됩니다. 하지만 성인이 되면 본인의 결정으로 언제든지 돌아올 수 있습니다"

"그럼 재앙이 시작되면?"

"현재 이곳에 들어올 자격이 있는 사람들의 수는 천 명이 안 됩니다. 문제가 시작되면 72시간 안에 이곳에 도착하는 사람들을 모두 수용하게 되어있습니다."

"천 명이지만 그 가족까지 포함하면 훨씬 더 많은 사람이 모일 텐데요?"

"우리는 가족 단위로 사람을 모으지 않습니다. 선택된 모든 사람은 반드시 혼자서 와야 합니다. 그리고 이곳에 거주하면서 새로운 가족 단위가 만들어집니다."

"기준이 뭔가요?"

"유전자죠. 전 세계, 모든 인종의 유전자를 서로 비교해서 가장 잘 어울리는 유전자를 가진 사람끼리 짝을 맺습니다."

"무섭도록 구체적이네요."

"세기말이니까요. 각계각층, 여러 인종에서 인류 보존에 필요한 중요한 사람들만 선별했습니다."

"이제 알겠어요. 당신들을 돕는 사람들은 단순히 미술을 사랑해서 그런 것이 아니라 이곳에 선별된 사람들이라는 뜻이군요."

이것이 레메게톤의 비밀이었다. 그들을 돕는 사람 중에는 한국인들도 있다.

"전부는 아니지만, 그런 면도 있습니다. 우리는 지금 현재보다 미래의 생존을 준비하고 있으니까요."

이제 사람들이 목숨을 걸고 이곳을 위해 일하는 이유를 알게 되었다. 그들은 단순한 이상주의자들이 아니었다. 실제적이고 구체적으로 미래를 준비하는 사람들이었다. 이곳의 일원이 되는 것은 미래에도 생존을 보장받는다는 뜻이었다. 그런 의미에서 현재의 국가나 법률은 그들에게 아무 의미가 없는 것이었다.

"혹시 '볼트'라는 개념을 아시나요?"

자끄가 물었다.

"볼트요? 금고? 아니면 볼트, 너트의 그거?"

"아니요. 볼트는 '폴아웃'이라는 게임에 나온 개념이죠. 핵전쟁 이후의 폐허를 배경으로 한 게임인데 여기에 인간들이 만들어놓은 지하공간 '볼트'가 나와요. 이곳도 그런 것으로 보면 될 겁니다. 다만, 훨씬 더 현실적이고 규모가 크죠."

"들어본 것 같네요."

"현재 기술의 총합이죠. 가장 진보된 기술이 적용되었습니다."

고개를 주억거리던 이철호 회장이 문득 생각난 것을 물었다.

"왜 기지 이름이 '판도라'죠?"

그 말에 자끄와 라파엘이 서로를 마주 보았다.

"실례를 용서하세요. 아직까지 그것을 설명드리지 않았군요. 자끄?"

자끄가 눈을 굴리며 '울랄라'를 내뱉고는 설명을 시작했다.

"판도라의 상자에 얽힌 신화는 알고 계시죠?"

"물론입니다."

"판도라를 떠올렸을 때 대부분의 사람은 희망을 생각합니다. 뭐, 그렇게 생각하도록 교육을 받았으니까요. 하지만 우리가 주목한 것은 바로 희망이 떠난 뒤에 남은 '상자' 그 자체입니다."

"상자요?"

"그렇습니다. 신에 의해 만들어진 강력한 상자. 이 세상 모든 악을 수용하고도 남을 정도로 거대하고 튼튼한 상자. 그것이 바로 판도라의 상자죠."

"아, 이해가 가는군요. 그런 식으로는 생각해보지 않았습니다. 이제 알겠네요, 그래서 이곳을 판도라라고 부르는 거군요. 신의 상자!"

"맞습니다. 당신은 바로 그 판도라의 상자 안에 있는 겁니다."

갑자기 스피커에서 '떵똥' 하는 차임벨 소리가 연속해서 울렸다. 주변에 있던 사람들의 표정이 바뀌었다. 분위기가 순식간에 달라졌다. 이 회장이 놀라서 사방을 두리번거렸다.

"긴급상황. 코드 그린. 코드 그린. 반복합니다. 긴급상황. 코드 그린. 코드 그린."

목소리를 들은 공원 안의 사람들이 서둘러 자리를 정리하고 어딘가로 이동했다. 모두가 굳어진 표정이었다. 평소에 볼 수 없던 상황에 이 회장도 덩달아 긴장했다.

"이건 뭐죠? 무슨 상황인가요?"

"아, 이제 모든 준비가 끝났어요. 마침내 용이 날아오를 겁니다."

"용이요?"

"네. 저 사람들은 그 준비 때문에 가는 거죠."

"용이, 어디로 가죠?"

이철호 회장의 질문에 라파엘이 무심한 표정으로 대답했다.

"한국으로!"

양파
수
프

## 양파수프 *Onion soup*

양파 수프(프랑스어: soupe à l'oignon 수프 아 로뇽)는 양파와 스톡를 주재료로 하여 수프를 끓이고 크루통과 치즈를 토핑으로 얹은 수프다. 고대부터 시작된 이 요리는 가장 대중적인 프랑스 요리의 하나로 꼽힌다.

양파 수프의 깊은 맛을 내기 위해 먼저 양파를 캐러맬화한다. '캐러맬화'하려면 낮은 온도로 양파가 갈색으로 변할 때까지 천천히 볶아서 양파가 함유한 설탕을 녹이는 과정을 거치는데, 깊은 맛을 내기 위해서 몇 시간 동안이나 양파를 볶기도 한다.

다음 단계로 지방 종류 (올리브 오일, 버터, 베이컨 지방 등)와 소금을 넣고, 냄비를 덮은 다음, 낮은 열로 조리한다. 이렇게 해서 소금과 열이 양파로부터 수분을 빼준다.

마지막 단계로 요리에 코냑이나 셰리 등의 술을 넣어 풍미를 더해준다.

수프에는 딱딱한 크루통, 혹은 바게트, 빵 등의 토핑을 올린다. 프랑스의 대표적인 가정식이다.

9시가 가까운 시각, 공원 입구의 원형광장에는 가스등 모양의 가로등이 연이어 밝혀져 있었다. 멀리서 보면 생일 케이크 위에 켜진 촛불 같아서 따듯한 느낌에 기분이 좋아졌다.

그 광장 한가운데에 신데렐라 포장마차가 서 있었다. 언제나 그 자리에 있던 것처럼 친절한 미소를 지어 보이는 잘생긴 프랑스 청년과 그의 요리를 즐기며 만족한 표정을 짓는 사람들이 서로 어울려 은은한 달빛 아래 행복한 조화를 이루고 있었다. 아무도 내일은 모른다.

내일이면 다시 이 공간은 텅 비게 되고 언제 다시 이런 호사를 누리게 될지도 알 수 없지만, 모두가 오롯이 지금 이 순간을 즐긴다. 어쩌면 이것이 인생을 즐기는 진짜 비결인지도 모른다.

가로등 너머 어둠 속에서 사람 그림자 하나가 터덜터덜 걸어왔다. 실직한 고릴라처럼 두 어깨를 축 늘어뜨리고 있었다. 자세히 보니 마스크를 쓴 소주희였다.

"주희 씨?"

마스크를 쓴 프랑수아가 고개를 갸우뚱하며 이름을 불렀지만, 소주희는 얼빠진 사람처럼 대답도 없이 비틀비틀 걸어와서 푸드트럭의 카운터 앞에 무너지듯 주저앉았다. 보기만 해도 기운을 나게 해주던 활기찬 평소 모습은 온데간데없이 지친 기색에 거칠한 얼굴. 초췌한 몰골 때문에 십 년은 더 나이 들어 보였다.

"봉쥬르, 마드모아젤!"

프랑수아가 반갑게 다시 인사를 건넸지만, 소주희는 초점 없는 눈빛으로 고개도 까닥하지 않았다. 프랑수아는 머쓱해서 어깨를 으쓱했다. 무슨 일이 있는 것이 분명했다.

마스크를 벗은 소주희가 멍한 표정으로 말없이 자리만 지켰다.

"무슨 일… 있었나요?"

프랑수아가 조심스럽게 물었다.

사생활을 중시하는 서양인들의 문화 때문에 먼저 묻기를 조심스러워하는 모습이었다.

"저 오늘 아주 엄청나게 힘든 일을 겪었어요. 살면서 처음 겪어보는 일이었죠. 그런데 아무한테도 전화할 사람이 없는 거 있죠."

"주희 씨! 도대체 무슨 일이 있었어요?"

소주희는 대답 대신 고개만 저었다.

"말할 힘도 없어요. 그냥, 너무 지쳤어요. 그래도 혼자 있는 게 무서워서 여기로 온 거예요."

"아주 힘든 일이 있었나 보군요!"

이렇게 절망하는 소주희를 본 적이 없었기에 프랑수아는 어떻게 위로해야 할지 엄두가 나지 않았다.

"아, 그렇지. 김건 씨한테는 연락해봤어요?"

"아니요."

프랑수아의 물음에 소주희가 고개를 저었다. 금방이라도 울 것 같은 표정이 너무 안쓰러웠다.

"아저씨한테는 연락하지 않았어요. 제 문제로 귀찮게 하고 싶지 않아서요."

"무슨 소리를! 친구잖아요?"

하지만 프랑수아도 소주희의 마음을 알고 있었다.


*몇 달 전, 김건이 신데렐라 포장마차 파티에서 갑자기 쓰러*

진 직후에, 소주희와 친구들은 그를 구하려고 백방으로 뛰어다녔다. 그녀는 김건이 의식을 잃고 병원에 입원한 사이에 그의 기억 재건을 도와준 '선생님'을 만나러 교도소까지 찾아갔다. 그리고 그것 때문에 위험한 상황에 처하기까지 했었다. 결과적으로 김건이 정신을 차리고 기억을 회복했으니 모든 것이 다행이지만 현실은 그렇게 해피엔딩으로 끝나지 않았다. 이번에는 김건이 오히려 소주희를 피하기 시작한 것이다.

그 당시, 프랑수아를 찾아온 김건은 괴로워하는 모습이 역력했다. 못 마시던 술까지 잔뜩 마셔댔다. 그 이유를 묻자, 한참을 망설이던 끝에 그가 입을 열었다.

"제가 가진 모든 기억은 그 사람… 선생님이 기억 재건을 도와준 거예요. 진실은 하나도 없는 만들어진 가짜였죠. 만약, 만약에 주희 씨에 대한 내 감정도 거짓이면 어떻게 하죠?"

프랑수아는 아무 말도 해줄 수 없었다.

"저는 언제 행복했는지 기억을 못 해요. 하지만 이상하게도 주희 씨가 행복해하는 모습을 보면 나 자신도 행복하다고 느꼈죠. 마치 주희 씨가 저의 행복을 비춰주는 거울 같은 느낌이 들었죠. 하지만 지금은 그 감정도 온전히 제 것인지 모르겠어요."

"김건 씨…."

너무나 잔혹한 그들의 운명에 프랑수아가 해줄 수 있는 것
은 아무것도 없었다. 그는 말 대신 김건에게 따뜻한 수프 한
그릇을 내주었다.

　　"아, 고마워요."

　　김건은 말없이 그릇에 코를 박고 수프를 먹었다.

　　"조금… 짜네요."


　　그리고 며칠 뒤에 김건은 이철호 회장을 찾는다며 조용히
프랑스로 떠나버렸다.


　　프랑수아는 소주희에게 따뜻한 수프를 내주었다. 김이 모
락모락 나는 뜨뜻한 양파수프. 때로는 백 마디 말보다 한 그
릇의 따뜻한 수프가 더 도움이 되는 법이다.

　　프랑수아가 그녀의 앞에 따듯한 음식 접시를 놓아주자 소
주희는 고개도 들지 않고 그냥 담담하게 "메르시"라고 말할
뿐이었다. 항상 밝은 웃음으로 주변 사람들을 즐겁게 했던 소
주희가 오늘은 완전히 다른 분위기였다. 오히려 그녀 때문에
주변이 더 어두워지는 느낌이었다. 멍한 표정으로 스푼을 손
에 든 소주희가 아무 생각 없이 접시의 음식을 한 입 떠먹었
다. 그러더니 심청이와 재회한 심봉사처럼 두 눈을 번쩍 떴다.

"어? 이거, 양파수프네요?"

"위(Oui), 뜨거우니까 천천히 드세요."

다시 한 입 떠먹은 소주희가 살겠다는 듯 따뜻한 한숨을 내쉬었다.

"아, 맛있다. 그리운 맛이네요."

"그거, 좋아해요?"

프랑수아가 웃으며 물었다. 소주희에게 다시 정신이 돌아온 것 같아서 기분이 좋아졌다.

"네, 어렸을 때 많이 먹던 거예요. 마음이 따듯해지는 느낌이네요."

그때를 회상하는 듯 소주희의 얼굴에 미소가 번졌다.

"주희 씨, 소울푸드인가요?"

"맞아요, 어렸을 때 아빠가 자주 만들어주셨죠. 그때는 이게 만들기 어려운 음식인 것도 모르고 매일 해달라고 졸랐어요."

"아빠가 주희 씨를 아주 사랑하셨군요. 지금은 안 만들어주세요?"

"아빠 음식, 먹은 지 오래됐어요. 어렸을 때, 부모님이 이혼했거든요. 아빠는 그 뒤에 유럽으로 가셨는데, 연락이 끊어졌어요."

"정말, 미안해요."

"아니에요. 이젠 별로 아프지도 않아요."

소주희가 고개를 숙이고 다시 따듯한 양파수프 한 입을 떠서 입에 넣었다.

"아, 정말 좋네요. 마음이 따뜻해져요."

"천천히 드세요. 아, 바게트 좀 더 드릴까요?"

"메르시! 당근이죠!"

"잠깐만요."

프랑수아가 주방으로 가서 바게트가 든 작은 바구니를 들고 왔다.

"와, 바게트! 빨리 주세요!"

소주희가 못 기다리겠다는 듯 양손을 뻗어서 재촉했다. 나꿔 채듯 바구니를 받아 든 소주희가 빵조각을 수프에 찍어서 한 입 베어 물었다. 이상하게도 프랑스인들이 만든 바게트는 맛이 달랐다.

"흐음!"

음미하듯 미간을 찡그리며 감탄하는 소주희의 얼굴에 비로소 평소 같은 기운이 돌아왔다.

"이제야 주희 씨 같네요."

"네?"

놀라서 두 눈을 동그랗게 뜬 소주희가 손으로 자신의 얼굴을 만졌다.

"제가 그렇게 이상했나요? 하긴…."

소주희가 양손으로 자신의 얼굴을 감싸며 말했다. 두 눈가가 촉촉이 젖어 있었다.

"사실, 저 오늘 아주 큰 일이 있었거든요. 그런데 아무한테도 전화할 사람이 없었어요."

"김건 씨가 있잖아요?"

소주희가 슬픈 표정으로 고개를 저었다.

"어디 있는지 몰라요. 알아도… 전화하기가 무서워요."

프랑수아는 그녀의 표정에 가슴이 무너질 것 같았다. 잠시 고민하던 그는 마음을 굳혔다.

"김건 씨, 지금 한국에 있어요."

"네? 정말요? 언제 왔대요? 어디 있어요?"

소주희의 폭풍 질문에 프랑수아가 진정하라는 손짓을 하며 대답했다.

"며칠 전에요. 지금 호텔에서 격리 중이죠."

"저, 모르고 있었어요."

반가움이 가득하던 얼굴이 순간적으로 어두워졌다.

"이저씨가, 저를 피하나 봐요."

"None! 주희 씨. 김건 씨도 생각할 시간이 필요해요. 큰일이 있었잖아요."

프랑수아의 위로에도 소주희는 말없이 고개를 숙이고 다시 음식만 먹기 시작했다.

"아, 맛있다!"

억지로 빙긋 웃는 눈가에 눈물이 맺혔다. 프랑수아는 몹시 안타까웠다. 평소의 그녀는 언제나 가식 없이 밝게 웃는 사람이었다. 힘든 하루를 마치고, 작은 음식 한 그릇에 행복해하는 그녀의 모습에 덩달아 위로를 받곤 했다. 오늘처럼 처지고 실망한 모습은 처음이었다.


갑자기 강한 바람이 휭 하고 불어왔다. 푸드트럭의 차양이 뒤집힐 것처럼 '후두둑' 흔들렸다.

"엇!"

음식을 내가려던 프랑수아가 황급히 트레이를 든 채 몸을 돌린 것과 소주희가 날아가려는 옷을 손으로 붙잡은 것은 거의 동시였다. 손님들도 놀라서 날아갈 듯 흔들리는 접시를 두 손으로 잡았다. 공원 안쪽 숲속에서도 한바탕 소동이 벌어졌다. 이리저리 움직이는 작은 동물들의 부산한 발소리와 수십 마리 새들이 한꺼번에 날아오르는 '후두두둑' 하는 날갯짓

소리가 신선한 소란을 만들어냈다.

"와, 뭐지?"

"괜찮아요?"

"네, 프랑수아는요? 괜찮아요?"

"저는 괜찮아요."

서로의 안전을 확인하며 주위를 둘러보았다. 간이 의자가 넘어지고 냅킨 등이 흩날린 것만 빼면 다른 것은 큰 문제가 없어 보였다. 프랑수아를 도와서 정리를 하던 소주희가 눈을 가늘게 뜨고 공원 입구를 쳐다보았다.

"응?"

세 사람의 그림자가 희뿌연 안개 속에서 이쪽을 향해 다가오고 있었다.

"누구지?"

알 수 없는 불안함에 프랑수아도 그쪽을 노려보았다. 조금씩 커지는 구둣발 소리와 함께 가로등 불 아래로 그림자의 실체가 조금씩 드러났다.

"아, 정호 씨! 승아 씨!"

신영규와 김정호, 복승아였다. 모두 얼굴에 마스크를 쓰고 있었다.

"어서 오세요!"

프랑수아가 반가움을 표했다. 하지만 그들은 인사를 건네지도 걸음을 멈추지도 않았다. 뭔가 이상했다.

"김 형사님, 왜 그래요?"

평소라면 과장된 웃음으로 먼저 인사를 건넸을 김 형사의 표정이 엄하게 굳어있었다.

"신 형사님?"

신영규는 평소처럼 냉정한 모습 그대로였다. 하지만 어딘가 다른 때보다 더 냉랭해 보였다. 복승아 형사 역시 딱딱한 표정을 풀지 않고 있었다. 세 명의 형사가 이쪽을 향해 조금의 망설임도 없이 다가오고 있었다. 마치 범인을 잡으러 오는 것 같았다. 그들을 본 소주희의 얼굴이 창백해졌다.

형사들이 신데렐라 포장마차 앞에 우뚝 멈춰 섰다.

"뭐야? 다들, 무슨 일 있어요?"

형사들의 심각한 모습에 프랑수아도 당황했다. 특히 프랑수아는 신영규에게 몇 번이나 체포당할 뻔했던 기억이 떠올라서 표정이 안 좋아졌다.

김 형사가 뭔가를 말하려다가 고개를 저었다.

"전 도저히 못 하겠습니다. 야, 복! 네가 해라!"

"네가 해! 일이다!"

신영규가 날카롭게 잘라냈다. 김 형사는 할 수 없다는 듯

낮게 한숨을 쉬고 포장마차를 향해서 한 걸음 다가섰다. 지레
겁을 먹은 프랑수아가 자기도 모르게 목을 움츠렸다.

"왜 이래요? 저는 아무 잘못이 없어요!"

프랑수아가 항변하듯 외쳤다.

"그쪽이 아니야!"

"네?"

마음을 굳힌 김 형사가 비장한 표정으로 소주희 앞에 섰다.

"소주희 씨, 당신을 강한남 씨 살인 혐의로 긴급체포합니다!"

"네?"

"뭐요?"

사람들이 일제히 되물었다.

"지금 장난치는 거죠?"

프랑수아가 앞으로 나서며 물었지만, 형사들의 굳은 표정
은 바뀌지 않았다.

"일체의 진술을 하지 않거나 개개의 질문에 대하여 진술을
하지 않을 수 있고 진술을 거부할 권리를 포기하고 행한 진술
은 법정에서 유죄의 증거로 사용될 수 있으며, 신문을 받을
때에는 변호인을 참여하게 하는 등 변호인의 조력을 받을 수
있습니다."

김정호 형사는 석고상처럼 굳은 표정을 풀지 않고 미란다

원칙을 고지했다.

"주희 씨, 이게…?"

하지만 소주희는 이미 알고 있었다는 듯 백설기처럼 창백한 얼굴로 묵묵히 앉아 있었다.

김 형사가 눈짓하자 복숭아 형사가 허리춤에서 수갑을 꺼내 소주희의 가녀린 손목에 대고 눌러 내렸다. 복숭아와 소주희 두 사람이 서로의 시선을 피했다.

'철컥' 하는 날카로운 쇳소리가 포근한 밤공기를 찢어 놓았다. 소주희는 자신의 손목에 채워진 수갑을 멍하니 바라보았다.

"이게 뭐죠? 주희 씨가 범죄자라니요?"

프랑수아가 신영규에게 따지듯 물었다.

"그대로다."

신영규는 표정만큼이나 차가운 목소리로 대답했다.

"소주희는 이 시간부로 살인용의자다!"

은색 포르쉐가 뜨거운 햇빛을 받으며 눈부신 은색 섬광을 뿌려대고 있었다. 반대편 차선에서 오던 차에 탄 사람들은 찌르는 듯한 빛살에 눈살을 찌푸렸다. 하지만 신영규는 다른 사람들의 기분을 신경 쓰는 사람이 아니었다. 그는 오히려 거울 같은 반사 렌즈 선글라스를 꺼내 쓰고는 태연하게 그들을 쳐다보았다. 렌즈에 반사된 빛에 사람들은 다시 한 번 눈살을 찌푸렸다. 그의 뒤에서 공기를 흔드는 빵빵한 베이스를 뿜내는 음악 소리가 들려왔다. 그리고 그의 옆에 금색의 스포츠카 한 대가 멈춰 섰다. 한 대에 수억 원을 호가하는, 국내에 몇 대 없는 비싼 슈퍼카였다. 두 대의 슈퍼카가 동시에 도로에 나타나자 뒤를 따르던 차들이 멀찌감치 물러났다. 잘못해서 접촉 사고라도 난다면 그 천문학적인 금액을 감당할 방도가 없기에 그저 나랏님 행차 보듯 멀리서 목을 빼고 바라보기만 할 뿐이었다. 신영규는 자신의 차 못지않게 번쩍거리는 옆의 차를 훑어보았다. 이탈리아의 브랜드 '페라리'였다. 최신 모델인 라페라리(LaFerrari)는 엔초페라리를 계승하는 70주년 기념작 모델로 499대만 한정 생산되었다. 전 세계에서도 소수의 부호들만 가질 수 있는, 신영규의 차보다 몇 배나 비싼 차였다. 보통 빨간색이 가장 많은 페라리를 일부러 금색으로 칠했다. 금색, 은색이 동시에 햇빛에 반짝거리자 주변의 차들은 눈을 뜨기가 힘들 지경이었다.

　페라리의 코팅된 창문이 열리며 20대 초반으로 보이는 금발 머리의 젊은 녀석이 건방진 표정으로 턱을 내밀었다. 옆자리의 금발머리 아가씨도 똑같이 비웃는 표정이었다. 둘 다 금발이지만, 둘 다 동양인이었다.

젊은 녀석은 일부러 '부우웅' 하고 괴물 같은 엔진음을 내며 도발했다.

'쯧' 하고 신영규가 가볍게 혀를 찼다. 일반적인 포르쉐라면 아마도 라페라리의 상대가 안 될 것이다. 하지만 신영규의 차는 특별한 튜닝을 거쳐서 엄청난 마력을 가지고 있었다. 자신도 모르는 사이에 어느새 엑셀에 발을 올리고 '부르릉' 하고 맞장구치듯 엔진음을 내고 있었다.

페라리의 젊은이가 씨익 웃으며 눈썹을 치켜떴다. 신영규가 핸들을 꽈악 잡았다.

젊은이가 차창 밖으로 손을 내밀고는 손가락 세 개를 펴 보였다. 하얀 팔뚝 전체에 어지럽게 문신이 되어 있었다. 래퍼 같은 느낌이 물씬 났다. 손가락이 두 개가 되고 한 개가 되더니 페라리가 요란한 소리를 내며 몸을 떨었다. 두꺼운 타이어가 바닥을 갈아내며 하얀 연기를 뱉어내기 시작했다. 신영규도 참지 못하고 기어에 손을 올렸다.

주먹 쥔 손을 밖으로 뻗은 채, 젊은이가 차를 출발시켰다.

'따르르릉!'

전화벨소리가 울렸다. 신영규는 바로 휴대폰을 집어 들었다.

"팀장님!"

김정호 형사였다. 페라리가 달려 나가며 고무 타는 연기와 흙먼지를 뒤쪽으로 밀어냈다. 그 매연과 먼지가 신영규의 포르쉐를 뒤덮었다.

"사건입니다. 서장님 호출입니다."

"알았다!"

신영규는 그대로 차를 유턴해서 오던 길로 되돌아갔다. 저 멀리 달려 나간 금색 페라리의 창밖으로 문신이 가득한 손이 튀어나와 가운뎃손가락을 올려 보였다.

'쯧' 하고 신영규가 가볍게 혀를 차고 엑셀을 밟았다.

은색의 짐승이 먹이를 놓쳐 기분이 나쁜 듯 몸을 떨며 온몸에 꽂히는 햇빛을 사방에 은색 섬광으로 뿌려대고 있었다.


압구정동은 한때 대한민국에서 가장 번화한 거리였다.

패션과 유행의 첨단으로, 유행에 민감한 젊은이라면 누구나 반드시 가야 하는 곳이었고 연예인들도 많이 와서 각종 행사나 팬덤으로 골목골목이 젊은이로 넘쳐났다. 그렇게 인기가 높다 보니 당연히 가게임대비용도 대한민국에서 1-2위 안에 들 정도로 비쌌다. 하느님 바로 아래라는 건물주들은 인기에 편승해서 임대료를 제멋대로 올리고 또 올렸다. 그 덕분에 처음에 골목마다 자리를 잡았던 개성 넘치는 젊은 가게들이 임대료 부담을 이기지 못하고 다른 곳으로 떠나버렸고, 그 자리를 흔한 대기업 체인점들이 채워갔다. 골목마다 넘쳐나던 개성과 재미 대신, 천편일률적인 체인점들만 늘어나며 거리는 급격하게 원래 모습을 잃어갔고, 더는 젊은이들의 주목을 끌지 못하게 되었다. 이렇게 젠트리피케이션이 진행된 압구정동은 토박이들의 지나친 욕심으로 제 살을 깎아 먹으며 서서히 활력을 잃은 죽은 거리가 되어갔다. 넘쳐나던 젊은이들, 연예인들 대신 텅 빈 골목과 한산한 카페만 즐비한 유령거리로 변했다. 관공서는 억지로 아이디어를 쥐어짜서 한류거리라는 새로운 이름까지 붙여가며 외국인들의 유입을 시도해봤지만, 고루한 거리로 돌아올 젊은이들은 한 명도 없었다.

압구정동의 주택가에는 많은 작은 회사들이 입주해 있었다. 주택을 개조해서 회사로 만든 건물들이 실제 사람이 사는 주택보다 많을 정도였다.

오유령은 주차할 곳을 찾아서 한참을 헤매다가 겨우 어느 골목 앞에 차를 세웠다. 차에서 내리며 마스크를 쓰고 주택을 개조해서 만든 스튜디오 안으로 걸어 들어갔다.

안에는 관할서 경찰들과 과학수사대요원들이 먼저 와 있었다. 이미 익숙한 풍경이지만, 이전과 다른 것이라면 모든 사람이 마스크를 쓰고 있다는 점이었다.

"자, 자! 사회적 거리두기 아시죠? 한 방에는 네 명까지만 허용됩니다. 반드시 2미터 간격 지켜주시고요. 앞사람 나온 다음에 들어가는 겁니다!"

현장지휘관이 큰 소리로 말하자 현장에 있던 사람들은 서로서로 사람 수와 사람 간의 간격을 살피며 두리번거렸다. 코로나사태 이후의 새로운 일상이었다.

"여어, 팀장님!"

큰 덩치와 굵은 목에서 나오는 저음이 오유령을 맞았다. 관할파출소 조성웅 소장이었다. 현장에서 아는 사람을 만나는 것은 반가운 일이었다. 두 사람은 서로 주먹을 부딪쳤다.

"여기 계셨어요?"

오유령의 억양에 살짝 경상도 사투리가 섞였다.

"웅, 요기 온 지 얼마 안 됐어."

조성웅은 오페라가수 같은 목소리를 가지고 있었다. 노래
도 곧잘해서 같이 놀러 가면 인기가 많았다. 예전에 오유령은
그와 같이 일했던 적이 있었다.

"여기! 상황보고!"

오유령의 물음에 옆에 서 있던 강지환 형사가 다가왔다.

"유튜브 생방 중에 출연자가 사망한 사건입니다."

"사인은?"

스튜디오 내부를 둘러보며 오유령이 물었다.

"부검을 해봐야겠지만 중독사 같습니다."

오유령은 바닥에 쓰러져 있는 사망자에게 다가갔다. 과학
수시대원이 바닥에 증거번호표를 늘어놓고 현장 사진을 찍고
있었다. 죽기 전까지 몸부림을 치며 괴로워한 흔적이 그대로
드러났다.

"많이 본 사람인데?"

입에 거품을 물고 있는 사망자의 얼굴을 물끄러미 쳐다보
던 오유령이 눈을 가늘게 떴다.

"강한남이라고 배우입니다."

강지환 형사가 대답했다. 멀끔한 얼굴과 달리 강력반에서만 오 년을 버틴 강골이었다. 처음 오유령 팀으로 왔을 때는 서로 충돌하기도 했었지만, 지금은 없어서는 안 될 존재다.

"그, 왜, 80년대 '농촌 일기'에서 동네 건달 역으로 유명해져서 지금까지 활동하던 원로배우잖아."

조성웅 서장의 부연설명에 오유령이 눈을 치켜뜨고 피해자를 관찰했다.

"아유, 주먹 한 번 크네!"

남자의 큰 손이 유난히 눈에 띄었다. 그는 60에 가까운 나이에도 연예인 싸움꾼 탑쓰리에 든다는 말이 나올 정도로 신체조건이 좋은 사람이었다. 젊은 시절 복싱국가대표 상비군이었다고 했다.

테이블 위에는 먹음직스러운 음식이 담긴 접시가 놓여 있었다. 피해자의 것으로 보이는 포크가 바닥에 떨어져 있었다. 죽을 당시의 혼란을 말해주듯, 테이블은 음식 찌꺼기와 깨진 유리잔, 그릇 등으로 어지러웠다.

"한 입 먹고 죽은 거야? 맹독인가?"

"그런 것 같습니다."

"독 종류는 모르고?"

"국과수에서 분석해봐야 안답니다."

"음식은 누가 만든 거야?"

"오늘 방송에 출연했던 요리사가 만들었답니다."

강지환 형사가 반대편을 턱으로 가리켰다.

요리 부스 뒤쪽에 불안한 얼굴로 앉아 있는 요리사 복장을 한, 두 사람의 얼굴이 보였다. 남자 하나, 여자 하나였다.

"진행자는 누구지?"

"차차연이라고, 탤런트입니다. 저 안쪽 사무실에 있습니다."

"그래. 만나볼까?"

갑자기 건물 밖에서 '부두둥!' 하는 천둥이 치는 것 같은 엔진음이 들려왔다.

"뭐야?"

창문 근처에 서 있던 조근욱 형사가 "이런 씨!" 하고 내뱉었다.

마당에는 관계자 외에 주차금지라고 해서 다들 멀리 떨어진 곳에 주차하고 걸어왔다. 그런데 웬 은색 스포츠카 한 대가 당당하게 그 하나뿐인 주차공간에 차를 세운 것이다. 건물 관리인이 쭈뼛거리며 다가갔다.

"여기는 주차 못 하는데요. 관계자만 주차하는 데예요."

"관계자요!"

고급 양복을 입은 남자가 차에서 내리며 비싸 보이는 선글라스를 벗고 말했다. 압구정동에서 오래 일해 온 관리인은 남자의 손목에 찬 시계가 얼마나 비싼 명품인지 알고 있었다. 심지어 그가 쓰고 있는 마스크까지 고급품으로 보였다.

관리인은 어찌할 바를 모르고 머뭇거렸다.

"금방 나옵니다!"

남자의 말에 관리인은 쭈뼛거리며 입구로 가서 만차 사인을 내걸었다.


스튜디오 안으로 걸어 들어오는 남자를 본 강력계 형사들의 표정이 일그러졌다. 지난번 김성기 전 장관 사건 때 들이닥쳤던 바로 그 광수대 팀장이었기 때문이었다.

"저 인간이 여길 왜 또 와?"

최고참인 차현성 형사가 인상을 쓰며 말했다.

"그러게요?"

"아이씨!"

오유령은 벌써 분위기를 감지했다.

문을 열고 들어온 남자가 주위를 둘러보고는 담담하게 입을 열었다.

"경찰청 광역수사대 지능범죄수사팀 팀장 신영규입니다.

이 사건, 지금 이 시간부로 우리가 인수합니다!"

❧

조용한 서장은 화초에 물을 주고 있었다. 그의 사무실은 언제나처럼 검소하고 깔끔했지만, 최근에 화분이 몇 개 늘었다.

"선물 받은 거야. 처음에는 귀찮았는데 이제 정이 들어서…."

신영규는 그가 권하는 대로 소파에 앉았다.

"강남 쪽에 살인사건이 발생했어."

"보고 받았습니다."

조용한 서장이 고개를 끄덕였다. 물을 주고 있을 때 그는 꼭 은퇴한 귀농인처럼 보였다.

"그 사건, 피해자가 누군지 알아?"

"강한남, 아닙니까?"

"그래. 그 강한남이 사실 재벌 쪽 사람인 건 잘 알려지지 않았지. 어머니 쪽이 SG그룹 상속인이라서 전 회장이 죽었을 때 재산을 많이 받았대. 주로 미술품이었지. 알고 있었나?"

"네."

신영규 역시 재산이 많다 보니 이곳저곳에서 일반인들은 모르는 소문을 주워듣곤 했다. 그의 재산을 관리해주는 사람들이 주기적으로 '찌라시'라고 불리는 뒷이야기를 그에게 전해준 덕이다. 귀찮지만, 가끔은 유용했다.

"그럼 이야기가 빠르겠군. 그 어머니가 몇 년 전에 암으로 돌아가시면서 재산을 모두 미술관에 위탁했어. 그 미술관이 어딘지 알겠나?"

"혹시, '조일미술관'입니까?"

신영규가 고개를 갸우뚱했다.

"그래. 바로 거기야!"

조용한이 고개를 끄덕였다.

"나은정이 보석으로 풀려났어. 암이 재발했다더군."

"네. 들었습니다."

나은정은 잡혀가는 순간에도 당당했다. 그리고 자신의 말대로 얼마 뒤에 병을 이유로 풀려났다.

"이번 사건에 개입된 차차연은 나은정과 절친이야. 강한남의 어머니에게 나은정을 소개시켜준 것도 차차연이라더군."

조용한이 물뿌리개를 내려놓았다. 그리고 그 순간, 그는 바로 경찰 서장의 모습으로 변했다.

"내 개인적인 생각으로는, 조일미술관은 부자들의 미술품을 이용한 돈세탁을 해주는 곳이 아닌가 하는 생각이 드네. 어쩌면 우리가 추적한 사건들에 연관된 미술품들이 그쪽과 관련된 것이 아닌가 싶어. 지난번 김성기 전 장관 집, 기억하나?"

신영규는 김성기 전 장관의 집을 수색하던 중, 진짜와 구분하기 어려운 모사화를 본 적이 있다. 위조지폐로 따지면 슈퍼노트급의 정교한 가짜였다.

"김건이 그 미술관을 다녀왔는데, 대외적으로 알려진 장소보다 더 깊은 비밀공간이 있을 거라고 하더군. 심지어 그들은 엘리베이터에 충수도 안 뜬대. 분명히 그 안에서 뭔가가 일어나고 있어."

조용한 서장의 쏘는 듯한 눈빛이 신영규를 향했다. 예전, 팀장 시절부터 봐왔던 그 눈빛은 조금도 약해지지 않았다.

"이 사건, 자네 팀이 맡아!"

"알겠습니다!"

"나는 이 사건이 지금까지 우리가 만났던 모든 의문의 열쇠가 될 거라고 믿네!"

"네!"

"아, 또 뭐지? 이거!"

불쾌감을 표시하는 오유령의 말투에 심한 부산사투리가 묻어 나왔다.

"나한테 무슨 감정 있어요? 푸닥거리 한번 할까?"

"이건 명백한 우리 관할사건인데, 광수대가 왜 들이대?"

"씨팍! 진짜 우리가 호구로 보이나?"

오유령의 동료 형사들이 강하게 반발했다. 하지만 신영규는 씨익 웃으며 그들을 무시하고 안으로 걸어 들어갔다. 그의 뒤를 따라서 대기하고 있던 김정호 형사와 복승아 형사도 안으로 들어왔다.

"이번에는 또 뭐야? 무슨 거창한 일이 있어서 광수대가 온 거요? 뭐, 국제 범죄조직? 이런 거 개입됐어요? 조금 있으면 배트맨도 오겠네?"

"전화!"

신영규의 말과 동시에 오유령의 휴대폰이 울렸다.

"네, 강력2반 오유령 팀장입니다!"

떨떠름한 표정으로 전화를 받은 오유령은 상대방의 목소리를 듣자마자 허리를 숙였다.

"네! 네! 알겠습니다. 네!"

전화를 끊은 오유령이 피식 웃으며 신영규를 노려보았다.

"야, 청장님이 전화를 다 주시네? 나보고 이해해달라셔. 당신, 빽 좀 있나 봐?"

"규정에 따른 절차!"

"아유, 그럼 그렇게 해야죠. 절차! 잘 알겠어요."

오유령이 신영규를 매서운 눈으로 훑어보았다.

"이거, 끝 아니야. 한번 봅시다!"

오유령의 날카로운 시선이 사건 현장을 훑었다. 특히 셰프들은 시간을 두고 더 자세히 보는 것 같았다. 그녀의 눈과 마주친 사람들은 자기도 모르게 시선을 피했다.

"자, 자! 여기 정리하고 가!"

오유령의 지시에 팀원들이 불만 가득한 얼굴로 현장을 빠져나갔다.

조성웅 서장은 오유령 팀장의 뒤를 따라서 밖으로 나가버렸다. 현장 분위기가 갑자기 차갑게 식어버렸다. 하지만 신영규는 태연하게 현장을 둘러보며 김정호에게 물었다.

"상황?"

"연예인 차차연이 진행하는 요리 토크쇼에 출연했던 게스트 강한남이 준비한 음식을 먹고 현장에서 사망했습니다."

"차차연은 어디 있어?"

"지금 저 안쪽 사무실에 있습니다."

"복숭아, 가봐!"

"복숭아,입니다! 갑니다!"

복숭아가 차차연이 있다는 사무실로 향했다.

"요리사는?"

"저쪽에 있습니다."

김정호 형사가 가리키는 방향을 본 신영규가 고개를 갸우뚱했다.

"이건 뭐야?"

"안녕하세요. 미찌클럽 라이브, 차차연입니다!"

몸매가 그대로 드러나는 긴 드레스 차림의 아름다운 중년 여성이 과도하게 웃으며 손을 흔들었다. 아래턱에 너무 힘을 줘서 잘못하면 턱관절이 빠져버릴 것처럼 위태로워 보였다. 그녀의 트레이드마크인 입술 아랫쪽의 작은 보조개가 도드라져 보였다.

"오늘은 저희 구독자 100만 달성기념 특별 미식회를 준비했습니다."

코로나로 인해 방청객은 없고 옆자리의 초대손님과 PD, 카메라맨 외에는 아무도 없지만, 진행자는 열심히 밝은 분위기를 유지하며 말을 이어나갔다.

스튜디오의 인테리어도 특이했다. 요리 토크쇼답게 좌우에 각종 조리도구와 주방기기들이 테트리스처럼 쌓여서 벽을 대신하고 있었다.

"현재 저희 라이브 동접자(동시접속자)가 오만 명을 넘었습니다. 동접자 백만을 넘을 때까지 지치지 않고 열심히 달리겠습니다. 촤아!"

특유의 말주변과 간드러진 콧소리로 '촤아'를 외치며 양손을 좌우로 활짝 펼쳐 보였다. 화려한 무늬가 그려진 넓은 소매가 펼쳐지며 아름다운 새가 양날개를 활짝 펼친 것처럼 멋진 장면이 나왔다. 그녀의 트레이드마크인 '불새'였다. 동시에 무대 좌우에서 폭죽과 불꽃이 터져 나왔다.

댓글 창에 수많은 댓글이 계속 올라왔다.


*'오늘 텐션뭐임?'*
*'오늘도 하이!'*
*'달리자!차차차!'*


"자, 많은 분들이 제 이름 차차연을 무슨 예명으로 알고 계시는데요, 이건 제 본명입니다. 저희 아버지가 저 낳고 제가 둘째라고 차연으로 지으셨어요. 그나마 제가 언니보다는 낫죠. 제 언니 이름은 장연이예요! 장녀라서!"

'ㅋㅋㅋ'
'웃프다!'
'아버님, 작명센스!'

댓글창에 웃음을 상징하는 기호가 빗발쳤다.
"그럼 제 동생은 삼연이냐? 아닙니다. 동생이 남자애라서 아버지가 이름을 성용으로 지으셨어요. 차성룡! 멋있죠? 어릴 때는 저도 이름에 용자 있으면 좋겠다 싶었는데 나중에 생각해보니까. 그럼 제 이름이 차차용이잖아요?"
그녀의 입담에 모두가 환호했다.

'남아선호 뭐임?'
'역시. 차누나!'
'차차차! 오늘도 칙오!'
'옆에 아저씨, 소개 안 해줘서 삐졌음'

"아, 네! 그럼 오늘의 초대손님을 소개해드리겠습니다. 저희

미찌클럽에 처음으로 나와주셨습니다. 탤런트 계의 전설, 강한남 씨 모셨습니다!"

"안녕하세요. 강한남입니다."

선글라스를 쓴 강한 인상의 중년 남자가 과할 정도로 고개를 숙여 인사했다. 풍성한 앞머리에 80년대스러운 긴 장발을 뒤로 늘어뜨린 50세 전후로 보이는 남자였다. 큰 입을 굳게 다문 모습이 보는 사람에게 위압감을 주었다.

"싸나이!"

남자가 큰 주먹을 내보이며 외쳤다. 그의 트레이드마크였다.


'오늘도 복고 선글라스.'
'저 주먹, 스쳐도 사망!!'
'30년째 같은 헤어스타일!'


남자는 과거에 복싱국가대표 선수까지 했던 사람으로 맨주먹으로 멧돼지를 때려잡은 일화가 있을 정도로 유명한 싸움꾼이었다.

"네, 반갑습니다. 너무 오랜만에 뵙는 것 같아요. 어떻게 지내셨어요?"

"저는 똑같습니다. 매일 운동하고 방송하고, 낚시하는 게 낙이죠. 뭐."

"아, 그러시구나. 역시, 언제 봐도 우리 강한남 씨는 건강 그 자체인 것 같아요."

"그냥 열심히 살고 있습니다. 싸나이!"

남자가 다시 큰 주먹을 휘둘러 어퍼컷 동작을 선보였다.

"자, 오늘은 예고 드렸다시피 우리 강한남 씨를 위해서 우아한 프랑스 요리를 준비했습니다. 프랑스 요리 좋아하시죠?"

"네. 뭐, 자주 먹지는 못하지만, 가끔 기력이 달릴 때 먹습니다."

"기력이 달릴 때요? 그럼 프랑스 요리로 몸보신하시나요?"

"저는 그렇습니다. 프랑스 요리가 비싸서 그런지 먹고 나면 힘이 나더라고요."


'임금님이 즐겨드신 프랑스요리.'

'복날에는 프랑스요리지!'

'버터로 여름나기.'


"듣고 보면 뭐, 아주 틀린 말은 아닌 것 같네요. 지금 프랑스 요리가 프랑스 왕실에서 발전한 만큼, 분명히 왕의 건강을 위한 배려도 있겠죠? 그 많은 후궁 건사하려면, 웃흥"

차차연이 야릇한 콧소리를 내자 댓글창이 난리가 났다.


'후궁처소 들기 전에 빠다한스푼!'
'성은이 만빠다이옵니다~'
'세자의 이름을 버터라고 칭하라'
'지랄르 더 버터 이세!'


"자, 그럼. 오늘 미찌의 미식클럽 요리를 담당하실 셰프님들을 소개하겠습니다. 먼저 A코너에는 유명한 스타셰프 윤! 보! 선! 셰프!"

방송에 자주 나오는 유명 셰프 윤보선이 머리 위에서 소금을 뿌리는 시늉을 하며 인사했다. 그를 방송에서 유명하게 만든 제스처였다.

"안녕하세요. 윤보선입니다!"

그는 칸막이가 된 두 개의 간이주방 중 부스A에 서 있었다.

"다음은 인기 퀴진, 레스토랑X의 수셰프 소! 주! 희! 셰프!"

카메라가 간이주방 부스B 안에서 분주하게 움직이는 소주희를 잡았다. 그녀의 예쁜 얼굴이 화면에 나오자 다시 댓글창에 난리가 났다.

'요리 안 먹어도 배부르겠다.'
'직업 잘못 골랐네.'
'오늘부터 저 식당 단골.'

"우리 소주희 셰프님이 벌써 맛있는 요리를 준비하고 계시네요. 오늘 콘셉트는 이렇습니다. 프랑스요리 만렙이신 윤보선 셰프님이 메인요리를 준비해주실 거구요, 전채요리와 샐러드 등을 소주희 셰프님이 준비해주실 겁니다. 오늘 요리를 저희 두 사람이 먹어보고 두 분 중, 최종 승자를 결정할 겁니다."

'프랑스맛대맛'
'빠다승부'
'무조건 예쁜 누나 승!'

"자, 그럼, 두 분 셰프님, 준비해주시고요, Let's Begin!"
자리에서 일어난 차차연이 날개처럼 큰 소매를 펼치며 외쳤다. 그녀의 좌우에서 다시 불꽃이 터져 올랐다.
시청자들 역시 흥분하며 댓글을 올렸다.

'오, 파닥, 파닥!'

'요리왕, 빠다!'


"소주희 셰프님! 첫 번째 요리 나오는 데 얼마나 걸릴까요?"

"5분이면 됩니다."


'오, 예쁜데 손도 빨라.'

'요리요정'


"들으셨죠? 그럼 기다리는 동안 오늘 초대손님이신 강한남 씨와 함께하는 근황토크크크크!"

차차연의 목소리가 에코로 울려 퍼졌다.

"요즘 어떻게 지내셨어요?"

"뭐, 그냥 잘 지냈습니다."

"새로 영화 들어가신다고 들었어요."

"아, 영화가 아니라 드라마예요. 종편에서 하는 사극입니다."

"네. 제가 잘못 들었네요. 우리 강한남 선생님, 세월이 지날수록 점점 더 활동을 많이 하시는 것 같아요. 피곤하지 않으세요?"

"피곤하지만, 일을 할 수 있어서 행복합니다."

"그렇죠. 오늘 오신 김에 맛있는 음식 많이 드시고 기운 내
세요."

"네. 감사합니다. 예쁜 셰프님이 해주신 요리라서 기대가
큽니다."

강한남이 선글라스를 내린 맨눈으로 소주희를 한참 동안
그윽하게 쳐다보았다.

"네. 하하. 이왕이면 다홍치마라고, 미녀 셰프가 만든 요리
가 맛도 좋겠죠. 저쪽에, 오늘 메인요리를 준비 중이신 우리
윤보선 셰프, 잘 아시죠?"

"아, 잘 알죠. 제 단골 식당입니다. 말씀드렸듯이 저는 몸보
신하러 프랑스 요리를 먹기 때문에 윤 셰프 레스토랑에 자주
갑니다."

"그렇군요. 가장 좋아하시는 프랑스 요리 하나만 알려주
세요."

"개인적으로 가장 좋아하는 요리는… '라따뚜이?' 뭐 그겁
니다. 네."

"아, 그 애니메이션으로 나왔던,"

"그랬나요? 그게 제 입맛에 가장 잘 맞더라고요."

"윤 셰프님! 오늘 '라따뚜이' 준비됐나요?"

차차연의 물음에 바쁘게 요리를 하던 윤보선이 '네, 준비됐습니다.'라고 대답했다.

"예스!"

자리에서 벌떡 일어난 강한남이 주먹으로 어퍼컷을 쳐올리며 환호했다.

"그런데 의외네요. 평소에 고기 좋아하시는데, 채소 음식인 '라따뚜이'를 즐기시네요."

"채소요? 그거 고기 들어간 거 아닌가요?"

"'라따뚜이'는 주로 채소로 만든 요리로 알고 있는데요?"

"아!"

강한남이 머리를 긁으며 말했다.

"그럼 잘못 알았네. 저는 그, 양고기 스테이크? 그거 좋아합니다."

"아, 네."


'양고기 라따뚜이'

'오직 고기'

'고기천국, 채소지옥'

"음, 요리 냄새가 너무 좋은데요. 자, 그럼 중간 점검 한 번 가볼까요?"

차차연이 마이크를 들고 자리에서 일어나 조리 부스로 걸어갔다. 이동식 카메라를 든 카메라맨이 그녀를 따라 같이 움직였다. 차차연이 긴 다리를 쭉쭉 뻗으며 먼저 윤보선의 부스 A로 갔다.

"음, 윤보선 셰프님, 냄새가 너무 좋아요. 무슨 요리죠?"

냄비에 끓고 있는 요리를 가리키며 묻자, 양고기 스테이크에 시즈닝을 하던 윤 셰프가 '라따뚜이입니다.'라고 대답했다.

"고기 들어가나요?"

"원래는 안 들어가지만, 강한남 씨를 위해서 특별히 넣었습니다. 듬뿍!"

"들었어요? 듬뿍 넣었대요!"

이 말을 들은 강한남이 '예스!' 하며 주먹을 휘둘렀다.


'자본주의 셰프'
'오늘부터 미트뚜이!'


"네. 윤보선 셰프님. 계속 수고해주세요!"

"최선을 다하겠습니다!"

차차연이 긴 소매를 휘저으며 다른 부스로 향했다. 소주희가 분주하게 음식을 만들고 있었다.

"우리 미녀 셰프님은 분명한 차별점이 있네요. 주로 채소 요리네요?"

"네. 제 요리의 주제는 건강입니다!"

옆에서 기름이 뚝뚝 떨어지는 스테이크를 들고 굽던 윤보선이 불쾌한 듯 고개를 저었다.

"정말 채소 종류가 많은데요. 아! 이건 꽃인가요?"

차차연이 손가락으로 샐러드 접시를 가리키자 카메라맨이 클로즈업했다.

"네. 전부 식용 꽃입니다."

"꽃이 건강에 좋나요?"

"네. 진달래는 혈액순환을 좋게 하고요, 팬지하고 호박꽃은 이뇨작용에 도움을 줍니다, 모두 다 정○에 좋습니다."

"네? 뭐라고 하셨죠?"

"정력…에 좋습니다."

"강한남 씨! 들으셨죠? 꽃이 정력에 좋대요!"

차차연의 말에 강한남이 벌떡 일어나 양손을 머리 위로 들어 올려서 하트를 만들었다.

'꽃보다 남자!'

'나 지금 화분에 있는 꽃 따먹음'

'우리 아버지 꽃 농장하시는데, 자식만 일곱임!'


"그럼 계속 수고해주시고요. 다시 자리로 돌아가겠습니다."

차차연이 가볍게 춤을 추며 자리로 돌아왔다.

"정력 이야기 나왔으니까 하는 말인데요. 강한남 씨는 그 연세에도 아주 강!력!하신 걸로 유명하시잖아요? 정력관리를 어떻게 하세요?"

"네? 정력관리요?"

강한남이 멋쩍게 웃었다.

"말이 좀 이상한가요? 여기 댓글 창에도 많은 분이 궁금해하세요."

"네. 뭐. 건강식으로 잘 먹고 운동하는 건 누구나 아는 거고요, 제 경우에는 철칙이 하나 있습니다."

"오, 비결 나오나요? 그게 뭐죠?"

"반드시 젊은 사람들하고 어울리는 겁니다!"

"젊은 사람하고요?"

"네. 그들하고 같이 있다 보면 마음이 젊어지고 자연스럽게 그 기를 받게 되죠."

'흡혈기'

'젊은 여자가 좋은 거임'

'기빠는 싸나이!!'


"시청자가 물어보시네요. 젊은이는 젊은 여자를 말씀하시는 거죠?"

"노코멘트 하겠습니다!"


오랫동안 호흡을 맞춰온 두 사람은 즐겁게 대화를 이어나갔다. 댓글창 반응도 폭발적이었다. 접속자 수도 계속 늘어서 어느새 십만 명이 넘어섰다.

"자, 어느새 동접자 수가 십만을 넘었습니다. 십만이 넘으면 우리 항상 하는 게 있죠? 오늘도 달려! 촤아!"

쌈바풍의 음악이 울려 퍼지자, 차차연이 앞으로 나가서 라틴 댄스를 추기 시작했다. 강한남도 앞으로 나와서 같이 춤을 추었다. 이 흥겨운 모습에 스튜디오에 현란한 댄스조명이 켜졌다. 두 사람이 짧은 댄스를 마치고 땀을 닦으며 자리로 돌아왔다.

"여전하시네요."

차차연이 감탄하며 칭찬하자 강한남이 손을 저었다.

"차차연 씨야말로 춤출 때 가장 아름다우십니다."

그때, '땡!' 하고 소주희가 벨을 울렸다.

"아, 말씀하신 순간, 소주희 셰프가 요리를 완성했습니다!"

소주희가 반짝이는 뚜껑을 덮은 요리접시를 들고 테이블로 다가왔다. 얼마나 많이 닦았는지 뚜껑이 거울처럼 반짝거렸다. 두 사람 앞 테이블에 접시를 올린 후에 반짝이는 뚜껑을 열자, 꽃과 채소, 해산물, 햄이 어우러진 아름다운 요리가 모습을 드러냈다.

"와우! 아주 맛있어 보이는데요. 이건 무슨 요리죠?"

"니스풍 샐러드(La salade niçoise)입니다."

"샐러드는 보통, 채소만 들어가는데 여기는 뭐가 많이 들어갔네요. 꽃에, 해산물에, 계란에, 생햄에…."

"네. 원래 니스에는 샐러드에 채소만 넣지만 이건 변형입니다."

"아주 맛있어 보이네요. 고마워요. 소주희 셰프님. 그럼, 다음 요리, 준비해주세요."

"네. 알겠습니다."

소주희가 다시 B블록 안으로 들어가서 다른 요리를 준비하기 시작했다. 윤보선 셰프가 있는 A블록에서는 양고기를 굽는 고소한 냄새가 진동하고 있었다.

"와! 이 요리 세팅이 너무 아름다운데요. 여기 클로즈업 좀 부탁해요."

차차연의 요청에 카메라맨 겸 PD가 테이블 근처로 다가가서 요리가 담긴 접시를 가까이서 촬영했다. 조명을 강하게 비추자 요리가 반짝반짝 빛나는 것처럼 보였다.

"그럼, 이건 내 마음에 저장!"

차차연은 자신의 휴대폰을 꺼내서 플래시를 터트리며 요리를 찍었다. 강한남이 손으로 불빛을 막으며 고개를 돌렸다. 찡그린 표정이 선명하게 드러났다.

"자, 이제 드셔보세요."

카메라가 다시 물러나며 요리를 권하는 차차연과 강한남의 모습을 잡았다. 강한남이 선글라스를 고쳐 쓰며 포크를 집어 들었다. 그리고 햄과 새우, 채소를 한꺼번에 찍어 들더니 그대로 입에 집어넣었다.

"역시, 먹는 것도 싸나이답네요."

엄지손가락을 세워 보이고 웃으며 음식을 씹던 강한남이 갑자기 '컥! 커억!' 하고 밭은 숨을 몇 번 내쉬었다.

"너무 급하게 드셨나 봐요. 괜찮으세요?"

차차연이 급하게 물병을 가져와서 내밀었다. 강한남이 손을 내밀어 그 물병을 움켜쥐었다. 단순히 잡은 것이 아니라 엄청난 힘으로 물병을 쥐어서 뚜껑이 터져버렸다.

"꺄악!"

옷에 물이 튀자 차차연은 놀라서 펄쩍 뛰었다.

"뭐 하는 거야?!"

그녀가 강한남을 쏘아보았다. 선글라스를 떨어뜨린 남자의 얼굴 전체가 파란색으로 변하며 잔뜩 핏줄이 드러나 보였다.

"오빠! 왜 그래?"

차차연이 두려운 표정으로 물었다.

"끄어, 커억!"

괴로운 신음을 쥐어짜며 강한남이 허공으로 손을 내저었다.

"왜 이래요. 오빠!"

"끄어어억!"

강한남이 입으로 하얀 거품을 쏟아냈다. 그러더니 차차연의 무릎 위로 털썩 엎어졌다.

"꺄아악!"

차차연이 양손으로 머리를 잡으며 비명을 질렀다. 그녀의 날개옷이 좌우로 펼쳐졌다. PD가 방송종료 사인을 보냈다.

댓글 창에는 방송종료 전까지 미친 듯이 댓글이 올라왔다.

'둘이 먹다 하나 죽어도 모를 맛!'

'대박사건!'

'최후의 만찬'

---

"여보세요?"

소주희는 주위의 눈치를 보며 전화를 걸었다.

"여보세요. 주희 씨? 왜 그래요? 무슨 일 있어요?"

유치한이 걱정스러운 목소리로 물었다. 최근 있었던 총선
에서 유치한은 경기도 북부에서 출마해서 국회의원에 당선되
었다. 눈코 뜰 새 없이 바쁜 상황이지만, 그는 바로 전화를 받
았다.

"제가 지금 안 좋은 일이 생겼는데요, 생각나는 사람이 작
가님, 아니 의원님밖에 없어서요."

"안 좋은 일이요? 무슨 일인데요?"

"인터넷방송으로 요리 대결하는 프로그램에 참가했는
데요…."

소주희의 상황설명을 들은 유치한은 깜짝 놀랐다.

"그래요? 그거 심각하네요."

"네, 지금 경찰들한테 조사받고 있어요. 그런데, 제가 구속될 수도 있대요."

"그래요? 그건 안 되죠. 잠깐만요. 어디예요, 계신 데가?"

"여기요? 압구정동…."

주소를 들은 유치한은 누군가에게 '지금 우리 변호사님 어디 계시죠? 사무실요?' 하고 묻더니, 바로 말을 이었다.

"압구정동에 우리 '철권연대' 고문 변호사가 있어요. 그쪽으로 가시도록 연락할게요."

유치한은 '철권연대'라는 시민단체의 회장이었다. 이 단체를 통해 많은 남자의 지지를 얻어 국회의원까지 당선됐다.

"네. 감사합니다."

"주희 씨. 너무 걱정하지 마세요. 제가 지금 지방에 와 있지만, 변호사님하고 계속 연락할게요."

"네. 기다릴게요."

소주희는 감사하며 전화를 끊었다.

"뭐래? 변호사가 온다고?"

옆에 있던 윤보선이 다급한 말투로 물었다.

같이 참가한 방송에서 이런 일이 생겨서 걱정이 이만저만이 아니었다.

"아, 진짜. 코로나 때문에 가게도 힘든데…."

김건과 소주희 덕분에 살인누명을 벗고 예쁜 딸까지 얻었지만, 현실에 해피엔딩 같은 것은 없었다. 불행한 일을 털어버리고 가게가 다시 본 궤도에 올랐을 때, 뜻밖의 복병인 코로나바이러스를 만났다. 코로나바이러스가 전 세계로 퍼진 이후, 가장 큰 변화는 사람들이 밖으로 잘 나오지 않게 된 것이었다. 그 때문에 윤보선 같은 자영업자는 직접적으로 피해를 입었다. 새로운 방역법을 시행한 덕에 영업시간도 제한을 받아서 한참 손님이 모일 시간에 가게 문을 닫아야 하는 것도 치명적이었다.

　　"진짜, 왜 이러냐? 무슨 이런 일이 생겨?"

　　"그러게요. 진짜 말도 안 돼!"

　　"마누라가 굿이라도 한번 해보라고 하더라. 계속 이상한 말 하지 말라고 했는데, 요즘은 진짜 그거라도 한 번 해야 되나 싶어?"

　　긴 한숨을 섞어 넋두리처럼 늘어놓는 윤보선의 신세타령에 소주희도 할 말이 없었다. 옆에서 봐온 그녀도 잘 알고 있었기 때문이다. 레스토랑X는 인기 있는 명소였지만 매출은 과거의 절반도 안 나왔다. 하지만 건물주는 오히려 임대료를 올린다고 통보했다. 욕심밖에 없는 노인네는 코로나 때문에 가게임대료를 깎아주거나 면제해주는 다른 사람들의 미담에는 관심도 없었다. 건물주는 코로나건 뭐건 계약은 계약이라며 싫으면 가게를 비우고 나가라는 말만 반복했다. 언제 끝날지 알 수 없는 코로나 사태에도 건물주 영감에게 양보나 상생 따위는 딴 나라 이야기였다.

다른 곳보다는 손님이 많은 편이지만, 가게를 유지하기 힘들었다. 결국, 어쩔 수 없이 서빙스텝들을 내보냈다. 주방스텝들이 서빙도 같이하기로 했다. 그러다가 주방 스텝들도 하나 둘 해고했다. 마지막에 남은 것은 윤보선과 소주희, 수셰프 한 명뿐이었다. 가게를 닫는 날이면 윤보선은 출장세프로 아르바이트를 뛰었다. 그러다가 유명한 인터넷방송에서 섭외가 들어오자 다시 재기할 기회로 생각하고 희망을 가졌었다. 하지만 뜻밖에도 이런 큰 사건에 휘말렸다.

"어떻게 해야 할지 모르겠다. 다시 미국으로 갈 걸 그랬나? 이 나라가 나하고 안 맞나 봐."

두 손으로 머리를 쥐어뜯는 윤보선의 두 눈에 그렁그렁 눈물이 맺혔다. 덩치 큰 사내가 무너지는 모습을 보고 소주희도 울컥했다. 최근에 그는 더 약해져서 종종 눈물을 보이곤 했다. 갓 태어난 딸의 분윳값을 걱정해야 하는 자신의 처지가 기가 막혔다.

"미안해. 주희 씨 앞에서 이런 모습 보여서. 그런데 집에서 이럴 수는 없잖아."

"그럼요. 걱정 마세요. 다 잘될 거예요."

"그 사람! 내 사건 도와준 김건 씨! 지금 연락 안 돼?"

"네? 아, 그게. 저… 제가 연락하기가 좀…."

"왜? 헤어졌어? 무슨 일인지는 모르지만 이럴 때는 연락해 볼 수 있잖아? 모르는 사이도 아닌데."

"그게, 지금 외국에 가셨어요."

"뭐? 아, 하필 이럴 때…."

윤보선이 다시 두 손으로 머리를 쥐어뜯었다.

"왜 이렇게 되는 일이 없냐?"

"걱정 마세요. 지금 변호사님 금방 오신대요."

자신도 울고 싶은 것을 꾹 참고 소주희는 윤보선을 위로했다.

"잘될 거예요. 힘내세요."

윤보선은 두 손으로 얼굴을 쓸어내리고 억지로 웃어 보였다.

"그래. 내가 이러면 안 되지. 힘내자! 파이팅!"

"파이팅!"


"소주희 씨!"

두 사람은 이쪽으로 걸어오는 경찰들을 발견했다.

"어? 신 형사님! 김 형사님!"

소주희는 아는 얼굴이 나타나자 펄쩍 뛰며 반가워했다. 김
정호는 그녀를 향해 웃으며 손을 들었다가 노려보는 신영규
의 눈빛을 보고 슬쩍 손을 내렸다.

"어? 그때, 그 형사님들이네?"

윤보선도 반가움에 활짝 웃어 보였다. 이런 상황에 아는 형
사들을 만났으니 지옥에서 부처님을 만난 격이었다. 하지만
형사들은 같이 웃을 수만은 없었다.

"오늘 있었던 일을 좀 이야기해주시죠."

김정호 형사가 물었다.

"그게요,"

"저는 정말…."

"아, 한 분씩 말씀해주세요."

"제가 먼저 말씀드리죠."

윤보선이 손을 들며 말했다.

"2주 전에 여기 차차연 씨 매니저한테서 연락이 왔어요. 토
크쇼에서 요리 대결을 할 셰프 두 명이 필요하다고요. 그런데
그쪽에서 저하고 소주희 셰프를 지명하더라고요."

"그쪽에서 지명했다고요?"

"네, 왜 소주희를 지명했나 봤더니, 강한남 씨 요구였대요."

"강한남 씨가 소주희 씨를 원했다?"

"네. 그게…."

윤보선이 살짝 소주희의 눈치를 봤고, 소주희는 일부러 그 시선을 피했다.

"무슨 일이 있었는지 알려주셔야 저희가 도와드릴 수 있습니다."

뭔가를 눈치챈 김정호가 차분하게 말했다. 최근에 그는 자기 통제에 익숙해졌다.

"네. 그게… 강한남 씨는 저희 가게 단골이었습니다. 처음에 다른 연예인들하고 같이 왔었는데, 여기 주희 셰프를 보고…."

"반했다, 그건가요?"

김정호가 정리해서 말하자 윤보선이 억지로 고개를 끄덕였다.

"그 뒤로 일주일에 한두 번씩은 꼭 가게로 와서 이 친구를 찾았습니다. 귀찮을 정도로 자주 왔었죠. 한 번은 술에 취해서 가게로 왔는데 갑자기 소주희를 안고 키스를 하려고…."

형사들은 서로 얼굴을 쳐다보았다. 예전과 달리 요즘에는 성추행으로 볼 수 있는 사건이었다.

"그래서 그냥 됐나요?"

"천만에요. 제가 당장 가서 뜯어말렸죠."

한 덩치 하는 윤보선이 끼어들자 강한남은 소주희를 놔줬지만, 그 뒤로도 그의 태도는 변하지 않았다.

"그 후에도 노골적으로 소주희를 찾아왔었죠. 제 잘못도 있습니다. 주희 셰프가 불편해했는데, 제가 조금만 참아달라고 부탁했거든요. 가게도 어려운데 연예인 손님을 놓치기 싫었어요."

고백하듯 말하는 윤보선에게 소주희가 살짝 고개를 저어 보였다.

"괜찮아요."

형사들도 말을 하지 못했다. 코로나 사태가 터진 이후, 자영업자들이 너무나도 힘든 나날을 보내고 있음을 알기 때문이었다.

"정리하면, 강한남 씨가 평소에 소주희 씨를 좋아했고 이 토크쇼에 출연하는 조건으로 소주희 씨를 출연시켜 달라고 요구했다, 이거죠?"

"네. 맞습니다. 인기가 많은 쇼라서 여기에 나오면 큰 도움이 될 것 같아서요."

"그럼 소주희 씨는 어땠나요? 강한남 씨를 좋아했나요?"

"너무 싫었어요!"

소주희가 잘라 말했다.

"정말 일 때문에 참은 거예요. 저를 볼 때마다 느끼하게 웃고 손을 잡고 몸을 만지기까지 했어요. 그래도 참았어요. 가게를 위해서…."

"뭐? 정말이야? 주희 씨, 정말 미안해. 난 그런 줄도 모르고…."

"아니에요. 셰프님, 이제 따님도 있는 데 가게 잘되셔야죠."

"아임쏘우쏘리! 내가 할 말이 없어."

무거운 분위기였다. 힘든 사람들이 서로를 위로하고 있었다.

"그럼, 여기 와서 본 건 없나요? 강한남 씨나 다른 사람들 관계 같은?"

분위기를 바꾸려는 듯 김정호 형사가 물었다. 옆에 서 있던 신영규가 보일 듯 말듯한 미소를 흘렸다. 김정호도 이제 한 사람의 형사 몫을 하고 있었다.

"아! 강한남 씨하고 여기 호스트 차차연 씨하고 좀 사이가 안 좋아 보였어요."

소주희가 문득 생각난 듯 대답했다.

"사이가 안 좋다?"

"네. 그게 좀 이상했어요. 두 분은 연예계에서 친남매처럼

친하다고 소문이 났었거든요. 평소에도 오빠 동생처럼 허물
없이 지냈다고 했는데…."

그 말을 듣자마자 신영규는 조용한 서장의 말을 떠올렸다.

'강한남은 어머니가 물려준 거액의 미술품들을 차차연을
통해서 조일미술관으로 보냈다. 그럼 그 과정에서 사이가 틀
어졌다?'


"팀장님!"

신영규는 복승아의 부름에 고개를 돌렸다.

"이거 좀 보시죠."

"뭐야?"

"과학수사대가 찾아낸 겁니다. 저쪽 B부스에서 독이 담긴
유리병이 나왔답니다."

"뭐? 저기가 누구 부스야?"

"소주희입니다."

신영규의 미간이 깊어졌다. 사실이라면 이것은 소주희에게
결정적으로 불리한 증거였다.

"무슨 독이래?"

"그건 검사해봐야 압니다."

"지문은?"

"지문은 없답니다."

"CCTV 찾아봐!"

"네!"

신영규는 소주희를 돌아보았다. 이 증거대로라면 소주희를 체포할 수밖에 없었다.

입이 바짝 타들어 갔다. 그는 안주머니에서 은단통을 꺼내 들었다.

"들어가시면 안 됩니다!"

"어허! 들어갈 만하니까 들어가는 거예요!"

밖에서 시끄러운 말소리가 들렸다.

"현장에는 민간인 출입금지입니다!"

"아, 민간인 아니고 변호사예요. 저 안에 있는 내 의뢰인 만나러 왔어요!"

남자가 명함을 꺼내 보이자, 그를 막아섰던 경찰관이 마지못해 길을 열어줬다.

"저건 뭐야?"

신영규가 고개를 갸우뚱했다.

조금 촌스러운 양복에 두꺼운 검은색 뿔테안경, 하얀 점들이 찍힌 빨간색 넥타이 차림의 남자는 현장과 전혀 어울리지 않았다. 남자가 허리를 숙이며 신영규에게 명함을 내밀었다.

**철권연대 법무팀**

변호사 박재훈

"박재훈 변호사예요. 소주희 씨가 어디 계시죠?"

그는 변호사가 아니라 개그맨 시험을 보려고 시골에서 막 상경한 사람처럼 보였다. 김정호는 신영규의 눈치를 살폈다. 수사 중에 변호사가 개입하려 하면 우선 면박을 주거나 인상부터 찌푸리던 그였기 때문이다. 하지만 신영규는 소주희가 앉아 있는 쪽을 손으로 가리켰다.

"저쪽이요."

화를 내기는커녕, 친절하게까지 보이는 그의 태도에 김정호와 복승아는 놀라서 서로를 쳐다보았다. 확실히 최근의 신영규는 변했다. 모든 면에서 이전보다 덜 까칠했다.

"야, 이거 팀장님이 요즘 왜 이렇게 친절하시니?"

"몰라요. 연애하시나?"

두 사람이 서로 귓속말을 주고받을 때, 그것을 눈치챈 신영규가 한마디했다.

"야! 너희 둘! 연애는 일 끝나고 해!"

"예? 무슨 그런 오해를…."

"일 없습네다! 그거이 아니라…."

하지만 말을 마친 신영규는 성큼성큼 안으로 걸어 들어가 버렸다. 얼굴이 빨개진 김정호와 복숭아도 종종걸음으로 그 뒤를 따라갔다.


소주희와 윤보선은 반가운 표정으로 변호사와 이야기를 나누고 있었다.

"걱정하지 마시고요, 우선 댁으로 돌아가서 기다리시죠. 나머지는 제가 처리하겠습니다."

"네. 감사합니다."

"정말, 정말 감사합니다. 아, 그런데 저기 건물주가 부당하게 계속 집세를 올리는데요. 이것도…."

윤보선이 급한 마음에 변호사에게 매달렸다.

"소주희 씨는 지금 경찰서로 가야 합니다."

그들 앞에 신영규가 불쑥 나타나서 말했다.

"소주희 씨는 신원이 확실하고 도주의 우려가 없는 분입니다. 굳이 지금 경찰서로 가야 하는 이유가 있나요?"

"소주희 씨 부스에서 독이 든 유리병이 발견됐습니다."

박재훈 변호사가 눈을 가늘게 떴다.

"그 병에서 소주희 씨의 지문이 나왔나요?"

"아니요."

김정호가 고개를 저었다.

"지문은 없습니다."

"그럼 그 병을 열어서 독을 사용한 흔적이 있나요?"

"그것도 확실하지 않습니다."

"그럼 먼저 그것부터 조사해야겠네요. 확실한 증거도 없이 소주희 씨를 체포할 수는 없습니다."

하지만 신영규도 물러서지 않았다.

"현장에서 소주희 씨가 만든 음식을 먹고 죽은 사람이 있고, 소주희 씨 부스에서 독이 나왔어요. 현 상태에서 소주희 씨는 가장 주요한 참고인입니다."

"누군가가 몰래 심어놓은 것일 수도 있죠. 소주희 씨가 그 독을 직접 구입했거나 사용했다는 증거가 없으면 직접증거가 될 수 없습니다. 수사에는 협조하겠지만 그런 혐의만으로 제 의뢰인의 신변을 구속할 수는 없습니다."

생긴 모습과 달리, 박재훈 변호사의 어조는 논리적이고 단호했다.

잠시 생각하던 신영규가 고개를 끄덕였다.

"알겠습니다. 일단 돌아가시죠. 정호야!"

신영규는 돌아서서 다른 곳으로 가버렸다. 김정호가 변호사에게 이어서 말했다.

"연락드리면 조사받으러 오셔야 합니다."

"그렇게 하겠습니다."

"멀리 가시면 안 됩니다."

"알고 있습니다. 제 의뢰인은 경찰 수사에 적극협조할 준비가 되어 있습니다."

소주희와 윤보선은 변호사를 보고 마음을 놓는 표정이었다. 김정호도 속으로 잘됐다고 생각했다. 그도 소주희를 체포하고 싶지 않았기 때문이다.

김정호는 과학수사대원과 대화하는 신영규를 쳐다보았다.

"왜요?"

복승아의 물음에 그는 살짝 인상을 찌푸리며 말했다.

"팀장님 말야, 아무래도 조금 달라지신 것 같지 않니?"

"어? 느꼈죠! 나만 그런 게 아니네."

"김건이 기억을 회복하면서부터 팀장님이 변하신 것 같아."

"그러게. 갑자기 배려? 이런 걸 하시더라고!"

"맞아! 맞아! 그리고 뭐, 걱정? 그런 것도 하시더라니까!"

신영규가 그들을 향해 성큼성큼 걸어오자 두 사람은 급히 입을 다물었다.

"나는 증거 가지고 국과수 가볼 테니까, 둘은 여기 정리하고 사무실로 가."

"네. 알겠습니다."

"그리고 연애는 나중에 따로 해라. 무슨, 살인사건 현장에서 그렇게 연애질이냐?"

신영규가 혀를 끌끌 차며 나가버리자 두 사람은 놀란 얼굴로 그의 뒷모습만 쳐다보았다.

"그거이 아닌데. 참…."

"그러게, 현장에선 연애 못 하나? 뭐?"

복승아의 말에 김정호가 화들짝 놀랐다.

"뭐이가 어드래?"

"먼저 가. 나는 조금 있다 갈 테니까!"

현장을 나선 오유령이 팀원들을 먼저 보내고는 휴대폰을 꺼내 들었다. 붉어진 얼굴로 심호흡을 하며 전화번호를 검색했다. 이름을 하나 찾아 곧바로 통화 버튼을 눌렀다.

'국민통합당 허영자 의원'


"네. 국민통합당 허영자 의원실입니다."

밝은 여성의 목소리가 전화를 받았다.

"여보세요. 저는 강남경찰서 강력반 오유령 팀장입니다. 의원님하고 좀 통화할 수 있을까요?"

"네. 잠깐만 기다리세요."


허영자 의원과 오유령 팀장은 같은 부산 출신으로 고등학교 선후배이기도 했다. 오유령을 아끼는 허영자 의원은 만날 때마다 그녀에게 이렇게 말했다.

'우리, 오 팀장은 대한민국 최초 여성총경감이다! 내가 확실하게 밀어주께. 나중에 정치도 해야지?'

'시켜만 주시면 열심히 하겠십니더!'

오유령은 감사히 그 제안을 받아들였다.


"아이고마, 우리 오 팀장아! 요즘 와이리 보기가 힘드노?"

반가운 부산 사투리가 귀에 착착 감겼다.

"네. 의원님. 선거 때문에 힘드셨지예?"

"말도 말거라, 저쪽 당이 과반수를 넘는 바람에 여는 지금

초상집이다. 그런데 무슨 일이고?"

"네. 혹시, 광수대에 신영규 팀장이라고 아십니까?"

"잘 모르는데, 와?"

"제가 사건 맡을 때마다 나타나서 다 빼갑니다. 총경될라 카는데 실적을 못 올리겠어요."

"그래? 이기 아주… 있어봐라. 내 당장 알아보게."

"네. 의원님. 감사합니데이. 들어가이소."

"그래, 욕 봐래이!"

오유령은 차가운 표정으로 전화를 끊었다.

"빽은 너만 있는 게 아니지!"

'국립과학수사연구원'은 줄여서 '국과수'라고 부른다. 그 전신은 1955년에 설립된 '국립과학수사연구소'로 긴 역사를 가진 곳이다. 서울에 있던 본원이 원주에 신청사를 지어 이주 하면서 지금은 서울, 부산, 광주, 대전, 대구 등 다섯 곳의 분 원이 있고 제주도에도 출장소가 있다. 세간에는 국과수가 경 찰청의 산하기관인 것으로 잘못 알려졌지만, 재판 시 증거의 공정성을 확보하기 위해 국과수는 경찰청이 아닌 행정안전부

소속기관으로 되어 있다. 이 분야에 정통한 엘리트집단으로, 쉽지 않은 근무여건 속에서도 이곳에 근무하는 직원들의 자부심은 높은 편이다.

지원자가 적어서 만성적인 인력부족에 시달리며 부검의의 경우, 적정 권장일인 일 년에 200회 해부보다 훨씬 많은 300회 이상의 해부를 하고 있지만 힘든 와중에도 이들은 자부심과 사명감으로 일하고 있었다.


국과수 서울지부에 앰뷸런스가 도착했다. 직원들이 시체가방에 담긴 시신 한 구를 시체보관소로 옮겼다. 트레이에 올린 시체가방을 열자, 창백한 얼굴의 강한남이 모습을 드러냈다. 커피를 마시며 그 모습을 지켜보던 부원장과 부검의들이 혀를 찼다.

"아이쿠, 진짜 강한남이네. 이 친구 팬이었는데. 싸나이!"

부원장이 강한남의 캐치프레이즈를 흉내 내는 모습에 웃던 직원들이 고인을 모욕하는 것 같아 애써 웃음을 지웠다.

"이거 매스컴에서 집중하는 사건이라서 빨리해 달랍니다!"

"빨리? 우리는 노나? 요즘 사건 많아서 해부할 게 얼마나 밀려 있는데."

"이번 공문 보셨습니까? 새 방역정책 때문에 직원들은 위험한 상황에서는 절대 해부하면 안 된답니다."

"그것도 현실성 없는 이야기지. 인프라가 없는데 그냥 선진국만 따라 하면 다냐? 우리만 고생이지."

"현장 오염되면 48시간 안에 오염물을 다 소각해야 한답니다."

"야, 이런 정책은 대체 누가 만드냐? 미국드라마를 너무 봤어. 아니 그리고 우리 국과수 안에 오염될 게 뭐가 있어? 응? 방사능? 독가스?"

"김 과장님 방귀 아닐까요? 아까부터 계속 논스탑으로 뀌시는데?"

"요즘 고구마 먹어서 그래. 고구마 다이어트!"

김인호 과장이 뻔뻔스럽게 대답했다. 그는 절대 기죽지 않는 사나이였다.

"다이어트는 과장님이 하시는데 살은 우리가 빠져요! 그만 좀 하세요."

"자, 자, 조용!"

부원장이 주의를 환기시켰다.

"강한남 부검이 급하다니까 최대한 댕겨. 언제가 제일 빨라?"

"내일 오후입니다."

"오전으로 시간 빼!"

"그럼 안 되는데. 참, 알겠습니다."

"오늘은 몇 건이야?"

"세 건입니다."

"야, 요즘 사건이 왜 이렇게 많냐? 다들 미쳤나? 그냥 사람들이 다 살인자가 된 거 같아?"

"그러게요. 영아사체만 두 건입니다. 다 부모가 때려죽인 거랍니다."

"진짜, 대한민국이 미쳐 돌아가는 거야? 아니면 전 세계가 다 이런 거야?"

"코로나 때문에 그런 거 아닐까요?"

"밖에를 못 나가니까 스트레스 풀 길도 없고⋯."

"아이, 화가 나니까 속이 안 좋네!"

말을 마친 김 과장이 '뿌웅' 하고 시원하게 방귀를 뀌었다.

"아 쫌, 그만 좀 하십쇼. 여기 창문도 없는데!"

부원장이 손으로 코를 가리며 말했다.

"여기, 환풍기 켜!"

"이 앰플! 사용한 흔적이 있습니까?"

신영규가 오종환 교수를 만나자마자 급하게 물었다. 오 교수는 침착하게 실리콘 장갑을 끼고 유리앰플이 든 지퍼백을 받아서 내용물을 꺼냈다.

"에, 잠깐. 좀 보자고."

오종환 교수는 유리앰플의 위쪽 고무패킹 부분을 화상카메라 앞으로 가져갔다.

"여기, 이쪽을 보라고. 이 앞쪽 고무패킹 위에 난 구멍자국, 보이지?"

"네."

"이건 주사기를 찔러 넣은 자국이야. 누군가가 이 병에서 내용물을 꺼냈다는 증거지."

신영규는 미간을 찌푸렸다. 소주희의 부스에서 발견된 앰플은 사용한 흔적이 있었다. 불리한 증거다!

"성분 분석 좀 해주세요."

"그래, 잠깐만…."

오교수는 앰플을 들고 옆에 있는 동료에게 넘겼다.

"이거 먼저 분석 좀 해줘."

"네? 지금 할 게 많은데….'"

"아, 밥 살게!"

"사람 잘못 보셨어요! 저, 그런 사람 아닙니다!"

젊은 직원이 정색하고 말했다.

"알았어. 그럼 술!"

"네! 바로 해드리겠습돠!"

성분 분석은 생각보다 오래 걸리지 않았다. 하지만, 신영규는 초조한 마음을 붙잡기 힘들었다. 그는 김건에게 소주희가 어떤 의미인지 잘 알고 있었다. 김건이 신입형사로 신영규와 팀을 이뤘을 때, 그들이 맡았던 사건에 연루된 것이 바로 고등학생이던 소주희였다. 그들은 당시 '다이어트 킬러'라고 불렸던 연쇄살인마에게 납치되었던 소주희를 구출했다. 그때부터 소주희에게 김건은 자신의 목숨을 구해준 기사이자 영웅이었다. 김건 역시 소주희를 특별하게 생각했다. 그들은 그 뒤로 김건이 기억을 잃기 전까지 각별한 사이로 지냈었다. 그런 소주희가 살인누명을 썼다. 그녀의 무죄를 증명하는 것은 신영규가 김건에게 해줄 수 있는 최소한의 것이었다.

"이럴 줄 알았어!"

모니터에서 스펙트럼의 결과를 보며 오종환 교수가 말했다.

"여기 봐. 같은 청산가리야. 농축해서 독성을 강화시킨 놈! 그놈이야!"

"그럼 그 현장에 있던 누군가가 '샘'하고 접촉했다는 말이군요."

"그럴 가능성이 크지. 누구 짐작 가는 사람 있나?"

"아직 모릅니다. 하지만 절대 그럴 리가 없는 사람이 범인으로 지목됐어요."

"저런, 그럼 안 되지. 증거는?"

"그래서 오늘 찾아뵌 겁니다. 이 독병이 그 사람 물건에서 나왔어요. 아! 병에 지문이 있나요?"

"벌써 확인해봤어. 병에서 발견된 지문은 없더군."

"그래요."

"그런데, 강한남이 먹은 샐러드에서 독이 나왔다네."

"그래요?"

신영규의 표정이 어두워졌다. 소주희가 만든 음식에서 독이 나왔다면 소주희가 범인으로 몰릴 가능성이 훨씬 더 커진다.

"신 팀장, 이런 모습은 처음 보네. 그 용의자, 아는 사람인가?"

"제 친구, 친구입니다."

"그랬구먼."

"돕고 싶어도 방법이 없네요."

실망한 신영규의 모습에 선뜻 입을 못 열던 오종환 박사가 뭔가를 떠올린 듯 손뼉을 쳤다.

"아, 이 독 말이야. 나름대로 조사를 좀 해봤어. 그런데 미국에 있는 교수 친구 덕분에 뜻밖의 사실을 알게 됐지. 자네가 쫓는 '샘'이라는 살인자가 쓰던 독 유형을 찾다 보니, 숨은 비밀이 있더구먼."

"그게 뭡니까?"

"음, 이것하고 같은 독은 과거에 미국정보국에서 쓰던 거라네."

"미국정보국이요?"

"그래, CIA나 군정보국 같은 곳에서 요인 암살 등에 쓰던 독하고 같은 유형이라네."

신영규가 인상을 찌푸렸다. 생각보다 더 복잡해졌다.

"음, 지금도 쓰는지는 잘 모르지만, 과거에는 많이 사용했다네. 특히 전시에 많이 썼대."

"전쟁 시요? 적군을 암살하는 데 썼나요?"

"아니, 그 반대라네. 아군을 죽이는 데 썼지."

의외의 말에 신영규가 오 박사를 쳐다보았다.

"아군을 죽여요?"

"어느 전쟁이나, 전쟁이 끝난 후 가장 큰 일은 바로 아군 부상자들을 처리하는 거라네. 부상이 가벼운 사람들은 적당히 넘어가지만, 진짜 큰 부상을 입은 사람들은 정부에 큰 부담이 되겠지. 그래서…"

"부상자를 죽인다는 겁니까?"

"믿지 못하겠지만, 많은 국가에서 부상자들을 처리한 방법이네, 심지어는 최근까지도…."

신영규는 말을 잊었다. 이 직업의 안 좋은 점은, 인간의 추악한 본성을 끝도 없이 알게 된다는 점이다.

"그럼, 뭡니까? '샘'이 미국 정보국사람이라는 뜻인가요?"

"그들과 같은 독을 쓰는 것을 보면 연관성을 부인할 수는 없겠지. 내 짐작이지만 '샘'이라는 인물이 그쪽 정보국 일을 했을 가능성이 높다고 보네. 거기서 그 독을 사용했겠지."

신영규의 미간이 깊게 팼다. 그가 쫓는 연쇄살인마가 미국 정보국과 관련된 인간이다. 그 순간, 그의 머릿속에 '오악재'가 떠올랐다.

이곳에서 수확은 있었지만, 이 증거들이 소주희에게 유리할지 불리할지 짐작하기 어려웠다.

"너무 걱정 말아. 내일 해부하면 다 알게 돼."

"그럴까요?"

"그럼! 만약 독살한 거라면 식도에서 위까지 다 흔적이 남아있어. 해부해보면 다 나와!"

'띠리리링!'

전화벨이 울리자 신영규는 반사적으로 전화기를 꺼냈다.

"신 팀장! 지금 어디 있나?"

조용한 서장이었다.

"국과수입니다. 무슨 일 있으십니까?"

평소의 그답지 않게 다급한 목소리였다.

"오유령 팀장이 정치권을 통해 압력을 넣고 있어. 강한남 사건 피의자를 먼저 체포해서 기소할지도 몰라!"

"네?"

"국민통합당 의원이 경찰에 항의를 하고 있어. 오래 버티기 힘들어!"

신영규는 사태를 바로 짐작했다. 오유령은 정치권에서 밀어주는 여성 경찰관이다. 욕심 많은 그 여자가 뒤에서 정치권을 움직인 것이다.

"알겠습니다. 피의자, 신병 확보하겠습니다."

'철컥' 하는 날카로운 쇳소리가 포근한 밤공기를 찢어 놓았다. 소주희는 자신의 손목에 채워진 수갑을 멍하니 바라보았다.

"이게 뭐죠? 주희 씨가 살인 용의자라니요?"

프랑수아가 신영규에게 따지듯 물었다.

"말 그대로다!"

신영규는 표정만큼이나 차가운 목소리로 대답했다.

"소주희는 이 시간부로 살인용의자다!"


관용차의 뒷좌석에 앉아서 손목에 찬 수갑을 보던 소주희가 '훌쩍훌쩍' 울기 시작했다.

운전하던 김정호 형사가 흘끗흘끗 뒤쪽을 쳐다보며 어찌할 바를 몰랐다. 소주희의 옆에 앉은 복승아도 안쓰러운 표정으로 말했다.

"울지 말아요."

"죄송해요. 하지만 이런 일은 처음이거든요. 전 착하게 살아왔는데 왜 저한테 이런 일이 생기는지 모르겠어요."

"아니, 그게, 저기, 주희 씨가 나빠서 그런 게 아니라, 조사

할 게 있어서."

"그런데 왜 수갑을 채워요? 제가 나쁜 사람이라서 채운 거 잖아요? 흑."

소주희가 양손에 얼굴을 파묻고 흐느끼기 시작했다.

"아니야. 주희 씨. 나쁜 사람이라서가 아니고 주희 씨를 보호하려고 긴급 체포…."

"그만해!"

앞자리에 앉은 신영규가 소리쳤다.

"정신 차려! 둘 다. 지금 일하는 중이다!"

그의 질타에 두 사람은 입을 다물었다.

아무리 친해도 수사상의 비밀을 밝혀서는 안 된다. 소주희의 흐느낌과 세 사람의 무거운 침묵으로 가득 찬 차가 어두운 밤거리를 달려 나갔다. 프랑수아는 멀어지는 경찰차를 보며 어찌할 바를 모르고 있었다.

"역시, 그 사람밖에 없어!"

그는 바로 휴대폰을 꺼내 들었다.

김건은 멍하니 벽을 바라보고 있었다. 평범한 호텔이었다.

중국인 관광객 호황기에 사장이 중국특수를 노려서 큰돈을 벌 욕심으로 지었지만, 사드배치 이후 한한령으로 중국관광객이 끊어지면서 적자로 고생하던 곳이었다. 코로나 사태가 터지면서 국가방역 협력호텔로 지정되어 격리장소로 쓰이고 있었다.

밤 9시가 조금 안 된 시간이었다. 배가 고프지만, 야식을 먹기는 애매해서 먹을까 말까를 갈등하게 만드는 시간이다.

김건은 의자에 앉아 양손으로 턱을 괸 채 하얀 벽을 멍하니 바라보며 미소 짓고 있었다.

만약 다른 사람이 이 모습을 봤다면 그의 정신 상태를 의심했겠지만, 사실 그는 영화감상 중이었다. 바로 그의 머릿속에 한 장면 한 장면 빠지지 않고 새겨져 있는 '카사블랑카'였다.

카사블랑카는 그가 어린 시절부터 좋아하던 영화였다. 컴퓨터를 가지게 된 중학교 때부터 하드에 저장해놓고 몇 번씩이나 봤었다. 그 습관은 어른이 되어서도 계속 이어졌다.


용병이 쏜 오블리비온(즉효성기억상실약) 다트를 맞고 기억을 잃은 뒤 감옥에 갇혔을 때, 오레온 박사는 그를 자신의 상담실로 데려가서 기억붕괴의 도미노를 막을 스토퍼 역할을 하는 기억조각을 찾으려고 애썼다.

"인간은 누구나 자신을 정의하는 한 가지 기억을 붙잡고 있어. 지금의 자신을 존재하게 만드는 가장 밑바닥 의식! 그건 절대로 지워지지 않아! 자, 자네한테도 그것이 있을 거야. 자신을 정의하는 기억, 존재의 이유, 가장 좋아하는 것! 그것을 찾으면 기억의 붕괴를 막을 수 있어. 자네의 인격을 유지하고 인간으로 살게 해주는 그것! 그 기억 조각을 잡아야 해! 그것만 있으면 자네라는 인간을 처음부터 다시 만들어낼 수 있어! 조각난 기억을 하나하나 모아 붙여서 기억을 재건하는 거야!"

그러면서 그는 김건에게 수많은 시도를 했다. 음악을 들려주고, 그림을 보여주고 인기 있는 TV프로그램을 보여주었다. 하지만 기억을 잃어가는 김건은 아무 반응도 없이 그저 돌덩이처럼 앉아만 있었다. 처음에는 자신의 처지를 슬퍼하는 모습이 역력했지만, 곧 그 표정조차도 사라져갔다. 슬픔조차 잊어버리면서, 그의 표정은 새 공책처럼 텅 비어버렸다.

그러던 어느 날, 오레온은 김건에게서 이상한 변화를 발견하고 눈을 크게 떴다.

김건이 웃는 표정으로 TV 화면을 보며 뭔가를 중얼거리고 있었다.

급히 김건에게 달려간 오레온은 TV 화면을 보았다.

화면에는 클래식 영화 채널에서 모자를 쓴 남자가 담배를 물고 있는 모습이 보였다. 험프리 보가트였다.

　"카사블랑카!"

　그는 다시 김건의 표정을 보았다. 그의 두 눈에 생기가 넘치고 있었다.

　"이거야! 이게 바로 자네의 스토퍼야! 절대 지울 수 없는 기억조각!"

　오레온이 흥분해서 외쳤다.

　"나는 이제 자네를 처음부터 새로 만들 수 있어! 자네는 '기억의 프랑켄슈타인'이 될 거야!"


　하얀 벽을 멍하니 쳐다보던 김건이 '씨익' 웃었다.

　험프리보가트가 'Here's looking at you(내가 너를 지켜보고 있으니까)'라고 말하는 장면을 보고 있었기 때문이었다. 이 대사는 미국 영화연구소에서 뽑은 10대 명대사에 들어갈 정도로 유명한 대사였다. 한국에서는 일본번역의 중역으로 "당신의 눈동자에 건배"라는 대사로 더 유명하다. 하지만 버터 한 덩이를 통째로 삼켜야 나올 것 같은 느끼한 의역보다 원래 대사가 더 마음에 들었다.

　원래 저 말은 서부개척시대 바에서 카드게임을 하며 술을 마시던 사람들이 상대방에게 경고성으로 하던 말이었다. '내가 너를 지켜보고 있으니까 훔쳐 갈 생각 마'라는 뜻인데 영화에서는 중의적 의미로 쓰였다. 카사블랑카 안에서만 이 대사가 세 번 나오는데 그때마다 쓰임이 달랐다. 김건은 모든 장면을 다 자세히 기억하고 있었다.

한참 머릿속의 영화에 빠져 있던 김건을 시끄러운 소음이 억지로 현실로 끄집어냈다. 정신을 차리고 보니 테이블 위에 놓아둔 그의 초기형 스타텍 전화기가 울리고 있었다.

"여보세요."

"여보세요. 김건 씨?"

프랑수아였다.

"아, 프랑수아! 잘 지냈어요?"

"네. 김건 씨. 큰일 났어요."

"큰일이요? 무슨 일인데요?"

평소의 프랑수아답지 않게 흥분된 목소리였다. 혹시, 또 신영규와 관계된 일이 생겼는지 '덜컥' 걱정이 되었다.

"주희 씨가 체포됐어요!"

"네? 그게 무슨 말이에요? 주희 씨가 왜요?"

"살인혐의래요."

"살인이요? 주희 씨가요?"

도저히 믿을 수가 없었다. 지난번, 소주희가 일하던 식당의 사장이 살인혐의를 받은 적은 있었다. 하지만 소주희 본인이?

"네, 조금 전에 신영규 형사님 팀이 여기 왔었어요. 그리고 여기 있던 주희 씨를 잡아갔어요. 내 눈앞에서요!"

"조금 전에요? 네. 네. 알았어요. 한번 알아볼게요. 너무 걱정하지 말아요. 프랑수아."

전화를 끊은 김건이 황급히 김정호에게 전화를 걸었다.

"님자! 지금 통화 못 해. 내일 아침에 연락하자."

김정호가 자기 할 말만 빠르게 하고 전화를 끊었다.

"야! 정호야. 야!"

하지만 이미 신호는 끊어졌다. 전화기 너머로 작게 소주희의 훌쩍이는 소리를 들은 것 같았다. 급하게 다시 걸었지만, 전화기가 꺼져 있었다. 순간적으로 분노가 치밀어 올랐다. 소중한 사람이 위험에 처했는데 하필이면 격리 중인 자신의 처지가 너무 답답했다. 하지만 그는 눈을 감고 심호흡을 하며 마음을 가라앉혔다.

분노는 두려움에서 나온다. 분노는 불과 같아서 그냥 놔두면 결국 자신을 태워버린다. 근본을 찾아서 마주보라. 예전, 감옥에 있을 때 선생님이 알려준 명상법이었다.

기억을 재건하는 과정에서 김건은 자신이 누군지 모른다

는 공포로 몇 번이나 분노에 의한 패닉상태에 빠졌었다. 그때마다 선생님은 그와 함께 명상을 해주었다. 그리고 그것이 익숙해지며 마침내 그는 분노를 조절할 수 있게 되었다.

아직 자세한 상황을 알지 못하는 김건은 우선 휴식을 취하고 내일 다시 연락하기로 마음먹었다. 김정호 형사가 저렇게 전화를 끊은 걸 보면 뭔가 중요한 이유가 있을 것이다. 김건은 불을 끄고 침대에 누웠다. 하지만 좀처럼 잠을 잘 수 없었다.

눈을 감았다. 머릿속에서 영화 '카사블랑카'가 아까 끊어졌던 부분에서 다시 이어져 재생되었다.

"이번 총선에서 여당인 민주행복당이 182석을 차지하는 기염을 통했습니다. 이 때문에 이강산 대통령의 국정수행에 청신호가 켜졌습니다."

남자 아나운서가 말을 이어받았다.

"반면, 110석에 불과한 제2야당인 국민통합당에는 적신호가 켜졌습니다. 당 지도부가 책임을 지고 총사퇴하며 새로운 국면을 모색하고 있습니다. 앞으로의 정국, 계속 지켜봐야 할 것 같습니다."

"돌격인터뷰 시간입니다. 오늘 인터뷰의 주인공은 누구일까요? 유리나 리포터!"

국회의사당 내부를 배경으로 노란 안전모와 작업복에 마스크 차림의 여성 리포터가 자기 키보다 더 큰 마이크를 들고 카메라 앞에 섰다. 그녀는 갑자기 나타나 거대한 마이크를 들이미는 압박면접 스타일 인터뷰로 큰 인기를 얻고 있는 리포터였다.

"네, 안녕하세요. 돌격인터뷰. 유리나입니다."

완전무장한 리포터가 카메라를 향해 경례하며 인사를 했다.

"오늘 인터뷰는 국회의사당에서 진행합니다. 그 대상은 바로, 두 분의 초선 국회의원입니다! 레츠고우!"

다소 과장되고 긴장된 말투를 유지하던 리포터가 갑자기 몸을 돌려 어디론가 달려가자, 카메라도 허겁지겁 그녀를 따라 뛰었다. 뛸 때마다 흔들리는 화면이 묘한 생동감을 주었다. 달려가던 카메라가 갑자기 멈춰선 리포터를 포착했다. 그녀의 옆에는 양복을 입은 젊은 남자 두 명이 마스크를 쓴 채 서 있었다. 큰 키에 안 어울리는 양복을 어색하게 입고 있던 남자가 고개를 숙였다.

"안녕하세요, 의원님. 자기소개 좀 부탁드려요!"

높은 톤의 목소리로 말하는 리포터의 요청에 남자가 큰 마이크를 향해 고개를 기울였다.

"안녕하세요. 경기 용인 갑, 국회의원으로 당선된 민주행복당 초선의원 유치한입니다."

인사를 하자마자 거대한 마이크를 다시 자신의 입으로 가져간 기자는 숨 가쁘게 말을 이었다.

"네, 감사합니다. 의원님! 자 그럼 다음 분께 마이크를 옮기겠습니다. 자기소개 부탁드립니다!"

이번에는 마이크를 유치한의 옆에 있던 세련된 젊은 남자에게 내밀었다.

"안녕하세요. 강남 서초갑 국회의원으로 당선된 국민통합당 의원 유일상입니다."

유일상이 마이크를 향해 말하고 가볍게 고개를 숙였다. 그의 모든 행동엔 품위가 깃들어 있었다.

"네. 감사합니다. 두 분 의원님들은 이번 총선에서 가장 큰 돌풍이었는데요. 먼저 유치한 의원님!"

"네."

"공약이 굉장히 독특하세요."

"네. 그렇습니다."

"첫 번째 공약이, 사법부 대청소였어요. 맞나요?"

"맞습니다."

"어떻게 청소를 하신다는 건가요?"

"우선 법원에 인공지능 판사를 도입할 겁니다."

"인공지능 판사요?"

그의 말에 옆에 있던 유일상 의원이 얼굴을 찌푸렸다.

"네. 국민들은 현재, 검찰과 사법부의 권력 남용에 심각한 우려를 표하며 매우 분노하고 있습니다. 권력자의 딸은 몇 백 명이 투약할 분량의 마약을 들여와도 훈방조치로 풀려나고 일반인들은 라면 한 개를 훔쳐도 몇 년을 감옥에서 지내야 하죠. 사법부의 불공정함은 이미 자정의 수준을 넘어섰습니다. 저는 인공지능을 모든 재판에 활용해서 판사들이 권력 남용을 막는 법안을 발의할 것입니다."

"네, 국민의 분노를 잘 아우르는 공약 같네요. 그런데 그것으로 청소가 될까요?"

"그 외에도 판사와 검사를 미국처럼 선거로 임명하는 방식을 추진할 것입니다. 지금 치외법권인 검찰과 판사의 권력을 국민에게 돌려놓는 것이 목적입니다."

"네, 언뜻 듣기로는 지키기 힘든 공약이 아닐까 생각하지만, 당선되신 것을 보면 국민의 지지가 있는 것은 사실인 것 같습니다. 계속 힘내주시고요, 다음은 우리 유일상 의원님!"

"네, 국회의원 유일상입니다."

유일상이 살짝 미소를 띤 얼굴로 대답했다.

"조금 전 유치한 의원님 공약을 들으셨는데요. 판사 출신 변호사로서 그 공약을 어떻게 보세요?"

"네. 사법부와 검찰의 권력 남용에 대한 국민의 우려와 분노는 잘 알고 있습니다. 하지만 우리 유치한 의원님은 전문가가 아니셔서 현실을 모르시는 것 같습니다. 문제가 있어도 헌법으로 권한을 보장받은 사법부를 정치인들이 건드리는 것보다 내부에서 개혁을 통해 바꾸는 것이 현실적입니다."

"알겠습니다. 그럼 유치한 의원님. 이 말씀에 동의하시나요?"

"동의하지 않습니다. 말씀드린 대로 국민의 요구는 그렇게 단순하지 않습니다. 저는 철권연대라는 시민단체를 맡고 있습니다. 그곳에는 검찰과 사법부의 권력 남용, 억지 수사, 끼워 맞추기 기소 등으로 인생이 파탄 나고 가족이 분열된 분들이 수없이 많습니다. 잘 보시면, 판사와 검사는 뇌물을 받아도, 성 추행을 해도 실형을 사는 경우는 없습니다. 하지만 일반 국민은 아주 작은 실수에도 실형을 선고받아 인생에서 오점을 남기게 됩니다. 아까 전문가가 아니라고 하셨는데, 그 전문가들이 모여서 그 오랜 세월 동안 만들어온 것이 지금의 검찰과 법원입니다. 외람되지만, 검찰과 법원 내부에서의 자정은 의미가 없습니다. 이제 국민의 요구대로 뜯어고치는 것만이 정답입니다."

유치한이 조금도 물러서지 않고 담담하면서도 강하게 주장하자, 유일상은 조금 당황했다.

권력의 정점에 있던 사람들은 동등한 입장에서의 토론에 익숙하지 않기 때문이었다.

"전문가가 모였지만 못했다. 유일상 의원님, 맞습니까?"

"어, 다시 말씀드리지만, 현장을 모르는 분들은 그렇게 생각하실 수 있지만, 현실은 다릅니다."

"현장은 전문가에게 맡겨라! 이 말씀이시네요. 유치한 의원님!"

리포터는 두 사람을 싸움 붙이려고 애쓰는 것 같았다.

"그쪽 입장은 알겠지만 저는 국민에게 권한을 위임받은 사람으로서 반드시 사법개혁을 이뤄내겠습니다."

"네. 강한 의지를 보여주셨습니다. 유일상 의원님!"

"저는 역시 내부에서의 개혁이 최상이라고 생각합니다."

"한마디로 막겠다, 이런 말씀이죠? 알겠습니다. 아! 시간이 됐네요. 두 분 의원님들. 두 분 다 성이 유 씨세요. 마지막 인사 부탁드립니다!"

거대한 마이크를 향해 몸을 기울인 유치한이 먼저 말했다.

"앞으로 국민 여러분의 더 나은 삶을 위해서 최선을 다…
아니, 최선의 결과를 만들어내겠습니다. 지켜봐주세요!"

"네. 감사합니다. 유일상 의원님!"

"아, 저…음… 초선의원 유일상입니다. 아… 앞으로 국가를
위해서 견마지로를 다하겠습니다."

순발력이 부족해서 말이 바로 나오지 않는 유일상이 살짝
굳은 표정으로 인사를 마쳤다.

"감사합니다. 그럼, 유리나의 돌격인터뷰! 여기서 마칩니다!"

말을 마친 리포터는 인사를 하고 안전모를 벗으며 한숨을
내쉬었다.

"수고하셨어요. 의원님들. 정신없으셨죠?"

"아니요. 재미있었습니다."

"유치한 의원님. 말씀 넘 잘하셔서 좋았어요. 유일상 의원
님도 너무 잘생기셔서 소녀팬 많으시겠어요."

유일상이 억지로 웃어 보였다.

"리나 씨! 다음 인터뷰 빨리 따야 돼!"

"누군데?"

"국회의장!"

"고우!"

말을 마친 리포터와 카메라맨이 '수고하세요.' 한마디를 남기고 바람처럼 사라졌다. 그야말로 돌풍이 지나간 것 같았다.

유치한이 유일상을 돌아보며 손을 내밀었다.

"우리 둘 다 초선이네요. 잘 부탁합니다."

하지만 유일상은 그 손을 잡지 않았다.

"사법개혁? 대통령도 못 한 걸 당신이 한다고? 이 나라 권력의 정점을 당신이? 웃기는군!"

내밀었던 손을 내리며 유치한이 빙긋 웃었다.

"할 수 있습니다."

"뭐? 당신이 무슨 힘으로?"

"국민의 힘으로요!"

"뭐?"

"'모든 권력은 국민으로부터 나온다.' 국민이 절실하게 원하면 반드시 이뤄집니다. 그게 민주주의예요."

"유치하긴…."

"그게 제 이름이죠. 저한테 협박은 안 통합니다. 당신보다 훨씬 무서운 사람들도 만나봤지만 결국 진실이 승리했어요. 저는 그것을 경험을 통해 배웠죠!"

유일상은 입을 다문 채 눈앞의 남자를 노려봤다. 몸에 근육도 별로 없고 키만 멀대같이 큰, 책벌레처럼 생긴 남자였다.

하지만 그의 눈빛만은 조금의 흔들림도 없었다. 그는 그런 눈빛을 한 사람이 어떤 사람인지 알고 있었다. 인생에서 엄청난 고비를 겪고도 결국은 큰 승리를 해낸 사람. 자신의 아버지 같은 사람. 성가신 인간!

"마음대로 해봐!"

유일상은 몸을 돌려 그 자리를 떴다. 저런 바보들 때문에 엘리트들은 힘이 든다. 순종하는 국민을 가진 일본의 정치인들은 얼마나 편할까?

"아, 그리고 한 가지 잘못 아신 게 있습니다. 권력의 정점은 사법부가 아니에요. 바로 국민입니다!"

우뚝, 발걸음을 멈췄던 유일상이 다시 걸음을 옮겼다. 빨리 저 바보로부터 벗어나고 싶었다. 문득, 자신이 신경 쓰고 있다는 생각에 기분이 나빠졌다. 뒤돌아보니, 그 바보는 큰 발걸음으로 매점을 향해서 껑충껑충 뛰어가고 있었다.

"여사님! 아이스크림 있어요?"

차차연은 프랑스영화에 나오는 배우처럼 바바리코트에 차양이 넓은 모자, 선글라스 차림으로 경찰서에 도착했다. 입구에서부터 진을 치고 있던 기자들이 그녀의 차가 들어서는 순간부터 미친 듯이 사진을 찍어대기 시작했다.

언론들은 강한남의 죽음을 1면에 다루고 있었다. 총선이 끝나고 여당인 '민주행복당'이 과반수가 넘는 의석을 확보한 슈퍼 여당이 된 사실을 보도하던 언론들은 갑자기 새로운 먹잇감에 달려드는 악어들처럼 순식간에 강한남 사건에 덤벼들었다.


'차차연의 미찌클럽에 게스트로 참석한 인기배우 강한남, 독살당하다!'

이 와중에 유력한 범인으로 지목된 소주희가 핵심인물로 떠올랐다. 언론에서는 소주희의 이름과 얼굴을 직접 보도하지는 않았지만, 인터넷 생방송 도중에 일어난 사건이기 때문에 언론이 언급한 A씨가 누군지 곧바로 퍼져나갔다. 소주희라는 이름부터 직장, 나이, 가족까지 하루도 안 돼서 그녀의 모든 신상이 털려버렸다.


'희대의 악녀, 소주희. 남자를 유혹해서 단물만 빨아먹고 독살!'

'불쌍한 강한남. 악녀한테 이용만 당하고 살해당함.'

각종 인터넷 커뮤니티와 유튜브에서는 강한남과 소주희를 둘러싼 여러 의혹과 추측이 남발했다. 그 대부분은 사실이 아닌 '카더라' 통신이었지만, 사람들의 관심은 식을 줄 몰랐다. 자신도 모르는 사이에 소주희는 희대의 악녀가 되어 있었다.


차차연은 기자들의 카메라 세례를 눈 하나 깜짝 않고 받아냈다. 오히려 즐기는 모습이었다. 그녀는 도도한 모습으로 경찰서 건물 안으로 들어갔다. 오랫동안 카메라 앞에 서온 노련한 배우의 내공이 엿보였다. 침착한 모습으로 사무실로 들어온 차차연을 김정호 형사가 달려가서 맞아들였다.

"이쪽으로 가시죠."

그는 차차연을 조사실로 안내했다. 그녀는 가볍게 고개를 숙이고 김정호의 뒤를 따라서 안쪽에 있는 조사실로 들어갔다. 몸을 쭉 편 당당한 태도로 의자에 앉더니 우아하게 선글라스를 벗어 테이블 위에 내려놓았다.

신영규도 조사실로 들어가서 맞은편 의자에 앉았다.

"수고하셨습니다. 차차연 씨 본인 되시죠?"

"보시는 대로죠."

"본명이신가요?"

"제가 알기론 그래요."

신원확인을 할 때부터 차차연은 일반적인 사람과 달랐다. 톡톡 튀는 매력이라는 본인의 장점을 그대로 드러내려 애쓰는 것 같았다.

"어제 있었던 일, 자세히 말씀해주세요."

"한남 오빠가 그 여자애 온다고 좋아했어요. 잔뜩 들떴었죠."

"여자애요?"

"여자 셰프요. 소주희라던가?"

"이름을 알고 계시네요?"

신영규가 물었다. 게스트라면 몰라도 음식을 만드는 주방 팀의 이름까지 기억한다는 것이 낯설었다.

"아! 음, 진행하면서 몇 번 불렀어요. 그리고 한남 오빠도 여러 번 말했고요. 자기가 요즘 꽂힌 애라고."

"그렇군요. 강한남 씨 부인이 있지 않나요?"

"있죠. 결혼도 세 번이나 했는데요. 그 언니도 오빠 두 번째 부인하고 결혼한 지 얼마 안 됐을 때 바람피운 상대라서 오빠 성격 잘 알아요. 그냥 밖에서는 알아서 하고 집에만 데리고 오지 말아라, 이런 주의래요."

"네. 계속하시죠."

차차연이 혀로 입술을 훔쳤다. 목이 타는 모양이었다.

"오빠가 좀 집요한 면이 있어요. 여자들이 오빠를 안 좋아해도 밀어붙여서 자기 걸로 만드는 스타일이거든요. 그게 또 먹히기도 했고요. 그런데, 저 아가씨한테는 그게 안 통했나봐요."

"안 통했다고요?"

"네. 그 아가씨가 자기를 너무 싫어한다고 하더라고요. 식당에도 자주 가는데 벌레 보듯 한다면서, 자기도 늙은 것 같다고 신세 한탄을 하더라니까요."

신영규가 표정의 변화 없이 계속 이야기를 듣고 있자, 차차연은 다시 혀를 내밀어 입술에 침을 발랐다.

"아마 오빠도 그래서 더 집착했는지도 몰라요. 자기가 늙지 않았다는 것을 보여주려고요. 그 아가씨는 그게 싫었나 봐요. 죽이고 싶을 만큼."

그녀의 말투는 꼭 연극을 하는 사람 같았다. 젊은 시절, 드라마 주연으로도 몇 번 나왔던 인기 있던 연기자였지만, 그녀의 연극적인 말투에 식상해진 사람들의 항의로 점점 주연배우의 자리에서 멀어졌다. 그 연극적인 말투를 고치지 못해서 사극 드라마에만 나오더니 결국은 그것도 점점 드물어졌다.

"너무 무서워요. 아무리 싫어도 왜 그런 짓을 했는지 모르겠어요. 언니로서, 인생 선배로서 나중에 그 아가씨 만나서 조언이라도 해주고 싶어요."

그녀는 이미 소주희가 한 짓이라고 단정 짓고 있었다.

"아, 불쌍한 우리 오빠. 얼마나 아팠을까?"

그녀의 짙은 화장과 과장된 표정 속에는 왠지 억눌린 듯한 미세한 떨림 같은 것이 있었다. 그것이 죄책감인지, 아니면 억압된 본성인지 알기 어려웠지만, 그것은 분명히 그녀의 겉모습과는 다른, 남에게 보여주기 싫은 모습일 것이다. 신영규는 이 점을 놓치지 않았다.

"필요한 것 있으면 언제든지 말씀하세요. 저도 마음이 안 좋답니다. 아무리 싫어도 젊은 아가씨가 사람을 죽이다니. 아! 너무 끔찍해요."

그 가식적인 말투에서 왠지 차차연이 신영규를 조롱하는 듯한 느낌마저 들었다.

"강한남 씨와 사이가 어땠습니까?"

"네?"

차차연이 조금 놀란 표정으로 되물었다.

"두 분, 연예계에서 사이좋은 남매로 유명하시잖아요? 아무 문제가 없으셨나요?"

"문제요? 무슨 문제요? 우리는 아무 문제가 없었는데요?"

태연을 가장하며 반문하는 그녀가 조금 당황한 것 같았다. '문제'라는 단어를 세 번이나 되풀이했다. 그 단어가 신경이 쓰인다는 뜻이었다.

"스태프 중에 두 분이 다투는 것을 본 사람이 있습니다. 무슨 '문제'가 있었나요?"

신영규는 일부러 문제라는 단어를 강조하며 다시 물었다.

"그런 거 없어요. 뭐가…. 아! 그게요. 있잖아요. 오빠나 저나 워낙 목소리가 커서 종종 싸우는 걸로 오해받곤 해요. 뭐, 자주 듣는 말이죠. 네."

"그럼 두 분 사이에 아무런 문제가 없었다는 말인가요? 방송 전에도 싸운 적이 없고?"

"없다니까요? 우리 사이에 싸울 일이 뭐 있겠어요? 아! 제가 그 아가씨, 소주희한테 그만 들이대라고 충고했더니 오빠가 기분 나빠했어요. 뭐, 듣기에 따라서 그게 싸우는 걸로 보였을 수도 있겠네요."

신영규의 표정은 조금도 변하지 않았다. 차차연이 다시 혀로 입술을 훔쳤다.

"그런데, 그 아가씨, 감옥 오래 있게 되나요?"

분명 소주희의 이름을 알고 있었으면서 계속 '아가씨'라는 호칭을 쓰고 있는 점도 이상했다.

"글쎄요. 아직 소주희 씨가 그랬다는 증거가 없어서요."

"증거가 왜 없어요? 분명히 그 아가씨가 만든 음식 먹고 한남 오빠가 죽었잖아요?"

차차연이 발끈했다.

"아직 직접적인 증거가 없습니다. 부검을 해봐야 확실한 사인이 나오거든요."

"그런 게 어딨어요? 그 음식 먹고 죽었으면 만든 사람이 범인이죠?"

"반드시 그런 건 아니죠. 다른 사망요인이 있을 수도 있죠."

가만히 차차연을 쳐다보던 신영규가 입을 열었다.

"한 가지 물어볼까요?"

"뭘요?"

"왜, 강한남 씨가 음식을 먹고 죽었다고 생각하시죠?"

차차연의 눈동자가 좌우로 흔들렸다. 할 말을 찾고 있는 것 같았다. 하지만 그것도 잠시, 그녀는 기분 나쁘다는 듯 손바닥으로 테이블을 '탕' 하고 내리쳤다.

"저, 기분 나빠서 더는 말 못 하겠어요."

"네?"

"사람 불러다가 범인 취급하고, 지금 뭐 하시는 거예요?"

신영규는 조금 당황했다. 조사단계에서 이렇게 폭주하는

경우는 드물다. 보통 사람들은 경찰에게 자신은 죄가 없고 선량하다는 인상을 주려고 노력한다. 하지만 이 사람은 자신이 상황을 통제하려고 애쓰다가 실패하자, 갑자기 폭발해버렸다.

"변호사 불러주세요."

신영규는 차차연의 행동이 의심스러웠다. 하지만 지금 서두를 필요는 없다.

"변호사는 필요 없습니다."

오종환 교수의 말대로 내일 사법해부가 끝나면 확실한 사인을 알 수 있다. 조사는 그때 하면 된다.

"오늘은 이만 돌아가시죠."

차차연은 불쾌한 표정을 감추지 않고 거칠게 선글라스를 집어 들며 자리에서 일어났다. 그리고 바람처럼 조사실을 빠져나갔다.

너무나도 어이없는 상황에 신영규는 피식 하고 웃음을 머금었다.

"뭘 믿고 저러는 거야?"

"자, 시작하자!"

신영규가 수사회의를 소집하자, 김정호와 복숭아가 수집한 자료들을 정리해서 회의실로 들어왔다.

"다 준비됐지?"

"네."

대답과 동시에 '반갑습니다. 반갑습니다.' 하고 휴대폰 벨이 울렸다. 조심스럽게 휴대폰을 꺼내든 김정호가 전화를 받았다.

"응? 그래. 알았어. 말은 하갔는데… 그래. 응!"

"누구야?"

김정호가 눈치를 보며 말했다.

"그거이, 김건입니다."

신영규의 표정이 살짝 굳어졌다.

"그런데?"

"그거이, 저… 자기도 수사회의에 참가하고 싶다고… 합니다. 안 되갔죠? 거보라우, 님자! 내가 안 된다지 않았어? 거럼. 이만 끊으라!"

김정호는 신영규의 불호령을 예상하고 주춤거렸다. 하지만 신영규는 '쯧!' 하고 혀를 차더니, 모니터를 가리키며 말했다.

"연결해!"

놀라서 한동안 얼어있던 김정호가 잽싸게 컴퓨터의 화상

회의 어플을 켰다.

　모니터에 김건의 얼굴이 나타났다.

　"감사합니다. 저도…."

　"이건 경찰 회의다. 그냥 듣기만 해!"

　신영규가 냉정하게 그의 말을 끊었다.

　"주목!"

　그는 바로 본론으로 들어갔다.

　"다들 사건 배경은 알고 있을 거다. 강한남의 사인은 중독사로 보인다. 강한남은 인터넷 생방송 도중 셰프인 소주희가 만든 샐러드를 먹고 사망했다. 이것은 방송 중, 많은 사람이 지켜보는 도중에 일어난 일이다. 고의든 사고든 소주희가 만든 음식을 먹고 죽은 것은 분명한 사실이다. 거기다가 사건 발생 후, 경찰 조사에서 소주희의 부스에서 독이든 앰플이 발견됐다. 부검결과가 나와 봐야 알겠지만, 지금까지 증거만 보면 소주희에게 아주 불리하다!"

　"선배님!"

　김건이 입을 열었지만, 신영규가 손으로 입 닫는 시늉을 하자 바로 입을 닫았다.

　"하지만 소주희가 범인이라는 가설에는 여러 가지 의문이 든다. 지금부터 그것을 하나씩 짚어보자. 첫 번째는 소주희의 부스에서 나온 앰플이다. 김정호, 소주희 부스에서 나온 앰플에 소주희 지문이 나왔나?"

"아니오. 안 나왔습니다."

"소주희가 방송 전에 장갑을 끼고 있었나?"

"네. 리허설 때부터 끼고 있었습니다."

김정호가 동영상을 살펴보며 말했다.

"소주희 검색기록이나 쇼핑기록에 독에 대한 것이 있었나?"

"없었습니다."

복숭아의 대답에 신영규가 가볍게 코웃음을 쳤다.

"그럼 소주희가 독을 구입했다는 증거는 없다. 다들 알고 있겠지만, 이 독은 그동안 우리가 쫓던 사건들과 유사성이 있다. 국과수에 가서 들었는데, 앰플에 든 독약은 농축 시안화칼륨. 일반적인 시안화칼륨보다 독성을 더 강하게 만든 거다. 그런데 이게 과거에 미국 정보기관에서 사용하던 것이라고 한다."

"정보기관요? CIA? FBI?"

김정호가 긴장된 표정으로 되물었다.

"FBI는 연방수사국이죠."

복숭아의 지적에 김정호가 "나도 알아!" 하며 입을 비쭉 내밀었다.

"이것으로 볼 때, 강한남 사건 역시 독 예술가, 통칭 '샘'의
개입이 의심된다."

형사들이 표정이 굳어졌다. 하지만 김건의 표정은 눈에 띄
게 밝아졌다.

"의심 가는 일은 또 있다. 어째서 샐러드일까?"

신영규가 화면에 나온 소주희가 만든 샐러드 영상에서 멈
췄다.

"독을 넣으려면 국물이나 음식 등에 넣는 것이 효과적이
다. 샐러드처럼 적은 소스로 많은 내용물을 코팅하면 당연히
독성이 약해진다. 독살하려고 했다면 왜 굳이 샐러드일까?
소주희 다음 요리가 뭐였지?"

"잠깐만요. 네. '뵈프부르기뇽'이었습니다. 평소에 강한남
이 좋아하는 요리였다는데요."

복승아가 수첩을 열어보고 대답했다.

"뵈프부르기뇽은 프랑스식 소고기찜이지. 만약 독을 쓰려
고 했다면 그 요리에 쓰는 편이 훨씬 효과적이었어. 그리고 또
하나 주목할 점이 있다. 소주희가 강한남을 죽이려고 음식에
독을 넣었다고 했지? 그럼 그 음식은 차차연은 안 먹나?"

"먹습니다. 요리 대결 토크쇼라는 형식이라서 둘이서 같이

음식을 나눠 먹죠."

평소에 이 프로그램 애청자인 복승아가 대답했다.

"그럼 그것도 이상하잖아? 차차연도 먹는 음식인데 미치지 않고서야 거기에 독을 넣을 수 있을까? 강한남에게 복수하겠다고 엄한 다른 사람까지 죽게 한다? 아무리 화가 났어도 그런 무리수를 둘까?"

형사들은 서로 얼굴을 마주 보았다. 신영규의 이런 주장에 반박을 하지는 않았지만, 다들 어리둥절한 표정이었다. 예전 같으면 김건이 이런 주장을 하고 신영규가 반박했을 것이다. 신영규는 증거가 가리키는 대로 속전속결로 범인을 체포했었다.

"이런 점들로 봤을 때, 소주희가 범인이라는 가설은 성립되기 어렵다. 자, 그럼 다른 사람을 보자!"

신영규가 차차연의 얼굴이 나온 부분에서 화면을 멈췄다.

"차차연은 강한남과 이해관계가 있다. 복승아!"

"네. 강한남이 상속받을 막대한 미술품을 차차연이 강한남의 어머니를 설득해서 조일미술관에 대여해준 일이 있습니다. 그 일 때문에 강한남과 차차연의 사이가 나빠졌다는 증언들이 있었습니다."

"그것이 사실이라면 범행동기가 성립된다. 우리는 과거 사건에서 정교한 미술품 복사본들을 봤었다. 김건!"

"네?"

자신의 이름이 불리자 김건은 깜짝 놀랐다.

"네가 가봤던 조일미술관, 본 대로 말해라."

"네. 조일미술관은 신문에 나왔던 규모보다 훨씬 더 크게 만들어졌습니다. 특히, 지하층의 규모가 더 커 보였습니다. 그리고 보안설비가 필요 이상으로 잘 되어 있었죠. 엘리베이터에는 버튼도 없었고 내부 사람이 아니면 아예 작동이 안 되도록 되어 있었어요."

"우리는 그동안 있었던 복제 미술품을 만든 곳이 이곳 조일미술관이 아닐까 하는 의심을 한다. 작년 김은정 사건 이후로 조일미술관 압색(압수수색)영장을 신청했지만, 검찰에서 묵살했다. 증거가 없어서 영장을 못 준단다."

신영규가 리모콘을 눌러 화면을 다시 움직였다. 차차연이 화려하게 장식된 양팔을 펼쳤다.

"위 사실로 봤을 때. 차차연이 김은정과 공모해서 강한남의 미술품을 가짜로 바꿔치기했다가 그 사실을 알게 된 강한남이 차차연을 압박했을 가능성이 있다. 살인동기 성립!"

"하지만 증거가 없습니다."

복승아가 문제점을 지적했다.

"그건 맞다. 하지만 이 부분도 보자. 차차연은 강한남의 오 랜 절친이다. 그의 생활습관 및 행동 패턴을 모두 알고 있을 정도다. 일설에는 둘이 한때 동거하던 사이였지만 쿨하게 헤 어지면서 친구가 되었다는 말도 있다. 어쨌든 차차연은 강 한남을 아주 잘 알고 있다. 그렇기 때문에 살인트릭을 만들 기 쉽다. 만약 음식을 먹기 전에 다른 경로로 독을 넣었다면? 방송 전 사무실에 같이 있었기에 시간상으로 충분하다. 김 정호!"

"네. 방송 전에 두 사람이 계속 같이 있었다는 증언은 확보 했습니다."

"만약 차차연이 범인이라면 그 사람이 강한남에게 독을 쓰 고 그것을 소주희의 부스에 몰래 가져다 놓았을 가능성이 있 다. 오랜 방송인이라 카메라의 사각을 이용하는 것은 어렵지 않았을 것이다."

"문제는 차차연이 독을 심었다는 증거가 없읍네."

"CCTV는?"

김정호가 CCTV 녹화분을 모니터 화면에 띄웠다. 그는 CCTV와 방송 녹화분을 링크시켜서 두 개의 모니터에 동 일한 시간에 찍힌 서로 다른 장면을 동시에 볼 수 있게 만들 었다.

"와, 능력자네!"

"아이, 뭘."

복숭아의 한마디에 으쓱하던 김정호가 신영규의 눈초리를 느끼고는 얼른 입가에 미소를 지웠다.

화면에는 차차연이 부스로 가서 요리 진행을 살펴보러 가는 장면이 나왔다.

"만약, 차차연이 소주희의 부스에 몰래 독이 든 앰플을 가져다 놓았다면 이 순간이 가장 유력합니다. 이때 말고는 차차연이 소주희 근처로 간 적이 없습니다."

"소주희가 음직조리에 집중하고 있을 때 몰래 앰플을 넣었다? 방송에는 어떻게 나와?"

"여기 보시죠."

김정호가 화면에 본방송의 같은 시간 방영분을 재생시켰다. 카메라는 차차연의 모습을 비추다가 곧바로 소주희와 그녀가 만드는 요리를 클로즈업했다. 특히 소주희 얼굴 클로즈업이 많았다.

"차차연이 안 잡혔네요."

복숭아가 실망한 투로 말했다.

CCTV 화면에는 요리를 크게 잡으려고 부스에 접근한 카메라맨에 가려서 차차연의 모습이 보이지 않았다.

"방법이 없나?"

김건도 실망해서 고개를 떨궜다.

"됐다!"

신영규의 한마디가 분위기를 바꿨다.

"소주희가 누명을 썼다는 가정하에 차차연이 독이 든 앰플을 가져다 놓았을 가능성은 찾았다. 국과수에서 부검결과 나오는 것에 따라서 수사 방향을 정한다."

"어흠, 흠!"

헛기침 소리에 돌아보니 김건이었다.

"한 가지 간과한 부분이 있습니다."

화면 속에서 그가 손가락 하나를 세워 보이며 말했다.

"뭐이가?"

"강한남 씨 과거 기사를 검토해 보니까, 17년 전에 교통사고로 왼쪽 눈을 크게 다쳤다는 기사를 봤어요. 그 눈이 거의 실명 단계라서 평소에 선글라스를 쓰고 다니는 이유가 그것 때문이라고 들었습니다."

"그래서? 아!"

신영규가 김건의 말속에서 뭔가를 눈치챘다.

"눈에 이상이 있는 사람이라면 주기적으로 안과 처방을 받았겠죠. 그리고…"

"안약!"

신영규가 고개를 끄덕였다.

"그렇다면 몸속에 독이 들어간 방법이 음식 외에 다른 방법일 수도 있다는 뜻이다!"

"아! 길티! 이건 중요한 게 아닌 줄 알고 넘어갔던 건데."

김정호가 대형화면에 강한남과 차차연의 방송 당시 CCTV 영상을 재생했다.

"이 부분입니다!"

방송 중에 소주희가 음식을 들고 테이블로 가는 장면이었다. 옆 화면의 CCTV에서는 낮은 테이블을 앞에 두고 자리에 앉은 강한남과 차차연의 모습이 보였다. 방송에서 카메라가 소주희를 집중적으로 찍고 있는 순간에 CCTV에는 강한남이 주머니에서 안약을 꺼내서 뚜껑을 열고 눈에 몇 방울 떨어트리는 모습이 찍혀 있었다.

"음식을 먹기 바로 직전입니다."

복승아가 외쳤다.

"만약, 독이 안약 속에 들어 있었다면, 시간상으로는 충분합니다."

김건도 흥분한 목소리로 말했다.

"잠깐! 국과수증거물에 강한남 안약도 있었지?"

"네!"

"독이 검출됐나?"

증거물 목록을 살펴보던 복승아가 고개를 저었다.

"아니요. 강한남 소지품 중에… 인공눈물이 있는데, 독은 없었습니다."

실망감에 여기저기서 한숨이 터져 나왔다. 소주희의 무죄를 입증할 수 있는 줄 알았다가 또다시 좌절한 순간이었다.

"잠깐! 인공눈물이라고?"

김건이 튀어나올 듯 화면 쪽으로 다가오며 외쳤다.

"그래. 일회용 인공눈물이라고 되어 있어."

"말이 안 되는데?"

"뭐이가? 빨리 말하라!"

답답함에 김정호가 그를 다그쳤다.

"강한남 씨, 작년에 백내장 예방 홍보대사로 선정됐어. 그때 안과 잡지에 인터뷰가 나왔는데, 다친 눈 말고 정상적인 눈에 백내장이 있어서, 안약 처방을 받았다고 했어!"

"확인해봐!"

신영규의 말에 김정호가 재빨리 인터넷을 뒤져 강한남의 인터뷰 기사를 찾아냈다.

"강한남 가족들한테 확인해봐! 안약 종류가 뭔지?"

복숭아가 곧바로 전화를 걸었다.

"네, 매니저님! 경찰조사 때문에 전화드렸습니다. 돌아가신 강한남 씨가 평소에 안약을 사용했나요? 네? 네! 안약을 쓰셨다고요. 무슨 안약이죠? 네. 네! 혹시 평소에 인공눈물 쓰셨나요?"

복숭아가 감사하다는 말과 함께 전화를 끊었다.

"백내장 증상완화에 사용하는 안약을 평소에 사용 중이었답니다. 하루에 세 번 점안했다고 하고요, 인공눈물은 안 썼답니다."

절망적이었던 분위기가 다시 고조되었다.

"그럼, 누군가가 강한남의 백내장 안약에 독을 넣어서 강한남을 죽인 다음, 백내장 안약을 인공눈물로 바꿔치기했다는 거군요."

"단정하지 마! 아직 가정이다. 국과수에 연락해서 샐러드 안에 다른 약성분이 없었는지 알아봐!"

"네!"

"이 모든 게 가능한 사람은 한 사람밖에 없다!"

화면에는 죽은 강한남이 차차연의 무릎 위로 엎어지는 장면이 나오고 있었다.

"내일 부검 끝나면 확실히 알게 된다. 그전까지 다른 증거 찾아보고, CCTV 처음부터 다시 체크해 봐!"

"네!"

다시 실낱같은 희망이 피어올랐다. 형사들은 바쁘게 움직였다. 이미 늦은 시간이었지만 이들은 억울한 사람을 구하고 진짜 범죄자를 잡기 위해 기꺼이 자신의 시간을 희생하고 있었다.

"고맙습니다. 선배님."

화면 속의 김건이 고개를 숙였다.

신영규는 말없이 방을 나가버렸다.

———◈◈◈———

신영규 형사 팀이 사무실에서 나오자마자 복도에서 서성거리던 윤보선이 한달음에 달려왔다.

"윤보선 씨, 조사 끝났으니 가셔도 됩니다."

복승아 형사가 말했지만, 윤보선은 허리를 숙이며 간곡하게 부탁했다.

"저기, 죄송하지만 소주희 셰프 좀 만나볼 수 없을까요?"

윤보선 역시 한참 전에 참고인 조사를 마쳤지만, 계속 밖에서 그들을 기다리고 있었다.

"안 됩니다."

신영규가 잘라 말했다.

"소주희는 저희 가족의 은인입니다. 그 친구 아니었으면 전 감옥에 있었을 거고, 아내 혼자서 딸을 낳아 키웠을 거예요."

윤보선의 옆에는 둥글둥글해진 이수아가 양손으로 귀여운 아기를 안고 있었다.

"형사님. 부탁 좀 드릴게요. 오빠가 여기 있을 때, 주희가 저희를 도와줬어요. 그런 애가 사람을 죽일 리가 없잖아요? 응! 그래, 그래, 우리 제이, 배고프구나?"

말을 마치기도 전에 아기가 칭얼대자, 이수아는 아기를 어르고 달래며 유모차가 있는 곳으로 갔다.

"그 자리에 같이 있었는데, 맹세코 주희 셰프, 그런 짓 안 했습니다. 저 친구가 결백하다는 건 하느님도 아실 겁니다."

윤보선이 한 손을 가슴에 대고 말했다.

"그건 저도 압니다."

신영규의 말에 그 자리에 있던 모든 사람이 '허걱' 하고 숨을 멈췄다.

"소주희가 그런 일을 할 리가 없죠!"

예전의 그라면 절대 할 리가 없는 말이었기 때문이었다.

"그걸 알면, 꺼내주시면 되잖아요? 소주희, 사실 외롭고 겁많은 친구예요. 감옥 안에서 얼마나 억울하고 무섭겠어요."

"알지만, 확실한 증거가 나올 때까지 소주희는 여기서 보호합니다!"

단호한 대답이었다.

"방법이 없나요?"

"여러분들 마음은 잘 압니다. 소주희 씨한테는 잘 전해주죠. 지금은 댁에 가서 쉬세요."

말을 마친 신영규가 그들을 지나쳐 걸어가버렸다. 윤보선은 양손을 펼치며 한숨을 내쉬었다.

김정호가 복승아에게 속삭였다

"우리 팀장님 갑자기 너무 바뀐 것 같지 않네?"

"맞아요. 갑자기 바뀌니까 너무 이상한데? 적응 안 돼!"

"뭐해? 빨리 안 뛰어?"

"넵!"

"갑네다. 고럼!"

신영규의 고함에 두 사람은 화들짝 놀라며 발을 움직였다.

"어째 우리한테는 그대론데."

"그러게. 빨리 가요!"

소주희는 조사실에 혼자 앉아 있었다. 불과 하루 전만 해도 자신한테 이런 일이 생길 거라고는 꿈에도 몰랐는데, 이렇게 살인사건의 피의자가 되어 경찰서 조사실에 앉아 있다는 사실이 믿기지 않았다. 너무나도 억울하고 답답한 마음에 눈물이 멈추지 않았다. 옛날 사람들이 말한 화병이 뭔지 알 것 같았다.

문을 열고 신영규와 복승아 형사가 들어왔다.

"괜찮아요? 주희 씨?"

복승아 형사가 부드러운 목소리로 물었다. 그런데 오히려 소주희는 왈칵 다시 눈물을 쏟아냈다.

"죄송해요. 안 울려고 했는데."

"괜찮아요."

복 형사가 티슈를 건네주었다.

"고맙습니다."

한동안 진정되기를 기다렸다. '킁!' 하고 힘차게 코를 푼 소주희가 통통 부은 눈으로 고개를 들었다.

"저, 착하게 살았어요. 항상 다른 사람 도우려고 했고요. 그런데 왜 이런 일이 생겼는지 모르겠어요. 왜 제가 하지도 않은 일 때문에 이런 일을 겪어야 해요?"

"어떻게 살았는지는 관계없다. 이건 사고처럼 누구에게나 일어날 수 있는 일이야."

신영규가 담담하게 말했다. 소주희가 눈물을 닦으며 말했다.

"항상 인생이 무슨 모습일까 생각해봤어요. 그런데 오늘 알게 됐죠. 인생은 둥근 공모양이에요. 사람들은 그 위에 서서 중심을 잡으려고 애쓰죠. 모두가 그 위에서 자신만의 결승점을 향해 달려가죠. 공은 희망을 빨아먹어요. 희망이 커질수록 공도 커지죠. 운 좋게 안 떨어지고 계속 가는 사람도 있지만, 누구나 잠깐만 실수해도 공에서 떨어져요. 공이 클수록 충격이 커져요. 그리고 두 번 다시는 올라갈 수 없는 거죠."

감정이 격해진 소주희가 다시 두 손에 고개를 파묻고 울기 시작했다.

"김정호는 어디 있어?"

소주희를 흘끗 본 신영규가 퉁명스럽게 물었다.

"지금 저녁 주문할 겁니다."

"저녁? 뭐 시키는데?"

"치킨 시킨다던데요?"

"치킨? 비싸기만 하고 살만 찌는 치킨?"

"아니, 그냥… 오랜만에 먹고 싶어서."

"그냥 국밥 시켜!"

"네?"

복승아가 어리둥절한 표정으로 신영규를 쳐다보았다.

"뭐해? 빨리 가서 막아!"

"네!"

복승아가 허둥지둥 조사실을 나갔다.

문이 닫히자 신영규가 소주희 앞에 앉았다. 눈물을 닦던 소주희가 신영규를 쳐다보았다.

"소주희 씨, 잘 들어! 나도 당신이 그런 일을 했을 거라고는 생각 안 해."

"네?"

신영규의 입에서 나온 뜻밖의 말에 소주희는 순간 놀라서 울음을 멈췄다.

"나는 당신을 옛날부터 봐왔어. 그래서 당신이 실수로라도 그런 일을 할 사람이 아닌 것을 잘 알아."

"그런데 흑! 왜 저를 체포하셨어요? 그것도 흑! 프랑수아 앞에서?"

소주희가 울먹거리며 물었다.

"자세한 건 말해줄 수 없다. 하지만, 이게 주희 씨한테 최선이야. 확실한 증거가 나올 때까지 우리하고 있는 게 가장 좋을 거야."

"그럼 그렇다고 처음부터 말해주시면 되잖아요. 저는 혼자서 얼마나 무서웠는지 아세요? 이럴 때 김건 아저씨도 없고… 혼자서 버림받은 느낌이었단 말이에요."

그녀의 마음을 이해하지만, 경찰의 내부사정까지 말해줄 수는 없었다. 인간이 모인 곳이면 어디든지 정치적 갈등이 생긴다. 이런 것을 일일이 말해줘도 도움이 안 될 것을 잘 알고 있었다. 대신에 그는 이 착하기만 한 순진한 아가씨에게 실질적인 충고를 하기로 마음먹었다.

"잘 들어. 주희 씨. 경찰은 TV에 나온 것처럼 정의의 사도가 아니다. 우리는 증거에 따라서 법을 집행하는 집행인일 뿐이야. 죄가 없는 것을 알아도 증거가 나오면 기소할 수밖에 없어. 천사라도 증거가 말하면 우리는 체포해야 돼. 그게 우리 일이야. 다른 경찰도 마찬가지야. 우리는 사람들을 겁주고 억압해서 자백을 받아내는 게 일이야. 그러니까 경찰이 사람들의 억울함을 풀어줄 거라고 믿지 마! 경찰은 보이는 증거대로 체포하고 기소한다. 그게 우리야!"

무섭게 다그치던 신영규의 이전 모습만 봤던 소주희는 변한 그의 태도에 깜짝 놀라서 딸꾹질을 했다.

"그럼, 딸꾹! 어떻게 해요?"

"당신처럼 억울한 경우, 위험한 경우에는 꼭 변호사를 불러!"

뜻밖의 충고에 소주희는 눈을 동그랗게 떴다.

"그럼, 저. 지금 변호사 불러야 돼요?"

"지금은 괜찮아. 우리하고 있을 때는…."

"정말요? 조금 전에는 믿지 말라고…."

"믿어도 돼!"

"도대체 뭐야? 흐앙!"

소주희가 다시 울음을 터뜨렸다. 조금 전과 달리 자신이 혼자가 아니라는 안도감에 다시 눈물샘이 폭발한 것이다.

"그리고 김건, 당신 걱정 많이 하고 있어. 그놈도 나름대로 주희 씨 구하려고 뛰는 중이니까 믿어. 마지막까지 당신 지켜줄 인간은 그놈뿐이야."

"정말요? 아저씨도 저 돕고 있어요?"

신영규가 고개를 끄덕였다.

"죄송한데요, 저 아저씨하고 전화 한 통만 해도 돼요?"

코를 훌쩍이며 말하는 소주희의 모습에 신영규도 마음 한 구석이 쓰라렸다. 그는 아무 말 없이 주머니에서 휴대폰을 꺼냈다.

그때였다. 갑자기 조사실의 문이 벌컥 열리며 복승아 형사가 뛰어들었다.

"팀장님! 이거, 이것 좀 보세요!"

"뭐야?"

복숭아가 자신의 태블릿PC를 내밀었다. 화면에 뉴스가 나오고 있었다.

"긴급속보입니다. 국회의사당에서 사고가 발생했습니다!"

사리저수지는 넓은 갈대밭에 둘러싸인 저수지다. 한때 최고의 낚시터로 입소문이 나면서 강태공들에게 인기가 많은 곳이었지만, 놀러 왔던 고등학생이 세 명이나 익사하고 낚시하러 왔던 사람들도 몇 명이나 연달아 익사하는 사고가 발생했다. 그때부터 귀신이 나오는 곳이라는 소문이 나면서 손님이 뜸해지더니, TV 프로그램에 귀신 낚시터라고 몇 번 소개된 뒤에는 아무도 찾아오지 않는 곳이 되어 완전히 인적이 끊겨버렸다. 그 덕에 이곳에서 낚시 장비와 배등을 빌려주던 장사치들도 모두 떠나버리고 무허가 건물만 덩그러니 남아있었다. 밤이 되면, 귀신 낚시터라는 별명답게 사나운 강바람에 갈대가 휩쓸리며 사람이 속삭이는 것 같은 음산한 소리를 내어 한층 공포심을 자극했다.

저수지 한가운데에는 예전 장사치들이 만들어서 띄워놓은 좌대가 떠 있었다. 한 변이 4미터 크기의 사각형 좌대는 작은 섬처럼 만들어져서 낚시꾼들이 즐겨 찾던 시설물이었다. 이곳은 낚시를 즐기기 위해 조성된 인공섬처럼 각종 시설을 모두 갖춘 것은 물론, 작은 나무 방갈로에 화장실과 샤워시설까지 있어서 물 위의 호텔이라고 불렸었다. 먹을 것만 가져가면 세상과 단절되어 며칠이고 머물 수 있어서 인기가 많았다. 하지만 오래도록 방치된 지금은 언제 가라앉을지 모르는 물 위의 무덤이 되어 이리저리 물살에 흔들리고 있었다.

그 좌대를 향해 작은 고무보트 한 대가 다가가고 있었다. 노를 젓던 사람이 좌대 근처에서 손전등을 꺼내서 켠 뒤에 허공에 십자가 모양을 그렸다.

조금 뒤에 좌대 위에 있던 남자도 휴대폰의 불빛을 켜고 십자가 모양을 그렸다. 배를 몰던 남자가 노를 저어 좌대의 선착장에 배를 붙였다. 위에 있던 남자는 그때서야 작은 가스등에 불을 켰다.

"어서 오게, 샘!"

"드디어 뵙네요. 박사님."

오레온이 손을 뻗어 샘의 손을 잡고 끌었다. 샘은 배 위에서 좌대로 훌쩍 뛰어올랐다.

"밖에서 뵈니까 더 새롭네요."

"그렇지? 역시 돈과 자유는 다시 찾을 때 더 가치 있게 느껴지는 법이지!"

고무보트에 연결된 밧줄을 선착장의 말뚝에 묶으며 오레온이 대답했다.

"여기는 완전히 별장이네요. 어떻게 이런 곳을 아셨나요?"

"젊은 시절에 낚시 좀 한 적이 있지. 그때 알던 곳이야."

"지금은 낚시를 안 하시나요?"

"지금은 물고기보다 큰놈을 더 선호하지!"

자신들만의 농담에 두 사람이 키득대고 웃었다.

"많이 잡으셨습니까?"

"아니, 별로…."

고기 주머니를 흘끗 들여다본 샘이 고개를 갸우뚱했다.

"저게 다인가요?"

"아시다시피. 나는 여기에 고기를 낚으려고 온 게 아니네."

"그럼, 뭘 낚으시나요?"

"때를 낚고 있지."

"때요?"

"이벤트는 정확한 시간과 정확한 장소, 정확한 사람이 만나면 이루어지는 거라네. 그렇게 역사가 만들어지지."

"아, 그런 뜻이군요. 그때가 언제인가요?"

"이제 몇 시간 뒤야. 대한민국이 환란에 빠지고, 조용한 재앙이 시작되지!"

"그리고 용이 날아오른다."

"K목사님이 주문하신 바로 그 임무."

샘이 박수를 쳤다.

"기대가 큽니다. 그럼 이제 뭘 하면 되죠?"

"이왕 왔으니, 낚시나 즐기세."

"아, 그렇군요. 그럼, 가시죠."

두 사람은 방갈로 앞 간이의자에 앉아서 낚싯대를 드리웠다. 하지만 그들 중 낚시에 관심이 있는 사람은 아무도 없었다.

"아! 선물이 있습니다."

샘이 가방에서 캔 맥주 식스팩을 꺼내 오레온에게 건넸다.

"다른 건 없나?"

"그럴 리가요."

샘이 가방에서 위스키병을 꺼냈다.

"박사님 취향대로입니다."

병을 받자마자 열어서 꿀꺽 한 모금을 마신 오레온이 입맛을 다셨다.

"아, 이제 좀 살겠구먼!"

"그렇죠? 그런데 그 이벤트는 언제 시작됩니까?"

"지금!"

오레온이 발전기에 연결된 작은 구형 TV를 가리켰다.

화면에 국회의사당의 모습이 잡히고 있었다.

—❖—

"여당인 민주행복당이 전국에서 선전하며 사상 최고의 성적을 냈습니다. 대한민국 역사상 최초로 182석의 슈퍼여당이 탄생했습니다. 이로써 앞으로 이강산 대통령의 국정수행에 청신호가 켜졌습니다. 이강산 대통령의 최대 공약인 '검찰수사권 정상화'의 이행에 세간의 이목이 집중되고 있습니다."

"제19대 대한민국 대통령이신 이강산 대통령이 입장하십니다."

국회의 마이크에서 대통령을 소개하는 멘트가 나오고 음악과 함께 이강산 대통령이 걸어 들어왔다. 많은 여당 의원들이 자리에서 일어나 박수를 치며 대통령을 맞이했다.

하지만 그들과 다르게 야당 의원들은 자리에 앉은 채로 팔짱을 끼고 무시하거나 야유를 보냈다.

야당 의원들 전원은 플라스틱 칸막이 앞에 빨간 글씨로 '정치탄압 결사반대!'라는 구호를 적어서 붙여두었다.

엇갈린 반응 속에 이강산 대통령이 연단 앞에 섰다.

"존경하는 국민 여러분!"

허리를 숙여 인사한 이강산 대통령이 연설을 시작했다.

"존경하는 동료의원 여러분! 이번 선거의 결과는 우리 대한민국의 미래를 걱정하는 국민 여러분의 선택이었습니다. 우리 정치권은 국민의 단호한 선택 앞에 겸허하고 반성하는 자세로 임해야 할 것입니다. 시대가 변하고 우리 대한민국은 기술적으로 많은 진보를 이루었지만, 정치권은 아직도 국민의 기대에 미치지 못하고 있습니다."

야당 의원들이 일제히 야유를 퍼부으며 '정치탄압 반대'라는 손팻말을 들어 올렸다.

"정치권이 먼저 솔선수범해서 기득권을 내려놓아야 합니다. 저부터도 대통령으로서의 특권을 내려두고 겸허하게 국민의 비판 앞에 서겠습니다."

그때였다. 몇몇 야당 의원들이 자리를 박차고 일어나 단상 앞으로 몰려와서 뭔가를 항의하기 시작했다. 국회 경비들이 움직였지만, 대통령이 손을 들어 그들을 막았다. 그중에 가장 큰 목소리를 내는 것은 바로 야당의 박복덕 의원이었다. 4선 의원에 건설회사의 회장이기도 한 그는 최근 국회의원이라는 지위를 이용한 불법 투기와 친인척 일감 몰아주기 등의 비리가 발각되어 검찰 조사를 받는 중이었다. 단상 아래에서 대통령을 향해 삿대질을 하며 '정치탄압!'이라며 박 의원이 핏대를 올렸지만, 대통령은 살짝 미소를 머금은 채 가만히 듣고만 있었다.

"박 의원님. 죄송하지만 지금 제가 연설 중이니 나중에 말씀해주시겠습니까?"

하지만 이강산 대통령의 설득에도 불구하고 박복덕 의원이 갑자기 단상으로 뛰어 올라왔다. 그의 돌발행동에 대통령 뒤쪽에 서 있던 경호원들이 달려왔지만, 대통령이 다시 손을 들어 제지했다.

"의원님. 내려가주시겠습니까? 제가 아직 연설 중입니다."

하지만 박 의원은 막무가내로 대통령 앞으로 다가들더니, 갑자기 품속에서 칼을 꺼내 들었다.

"칼이다!"

"막아! 대통령을 보호해!"

의원들 사이에서 비명과 함께 고함소리가 들렸다.

경호원들이 달려왔다.

"정치보복 반대한다!"

박 의원은 칼로 자신의 배를 겨눈 채 대통령에게 달려들었다. 단상 뒤에 있던 경호원들도 달려왔다.

"박 의원님! 이러지 마세요!"

대통령이 그의 팔을 잡았다. 경호원도 달려와 대통령을 보호하고 박복덕 의원을 제지했다. 모두가 뒤엉킨 순간, 대통령이 중심을 잃고 앞으로 넘어졌고 박 의원과 충돌했다.

"어억! 컥!"

박복덕 의원이 뒷걸음질을 쳤다.

그는 양손으로 칼 손잡이를 잡고 있었다. 칼날은 그의 몸속에 박힌 듯 보이지 않았고 양손 가득 피가 묻어 있었다.

"박 의원님!"

대통령이 몸을 일으키며 손을 뻗었다. 그의 양손에도 피가 묻어 있었다.

충격을 받은 표정으로 자신의 배에 박힌 칼을 쳐다보던 박복덕 의원이 피를 흘리며 뒷걸음질을 쳤다. 대통령이 그를 붙잡으려는 듯 앞으로 손을 뻗으며 걸어갔다. 하지만 박 의원은 단상 끝에서 빙글 몸을 돌리며 힘없이 아래로 떨어져 내렸다.

항의하러 단상 아래까지 와있던 야당 의원들이 밑으로 떨어지는 박 의원을 잡으려고 손을 들었다가 그의 무거운 몸 아래에 깔려 같이 넘어졌다.

"으악!"

"잡아!"

바로 밑에 서 있다가 그를 받아낸 유일상 의원이 같이 넘어져 쓰러졌다.

"의원님!"

몸을 뒤집어 일어난 유일상 의원이 박복덕 의원의 몸을 뒤에서 안아 부축하는 형상이 되었다.

"사람 살려! 의사!"

유일상 의원이 온몸에 피를 묻힌 채 절규했다. 박복덕의 복부에 박힌 칼손잡이가 그대로 드러났다. 사방에서 카메라 플래시가 터졌다.

자신도 힘이 빠졌는지 유일상 의원은 뒤로 넘어지며 다시 박복덕 의원의 몸 아래에 깔렸다.

"의원님! 의원님! 정신 차리세요!"

유 의원의 보좌관이 달려와 박복덕의 몸 아래에서 피범벅이 된 채 기절한 유 의원을 흔들며 소리쳤다. 사람들이 박복덕 의원을 들어 올려 밑에 깔린 유일상 의원을 꺼냈다. 보좌관들이 피를 잔뜩 뒤집어쓴 유일상 의원을 들쳐 엎고, 다른 보좌관이 그의 소지품 등을 챙겨 달려나갔다. 비명과 고함이 난무하는 아수라장 속에 국회 상주 의사가 달려왔다.

그는 박복덕 의원의 맥을 짚어보는 등, 몇 가지 생명 반응을 관찰하고는 고개를 저었다.

"운명하셨습니다!"

단상 위에는 이강산 대통령이 양손에 피를 묻힌 채 멍하게 서 있었다. 그는 못 믿겠다는 표정으로 피가 묻은 양손을 내려다보고 있었다. 기자들이 달려들어서 그 모습을 사진으로 담기 시작했다.·

"아냐! 이건…."

무전연락을 받은 경호실장이 소리쳤다.

"빨리 모시고 나가!"

경호원들이 대통령을 둘러싸고 국회를 빠져나갔다. 그때까지도 대통령은 넋이 나간 표정이었다.

"믿을 수가 없군요!"

샘이 감탄했다.

"어떻게 이런 일을…. 이게 정말 박사님이 준비하신 일인가요?"

"아직 놀라지 말게. 이건 그냥 시작에 불과하네."

"아직 이 뒤가 더 있다는 말씀인가요?"

"한국은 아주 재미있는 나라야. 사람들은 선량하지만, 사악하고. 친절하지만, 퉁명스럽고. 영리하지만, 어리석지. 이런 이율배반적인 특징이 아주 재미있는 정치, 사회 현상을 만들어내지."

"그 말씀은 오늘 이 사건 뒤에 뭔가가 더 있다는 말씀인가요?"

"오늘 일은 대통령을 궁지에 빠뜨리겠지. 하지만 아직 결정타는 아냐."

샘이 천천히 박수를 쳤다.

"브라보! 정말 기대가 됩니다. 함정에 빠진 대통령의 숨통을 끊을 방법이 뭘까요?"

"그건 하루 이틀 뒤면 알 수 있다네."

"힌트를 조금만 주시면 안 될까요?"

"흠, 그것도 그렇군. 그럼 아주 작은 힌트를 주기로 하지. 마지막 함정은 바로 이걸세!"

오레온이 자신의 목에 걸려 있던 마스크를 손가락으로 가리켰다.

"마스크요? 흐음, 잘 모르겠네요."

"지금 우리가 겪고 있는 이 현상, 지금 이 시대가 바로 내가 판 함정이네. 상식을 몰상식으로 뒤집어엎고 당연함을 어려움으로 바꾸는 이 시대. 나는 이 현재라는 현상을 이용해 함정을 팠어. 그리고 그것이 대통령의 숨통을 끊을 거야!"

샘이 술잔을 들어 올렸다.

"박사님의 혜안에 건배합니다. 이런 일을 어떻게 혼자서 다 하시죠?"

그 말을 들은 오레온이 빙그레 웃었다.

"혼자가 아니야. 나를 돕는 사람들이 있다네."

"어느새 조력자까지 만드셨습니까?"

"나는 별로 한 것이 없다네. 그들이 가진 꿈과 야심을 키워준 것뿐이야. 일은 그들이 다했지."

"탄복합니다. 과연 K목사님의 복심! '제2사도'답습니다."

"별말씀을. 나는 그저 목사님의 의지를 이행하는 손에 불과하다네."

"그런 겸손함이 바로 박사님의 최고 미덕입니다."

오레온이 아니라는 듯 손을 내저었지만, 그의 얼굴은 활짝 웃고 있었다.

"그런데 정말 일이 커졌습니다. 이제 무슨 일이 일어날까요?"

샘의 질문에 오레온이 활짝 웃었다.

"지켜보면 알게 된다네. 낚시나 하세!"

"끄으응!"

의자에서 일어나 스트레칭을 하며 샘이 말했다.

"낚시만 하려니까 지겹네요."

"그럴 줄 알고 준비해뒀네. 방갈로를 열어보게."

오레온의 말대로 방갈로 문을 열자, 그 안에 손발을 결박당한 젊은 남자 두 명이 처박혀 있었다.

"으윽. 윽"

"악!"

입에 재갈을 물린 채로 무슨 말을 하려고 애쓰던 그들의 모습을 보고 샘이 활짝 웃었다.

"정말 준비를 다 해놓으셨네요? 이 친구들은 누굽니까?"

"응, 내가 있는데 여기가 자기들 자리라며 비키라더군. 요즘 젊은이들. 예의도 없고 품위도 없어. 공정을 바라는 척하면서 남의 비리에는 목소리를 높이고 자신들의 비리는 감추기에 급급하지. 언론은 이들을 MZ세대라고 부르지만, 사실 그들은 'BAT(박쥐)세대'라네."

"박쥐세대요? 정말 정확한 이름이네요."

"고맙네. 자, 사양 말고 즐기게."

"말씀대로…."

샘이 접는 칼을 꺼내 들고 남자들에게 다가갔다.

---

세상이 발칵 뒤집어졌다.

이 사건은 국회에서 생중계되어 대한민국의 모든 국민이 시청했고 전 세계로 퍼져나갔다.

원래부터 현 정부에 비판적인 언론들은 '살인국회!' '살인자대통령!' 등 자극적인 제목과 함께, 양손에 피를 묻힌 채 아래를 내려다보는 대통령의 놀란 표정을 1면에 실었다.

모든 뉴스 방송마다 전문가들을 불러서 국회에서 일어난 사건을 분석하고 앞으로의 대통령의 행보에 대해 토론했다.

"이대로라면 대통령은 남은 임기 동안 재판을 받느라고 정상적인 업무수행을 못 할 겁니다. 탄핵을 당할 가능성도 큽니다. 벌써 대통령 하야를 촉구하는 시위대가 거리로 나왔습니다. 이강산 대통령이 스스로 결단하는 것이 가장 좋은 방법입니다."

"마음이 아프지만 지금 그 사건이 사회적으로 미친 영향이 너무 큽니다. 전 세계에 살인자 대통령이라는 뉴스가 퍼졌어요. 이제 대통령도 출구전략을 준비할 때가 아닌가 하는 생각이 듭니다.

보통은 보수 쪽 인사와 진보 쪽 인사가 나와서 서로의 주장에 대해 갑론을박을 펼치는 것이 일반적이지만 너무도 명백한 사건인지라, 대통령을 변호하는 목소리는 크지 않았다.


"살인자 대통령! 즉시 수감시켜라!"

"특검도입해서 살인사건 진상을 규명하라!"

"국제망신, 살인마 대통령을 규탄한다!"

다음 날부터 서울 곳곳에 사람들이 나와서 시위를 하기 시작했다. 보통은 반대진영도 같이 나와서 맞불 시위를 하는 경우가 많지만, 거리에서 대통령을 옹호하는 사람은 한 명도 없었다. 대통령을 규탄하는 성난 군중들이 거리를 행진하며 목소리를 높였다. 그나마 코로나로 법원이 시위 인원에 제한을 두었지만, 대통령을 규탄하는 시위대는 전국 곳곳을 뒤덮었다.


외국에서도 이 사건의 파장은 엄청났다.

한국에 병적인 집착을 보이는 일본은 '한국의 대통령 국회 연설도중 살인!'이라는 자극적인 제목으로 방송을 내보냈다.

미국의 여러 뉴스방송 역시 박복덕 의원과 이강산 대통령이 몸싸움을 하는 모습과 연단 아래로 추락해서 사망한 박 의원의 모습을 반복해서 보여주었다. 역시 압권은 양손에 피를 묻힌 채 단상 위에 서 있는 대통령의 모습이었다. 뉴스 앵커는 '쇼킹뉴스(shocking News)!'라는 단어를 몇 번이나 반복했다.

한국에서 시작된 사건이 전 세계를 뒤집었다.

모든 나라의 시선이 대한민국 국회와 청와대로 쏠렸다.

---

유치한 의원이 탄 차가 청와대 정문을 향했다. 하지만 그곳에는 많은 사람이 몰려 있어서 진입이 쉽지 않았다. 시위대와 경찰 등이 법정안전거리를 두고 서로 대치하고 있었다.

"앞이 꽉 막혔어요. 못 가겠는데요."

운전하던 보좌관이 얼굴을 찌푸리며 말했다.

"됐어요. 걸어가지 뭐."

말을 마치자마자 유치한은 차 문을 열었다.

"얼마나 걸리시는데요?"

"몰라요. 기다리지 말고 먼저 들어가요. 아! 사우나 가지 마! 코로나 걸려!"

"아, 이놈의 코로나 때문에 사는 재미가 없네!"

보좌관의 말을 한 귀로 흘리며 차에서 내린 유치한은 마스크를 점검하고 사람들 사이를 헤치며 청와대 정문을 향해 걸어갔다. 시위대와 취재진, 구경나온 사람들까지 넓은 광장이 인산인해를 이루고 있었다. 법원에서 시위 인원수를 제한해도 이 정도의 인원이 몰린 것이 의외였다.

그중 취재진이 가장 많이 몰린 곳은 야당 의원들의 청와대 앞 규탄시위현장이었다.

"대통령은 본인 입으로 먼저 기득권을 내려놓겠다고 말했다."

마스크를 쓴 아나운서 출신의 여자의원이 쩌렁쩌렁한 목소리로 마이크를 들고 성명을 발표하고 있었다.

"전 세계가 지켜보는 앞에서 살인을 저질러놓고, 쥐새끼처럼 청와대에 숨어있다. 자신이 정당하다면 당장 국민 앞에 나와서 경찰 조사를 받을 것을 촉구한다!"

"촉구한다! 촉구한다!"

많은 국회의원과 지지자들이 소리 높여 구호를 외쳤다. 간격을 띄워서 모여 있는 기자들이 그 모습을 생중계하고 사진을 찍어댔다. 전 세계가 놀란, 너무나도 엄청난 사건에 모두가 숨 가쁘게 움직이고 있었다.


청와대 정문에 도착한 유치한이 초소에 서 있는 경찰에게 의원신분증을 내밀었다.

"유치한 의원입니다. 대통령님을 뵈려고 왔습니다."

경찰 옆에 서 있던 양복 차림에 귀에 리시버를 꽂은 사람이 다가왔다. 대통령경호원이었다.

"안녕하세요. 유치한 의원님. 안에서 기다리고 계십니다."

"감사합니다."

그는 차가 없는 유치한을 검은색 관용차로 안내했다.

주변을 살피며 경호원이 조심스럽게 말했다.

"사실은 저도 철권연대 회원입니다."

"아, 그래요. 반갑습니다."

"잘해주세요. 기대가 큽니다."

"최선의 결과를 만들겠습니다."


검은색 자동차가 대통령관저 앞에 멈춰 섰다. 경호원은 유치한을 안으로 안내하며 끊임없이 리시버로 이야기를 하고 있었다.

"유치한 의원님, 관저로 들어가십니다. 보안체크 안 했습니다."

그 경호원은 관저 정문을 가리키며 '들어가시면 됩니다.'라고 말했다. 유치한은 감사를 표하고 정문으로 걸어갔다.

대통령관저 정문 앞에 공항에서 본 것 같은 금속 탐지기가 있었다. 유치한은 경호원의 안내대로 탐지기를 통과했다. 앞에 서 있던 여성 경호원이 '실례합니다. 양팔을 좀 들어 주시겠습니까.' 하더니 휴대용금속탐지기로 그의 몸을 앞뒤로 검사했다. 꼭 공항의 보안 검색 같았다.

"클리어!"

검사를 마친 여성경호원이 리시버에 대고 말했다.

"들어가십시오!"

유치한은 다시 고개를 숙여 인사하고 안으로 들어갔다. 입구에 나와 있던 강이든 대통령 비서실장이 엄숙한 얼굴로 그를 맞이했다. 아버지가 미국계 흑인인 그는 검은색 피부를 가지고 있었다.

"어서 오세요. 안에서 기다리십니다."

비서실장은 별말 없이 성큼성큼 걷기만 했다. 원래 그는 이런 사람이 아니었다. 2선 의원이기도 한 그는 평소 고급스러운 유머로 사람들을 즐겁게 하는 분위기 메이커였다. 미국에서 신학을 전공하고 목회자의 길을 걷다가 귀국해서 정치에 입문했다. 다른 종교인들과도 허물없이 지냈고 자상해서 다들 그를 좋아했다.

하지만 지금은 찬바람이 불 정도로 냉랭했다. 역대 가장 높은 지지율로 국민의 사랑을 받던 대통령이 하루아침에 온 국민, 아니 전 세계의 지탄을 받는 살인자가 되었다. 이런 흐름대로라면 이강산 대통령은 남은 임기를 채울 가능성이 희박해진다. 설령 탄핵을 당하지 않더라도 야당의 끊임없는 공격으로 남은 임기 동안 레임덕에 빠질 것이 뻔했다.

계단 끝 옆쪽에 서 있는 경호원을 지나고 다시 복도를 순찰하는 경호원과 마주친 다음에야 간신히 복도 끝의 대통령 집무실에 도착했다. 그 앞에도 두 명의 경호원이 선 채로 그들을 맞이했다. 비서실장이 문을 노크했다.

"대통령님, 유치한 의원님 오셨습니다."

"들어오세요."

안쪽에서 낮고 굵은 목소리가 대답했다.

"들어가시죠."

강이든 비서실장이 문을 열어주며 말했다.

"감사합니다."

대통령은 정장 바지에 와이셔츠 차림이었다. 넥타이도 없이 단추를 세 개 정도 열어두고 소매를 걷은 차림이었다.

"제 꼴이 엉망이죠? 이런 차림이라도 이해해주세요."

"아닙니다."

옷차림보다 더 심한 것은 대통령의 얼굴이었다. 초췌하고 핏발 선 눈에 얼굴 전체를 까맣고 하얀 수염이 뒤덮고 있었다. 어젯밤에 한숨도 못 잔 것 같았다.

유치한의 시선을 느낀 이강산 대통령이 손으로 턱을 문질렀다. 거친 수염의 감촉을 느끼고는 어이없다는 듯 피식 웃었다.

"이런, 진짜 엉망이구먼."

대통령의 쓴웃음에 유치한이 웃으며 고개를 저었다.

"지금도 멋있습니다."

"그래요?"

대통령도 마지못해 억지로 웃어 보였다. 하지만 얼굴 가득 피로가 찌들어 있었다.

"유치한 의원님. 당 대표한테 저를 만나겠다고 했다면서요. 무슨 일입니까?"

"네. 저는…."

"대통령님, 지금 이럴 시간이 없습니다."

유치한이 채 말을 꺼내기도 전에 강이든 비서실장이 끼어들었다.

"빨리 기자회견을 하셔야 합니다."

그의 말투에 조급함이 묻어 있었다. 그의 걱정대로 대통령에 대한 여론은 갈수록 안 좋아졌다.

"대책도 없이 기자회견이 무슨 소용이 있어요?"

참모가 반박했다.

"그래도 빨리 여론을 진정시켜야죠!"

대통령이 손을 들어 비서실장과 참모들의 말을 막았다.

"유치한 의원님. 말씀하시죠."

유치한이 입을 열었다.

"추천을 하려고 왔습니다."

"추천요? 뭘 말씀이죠?"

"무엇이 아니고 누구입니다. 이 사건을 해결할 최적의 사람들을 소개해드리려고 왔습니다."

실내가 조용해졌다.

"그게 누군가요?"

"지금 기자회견을 말씀하셨는데, 아무 증거 없이 기자회견만 하시면 오히려 야당의 주장을 인정하는 것으로 보여서 더 큰 국민적 반발을 불러올 겁니다."

"그래도 지금 시점에서는 그것이 최선입니다."

비서실장이 말했다.

"야당의 목적은 하나입니다. 대통령님의 이미지를 훼손시키고 자신들에게 유리하게 정국을 끌고 나가려는 거죠."

유치한이 흘끗 창밖으로 시선을 주었다. 청와대 밖에서 들리는 야당 의원들과 시위대의 소리가 더 커졌다. 그나마 코로나 방역 때문에 시위대의 규모를 제한했으니 저 정도일 것이다. 평상시였으면 상상도 하기 힘든 숫자가 모였을 것이다.

"저들에게 진짜 살인자가 누구인지는 중요하지 않습니다. 대통령이 살인자라는 프레임을 씌워서 이미지를 고착시키는 것이 목적이죠. 앞으로도 영원히 이것으로 대통령님과 민주당을 공격할 것입니다."

"방법이 없지 않습니까?"

"방법이 있습니다. 제가 직접 만났던 뛰어난 수사관들이 있습니다. 그들의 능력은 감히 이 나라 최고라고 말씀드릴 수 있습니다. 대통령령으로 특별수사본부를 만드시고 공정한 수사를 하시겠다고 발표하십시오. 검찰이 아니라 경찰이 먼저 움직이도록 하셔야 합니다."

"그랬다가 잘못되면요? 저쪽에 유리하게 조작이라도 하면요?"

비서실장이 의심하는 표정으로 물었다.

"그들은 전적으로 믿을 수 있습니다. 제가 직접 겪어봐서 압니다."

창밖을 보며 생각에 잠겨 있던 대통령이 고개를 돌리며 물었다.

"그들이 누굽니까?"

모든 것은 갑자기 시작되었다.

신영규가 조용한 서장의 부름을 받고 회의실로 들어갔을 때, 안에는 이미 경찰 고위직 인사들이 자리에 앉아 있었다. 그리고 그들 옆에 TV에서 봤던 얼굴들이 같이 앉아 있었다. 대통령 비서실장과 여당 당대표와 의원들이었다. 그중에는 유치한 의원도 있었다.

"안녕하세요."

유치한이 살짝 미소를 지으며 인사했다. 신영규는 묵묵히 손을 들어 경례했다.

"유치한 의원님이 신영규 경감을 추천했어요. 어제 있었던 박복덕 의원 사건 아시죠? 그 사건을 전담하는 특별수사본부

지휘를 맡아주세요."

신영규는 살짝 당황했다. 높은 사람들 사이에서 유치한의 얼굴을 봤을 때, 이제 저 인간의 복수가 시작된다고 생각했다. 하지만 뜻밖에도 엄청난 중임을 맡게 되었다.

"팀을 구성하게. 전국에서 최고의 인물들을 붙여주지."

경찰청장이 말했다.

"지금 팀으로 하겠습니다. 시간이 없는데 외부인은 불편합니다."

"하지만 중요한 일인데…."

"그래서 지금 팀으로 하겠다는 겁니다. 수사컨설턴트 김건을 합류시키겠습니다."

"외부인인데 괜찮을까?"

"제가 보증합니다."

"안 돼! 이게 얼마나 중요한 일인지 알잖아? 정보라도 새면…."

"저도 보증하겠습니다."

유치한 의원이 말했다.

"두 분이 협력할 때 최고의 시너지가 나오는 것을 제가 직접 봤습니다. 실적도 증명하고요."

"흠, 이거 참…."

경찰총장이 얼굴을 찌푸렸다.

"김건은 제가 데리고 있던 친구입니다. 저도 보증하겠습니다."

조용한 서장도 거들었다.

"알았어요. 조 서장이 책임지고 관리하세요."

"네. 잘 알겠습니다."

"한 가지 더 부탁드릴 게 있습니다."

신영규가 바로 끼어들었다.

"뭐지?"

"뭐든지 말해보게."

"지금 저희가 맡고 있는 사건도 같이 처리하게 해주십 시오."

"그건 안 돼! 이게 얼마나 중대한 사건인지 잘 알지 않나? 이 사건 하나에만 집중해!"

"지금 실적 때문에 그러나? 이 사건 해결하면 실적 걱정할 필요도 없어!"

"실적 때문이 아닙니다. 수사 중인 사건은 부검만 남겨진 상황입니다."

경찰과 국회의원들이 서로 낮은 소리로 상의했다. 결론이 나오는 데 그리 오래 걸리지 않았다.

"알겠네. 그럼 부검까지만 기다리지. 조 서장. 잘 관리하시고."

"네. 알겠습니다."

"모두 알겠지만, 검찰에서도 움직이고 있어. 우리가 먼저 해결해야 나중에 우리가 수사권을 가져올 수 있어. 알았지?"

"네!"

신영규가 부동자세로 경례했다.

─────※─────

그렇게 갑작스럽게 '특별수사본부'가 만들어졌다. 현판식도 없었고 기자회견도 없었다. 신영규는 팀원들에게 절대로 기자들과 말하지 말 것을 강조했다. 민감한 정치적 사안과 직결된 사건이다. 그들의 일거수일투족이 주의를 받게 된다. 그리고 단순한 말 한마디가 상상도 못할 큰 파장을 불러올 수 있다.

특별수사본부는 기존의 방식과는 완전히 다른 형태로 구성되었다. 철저하게 구분되어 외부개입과 수사방해가 없도록 하기 위해 경찰청의 별관에 본부가 마련되었다. 박물관으로 바꾸기 위해 마무리공사가 진행 중이어서 외부로부터 단절되어 있고, 유일한 출입구는 본관과의 연결통로를 통해서만 이어지도록 되어 있어서 통제가 용이하다는 신영규의 주장이 받아들여졌기 때문이다.

주어진 시간이 촉박했기 때문에 새로운 팀을 구성하지 않고 기존의 신영규 팀이 그대로 기용되었다. 역대 특별수사본부 중 가장 작은 규모였다.

필요할 때마다 인력과 자원을 요청하면 적극적으로 지원해준다는 약속을 받았다.


몇 시간 만에 별관에 특별수사본부 사무실이 마련되었다. 그들에 대한 지원은 차고 넘칠 정도였다. 특히 김정호의 기쁨은 아주 컸다. 평소에는 말도 못 꺼내던 범죄 시뮬레이션 프로그램을 요청했더니, 바로 승인이 떨어졌다. 몇 천만 원이나 하는 비싼 가격 탓에 평소에는 농담 소재로만 사용하던 것을 군말 없이 내주었다. 프로그램을 돌려보는 김정호의 입이 귀에 걸렸다.

"아싸! 내가 살아서 이걸 다 써보는구나! 반가워! 임자!"

노트북을 끌어안고 입을 맞추는 김정호가 꼴 보기 싫어서 복숭아가 한소리했다.

"비싼 장난감 받고 아주 좋아서 죽는구먼!"

"뭐이야? 장난감? 이거이 미국 FBI에서나 쓴다는 비싼 거이야!"

"그거 있으면 뭐해? 범인을 잡아야지!"

"잡으면 되지 않네? 거럼!"

"자, 주목!"

사무실로 들어선 신영규가 주의를 환기시켰다.

"바로 시작하자. 김정호!"

"네!"

"동영상 분석했어?"

"네!"

김정호가 대형모니터에 영상을 연결했다.

"김건은?"

"지금 대기 중입니다."

복승아가 다른 모니터를 가리켰다.

"시작하기 전에 확실히 할 것이 있습니다."

김건이 말했다. 비록 호텔 방에서 격리 중이었지만, 그는 평소처럼 깔끔한 양복 차림이었다.

"뭐야?"

"주희 씨 사건, 계속 수사하는 거, 맞습니까?"

지금 김건의 관심사는 그것뿐이었다.

"상부에 허락받았다. 대통령 사건에 집중하지만, 그 사건도 우리가 담당한다."

"그렇군요. 알겠습니다."

김건이 고개를 끄덕였다.

"분명히 말씀드리는데, 저한테는 주희 씨 사건이 더 중요합니다."

예전 같으면 건방진 소리 말라며 불호령을 쳤을 신영규가 '흥' 하고 코웃음을 치고는 돌아서버렸다.

"시작해!"

"네."

화면에 국회에서 연설 중인 대통령의 모습이 나왔다. 어느 순간 야당 의원과 보좌관 몇 명이 손팻말을 들고 연단 앞으로 나오는 모습이 보였다. 그들을 제지하려는 경호원들을 이강산 대통령이 손을 들어 말렸다.

구호를 외치는 야당 의원들. 갑자기 박복덕 의원이 계단을 통해 단상 위로 올라갔다. 경호원들이 나서자, 이강산 대통령은 다시 손을 들어 막았다. 대통령 앞에서 구호를 외치던 박 의원이 갑자기 칼을 꺼내 들었다. 경호원들이 달려왔다. 대통령은 그들을 팔을 들어 막으며 박 의원과 대화를 시도했다. 대통령이 스스로 자해하려는 박 의원의 팔을 잡았고 대통령의 주위를 경호원이 둘러쌌다. 그 와중에 중심을 잃은 대통령이 박 의원을 향해 넘어졌다. 대통령은 금방 몸을 일으켰지만, 박 의원은 배에 칼이 박힌 상태였다. 모두가 충격으로 얼어붙었다. 뒷걸음질치던 박 의원이 단상 아래로 떨어졌다. 밑에 있던 야당 의원들이 박복덕 의원을 떠받치며 같이 넘어졌다. 양손에 피를 묻힌 대통령이 놀란 표정으로 단상 끝으로 걸어 나와 아래를 내려다보았다. 이 모든 사건은 불과 삼 분도 안 되는 짧은 시간 안에 일어난 일이었다. 지지율 70퍼센트를 달리던 인기 절정의 대통령이 살인 범죄자가 되는 데 걸린 시간이었다.

"박복덕 의원은 현장에서 죽었다. 그건 이미 확인했지. 그리고 박복덕 의원 아래에 깔렸던 초선의원. 유일상 의원은 어떻게 됐지?"

"심하진 않습니다. 병원에서는 뇌진탕을 의심해서 CT를 찍고 입원했다는데, 별로 충격을 받은 것 같지는 않습니다."

신문에는 죽은 박복덕 의원을 끌어안고 절규하며 피 묻은 손을 들고 있는 유일상 의원의 모습이 1면에 나와 있었다. 대통령의 피 묻은 손 사진과 함께 요즘 가장 핫(Hot)한 사진이었다. 옛날 민주화 시위 도중 최루탄을 맞고 죽은 이한열 열사와 그 친구의 모습과 묘하게 대비되는 모습이었다. 어떤 언론사는 유일상을 민주투사로 표현하기도 했다.

"이 사진을 찍고 나서 유일상 의원은 보좌관에게 업혀서 빠져나갔다."

"네. 보시면….'

화면 속에서 유일상이 사진 속에 나온 장면 이후 뒤로 주저앉는 모습이 보였다. 보좌관이 그를 둘러업고 다른 보좌관이 옷가지와 가방을 챙겨 나가는 모습이 나왔다.

"유 의원이 쓰러지고 보좌관들이 들어서 옮기는 게 보입니다."

"이상한데?"

신영규가 미간을 찌푸렸다.

"첫 번째, 기자들이 어떻게 이렇게 빨리 왔지? 특히, 대통령 모습을 찍은 사진. 이건 미리 알고 기다린 게 아니면 이렇게 찍을 수 있나?"

1면에 실렸던 양손에 피를 묻힌 대통령이 놀란 표정으로 아래쪽을 내려다보고 있는 사진이 화면에 나왔다. 전 세계에 화제가 된 사진으로 이 사진을 찍은 기자는 퓰리처상 후보에 오를 것이라는 말까지 돌 정도였다. 신문사는 이 사진을 풀컬러로 내보냈다. 손에 묻은 피를 강조하기 위해서였다.

"기자들 말로는 야당 의원들이 나오는 것을 보고 미리 준비하고 있었답니다."

복숭아의 대답에도 신영규의 찌푸린 표정은 풀리지 않았다.

"두 번째, 저 보좌관들은 왜 유일상 의원을 바로 업고 나갔지?"

"네? 기절해서 그런 거 아닙니까?"

"아!"

의학도였던 복승아가 바로 알아차렸다.

"저런 충격이면 뇌진탕을 의심해야 돼요. 뇌진탕에 걸린 사람을 섣불리 옮기면 오히려 위험해지죠."

"왜? 업어서 옮겼잖아?"

"업으면 뛸 때마다 머리가 흔들려요. 그러면 오히려 더 충격을 받게 되죠."

"아, 길쿠만!"

"선배님!"

김건이 화면 속에서 말했다.

"저도 이상한 점을 발견했습니다."

"뭐야?"

"칼의 위치입니다!"

"칼?"

김건의 말에 김정호가 박복덕 의원이 몸을 뒤집었을 때 화면에서 정지시켰다.

"사진을 잘 보시면 칼이 박 의원의 명치 쪽에 박혀 있습니다. 치명상이죠. 정호야. 연단 위에서 찍은 모습 좀."

"알았다."

김정호가 화면을 연단 위에서 칼에 찔린 직후의 모습에서 멈췄다.

"저 칼 위치를 보세요."

"어!"

"앗. 뭐야?"

그 모습에서 칼의 위치는 박복덕 의원의 아랫배, 배꼽 위쪽 정도였다.

"정호야. 같이 좀 띄워줘."

"알갓어!"

화면이 반으로 갈라지며 왼쪽에는 연단 위의 모습이 오른쪽에는 단상 아래쪽의 모습이 나왔다. 거기에 김정호 형사가 배 부위를 확대하고 칼의 위치를 붉은색으로 하이라이트 처리하자 차이는 더 극명해졌다.


A. 단상 위에서 칼의 위치는 배꼽 근처. B. 단상 아래쪽에서

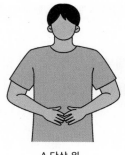

A 단상 위

B 단상 아래

칼의 위치는 명치 근처였다.


"저, 차이는 어떻게 본 거냐?"

눈을 가늘게 뜬 채 화면을 쳐다보던 신영규가 물었다.

"우리 인체구조 때문입니다."

"인체구조?"

"예전에 일본 사무라이 영화를 본 것이 기억났습니다. 일본 사무라이는 '셋푸쿠[切腹せっぷく, 할복]'라고 해서 명예를 지키기 위한 자살풍습이 있었죠. 두 단계로 진행되는데 본인이 칼로 아랫배를 찔러서 옆으로 가르면 다음, 가이샤쿠[介錯, 개착인]가 목을 베는 거였죠."

"그래서?"

"인체 구조상 스스로 명치를 찌르기는 쉽지 않습니다. 평생 검을 수련한 사무라이들도 아랫배를 갈랐죠."

"흐음!"

신영규가 무거운 한숨을 내뱉으며 화면을 노려봤다.

"네 말대로라면 이건 단순한 사건이 아니다!"

"맞습니다."

김건이 대답했다.

"이건 계획 살인이에요! 대통령을 함정에 빠뜨리기 위한 음모입니다!"

청와대 정문 근처는 아직도 시위대가 시위를 이어가고 있었다. 방역문제로 시위대의 인원수를 제한했지만, 시위대는 매일 허용 가능한 최대인원이 나와 있었다. 그들은 안전거리를 유지한 채 저마다 손에 대형 팻말을 들고 있었다.

'살인자는 감옥으로!'

'방탄대통령 탄핵'

관용차 안에서 신영규는 그들의 모습을 물끄러미 지켜보고 있었다. 시위대는 국회 살인사건이 일어난 바로 다음 날부터 몰려나와 시위를 시작했다. 빨라도 너무 빠르다. 마치 미리 알고 준비한 것이 아닌가 하는 의심이 들 정도였다.

"쉬운 자리가 아니죠?"

옆자리에 앉은 유치한이 말했다. 어색하지만 새 양복을 말 끔하게 걸친 그는 확연히 이전과는 다른 사람처럼 보였다. 옥 탑방에 얹혀사는 가난한 소설가와 국회의원은 조개껍데기와 진주처럼 큰 차이가 있었다.

"뭐가요?"

"대통령이오!"

신영규는 아무 대답도 없이 창밖만 쳐다보았다. 그의 말 대로였다. 인터넷에서 유행하는 밈(meme) 중에 이런 말이 있 었다.

'신도 한국인을 만족시키는 건 불가능하다.'

작은 나라에 끊임없이 외침을 당해온 역사. 전 세계에서 유 일하게 분단 중인 국가. 자원이 거의 없는 상태에서도 경제를 발전시켜 세계 10위 경제 대국이 된 나라. 가장 짧은 기간에 전쟁을 치른 후진국에서 선진국이 된 나라. 하지만 그 후유증 으로 하루도 편한 날이 없는 국가. 이런 복마전(伏魔殿) 같은 나라의 대통령이 되는 것은 실제로 보통 머리 아픈 일이 아닐 것이다. 하지만 그럼에도 불구하고 수많은 사람이 이 복마전의 대통령이 되려고 한다.

정문이 열리고 그 앞에 있던 경비경찰관들이 차 안의 사람들을 확인한 다음 무전기로 보고했다.

"들어가십시오!"

경관의 안내로 차가 정문으로 들어서자, 이번에는 검은색 관용차가 길을 가로막고 서 있었다.

"따라가시면 됩니다."

청와대 내부, 도로 곳곳에는 긴급 시 차량을 멈춰 세울 수 있는 튀어나오는 쇠기둥이나 쇠못 등이 설치되어 있었다. 갑자기 뛰어든 차량으로부터 대통령을 보호하기 위해서였다. 검은색 차량은 대통령경호원의 차량으로 일정한 속도로 따라오는 차량을 안전하게 유도하고 있었다. 앞차는 시속 50킬로미터의 속력을 유지하고 있었다. 신영규 일행이 탄 차도 일정한 거리를 두고 앞차를 따라갔다. 차가 대통령 집무실 앞에 도착하자, 앞차가 멈춰 섰다. 뒷차도 안전하게 2미터 정도의 거리를 두고 차를 세웠다. 경호원들이 차에서 내렸다. 그들은 빈틈없이 한 손을 허리춤에 놓고 있었다. 무슨 일이 생기면 바로 총을 뽑기 위해서였다. 검은 선글라스를 쓴 경호원 한 명이 이쪽으로 다가왔다.

"내리십시오!"

경호원의 말이 떨어지자 차 문을 열고 유치한과 신영규가 차에서 내렸다.

"아이고, 경호원님, 또 뵙네요!"

유치한이 경호원에게 다가서며 손을 내밀었지만, 경호원은 손을 잡는 대신 가볍게 고개만 숙였다. 자신의 직업에 충실한 사람이었다.

"들어가시죠."

머쓱해진 유치한도 고개를 숙이고는 안으로 들어갔다.

"손님, 두 분 들어가십니다. 무기소지 미확인!"

경호원이 손목을 입으로 가져가서 보고하는 소리가 들렸다.

입구에서 금속 탐지기를 통과하고 경호 요원에게 체크를 받고 나니 강이든 비서실장이 그들을 마중 나왔다. 두 사람은 비서실장을 따라서 안으로 들어갔다. 한번 왔었던 유치한은 비교적 익숙했지만, 신영규는 이곳이 몹시 낯설었다. 왜인지 모르지만, 청와대의 내부가 예전 오악재의 내부모습과 너무 흡사해서 자신도 모르게 발걸음을 멈췄다.

"왜 그러세요?"

유치한이 묻는 소리가 아득하게 들렸다. 신영규는 주먹을 꽉 쥐었다. 가운뎃손가락이 용문장이 있는 손바닥을 세 개 누르며 정신을 차렸다.

"아무것도 아닙니다."

퉁명스럽게 내뱉고 신영규는 다시 발을 옮겼다.


대통령은 집무실 안에 혼자 있었다. 지난번 유치한을 만났을 때처럼 초췌한 모습은 아니었지만, 며칠 사이에 십 년은 늙은 것 같았다.

집무실 안의 모습을 보고 신영규는 다시 한번 충격을 받았다. 과거 오악재 때, 아버지 이휘의 집무실과 놀랄 정도로 닮아 있었기 때문이었다. 조선 황실의 후예라고 자처하는 비밀 조직의 건물 내부가 청와대와 같다는 것은 무슨 의미일까?

"신영규 본부장님?"

비서실장의 부름에 정신이 들었다. 신영규는 대통령에게 머리를 숙였다.

"어서 오세요. 신영규 본부장님!"

"바로 시작해도 되겠습니까?"

머리꼬리 다 자르고 곧바로 말하는 신영규의 태도에 대통령은 당황했지만, 이내 고개를 끄덕였다.

"그러시죠."

비서실장의 안내로 대통령과 신영규가 소파에 마주 앉

왔다.

"아, 저는 밖에 있을까요?"

유치한의 물음에 대통령이 고개를 저었다.

"같이 앉으시죠. 당시 현장에 계셨으니까, 제가 모르는 부분이 있으면 증언해주세요."

"네. 그렇게 하겠습니다."

유치한도 신영규 맞은편 소파에 자리를 잡았다. 대통령은 가운데 있는 1인용 소파에 앉았다.

"이렇게 또 같이 앉네요?"

유치한이 쓴웃음과 함께 농담을 했지만, 신영규는 대꾸도 없이 곧바로 대통령에게 질문했다.

"그 당시 상황을 자세히 말씀해주세요."

"국회도착해서부터요? 아니면 그전부터?"

"국회도착 전부터 평소하고 다른 점이 있었다면 빠짐없이 말씀해주세요."

대통령이 손으로 턱을 만지며 생각에 잠겼다.

"오후부터 계속 집무실에서 연설을 준비하고 있었어요. 다른 특별한 일은 없었는데, 아프리카 콩고 대사관에서 콩고 대통령이 화상 회담을 요청한다는 메시지를 받았어요. 방역 물품 지원 건이었죠. 회담 일정을 잡고 나서 외교부 장관 연락을 받았어요. 일본 교과서에 위안부 문제를 삭제한다는 사실 때문에 일본대사를 초치한다고 했죠."

대통령의 일상은 조금도 평온하지 않았다. 수많은 사건의 연속이었다.

"시간이 돼서 차를 대기시켰고 국회로 향했죠. 차를 타고 가는 도중에 미국 대사관에서 연락이 왔습니다. 백신 구입 문제로 연락을 기다리고 있었거든요. 다음 날 약속을 잡기로 했죠."

대통령의 일상은 국가안보와 보건, 경제 등에 직결되는 활동의 연속이었다. 만약, 경험이 없고 자격이 없는 사람이 대통령이 된다면 그 결과는 상상도 할 수 없을 것이다.

"아, 잠깐만요!"

대통령이 잠시 생각하더니 다시 말을 이었다.

"경호원 중에 처음 보는 얼굴이 있어서 물어봤어요. 원래 경호원 한 명이 퇴직하면서 신입으로 들어왔다고 하더라고요."

"신입 경호원요?"

"그게, 조금 이상하긴 했죠. 대통령경호실은 다들 베테랑만 모이거든요. 그런데 신입이라서 조금 이상했죠."

"이전 경호원은 왜 퇴직했습니까?"

"이건 조금 민감한 사안인데…."

대통령이 얼굴을 찌푸렸다.

"퇴직한 친구가 정치적으로 상당히 편향되어 있던 친구였어요."

"편향이요?"

"평소에 민주당을 비판하는 발언을 많이 해서 다른 사람들과 사이가 안 좋았어요. 그리고 결정적으로 '이베(이달의 베스트)'사이트 회원이었는데, 경호실 기밀자료를 누설했어요."

"그건 심각한데요?"

유치한이 놀란 얼굴로 말했다.

"그다지 중요한 사항이 아니라서 권고사직으로 끝내라고 했죠."

"신입 경호원은 정치적으로 문제가 없습니까?"

"그건, 실장님!"

대통령의 요청에 강이든 비서실장이 대답했다.

"경호실에서 조사해봤는데 깨끗한 것으로 나왔다더군요. 퇴직한 경호원처럼 특전사 출신인데 이력은 문제가 없었습니다."

잠시 생각하던 신영규가 수첩에 뭔가를 적었다. 그러고는 다시 대통령을 향했다.

"계속하시죠."

"차가 좀 막혔지만, 다행히 정시에 국회에 도착해서 바로 안으로 들어갔어요."

대통령이 그 당시를 회상하며 말을 이었다.

"여당 의원들이 일어나서 박수를 쳤고, 야당 의원들은 야유를 보냈어요. 하지만, 뭐 언제나 그랬으니까 별로 신경 쓰지 않았어요."

"제가 한 말씀 드려도 될까요?"

유치한이 끼어들었다.

"저는 초선의원이고 국회 상황은 뉴스로밖에 못 봤지만, 그날은 분위기가 좀 이상했습니다."

"이상해요?"

"뭔가 일이 터질 것 같은 긴장된 분위기였어요. 야당 의원 몇 사람이 대통령님 도착하기 전부터 계속 모여서 뭔가 이야기를 주고받았어요."

"기습 시위를 모의했겠죠."

"결과적으로는 그렇습니다. 그런데, 보좌관들이 국회 안을 몇 번이나 왔다 갔다 하더군요."

"보좌관요? 누구 보좌관이죠?"

신영규가 날카롭게 물었다.

"초선인 유일상 의원보좌관이었습니다."

"유일상 의원?"

유일상은 사고가 났을 때 단상 바로 아래 있다가 떨어지는 박복덕 의원에게 깔려서 뇌진탕으로 병원에 실려 간 사람이었다.

"국회 회기 중에는 보좌관의 출입이 제한되지 않나요?"

신영규가 비서실장에게 물었다.

"국회선진화법 이후부터는 특별한 경우에 한해 출입이 허용됩니다. 유일상 의원은 집에 아버님이 병환 중이라서 그걸 알리러 왔었다더군요."

"아버지가 병환 중이다. 그래도 중간에 들어올 필요가 있었나요? 전화도 있는데?"

"휴대폰을 비서가 가지고 있었답니다. 그리고 사고 직후에 유일상 의원도 병원에 입원해서 비서가 혼자서 유 의원 아버지를 뵈러 강원도로 달려갔답니다."

"강원도로 갔다고요?"

"네. 경찰 초동수사에서 다 밝혀진 사실입니다."

신영규의 표정이 살짝 굳었다. 하지만 그는 다시 대통령에게 집중했다.

"연설을 하러 연단으로 나갔고 연설을 하는 중간에 박복덕 의원이 올라왔죠. 그리고…."

"연설 중에 누군가가 연단으로 올라오려고 하면 경호원이나 경비들이 막지 않나요?"

"그렇죠. 제가 경호원들을 제지했습니다. 박복덕 의원에게 기회를 줘야 한다고 생각했어요."

"그리고 어떻게 됐습니까?"

"박 의원이 갑자기 칼을 꺼냈습니다. 경호원들이 달려왔지만, 제가 막았어요. 자극해서 진짜 큰일이 날까봐서요."

그때를 생각하며 대통령의 표정이 심각하게 굳어졌다.

"그다음은요?"

"경호원들이 제 뒤쪽에 서 있었고 제가 박 의원을 설득하려고 했죠. 그런데 갑자기 박 의원이 저한테 다가왔어요. 경호원들이 제 앞을 막아서려고 하는 것을 제가 팔을 펼쳐서 못 나오게 막았어요. 그때, 박 의원이 칼로 자기 배를 찌르려고 하더라고요. 급한 마음에 경호원을 밀치고 손을 뻗어서 팔을 잡았죠. 그러다가 경호원들하고 뒤엉켜서 넘어졌어요."

"박복덕 의원도 같이 넘어졌나요?"

"아니요. 제가 밀려 넘어지면서 박 의원을 잡았던 팔을 놓쳤어요. 박 의원은 분명히 서 있었죠. 그런데 고개를 들어보니까…."

"박복덕 의원이 칼에 찔린 상태였다. 이런 말이죠?"

"그래요."

여기까지는 동영상에서 본 그대로였다. 전 세계 사람들이 본 영상이었다. 유튜브에서 조회수가 이미 일억 뷰를 돌파하고 있었다. 이 사실을 빗대서 새로운 '한류'영상이라고 신문 만화가 조롱했었다.

"밀려서 넘어지셨다고요?"

"그랬던 것 같아요. 하지만 워낙 혼잡한 상황이라서 뭐라고 말을 못 하겠네요."

이상한 일이었다. 대통령 경호를 책임지는 경호원들이 대통령을 밀어서 넘어뜨렸다?

"그 외에 이상한 건 없었습니까?"

"음, 아! 박 의원이 야당 의원들과 같이 연단 앞으로 나왔는데 한 가지 이상한 건 초선의원이 끼어 있었다는 겁니다."

"초선의원요?"

"이번에 새로 당선된 의원인데 박복덕 의원하고 같이 행동을 하는 것이 좀 이상했죠."

조금 전 유치한이 말했던 유일상이 다시 나왔다.

"박복덕 의원 본인은 어떻습니까? 평소에 아시던 이미지하고 다른 곳은 없었나요?"

"박 의원은 5선 의원이죠. 그 지역구에서 그 사람은 신이나 마찬가지입니다. 저도 의원 시절에 자주 마주쳤었죠. 항상 자신감이 넘치던 분이었는데 그날은…."

"흥분 상태였나요?"

"아니요. 그 반대입니다. 너무 침착해 보였어요."

"침착해요?"

"네. 꼭 무슨 일이 일어날지 다 아는 사람처럼 차분해 보였어요."

앞뒤가 안 맞는 상황에 신영규가 미간을 찌푸렸다. 국회에서, 그것도 대통령 앞에서 칼을 꺼내 자살을 하려던 사람이다. 그런데 침착하다? 여러 가지로 말이 안 되는 상황이었다.

"시간이 더 필요할까요? 대통령님, 다음 일정이 있어서요."

비서실장의 말에 신영규가 수첩을 덮었다.

"이제 끝났습니다. 수고하셨습니다."

"아, 수고하셨어요."

인사를 마친 신영규가 칼처럼 일어나서 문밖으로 걸어 나갔다. 그의 행동에 방 안의 사람들이 모두 놀랐다.

"어, 저래 보여도 일은 잘하는 분입니다."

유치한이 어색하게 웃으며 신영규의 뒤를 따라 나갔다.

"대통령님, 저 사람들, 믿을 수 있을까요?"

비서실장이 걱정스러운 표정으로 물었다.

"믿어야죠."

이강산 대통령이 굳은 표정으로 대답했다.

"다른 방도가 없잖아요?"


"굉장하죠?"

"뭐가요?"

웃으며 말을 거는 유치한이 그렇게 편하지만은 않았다.

"현직 대통령을 취조하는 거요? 아무나 할 수 있는 경험이 아니잖아요?"

"취조는 일본말입니다. 지금은 안 써요."

돌아가는 말투가 다소 퉁명스럽다.

"아, 그렇군요. 조사인가요? 어쨌든 대단하죠?"

"나한테 별로 좋은 감정이 아닐 텐데, 왜 나를 추천한 겁니까?"

신영규가 몸을 돌려 싱글벙글하는 얼굴에 대고 곧바로 물었다.

"직접 겪어봤잖아요. 그래서 추천한 겁니다."

"이해가 안 가네요. 나는 당신을 범인으로 체포했고 압박했어요. 실제로 당신을 구해준 건 김건과 소주희죠?"

"맞습니다. 그 당시에 신영규 팀장님한테 스트레스를 많이 받았죠. 팀장님은 현장에 있던 증거만으로 저를 체포했고 계속 저를 압박했습니다. 저한테는 몹시 힘든 상황이었지만, 경찰입장에서는 당연한 절차였겠죠. 그것보다 놀랐던 것은 저한테 알리바이가 있다는 것을 확인한 뒤에 김건 씨와 협력해서 진짜 범인을 잡는 과정이었죠."

"꼭, 협력한 건 아닙니다."

"저도 글을 쓰면서 많은 경찰을 만나봤고 자료도 많이 찾아봤습니다. 그리고 신영규 팀장님과 김건 씨가 한 팀이었을 때, 많은 공을 세웠다는 사실을 알게 됐죠. 다이어트 킬러하고 연쇄살인마 오레온을 체포한 것도 두 분이셨다고요."

신영규는 그냥 굳게 입을 다물고 있었다.

"두 분이 협력하면 반드시 이번 일도 해결할 수 있을 거라고 믿습니다."

신영규는 할 말이 없었다. 유치한을 처음 만났을 때 증거만 보고 그를 살인범이라고 생각하고 체포했었다. 작은 인간이었으면 그것만으로 원한을 품고 복수를 꿈꾸거나 자기 스스로를 학대할 수도 있다. 하지만 유치한은 그런 시련을 자신이 성장하는 발판으로 삼았다. 작은 사람으로 가득 차 있는 이 세상에서 그는 보기 드문 큰 사람이었다.

"유치한 의원님. 지난번에 경호원 중에 아는 분이 있었죠?"

"아, 네. 제가 일하고 있는 철권연대 회원이더라고요."

철권연대는 최근에 가장 유명한 단체였다. 뉴스에도 수시로 그 이름이 나오고 짧은 시간에 몸집을 불린 세력으로 사회적 약자를 대변하고 그들의 권리를 찾아주는 것이 목적인 단체였다. 이 여권의 시대에 사회적 약자는 남성이다. 그런 단체의 대표가 국회의원까지 됐다. 이제 그들은 언더독이 아니라 알파독이 됐다.

"그분은 왜요?"

"그분, 직책이 뭡니까?"

"경호팀 팀장이라던데요."

"팀장! 그럼 됐네요. 그날 대통령과 같이 단상에 있던 경호원 중에 대통령을 넘어뜨린 사람을 좀 찾아주세요!"

"혹시, 경호원 중에 동조자가 있다고 의심하시나요?"

"증거는 없습니다. 하지만 그럴 가능성이 크다는 거죠."

유치한이 미간을 찌푸리며 고개를 끄덕였다. 두 사람이 복도를 지나 현관으로 향했다.

"아! 본부장님. 지금 수사 중인 강한남사건 피의자 말입니다."

"소주희요?"

"네! 주희 씨. 제가 좀 만나볼 수 있을까요?"

"안 됩니다!"

신영규가 칼처럼 거절했다. 유치한도 그럴 줄 알았다는 듯, 더는 말을 하지 않았다.

따가운 오후의 햇살이 입구 전체를 거대한 빛의 공처럼 보이게 했다.

"잘 아시겠지만, 대통령은 그럴 분이 아닙니다. 함정에 빠진 거죠."

"압니다."

"진짜 범인, 잡을 수 있을까요?"

선글라스를 꺼내 쓰며 신영규는 돌아보지도 않고 빛 속으로 걸어 나갔다.

"그래서 제가 온 거죠!"

---

샘과 오레온이 아무도 없는 저수지에서 밤낚시를 즐기고 있다. 하지만 두 사람 다 낚시에는 별 관심이 없어 보였다.

"궁금한 게 있습니다."

"말해보시게."

"한국에 있다는 첫 번째 사도, 만나신 적 있습니까?"

오레온이 고개를 저었다.

"아니, 아직 못 만났네."

"누군지도 모르시고요?"

"모르겠어."

찌가 움직여서 낚싯대를 채어 올렸지만, 아무것도 없었다. 오레온은 담담한 얼굴로 다시 물속에 찌를 던져 넣었다.

"K목사님 말씀 기억하시죠? 이 거대한 프로젝트의 마지막을 장식할 사람이 있다고."

"기억하지. 나도 그 사람을 찾으려고 해봤어. 하지만 못 찾았네. 단서조차 없더군."

이번에는 샘의 낚싯대에 반응이 왔다. 하지만 그는 별로 신경쓰지 않았다.

"어쩌면 우리가 아는 사람인지도 모릅니다."

"아마도 본 적이 있을 거야. 우리 사도들은 모두 '피의 금요일'의 은혜를 받은 사람들이야. 그중에 한 명이라면 우리도 아는 사람이겠지."

"중간에 사라진 사람이 하나 있었죠."

"그래?"

"예. 미국인으로 기억하는데, 의식이 시작되고 얼마 뒤에 사라졌어요."

"얼굴을 봤나?"

"아니요."

오레온이 위스키병을 들고 한 모금 마셨다.

"K목사님이 우리 둘한테까지 비밀로 하는 것을 보면 아주 중요한 사람이겠지."

"그렇겠죠."

"우리보다 먼저 K목사님을 만나서 첫 번째로 그분의 제자가 된 사람이야."

"언젠가 알게 되겠죠."

두 사람은 다시 말없이 낚시를 이어나갔다.

샘이 갑자기 생각난 듯 말했다.

"질문이 하나 더 있습니다."

"편하게 말하게."

"저 계획은 아마도 이런 식으로 연출된 것 같네요."

샘이 작은 목소리로 뭔가를 속삭였다. 강바람에 휘날리는 갈대보다도 작은 소리였다. 그의 말을 들은 오레온이 활짝 웃었다.

"과연! 나는 자네가 밝혀낼 줄 알았네! 살인예술가다워!"

"아닙니다. 다 박사님께 배운 거죠. 저는 그저, 박사님 흉내만 내고 있는 겁니다."

"겸손할 필요 없네. 자네는 진정한 아티스트야!"

"감사합니다. 하지만 아직도 알 수가 없네요. 그런 간단한 트릭이라면, 부검만 해봐도 바로 간파할 수 있습니다. 너무⋯."

"허술하다? 그렇지! 그렇게 보이겠지!"

재미있다는 듯 오레온이 크게 웃으며 자리에서 벌떡 일어났다.

"여기를 보게. 지금 무엇이 보이나?"

"네? 갈대숲하고 강만 보이는데요."

"그렇지? 하지만 여기는 지금 우리 말고는 아무도 없네. 왜 그럴까?"

"아무래도 코로나 때문이 아닐까요? 사람들이 집을 잘 안 나오니까요."

"나는 바로 그 점을 이용했네."

"네? 지난번에도 말씀하셨지만 저는 이해를 잘 못하겠습니다."

"바로 지금! 이 현상을 이용해서 완전범죄를 계획했네!"

"어떻게요? 온 세상의 관심이 이 두 사건에 쏠려 있는데? 신이 아니고서야."

"바로 그렇다네! 나는 그 '신'의 힘을 빌려서 이 사건을 완전범죄로 만들 거야!"

오레온이 두 팔을 활짝 펼치며 말했다.

— ❦ —

"저희는 지금 국과수 서울지부 앞에 와 있습니다."

앞이마가 살짝 벗겨지기 시작한 뿔테안경을 쓴 남자 리포터가 마이크를 들고 말하기 시작했다.

"지금 박복덕 의원의 사체를 실은 차가 이곳에 도착했습니다."

경찰차의 호위를 받는 앰뷸런스 한 대가 지하주차장 안으로 들어갔다. 카메라가 그 모습을 계속 찍고 있었다.

"조금 전까지 동서울병원에 있던 박복덕 의원의 사체는 관계법령에 따라 사법해부를 위해 이곳으로 왔습니다. 전 국민이 주목하는 민감한 사안이기 때문에 곧바로 사법해부를 시작할 것으로 보입니다."

지하주차장으로 들어온 앰뷸런스와 경찰차가 안쪽 깊숙한 구석에 멈춰 섰다. 바깥에 있는 기자들의 카메라를 피하기 위해서였다.

구급요원들이 차에서 내려 뒷문을 열었다. 건물 안에 대기하고 있던 국과수서울지부 직원들도 문을 열고 마중 나왔다. 이동식 침대를 내리고 검은색 사체낭에 담긴 박복덕 의원의 사체를 그 위에 옮긴 구급대원들이 직원들의 안내를 받아 건물 안쪽으로 밀어 옮겼다.

국민적인 관심을 받는 사안이라서 국과수 내부에도 긴장감이 감돌았다. 간혹 국과수가 언론의 주목을 받기는 하지만 이렇게 중요한 일로 주목을 받는 것은 드문 일이었다.

마스크를 쓴 직원들의 표정 역시 중압감에 굳어 있었다. 지하 2층으로 가는 화물용 엘리베이터에 이동식 침대를 밀어 넣고 버튼을 눌러 밑으로 이동하는 과정 중 입을 여는 사람은 하나도 없었다. 좁은 복도를 지나서 안쪽의 부검실로 향하면서도 침묵은 이어졌다.

외부의 공기가 안으로 들어갈 수 없도록 만들어진 이중구조 문인 캡슐을 거쳐서 부검실 안으로 들어섰다. 오래된 건물 지하의 습한 공기와 비릿한 피냄새가 마스크 안으로 파고들었다. 비위가 약한 구급대원 한 명이 얼굴을 찌푸리며 가볍게 욕지기를 했다. 넓은 실내에는 6대의 금속성 부검대가 놓여 있었다. 부검대 한 곳에는 또 다른 시체 한 구가 놓여 있었다. 얼마 전에 죽은 강한남이었다.

"이쪽으로 옮겨주세요!"

국과수 직원이 그중 한 침대를 가리키며 말했다.

구급대원들은 그쪽으로 이동식 침대를 옮겨서 옆으로 붙인 다음, 바퀴의 고정장치를 걸었다.

한 사람은 부검대 반대편에 서고 다른 한 사람은 이동식 침대 반대편에 서서 사체낭의 손잡이를 잡은 다음 '하나, 둘, 셋' 하는 구호와 함께 사체낭을 부검대로 들어 옮겼다.

"수고하셨습니다. 나머지는 저희가 하죠."

"네. 그럼 수고하십쇼!"

구급대원들은 서둘러 부검실을 빠져나갔다. 몇 번 와보기는 했지만 올 때마다 기분이 안 좋았다. 하지만 그런 부검실 안에서 국과수 직원들은 담담한 얼굴로 부검을 준비하고 있었다.


2층 회의실에는 국과수 부검의들이 전부 모여 있었다. 중요한 사안인 만큼, 한 명도 빠짐없이 회의에 참석했다.

국립과학수사연구원은 본원이 서울이었다가 지금은 지방으로 이전하고 서울도 지원이 되었다. 예전 건물을 그대로 쓰는 만큼 시설은 낡았다. 하지만 여기서 일하는 사람들의 실력은 진짜였다. 부검의는 의사들이다. 상대적으로 병원에서 일하는 의사들보다 수입은 낮고 일은 더 많다. 그래서 지원자도 한정적이고 만성적인 인력 부족에 시달리고 있다. 사명감이 없다면 할 수 없는 일이었다.

"다들 알다시피 오늘 아주 중요한 부검이 있어요. 언론사에서도 많이 와 있고 하니까 실수 없이 해야 합니다. 혹시 모르니까 다른 직원들도 모니터링하면서 대기하도록 해유."

원장이 진지하면서도 구수한 말투로 브리핑을 했다. 사안이 중요한 만큼 모인 사람들의 표정도 엄숙했다.

"네!"

"오늘 박복덕 의원 부검은 나하고 부원장님, 박 과장, 그리고 신참이 보조합니다."

"네!"

"괜찮겠어? 이 친구 오늘 비리비리한데?

부원장이 박 과장의 어깨를 툭 치며 말했다.

"어이! 괜찮아?"

고개를 숙여서 기침하던, 박 과장이 손을 저었다.

"괜찮습니다. 아유, 어제 마누라가 집에 돌아왔잖아요. 회포 푸느라고 잠을 못 잤더니."

"이 사람아, 적당히 해. 일할 힘은 남겨뒀어야지!"

"야, 젊은 게 좋긴 좋구마잉? 나도 저럴 때가 있었는디!"

"자식도 하나밖에 없는 사람이 무슨!"

"아니, 자식은 밭이 척박해서 그런 거고! 내 농사 기구는 건실하제!"

"불편하면 말해. 잉?"

"네. 괜찮습니다."

박 과장이 팔을 들어서 알통을 보여주며 안심시켰다.

"저기, 강한남은 어떻게 합니까?"

이종현 부검의가 물었다.

강한남 건도 여론의 주목을 끌던 사건이라서 원래 오늘 부검이 잡혀 있었다. 어제까지 국민적인 관심 대상이었지만 지금은 강한남도 뒷전이 되었다.

"박복덕 의원 부검을 먼저 해야지. 뭐, 별수 있나?"

부원장의 말에 이종현 부검의가 투덜거렸다.

"이거 참, 벌써 준비도 다해놨는데…."

"그럼 어떻게 해? 중요도에서 밀린 걸?"

"그래도 준비했는데 해야죠!"

직원들이 의견이 분분하자, 원장이 진정시켰다.

"자, 자, 그만하고. 그럼 이렇게 합시다. 이 부장 말도 일리가 있어요. 이왕 준비를 했으니까, 박복덕 부검 끝나는 대로 강한남도 부검하죠. 강한남 부검은 이 부장이 맡고. 오케이?"

"네. 알겠습니다."

"자 그럼. 준비들 하시고 30분 뒤에 시작합시다."

"네!"

회의가 끝나고, 직원들은 각자 맡은 조로 나누어서 준비에 들어갔다.

원장 이하 박복덕 의원의 부검을 맡은 네 사람은 수술 가운과 모자 외에도 마스크를 이중으로 쓰며 준비를 마쳤다. 코로나 때문에 생긴 새로운 규칙이었다.

해부실로 향하는 엘리베이터 앞에서 원장과 부원장, 신입 등 세 명이 기다리고 있었지만, 박 과장은 좀처럼 모습을 드러내지 않았다.

"이 친구는 오늘도 늦네?"

"아시잖아요? 저 친구 결혼식 할 때도 지각했어요!"

조금 후에야 복도 끝에서 허겁지겁 달려오는 그의 모습이 보였다.

"아유, 죄송합니다. 화장실 좀 가느라고…."

"거 좀 미리미리 다니지!"

"제가 과민성대장증세라서요. 아시잖아요. 결혼식 때도…."

"알았어. 그만하고 빨리 타!"

원장이 말다툼하는 두 사람에게 핀잔을 주며 엘리베이터에 올랐다.

지하 2층에서 내린 네 사람은 길고 구불구불한 복도를 두 번 돌아서 해부실에 도착했다.

"이제 대통령의 무죄를 입증할 부검이 시작되려고 합니다."

방송국 기자가 손으로 등 뒤의 국과수 건물을 가리키며 말했다.

"현재 살인과 특수상해 등의 혐의를 받고 있는 대통령의 무죄를 증명하기 위해서는 이 부검에서 박복덕 의원의 사인이 대통령의 행동과 아무런 상관관계가 없다는 것이 밝혀져야 합니다. 야당과 여론 모두가 대통령의 조속한 구속을 촉구하는 이 순간에, 전 세계의 시선이 이곳 국과수에 모이고 있습니다."


"이상 없지? 카메라, 마이크 다 확인했고?"

"네. 다 이상 없습니다."

직원이 비디오카메라를 들여다보며 대답했다.

"오케이. 그럼 시작합시다!"

원장의 말에 직원이 녹화를 시작했다.

"자, 17시 정각, 박복덕 의원 부검 시작합니다."

원장이 수술용 장갑을 낀 손으로 메스를 들었다.

그때, 같이 있던 젊은 부검의가 괴로워하며 밭은기침을 하기 시작했다. 폐까지 울리는 심한 기침이었다.

"저 친구 왜 저래?"

"이봐, 괜찮아?"

부원장이 물었지만 젊은 부검의는 더 심한 기침을 하더니 바닥에 무릎을 꿇고 쓰러졌다. 숨을 못 쉬고 꺽꺽거리고 있었다.

"이거 봐! 왜 이래?"

"숨을 못 쉬는데요?"

"박 과장! 안 되겠어! 저 친구 마스크 벗겨!"

박 과장은 얼른 달려가서 숨을 못 쉬는 젊은 부검의의 마스크를 벗기고 기도를 확보했다. 마스크를 벗기자 다시 숨을 쉬기 시작하면서, 실내에 메아리가 생길 정도로 거칠게 기침을 해댔다. 그 기세가 심상치 않았다.

부원장이 손을 뻗어 손등으로 그의 이마를 짚어보았다.

"어? 뭐야 이거?"

그가 두 눈을 크게 뜨며 원장을 쳐다보았다.

"원장님, 큰일 났습니다!"

"뭐가?"

"이 친구, 머리가 불덩이예요!"

"뭐? 그럼 이거?"

"아무래도 코로나에 걸린 것 같습니다!"

부검의들은 한동안 복잡한 표정으로 서로의 얼굴만 쳐다

보았다. 한 명이 코로나에 걸렸다면 다른 사람도 감염되었을
확률이 컸다.

"어떻게 하죠?"

원장은 젊은 부검의와 박복덕 의원의 사체를 번갈아 쳐다
보았다. 밀폐된 실내에서 환자가 기침을 했다. 이미 사체들 역
시 오염되었을 것이 분명했다.

상부에서 내려온 지침은 확실하다. 만약 국과수 내부가 오
염된다면 48시간 안에 오염원을 소각해야 한다. 지금 부검을
멈춘다면 두 사체 역시 소각해야 하는 것이다.

"정리해!"

원장이 무겁게 말했다.

"네? 그럼 대통령 살인사건 증거가….'

"방법이 없어. 이제 부검은 우리 손을 떠났어!"

말을 마친 원장이 카메라를 향해 돌아서며 장갑을 벗었다.

"16시 5분 현재. 긴급상황 발생으로 부검을 종료합니다!"

"여보세요? 뭐라고요? 언제요? 예?"

김정호의 찢어질 듯 높아진 목소리에 뭔가 심각한 일이 생

겠음을 짐작했다.

"박복덕 의원, 부검 못 한답니다!"

"뭐? 왜?"

"국과수 부검의 중에 코로나 감염자가 나왔답니다!"

그의 입에서 나온 말은 더 충격적이었다.

사무실에서 수사 회의를 하던 신영규 팀은 한동안 무거운 침묵에 휩싸였다. 사건 해결을 위해서 가설만을 세워놓은 상태였다. 사체 부검이 없으면 그것을 증명할 방법이 없다. 수사는 사실상 끝난 것이나 마찬가지였다.

"팀장님, 서장님 전화입니다."

사무실 전화를 받은 복숭아가 조심스럽게 말했다. 신영규가 굳은 표정으로 전화를 받았다.

"네. 전화 바꿨습니다."

"신 팀장. 지금 연락받았지?"

"네."

"최악의 상황이면 부검 자체를 못 할 수도 있어. 다른 방법이 있나?"

"없습니다!"

그가 무겁게 대답했다.

"긴급 속보입니다!"

뉴스 앵커가 다급한 목소리로 말했다. 평소에 점잖은 모습으로 뉴스를 진행해서 영국신사라는 별명이 있던 그였지만 오늘은 긴장을 감추지 못했다.

"오늘 오후, 박복덕 의원의 사체를 부검하던 국립과학수사원서울지원이 코로나바이러스에 오염되어 부검이 중단되었습니다. 부검 직전, 국과수 직원 한 명이 코로나에 전염된 사실이 밝혀져서 부검을 중단하고 부검의 전원이 코로나 검사를 실시했는데, 조금 전, 전원 양성이라는 결과가 나왔습니다. 모든 국과수 부검의들은 즉시 병원으로 이송되어 격리되었고 국과수 건물은 폐쇄 후 방역이 진행되었습니다."

국과수 직원들이 구급차에 실려 이송되는 모습과 국과수 안을 방역하는 모습이 화면에 나왔다.

"여기서 큰 변수는 코로나가 발발하면서 만들어진 새로운 법령입니다."

여자 아나운서가 이어서 말했다.

"국립과학수사연구원 같은 정부 주요 건물이 코로나에 오염되면 실내를 소독하고 오염된 모든 동식물성 증거물을 48

시간 안에 폐기하도록 되어 있습니다. 이는 오염되기 쉬운 환경에서 일하는 직원과 의료종사자들을 보호하기 위한 장치로 속칭 '극한직업보호법'으로 불리며, 금년 2월, 민주행복당이 발의해서 통과시킨 법령입니다."

남자 아나운서가 심각한 표정으로 말을 이어받았다.

"그 법령대로라면 대통령의 무죄를 입증할 수 있는 유일한 증거가 48시간 안에 폐기된다는 뜻입니다. 이제 상황은 더욱 심각해지고 있습니다!"

"이럴 수가!"

낚시터에서 낡은 TV로 뉴스를 보고 있던 샘이 벌떡 일어났다.

"바로 이거였군요! 이제야 박사님의 원대한 뜻을 알게 됐습니다. 할렐루담야!"

"할렐루담야!"

오레온이 웃으며 하늘을 향해 두 팔을 활짝 펼쳤다.

"이해해줘서 고맙네. 알다시피, 예술은 그 시대를 반영해야 하네. 자네에게 말한 것처럼, 나는 내 완벽한 범죄 플랜에 이

시대를 반영하기로 했네. 바로 '코로나 팬데믹'이지!"

샘이 두 손으로 박수를 치며 '브라보'를 외쳤다.

"제 눈으로 '역사'를 봤습니다. 이런 마스터피스를 직접 보니 영혼이 진동하는 느낌입니다. 외람되지만, 궁금증을 참을 수가 없네요. 도대체 어떻게 하신 겁니까? 어떻게 바이러스를 통제하신 겁니까? 어떻게 정확하게 시간을 맞추신 거죠?"

"나는 처음부터 투트랙(Two Track) 전략을 사용했네. 만약 너무 빨리 국과수를 오염시켰다면 그들은 당연히 다른 곳으로 사체를 옮겨서 해부하겠지. 그러니까 너무 빨라도 이 트릭은 성립이 안 돼. 그 전날까지 아무 일도 없던 곳에 아무도 모르게 병균을 뿌려야 했어. 그래서 처음부터 두 개의 작전을 세웠지."

"심오합니다! 오묘해요!"

그러면서 샘이 손으로 자신의 턱을 잡았다.

"하지만 한 사람은 이미 발병했던데요? 그건 어떻게 된 거죠?"

"아까도 말한 것처럼 나는 동시에 두 가지 전략을 세우고 진행했지. 이틀 전, 아내가 집을 비워서 외로운 새신랑이 자주 가는 바에 갔을 때, 그는 누군가를 만나게 됐네. 예쁜 금발 머리 아가씨였어. 외국인들이 마스크를 쓰기 싫어하는 것은 잘 알겠지? 그녀도 그런 자유로운 영혼이었지. 두 사람은 금방 친해져서 장소를 옮겨 즐거운 시간을 보냈다네."

"아! 이제 이해가 되는군요. 일종의 시간차 공격인가요?"

"바로 그거야. 그는 어제가 비번이었으니까 오늘 출근했지. 몸이 좋지 않은 것을 느꼈을 거야. 하지만 자신이 감염된 것 같다고 말하면 어디서 누구를 만났는지 다 드러날 것이기에 말을 못했지!"

눈을 감고 상상을 하던 샘이 몸을 부르르 떨었다.

"전율이 오는군요. 그럼, 국과수는 어떻게 오염시켰나요?"

"그것도 그리 어려운 일이 아니었지. 국과수는 정기적으로 업체에 위탁해서 소독을 하고 있어. 그 업체에 내 사람들이 있었지. 그들은 분무기에 배양된 코로나 병균을 세팅했지. 그날 오전에 있었던 소독은 사실상 오염을 시킨 거야."

"그야말로 신의 한 수입니다!"

"칭찬 감사하네. 이제 우리는 편하게 앉아서 대통령이 지옥에 빠지는 꼴을 지켜보면 되는 거야."

오레온과 샘이 위스키와 맥주를 들고 승리를 축하하는 건배를 했다.

"조용한 재앙은 벌써 시작됐어!"

예전의 대한민국 국회는 누군가의 표현대로 그야말로 '동물 국회'였다. 자신들의 주장을 관철시키려는 다수당과 그것을 막으려는 소수당의 몸싸움으로 인해 몸싸움이 일어나는 것은 예사였고 그런 일이 너무 자주 일어나다 보니 국회의원을 뽑을 때 정치적인 능력보다 레슬링이나 유도, 씨름 등 완력을 잘 쓰는 업종의 인물을 전략적으로 공천하는 웃지 못할 일도 있었다. 그러던 것이 국회선진화법이 통과되면서 국회에서 몸싸움하는 풍경은 사라졌다. 하지만 오늘, 국회는 다시 동물 국회가 되어버렸다.

처음부터 국회는 난타전으로 시작되었다. 야당 의원들은 모두가 플라스틱 가림판 앞에 '살인자 대통령 OUT' '대통령 살인사건 특검 도입' 등의 문구가 빨간색으로 적힌 현수막을 들고 야유를 이어가고 있었다.

"민주행복당 석민설 의원님 발언이 있겠습니다."

국회의장의 말이 끝나기가 무섭게 야당 의원들은 일제히 야유를 퍼부었다.

"살인자 대통령 비호세력, 민주행복당은 자폭하라!"

야당 의원들이 선동적인 구호를 연창하며 의사 진행을 방해했다.

　석민설 의원이 단상 앞으로 올라갔다. 지난번 사건 이후로 단상 위는 허가받은 사람 외에는 올라갈 수 없도록 미로형의 특수한 펜스가 설치되었다. 평소보다 시간이 몇 배나 많이 걸리지만, 누군가가 단상 위로 올라가려면 계단에서부터 잠금장치가 달린 문을 열고 계단을 올라간 다음, 미로처럼 좌우로 구불구불한 난간을 지나야 연단에 도착하도록 되어 있었다.

　이 미로형 특수펜스는 예전에 설치할 것을 추진했었지만 위화감을 준다는 이유로 폐기했었다가 지난번 사건 이후에 하룻밤 만에 전격적으로 설치되었다.

　설 의원이 경비원이 열어준 문을 열고 계단을 올라 구불구불한 펜스를 지나가는 동안 야당의원들의 야유가 쏟아들었다. 다리에 장애가 있어 지팡이를 짚고 걷는 설 의원이 미로 사이를 지나가는 모습을 야당 쪽의 누군가가 '실험쥐야, 뭐야?' 하며 비아냥거리자, 바로 여당에서 맞받아서 '장애인 비하하지 마!' 하고 소리쳤다. 힘들게 연단 위로 오른 설 의원이 허리 숙여 인사하고 마이크 앞에 서서 발언을 시작했다.

　"존경하는 의장님 이하 동료 의원 여러분."

　조금 전까지 힘들어 보이던 모습과 달리 그의 목소리는 힘이 있었다. 처음에는 야당 의원들도 경청하는 분위기였다.

"지난번의 불미스러운 사건은 우리나라 국회 역사상 가장 충격적인 사건이었습니다. 박복덕 의원은 대통령의 연설 도중 무단으로 침범하여…."

이 순간부터 다시 야당 의원들의 야유가 시작되었다.

"고인을 모독하지 마라!"

"대통령이 죽었잖아!"

이에 가만있던 여당 의원들도 발끈해서 소리를 쳐댔다.

"좀 가만히 들어!"

"박복덕 의원이 침입했잖아!"

서로를 향한 고성이 끊이지 않았다.

"조용히 해주세요! 의원님들!"

의장이 의사봉을 두드리며 말했지만, 소용이 없었다. 야유에도 불구하고 설 의원은 꿋꿋이 발언을 이어갔다.

"안타깝게도 국과수에 있던 박복덕 의원의 사체는 바이러스에 오염되었습니다. 방역 팀이 들어가서 국과수 내부와 사체 등을 모두 완벽하게 소독했지만, 현행법상, 한 번 오염된 사체는 48시간 내에 소각하도록 되어 있습니다. 대통령의 무죄를 입증할 유일한 방법이 바로 부검인데 이대로 소각해버리면 증거가 모두 인멸되어버립니다. 이에 48시간이라는 기한을 연장하여 다시 부검할 수 있도록 의원 여러분들의 협조를 부탁드립니다."

설 의원이 정중하게 고개까지 숙였지만, 야당의 반발은 엄청났다.

"그 법안 통과시킨 게 누구야? 당신들 아냐?"

"법대로 해! 법대로!"

"대통령이면 법도 안 지키냐?"

"전 국민이 보는 앞에서 동료의원을 죽인 대통령은 범죄 소명에 관계 없이 탄핵되어야 마땅하지!"

이에 발끈한 여당 의원들도 들고일어났다.

"부검해야 무죄 입증이 되지? 감추긴 뭘 감춰?"

"잘못은 박복덕이 한 거야!"

서로를 향해 목소리를 높이면서 국회 안은 점점 더 분위기가 험악해졌다.

어느 기자는 이 순간을 두고 이렇게 표현했다.

'그야말로 개와 원숭이의 떼싸움을 연상시켰다.'

강이든 대통령 비서실장과 이강산 대통령, 참모진이 청와대 집무실에서 국회의 상황을 TV로 지켜보고 있었다. 끝없는 의원들 간의 싸움을 지켜보는 대통령의 얼굴이 침울해 보였다.

"저 말이 맞나요? 법대로라면 박복덕 의원의 사체를 48시간 안에 소각해야 하나요?"

"그렇습니다."

비서실장이 굳은 표정으로 대답했다.

"원래는 의료진을 보호하려고 만든 법입니다. 코로나가 시작되고 나서 의료진의 부담이 심해지는 것을 막기 위해서 바이러스에 오염된 사체를 소각하도록 한 겁니다."

"그럼 내일까지구먼. 다른 부검의들도 있지 않나요?"

"문제가 복잡합니다."

가장 젊은 참모가 대답했다. 젊지만, 한국에서 법대를 나오고 미국에서도 법대를 졸업한 국제법 전문가였다.

"이 법안에 따르면 오염된 사체는 법적으로 손대서는 안 됩니다. 이 사체를 해부하거나 옮기면 1년 이하의 징역, 이천만 원 이하의 벌금에 처해집니다."

"그렇군요."

대통령이 멍하니 창밖을 보며 대답했다.

코로나 시국이라 사람들의 집회가 제한되어 있지만, 밖에는 많은 사람의 함성이 들리고 있었다.

"부검의들 중에 도와줄 분이 있는지 찾아보겠습니다. 나중에 재판을 받을 때 도와주겠다고 하면…"

"사법거래를 하자는 말인가요?"

고개를 돌린 이강산 대통령이 비서실장을 쏘아보았다.

"그럼, 우리가 저들과 같은 적폐가 되는 것 아닌가요?"

모두가 입을 다물었다. 잠시 생각에 잠겨 있던 대통령이 무겁게 입을 열었다.

"나 때문에 법을 어기라고는 할 수 없지. 법대로 하세요."

"대통령님! 그럼 무죄를 증명할 수 없습니다!"

"그렇겠죠."

"저들은 대통령의 이미지를 훼손하는 게 목적입니다. 무리해서라도 명령을 내리셔야 합니다!"

"법대로 하라고요!"

대통령이 목소리를 높였다.

"이것 때문에 내 이미지가 망가져도 어쩔 수 없어요! 아무리 불리해도 법은 법입니다! 대통령이 불리하다고 법을 안 지킨다는 것은 용납할 수가 없어요! 대통령이기 때문에 더 법을 지켜야 되는 겁니다!"

모두가 침묵에 잠겼다. 이강산 대통령의 성격은 모두 잘 알고 있었다. 그는 어떤 경우에도 법을 어기지 않으려고 노력해서 이 자리까지 올라온 사람이었다. 이런 위기의 순간에도 그는 자신에게 불리한 법을 어기려고 하지 않았다. 그의 별명은 '청백리(淸白吏)'였다.

"경찰 수사는 어때요?"

대통령이 물음에 비서실장이 망설이며 대답했다.

"경찰도 부검만 기다리던 중이었습니다. 수사가 어려워질 겁니다."

"그렇겠지."

이강산 대통령은 다시 TV 화면을 쳐다보았다.

그 안에는 살인자 대통령을 규탄하는 패널들의 성토가 계속되고 있었다.

─◦◦◦◦◦◦─

대통령은 벌써 네 잔째 커피를 마시고 있었다. 그는 고급 커피를 좋아하지 않았다. 국민의 세금으로 사치는 안 된다는 것이 평소 지론이었기에 그는 물에 타서 마시는 믹스커피, 소위 다방커피를 즐겼다. 이제 하루 뒤면 법에 따라 오염된 사체가 화장터로 보내져 폐기하게 된다. 그렇게 되면 그의 무죄를 밝힐 유일한 수단이 사라지는 것이었다.

밖에는 여전히 시위대들이 모여 구호를 외치고 있었다.

"살인자는 감옥으로!"

"방탄대통령 탄핵하라!"

이제 하도 많이 들어서 귀에 굳은살이 생길 지경이었다. 저들은 정말 법과 정의를 수호하려고 저런 고생을 하고 있는 것일까, 하는 의문과 함께, 얼마나 내가 미우면 아침부터 밤까지 저렇게 시위를 할까? 하는 의문이 동시에 들었다.

"대통령님. 총리께서 오셨습니다."

"총리?"

조금 이상했다. 대통령과 총리는 친한 사이가 아니었다. 정치적 안정을 위해 당내 큰 파벌을 가지고 있는 이대엽 의원을 총리로 임명해서 협치를 도모했고 이 의원은 총리로서 자질을 잘 발휘했다. 하지만 그는 대통령과 같은 방향을 보는 사람이 아니었다. 그들은 사사건건 충돌했고 의견 일치를 위해서 온 힘을 다해 싸워야 했다. 어떤 때는 야당보다 총리와의 의견 조율이 더 힘들었다. 표면적으로는 원팀이었지만, 사실은 엉성하게 봉합한 심각한 상처나 마찬가지였다.

이대엽 총리가 대통령 집무실 안으로 걸어 들어왔다. 세련된 파란 양복에 그의 트레이드마크인 실크 스카프를 목에 두르고 있었다. 그는 패션잡지에도 종종 나올 만큼 패션 센스가 뛰어난 사람이었다. 얼굴은 항상 미소를 짓고 있었지만, 가슴속에는 언제나 칼을 품고 있다. 사람을 안심시키고 돌아서면 칼로 등을 찌르는, 그는 그런 사람이었다.

"어서 오세요, 총리님"

"대통령님. 안녕하십니까?"

안녕하냐고 묻던 총리가 밖에서 들려오는 시위대의 구호를 듣고 미소를 지었다.

"보시는 대로죠."

대통령이 쳐다보자 총리는 가볍게 고개를 저었다.

"오해하지 마십시오. 저는 지금 제가 대통령이 아닌 것이 고마울 뿐입니다."

총리가 어떤 사람인지 이미 알고 있었기에 대통령도 그냥 넘어갔다.

"아, 커피라도?"

총리가 고개를 저었다.

"저는 원두커피만 마십니다."

대통령이 손으로 의자를 권하자 총리가 천천히 의자를 당겨 앉았다.

"살인사건 피의자치고는 아주 팔자가 좋으십니다!"

총리가 미소 띤 얼굴로 말했다. 대통령은 화를 참았다.

"무슨 일이십니까?"

"상의 드리려고 왔습니다."

"무슨 일을요?"

총리가 입을 다물고 물끄러미 이강산 대통령을 쳐다보았다. 이것이 그의 버릇이었다. 다른 사람을 조바심 나게 만들어 자신에게 유리하게 상황을 만들려는 작은 제스처. 그는 이런 미세한 성가신 것들의 집합체였다.

"앞으로의 일. 생각해보셨나요?"

닫혔던 입이 열리며 송곳 같은 질문이 튀어나왔다.

"앞으로의 일이오?"

대통령은 이미 총리가 무슨 말을 할지 짐작했다.

"이제 몇 시간 후면 박복덕 의원이 사체가 소각됩니다."

"그렇죠."

"증거가 사라지면 대통령님의 무죄를 밝힐 방법도 사라집니다. 대통령님은 영원히 대한민국 역사에서 제1호 국회 살인자로 남을 겁니다."

그의 입에서 나오는 말은 신랄했지만, 얼굴에는 여전히 미소가 남아있었다.

"그렇겠죠. 잘 알고 있습니다."

"앞으로 대한민국은 시위로 들끓고 야당은 끊임없이 우리를 공격할 겁니다. 정상적인 국정 운영이 불가능하겠죠."

총리의 얼굴에는 방패 같은 미소를 띠고 있었지만, 그의 눈에는 칼날 같은 섬광이 숨어 있었다.

"당에도 큰 부담이 될 겁니다."

당내 대선후보 경선에서 압도적인 표차로 이강산 대통령이 당선되었을 때, 이대엽 의원의 표정이 바로 저랬다. 미소를 짓고 있었지만, 눈으로는 자신의 경쟁자를 노려보고 있었다.

"하시고 싶은 말이 뭡니까?"

"하야(下野)를 고려해보시죠!"

"하야?"

짐작은 했지만, 실제로 그 단어를 듣게 될 줄은 몰랐다. 역시 총리는 거침이 없었다.

"그것이 현시점에서 가장 타당합니다."

"뭐가 타당하다는 겁니까? 저는 살인을 하지 않았어요! 잘못이 없는데 왜 하야를 합니까?"

"그것을 증명할 방법이 없지 않습니까?"

총리가 노골적으로 대통령을 노려보며 말했다.

"오늘이 지나면 이강산 대통령, 당신은 살인자가 돼요! 죄가 있든 없든 전 국민이, 아니 온 세상이 당신을 살인자로 기억할 거요! 대한민국은 살인자가 통치하는 나라가 되겠지!"

총리가 '크흐흐' 하고 조용히 웃었다. 그의 모습에 소름이 돋았다.

"물론, 살인자가 통치하는 나라는 많이 있죠. 우리나라도 과거에 정권을 잡기 위해 많은 국민을 학살한 살인자들이 대통령 자리에 있었지. 재미있는 게 뭔지 압니까?"

총리가 대통령 쪽으로 바짝 몸을 기울이며 속삭이듯 말했다.

"그들을 적폐로 매도한, 민주 대통령이라는 당신이, 그들과 같은 살인자가 된 거야!"

말을 마친 총리가 다시 의자에 등을 기대고 창밖에서 들리는 시위 소음을 듣고 있었다. 그것을 즐기는 모습이었다.

"총리님. 조언 감사합니다."

이강산 대통령은 표정에 큰 변화 없이 담담하게 말했다.

"하야는 없을 겁니다. 저는 제가 하지 않은 일 때문에 사임하는 일은 절대 없을 겁니다."

"억울하게 물러난 권력자가 대통령님이 처음은 아니죠. 중요한 건 민심입니다."

"민심이요?"

청와대 밖에서는 시위대의 야유와 함성이 계속 이어지고

있었다.

"하야가 싫으시면 적어도 부검은 해야지요. 법을 어기더라도 명령을 내려서 부검의들에게 부검하도록 명령해야 합니다."

총리가 말했다.

"그건 정도가 아닙니다."

이강산 대통령은 무겁게 고개를 저었다.

"뭐든지 해봐야죠."

"대통령이 법을 어길 수는 없습니다!"

"이럴 때가 아닙니다. 극한 상황에선 극한 방법을 써야죠!"

"나 때문에 다른 사람을 감옥에 보낼 수는 없어요."

"그만해요!"

총리가 버럭 고함을 질렀다.

"당신의 이런 고지식함이 얼마나 주변 사람들을 답답하게 하는지 압니까?"

"뭐라고요?"

"혼자서 그렇게 고고하게 정도를 지키면서 살 수 있습니까? 청정 대통령? 당신의 그런 이미지 때문에 다른 사람들이 얼마나 힘든지 아십니까?"

"그 이미지가 바로 나를 대통령으로 만들어준 겁니다. 그게 국민들이 보는 내 모습이에요!"

"그 국민들은 지금 당신을 살인자 취급하고 있어요! 이대로 가면 당신은 파멸합니다!"

"그게 내 운명이면 그렇게 되겠지요!"

"운명은 무슨 운명! 이게 저놈들 조작인 걸 아직도 모르십니까? 저들은 조작과 권모술수로 백을 흑으로 만드는 악마들이에요. 자기들은 온갖 비리를 저질러도 언론을 등에 업고 우리를 공격하는 것이 바로 저놈들입니다. 이것도 다 그들이 작업한 겁니다. 그런데 운명 타령만 하면 어쩝니까. 할 수 있는건 뭐라도 해야죠!"

"그래서 검찰총장과 손을 잡은 건가요?"

"네?"

"그 신입 경호원. 추천한 사람이 당신이더군. 처음부터 알고 있었나요?"

"아뇨. 저는…."

총리가 당황했다.

"총장에게 뭘 주기로 했나요? 다음 대통령?"

"저는 그저 우리나라를 위해서…."

하지만 그는 대통령의 표정을 보고 변명을 하는 것이 아무 의미가 없다는 것을 눈치챘다.

"조언 감사합니다. 오늘은 이만하죠."

이강산 대통령은 의자를 빙글 돌려 그를 등졌다.

총리는 자리에서 천천히 일어나며 옷의 주름을 바로 잡았다.

"저는 국가와 당을 위해 최선의 방법을 조언했을 뿐입니다. 개인적인 감정은 없습니다. 그럼, 좋은 하루 되시기 바랍니다."

가볍게 머리를 숙여 보인 총리가 몸을 돌려서 문밖으로 걸어 나갔다.

밖에 있던 비서실장이 총리를 배웅하자마자 안으로 들어왔다.

"대통령님! 저…."

이강산 대통령이 손을 들며 제지했다.

"그만, 혼자 있고 싶어요."

비서실장은 그에게 고개 숙여 인사하고 등을 돌려 밖으로 걸어 나갔다.

자세를 바로 한다.

호흡을 바로 한다.

마음을 바로 한다.

예전에 배운 대로 김건은 마음을 안정시키려고 노력했다.
'마음이 안정돼야 올바른 사고를 할 수 있다. 마음의 안정
은 올바른 자세에서 시작된다.'
이것이 오레온의 주장이었다. 실제로 이것은 김건에게 큰
도움이 되었다.

"가장 먼저 마음의 벽을 제거해야 돼."
오레온이 눈을 감은 채 말했다. 두 사람은 감옥 안에 앉아
있었다. 밖에는 비가 내리고 있었다.
"사람들은 똑똑한 사람과 멍청한 사람으로 구분하지만, 사
실 그 차이는 아주 미미하다네. 실상은 배우는 것에 대해 마
음의 벽이 있고 없고의 차이야. 마음의 벽을 없애면 새로운 것
을 배울 수 있고 벽을 가지고 있으면 그러지 못하는 거지. 마
음의 벽을 없애게. 진짜 공포는 한 발 앞으로 나가는 것이 아
니라 그 자리에 머무른 채 퇴보하는 거라네."

처음에는 그 말이 무슨 뜻인지 이해 못 하던 김건이었지만,
조금씩 시간이 지나면서 알게 되었다. 두려움, 거부감을 없애

고 있는 그대로 받아들였더니 훨씬 더 많은 것을 알게 되었다. 그는 그때의 경험을 되살려 자기 자신의 내면을 마주 보려고 노력했다.

하지만 지금은 그것이 쉽지 않았다.

소주희가 위험하다!

소중한 그녀가 누명을 쓰고 혼자서 외롭게 철창 안에 갇혀 있는데, 자신은 이곳에 격리되어 아무런 도움이 못 되고 있다. 조바심에 숨조차 쉬기 어렵다. 답답함에 이대로 미쳐버릴 것 같았다.

기억을 잃어가던 그 순간이 떠오른다. 자신이 무너져가던 그 순간이 스멀스멀 다시 올라와 무섭고 숨이 막혔다. 매일매일 조금씩 망가져가는 자신을 지켜보던 자신의 텅 빈 눈동자가 떠오른다. 믿었던 사람들과 세상에 대한 분노로 폭주하던 하루하루. 그리고 이윽고 그 저주의 대상마저 잊어버리고 오직 분노만 남았던 처절하고 허무한 순간들.

텅 비어버린 그때가 떠올라 숨이 막혔다.


자세를 바로 한다.

몸은 그녀에게로 기울어진다.

호흡을 바로 한다.

숨은 그녀로 인해 거칠어진다.

마음을 바로 한다.

마음은 이미 그녀에게 가 있다

가만히 숨을 고른다. 기울어지는 척추를 억지로 다시 편다.

참고 참으며 억눌린 마음을 들여다본다. 그 속에 깃든 분노와 공포를 찾는다. 억지로 그것을 무시하거나 없애려 하지 않고 온전히 있는 그대로 받아들인다.

그것 또한 내 마음의 일부임을 인정하고 모든 감정을 그 근본부터 받아들인다.

김건은 소주희가 그의 내면에서 얼마나 큰 존재인지 깨달았다.

그녀의 웃음, 말투, 무심한 손짓과 동작 하나까지. 그의 기쁨과 즐거움 속에 얼마나 많은 소주희가 투영되어 있는지 깨닫고 자기도 모르게 미소를 지었다. 같이 지내온 날들이 두려움보다는 기쁨이었고 아쉬움보다는 설렘이었으며, 절망보다는 희망이었음을 알게 되었다.

사실, 혼자서 프랑스로 가서 이철호 회장을 찾던 김건은 자신의 진짜 감정이 어떤 것인지를 깨닫고 싶었다. 소주희에 대한 감정이 오레온에 의해 심어진 가짜 감정이 아니라는 확신을 얻고 싶었다. 그래서 소주희와 떨어져 있는 긴 시간 동안 자신의 내면의 목소리를 듣고 그곳에서 답을 찾으려고 노력했다. 하지만 순간순간 떠오르는 불신과 좌절, 지기 혐오감으로 그는 온전하게 내면을 들여다보기 힘들었다. 하지만 한국으로 돌아와서 소주희가 위험에 빠졌다는 말을 들은 순간 그의 모든 의식은 그녀를 향해 달려갔다.

휴대폰 음이 울렸다. 김건은 폰을 열고 내용을 확인했다. 한참 전에 왔던 것을 알지 못하고 있었다.

'귀하의 최종 테스트 결과는 음성입니다. 금일 정오(낮12시) 이후 격리에서 해제되십니다. 정오 이후 어플 삭제해주세요. 수고하셨습니다.'

휴대폰을 덮고 그는 다시 눈을 감았다. 가만히 심호흡을 하며 마음을 가라앉혔다.

시간은 정오를 조금 남겨두고 있었다. 그 순간 김건에게 종소리 같은 작은 깨달음이 왔다.

혼자서 아무리 마음속을 들여다봐야 현실의 해결책은 나오지 않는다.

자세를 바로 한다.

호흡을 바로 한다.

마음을 바로 한다.


이것은 세상과 떨어져서 혼자 마음을 들여다보라는 말이 아니었다.

이것은 세상과 부딪칠 때 자기 마음을 고요하게 유지하는 법이었다!

자신이 지금까지 소주희와 친구들과 같이 해왔던 것처럼.

프랑수아는 이렇게 말했다.

'언제나 길은 있다. 길을 찾을 때까지 노력하거나 아니면 포기할 뿐이다.'

양복을 입고 짐가방을 챙긴 김건이 마지막으로 멋있게 중절모를 썼다. 그는 손가락으로 챙을 훑으며 말했다.

"주희 씨! 나는 길을 찾을 겁니다. 그래서 내가 여기 있는 거죠!"

정오가 되자 김건은 마스크를 쓰고 방문을 나섰다.

"님자! 이제 나왔구만 기래! 잘됐다야!"

김정호는 반가움을 숨기지 않았다. 김건도 그런 친구가 반가웠다.

　　"그래, 정호야. 나 우선 만나볼 사람이 좀 있으니까. 끝나면 거기로 갈게."

　　"그래. 일 보고 빨리 오라. 여기 지금 분위기 엉망이야!"

　　"알아. 그것 때문에 할 일이 좀 있어."

　　"그래. 나중에 봅세."

　　전화를 끊은 김정호는 신영규가 자신을 물끄러미 바라보고 있는 것을 발견하고 긴장했다.

　　"저기, 김건이 나왔답니다."

　　"그래."

　　신영규는 가볍게 고개만 끄덕였다. 그의 표정이 복잡했다.

　　"알았다."

　　거리의 풍경은 불과 몇 달 사이에 완전히 달라져 있었다. 종말을 다룬 영화의 세트처럼 서울의 거리는 사람의 그림자도 보기 어려울 정도로 텅 비어 있었다. 평소대로라면 늦은 새벽까지도 인파로 넘쳐나던 젊음의 거리도 이제는 활력을 잃고 건물마다 바짝 마른 회색 주름살을 길게 드리우고 있었다. 김건은 마스크를 고쳐 쓰고 드문드문 오가는 사람들과 거리를 유지하며 천천히 걸어갔다. 아직 약속 때까지 시간은 충분했다. 하지만 만나기로 한 사람의 성격상 시간보다 먼저 나와서 기다릴 가능성이 아주 높았다. 혹시나 해서 스타텍 휴대폰을 꺼내서 확인해보았지만 걸려온 전화나 문자는 없었다. 약속장소인 지하철역 앞에 도착했을 때, 아직 약속시간 오 분 전이었다. 그는 숨을 내쉬며 손수건을 꺼내 이마의 땀을 닦았다. 방에만 있다 보니 운동이 부족한 것 같았다.

저 멀리서 방역복을 입은 사람이 천천히 걸어오고 있었다. 사람들은 그의 모습에 수군거리며 길을 비키거나 돌아갔다. 혹시 근처에 확진자가 나왔나 하는 두려움과 경계심이 뒤섞인 시선들이었다.

조금 이상한 점이 있었다. 방역복 차림인데 방역 도구는 들고 있지 않았다. 그 사람이 이쪽을 향해 휘적휘적 걸어오기 시작했다. 그 거침없는 태도가 살짝 불안했다. 방역복의 은색 표피가 오후의 햇살에 반짝이는 모습이 마치 70년대 외계인 영화를 보는 것 같았다.

그 외계인이 김건을 향해 손을 들었다.

"안녕하세요?"

뜻밖에도 그가 하는 말은 지구의 한국어였다.

"주동산… 소설가님?"

"맞습니다. 오랜만이네요. 탐정님!"

둥근 은색 헬멧 사이의 방풍창 안에서 주동산의 날카로운 눈빛이 새어나왔다. 두꺼운 장갑이 방풍창에 가로막히자 그는 인상을 찌푸리듯 얼굴 근육을 움직여서 안경을 위로 올려 썼다. 사람들의 시선이 자신들에게 모이는 것을 느낀 김건은 조금 불안해졌다. 다른 것보다 이런 요란한 차림에 누군가가 신고라도 해서 경찰이 오게 되면 민감한 주동산의 도움을 얻기 어려워질 수도 있기 때문이었다.

"어, 이건 무슨 복장인가요?"

"아, 네!"

그는 마치 물어줘서 기쁘다는 표정으로 크게 고개를 끄덕였다.

"일전에 말씀드린 대로 저는 목숨을 소중히 합니다. 소설가로서의 저의 책무를 다하기 위해서…"

"네. 소설가님. 들었습니다."

주변을 살피며 김건이 다급히 말했다.

"소설을 위해서 위험한 일을 하지 않으신다고요."

"그렇습니다."

주동신이 말했다.

"잘 아시겠지만, 이번 바이러스는 호흡기로 감염되는 질환으로, 보통은 마스크를 써서 비말을 차단하면 전염이 잘 안된다고 알려져 있습니다. 하지만 연구결과에 의하면 눈 점막을 통해서도 감염되는 것이 확인되어 저는 일반적인 마스크 대신, 제가 직접 디자인한 이 방역복을 입고 나오게 된 겁니다. 이 허리에 장착한 고압컴프레셔로 공기를 순환시키면 방역복 외부와 내부의 기압차로 공기가 안으로 들어오지 못하는 구조입니다."

"아, 네."

김건이 이야기를 마무리하려고 서둘렀지만, 주동산은 아직 할 말이 많은 듯했다.

"이번 우한바이러스는…."

"코로나바이러스가 공식 명칭입니다."

"저는 동의 못 하겠네요, 우한에서 시작됐으면 우한이 맞잖아요?"

"모든 유행병에 발원지를 표기하면 자칫 차별적인 명칭이 될 수 있습니다. 모든 유행병은 인류가 공동으로 대처해야 할 적이자 넘어야 하는 목표입니다. 발원지 주민들도 피해자라는 생각을 잊지 말아야 합니다."

"네, 그건 잘 알겠습니다. 저는 단지 학술적인 차원에서 우한을 언급한 것뿐입니다."

"그러셨군요. 그런데 이렇게 입으시면 오히려 사람들 주목을 끌게 돼서 위험하지 않을까요?"

"걱정 마세요. 사실 저, 의대 졸업했습니다. 다 알고 하는 겁니다."

"의대요?"

김건은 깜짝 놀랐다. 의대를 졸업하고도 안정된 생활을 버리고 배고픈 소설가가 된 것이 이해가 되지 않았다. 문득, 주위 사람들의 시선을 느끼고 가슴이 철렁했다.

지나가던 회사원들이 두려운 표정으로 이쪽을 보고 있었다. 주동산뿐만 아니라 김건에게도 같은 눈빛을 보내고 있었다. 뒤늦게 김건도 알아차렸다. 그들에게는 흡사, 방역 요원이 병에 걸린 사람을 검사하려고 막아선 것처럼 보일 것이다!

"저, 우리 어디 들어가서 이야기하실까요?"

어디선가 경찰차의 사이렌 소리가 들리는 것 같아서 김건은 마음이 급해졌다. 재촉하다시피 앞장서서 근처에 있는 텅 빈 카페로 들어갔다.

서울 시내 한낮의 카페에 이렇게 사람이 적은 것을 본 적이 없었다. 언론에서 연일 '유사 이래'니 '최초'니 하는 단어를 쓰는 이유가 있었다.

김건은 공기로 빵빵하게 부풀어 오른 방역복 차림인 주동
산을 일부러 잘 보이지 않는 안쪽의 넓은 자리에 앉혔다.

"제가 사겠습니다. 음료는 뭘 드시겠어요?"

"아, 감사합니다. 아아로 하겠습니다."

"아이스아메리카노죠? 알겠습니다."

일전에 소주희에게 배웠던 단어를 다시 떠올렸다. 사전에
없는 젊은이들의 신조어는 김건에게 외계어나 마찬가지였다.

카운터로 가서 아이스아메리카노 두 잔을 주문하자 바리
스타는 기다렸다는 듯이 순식간에 기계에서 음료를 만들어
주었다. 오랜만의 손님에 기뻐하면서도 그의 시선은 방역복
차람의 남자에 못 박혀 있었다.

"아이스아메리카노 두 잔 나왔습니다."

"감사합니다."

김건은 음료가 놓인 쟁반을 들고 주동산이 기다리는 테이
블로 가져갔다. 이제 음료를 마시려면 방역복 헬맷을 벗을 거
라고 생각했지만, 그는 움직일 생각도 하지 않고 가만히 앉아
있었다.

"커피 안 드세요?"

"먼저 드시죠."

주동산이 권하자 긴장해서 목이 말랐던 김건은 마스크를 내리고 빨대를 입으로 가져가며 '그럼, 먼저 좀 먹겠습니다.' 하고 말했다.

"아, 잠깐만요."

주동산이 장갑에 싸인 오른손 검지를 치켜세우고 흔들었다.

"우리말에서 음료는 마시다가 맞죠. 요즘 많은 사람이 '먹다'와 '마시다'를 혼용하는 경향이 있는데 이것을 구분해서 써주실 것을 요청합니다."

"네? 아, 네. 잘 마시겠습니다."

김건은 단숨에 음료를 절반 가까이 마시고 주동산을 쳐다보았지만, 그는 아직도 헬맷을 벗으려는 어떤 움직임도 없었다.

"아, 저도 마셔야겠네요."

주동산이 장갑 낀 손가락으로 헬맷 방풍창의 오른쪽 아래를 긁자, 고무마개가 빠지며 작은 구멍이 열렸다. 주동산은 손으로 잔을 들어 올리더니 빨대의 끝을 그 구멍으로 집어넣었다. 그렇게 몇 번의 시도 끝에 방역복을 입은 채로 주동산은 시원한 커피를 마실 수 있었다. 그 모습을 본 김건은 한동안 입을 다물지 못했다.

"역시 커피는 '아아'죠!"

잔을 내려놓고 주동산이 만족스럽게 웃었다.

"그 구멍은 원래 있던 겁니까?"

"그럴 리가요! 제가 직접 만든 겁니다. 고무패킹과 실리콘 접착제를 활용했죠."

"대단하십니다."

"별말씀을…. 심각한 현 사태에 대비해서 연구한 결과물입니다. 방호성능과 생활상의 편의성을 모두 갖춘 실용적인 방법입니다."

"네…."

살짝 비꼬는 어투로 한 말인데 자랑스러워하는 주동산의 모습에 김건은 빈정이 상했다. 하지만 부탁하는 입장에서 인상을 구길 수는 없었다.

"뭐, 음료는 어떻게 마시는지 알겠는데 음식 섭취할 때는 아무래도 헬맷을 벗어야겠죠?"

"노노. 그건 아니죠!"

주동산이 검지손가락을 좌우로 흔들었다. 두꺼운 장갑에 싸인 손가락이 작은 소시지처럼 움직였다.

"저는 그것보다 훨씬 앞서 있습니다!"

말을 마친 그는 손을 헬맷의 턱 부분으로 가져가더니 밑에 있는 지퍼를 '찌익' 하고 열었다. 김건은 다시 한번 충격으로 입을 쩌억 벌렸다. 방호 헬맷의 아랫부분에는 지퍼가 달려 있어서 아래쪽으로 음식물을 섭취할 수 있는 구조였다.

"이것은 최전선 대구의 의료진들이 방호복을 한 번 입고 벗는데 많은 수고를 한다는 말을 듣고 고안한 것입니다."

"용의주도하시군요."

"물론, 이렇게 식사를 하려면 사전에 방호구를 소독하고 안전을 확보한 뒤에 해야 하지요."

시연을 마친 그는 다시 턱밑의 지퍼를 '지익' 하고 닫았다.

"자, 그럼 오늘 용건이 뭔지 말씀해주시겠습니까? 마침 제가 용무 차 나오기는 했지만 이제 잠시 후면 낮잠 시간이라서요. 대화 가능 시간은 16분 정도입니다."

보통 사람과 다르게 하루에 열두 시간만을 살 수 있는 주동산에게 시간은 금과 같았다. 김건도 몸을 앞쪽으로 바싹 끌어당기며 바로 본론으로 들어갔다.

"일전에 찾아뵈었을 때 같이 갔던 여자, 기억하십니까?"

"아, 물론, 기억하죠. 아름다운 외모에 자존감이 낮았던 분이죠. 모든 남자의 꿈!"

그가 고개를 끄덕이며 말하더니 바로 다음 말을 이었다.

"프로파일상, 그런 분은 남자들에게 이용당하고 버림받기를 반복하다가 미혼모가 될 가능성이 굉장히 높지요."

"네?"

김건은 자신의 귀를 의심했다. 어떻게 이렇게 다른 사람에게 상처가 될 말을 태연하게 할 수 있는지도 놀라웠지만, 본인은 전혀 그것을 의식하지 못하고 있는 것도 신기했다.

"아, 기분 나쁘셨다면 사과드리겠습니다. 저는 성격과 행동과학 영역상의 분류로 말씀드린 겁니다."

"헉! 네…."

주동산이 사과하려고 고개를 숙이자, 부풀어 오른 방역복 때문에 산이 무너져 내리는 느낌에 김건이 뒤로 펄쩍 물러앉았다. 주동산 본인에게서는 0.01그램의 악의도 느껴지지 않았다. 어느새 김건도 그의 태도에 적응하고 있었다.

"소주희 씨 소식은 들었습니다. 그 일 때문에 저를 만나신 거죠?"

"네. 주희 씨는 지금 경찰에 체포됐습니다."

"그래요? 의외네요. 다른 사람에게 해를 끼칠 사람같이 안 보였…."

"누명을 쓴 겁니다."

김건이 잘라 말했다. 그의 강경한 태도에 주동산이 말을 멈췄다.

"저는 주희 씨의 결백을 믿습니다. 그걸 증명할 수도 있어요. 하지만 그것들은 아무 도움이 안 되죠. 그래서 저는 소설가님이나 주동신 씨가 저를 도와주었으면 합니다."

"어떤 식의 도움을 말씀하시는지요?"

"저는 주희 씨에게 누명을 씌운 것이 차차연 씨라고 생각합니다. 그래서 차차연 씨의 메일과 문자메시지를 해킹해주셨으면 합니다."

"그것들이 소주희 씨의 결백을 증명하나요?"

"결백을 증명하는 것은 아닙니다. 하지만 차차연의 범죄 동기를 증명할 수 있습니다."

"이해하기 힘드네요."

"나중에 다 설명드리겠습니다. 차차연과 그 주변 사람들이 불손한 의도를 가지고 있다는 사실을 증명하려는 겁니다."

"그러니까 저한테 불법적으로 컴퓨터를 해킹해서 범죄의 증거가 될 자료를 얻어달라는 말씀이죠?"

"그렇습니다."

김건이 솔직하게 대답했다.

"흠…."

주동산이 팔짱을 끼며 등받이에 등을 기댔다. 공기로 부풀려진 방호복이 가죽 의자에 부딪히며 '펑' 하는 소리를 냈다.

"우선 실망스러운 대답을 드려야겠네요."

얼굴을 찡그려 안경을 올려 쓰며 주동산이 말했다.

"저는 해킹능력이 없습니다. 저는 컴퓨터를 이용한 자료 분석이 전문입니다. 영화에서는 쉽게 불특정 다수의 PC에 침입해서 해킹을 하지만, 현실적으로는 백도어를 만들어두거나 가짜 이메일 등으로 특정 PC를 오염시켜서 좀비 PC를 만들어야 합니다. 물론 세상에는 천재들이 있으니까 그런 능력 있는 해커가 있을 수도 있지요. 하지만, 저로서는 무리입니다."

"그렇군요. 알겠습니다."

실망한 김건의 표정을 보던 주동산이 할 수 없다는 듯 말했다.

"하지만 제 형제라면 알지도 모르겠네요."

"형제라면 주동신 씨 말씀인가요? 그분도 컴퓨터를 잘 다루시나요?"

"설마요. 그 친구는 컴퓨터에 관해서 기초 정도 지식밖에 없습니다. 간신히 야동만 볼 수 있는 정도죠."

"그럼, 어떻게 자료를 얻지요?"

"아마도, 말 그대로 물리적으로 얻으려고 할 겁니다."

"물리적으로요?"

"제 형제는 그쪽 방면의 전문가입니다. 굳이 말하자면 김건

탐정님의 어두운 버전쯤 되겠네요. 뒤쪽 세계의 사람들과 얽혀서 그쪽의 문제를 해결하죠. 친구들도 많습니다. 모두 거친 사람들이죠."

"아, 그렇군요."

신기하게도 그들은 같은 뇌를 공유하지만 쓰는 부분이 달랐다.

"죄송하지만, 제가 찾는 방법은 아니군요."

"어차피, 해킹을 해도 불법적으로 얻은 증거는 법정에서 채택이 안 됩니다."

"네. 그렇죠."

김건도 알고 있었다. 하지만 어떤 방법이든 해보고 싶은 심정에 한 말이었다.

"무리한 부탁을 드려서 죄송합니다."

"솔직히 말씀드리면 저는 이런 개인적인 부탁을 절대 받지 않습니다. 하지만 이번은 예외로 하지요."

김건의 사과에 주동산이 웃으며 고개를 저었다.

"왜 그러신지 여쭤 봐도 될까요?"

"탐정님과 주변 인물들에게 소설가로서 호기심이 있습니다. 혹시 모르죠. 나중에 제가 탐정님과 소주희 씨를 주인공으로 소설을 쓸지도 모르죠."

"아, 얼마든지 환영합니다. 제 도움이 필요하시다면 힘닿는 데까지 돕겠습니다."

김건이 힘없이 대답했다. 소주희를 도울 방법을 기대했지만, 결과는 실망스러웠다.

"아, 한 가지 더 여쭤볼 게 있는데요."

김건이 화제를 바꿨다.

"말씀하시죠."

주동산이 턱 아래로 밀어 넣은 빨대로 커피를 마시며 말했다.

"최근에 이철호 회장님과 연락하신 적이 있나요?"

"아니요. 없습니다."

투명한 유리잔을 내려놓으며 주동산이 대답했다. 그의 턱 아래에 빨대가 그대로 꽂혀 있었다.

"일전에 말씀드린 대로 회장님과의 마지막 통화는 프랑스에서 다른 장소로 이동하기 전 걸려온 전화뿐이었어요. 벌써 일 년 전이네요."

"그 이후로는 어떤 형태로도 연락이 안 되셨나요?"

"일체, 없었습니다. 솔직히 말씀드리면, 최악의 상황도 생각하고 있습니다."

"최악의 상황이요?"

"마음은 아프지만, 현실이 그렇죠. 연세도 있고, 다리도 불편하신 분이 겨울 산에 오르셨으니…. 그리고 결정적으로 지난번 탐정님과 영상통화, 분명히 총소리였죠?"

"맞습니다."

김건이 무거운 표정으로 동의했다.

"직접 프랑스에 다녀오셨는데, 정보가 없나요?"

"회장님의 정보원들을 만났습니다. 하지만 그들도 이 회장님의 마지막 행적에 대해서는 아는 것이 없다고 했죠. 실제로 그 정보원들은 대부분 나이가 많았어요."

"다 회장님이 이십 년 전, 프랑스 체류 시절 때 알던 사람들이니까 뭐…."

"그중 한 정보원한테 이런 말을 들었어요. 회장님이 '고독의 문'을 찾고 있었고 안내해줄 사람을 찾았다고요."

"그 사람이 누군지는 모르고요?"

"네. 그 사람도 거기까지만 알고 있더군요."

"그럼, 여기까지네요."

"그런 것 같습니다."

한동안 두 사람은 말없이 커피만 마셨다.

김건은 온몸에 힘이 빠지는 느낌이었다. 격리를 마치고 나오자마자 현실이라는 벽을 만나 갈 곳을 잃은 느낌이었다.

주동산이 말없이 미소를 지으며 김건을 쳐다보았다. 이전에는 본 적이 없는 따뜻한 표정이었다.

"그분을 진짜로 아끼시나 보군요."

"네?"

갑자기 훅 들어온 질문에 김건이 당황했다.

"지금 탐정님은 자기 자신보다 소주희 씨를 위해서 뛰고 있네요. 한 치의 망설임도 없어요."

주동산은 날카로운 사람이었다. 김건 자신도 뛰어난 직관력을 가진 사람이지만 이 사람의 날카로움은 그야말로 얼음으로 만든 칼날 같았다.

"아, 네. 말씀하신 대로입니다. 주희 씨는 저한테 아주 소중한 사람입니다. 왜인지는 모르겠네요."

플라스틱 보호면구 너머로 투명하게 빛나는 두 개의 눈동자가 보였다.

"탐정님은 함부로 말하는 타입이 아닙니다. 왜인지는 모르겠지만 탐정님은 자아가 어린아이처럼 투명해요. 꼭 평생을 수도원이나 산사에서 보낸 사람 같네요. 아니면 자아를 처음부터 다시 쌓아 올렸거나…"

'움찔' 하고 자기도 모르게 김건은 주먹을 쥐었다. 마치 자신의 비밀이 그대로 읽혀버리는 것 같아서 등과 이마에 식은 땀이 흘렀다.

갑자기 '선생님'이 떠올랐다.


모두가 깊이 잠든 늦은 밤, 다른 죄수들이 잠자고 있는 감방 안에서 선생님과 둘이서 각자의 가상의 파트너를 안고 빙글빙글 돌며 춤을 추던 장면이 떠올랐다.

'집중하세요. 미스터 킴!'


"탐정님?"

주동산의 낮은 목소리에 퍼뜩 정신이 들었다.

"네!"

"제가 쓸데없는 이야기를 했네요. 탐정님 과거를 캐려던 게 아닙니다. 저처럼 까다로운 사람이 탐정님한테 거부감을 안 느끼는 이유를 분석한 것뿐입니다. 이해해주세요."

"아, 아닙니다. 저도 언젠가 자세한 이야기를 해드릴 수 있으면 좋겠네요."

"아, 사연! 점점 소설적인 플롯에 가까워지네요. 기대가 큽니다."

"그런데 주동신 씨가 도와주실까요?"

김건이 서둘러 화제를 돌렸다.

"그건 장담 못 합니다. 그 친구는 저와 달리 너무 자유분방해서 예측이 불가능합니다."

"그럼 안 될 수도 있겠네요."

김건이 어두운 표정으로 물었다.

"꼭 그런 건 아닙니다."

투명한 면구 너머로 살짝 미소가 비쳤다.

"그 친구와 저는 완전히 다른 인격체지만 한 가지 같은 것이 있습니다.'

"뭡니까? 그게?"

"둘 다 재미있는 것에 미쳤죠."

"재미요?"

"아무리 돈을 많이 줘도 재미가 없으면 안 한다. 그게 저희 두 사람의 공통점입니다."

김건은 눈을 들어 눈앞의 남자를 쳐다보았다.

보면 볼수록 신기했다. 이 세상의 기준으로 보면 자신도 분명 보통 사람은 아니지만, 이 사람은 상상도 하지 못할 정도로 괴이했다. 한 인격은 낮에만 깨어 있는 안전제일주의자. 또 하나의 인격은 밤에만 깨어 있는 모험제일주의자. 어떻게 이런 극단적으로 다른 두 인격이 하나의 몸에 존재할 수 있을까?

"하나만 더 여쭤봐도 될까요?"

"네. 뭐든지."

"두 분 중에 누가 형입니까?"

"아!"

그럴 줄 알았다는 듯 고개를 끄덕였다.

"저희 같은 경우, 그런 구분은 무의미합니다. 물리적으로 세상에 태어난 것은 한 사람이기 때문에 출생의 순서를 구분 지을 방법이 없죠."

주동산이 웃으며 말했다.

"저희도 서로 형이니, 동생이니 하고 오랫동안 싸워왔지만, 아직 결론은 안 났습니다."

그는 빈 잔을 테이블에 내려놓고 헬맷에서 빨대를 '쭈욱' 뽑아냈다.

"걱정 마시고 기다려보시죠. 제가 그 친구에게 편지를 보내서 탐정님 사연을 확실히 전달하겠습니다."

"편지요?"

"저희가 서로 의사소통을 하는 방법입니다. 잠에서 깨어나면 잠들어 있는 동안 있었던 중요한 일이나 꼭 알아야 할 일 등이 적힌 편지가 놓여 있습니다. 저희는 필체도 완전히 다르죠."

알면 알수록 신기했다. 이게 정말 가능한 일인가?

"시간이 됐네요. 이제 일어나야겠습니다."

주동산이 갑자기 몸을 일으켰다. 바람이 가득 찬 방호복이 새로 오픈한 가게 앞의 풍선 인형처럼 펄럭거렸다.

"다시 연락드리죠. 저나 아니면 제 그림자나…. 그럼 잘 되시길 빌겠습니다."

큰 키의 외계인 인형이 휘적휘적 걸어서 카페 밖으로 나갔다. 그가 거리로 나서자 사람들이 그를 보고 깜짝 놀라며 흩어졌다.

"뭐야? 여기 확진자 나왔나봐?"

그 모습을 본 카페 사장과 김건의 표정이 동시에 어두워졌다.

경찰서에 도착한 김건은 곧바로 특별수사본부가 있는 별관으로 향했다. 긴 복도가 있는 입구 앞에 뜻밖의 인물이 서 있었다.

"선배님!"

신영규는 대답 대신 주머니에 손을 넣은 채 따라오라는 턱

짓을 하고는 먼저 걸어 들어갔다.


　이전과 달리 입구에는 출입문이 설치되어 있었고 경비경
관이 배치되어 있었다.
　김건은 손으로 모자를 잡은 채, 긴 다리로 성큼성큼 걷고
있는 신영규를 부리나케 쫓아갔다.
　이 복도를 지날 때면 언제나 드는 느낌이지만, 여기는 다른
차원, 다른 우주로 향하는 통로 같은 느낌이 들었다. 긴 복도
의 중간에 안 어울리게 서 있는 오래된 괘종시계도 그렇고 긴
복도의 한쪽 면만 못 여는 창문이 있고 다른 벽면에는 독립투
사와 경찰유공자들의 인물사진만이 길게 이어져 있는 풍경
은 엄숙하면서 색달랐다. 마치 이 복도 자체가 하나의 역사적
유산처럼 느껴졌다.
　신영규가 앞장서서 껑충껑충 걷기 시작했다. 김건은 그 뒤
를 종종걸음으로 따라갔다.
　오랜만에 만나서 그런지 그의 키가 더 커 보였다.


　*"미안하다! 친구!"*
　*지난번, 김건이 쓰러져서 의식을 회복하기 직전, 신영규는
그의 병상 옆에서 그에게 사과했다. 구구절절한 긴 이야기보*

다 짧고 진솔한 한마디였다. 의식이 돌아온 김건이 그에게 넌지시 한마디 했다.

"웁니까?"


앞서 걷던 신영규가 우뚝 멈춰 섰다. 낡은 괘종시계 앞이었다. 그가 뭘 하려는지 몰라서 어리둥절하고 있을 때 신영규는 익숙하게 통유리가 붙어 있는 낡은 나무문을 열고 녹슨 태엽 감개를 꺼내서 시계의 태엽을 감았다. 익숙한 손놀림이었다. '끼릭끼릭' 하고 일정한 힘과 속도로 태엽이 감기며 오래된 시계는 다시 한 번 시한부 생명을 이어나갔다. 이것이 태엽시계가 살아가는 방식이다. 태엽을 감은 만큼만 살아난다. 태엽이 풀리면 죽는다.

언제나 궁금했었다. 누군가가 지속적으로 이 괘종시계의 태엽을 감는 것을 알고 있었지만, 그것이 신영규라는 사실이 신기했다. 김건의 시선에도 아랑곳없이 자신의 일을 마친 신영규는 녹슨 태엽감개를 원래 위치에 걸어두고 문을 닫았다. 걸쇠가 걸리는 '딸깍' 소리와 초침이 움직이는 '재깍' 소리가 묘하게 장단이 맞았다.


"지금 상황이 안 좋다."

주머니에 손을 찔러 넣은 채 말하는 신영규에게 김건도 '압니다.' 하고 대답했다.

소주희의 무죄를 입증하기 위해 반드시 필요했던 부검을 통한 사실 확인이 실패하면서 모든 것이 그녀에게 불리하게 되어버렸다.

"현재의 증거만 놓고 보면 주희 씨가 가장 유력한 용의자겠죠."

신영규가 입을 다문 채 코로 한숨을 내뿜었다. 말 못 할 고충이 느껴졌다.

"사체가 폐기되려면 얼마나 남았습니까?"

"하루!"

"그 안에 다른 부검의를 찾으면 안 되나요?"

"야당이 반대하고 있다."

일을 마친 신영규는 다시 양손을 원래 자리로 돌려놓듯 주머니에 찔러 넣었다.

"그들은 누구든지 부검을 하는 사람은 감옥으로 보내겠다고 협박을 하고 있어. 이런 상황에 자기 커리어를 걸고 용감하게 부검할 사람은 없을 거다."

"흠!"

이번에는 김건이 입을 다물고 코로 한숨을 쉬었다. 상황을 알게 되자 가슴이 답답해졌다.

"주희 씨는, 잘 있습니까?"

"잘 있다!"

괘종시계에 묻은 먼지를 발견한 신영규가 주머니에서 비싼 실크 손수건을 꺼내서 시계를 닦았다.

"아직은, 우리가 보호하고 있으니까."

그 모습이 이상하게 잘 어울렸다.

"그 친구, 너 때문에 상처받았다."

"압니다."

"회의 끝나면 만나봐."

"네."

신영규가 다시 앞장서서 껑충껑충 걷기 시작했다. 김건은 그 뒤를 종종걸음으로 따라갔다. 그들의 모습이 꼭 앨리스와 모자 쓴 토끼의 다른 버전처럼 보였다. 여기서는 모자 쓴 토끼가 키 큰 앨리스를 쫓아간다.


성큼성큼
깡총깡총


"야, 님자! 어서 오라우!"

김정호가 반갑게 김건을 맞이했다.

"정!말! 오랜만입니다."

복승아도 반겼다. 그녀의 입에서 욕처럼 들리는 말이 안 나오는 것이 신기했다.

"이제 통제가 잘 되시나봐요?"

"네. 요즘, 진!짜! 좋아지고 있어요."

하지만 그들의 인사는 신영규의 등장과 함께 끝나버렸다.

"자, 바로 시작해!"

팀장의 말에 그들은 서둘러 수사회의를 시작했다.

"현재 대통령 살인사건에 대한 중간결과입니다."

복승아가 화면 앞에서 발표를 시작했다.

"지난번 회의 때 나왔던 의문 사항은 크게 두 가지입니다. 첫 번째는 박복덕 의원 몸에 박힌 칼의 위치입니다. 단상 위에서 몸에 박힌 칼날 위치와 아래에서 발견된 위치가 다릅니다. 이것은 카메라의 위치와 선명도 등 여러 가지를 고려해봐도 이해하기 어려운 부분입니다."

"그래, 그 부분은 부검하면 나올 거라고 했었지."

"현재 부검 여부가 불투명한 상황이라서 위 사실들을 증명하기가 어렵게 되었습니다."

"그리고 한 가지가 더 있다."

모두의 시선이 신영규에게 향했다.

"박복덕 의원, 자살하기 직전 장면 좀…."

"네."

김정호가 화면을 조작해서 박복덕 의원이 자살하기 직전
으로 이동했다. 위에서 찍은 CCTV 카메라와 정면에서 찍은
방송국 카메라의 화면을 큰 패널에 반반씩 보이도록 해두었
다. 플레이를 누르자, 칼을 들어 배를 겨누는 박복덕 의원과
그를 말리려는 대통령의 모습이 화면에 나타났다. 박복덕 의
원이 칼을 높이 들어 자신의 배를 겨누고 구호를 외쳤다. 그러
고는 힘껏 내리찍었다.

"여기!"

신영규의 말에 화면이 멈췄다.

"잘 봐! 뭐 이상한 것 없나?"

"네? 뭐가?"

"글쎄요. 잘…."

다른 사람들이 고개를 갸웃거릴 때, 김건의 눈썹이 꿈틀
움직였다.

"너무 자연스러워요!"

"그래. 그거다!"

다른 형사들은 아직 감을 못 잡은 표정이었다.

"박복덕의 동작에는 주저함이 없어!"

"네? 아!"

"기렇구만!"

"잘 봐라. 칼을 들고 자살을 시도하는 사람이다. 대부분의 사람에게 자살은 아주 생소한 경험이야. 스트레스가 상당하지. 그래서 자살자의 대부분은 목을 매거나 높은 곳에서 뛰어내린다. 스트레스를 줄이려는 시도지. 하지만 박복덕을 잘 보면, 자살자가 대부분 보이는 스트레스 반응이 전혀 없어. 너무 평온하다. 생각해봐. 대한민국 역사상 대통령 앞에서 자살을 시도하는 사람은 저 인간이 처음이야. 그런데 왜 이렇게 평온하지?"

"그건 그렇네요. 이상한데?"

"꼭 자기는 이렇게 해도 안 다칠 걸 알고 있는 사람마냥!"

"이다음 장면은 대통령이 이 사람을 말리다가 중심을 잃고 앞으로 넘어지는 장면이다. 계속!"

화면이 이어지며 대통령과 박복덕 의원이 서로 칼과 칼을 잡고 대치하다가 경호원들과 서로 엉켜 중심을 잃고 앞으로 쓰러진 장면이 나왔다. 대통령이 중심을 잃고 박복덕 의원과 바짝 붙어 끌어안는 모습이 되었고, 그들이 다시 떨어졌을 때, 박복덕 의원의 배에는 이미 칼이 박혀 있었다.

"칼이 박힌 위치를 보자. 멈춰!"

신영규는 멈춘 화면의 박복덕의 배 부분을 가리켰다.

"칼날은 손잡이 부분만 보이므로 칼날 전체가 몸에 박힌 것으로 보인다. 조금 전, 박 의원이 칼을 들었다가 내리꽂았지만, 대통령이 그 팔을 잡았다. 이렇게 칼날이 깊이 박힐 정도의 운동에너지가 없다. 하지만 다음 장면에서 대통령과 엉켰다가 떨어졌을 때, 이렇게 깊이 날이 박혀 있다. 정호야. 잠깐만 일어나봐!"

"네? 네."

팀장의 부름에 김정호가 마지못해 몸을 일으켰다. 신영규는 책상 위의 볼펜을 집어 들었다.

"자, 이 볼펜을 칼이라고 가정하고, 정호야 박복덕처럼 들어봐."

김정호가 불안한 표정으로 볼펜을 받아들고 자세를 취했다.

"볼펜을 배 쪽으로 당기려고 해봐."

김정호가 볼펜으로 자신의 배를 찌르려고 하고 신영규가 그의 팔을 붙잡고 대치하던 상태로 두 사람의 힘겨루기가 이어졌다.

"자, 지금!"

신영규가 누군가에 밀린 것처럼 김정호 쪽으로 넘어졌다.

"아! 아야!"

김정호가 호들갑을 떨었다.

"볼펜심! 심!"

진짜로 아프다는 듯 뒤로 물러서며 울상을 지었다.

"자, 내가 대통령보다 키도 더 크고 몸무게도 더 많이 나가지만, 볼펜은 깊이 박히지 않았다. 다시 말해서, 단상 위에서 박복덕 의원이 치명상을 입을 정도의 물리에너지가 발생하기 어렵다는 뜻이다!"

"칼이 아주 날카로우면 가능하지 않을까요?"

복승아가 이의를 제기했다.

"정호야. 국과수에서 뭐라고 했지?"

얼굴을 찡그리며 배를 만지던 김정호가 컴퓨터마우스를 움직이자, 화면에 박복덕 의원의 몸에서 나온 칼의 모습이 나타났다.

"네. 칼의 전체 길이는 날 부분이 16센티미터, 손잡이 부분이 16.5센티미터입니다. 일반적인 과도가 아니라, 서양식 비수 같은 모습입니다."

"날이 몸에 얼마나 깊이 박혔지?"

"거의 전부입니다. 손잡이 부분까지 박혀 있었다는데요."

"날카로운 걸 보면, 가능하지 않을까요?"

복숭아의 말에 신영규가 미간을 찌푸렸다.

"우리 인체는 의외로 저항이 많다. 박복덕은 젊은 시절 씨름선수였어. 근육량도 많지. 서로 뒤엉킨 작은 힘으로 저렇게 깊이 찔리는 건 불가능하다!"

"아!"

뭔가가 떠오른 듯 김건이 벌떡 일어났다.

"뭐이가?"

"정호야. 손잡이가 16.5, 날이 16이라고 했지?"

"그랬지!"

"폭은?"

"폭은… 날이 1센티, 손잡이가 1.4센티미터!"

"그럴 줄 알았어!"

김건이 손뼉을 쳤다. 예전, 뭔가를 알아냈을 때 그의 버릇이었다.

"뭐이가 이상하니?"

"이건 일반적인 칼의 규격이 아니야! 일반적인 칼은 날부분이 더 길고 무거워. 그래야 뭔가를 찌를 때 힘이 덜 드니까! 손잡이가 날보다 더 긴 칼은 하나밖에 없어! 잠깐만!"

화면 속에서 김건이 다급하게 종이 한 장을 집어 들더니 열

심히 뭔가를 만들기 시작했다.

"뭐이가? 또 C.O.T 그거니?"

하지만 대답 대신 김건은 재빨리 뭔가를 계속 접었다.

"됐다! 자, 이겁니다!"

김건의 손에 들린 것은 종이로 만든 칼의 모형이었다. 칼날이 가늘고 긴 형태였다.

"너, 어떻게 알았냐?"

신영규가 놀란 얼굴로 물었다.

"정호야, 증거물 칼 사진!"

김정호가 증거물 제1호인 박복덕의 몸에 박혔던 칼의 사진을 화면에 띄웠다. 그 형태가 김건이 만든 종이 모형과 놀랄 정도로 비슷했다. 김건이 태연한 얼굴로 설명을 시작했다.

"이건 '스틸레토' 형의 칼입니다. 칼날이 길고 가늘며 끝이 뾰족하죠. 중세 유럽에서 유행하던 칼인데 원래 용도는 갑옷

틈새로 찔러 넣기 쉽게 만들어진 칼이랍니다."

"그런데, 네가 어떻게 이 칼 모양을 안 거냐?"

"바로 이것 때문입니다!"

김건이 자신이 만든 종이칼의 날 부분을 구부려서 손잡이 안으로 넣었다.

"뭐야? 잭나이프야?"

"손잡이가 날보다 더 크다는 말은 날을 안으로 넣을 수 있다는 뜻이죠. 이런 칼은 쓰는 곳이 따로 있죠!"

"무대용 칼!"

신영규가 뭔가를 깨달았다.

"마술용 칼도 같죠!"

김건도 맞받았다.

"뭐이야? 그럼, 박복덕 의원이 마술용 칼을 가지고 장난을 쳤다는 거이니?"

"그렇지! 마술용 칼은 날을 손잡이에 넣어야 돼서 손잡이가 더 길어. 생각해봐. 가장 구하기 쉬운 칼은 주방용 칼이야. 손잡이보다 날붙이가 더 길고 크지. 그런 칼을 쓰는 게 전시 효과도 더 클 거야. 그런데 일부러 이런 칼을 준비했다. 왜 그랬을까?"

"이게 필요하니까!"

김건이 모니터 앞으로 걸어갔다.

"정호야. 이다음 장면 좀…."

"알았어."

화면에 박복덕 의원이 단상 아래로 떨어지는 모습이 이어 졌다. 밑에 서 있던 사람들 위로 박 의원의 육중한 몸이 떨어 져내렸다. 그를 바로 밑에서 받아낸 것은 유일상 의원과 보좌 관들이었다.

"여기!"

김건이 정지된 화면을 가리켰다.

"박복덕이 왼손을 뻗었어! 본능적으로 몸을 지키려는 동작 이지. 그런데 여기를 봐."

그의 손가락이 유일상을 가리켰다.

"이 사람은 왼팔만 들고 있어! 이 사람 왼손잡이인가?"

"아닐걸?"

김정호 형사가 인터넷을 뒤져서 유일상의 사진을 찾아냈 다. 그가 붓글씨를 쓰는 모습이었다.

"오른손잡이구만!"

"자주 쓰는 손은 아래에 두고 왼손만 들어 올렸다?"

신영규가 화면을 노려보며 말했다.

"밑에 있는 손에 진실이 숨어 있겠죠!"

김건도 같은 곳을 보며 말했다.

"그럼 정리하면 이렇네요. 박복덕은 단상 위에서는 살아있었지만 밑으로 떨어진 뒤에 죽었다. 그러므로 대통령이 아니라, 밑에 있던 사람들이 박복덕을 죽였다!"

"길티! 이거이 대통령을 함정에 빠뜨리려고 꾸민 음모구만 기래!"

"이건 마술트릭을 응용한 살인트릭이야. 위에서 이미 죽은 것처럼 모든 사람을 속이고 나서 진짜 살인은 밑에서 이뤄진 거지."

"하지만 밑에는 보는 눈이 많잖아요?"

복숭아가 다시 의문점을 말했다.

"모든 야외 마술은 이런 식으로 진행되지요. 마술사의 주위에 협조자가 서서 시야를 가리죠. 그 협조자 역시 군중들로 위장하면 관객들은 마술사가 혼자 있다는 착각에 빠지죠. 이 중에 마술사가 있습니다!"

김건이 화면을 가리키며 말했다.

"그것 참! 화면으로만 보면 연단 위에서 죽은 것 같은데. 피도 그렇게 많이…."

"아차! 이걸 봐야지!"

김건이 주먹으로 손바닥을 치며 말했다.

"뭐이가?"

"대통령 손에 묻은 피!"

"아, 맞아! 박복덕이 연단 위에서 죽은 게 아니면 대통령한테 묻은 피는 뭐이니?"

다른 모니터 화면에 신문기사와 사진이 떴다. 양손에 피를 묻히고 멍한 표정으로 서 있는 대통령의 사진이었다.

"이 피! 국과수 검사 나왔어?"

"나왔다. 대통령 양복 상의에 묻어 있던 혈액은… 박복덕 것이 맞아!"

"그래? 가짜 피가 아냐? 아, 그럼 안 되는데….'"

김건이 실망한 표정으로 고개를 갸우뚱했다.

"그건 자기 피를 미리 빼서 준비해둔 거다!"

신영규가 한마디를 툭 던졌다.

"아! 그렇지! 자기 피를 미리 빼서 비닐봉지에 넣어둔 거야!"

"영화 속 특수분장처럼요?"

복승아가 고개를 끄덕였다.

"이런 사기극을 준비했던 놈들이다. 그 정도는 기본이지."

신영규의 말에 모두가 동의했다.

"문제는 증거다."

"그렇죠."

"부검만 하면 쉽게 밝혀질 일이지만, 지금은 정치 싸움으로 변해서 어떻게 될지 알 수가 없다. 부검을 못 한다면 어떻게 증거를 확보하지?"

신영규의 물음에 김건이 화면 앞으로 가서 한쪽을 자세히 들여다보았다.

"여기 이 사람! 유일상 의원 보좌관이지? 이 사람 그날 행적이 어떻게 돼?"

"벌써 조사해봤는데, 유일상 의원 업고 병원응급실에 갔다가 강원도로 내려갔어."

"강원도?"

"응, 유 의원 아버지가 병중인데 유 의원이 못 가게 돼서 대신 갔다는 거이야."

"CCTV 확인했나?"

"기럼요."

김정호가 기다렸다는 듯이 신영규의 물음에 답했다. 옆 모니터에 과속카메라에 찍힌 유의원 보좌관의 얼굴이 보였다. 새벽 두 시가 넘은 시간이었고 과속을 하고 있었다.

"목적지는?"

"강원도 유일상 의원 아버지 유청한의 집입니다."

"거긴 몇 시에 도착했는데?"

"새벽 다섯시쯤이랍니다."

"응? 앞뒤가 안 맞는데?"

신영규가 고개를 갸우뚱했다.

"새벽 두 시에 과속카메라에 찍힐 정도로 달렸는데 다섯 시에 도착했다?"

"네. 그것도 이상해서 물어봤는데, 달리다가 졸려서 사고가 날 뻔했답니다. 그래서 중간에 차를 세우고 잤답니다."

"그럴듯하지만 이상해. 어때 김건?"

"이상합니다. 이 사람 행동에 일관성이 없어요."

"일관성이 없다?"

"보좌관이라면 가장 중요한 일은 의원을 보좌하는 겁니다. 의원이 뇌진탕 때문에 병원에 입원했는데 다른 사람을 만나러 인적 없는 밤길을 달려간다?"

"다른 사람이 아니라 의원 아버지잖아요?"

"아들이 아닌데 보좌관이 가면 뭘 합니까? 유일상 의원 아버지가 전직 장관 아닌가요?"

"맞아요. 군사독재 시절에 법무부 장관을 지내셨죠. 그 사람, 뉴라이트 창립 멤버에 친일파라고 유명했어요."

"그렇게 유명한 사람이면 본인도 비서나 보좌관이 있을 텐데 굳이 유일상 의원 보좌관이 한밤중에 차를 운전해서 갈 필요가 있을까요?"

"그거야…."

"글쎄."

"무슨 말이 하고 싶은 거냐?"

"그 사람 행동에 일관성이 없다고 말했죠? 유일상 의원이 사고를 당한 것은 하나의 큰 이벤트예요. 다른 모든 일정을 덮어버릴 만큼 큰 건입니다. 그럼 보좌관은 거기에 맞춰서 유일상 의원 옆에서 밤을 새우는 것이 맞습니다. 그게 보좌관으로서 일관성 있는 행동이죠. 그런데 유일상 의원을 입원시키고 다시 차를 운전해서 내려 간다? 이건 다른 또 하나의 이벤트입니다. 즉, 그 사람이 한 행동은 가장 중요한 사건 하나에 초점을 맞춘 것이 아니라, 큰 사건에서 다음 큰 사건으로 이어진 겁니다. 자연스럽게 발생한 일들이 아니라 미리 계획된 것을 실행에 옮겼다는 뜻이죠."

"계획? 무슨 계획?"

"아까 우리는 박복덕이 단상 위에서는 가짜 칼을 사용했다고 가정했었죠. 그런데 현장에서 그 칼이 나왔나요?"

"아니."

"기절한 유일상 의원을 업고 그의 소지품을 들고 나간 것도 유일상 보좌관이죠?"

"그래, 나이 많은 보좌관. 안…영조!"

"그럼, 이렇게 보면 어떨까요? 그 사람이 강원도로 내려간 이유가 바로 그 증거물을 없애기 위해서라면?"

"근처에 버리면 되지, 굳이 강원도까지 가서 버려?"

"이 사람들, 기자들이 계속 추적했어. 조금이라도 수상한 게 있으면 바로 털었겠지."

신영규가 미간을 찌푸렸다. 이제 사건의 윤곽이 보이기 시작했다.

"내일 바로 조사 시작해! 보좌관들, 불러서 심문하고!"

"네!"

"네!"

두 형사가 자기 자리로 돌아가자 김건이 신영규에게 다가갔다.

"선배님."

"왜?"

"조금 전 마술트릭이라고 했을 때 한 사람이 떠올랐습니다. 옛날에 잡았던 범인 중에, 기억하십니까?"

"내가 아는 놈 중에 그런 '관종'은 하나밖에 없다!"

신영규가 코웃음을 쳤다.

"오레온! 바로 네 선생님!"

그의 말에 김건의 표정이 어두워졌다.

"뭐야? 이제 벗어난 것 아니었나?"

"아직 모릅니다. 제 마음속에 또 뭘 숨겨놓았을까 봐 불안해요."

"너 설마, 그런 생각 때문에 소주희를 멀리한 거냐?"

김건은 입을 다물었다. 한동안 마음을 추스른 후에야 다시 말을 이었다.

"저는 완전히 폐인이 됐었어요. 지금도 그때만 생각하면 자존감이 바닥을 칩니다."

신영규는 아무 말도 하지 못했다. 자신과 관계가 있는 '삼족오'에서 만든 약물 때문에 김건이 기억을 잃고 폐인이 되었다는 죄책감에 쉽게 입을 떼지 못했다.

"미리 걱정하지 마라. 문제가 생기면 해결하면 된다."

"저도 알지만 쉽지가 않습니다. 거기다 오레온까지…. 정말 머릿속이 터질 지경이에요."

"그러니까 보상받아야지. 앞으로는 좋은 일만 생각해라. 결혼도 하고 아이도 낳고. 행복한 미래를 즐겨야지!"

"제가 그럴 수 있을까요?"

"그럼. 당연하지. 자신감을 가져. 나도 도와주마!"

"선배님. 감사⋯."

"팀장님!"

김건이 말을 마치기도 전에 김정호 형사가 문을 박차고 들어왔다. 그 뒤로 복승아 형사도 달려왔다.

"뭐야?"

"일이⋯. 빨리 와보셔야겠습니다!"

"무슨 일이야?"

"소주희 씨 말입니다. 문제가 생겼습니다!"

복승아의 말에 신영규와 김건은 바람처럼 달려나갔다.

－◈◈◈－

경찰서 현관 앞은 그야말로 난장판이었다. 카메라를 든 기자들과 방송국 취재 차량들, 손팻말을 든 시위대까지 온갖 사람들이 물결을 이루고 있었다. 뉴스 리포터들은 시위대를 촬영하며 멘트를 하고 있었고 시위를 주동한 것으로 보이는 인물이 인터뷰를 하고 있었다.

"이건 명백히 여성에 대한 착취고 핍박입니다! 여성의 자주권을 억압해서 헌법에 보장된 인간으로서의 권리를 박탈하려는 남성들의 안간힘으로 보입니다. 보십시오! 오늘날 한국 사회에서 여성이 얼마나 불리한 위치에 있는지, 모든 권력을 장악한 남성들은 유리천장 속에 여성을 억압하고 여성에게 지휘권을 주는 것을 극단적으로 거부하고 있습니다!"

경찰 수뇌부는 안색이 창백해졌다. 한국 여성이 선진국들 중 지위가 낮다는 인식을 개선하기 위해서 그들은 무리해서 여성 경관들을 승진시키고 있었다. 남성 경관들에 대해서는 거리에서 온갖 힘든 일을 다 해도 승진에 인색했지만, 여성 경관들은 실내에서 편하게 일하다가 SNS에 글 하나만 올려 주목만 받아도 2계급 특진을 시켜주는 행태에 많은 남성 경관들이 불만을 제기했다. 이런 반발에도 불구하고 여권신장을 강화하겠다는 현 정부의 기조가 무조건 많은 여성 공무원을 고위직에 앉히는 것이어서 그들도 방법이 없었다. 그런데도 페미니스트 운동가들이 저렇게 경찰서 앞에서 시위를 하고 취재진까지 몰려오자 그들의 정신은 은하계로 떠나버렸다.

"대체 누구야? 누가 한 짓이야?"

청장이 화가 나서 주먹으로 테이블을 내리쳤다.

"오유령입니다. 야당 허영자 의원도 같이 왔습니다."

말을 채 끝내기도 전에 벌컥 문이 열리며, 허영자 의원이 거대한 몸을 흔들며 걸어 들어왔다. 그녀의 트레이드마크인 나비모양 안경테가 반짝반짝 빛났다.

"아, 의원님! 어서 오세요. 오랜만에 뵙습니다."

청장이 하얀 이빨을 강조하듯 웃으며 일어나서 그녀를 맞이했다.

"우선 앉으시죠. 뭐, 차? 주스? 어떤 걸로 하시겠습니까?"

청장이 남자 비서에게 눈짓했지만, 허영자 의원이 손을 저었다.

"그런 거 됐심니더. 그냥 단도직입적으로 이바구할 게예! 우리 오유령이 사건 누가 채갔어예?"

허영자 의원은 평소에는 교양 있는 서울말을 쓰다가도 흥분하면 심한 경상도 사투리를 쓰는 것으로 유명하다. 메이크업 때문에 벌게진 얼굴은 가려졌지만, 지금 그녀는 흥분상태였다.

"무슨 사건을 말씀하시는지…."

"청장님!"

허영자 의원이 나무라듯 말을 잘랐다.

"으데서 오리발이고? 그 대통령 특별수사본부 맡은 본부장이 오유령이 사건도 같이 맡았다면서요? 이런 게 어딨노? 무슨 욕심이 이래 많노? 내사 이해를 몬하겠네."

높은 성조로 속사포처럼 쏘아대는 경상도 사투리에 충청도 출신 청장은 정신이 혼미해졌다.

"아니, 그것이 아니고… 의원님!"

"내사 마, 말을 길게 몬합니다. 청장님. 그 신 뭐시기 본부장이라는 사람은 대통령 사건 맡았지요? 그라모 경찰이 맡을 수 있는 가장 큰 사건 맡은 거 아입니까? 다른 사건은 원래 주인한테 돌려주는 게 맞십니꺼? 안 맞십니꺼? 아, 안 맞십니꺼?"

삿대질하는 손가락에 청장은 목이 움츠러들었다.

"아니, 사건이 무슨 주인이 있는 것도 아니고…."

"원래 관할서에서 맡았으몬 이쪽끼지!"

허영자 의원의 날카로운 호통에 청장은 할 말을 잊었다.

"내사 마, 길게 말 안 할랍니더. 강한남 사건, 오유령이한테 돌려주이소."

"아, 그걸 그렇게 갑자기…."

"안 돼요? 청장님, 다음 달에 청문회 있는 거 아시지요? 내가 뭐, 한 번 털어볼까요? 청장님, 복요리 좋아하시데요!"

"네? 아, 그건 손님 접대차!"

"손님이 몇 명인데 복요리를 천이백만 원어치나 먹어요? 예?"

"아니요. 사실은 몇 번 안 됩니다."

"부산 자갈치 시장에서 이 허영자가 '미친개년' 소리 들어가면서 어떻게 국회의원까지 됐는지, 한 번 보여드려요? 내는 한 번 물면 절대…."

"알았습니다. 알았습니다."

청장은 두손 두발을 다 들었다. 그는 처음부터 자신에게 승산이 없다는 것을 잘 알고 있었다.

악명 높은 허영자 의원에게 찍히는 것은 차치하고라도 페미니스트 시위대들까지 저렇게 몰려든 이상 무슨 수를 써야만 했다.

"강한남 사건 누가 관리하나?"

"조용한 서장입니다."

"연결해!"

청장이 안절부절못하고 있는 모습을 보며, 허영자는 슬며시 입가에 미소를 지었다.

"아이고, 뛰어왔더니 목이 몹시 마르네. 여기 오렌지주스, 있나?"

허영자가 우아한 서울 말투로 비서에게 말했다.

"네. 있습니다."

"음, 나는 거 UFC 있지? 그걸로 한 잔!"

"네?"

"엉? 아닌가? KFC인가? 거, 와, 과일 짜서 만든 거 있잖아?"

"아, NFC(압착방식과즙) 주스요. 그건 없는…"

전화기를 든 청장이 비서에게 '사와!'라고 낮게 윽박지르자, 비서는 황급히 문밖으로 뛰어나갔다.

— ❦ —

김건과 신영규가 경찰서 메인홀에 도착했을 때, 마침 오유령 팀이 양손에 수갑을 찬 소주희를 데리고 나오는 중이었다. 그녀의 머리에 두건처럼 수건을 뒤집어 씌워놓았다.

"주희 씨! 선배님, 이게 어떻게 된 거죠?"

"나도 모른다. 분명히 두 사건을 같이 맡는 걸로 허가를 받았다!"

팀원들과 웃으며 계단을 내려오던 오유령 팀장이 신영규를 발견하고는 삐기듯이 턱을 들고 다가왔다.

"아이고, 이게 누구신가? 우리 대통령 특별수사본부 본부장님 아니십니까? 어? 이상하네? 특별수사본부장님인가? 어떤 게 맞지?"

장난스레 농을 치는 오유령에게 맞춰 그녀의 팀원들이 왁자하게 웃어댔다.

"아니, 이런 씨빌리언들이!"

복숭아가 한걸음 나서는 것을 신영규가 막았다.

"아, 아직 모르셨나보구나?"

신영규의 휴대폰이 울리는 것을 본 오유령이 '전화!'라고 느물거렸다.

"네. 전화 받았습니다."

"신 본부장!"

조용한 서장이었다.

"지금 허영자 의원이 청장님한테 와서 강한남 사건을 달라고 항의했네. 청장님이 허락했어!"

"알겠습니다."

신영규가 전화를 끊자 오유령이 빈정거렸다.

"통화하셨죠? 그럼, 이 사건 수사는 이제 저 오유령이 지휘합니다! 그럼, 잘들 계시고."

오유령이 팀원들과 함께 웃으며 그들을 지나쳐갔다.

"꼭 이렇게 해야 되나? 당신도 범인 누군지 알잖아?"

신영규가 오유령에게 조용히 말했다.

"증거가 가리키는 게 범인이라며? 당신한테 배운 건데?"

오유령이 비웃으며 대답했다.

"걱정 마세요. 제가 친절하게 털어드릴게. 이 사건 그냥 한 입 꺼리라서. 뭐, 한 큐에 끝나지!"

그들은 그대로 소주희를 데리고 밖으로 나갔다. 현관을 나서기 전에 오유령이 소주희를 호송 중이던 형사에게 눈짓했다. 형사는 취재진에게 선물이라도 하듯, 실수한 것처럼 소주희의 얼굴을 가렸던 수건을 잡아챘다.

"아!"

소주희가 놀라서 두 손을 올리려고 했지만, 호송하던 형사가 그녀의 팔을 잡고 있었다. 여기저기서 프레시가 터졌다. 그대로 드러난 그녀의 맨 얼굴이 선명하게 뷰파인더에 잡혔다. 모든 기자에게 꿈같은 순간이었다. 남자 연예인을 죽인 예쁜 팜므파탈의 맨얼굴! 독자들의 클릭수가 귀에 들려왔다.

"무슨 짓이야!"

흥분해서 달려들려는 김건을 신영규가 붙잡았다.

"좀 조심해야지. 피의자 신원보호! 몰라?"

오유령이 빈정거리며 바닥에 떨어진 흙 묻은 수건을 집어 들어 다시 소주희의 머리에 덮어주었다. 소주희는 그마저도 감사하며 수건 속에 고개를 깊이 파묻었다. 흐느끼는지 어깨를 부들부들 떨고 있었다.

"강한남 사건, 부검을 못 하게 됐는데요. 어떻게 범인을 특정하실 겁니까?"

"우리, 오유령이가 다 알아서 할낍니더. 지켜보이소!"

어느새 옆에 나타난 허영자 의원이 기자들을 항해 말했다.

"증거에 입각해서 공정하게 수사하겠습니다. 저 오유령을 믿고 기다려주십시오!"

카메라를 향해 거수경례를 한 오유령이 허영자 의원과 악수를 하고 차에 올랐다.

페미니스트 시위대가 오유령의 이름을 연호하며 환호하고 있었다. 그들이 탄 차가 출발하고, 일부 언론사들도 그들을 따라갔다. 재미있게도 시위대는 오유령이 탄 차가 사라지자, 퇴근하듯 뿔뿔이 흩어져 경찰서를 빠져나갔다.

형사들은 그 모습을 말없이 지켜보고 있었다.

김건은 이를 악물고 있었다. 화를 참느라 어깨를 부들부들 떨고 있었다.

―❦―

관할서로 돌아온 오유령은 곧바로 소주희를 조사실에 집어넣고 조사를 시작했다. 더 무서운 형사들에 의해 또다시 이런 상황이 반복되자 그녀의 공포심은 배가 되었다.

"이름?"

"소주희요."

"안 들려!"

"소주희요!"

"나이!"

"스물넷이오."

"생년월일!"

그녀가 한마디 할 때마다 계속 압력을 가했다. 이미 약해질 대로 약해진 조사인의 마음을 더 약하게 만드는 오유령의 전략이었다. 소주희는 이곳에 와서야 신영규 팀들이 자신을 얼마나 편하게 해주었는지를 알게 되었다.

"좋아, 우리 용의자! 여기 봐라. 내 눈 봐! 말할 때, 내 눈을 봐라!"

사투리 섞인 오유령의 윽박지르는 말투와 강제로 그녀의 사나운 눈을 봐야 하는 고통에 소주희는 다시 눈물을 흘렸다.

"그럼 그날 있었던 일, 처음부터 다 말해보자. 아무리 작은 거라도, 하나도 빼놓지 말고 다 말해라! 생리대 브랜드가 뭐고 남친하고 즐긴 다음 먹는 피임약 갯수까지 다 말해라, 알았지?"

소주희는 울먹거리며 그날 있었던 일을 기억하는 한, 모두 자세히 말했다. 그녀를 미치게 만드는 것은 이야기를 마치면 같은 이야기를 다시 시키고 다시 시키기를 무한 반복한다는 것이었다. 그러다가 조금이라도 달라지는 것이 있으면 오유령은 잡아먹을 것처럼 그녀를 다그쳤다.

"어? 이거 아닌데? 아까는 이렇게 말 안 했는데?"

주먹으로 테이블을 내리치고, 파일로 소주희의 머리를 밀며 겁을 주었다.

"지금 장난치니? 응? 지금 여기 놀러 왔어?"

오유령은 그런 것에 아주 능했다. 그녀는 중고등학교 때 소위 일진이었다. 부산 대신동 인근에서 모르는 사람이 없을 정도로 유명한 여자 일진 짱이었다. 그러다가 경찰한테 잡혀서 험한 꼴을 당한 후에 나도 경찰 돼서 한번 보자, 라는 마음으로 공부했고 경찰대학에 합격했다.

옛날부터 주먹 싸움도 잘했지만, 그녀는 심리전이 전문이었다.

"자, 처음부터 다시!"

잠도 제대로 안 재우고, 밥도 물도 형식적으로 주면서 조사가 반복되었다. 소주희는 몸도 마음도 만신창이가 되었다.

"제발 그만해요. 물 좀 주세요."

소주희가 울면서 호소했지만, 오유령은 눈썹도 까딱하지 않았다. 이 사건에는 소주희가 범인이라는 직접증거가 가득

하다. 계속 다그치면 언젠가는 불게 마련이다. 이건 형사와 피조사인의 고집 싸움이다!

"언니야! 언니야!"

오유령이 버럭 호통을 쳤다. 소주희는 고개를 숙이고 훌쩍이고 있었다. 자신이 처한 현실이 믿기지 않았다. 왜 자신이 이런 일을 당해야 하는지도 이해되지 않았다. 오유령은 그녀의 태도를 보고 옆의 동료에게 눈짓했다. 동료가 조사실을 나갔다.

"우리 언니. 힘들지?"

갑자기 다정한 말투였다. 소주희는 놀라서 고개를 들었다.

"나도 좋아서 이러는 거 아니야. 여자 몸으로 험한 일 하다보니까 나도 모르게 이렇게 된 거야."

오유령이 주머니에서 냅킨을 꺼내 소주희에게 건네주었다.

"나도 이런 거 싫어. 그냥 빨리 집에 가서 잘생긴 오빠야들 나오는 드라마나 보고 싶어. 언니 드라마 좋아하나?"

소주희가 고개를 끄덕였다.

"이거는 그냥 절차야. 절차. 공무원은 절차에 살고 절차에 죽는다. 뭐 이런 말 있잖아? 공무원이 무슨 힘 있나? 그냥 시키는 대로, 절차대로 하는 거지."

"저, 얼마나 더 해야 돼요?"

소주희가 조심스럽게 물었다. 오유령의 눈빛이 아까처럼 사납지 않았다. 자신을 불쌍하게 쳐다보는 그 눈빛에 다시 눈물이 울컥하고 올라왔다.

"모르지. 일주일? 한 달?"

"네? 한 달이오?"

"그냥. 재수 없으면 그렇다는 거지."

오유령이 다시 냅킨을 내밀었다. 소주희가 손을 뻗어 그것을 잡았을 때, 오유령도 강하게 냅킨을 잡았다.

"금방 끝낼 수도 있어!"

"네?"

"언니가 인정하면 바로 끝나!"

두 사람이 냅킨을 잡은 채 서로를 쳐다보았다.

"하지만, 저는 안 죽였어요!"

"알아!"

오유령의 말에 놀란 소주희가 잡고 있던 냅킨을 놓쳤다.

"네?"

"안다고. 형사생활 하면서 나쁜 놈들 많이 봤어. 보면 알아! 너는 아냐!"

"그런데 저한테 왜 이러세요?"

"증거가 너라고 하잖아!"

오유령이 강하게, 하지만 부드럽게 말했다.

"소주희 씨? 잘 생각해봐."

그녀는 들고 있던 냅킨을 소주희의 손에 쥐어주었다.

"강한남이 누구야? 대한민국 최고 스타 아냐? 그런 사람이 당신이 만든 요리를 먹고 죽었어. 그 안에서 독이 검출됐고. 당신 부스에서 같은 독약앰플까지 나왔어. 이게 뭘 말한다? 당신이 바로 범인이야!"

"저는 아니에요!"

"그래? 나도 알아! 하지만, 법정에서 그 말이 통할까? 십만 명이 보는 생방송 도중에 사람이 죽었어. 그것도 스타가! 그 사람 평소에 당신한테 질척댄 것도 다 알아. 죽이고 싶었지?"

"아니에요. 제가 왜요?"

"언니야!"

갑자기 오유령이 다시 강압적인 목소리로 변했다.

"우리 경찰이야. 마음만 먹으면 다 알 수 있어. 강한남 카드 내역 보니까 뭐가 나왔게?"

"뭐가요?"

"이주 전, 월요일. 비번이었지?"

"네."

소주희가 머뭇거리며 대답했다.

"그날, 누구 만났지?"

"네? 그게….'"

"오후 한 시, 강한남하고 뉴에이스호텔 커피숍에서 만났지?"

소주희가 두 눈을 동그랗게 떴다.

"대답 안 해도 돼. 우리가 벌써 CCTV 확보해서 확인했으니까. 와, 언니 꾸미니까 진짜 이쁘데? 연예인 해도 되겠어!"

소주희가 안절부절못했다.

"자, 강한남 카드 내역에 또 뭐가 나왔게? 그 호텔 12층 룸에서 숙박…. 야, 12층? 전망 좋았겠다."

"아니에요! 커피숍에서 만난 건 맞지만, 너무 노골적으로 요구해서 먼저 일어났어요! CCTV 보셨잖아요?"

"그래? 그런데 왜, 같이 나갔지?"

"그게 아니라….'"

소주희는 다시 울컥 솟아오르는 눈물에 말문이 막혔다.

"그분이 저를 따라왔어요. 저는 바로 나갔고요."

"그거 알아?"

냉정한 목소리로 형사가 다그쳤다.

"이 호텔은 강한남 같은 유명인들이 많이 오는 곳이라서 CCTV 기록을 보관하지 않아. 사건이 있을 때만 녹화하고 그나마도 시간 지나면 바로 폐기해. 그렇게 하니까 유명인들이 이 호텔에 몰리는 거야. 당신은 아니라고 하지만, 두 사람은 같이 호텔 커피숍에서 만났고 같이 나갔어. 만약 당신 말대로 강한남하고 헤어져서 나갔다면 왜 강한남은 비싼 호텔 방을 결제했을까? 일박에 얼마야? 엄마야! 27만 원? 뭐, 침대에 금테를 둘렀나? 거기 가봤잖아? 어때요? 금테 둘렀어?"

"몰라요. 정말. 저는 가게 단골이라서 만났던 것뿐이고 같이 올라가자는 거 거절하고 나왔어요. 정말이에요!"

"그건 당신 주장이고! 그럼, 막말로 강한남이가 여자도 없이 혼자 방에 들어가서 그, 혼자 그 짓 하고 잤겠어? 27만 원 내고?"

"저는 몰라요! 저는 커피숍 나와서 집에 갔다고요."

"그거 증명할 수 있어? 버스나 지하철 이용했나?"

"아뇨. 걸어갔어요."

"그럼 그걸 어떻게 증명해?"

오유령이 고함을 질렀다. 소주희는 '흑!' 하고 두 손바닥에 얼굴을 묻었다. 너무 억울하고 화가 나서 끊임없이 눈물이 나왔다.

"이 짓 하면서 순진해 보이는 년, 착해 보이는 년, 마이 만나봤지만, 뒤로는 다 호박씨 까더라고. 그래서 나도 그 뒤로는 사람 말 안 믿고 증거만 믿어. 당신 증거만 보면 이거야. 당신은 강한남하고 같이 잤어. 그런데 강한남이 당신을 무시한 거야. 그래서 화가 난 거지. 죽이고 싶어졌어. 그래서 어떻게 독을 구했고 그걸로 강한남을 죽인 거지. 무시당했으니까. 이렇게 이쁜데!"

"아니야! 아니에요!"

소주희가 울면서 외쳤다. 자신의 몸속에 이렇게 눈물이 많은 줄 몰랐었다.

"그냥 인정하면 편해져!"

다시 부드러운 회유하는 톤으로 형사의 목소리가 바뀌었다.

"언니야! 언니야! 니는 우리나라에서 태어난 거 정말 감사해야 된다. 우리나라는 사법 형량이 너무 가벼워서 사람 죽여도 끽해야 십 년밖에 안 살아. 거기다가 언니처럼 남자가 추근거려서 그랬다. 감형받지. 모범수? 또 이삼 년 감형. 거기다가 운 좋아서 특사까지 받으면 사오 년 만에도 나와. 그 정도면 있지. 밖에 있던 언니 친구들, 언니 형 살다 나온 줄도 모른다. 그냥 캐나다 한 삼 년 다녀왔다. 호주 워홀 다녀왔다. 뭐 이래 삐면 아무도 몰라. 언니 미모도 좋고 남자만 잘 만나면 팔자 피지. 그때 되면 나한테 감사할걸? 법률불소급원칙 때문에 빵 한 번 다녀오면 다시는 그걸로 누가 시비도 못 걸어. 면죄부야, 면죄부? 알아?! 거기다가 혹시 진범 잡히잖아? 언니, 니는 마 로또 맞는 기다. 그동안 억울한 옥살이 한 거, 국가가 몇 십억 보상해준다!"

오유령은 떨어진 냅킨을 다시 집어서 소주희의 손에 올려주었다.

"그러니까 그냥 인정하고 우리 다 편해지자 언니야. 나도 집에 가서 오빠야 나오는 드라마 보고, 언니도 편하게 구치소 가서 국밥 먹으면서 드라마 보고, 상부상조. 원원!"

소주희는 지금 자신이 처한 상황을 이해했다.

'이 사람은 나를 편하게 해주는 댓가로 죄를 인정하라고 종용하고 있어!'

밖으로 나갔던 형사가 다시 들어오자, 오유령의 목소리는 아까의 압박하는 톤으로 되돌아갔다.

"자 다시 갑시다. 우리 소주희 씨, 강한남 씨 죽인 거 맞지요? 자. 나 봐라. 언니야. 그만 뚝! 울지 말고 나 봐! 내 눈 봐! 인정해! 눈물 닦고! 여기 지장 찍어!"

신영규가 조사실에서 했던 말이 떠올랐다.

'아무도 믿지 마!'

이제 그 말이 무슨 뜻인지 깨달았다.

울고 있던 소주희가 오유령이 준 냅킨으로 눈물을 닦으며 고개를 들었다. 그리고 차분하게 말했다.

"변호사 불러주세요. 그전까지 아무 이야기도 안 할 거예요."

―――❦―――

유일상 의원실은 찾기 어렵지 않았다. 가식을 싫어한다는 그의 말대로 그의 의원실 문에는 장식 없는 명패만 붙어 있었다. 신영규는 노크도 없이 바로 문을 열고 안으로 들어섰다. 자리에서 벌떡 일어난 여직원이 그를 가로막았다.

"무슨 일이시죠?"

"경찰입니다."

신영규와 김정호가 신분증을 꺼내 보였다.

"약속하셨나요?"

"약속?"

신영규가 콧방귀를 뀌었다.

"사건조사 때문에 왔습니다. 서로 오시라니까 바쁘시다고 거절하셔서요."

"지금, 신문기자와 인터뷰 중이시라서 안 됩니다. 약속을 잡고 다시 오세요."

"인터뷰, 언제 시작했지?"

벽에 붙인 보드에 일정이 적혀 있었다. 아침부터 밤까지 빈틈없이 채워져 있었다.

"세 시, 방금 시작했네요."

"오케이!"

갑자기 신영규가 저벅저벅 안쪽으로 걸어갔다.

"왜 이러세요? 이러시면 안 됩니다!"

여직원이 달려 나오고 다른 남자 직원도 달려왔지만, 신영규는 그들을 밀쳐내고 의원실 방문을 벌컥 열었다.

방 안에는 일인용 소파에 여유롭게 앉아 커피잔을 들고 있는 유일상 의원과 여기자가 있었고, 카메라맨이 그들의 모습을 촬영하고 있었다. 유일상 의원의 목에 찬 파란색 경추지지대가 눈에 띄었다. 김정호가 코를 벌름거렸다. 사무실 전체에 은은한 라벤더 향이 배 있었다.


"무슨 일이죠?"

"국회의원 살인사건 조사 중입니다. 협조 부탁드립니다."

"아, 대통령이 저지른 살인사건! 말이죠?"

유일상이 일부러 큰 목소리로 정정했다. 기자에게 들으라고 하는 듯했다.

"지금 시간이 없는데? 약속을 잡으시고 나중에 다시…."

"저희가 시간이 없어서요. 지금 해야 됩니다."

물러서지 않는 신영규를 유일상 의원이 날카로운 눈으로 노려봤다.

"절차를 지키세요. 국회의원, 바쁜 자립니다."

"저희가 더 바쁩니다. 월급은 훨씬 적은데…."

신영규의 빈정거림에 유일상의 표정이 일그러졌다.

"아니면, 여기 기자도 있는데 경찰 조사 거부하신다고 공개적으로 선언하시죠?"

유일상의 시선이 기자에게 향했다. 눈치 빠른 여기자는 벌써 펜으로 노트에 뭔가를 적고 있었다. 이 신문은 보수보다는 진보 쪽에 가까운 신문이었다. 만약 거절하면 경찰 수사를 무시하는 국회의원이라고 유일상을 매도할 것이 분명했다. 유일상은 급하게 태도를 바꿨다.

"급하신가 보네요. 알겠습니다. 기자님, 죄송하지만 옆방에서 조금만 기다려주시겠어요? 여기 먼저 마치고 바로 다시 시작하시죠."

미소를 지으며 젊은 의원이 기자에게 양해를 구했다.

"아, 저희는 괜찮습니다. 옆방에서 기다리겠습니다."

기자가 자리에서 일어났다. 하지만 그녀는 자리를 떠나면서도 투철한 프로정신을 잃지 않았다. 몰래 자신의 휴대폰으로 카메라맨에게 전화를 건 다음 소파쿠션 뒤에 숨겨두었다. 눈짓으로 카메라맨에게 신호하자 카메라맨은 전화를 받는 척하며 녹음 버튼을 눌렀다.

"아이고, 이거 죄송하네. 그냥 같이 계셔도 되는데."

신영규가 빈정거렸지만 기자는 가볍게 고개를 숙이고 카메라맨과 함께 방을 나갔다.

방문이 닫히자마자 유일상의 표정이 변했다. 그는 신영규와 김정호를 무섭게 노려보았다.

"그래서, 무슨 일이죠?"

"우리 구면이죠?"

신영규는 작년, 별장 살인사건에 피의자의 변호인으로 왔던 유일상을 기억하고 있었다.

"아, 그렇네. 어디서 봤나 했더니…."

고개를 끄덕이던 유일상이 커피잔을 들고 한 모금을 마셨다. 치켜든 새끼손가락이 우아해 보였다.

"커피, 안 하셨으면 한 잔씩 하시죠? 루왁인데."

"됐고, 바로 시작하죠? 당시 상황을 좀 설명해주시죠."

"그 당시요? 아, 대통령이 우리 당 의원을 죽인 그 순간? 잘 기억이 안 나요. 그냥 떨어진 박덕복 의원님을 안고 같이 넘어진 것만 기억나네요. 잘 아시겠지만, 저도 그때 정신을 잃어서…."

"당시 의원님을 진찰했던 국회 당직 의사를 만나봤습니다. 의원님은 금방 정신을 차리셨다던데요."

"거기서는 그랬지. 하지만 앰뷸런스에서 기절했죠. 곧바로 큰 병원에 가서 CT를 찍었어요. 다행히 이상은 없더군요."

"앰뷸런스요? 그걸 미리 대기시켰나요?"

"아, 자잘한 건 잘 몰라요. 말씀드렸듯이, 제가 정신을 잃어서…."

유일상이 커피를 마시며 미소지었다.

불과 반년 정도밖에 안 됐지만, 국회의원이 된 유일상은 그때와 달리 여유가 넘쳐 보였다. 말투도 가능한 한 부드럽게 하려고 노력하고 있었다. 변하지 않은 것은 상대를 노려보는 그의 날카로운 눈빛뿐이었다.

"그러셨구나."

신영규가 고개를 끄덕였다. 여기까지는 모두가 아는 내용이었다. 대통령에 밀려 넘어진 박덕복 의원을 연단 아래에서 붙잡은 유일상 의원은 같이 넘어지며 뇌진탕으로 기절했다.

"그 밑에 있다가 얼떨결에 붙잡았고, 그 뒤에는 기절해서 아무것도 모르겠네요."

말을 마친 유일상은 커피 맛을 음미하듯 입안에서 혀를 굴
렸다.

"별 도움이 안 됐죠? 그냥 CCTV 보시면 다 나올 텐데."

"박덕복 의원과는 평소에 친하셨나요?"

"박 의원님?"

잠시 생각하던 유일상이 고개를 저었다.

"그냥 아는 사이였죠. 친하지는 않았어요."

옆에 있던 김정호가 신문기사를 띄운 태블릿을 내밀었다.
박덕복 의원이 지난 대선 때 선거운동을 하는 사진이었다. 그
옆에 하얀 와이셔츠 차림의 유일상이 서 있었다.

"아, 그건 그냥 선거운동을 도와드렸던 거고, 개인적인 친
분은 그닥…."

신영규가 가볍게 고개를 끄덕여 보였다.

"그러셨군요."

"뭐, 더 하실 말씀이 있나요? 아니면 제가 변호사를 불러
야 되나요?"

"아뇨. 더 여쭤볼 건 없습니다."

신영규가 주머니에서 은단을 꺼내 손바닥에 털어 입에 넣
었다. 그 냄새가 퍼지자 유일상이 인상을 찌푸렸다.

"아, 이 냄새 싫어하시나요?"

"좋아하진 않아요."

"그러시구나."

신영규가 손에 든 은단통을 실수한 척 테이블 위로 떨어트렸다. 그 순간, 유일상이 손을 뻗어 그 통을 붙잡았다. 손목이 시큰하고 아팠다.

"어익후! 감사합니다!"

신영규가 손을 뻗었지만, 유일상은 은단통을 꽉 쥐고 놓지 않았다.

"오른손잡이시네? 박복덕 의원 잡을 때는 왼손을 쓰시던데?"

움찔한 유일상이 무의식적으로 손에 쥔 은단통을 놓쳐버렸다. 은단 몇 알이 테이블로 떨어지더니 바닥으로 굴러내렸다. 유일상의 표정이 사나워졌다.

"이거, 죄송합니다. 갑자기 놓으셔서…. 그래도 다행이시네요. 냄새를 잘 맡으시는 거 보니까 뇌진탕은 아니시네요?"

"아!"

신영규의 의도를 알아차린 유일상의 표정이 순간적으로 굳었다. 그러더니 심호흡을 하며 억지로 얼굴 근육을 하나하나 다림질하듯 펴냈다. 궁지에 몰렸을 때 그의 습관인 것 같왔다.

"냄새는 이상이 없어요. 그런데 그게 뇌진탕 증상에 있었
나요?"

"저야 모르죠. 의사가 아니니까."

신영규가 비웃듯 말했다. 유일상의 표정이 다시 일그러졌다.

"조사는 여기서 마치죠. 면책특권을 가진 국회의원께서 작
정하고 모르쇠로 일관하시는데 무슨 방법이 없네요."

"왜 이렇게까지 하시는지 모르겠네요. 고의든 아니든, 대통
령이 살인한 것은 사실이고 그냥 증거대로 수사하면 될 텐데.
아! 수사권 싸움 때문에 이러시나?"

"그건 내 알 바 아니고."

신영규는 손에 들었던 은단을 밑으로 버리며 손바닥을 탁
탁 털었다. 아래로 떨어진 은단은 바닥의 카펫 사이사이에 박
혀 들어갔고, 일부는 콘크리트 바닥 여기저기를 굴러다녔다.
유일상이 신영규를 무섭게 노려보며 테이블에 커피잔을 거칠
게 내려놓았다. 영국산 커피잔에서 '쨍그렁' 하고 맑은 종 치
는 소리가 울렸다.

"아, 한국 역사상 가장 젊은 대통령감이라고 언론에서 칭
찬하던데. 그게 본인 꿈이신가 봐요?"

"나가주시죠!"

하지만 신영규는 오히려 소파 등받이 등을 기대고 양팔을 올려놓았다. 보고 있던 김정호는 조마조마해서 미칠 지경이었다. 감히 국회의원 앞에서 일개 경찰관이 이런 행동을 하다니, 북한은 물론이고 한국에서도 들어본 적이 없었다.

"저, 팀장님⋯."

김정호가 신영규의 옷소매를 살짝 잡아끌었지만, 그는 가볍게 뿌리쳤다.

"이번 사건 조사하면서 가족관계를 봤어요. 아유, 대단하시더구만? 할아버지가 '뉴라이트' 창립 멤버였어요? 그거, 친일파 후손이라는 뜻이지?"

유일상의 얼굴이 무표정하게 변했다. 하지만 두 눈은 신영규를 쏘아보고 있었다.

"거기다가 더 대단한 건, 아버지가 독재정권에서 법무부 장관을 했더라고? 이야, 친일파에 독재부역자, 집안이 아주 명예가⋯."

"닥쳐!"

유일상이 양손으로 테이블을 내리치며 외쳤다.

"건방지게 어디서 수작질이야?"

하지만 신영규는 태연하게 손을 흔들었다.

"그래, 그 얼굴, 이제 익숙한 얼굴이 나왔네. 안녕하세요?

아이구, 목도 안 아프신가 봐?"

김정호는 빈정대는 신영규의 태도에서 뭔가 이상한 것을 느꼈다. 예전보다 이 남자 신영규는 훨씬 더 여유로웠다. 꼭 김건을 보는 것 같았다.

그때서야 유일상은 신영규의 의도를 알아차렸지만 이미 늦었다.

"우리 부모님은 조국을 위해 일했어. 얄팍한 당신들 기준으로 판단하지 마!"

"얄팍한 기준? 그럼 당신들 기준은 뭔데?"

"친일파. 독재부역자? 그건 천박한 너희들 기준이고 우리는 그렇게 안 봐. 이 나라는 우리 엘리트하고 너희들 장애인들로 구분돼! 알겠냐?"

"또 이분법이구나. 그럼 묻자! 우리가 왜 장애인이지?"

"왜 장애인이냐? 너희는 머리가 나쁘기 때문이야. 그러니까 엘리트가 못 된 거야! 그러니까 그냥 인정하고 우리가 시키는 대로 개처럼 살아! 억울하면 억울한 대로 돼지처럼 살면 돼. 그걸 뭘, 기를 쓰고 우리하고 싸워서 이겨보겠다고 대드니까 니들 인생이 이 모양 이 꼴인 거야. 병신들아! 너희들이 아무리 노력해봐야 아무것도 안 변해! 사법개혁? 그거 해서 뭘 하게? 그 법을 만드는 게 바로 우리 엘리트야! 우리는 법 위에 있는 존재라고! 그러니까 너희는 그냥 똥개처럼 우리가 하는 거 얌전히 구경이나 하다가 콩고물이나 받아먹어!"

말을 마친 유일상이 손가락으로 문을 가리켰다.

"그럼 볼일 다 보셨으면 나가주실까? 인터뷰가 있어서…"

신영규가 양손으로 옷을 털면서 일어나자, 김정호도 눈치를 보며 같이 일어났다.

"그런데 말야!"

나가려던 신영규가 갑자기 몸을 돌리며 물었다.

"전부터 물어보고 싶었는데, 너처럼 아가리 털려면 무슨 학원 다녀야 되냐? 강남이야? 목동이야?"

"나가!"

유일상이 잘라 말하자 신영규는 어깨를 으쓱하며 걸어 나갔다. 도중에 바닥에 널린 은단을 구둣발로 하나하나 짓뭉갰다. 진한 은단향이 사방에 퍼졌다. 그 냄새에 묻혀 라벤더향은 거의 맡을 수도 없었다.

"꽃냄새가 안 나지에이요?"

코를 벌름거리는 김정호의 어깨를 밀며 신영규가 사무실을 빠져나갔다. 유일상은 주먹으로 소파의 손잡이를 내리쳤다.

진정하려고 숨을 고르는데, 문이 열리며 비서가 들어왔다.

"의원님. 기자분들, 인터뷰 진행할까요?"

"아, 그래요. 안으로 모셔요."

유일상이 웃는 얼굴로 대답했다. 기자와 카메라맨이 다시 사무실로 들어왔다.

"어머, 무슨 냄새죠?"

여기자가 같은 자리에 앉으며 주위를 둘러보았다. 그러면서 그녀는 쿠션 뒤의 휴대폰을 백에 챙겨 넣었다.

"신경 쓰지 마세요. 이거 개 냄새예요."

식어버린 커피잔을 다시 손에 들며 유일상이 말했다.

"주변에 미친개가 한 마리 있나 봐요."

유일상이 커피를 한 모금 마셨다. 치켜든 새끼손가락이 가볍게 떨리고 있었다.

유일상의 보좌관들은 스케줄에 맞춰서 경찰서를 방문했다. 하지만 두 명 모두 별 소득이 없었다. 그들은 변호사와 같이 와서 사전에 서로 맞춰둔 말만 반복했다. 조금이라도 압력을 가하거나 결정적인 것을 물어보면 변호사가 끼어들었다.

"자, 시간이 안 맞죠? 왜 새벽 두 시에 과속할 정도로 빨리 달렸는데, 다음 날 아침에 강원도에 도착한 겁니까?"

"그건, 저…."

보좌관 최민용이 입을 여는 순간, 변호사가 끼어들었다.

"그건 이미 말씀드린 대로입니다. 피로감이 심해서 갓길에 차를 세워두고 잠을 잔 겁니다."

그는 대형 로펌의 변호사였다. 위안부 문제로 일본 정부와 재판할 때 일본 측을 대변했다는 그 로펌이었다. 두 시간의 조사시간 동안 이런 일이 끊임없이 반복되었다. 오히려 김정호 형사가 지쳐버릴 지경이었다.

안영조 보좌관 역시 마찬가지였다. 이 사십 대 중반의 중년 남자는 원래 유일상의 아버지 유청한의 비서였다. 그는 최민용보다 더 조심스러웠고 더 노련했다.

"현장에 있었지만, 다른 것은 못 봤습니다. 유일상 의원님이 쓰러지는 것을 보고 달려가서 도와드린 것뿐입니다. 젊은 보좌관이 의원님을 업고 나갔고 제가 소지품을 챙겼습니다."

"그 당시 유일상 의원이 손에 들고 있던 게 뭡니까?"

"잘 모르겠습니다. 제가 시력이 안 좋아서요."

"유일상 의원이 평소에 왼손을 많이 쓰시나요?"

"잘 모르겠습니다. 양손을 다 쓰시는 걸로 압니다."

"박복덕 의원과 유일상 의원이 어떻게 만났습니까?"

"잘 모르겠습니다. 유일상 의원님 모신 지는 얼마 안 됐습니다."

그는 거의 모든 질문에 대한 대답을 '잘 모르겠다'나 '기억이 안 난다'로 일관했다.

"박복덕 의원과 개인적으로⋯"

"그 당시 사건과 직접적인 관계가 없는 질문은 의뢰인이 답할 의무가 없습니다! 의뢰인은 본인이 직접 경험한 일에 대해서만 대답할 겁니다!"

그리고 결정적인 순간에는 변호사가 끼어들었다. 이 정도면 거의 변호사가 아니라 감시인 같았다. 두 참고인과 두 변호사가 떠난 후, 김정호와 복승아는 짜증 난 얼굴로 사무실로 돌아왔다.

하지만 그 과정을 다 지켜본 신영규는 담담했다.

"그럴 줄 알았어. 수고했다."

"예? 화 안 나세요?"

김정호가 되물었지만, 그는 피식 웃었다.

"만약, 유일상이 범인이면, 저 인간들 다 한패라는 뜻이다. 그런데 어떻게 했지? 대형 로펌 변호사 붙여서 꽁꽁 감쌌지? 한낱 보좌관들을? 이게 무슨 뜻이지?"

"만약, 유일상이 범인이면, 저 사람들이 중요한 역할을 했다는 뜻이죠."

김건이 바로 대답했다.

"바로 그거지! 정호야!"

"네?"

"그날 영상에서 최민용이 유일상을 업었고, 안영조가 소지품을 챙겼지?"

"네."

"나중에 최민용 혼자서 강원도로 내려갔고?"

"네!"

"이게 말하는 건 한 가지다. 김건!"

"최민용이 바로 키맨입니다!"

❦

여의도에는 그럴싸한 바들이 꽤 있었다. 코로나 사태가 시작된 이후에 폐업하거나 휴업하는 가게들이 점점 늘어났지만, 다행히 유일상의 단골 바는 아직도 영업을 하고 있었다. 유일상은 스툴에 앉아서 와인을 마셨다. 우울할 때 종종 들르는 곳이었다. 물론 그가 술을 마시는 동안 보좌관은 밖에서 차와 함께 대기하고 있었다. 그는 보좌관의 사생활 따위에는 조금도 관심이 없었다.

갑자기 생각지도 못했던 사람이 그의 옆자리에 앉았다. 유치한이었다.

"힘드시죠?"

유일상은 놀라서 그를 쳐다보았다.

"가까운 분이 그런 변고를 당해서요."

"뭐, 그렇죠…."

유일상이 경계심을 풀지 않은 채 말했다.

"볼 때마다 표정이 너무 굳어 있으시네요."

"인생이 힘드니까."

"하버드대 수석 졸업에 최연소 판사. 천재로 유명한 분이 인생이 힘들다고요?"

"그래서 힘든 거죠. 지킬 게 많으니까. 당신 같은 사람은 모를 거야."

"어잌후!"

유치한이 술을 한 모금 마시고 '카아' 하고 소리를 냈다. 유일상이 그 모습에 인상을 찌푸렸다.

"가정교육 안 받았어요? 나는 식사할 때 소리 내면 혼났는데…."

"그래요? 이런 데 예절이 있는 줄은 몰랐네요. 다들 이렇게 마시던데?"

"상류층은 달라요. 모든 것에 예절이 있죠."

"하류층이라서 다행이네요. 술도 마음대로 먹고…."

유치한은 접시에 놓인 치즈를 손가락으로 집어 입에 쏙 넣었다.

"안주도 마음대로 먹고…."

유일상이 콧방귀를 뀌었다.

"전부터 궁금했는데 물어볼까요?"

"쏴요!"

"네?"

"질문 쏴봐요!"

"작가라기에 교양이 있는 줄 알았더니…."

유치한이 씨익 웃었다.

"가출청소년들하고 같이 있다 보니 이게 편해졌어요."

"그러시겠지."

유일상이 술을 한 모금 꿀꺽 마셨다. 억지로 삼키느라고 얼굴에 주름이 졌다.

"왜 그렇게 편해요?"

"예?"

"국회의원, 상위 일 프로가 된 거잖아요. 그럼 중압감, 뭐 이런 거 없어요?"

"그런 거 없습니다."

"거짓말!"

"거짓말이요?"

"어떻게 그런 게 없을 수가 있어? 당신 부모는 당신한테 기대가 없나?"

"흠, 기대는 있겠죠. 하지만 그 기대에 제가 꼭 부응할 필요는 없잖아요?"

"속 편하네. 능력도 안 되면서."

"어익후! 계속 맞네."

유치한이 웃으며 술을 한 모금 마셨다. '크으!' 한 마디를 하고는 말을 이었다.

"인생은 실망으로 가득 차 있다. 그러니까 행복할 때 즐겨라."

"궤변!"

"아버지가 해준 말씀이죠. 뭐, 지금은 돌아가셨지만…."

"부럽네."

"그래요? 저희 아버지가 멋있는 말씀을 많이 하셨죠."

"그게 부러운 게 아니고… 뭐."

"네?"

유치한이 고개를 갸우뚱했지만, 흘려넘기고 치즈 접시로 손을 뻗었다.

"여기요! 여기 김치 같은 거 없죠?"

"죄송합니다. 여긴 냄새나는 건…."

"그래요? 치즈는 냄새가 안 나나?"

"그게 아니라… 아, 스테이크는 있습니다."

"아니요. 됐어요."

웃으며 고개를 저은 유치한이 남은 술이 든 잔을 들어 올렸다.

"이거 빨리 마시고 김치찌개나 먹으러 가야겠네."

유일상이 콧방귀를 뀌었다.

"제가 가벼운 이유가 뭐냐고 물어보셨죠? 그 이유는 간단합니다. 마음이 가벼워서죠."

유일상이 얼굴을 찡그리며 노려보았다.

"어떻게?"

"이 권력이 내 것이 아니거든요!"

"뭐?"

유일상의 얼굴이 심하게 일그러졌다.

"저는 그냥 사람들 대신해서 이 자리에 온 겁니다. 그분들 억울하지 않게, 하고 싶은 거 대신 해드리러 온 거예요. 무거울 이유가 없죠. 아, 그렇다고 제가 이 일을 가볍게 본다는 건 아닙니다. 그냥, 제가 할 일은 원래 내 것이 아니었던 힘을 내가 아닌 사람들을 위해서 쓰는 것뿐이라는 뜻이죠."

"그렇게 간단하다고?"

"그렇게 간단하죠!"

유일상은 갑자기 술잔을 들어 한입에 털어 넣더니, 다시 새 잔을 주문했다.

"당신 같은 사람은 이해 못해. 가장 높은 곳에 서 있는 외로움을. 그리고 그 자리를 지키기 위해서 무슨 짓을 해야 하는지를…. 내 아버지가 무슨 말을 했는지 알아? 너는 대한민국 역사상 최초로 최연소 대통령이 되어야 해. 그러기 위해서는 무슨 짓이든 해야 된다! 당신 아버지가 인생은 실망으로 가득 차 있다고 했지? 그건 패배자의 소리야. 내 아버지는 이렇게 말씀하셨어. 목적을 위해서는 수단과 방법을 가리지 말라, 세상은 승자만 기억한다!"

"훌륭하신 아버지네요."

"그래요?"

"내 아버지가 아니라서 다행이지만…."

유일상이 코웃음을 쳤다.

"어차피. 아래에 있는 사람은 우리 기분을 몰라. 당신이 스테이크 맛을 모르듯이…."

"왜 모릅니까? 돼지고기 듬뿍 넣은 김치찌개하고 스테이크는 비교할 대상이 아니죠. 같은 단백질에 염분, 채소라도 맛은 김치찌개가 훨씬 더 좋죠. 김치찌개는 매일 먹어도 안 질리고 스테이크는, 글쎄요?"

"빈티 나긴."

"가난했기 때문에 지금 이 자리에 있는 겁니다. 제가 풍족했다면 저도 아마 다른 사람 목소리를 못 들었겠죠. 아니, 안 들었겠죠."

"네, 네. 그러시겠죠. 나중에 자서전에 쓰세요."

"어익후, 이젠 맞는 것도 즐겁네? 막 기대도 돼고."

유치한이 웃었다. 그 모습을 본 유일상도 자기도 모르게 따라 웃었다. 얼굴이 이상한 각도로 구겨졌다.

"웃는 모습 처음 봅니다. 하하!"

유치한의 말에 얼른 미소를 지웠다. 그런데 이런 것이 싫지 않았다. 이 사람은 자신과 근본적으로 다른 사람이지만 이상한 끌림 같은 것이 있었다. 계속 같이 있고 싶었다.

"저기…."

그때 유치한의 전화기가 울렸다.

"아, 실례합니다."

유치한이 전화를 받았다.

"네? 아! 보좌관님! 어디신데요? 저요? 와인바에 있죠. 뭐,

나는 이런 데 오면 안 돼?"

유치한은 보좌관과 통화하는 듯했다. 격의없는 모습이 어색했다.

"그래요? 김치찌개 집이요? 오케이! 딱 기다려요!"

전화를 끊은 유치한이 유일상에게 사과했다.

"죄송한데 먼저 일어나야겠습니다. 저희 팀, 오늘 회식이라네요."

"보좌관들하고 사석에서 만나요? 좀 거리 둬야 되는 거 아닌가?"

"같은 편인데요?"

그 말에 술이 확 깨는 느낌이었다. 저 인간은 나의 적이다!

유일상은 다시 왈칵 술을 입에 털어 넣었다.

유치한이 펜을 꺼내서 코스터에 뭔가를 적었다.

"예전에 제가 쓴 시예요. 한번 읽어보시죠. 싫으면 그냥 버리셔도 되고요. 그럼, 저는 빈티 나는 김치찌개 먹으러 갑니다."

계산을 마친 유치한은 씨익 웃어 보이고 밖으로 나가버렸다. 그 발걸음이 한없이 가벼워 보였다. 갑자기 혼자라는 외로움이 더 절실해졌다. 말없이 술만 마시던 유일상의 시선이 자꾸 유치한이 남겨둔 '시'로 향했다. 결국 그는 코스터를 집어

들었다.


아이는 높은 곳만 좋아한다.
낮은 곳에 가면 작아지기 때문에.
그래서 아이는 운다.
작아지기 싫다고.


유일상은 손으로 와락 코스터를 구겨버렸다. 분노와 수치
심으로 이를 악물었다.
"유치한, 다음은 너다!"

"여기까지가 현재 진행상황입니다."
신영규의 보고를 받고도 조용한은 별 반응이 없었다. 그럴
만했다.
"그러니까 모든 수사상황이 부검을 전제로 한 거로구먼."
"네. 맞습니다."
"하지만, 지금은 부검하기 어렵고."
"네. 맞습니다."

"하루만 지나면 박복덕 사체는 소각될 거고."

"네!"

"그렇게 되면 자네들이 세운 가설을 증명할 방법도 없는 거고."

"그렇습니다."

조용한 서장은 말없이 자신의 책상 위에 놓인 섬 모양의 자연석을 응시했다. 그 위에 낚시하는 노인의 모습에 집중하고 있었다. 어쩌면 그 작은 노인에 자신의 의식을 일체화함으로써 잠시나마 외딴 무인도에서 낚시하는 평화로움을 얻는지도 모른다.

"내가 경찰이 된 이유는 말이야."

그가 자연석에서 눈을 떼지 않은 채 말했다.

"세상을 정상으로 돌려놓고 싶어서였어."

처음 듣는 이야기에 신영규도 귀를 기울였다.

"내가 젊은 시절에는 모든 게 뒤죽박죽이었어. 한국이라는 나라는 그야말로 혼돈의 카오스였지. 선이 악이고, 악이 선이었어. 그런 현실이 너무 싫어서 경찰이 돼서 중심을 잡고 싶었지. 하지만 수십 년이 지난 지금도 별반, 달라진 게 없어."

한탄하는 것처럼 들렸다.

"자네들이 하는 방식은 옳아. 경찰이면 당연히 그렇게 수사해야지. 하지만 이번 사건은 변수가 너무 많아. 멍멍진창이야!"

'멍멍진창'은 조 서장이 예전부터 쓰던 말버릇이었다. 엉망진창 개판이라는 말을 멍멍진창이라고 표현했다. 그는 옛날부터 진지한 얼굴로 농담을 곧잘했다.

"박복덕, 부검 못 하면 사실상 수사종료야. 특별수사본부 간판 내리고, 야당 요구대로 특검으로 가겠지."

"그럴 겁니다."

"그런데도 자네는 태연하구만. 뭐, 숨겨둔 카드라도 있나?"

신영규가 피식 웃었다.

"길을 찾는 방법은 두 가지가 있답니다. 길이 나올 때까지 찾든지, 포기하고 집으로 가는 거죠."

"단순하면서 심오하군."

"그렇게 생각합니다. 그런데 여기에 숨은 뜻이 있더군요."

"숨은 뜻?"

"포기하고 집으로 간다. 우리 동양인들의 사고방식에 그 말은 패배, 혹은 낙오 같은 부정적인 단어와 연관됩니다. 하지만 서양인들의 사고방식에 이 말은 다른 해결책을 의미합니다."

"그래? 그런 의미가 있어?"

"집으로 돌아가는 것이 죽으러 가는 것도 아니고 세상이 끝나는 것도 아닙니다. 집에 가서 다른 방법을 찾아 다시 도전할 수 있다는 뜻이죠."

"흠. 우리하고 사고방식이 다르구먼."

"제가 드릴 말씀은 이것뿐입니다. 저는 계속 길을 찾을 겁니다."

"못 찾으면?"

"그럼 다른 길을 찾아봐야죠."

"그래. 알았어. 계속 수고하게."

"네. 그럼 가볼 곳이 있어서 이만 일어나겠습니다."

"그래? 수사에 관계된 거야?"

"그렇게 볼 수도 있습니다."

신영규가 옷 주름을 바로 잡으며 자리에서 일어났다.

"숨긴 카드를 만나려고요!"

---

동대문의 한 낡은 건물에 도착한 신영규는 곧장 덜덜거리는 엘리베이터를 패스하고 계단을 오르기 시작했다. 가려는 곳이 4층이라서 낮지도 높지도 않은, 걸어 올라가기에 애매한 층수였다. 하지만 평소 근력과 유산소 운동을 많이 하는 신영

규에게 이 정도 높이는 아무것도 아니었다. 그는 낡은 계단을 숨 한번 가빠하지 않고 단숨에 올라갔다. 4층에 도착하니 수많은 문 중 하나가 눈에 띄었다.

한국법의학자료연구소

문을 두드리니, 안에서 '들어오세요' 하는 소리가 들렸다.

신영규는 문을 열고 들어가며 산삼드링크를 앞으로 내밀었다.

"안녕하세요. 박사님!"

"오, 신 팀장. 아니지. 신 본부장인가? 어서 와요!"

오종환 교수가 반갑게 맞아주었다.

이곳은 그의 개인 연구소였다. 그는 평생 국과수와 대학에서 강의하며 모은 자료들을 이곳에서 디지털화하는 작업을 하고 있었다.

"뭐 하십니까?"

노교수는 컴퓨터 앞에서 열심히 숫자게임을 하고 있었다.

"이거 스도쿠야."

"아. 저도 해봤는데 중급 이상은 힘들던데요. 이건?"

"최고급 단계야."

"어려워 보이네요."

"요령이 다 있어. 칸마다 가능한 숫자들을 전부 기억하면 돼."

"그걸 전부 다요?"

"그렇지. 가능한 숫자들을 기억해두면 시간이 지나면서 후보군을 줄여나갈 수 있지. 그러다가 마지막에 하나만 남는 거야."

"그걸 다 기억하세요? 그 연세에 대단하십니다."

"그 연세라니? 내 비록 껍데기는 쪼글쪼글해도 두뇌만은 연분홍 18세야."

신영규가 피식 웃었다.

"웃는 모습. 보기 좋구먼. 마음속 짐을 좀 덜어냈나 봐?"

"네. 가볍습니다."

"그래. 마음속 갑옷을 벗어야 해. 사람들은 '나'를 보호하려고 두꺼운 갑옷을 입는데, 사실 제일 강한 건 바로 가식 없는 진짜 '나'야."

"이제 알 것 같습니다."

오종환 교수가 '뻥' 하고 산삼드링크의 뚜껑을 열고 한 모금을 마셨다.

"크으, 좋다! 벌써 건강해진 느낌이네."

이어서 두 모금만에 병을 비우고 쓰레기통에 던진 오 박사가 신영규에게 물었다.

"그래, 오늘은 무슨 일로?"

"네. 국과수 오염된 거 아십니까?"

"알다마다. 원장 부원장, 부검의들까지 싸그리 코로나 양성 떴잖아?"

"네. 그래서 지금 박복덕하고 강한남 부검을 못 합니다. 저희 수사가 막혔습니다."

"그래, 48시간 안에 사체 폐기하는 거? 알지."

"문제는 부검의들 중에서 이 부검을 하겠다는 사람이 없다는 겁니다. 혹시, 아시는 분 있으면 소개 좀 부탁드립니다."

"흠!"

오종환 교수가 턱을 만지며 생각에 잠겼다.

"안 되겠는데…."

"예?"

"부검의들, 아무래도 공무원들인데 처벌받을 수 있다고 하면 움직이기 어렵지."

"그렇죠? 아! 어렵네요. 그럼 어디서 찾으면 될까요?"

"찾기는 뭘 찾아? 그냥 내가 하면 되는데!"

오종환 박사는 당연하다는 투로 말했다.

"네?"

"난 은퇴해서 공무원도 아니고, 무서운 게 없어."

"박사님, 그래도….."

"됐고, 내가 뭘 하면 되나?"

국과수 서울지부 앞에는 수많은 취재진과 기자들이 몰려
와 있었다. 이제 대통령의 운명이 결정될 시간이 불과 몇 시간
밖에 남지 않았다. 국과수 건물이 폐쇄되었기 때문에 안으로
는 들어가지 못하고 모두가 건물 밖 입구 주변에 몰려 있었다.

마스크를 쓴 여성리포터가 국과수 건물을 배경으로 마이
크를 들고 멘트를 시작했다.

"이제 불과 5시간 후면 국과수서울지원 오염사건 발생일로
부터 48시간이 지나게 됩니다. 그럼 의료인 보호법에 따라 안
에 있는 박복덕 전 의원의 사체는 화장터로 보내져 화장하게

됩니다. 사실상 대통령의 무죄를 입증할 유일한 수단이 영원히 사라지는 겁니다.

지금 이곳, 국립과학수사원 서울지부 앞에는 수많은 취재진이 와 있습니다. 박복덕 전 의원의 사체가 이곳을 떠나는 순간을 취재하기 위해서입니다."

뭔가를 발견한 PD가 무선 이어폰으로 지시했다. 리포터는 바로 시선을 돌렸다.

"아! 말씀드린 순간, 여러 대의 자동차들이 몰려오고 있습니다. SWAT라고 쓰인 것을 보니, 경찰특공대 같은데요. 경찰특공대 차량이 은색 스포츠카를 호위해서 오고 있는 모습입니다!"

차량은 전부 다섯 대였다. 경찰특공대의 무장승합차 네 대가 앞뒤로 호위하고 그 가운데에 은색 포르쉐가 달리고 있었다. 한눈에 봐도 중요한 사람이 타고 있는 것 같았다. 건물을 지키던 경찰관이 놀란 표정으로 멈칫거리며 문을 열어주자, 차량들은 거침없이 안으로 밀려 들어갔다.

뭔가 하나라도 건져보려는 취재진들의 공격적인 플래시 세례를 지나, 차량의 행렬은 지하주차장으로 들어가서 모습을 감췄다.

뜻밖의 상황 발생에 기자들은 앞다투어 리포터 중계를 시작했다.

자동차들은 지하주차장에서 건물로 들어가는 문 앞에 멈춰 섰다. 방역복을 입고 그 앞을 지키던 경찰관이 손을 들어 그들을 제지했다.

"어디서 오셨습니까? 여기 못 들어갑니다!"

차 문이 열리며 중무장한 경찰특공대원들이 차에서 내렸다. 경비를 서던 경찰관이 그들의 모습에 압도당해 멍하니 입을 벌렸다. 은색 스포츠카의 문이 열리고 고급 양복 차림의 신영규와 바바리코트에 중절모를 쓴 김건이 차에서 내렸다. 모두 다 마스크를 쓰고 있었다.

"특별수사본부 신영규 본부장이다."

신영규를 본 경찰관이 몸을 펴며 거수경례를 했다.

"안녕하십니까!"

"문 열어!"

"안 됩니다!"

"뭐?"

"종료시간 전까지 아무도 들여보내지 말라고 명령하셨습니다."

"누가?"

"그게… 검찰총장님이 명령하셨습니다!"

"뭐? 검찰총장?"

김건이 신영규에게 눈짓했다. 신영규가 휴대폰을 꺼내서 통화버튼을 눌렀다.

"네! 지금 도착했습니다. 그런데 검찰에서 통제를 한답니다. 네? 직접 말씀하신다고요? 네!"

신영규가 경찰관에게 폰을 내밀었다.

"누구신데 저를…."

"법무부 장관이시다!"

"네?"

얼떨결에 전화기를 든 젊은 경찰관의 목소리가 떨렸다.

"충성! 일경 강태환입니다!"

"여보세요. 나, 법무부 장관인데요. 지금 이 사람들 들여보내세요!"

목소리의 주인공은 오영주 법무부 장관이었다. 젊은 경찰관은 몸을 더 쭉 뻗었다.

"네? 하지만 검찰 총장님이…."

수화기 너머로 '하!' 하고 비웃는 소리가 났다.

대통령이 임명한 검찰총장이지만, 오영주 법무부 장관과는 사이가 좋지 않았다. 검찰이 가진 수사권을 빼앗으려는 현

정부의 기조에 검찰은 노골적으로 반발하고 있었다.

"검찰총장? 거기는 법무부 소속 아니에요? 장관이 높아요? 총장이 높아요?"

"네! 장관님이 높습니다!"

젊은 경찰관이 즉시 대답했다.

"이 사람들 들여보내세요."

"하지만…."

"책임은 내가 집니다!"

"네 알겠습니다!"

경비를 서던 경찰관이 휴대폰을 신영규에게 돌려주고 바로 문 앞으로 달려가서 잠긴 문을 열어주었다. 신영규 일행이 안으로 들어가려 하자 경찰관이 다시 제지했다.

"또 뭐야?"

"여기는 오염됐던 건물이라서 들어가시면 무조건 격리해야 됩니다!"

"소독했잖아?"

"규칙이 그렇답니다!"

그때서야 상황을 깨닫고 그들은 한 발 뒤로 물러섰다.

"괜찮아! 여기서부터는 나 혼자 가지!"

차에서 내린 오종환 교수가 방역복을 점검하며 말했다.

"괜찮으시겠습니까?"

신영규가 걱정스러운 표정으로 물었다.

"괜찮지, 그럼. 여기서 평생을 살았는데."

"아니, 나중에 말입니다."

부검하러 들어가는 것이지만, 법에서 명시한, 증거물을 훼손하는 행위가 된다. 구속 사유다.

"급한 일 먼저, 생각은 나중에!"

오종환 박사가 웃으며 안으로 걸어들어갔다. 문을 열기 전, 뭔가가 생각난 듯, 다시 되돌아왔다.

"들어가기 전에, 한 가지 확실하게 해둘 게 있네."

"네. 뭡니까?"

"잘 알겠지만, 안에서는 방역복을 입고 움직여야 돼. 그래서 아까 말한 시체 두 구를 다 부검할 시간이 없을지도 몰라!"

"아!"

그 점을 미처 생각하지 못 했던 신영규가 미간을 찌푸렸다. 오종환 교수가 부검을 도와준다고 말했을 때, 너무 기뻐서 다른 것은 생각할 겨를이 없었다. 인간의 두뇌는 행복회로를 돌리기 시작하면 쉽게 현실을 망각한다.

"자네가 말한 대로 안에는 두 구의 시신이 있어. 박복덕과 강한남. 둘 중 누구를 먼저 부검해야 하는지, 말해주게!"

신영규가 미간을 찌푸리며 생각에 잠겼다.

"선배님!"

김건이 그의 옆으로 다가왔다.

"부탁입니다. 강한남을 먼저 부검해주세요!"

간곡한 부탁에 신영규의 주름이 더 깊어졌다.

"잘 아시잖아요? 박복덕 부검은 타박상과 자상에 의한 사인만 분석하면 됩니다. 하지만 강한남은 독물검사를 해야 해서 시간이 더 많이 필요해요. 장기 적출에 독성분검사까지 해야 됩니다. 나중에 하면 시간 안에 못 할 수도 있습니다!"

"안 돼!"

신영규가 잘라 말했다.

"대통령 사건이 먼저다! 전 국민이 지켜보고 있어!"

"저한테는 이 나라 전체보다 주희 씨 한 사람이 더 중요합니다!"

너무나 간곡한 눈빛에 신영규의 마음이 흔들렸다.

"부탁드릴게요. 적어도 강한남 사인분석만이라도 먼저…."

"안 돼!"

신영규가 더 단호하게 말했다.

"박사님, 박복덕을 먼저 부검해주세요!"

"그래. 알았네!"

오종환 교수가 고개를 끄덕였다.

"미안하다."

나지막이 사과하며 신영규가 몸을 돌렸다. 고개를 떨군 김건의 모습을 보기 힘들어서였다.

그때였다.

'끼이익!' 하며 다른 차 한 대가 지하주차장 안으로 들어왔다. 긴장한 경찰특공대원들이 차를 향해 총을 겨누었다. 차 안에는 방역복을 뒤집어 쓴 사람이 양손을 번쩍 들고 있었다.

"어? 저건?"

김건이 놀라서 소리쳤다. 신영규가 '괜찮아! 아는 사람이야!' 하고 외치자, 대원들이 총을 내렸다.

운전자가 조심스러운 동작으로 차 문을 열고 내렸다.

"주동산… 작가님!"

"소설가! 주동산입니다."

주동산이 방역복 안에서 말했다. 끊임없이 주입되는 공기 때문에 그의 방역복은 빵빵하게 부풀어 있었다.

"아니? 주군!"

오종환 박사도 주동산을 보고 반가워했다.

"교수님, 오랜만에 뵙습니다."

주동산이 허리를 구부리며 인사했지만, 부풀어 오른 방역복 탓에 풍선이 찌그러진 것처럼 보였다.

"두 분, 아시는 사이인가요?"

김건의 물음에 오 박사가 '그럼!' 하며 고개를 끄덕였다.

"내 제자였네."

"그래요?"

"저는 대학에서 병리학을 공부했습니다. 그때 은사가 바로
오종환 교수님이죠."

"병리학이라고 하셨나요? 그럼?"

김건이 기대를 거는 표정으로 물었다.

"맞습니다. 교수님을 도와서 부검하려고 왔습니다."

"아, 감사합니다! 정말…."

김건이 감격한 목소리로 말했다.

"하지만, 나중에 감옥에 갈지도 모르는데…."

"작가에게 경험은 가장 중요한 자산입니다. 감옥도 한 번
가볼 때가 됐죠."

주동산이 태평하게 대답했다.

"그리고, 제 형제가 깨어났을 때, 감옥 안인 걸 알면, 기절
하겠죠? 우흐흐흐."

주동산이 특유의 웃음소리를 내며 몸을 돌려 문 쪽으로
걸어갔다.

"아, 잘됐네. 이 친구가 도와주면, 부검. 두 건 다 할 수 있을 거야!"

"아! 감사합니다."

김건과 신영규가 동시에 머리를 숙였다. 신영규가 이렇게 머리를 숙이는 것을 본 적이 없던 김건은 깜짝 놀랐다.

손을 흔들며 오종환 교수와 주동산이 건물 안으로 들어갔다.

"교수님. 더 젊어지셨어요!"

"그래? 그냥 비비크림만 발랐는데."

문이 닫히고 두 사람은 안쪽으로 걸어갔다. 그리고 잠시 후에 모습이 사라졌다.

"대장님!"

신영규가 경찰특공대대장을 불렀다.

"네!"

"저희는 서로 돌아갑니다. 저 두 분이 안에서 부검을 하면 실시간으로 모니터링을 할 겁니다. 저분들 나올 때까지 여기 누구도 출입 못 하도록 지켜주세요."

"네. 알겠습니다!"

"다시 한 번 말씀드립니다. 이건 법무부장관 명령입니다. 부검 전까지 아무도 들어가면 안 됩니다!"

"네. 걱정 마십쇼!"

특공대장이 자신 있게 대답했다.

신영규가 은색 포르쉐로 걸어갔다.

"야. 건, 가자!"

주동산의 등장으로 김건에 대한 부담을 덜었다. 김건도 피식 웃으며 차에 올라탔다.

"그런데 왜 이 차를 타십니까?"

자리에 앉아 안전띠를 두르며 김건이 물었다.

"뭐? 이거 네가 타라고 했잖아! 기억 안 나나? 경찰은 포르쉐, 탐정은 폭스바겐이라면서?"

"제가요? 기억 안 납니다. 경찰은 아무래도 페라리죠. 아니면 두바이 경찰처럼 람볼기니…"

"닥쳐!"

신영규가 엑셀을 밟자 타이어가 요란한 소리를 내며 지면을 밀어냈다. 그리고 은색 화살처럼 스포츠카가 꽉 막힌 공간을 벗어나 밖으로 달려나갔다.


"연결됐습니다!"

김정호가 모니터를 가리켰다. 국과수의 부검실 내부가 화면에 잡혔다. 천정에 설치된 CCTV 화면이었다. 두 번째 모니터에 주동산이 설치한 카메라에서 잡은 근거리촬영 영상이 잡혔다. 화상회의 어플로 연결된 상태였다. 그 외에도 주동산은 자신의 머리에 액션카메라를 달았다. 그가 본 장면은 모두 카메라에 담기게 되는 각도였다.

신영규와 김건이 사무실로 돌아왔을 때, 다른 팀원들은 이미 모든 준비를 마친 상태였다.

주동산의 도움으로 오종환 박사도 빠르게 준비를 마쳤다.

금속으로 만들어진 부검대 위에 박복덕 의원의 사체가 놓여 있었다.

"2020년 4월23일, 박복덕 씨 부검 시작합니다."

방역복으로 단단히 무장한 오종환 박사와 주동산 작가가 박복덕의 시신 옆에 섰다.

오종환 박사가 환자에게 고개를 숙여 조의를 표했지만 주동산은 멀뚱히 서 있었다.

'죽으면 그냥 끝이다. 사후세계 따위는 없다.'라는 주동산의 평소지론 때문이었다.

'생각해보세요. 만약, 귀신이 있고 천국이나 지옥이 있다면 이 세상에 나쁜 짓 하는 사람이 어떻게 존재하겠습니까? 수많은 독재자와 살인자들이 천수를 누리다가 죽었습니다. 그들이 죽인 수많은 사람이 왜 귀신이 되어서 복수하지 않고 그

냥 살려뒀을까요?'

오종환 박사가 확대경을 들고 박복덕의 사체 앞으로 다가가서 사체 표면을 검사하기 시작했다.

"육십 대 중반, 남성. 지방이 많지만 다부진 몸매. 젊은 시절 운동으로 단련한 것으로 보인다. 명치 아래쪽에 자상, 아마도 이것이 사망원인으로 보인다. 복부, 배꼽 주변으로 다수의 멍자국. 이건 직접적인 사인은 아닌 것 같고. 주동산 군!"

오 박사의 부름에 주동산이 사체를 훑어보았다.

"말씀하신 대로입니다. 명치 아래쪽 자상이 치명상으로 보입니다."

"박복덕 의원의 사인은 확실한 것으로 보입니다. 그렇다면 전체 부검을 할 필요 없이 사인만 규명하면 됩니다. 그리고 박복덕 부검이 끝나는 대로 강한남 부검을 진행하겠습니다. 강한남 부검은 독성 유무와 사인을 규명해야 하기 때문에 시간이 더 많이 걸릴 겁니다. 그래서 우리 두 사람이 협력해서 순서대로 부검하기로 했습니다. 아, 그리고 미리 양해를 구하겠습니다. 제가 부검을 안 한 지 십 년이 넘었어요. 요즘 친구들 방식과 다를 수도 있어요. 하지만 가능한 한 스탠다드한 방식으로 부검하겠습니다."

말을 마친 오 박사가 박복덕 사체의 표면을 검사하기 시작했다.

"박복덕의 사인은 명확해 보입니다. 명치부근, 자상에 의한 출혈성 쇼크사. 흉기는 경찰이 제출한 칼. 이 칼로 자해를 했다고?"

"그렇습니다."

신영규가 대답했다.

오 박사는 특수한 길이측정기를 꺼내서 상처의 폭을 쟀다. 그것은 자와 여러 측정기가 혼합된 모습이었다.

"상처 폭 약 1센티미터."

이어서 상처 안으로 가는 측정기를 집어넣어 길이를 쟀다.

"상처 깊이 약 11센티미터."

옆에 있던 주동산이 차트에 기록한 다음, 비닐봉지에 들어 있는 증거물인 칼과 비교했다.

"상처의 폭과 길이, 증거물과 일치합니다."

이어서 오 교수는 사체의 팔을 자세히 검사했다.

"대통령이 팔을 잡고 넘어지면서 찔린 것으로 되어 있는데 팔 위쪽에는 손자국이 안 보이네요. 강한 힘이 가해진 건 아닌가 봅니다. 팔 아래쪽에는 약하지만, 손자국이 남아있네요. 밑에서 위로 힘을 줘서 잡았다는 뜻이죠."

이어서 상처 몸 이곳 저곳을 본 오 박사가 '응?' 하고 확대경을 찾았다.

"이상한 상처가 있어요! 직사각형 틀 속에 길쭉한 점 모양 흔적이네요. 이게 뭐지?"

오 박사의 말에 주동산이 카메라를 가져다가 자세히 확대해서 보여주었다.

긴 사각형의 흔적 속에 점 같은 자국이 한가운데에 나 있었다.

"마술칼 흔적입니다!"

김건이 외치며 인터넷에서 찾은 그림을 화면에 띄웠다. 마술도구 판매상의 광고였는데 칼날을 안으로 집어넣자, 사각형 틀 속에 날 끝이 숨은 모습이 되었다.

"그 상처 길이를 알 수 있을까요?"

"오케이!"

오 박사가 측정기로 사각형 틀의 길이를 쟀다.

"가로 폭 1.2센티미터, 세로 폭 0.4센티미터. 대략 칼날 길이와 비슷한데?"

김건이 주먹을 불끈 쥐었다. 그의 추리대로 마술용 트릭 칼일 가능성이 커졌다.

"그 상처 위치는요?"

"가장 최근 것으로 보이는 상처는 배꼽 바로 위예요. 이 상처는 죽기 직전에 생긴 것으로 보이네. 그런데…."

오 박사가 고개를 갸우뚱했다.

"여기, 비슷한 상처가 몇 개 더 있어요. 그런데 이것들은 이삼 일 전 것 같은데? 멍자국이 많이 아물었어."

"같은 상처가 여러 개 더 있다는 말인가요?"

주동산이 물었다.

"그래, 상처 부위가 전부 배꼽 주변이야. 수는 전부 6개. 적어도 죽기 하루나 이틀 전에 난 자국이야. 이게 무슨 뜻일까?"

"리허설을 했다!"

신영규가 중얼거렸다.

오종환 박사의 말대로라면 박복덕은 죽기 전에 마술칼로 몇 번이나 자기 배를 찌르며 연습을 한 것이다.

"아이고! 내가 정신이 없네!"

오 박사가 고개를 절레절레 흔들며 길이측정기를 집어 들어 다시 상처에 찔러넣었다. 아까처럼 11센티미터 부근에 측정기가 멈췄다.

"거기. 각도계 줘봐!"

"네!"

주동산이 각도계를 건네줬다.

"각도 125도?"

오 박사가 다시 고개를 갸우뚱했다.

"90도에서 35도나 더 내려갔다고? 이건 뭐지?"

그것을 본 주동산도 고개를 갸우뚱했다.

"이런 각도가 나올 수가 없는데?"

"그렇지? 뭐야 이거?"

그들의 모습을 보고 있던 김건도 '아!' 하고 자리에서 일어났다.

"뭐이가? 넘자."

"저건 대통령이 만들기 불가능한 상처야!"

김건이 볼펜을 들고 김정호를 불렀다.

"나를? 왜 또…."

김건이 김정호에게 양손을 볼펜을 들게 하고 끝을 배로 향하게 했다.

"이게 90도지?"

그리고 손으로 볼펜을 쥐고 위에서 아래로 눌러 내렸다.

"아야! 볼펜 심!"

김정호가 인상을 썼다. 배에 박힌 볼펜은 90도보다 안쪽으로 기울어졌다.

"인체 구조상, 위에서 아래로 찍으면 각도는 이렇게 돼. 그런데 저 상처는 이렇게 되어 있어!"

김건이 볼펜을 쥔 김정호의 양손을 안쪽 위쪽으로 꺾어 올렸다.

"야야! 손목! 손목!"

볼펜 심이 위로 향하면서 손목이 비틀렸다.

"그럼 이건 뭐야?"

"불가능한 각도."

"대통령하고 엉켜서 넘어진 건?"

복승아가 물었다.

"영상을 보면, 대통령은 위에서 내리찍는 팔을 붙잡아서 멈췄어요. 밑에서 위로 올린 거죠. 칼날은 계속 아래쪽을 향했고요. 거기서 손을 놨거나 넘어지면서 위에서 아래로 눌렀다면 칼날도 90도보다 안쪽으로 기울었을 겁니다."

김건의 말에 사무실 안에 잠시 침묵이 흘렀다. 신영규가 그 침묵을 깼다.

"이것으로 확실해졌다. 대통령은 박복덕을 죽이지 않았어!"

"살인은 다른 사람이 했다?"

"선 넘지 마라. 그건 다른 이야기야!"

김건의 말에 신영규가 선을 그었다.

"부검 시작합시다!"

표준절차대로 오 박사가 메스로 양쪽 어깨에서 치골까지 Y자형으로 절개했다. 생각보다 피가 많이 튀었다. 천천히 피부를 벗겨내고 늑골이 드러나자 오 박사가 주동산을 불렀다.

"여기 좀 잘라줘!"

"네!"

주동산이 전기톱을 이용해서 늑골과 연골을 제거했다. 그의 가운 위로 피와 뼈조각이 쏟아졌다. 젊은 사람이 힘쓰는 일을 도맡아 했기에 일의 진행이 수월했다. 깡말라 보이는 주동산이지만 완력이 상당했다.

"장기 적출 시작합니다."

오 박사가 내장이 드러난 사체 앞에 메스를 들고 섰다. 첫 번째 적출 장기는 심장이었다.

"심장!"

그것을 받아든 주동산이 준비된 접시에 올려놓았다.

이어서 폐, 간, 비장, 위, 신장, 췌장 순으로 장기가 적출됐다. 오 박사의 수술장갑이 피로 물들었다.

주동산은 각 장기의 무게를 재고 기록했다. 확대경을 들고 장기를 살펴보던 오 박사가 심장을 들어 올렸다.

"여기가 사인이야!"

그가 손으로 심장을 누르자 아래쪽에 뚫린 구멍에서 피가 주르륵 새어 나왔다. 주동산이 그 장면을 카메라에 담았다. 화면으로 그 모습을 본 김정호가 '우욱!' 하고 손으로 입을 가리며 고개를 돌렸다.

"밑에서 위로 찔러 올린 칼끝에 심장이 관통됐어. 즉사야!"

심장을 내려놓으며 오 박사가 주동산을 불렀다.

"이제 더 볼 것도 없어. 이건 정리하고 다음으로 넘어가자고!"

"네!"

"봉합은 자네한테 맡겨야겠네. 내가 눈이 잘 안 보여서."

"알겠습니다."

주동산은 검사가 끝난 장기들을 다시 차례로 뱃속에 넣고 봉합했다. 메스로 절개했던 피부를 원래대로 합쳐서 실로 봉합했다. 봉합이 끝나자, 박복덕의 몸에는 거대한 Y자만 남겨졌다.

오종환 박사가 고인의 사체를 향해 정중히 머리를 숙였다. 주동산은 멀뚱히 보고 있다가 돌아서서 다음 사체로 걸어 갔다.

다음 부검의 시작도 오종환 박사의 고인에 대한 인사와 묵념으로 시작되었다. 그가 고개를 숙이고 한동안 묵념을 하는 동안 주동산은 그저 멀뚱멀뚱 서 있었다.

"자, 시작하지."

오 박사가 강한남의 사체 앞으로 다가섰다. 그는 확대경을 들고 사체 표면을 검사하기 시작했다. 꼼꼼하고 세밀하게 이곳저곳을 살피는 모습이 주동산의 이마에 달린 캠에 의해 실시간으로 전달되었다.

"오십 대 초중반, 남성. 근육량이 많고 다부진 몸매. 손바닥과 주먹에 굳은살이 많은 것으로 보아, 운동, 특히 격투기로 단련한 것으로 보인다. 특별한 외상은 안 보이고, 이마에 있는 찰과상은 넘어지면서 생긴 것으로 보이는군. 주동산 군!"

오 박사의 부름에 주동산이 전신을 훑어보았다.

"말씀하신 대로입니다. 특별한 상처나 흔적은 없네요. 한 가지…."

강한남의 눈 부위를 살펴보던 주동산이 장갑 낀 손으로 그의 눈꺼풀을 뒤집어 보았다.

"눈 주변이 이상하게 충혈되어 있는데요?"

"그래?"

오종환 박사도 확대경으로 강한남의 눈 부위를 살펴보았다.

"그렇군. 이건 단순한 충혈이 아니야. 아무래도 약물 때문에 혈관이 파열된 것 같은데?"

"그런 것 같습니다."

"이상하네. 식도 주변이 아니고 왜 눈이지?"

"이 사람은 독살당한 것으로 의심받고 있었죠."

"뭐, 부검해 보면 알겠지. 바로 시작하자고."

"네."

두 사람은 두 번째 부검을 시작했다. 모니터로 그들의 모습을 지켜보고 있던 김건은 초조함을 감출 수가 없었다. 여기서 반드시 소주희의 무죄가 입증되어야 한다. 아니면 소주희는 평생 살인자라는 누명을 쓰고 살아야 한다. 천직인 요리사의 길도 포기해야 할 것이다. 그래선지 김건의 시선 역시 그들과 함께 강한남의 사체에 단단히 고정되어 있었다.


밖에서는 경찰특공대가 입구를 지키고 있었다. 아무 예고도 없이 검은색 승용차가 조용히 안으로 들어왔다.

"정지!"

총을 든 특공대원이 차량을 멈춰 세웠다.

멈춰선 차량의 코팅된 창문이 스르르 열렸다.

"검찰인데, 여기 뭐야?"

조폭처럼 인상이 안 좋은 남자가 반말을 지껄였다.

빈정이 상한 특공대원이 옆에 서 있던 동료를 불렀다.

"야! 막내야!."

"넵!"

부름을 받고 가장 어려 보이는 특공대원이 달려왔다.

"여기 안내 좀 해드려라!"

막내가 검은 차의 운전자에게 다가갔다.

"어디서 오셨습니까?"

"어디긴? 씨X, 검찰이라고!"

"씨X, 검찰 어디?"

막내 특공대원도 바로 말을 놨다. 이 친구는 요즘 세대답게 선배들이 종잡을 수 없는 세계관의 소유자였다.

"아니, 이거 어이가 없네? 야! 너희 누구 허락받고 여기 있는 거야?"

"너는 누구 허락받고 여기 있는데?"

"아니. 이 새끼가 지금 장난치나?"

남자가 차 문을 열고 밖으로 내렸다.

"너희 책임자 누구야? 빨리 안 튀어와?"

"너희 책임자는 누구야? 빨리 안 튀어와?"

한 마디도 지지 않는 막내 때문에 남자는 충격을 받은 모습이었다.

"아니 그런데 이게 진짜…"

"어디서 오셨습니까?"

특공대장이 천천히 걸어왔다.

"검찰총장님 명령으로 왔는데, 당신들은 여기 누가 보낸 거야?"

"법무부 장관님 명령입니다."

"아, 진짜!"

검찰수사관이 헛웃음을 쳤다.

"알았어. 알았으니까, 다들 가쇼! 우리 일 해야 돼!"

"여기는 우리가 있으니까 너희들이 가쇼!"

막내가 받아쳤다.

"뭐? 아, 이 싹아지가?"

"가는 싹아지가 좋아야 오는 싹아지가 좋지! 씨!"

"아니 이 새끼가?"

화가 난 남자가 막내에게 바짝 다가섰다. 막내도 지지 않고 오히려 한 걸음 다가왔다. 몸 앞에 기관총을 양손으로 꽉 쥔 채였다.

그 모습을 보고 남자가 주춤했다.

"자자, 그만합시다!"

차 문이 열리며 뒷좌석에서 안경 쓴 남자 하나가 내렸다.

"특수부 양철승 검사예요. 자. 박 수사관, 그만해. 같은 나랏일 하는 사람끼리 뭐 하는 거야? 오케이?"

양철승 검사라고 자신을 소개한 남자가 빙글빙글 웃으며 대장에게 다가왔다.

"자, 우리 고위공직자 수사하는 팀이에요. 우리는 지금 대통령 비리 수사 중인데, 여기서 이렇게 막고 있으면 곤란하지. 좀 비켜주시고. 이제 시간 되면 안에 시신 화장시켜야 해요. 그게 법이니까. 오케이?"

"저희는 법무부 장관님 명령으로 와 있습니다. 시간 전까지 아무도 못 들어갑니다."

"아니, 그러니까. 우리가 지킨다니까? 우리가 상급기관인데 말 들어야지?"

"검찰도 법무부 산하면 법무부 장관 명령을 들어야죠!"

"아, 이거 참! 잘 들어요. 우리는 검찰총장 명령으로 온 거야. 행정부와 사법부는 삼권분립의 원칙에 의해 분리되어 있어요. 법무부 장관은 행정부, 우리는 사법부. 오케이?"

"아, 소속이 다르다, 이거네? 그럼 힘센 사람이 장땡이네. 오케이?"

막내가 무지성으로 끼어들었다.

"뭐?"

양철승 검사가 인상을 찌푸렸다.

"하, 나 진짜 뭐 이런…."

수사관들도 어이없어 했지만 특공대대장은 태연하기만 했다.

"저희는 명령대로 합니다. 억울하면 정식으로 민원제기 하세요."

그러고는 큰 소리로 말했다.

"막내야! 손님 가신다!"

"이게 진짜!"

"됐어, 됐어. 일단 가!"

흥분한 수사관들을 추스르며 양철승 검사가 차에 올랐다.

"아, 저 대책 없는 새끼들!"

화가 난 검사팀이 탄 승용차가 거칠게 주차장을 빠져나갔다. 막내가 그 모습을 지켜보며 살짝 가운데 손가락을 올려세워 경례했다.

"충성!"


오 박사와 주동산은 사체의 대흉부를 Y자로 절개한 뒤에 늑골과 연골을 제거하고 차례로 장기를 적출했다. 장기들을 따로 분류해서 하나씩 검사하기 시작했다.

"중독사이니 만큼, 가장 중요한 부분은 위하고 간이지."

오 박사가 간에 주사기를 꽂아 혈액을 채취했다.

이어서 위를 절개하고 위장의 내용물을 트레이에 쏟아냈다. 마스크를 쓰고 방역복까지 입었지만 시큼한 냄새에 주동산이 몸을 뒤로 젖혔다. 하지만 오종환 박사는 태연하게 막대기로 내용물을 뒤적이며 내용물을 분석했다.

"위의 내용물은 떡볶이와 라면, 김밥 등 분식. 소화가 진행 중인 걸로 봐서 사망 전 세, 네 시간 전에 섭취한 걸로 보입니다. 그리고 가장 위에 있는 것은 사망 직전 먹었다는 샐러드. 지금부터 이 샐러드의 일부를 채취해서 독이 있는지 없는지 유무를 체크합니다."

오 박사는 샐러드 조각들을 잘라서 스텐리스 접시 위에 올렸다. 혈액과 위 내용물은 이곳에서 분석할 수 없기에 국과수 본원으로 가져가서 검사하기로 했다.

"자, 분석자료는 끝났고, 이제 제일 어려운 거야."

오 박사가 허리를 펴며 흘끗 시계를 보았다.


"이제 얼마나 남았지?"

"두 시간이 안 됩니다."

"그 안에 다 할 수 있나?"

"잘 모르겠습니다. 해봐야죠?"

오종환 박사가 이리저리 허리를 움직여 스트레칭을 했다.

"피곤하구먼. 예전에는 그냥저냥 했었는데 이젠 몸이 안 따라주네."

"아닙니다. 여전히 교과서적으로 잘하십니다."

"나이는 못 속여. 아무리 전문가라도 현장 떠나면 그냥 일개 촌부가 되는 거야."

"그냥 촌부가 아니라, 실력 있는 촌부십니다."


아부 같은 것은 못할 줄 알았던 주동산의 말에 김건은 조금 놀랐다. 하지만 그것이 아부가 아니라 진심에서 나오는 존경심의 발로라는 것을 금방 알아차렸다.

부검시간이 길어질수록 그들의 가운에 묻은 피와 뼈조각도 더 많아졌다.

가운이 피로 물들수록 피로감도 심해졌다.

이마에 계속 땀이 흘러 눈이 따가워도 방역복 때문에 닦을 수도 없었다.

주동산은 허리에 찬 에어컴프레셔의 압력을 높였다. 시원한 바람이 돌았다.

오종환 박사는 그냥 입으로 바람을 불어 올렸다

준비를 마친 두 사람이 다시 부검대 앞에 섰다.

"자, 이제 머리를 부검합니다."

메스를 든 오종환 교수가 망설임도 없이 왼쪽 귀에서 머리 위쪽으로 절개하기 시작했다. 깔끔한 솜씨에 주동산도 눈을 떼지 못했다. 양쪽 귀 위쪽을 절개한 뒤에 피부와 근육을 벗겨내자, 두개골이 드러났다.

"제가 하겠습니다."

주동산이 전기톱을 들었다. 부검의들은 유족들이 밖에서 대기하는 상태에서는 전기톱 사용을 꺼린다. 전기톱으로 뼈를 잘라내는 소리가 유족들의 신경을 건드릴 수도 있기 때문이었다. 하지만 지금은 촌각을 다투는 중이었기에 가장 빠른 전기톱을 켰다.

'위이잉' 하는 소음이 '카가각' 하는 뼈에 부딪히는 소음과 뒤섞였다. 주동산은 조심해서 최대한 시신에 충격을 주지 않으려고 노력했다. 두개골을 잘못 다루면 그것으로 인해 판단에 착오를 줄 수도 있기 때문이었다. 뼈조각 등의 이물질의 유입을 최대한 막아야 한다.

"다 됐습니다."

전기톱을 멈춘 주동산이 물러나자, 오 박사가 두개골을 열었다. 물컹하는 느낌의 뇌와 뇌수가 쏟아져 나왔다. 주동산이 수습을 도왔다. 두 사람은 뇌에 연결된 혈관과 신경 다발 등을 절단한 다음, 스텐리스 접시에 올렸다. 죽은 지 하루밖에 안 지났지만 이미 신경들은 회색으로 변해가고 있었다.

"지금 주목할 것은 피해자의 시신경입니다."

오종환 박사는 눈과 연결된 시신경, 혈관 등을 검사했다. 그 모습이 주동산의 카메라에 자세히 담겼다.

"여기, 이 안쪽 시신경을 보면 다발성 혈관파열의 흔적이 보이네요. 범인이 피해자의 눈을 통해 독을 주입한 것으로 보입니다."


그 말을 들은 김건이 두 주먹을 머리 위로 올렸다.

"됐어요! 음식이 아니라 안약으로 독을 넣었다면 주희 씨 혐의는 풀릴 거예요!"

"잘 됐다야!"

"축하해요."

김정호와 복승아도 축하해주었다.

"아직 속단하지 마!"

신영규가 날카롭게 쏘아붙였다.

"네? 결과가 나왔잖아요? 눈으로 들어갔다고…."

하지만 신영규는 김건을 무시하고 오 박사에게 물었다.

"박사님. 식도하고 위에는 출혈 반응이 없습니까?"

"잠깐만…."

오종환 박사가 다시 시신의 식도와 위를 검사했다.

"있어. 식도와 위에도 독물성 출혈 반응이 있네."

"뭐라고요?"

김건이 벌떡 일어났다.

"눈 쪽 혈관이 파열됐잖아요. 그런데 어떻게?"

"안약이다!"

"아!"

김건도 알아차리고 신음했다.

"비강(鼻腔)을 통해서 식도를 타고 위로 내려갔다!"

"알다시피, 이 독은 아주 강력해. 소량이라도 몸에 순식간에 퍼졌어."

오 박사가 말했다.

"시간이 있다면 좀 더 자세히 검사하겠지만 지금은 이게 한계야."

"수고하셨습니다."

신영규가 담담하게 말했다.

"박사님 덕분에 진짜 범인을 잡을 수 있게 됐습니다."

"도움이 됐다니 기쁘군!"

각각의 장기에 검사용 조직을 모아 정리를 마친 주동산이 큰 플라스틱 용기에 조심스럽게 옮겨 담았다.

각 용기에 '박복덕' '강한남'의 이름표가 붙어 있었다. 이제 이 검사용 샘플을 외부에 대기하고 있는 사람에게 전달해주면 된다.

"자, 이제 정리하지!"

"네!"

주동산은 오 박사를 도와 장기들을 하나하나 다시 시신의 몸에 넣었다.

"봉합을 좀 해주겠나?"

"예!"

그리고 피부를 다시 모아서 봉합했다.

마지막으로 뇌와 두개골을 넣고 머리 피부를 봉합했다.

부검의들은 유족이 대기하고 있는 경우에는 봉합된 자국을 가리기 위해 머리에 두건을 씌워주는 등 여러 가지 노력을 한다. 하지만 지금은 전염병에 감염된 사체라 곧바로 화장터로 갈 예정이라서 그런 것은 필요가 없었다.

신영규의 휴대폰이 울렸다. 경찰특공대 대장이었다.

"법무부 직원들이 와 있습니다. 어떻게 할까요?"

"부검 끝났어요. 들여보내셔도 됩니다."

시신을 수습하니 이제 시간은 겨우 십 분을 남긴 상태였다.

부검실 밖에 법무부 직원들이 와 있었다.

늙은 오 박사가 의자에 털썩 주저앉았다. 젊은 주동산도 옆 자리에 묵직한 엉덩이를 떨어뜨렸다.

"감사합니다. 교수님!"

"뭐가?"

"오늘, 큰 공부가 됐습니다."

"뭘, 옛날만 못한데."

"부검보다도 이런 일을 선뜻하신 용기 말입니다. 보통 사람 은 못할 겁니다."

"용기? 그런 거 없네."

"그럼 뭡니까?"

"그냥 내가 할 수 있는 일이니까 한 거야. 내가 할 수 없는 일이면 못했겠지."

"그게 바로 용기의 정의입니다. 지금 이 순간 내가 할 수 있 는 일을 한다!"

"역시, 소설가는 다르구먼. 허허!"

벽시계를 본 오종환 박사가 몸을 일으켰다.

"이제 시간이 됐네. 그만 가세나."

"네!"

늙은 교수가 몸을 일으키며 주먹으로 허리를 두들겼다.

주동산도 몸을 일으켰다.

정시가 되자 방역복을 법무부 직원들이 건물 안으로 들어왔다. 주동산은 그들에게 국과수 본원으로 옮길 샘플을 건네주었다. 다른 사람들이 시신을 사체낭에 넣고 이동 침대에 옮겨 실었다.

방역 요원들과 함께 오종환 박사와 주동산이 밖으로 나왔다. 밖에는 세 대의 구급차가 서 있었다. 시신을 싣고 화장터로 갈 차량과 두 사람을 각각 태워 격리수용 할 장소로 옮길 차량 두 대였다.

차에 타기 전 주동산이 '교수님!' 하고 불렀다. 늙은 교수가 돌아보았다.

"함께해서 영광이었습니다."

주동산이 정중하게 머리를 숙였다.

"나도 영광이었네. 나중에 보세!"

노 교수도 가볍게 머리를 숙였다.

두 사람이 차에 오르고 앰블런스가 출발했다.

그 두 대의 차량을 경찰특공대 차량이 앞뒤로 호위했다.

"안녕하십니까? KTN 9시 뉴스입니다. 우여곡절 끝에 국회에서 대통령연설 도중 사망한 박복덕 의원, 전 의원이죠. 박복덕 전 의원의 부검이 끝났습니다. 우선 관련 자료 보시겠습니다."

TV 화면에 부검 중인 오종환 박사와 주동산의 모습이 나타났다.

"네. 부검결과를 놓고 두 분 패널 모셨습니다. 프로파일러이신 표상호 전 민주당 의원님 나오셨습니다."

"안녕하세요."

"그리고 우천대 교수이신 이만원 교수님 나오셨습니다."

"네. 안녕하세요."

"지금 부검결과를 보셨는데요. 어떻게 평가하십니까?"

질문을 받은 전직 여당 의원이 대답했다.

"한마디로 대통령이 무죄가 되었다는 증거입니다."

"저는 오히려 그 반대라고 봅니다."

교수가 끼어들었다. 처음부터 거친 신경전이 시작되었다.

"저희가 부검결과에 따라서 시뮬레이션 화면을 만들어봤습니다."

앵커의 멘트 후 화면에 당시 상황을 설명하는 시뮬레이션 화면이 나왔다.

"어떻게 보셨는지요?"

"역시, 부검결과대로 포인트는 칼날의 방향입니다. 칼끝이 위쪽으로 45도 이상 꺾여서 심장을 찔렀습니다. 이것은 절대 혼자 힘으로는 찌를 수 없는 각도입니다."

"우리가 간과하고 있는 게 있습니다. 대통령은 공수부대 출신입니다. 살인기술에 능한 사람이라고 봐야 합니다."

"거기 보낸 게 누굽니까? 민주화운동했다고 독재정권에서 강제로 보낸 거 아닙니까? 이제 와서 무슨 소리예요?"

"국민통합당은 과거 군사정권과 다른 당입니다. 같은 취급 하지 마세요."

"그 당에서 이름만 바꾼 거잖아요? 뭘 아닌 척해요? 꼬리 자르기 합니까?"

"자, 두 분의 대화가 좀 격해지셨는데요. 본 주제에 대해서 만 이야기해주시기 바랍니다."

두 사람의 감정이 격해지기 직전 아나운서가 끼어들었다.

하지만 두 사람의 감정은 쉽게 진정되지 않았다.

"부검이 끝났군요."

피 묻은 칼을 물에 씻어내면서 샘이 말했다. 그 피는 물고기의 것이 아니었다.

"그렇군."

"아쉽게 됐네요."

"뭐가 말인가?"

"대통령을 함정에 빠뜨려서 한국을 재앙에 빠뜨리는 것이 이번 미션의 목표 아닌가요?"

"그렇지."

"하지만 부검을 하면 모든 것이 끝난 것 아닙니까?"

오레온이 고개를 숙이고 낮게 '흐흐흐' 하고 웃었다. 그 모습에 샘이 고개를 저었다.

"박사님답지 않으십니다. 그냥 실패를 인정하시고 K목사님께 그대로 보고하시죠?"

웃음소리가 점점 커졌다. 주변 갈대숲에 있는 새들이 놀라서 '푸드득' 날아 올랐다.

"미안하네. 자네 말이 맞아. 계획은 실패했지."

그러면서도 오레온은 웃음을 참지 못하고 끅끅거렸다.

"박사님! 대체?"

영문을 모르는 샘이 갑자기 두 눈을 동그랗게 떴다.

"이게 다가 아니군요! 저 뒤에 뭐가 있는 거죠?"

오레온이 웃으며 박수를 쳤다.

"이런 것이 바로 일반화의 오류지. 너무나 뻔해 보여서 부검만 마치면, 그 결과로 얼마든지 진범을 잡을 수 있다고 생각하는 것 말이야. 하지만 생각해보게. 이 나라는 공정한 나라가 아니야. 권력과 법조계의 부패는 일반인의 상상을 초월한다네. 보게! 이 나라에서 특권층 자제가 잘못을 저지르고도 처벌을 받는 경우가 얼마나 되나? 이민 가방 가득 마약을 들고 와도 집행유예, 성폭행을 해도 훈방조치야. 더 대단한 건, 이 나라 국민들의 의식이야. 그들은 집권층에 저항하지 않아! 기껏해야 기사 댓글창에 악플을 다는 정도지. 즉, 이 나라는 지배계층이나 피지배계층이나 모두 부조리에 너무나도 익숙해져 있네!"

"그 말씀은 잘 알겠습니다. 제가 이 나라를 떠난 이유도 바로 그것 때문이니까요. 권력층의 부패가 문제가 아니라 그것을 너무도 당연시해버리는 일반인들의 인식이 더 문제죠. 하지만 부검을 해서 나온 결과는 명확한 사실 아닙니까? 그것까지 부정할 수는 없을 텐데요."

"과연 그럴까? 이 나라 사람들은 보고 싶은 것만 본다네. 믿고 싶은 것만 믿고. 그런 대다수의 사람에게 과연 명확한 사실이 통할까? 예를 들어, 과학이 신이 존재하지 않는다는 사실을 증명하면, 이 세상의 목사와 교인들이 모두 교회 문을 닫고 집으로 돌아갈까? 천만에. 그들은 애써서 사실을 부정하고 현실을 무시할 거야. 왜 그런지 아나?"

"글쎄요?"

"그편이 더 이익이니까!"

너무 웃어서 눈에 고인 눈물을 닦아내며 오레온이 한숨을 쉬었다.

"잘 보게. 어쩌면 진짜 드라마는 지금부터 시작될 테니!"

"저는 잘 이해가 안 됩니다."

샘이 의아한 표정으로 말했다.

"하지만 박사님을 믿어 보죠."

그러면서 그는 다시 의자에 엉덩이를 걸쳤다. 오레온이 피 묻은 살덩이를 낚시바늘에 꿰었다. 자세히 보니 그것은 사람 손가락이었다. 그는 낚시를 강물로 던져 넣었다. 두 사람은 말 없이 낚시에 열중했다.

대통령을 탄핵하라는 시위가 갑자기 사라졌다. 청와대 집무실로 들어선 이강산 대통령은 오랜만에 소음이 없는 아침을 맞이했다.

"믿을 수가 없군. 아무 일도 없었던 것 같아!"

"정말 그렇습니다."

비서실장이 커피 두 잔을 들고 들어왔다.

대통령이 모닝커피를 마시며 미소를 지었다. 새소리와 함께 맞이하는 아침이 더욱 각별했다.

"북소리와 고함으로 만들어내는 인간의 소리가 얼마나 끔찍한지 알겠네."

"분쟁은 언제나 우리 인간들이 만드는 거죠."

"그렇지. 언제나 인간이 문제야."

창밖에 펼쳐진 푸른 하늘만큼이나 마음이 가벼웠다.

"유치한 의원이 맞았어요. 특별수사본부 사람들이 정말 잘해줬네요."

비서실장이 기쁨을 감추지 못하고 싱글벙글 웃고 있었다. 하지만 대통령의 표정은 굳어 있었다.

"무슨 걱정이라도 있으십니까?"

"부검의 두 분, 그분들은 어떻게 되나요?"

"아! 그분들요."

비서실장이 조금 망설이다 대답했다.

"우선 2주 동안 격리될 겁니다. 두 분 중에 연세가 많은 오종환 박사님은 불행히도 코로나에 걸려서 지금 격리병동에 입원했답니다."

"그래요? 이거 참."

대통령의 표정이 입을 굳게 다물었다.

"야당과 보수단체 쪽에서 그 부검의 두 명을 고발했습니다. 격리에서 해제되면 아마도⋯."

"그렇겠지."

이강산 대통령은 갑자기 커피가 쓰게 느껴졌다. 자신을 위해서 위험을 무릅쓴 사람들이 앞으로 시달릴 것을 생각하니 마음이 무거웠다.

커피잔을 내려놓고 다시 창밖을 주시했다. 봉하마을 뒷산에서 봤던 것과 같은 하늘이 펼쳐져 있었다. 대통령이 되는 것보다 저 하늘 아래서 강아지를 끌고 뒷산을 산책하고, 아내가 만들어준 잔치국수를 먹으며 평범한 나날을 보내고 싶었다. 국민을 위해 대통령이 되었지만, 그 국민들에게 미움을 받는 현실이 몹시 고달팠다.

"우리가 할 수 있는 한 도와드려요."

"예."

비서실장이 대답했다. 창밖을 보는 대통령의 뒷모습이 유독 쓸쓸해 보였다.

―⸎⸎―

"자, 여길 보시면…."

김정호가 시뮬레이션 프로그램으로 대통령 사건 당시의 상황을 재현하고 있었다. 옆에 있는 다른 모니터에서는 실제 화면이 나오고 있었다.

"박복덕은 칼을 양손으로 잡고 위에서 아래로 내립니다. 대통령은 그 팔을 붙잡아서 밑에서 위로 올리며 찌르지 못하게 막았죠. 자 여기를 보세요."

다음 화면은 대통령이 경호원에게 밀려서 앞으로 넘어지는 장면이 나왔다.

"앞으로 넘어지면서 위에서 아래로 내려오던 박복덕의 팔을 저지하던 힘이, 앞으로 작용하게 됩니다."

화면에는 대통령 모델의 손이 향하는 힘의 방향이 표시되었다. 위를 향하던 힘이 앞으로, 박복덕의 몸쪽으로 향했다.

"자, 이때 박복덕의 칼날 방향을 잘 보세요!"

대통령이 넘어지기 직전, 박복덕의 칼은 아래를 향하고 있었다.

"분명히 아래를 향하고 있습니다. 대통령이 넘어지면서 힘은 앞쪽, 아래쪽 대각선 방향으로 작용하게 됩니다. 그런데 부검에서 칼날 방향은 위로 향해서 심장을 찔렀다고 했죠."

시뮬레이션 화면이 힘의 작용과 칼날의 방향이 반대임을 화살표를 통해 보여주었다.

"넘어지기 직전, 이미 박복덕의 칼은 명치 아래에 있었습니다. 이 칼로 심장을 찌르려면 내렸던 팔을 다시 들어 올리고, 동시에 손목을 꺾어야 가능합니다. 이렇게 짧은 시간에 불가능하죠!"

모든 팀원이 김정호의 프리젠테이션에 주목하고 있었다.

"결론은 이렇습니다. 당시, 대통령은 박복덕 의원의 심장을 찌를 수 없었다!"

김정호가 자랑스러운 표정으로 마무리를 했다. 시뮬레이션을 쓰자, 수사 회의에서 김정호의 주장에 더 힘이 실렸다.

"잘했다. 완벽했어! 이 자료, 법정에서 필요할지 모르니까 잘 챙기고."

완벽하다는 신영규의 칭찬에, 김정호가 울컥해서 돌아서

서 눈물을 훔쳤다. 오랜 세월 고생한 것을 인정받은 것 같아서 감정이 북받쳤다.

"뭐야? 또 울어?"

복숭아가 놀리자, '아니야 울긴….' 하며 팽 하고 코를 풀었다.

"부검결과가 나왔기 때문에 대통령이 살인자가 아니라는 증거는 나왔다. 하지만 이게 다가 아니야. 대통령의 적들은 분명히 다른 핑계를 대서 대통령의 이미지를 망치려고 할 거야."

"그렇겠죠.."

"그럼 어떻게 해야 될까요?"

형사들의 물음에 신영규가 '쯧' 하고 혀를 찼다.

"당연히 진범을 잡아야지!"

오랜만의 호통에 조금 전까지 우쭐했던 마음이 단번에 날아가버렸다.

"잘 봐. 박복덕은 단상 위에서는 살아있었다. 칼에 찔린 척했지만 그건 무대용 가짜 칼이었어. 그리고 무대 아래로 떨어진 다음, 죽었다!"

신영규가 당시의 동영상 화면을 가리키며 말했다.

"즉, 진범은 바로 이 사람들 중에 있다는 뜻이다!"

화면이 정지되면서 박복덕의 몸을 받기 직전의 사람들 모습이 보였다.

"지금부터 여기 있는 사람들, 집중관리한다. 전부 다 신상 털고 현 소재지 파악, 당일 행적파악, 나눠서 진행해!"

"네!"

"넵!"

대답과 함께 두 형사가 바로 몸을 움직였다.

김건이 신영규에게 다가갔다.

"선배님. 검사결과, 나왔습니까?"

조심스럽게 묻는 김건을 보는 신영규의 표정이 밝지 않았다.

"결과는 나왔다!"

잠시 뜸을 들이던 신영규가 서류봉투에서 결과지를 꺼내서 건네주었다.

"식도, 위, 위 안의 음식물, 모두에서 독이 검출됐다."

서류를 받아든 김건의 양손이 떨리고 있었다.

"예상대로야. 독은 눈을 통해서 강한남 몸에 들어간 것이 사실이야. 하지만 비강을 통해서 식도를 타고 위로 내려갔다. 눈을 통해서 독을 넣은 건 기발한 발상이야. 인체구조를 잘 알고 살인에 이용했어. 소주희가 힘들게 됐어."

"그럼 이제 방법이 없나요? 적어도 집에서 조사받도록 풀어줄 수는 있잖아요?"

"벌써 오유령한테 결과지 보냈다. 나중에 만나보지!"

"선배님!"

김건이 심각한 표정으로 말했다.

"말씀드린 것처럼, 저는 대통령이 어떻게 되건 상관없습니다. 저한테는 주희 씨 안전이 최우선이에요. 선배님은 저한테 두 사건을 같이 맡게 해주겠다고 약속했었지만, 약속을 못 지켰습니다."

"그건…"

"압니다. 정치적인 배경이 깔린 것. 하지만 저는 그때나 지금이나 주희 씨만 생각하면서 움직일 겁니다."

신영규는 김건의 표정이 이전처럼 로봇 같지 않아서 다행이라는 생각이 들었다. 비록 화를 내고 있지만, 예전 동료의 모습이어서 좋았다. 같이 화를 낼 수 없는 게 유감이었다.

"저는 대통령 사건을 포기할지도 모릅니다."

"아직은 포기하지 마라!"

신영규가 빙글 몸을 돌려 사무실을 나섰다.

"먼저 길을 찾아봐야지!"

김건은 입술을 굳게 닫은 채 선배의 뒷모습만 보고 있었다.

김정호가 다가와서 어깨를 툭 쳤다.

"야, 님자. 너무 그러지 말라!"

"웅? 뭘?"

"넌 모르갔지만, 팀장님, 틈만 나면 주희 씨 나오는 방송영
상 보고 있어. 아주, 대통령 사건이 아니라 주희 씨 사건 전담
하는 것 같아!"

생각지도 못했던 말에 깜짝 놀랐다.

"너도 그렇고 팀장님도 그렇고, 갑자기 바뀌니까 정신을 못
차리갔어야. 대체 어떤 모습이 진짜인 거니?"

그 질문에 김건은 쉽게 대답하지 못했다.

"나도 모르겠다. 어떤 게 진짜인지….."

오유령은 지역 경찰서 로비에서 기자와 마주 앉아 있었다.
카메라맨이 그들의 모습을 쉴 틈 없이 찍어대고 있었다. 오유
령은 자신감 넘치는 전문고위직 여성의 이미지를 주기 위해
서 최대한 노력했다.

"물론, 남성들 틈에서 유일한 여성 팀장으로서 고충이 많
습니다. 하지만 최선을 다해서 맡은 바 임무를 해나가고 있습

니다. 여성도 할 수 있다는 걸 증명하려고 노력합니다."

"유일한 여성팀장이라고 하셨는데요, 강력계에 여성 경관이 적나요?"

"적죠! 거의 없다고 보는 것이 맞습니다. 여성들은 일단 힘든 업무에 지원을 잘 안 합니다. 대부분 내근직을 원하죠. 물론, 남성 위주로 세팅되어 있는 지금 시스템에서 여성이 현장에서 버티기 어려운 건 사실입니다. 하지만 저는 여성들에게 새롭게 도전할 것을 권하고 싶습니다. 지금까지 여성 경관은 SNS에 미담을 올리거나 경찰업무가 아닌 다른 업무로 승진한 경우가 많아서 대중의 비판을 받곤 했습니다. 하지만 이젠 그런 시대가 아닙니다! 여성도 강력계에서 활약해서 진짜 범인을 잡고 승진할 기회가 생길 겁니다. 그리고 그 기회를 제가, 이 오유령이 열겠습니다. 젊은 여성 여러분들, 당당하게 도전하세요!"

오유령은 연설하는 것처럼 목소리에 힘을 주며 말했다. 여성 기자가 그녀의 말에 공감한다는 듯 열심히 고개를 끄덕여주었다. 자신의 말에 도취되어 자애로운 어머니처럼 양손을 활짝 펼친 오유령의 모습을 카메라맨이 놓치지 않고 뷰파인더에 담아냈다.

"마지막으로 몸 관리 어떻게 하시는지 알고 싶어요. 강력계에서 그렇게 화려한 실적을 쌓으실 정도면, 운동도 많이 하셨을 것 같은데?"

"운동요? 제가 어릴 때부터 태권도를 했고요, 고등학교 때 합기도를 했습니다. 그래서 웬만한 남자들은 쉽게 제압하죠. 한번 보여드릴까요?"

오유령이 갑자기 바닥에 엎드려서 팔굽혀 펴기를 하기 시작했다. 이런 푼수끼도 그녀는 다 계산해서 연출하고 있었다. 사람들에게 냉철한 모습이 아닌 친근한 이미지로 다가가기 위해서였다. 여성 기자도 '까르르' 웃으며 박수를 쳤다.

"대단하시네요. 정말. 바쁘신데 시간 내주셔서 감사합니다. 이 기사 보는 여성들한테도 큰 동기부여가 될 것 같아요. 앞으로 건승하시기를 바랄게요!"

"감사합니다. 기자님도 건승하세요. 우리, 같이 가야죠?"

"네, 잘 부탁드립니다."

서로 행복하게 웃으며 인터뷰가 마무리되었다. 한쪽 구석에서 그 모습을 지켜보던 신영규는 은단을 몇 알 꺼내서 삼켰다.

오유령이 여유 있는 모습으로 그쪽으로 다가왔다.

"아이구, 우리 신 선배님. 아니, 본부장님! 어쩐 일로 이렇게 누추한 곳까지 왕림하셨나요?"

환영과 빈정거림을 동시에 구사하는 그녀는 기분이 좋은지 활짝 웃고 있었다.

"부검결과, 봤지?"

"아, 그거! 봤죠!"

"소주희, 풀어줘."

"아, 그거. 글쎄요. 어렵겠는데?"

오유령이 뒷머리를 긁었다. 일부러 신영규의 화를 돋우려는 행동이었다.

"결과지에 나왔다. 독은 눈을 통해서 들어갔어!"

"그리고 식도와 위에서도 나왔지!"

오유령은 한 발도 물러서지 않았다.

"눈에서 독이 검출된 게 먼저야!"

"그건 음식을 먹다가 튄 걸 수도 있지요?"

"강한남은 선글라스를 쓰고 있었다!"

"그래도 독이 들어갈 가능성은 있지. 아이, 우리 신 선배님. 평소하고 다르게 감상적이시네. 증거 제일주의! 증거가 만사! 제가 누구한테 이걸 배웠는데요?"

빈정대는 오유령을 신영규가 노려봤지만, 예전처럼 사납지 않았다.

"부검결과는 법정에서 다툼의 여지가 있다! 이해하셨죠?"

신영규는 입을 굳게 다물었다. 지금의 오유령에게는 이런 말이 안 통한다.

"너도 알지?"

그는 다그치는 대신 몸을 기울여 조용히 속삭였다.

"차차연이 범인인 거!"

오유령이 피식 웃었다. 한쪽으로만 웃는 모습도 신영규를 닮았다. 사실, 오유령은 신입시절, 신영규를 동경해서 그와 팀을 이룬 적도 있었다. 지금 그녀 모습의 많은 부분이 신영규에 의해 만들어졌다고 해도 과언이 아니다.

"물론 알지!"

오유령도 몸을 기울여 속삭였다.

"소주희는 그냥 거미줄에 걸린 나비지. 나 정도 짬밥에 그것도 모를까?"

'큭큭큭' 그녀가 목의 성대를 긁는 것처럼 웃었다.

"그 애, 내 먹이야!"

억지로 참으며 웃는 소리가 귀에 거슬렸다.

"지금 모든 증거는 소주희가 범인이라네? 그러니까 그 아가씨 풀어주고 싶으면……"

오유령이 신영규의 귓가에 바싹 입을 대며 속삭였다.

"더 큰 먹이를 가져와!"

그러고는 뒤로 물러서며 방긋 웃는 얼굴로 말했다.

"오늘, 와주셔서 감사합니다. 본부장님. 그럼, 살펴 가세요!
네."

오늘은 유일상에게 완벽한 하루였다. 아침상에 올라온 에그베네딕트가 완벽한 모양을 하고 있었다. 이런 날은 늘 일이 잘 풀렸다. 출근 시간에도 차가 별로 안 막히고 계속 녹색 신호가 연속되었다. 좋은 징조였다. 그리고 무엇보다도 오전 10시가 넘을 때까지 아버지한테서 한 통의 전화도 걸려오지 않았다. 다른 때 같았으면 그가 일어나자마자 전화를 해서 하루를 맞이하는 자세가 어떻고, 일본의 사무라이 정신이 어떻고를 늘어놓았을 아버지였다. 하지만 오늘은 아직까지 아무 연락이 없었다. 어디가 아프신 걸까 걱정되기도 했지만, 이 오랜만의 평화를 방해받고 싶지 않았다.

사무실에서 마신 커피 맛은 완벽했다. 비서는 그의 취향대로 모든 것을 완벽하게 준비했다. 적절한 산미와 쓴맛, 그 사이에 퍼지는 고소함. 잔을 내려놓기 싫을 정도였다. 이 맛을 위해서 따로 커피전용 냉장고에 보관한 원두를 융드립으로 내리는 수고를 했지만, 충분히 그럴 만한 가치가 있었다.

오늘은 만나는 사람들도 모두 친절했다. 모두가 그에게 예의를 갖추었고 공손했다. 그가 싫어하는 말이나 행동을 하는 사람은 단 한 명도 없었다.

점심도 적당히 맛있었고 회의는 짧았다. 심지어 오후 일정이 취소되어 그는 오랜만에 소파에서 낮잠을 잤다. 꿀 같은 단잠이었다.

꿈속에서 그는 어린아이가 되어 구름 위에서 낮잠을 자고 있었는데 늙은 거인이 그를 찾고 있었다. 하지만 하얀 구름 이불로 몸을 감싸고, 구름 속에 깊이 잠겨 든 그를, 거인은 찾지 못했다. 화를 내며 돌아다니는 거인의 발구르는 소리에 그는 점점 더 폭신한 구름 속으로 깊이깊이 빠져들었다.

"의원님! 시간 됐습니다."

여자 비서가 그를 깨워서 일어났다. 어느새 두 시간이 지나 있었다.

저녁에는 초선의원들 모임이 있어서 야당, 여당, 무소속의 초선의원들이 모두 모여서 식사를 했다. 테이블당 인원 제한이 있어서 최대한 많은 방을 빌려서 네 명씩 나눠서 앉았다. 마스크를 쓰고 건배를 외치고 술을 마실 때만 마스크를 여는 모습이 특이했다. 국민 여론을 의식해서 식사와 간단히 술만 한잔씩하고 헤어지기로 했다.

초선이나 재선이나 의원들은 모두 같은 스타일이었다. 그들은 모두 재림한 예수였다. 모든 일이 자신에 의해서 시작되었고 자신만이 이 세상을 구할 수 있다고 믿으며, 끊임없이 자신의 이야기를 주절주절 늘어놓고 있었다. 여당이나 야당이나 모두가 마찬가지였다. 여기서 몇 명은 수년 뒤에는 다른 당으로 자리를 옮기는 사람도 있을 것이다. 하지만 그때가 되어도 분명히 자신만의 이유를 주저리주저리 늘어놓을 것이다.

그들 중에 유독, 다른 한 사람이 보였다.

유치한 의원. 이 많은 잘난 남녀의 무리 중에 그 혼자만 말없이 웃으며 남의 말을 듣고만 있었다. 소설가. 회원 수가 이십만을 넘는 막강한 '철권연대'의 창시자. 아마도 이 중에서 가장 강력한 지지기반을 가졌을 사람이, 말없이 웃고만 있는 것이 거슬렸다. 자신을 보는 유일상의 시선을 느꼈는지 이쪽을 향해 웃으며 잔을 들었다. 특이하게도 우유 잔이었다.

"아유, 제가 술을 마시면 저, 병원 가야 됩니다. 예. 그렇죠, 일종의 장애인이죠. 좀 봐주세요. 그러게요, 의원님! 우리 이거 법안 만듭시다. 술 못 마시는 사람 한국에서 장애인으로 인정하고! 산재보험도 받고! 그럼 사람들이 술 안 마시고 어딜 가겠어요? 집에 가서 애 낳겠지? 이게 애국이죠! 네? 성희

롱이요? 에이, 아냐!"

누군가가 술을 안 마신다고 공격하자. 그걸 또 재치있게 받아넘겼다. 모두가 그를 향해 술잔을 들어 올리고 건배를 외쳤다. 그는 우유 잔을 들고 단숨에 주욱 마신 다음 자기 머리에 잔을 털었다. 유일상은 저 인간이 싫었다. 자신이 못하는 것을 쉽게 하는 인간. 자신이 못 가진 것을 모두 가진 인간!

혼자만 옆에 2.5리터짜리 우유통을 놓고 사람들과 어울리는데도 모든 사람이 그를 좋아했다. 기분이 나빠졌다. 완벽했던 하루가 이 인간 때문에 망쳐진 느낌이었다.

"자, 우리 초선 의원님들, 다 같이 한잔하시죠. 자, 다들 앞에 취향대로 술 채우시고, 우리 유치한 의원님은 우유 채우시고… 자, 건배!"

간사의 건배 제의로 왁자지껄 떠들며 회식을 마쳤다. 서로서로 악수하며 인사를 할 때도 유치한은 단연 인기였다. 그의 소탈하고 격의 없는 모습, 자신의 야망이 아니라 다른 사람들을 위해 정치를 한다는 그의 가식적인 모습에 여, 야당을 막론한 많은 의원이 몰려가서 악수를 건네고 얼싸안았다. 그와 같이 사진을 찍기도 했다. 아마도 그의 탄탄한 지지기반을 의식해서일 것이다.

그에 비해 유일상에게 인사를 건네는 사람은 겨우 두세 명,

다 같은 당 사람뿐이었다. 그는 애써 미소를 지으며 차로 돌아왔다. 좌석에 앉자마자 바로 전화가 걸려왔다. 아버지였다.

"네, 아버님!"

"어디고? 니!"

"회식이 있어서 지금 들어가는 길입니다."

"뭐어? 회식? 회식? 지금 이런 시기에 회식?"

일단 무엇이든 의심하고 딴지를 거는 분이다. 이 세상 모든 것이 불만인 양반이다.

"네. 조심했고 방마다 나눠서 앉았습니다. 아니오, 기자는 없었어요. 네…네… 아버님 걱정은 잘 압니다. 네….'

아버지가 내지르는 호통을 들으며 변명하고 안심시켰다. "니, 신문기사 봤나?"

"네? 무슨….'

"이런 띨빵한 새끼가! 니가 인터뷰한 신문이지 뭐겠노?"

"아뇨, 아직 안 봤습니다."

"지금 봐라! 니는 무슨 인터뷰를 이따위로 했노? 이 빙신 새끼야!"

"죄송합니다!"

"지금 당장 남산으로 가라! 거서 뛰내리라!"

"정말 죄송합니다!"

일단 사죄부터 했다. 상황 파악은 나중이다.

"집에 도착하면 다시 통화하자! 냉큼 집에 가라!"

십 분이 넘는 일방적인 통화는 나중으로 미뤄지며 끊어졌다. 그는 이미 알고 있었다. 퍼펙트했던 하루가 끝난 것을. 이 모든 것은 그 유치한이라는 놈 때문이다!

신경질적으로 전화를 끊을 때, 백미러로 돌아보는 보좌관의 시선과 마주쳤다.

"뭘 봐? 구경났어?"

"아닙니다."

그가 급히 시선을 돌렸다.

휴대폰을 꺼내서 기사를 검색했다.


'최연소 대통령감? 이런 사람이?'


기사 제목부터가 심상치 않았다.

'친일파. 독재부역자? 그건 천박한 너희들 기준이고 우리는 그렇게 안 봐. 이 나라는 우리 엘리트하고 너희 장애인들로 구분돼! 왜 너희가 장애인이냐? 너희는 머리가 나쁘기 때문이야. 그러니까 엘리트가 못 된 거야! 그러니까 그냥 인정하고 우리가 시키는 대로 개처럼 살아! 억울하면 억울한 대로 돼지

처럼 살면 돼. 그걸 뭘, 기를 쓰고 우리하고 싸워서 이겨보겠
다고 대드니까 니들 인생이 이 모양 이꼴인 거야. 병신들아.'

그날 그가 경찰에게 했던 말이었다. 그것을 기자가 들은 모
양이었다.

'이렇게 위험한 이분법적 사고방식을 가진 사람이 최연소
대통령 후보란다. 그럼, 이런 사람이 대통령이 되었을 때, 그의
기준에 못 미치는 사람들은 어떻게 분류할까? 엘리트가 아
니면 장애인이란다. 축하한다. 이 사람이 대통령이 되는 순간,
엘리트를 제외한 99퍼센트 국민은 장애인이 된다. 설마라고?
대통령 되려면 아직 멀었다고? 의외로 얼마 안 남았다. 이런
사고방식을 가진 사람이 벌써 초선의원이다. 이 사람이 다시
재선, 삼선하고 당 대표가 돼서 대권에 나가는 데 걸리는 시
간은 빠르면 십 년, 늦어도 십오 년! 우리 모두 그때 장애인 확
정이다. 축하한다! 장애민국! 엘리트 빼고 전 국민이 장애인
인 나라. 평등과 기회의 나라? 장애인인데 뭔 상관? 엘리트가
먹고 남은 콩고물이나 주워 먹으면 되지. 뭐.'

유일상은 폰을 집어던졌다. 어차피 진보 쪽 신문이다. 음해

라고 우기면 그만이다. 하지만 아버지에게 뭐라고 변명해야
하나?

"조금만 더 가면 댁입니다. 바로 들어갈까요?"

"남산으로 가!"

잠시 숨을 돌려야겠다. 이대로 집으로 들어가면 잠을 못
잘 것 같았다.

"네."

보좌관이 차의 핸들을 돌렸다. 차가 쏠리며 현기증이 났다.

그의 걱정은 기우가 아니었다. 유치한, 그 인간을 만나면 재
수가 없어진다.


남산의 전망대 편의점 앞에 차가 멈춰 섰다. 바람을 좀 쐬
면 기분전환이 될 것 같았지만, 한번 나빠진 운은 좋아질 기
미가 보이지 않았다. 차에서 내릴 때, 하필 그의 발밑에 물웅
덩이가 있어서 첨벙 구두가 통채로 빠지고 말았다.

양말까지 젖은 채, 철벅거리며 편의점으로 들어가 라면을
사서 알미늄 용기에 넣고 기계에 올렸는데, 재수 없게 혼자
가 아니었다. 어떤 남자가 유일한 기계에 먼저 라면을 넣고 있
었다.

"야, 진짜 요즘은 별게 다 있네? 아, 안녕하세요?"

마스크를 쓴 남자가 유일상에게도 인사를 건넸다. 젊은 남자가 중절모에 바바리코트를 입고 있어서 조금 이상하게 보였다. 언젠가 본 기억이 있는 것 같기도 했지만, 술이 조금 과했는지 머리가 어지러웠다. 남자가 완성된 라면을 들고 '앗 뜨거!' 하며 밖으로 나갔다. 삼 분 사십 초. 라면 조리가 완료되자 유일상도 라면을 들고 밖으로 나갔다. 혼자서 천천히 라면을 먹고, 힐링을 하고 싶었다. 언제나 앉는 테이블에 앉아서 서울의 야경을 보면서 짭쪼롬한 국물을 그릇째 들고 마시면서 밤하늘을 보고 싶었다.

하지만 그에게 행운은 남아있지 않았다. 왼손으로 젓가락을 들고 마스크를 벗은 다음 막 라면을 먹으려는 때에, 중절모를 쓴 남자가 라면 용기를 들고 이쪽으로 다가와서 바로 자신의 옆 테이블에 앉은 것이다. 자기도 모르게 유일상은 그를 피해 옆으로 조금 물러앉았다.

"실례합니다."

남자는 자리에 앉자마자 마스크를 벗고 코트 속 주머니에서 휴대용 젓가락을 꺼내 조립하더니, 그것으로 면발을 집어서 '후루룩' 소리를 내며 먹었다. 유일상은 인상을 찌푸렸다. 어린 시절부터 먹을 때 소리를 내는 것을 극도로 혐오하도록 교육받았기 때문이었다. 중절모의 남자가 이번에는 작은 김치 봉지를 꺼내더니 그것을 뜯어 열고 냄새를 맡았다.

"크으! 좋다!"

시큼한 김치 냄새가 여기까지 퍼졌다.

그의 아버지 유청한은 김치를 혐오했다. 그는 한국이 못사는 이유 중 가장 큰 것이 바로 저 혐오스러운 김치 문화 때문이라고 했다.

'생각해봐라, 저런 것을 먹고 이빨에 고춧가루 낀 채로 다니니 서양인들이 조선놈들을 미개하다고 깔보는 거다. 일본인들을 봐라. 그들은 입에서 냄새가 안 난다. 그러니, 서양인들이 일본인들을 좋아하는 거다!'

남자가 김치를 젓가락으로 집어 들고 라면과 같이 먹는 모습이 이상하게 익숙했다. 갑자기 김치가 먹고 싶기까지 했다.

"아이고, 죄송합니다!"

중절모 남자가 갑자기 유일상에게 말을 걸었다.

"제가 좀 시끄러웠죠?"

"아니요. 드시죠."

유일상이 마지못해 대답했다.

"면을 먹는 습관이 문화권마다 달라서요."

하지만 남자는 계속 말을 이어나갔다. 국회의원인 유일상은 사람들에게 친절해야 했기에 묵묵히 들어주었다.

"국수를 먹는 습관은 동양에서 서양으로 건너갔지만, 서양 사람들은 면을 먹을 때 소리를 내지 않죠, 예의가 아니라고 생각하니까요. 하지만 동양권, 특히 일본에서는 면을 먹을 때 큰 소리를 내도 실례가 아닙니다. 물론, 서양인들은 이런 일본인들의 습관을 아주 혐오하죠."

남자의 말을 듣고 그냥 '예' 하며 흘려들으려고 했지만, 이상하게 그의 목소리가 기억에 남았다. 어디서 들었지? 그는 눈앞에 있는 라면을 먹지도 못하고 쳐다만 보고 있었다.

"제 소개가 늦었네요. 저는 이런 사람입니다."

남자가 명함을 내밀었다.

민간조사원
탐정 김건

웃는 남자의 얼굴을 보자, 한순간에 기억이 났다. 작년 별장 살인사건 때 자신의 의뢰인이 진범임을 밝혀낸, 경찰과 한 팀이었던 인간이다. 갑자기 술이 확 깼다. 그는 자리에서 벌떡 일어났다.

"이이고, 죄송합니다. 제가 이거 방해하려던 건 아니고요. 아직 저녁을 못 먹어서 온 겁니다."

남자는 지난번보다 훨씬 능청맞았다. 그때는 왠지 기계처럼 딱딱해 보였는데 지금은 사람 모양으로 빚어진 버터 덩어리 같았다.

"마저 드시죠."

앉지도 서지도 못한 엉거주춤한 자세로 유일상은 이 남자를 쳐다보았다.

"여기는 어떻게 알고 온 겁니까?"

"그냥 왔는데요."

"다 알고 왔잖아요? 미행했어요?"

다그쳐 묻는 말에 남자가 웃으며 고개를 저었다.

"여기가 경관이 가장 좋더라고요."

"뭐요?"

"자동차로 올 수 있는 전망대 중에 여기가 가장 전망이 좋아요. 편의점도 있고. 조건이 가장 잘 들어 맞더군요."

유일상은 기분이 나빠졌다.

"단지 그런 이유로 이곳을 찾아냈다고?"

하지만 이 남자는 분명히 먼저 와 있었다.

"물론 그게 다가 아닙니다. 의원님 출퇴근 시간을 비서한테 물어보니 간간이 40분 정도 시간이 비더군요. 여기서 40분은 많은 것을 알려줍니다. 친구나 여자를 만나기에는 너무 짧고, 물건만 사기에는 좀 긴 시간이죠. 그렇다면 가장 합리적인 추론은 혼자서 시간을 보냈다는 겁니다. 시간이 짧으니, 사우나는 아니고 집에 가는 루트에서 크게 벗어나지도 않았을 겁니다. 그럼, 집에 가기 전 전망 좋은 곳에서 잠깐 쉬었다 돌아가는 것이 가장 합당하죠. 그래서 찾아보니, 여기가 가장 조건에 잘 맞더라고요. 야, 그런데 여기 라면 맛 진짜 좋네요?"

안심할 수 없는 인간이었다. 그때에도 다 이긴 사건을 이 이상한 놈이 뒤집었다.

"오른손잡이신데, 왼손을 쓰시네요."

"뭐?"

자기도 모르게 오른손을 뒤로 감췄다. 그날, 손목을 다쳤다. 하지만 티를 낼 수 없기에 붕대도 깁스도 하지 않았다.

"편의점 문을 열 때도, 지갑을 꺼내 계산을 할 때도 오른손으로 하시더군요. 평소에 오른손을 쓰신다는 뜻이죠. 하지만 젓가락질은 왼손으로 하시더군요. 서툴러 보이던데요."

남자는 웃고 있었지만, 그 눈은 이쪽을 뚫어지게 보고 있었다.

"다치셨나요?"

갑자기, 그날, 그 순간이 떠올랐다.

자신의 몸 위로 떨어져 내리던 육중한 남자의 몸, 그를 향해 정신없이 받쳐 든 오른손. 반짝이는….

"비교적 최근에 다치신 것 같은데, 왜 병원에서 치료를 안 받으셨나요?"

"먼저 일어나겠습니다."

유일상이 자리에서 일어났다. 한순간도 더는 남자의 얼굴을 마주하고 싶지 않았다. 그는 김건의 명함도 팽개친 채 허둥지둥, 라면도 안 치우고 자신의 차량 쪽으로 걸어갔다. 보좌관이 뛰어와서 유일상의 라면 용기를 치웠다.

그는 김건과 눈이 마주치자 가볍게 인사하고 자리를 수습한 다음 편의점 안으로 들어갔다. 쓰레기를 모두 버리면서, 김건의 명함을 몰래 주머니에 넣었다. 그러고는 곧바로 차로 달려가서 유일상을 태운 채 자리를 빠져 나갔다.

"아이고, 아까운 라면을 왜 버려? 나나 주지?"

김건이 국물을 마시며 중얼거렸다.

유일상은 차 안에서 뒤쪽을 돌아보며 안절부절못했다. 저 놈도 대통령 사건 특별수사본부의 일원이다. 그리고 놈은 자신을 의심하고 있다. 모든 것이 불길했다.

오늘은 유일상에게 완벽한 하루였다. 하지만 더는 아니었다.

전화가 울렸다. 아버지였다!

---

악마는 사람의 모습을 하고 있었다.

그의 제안은 달콤한 미드(꿀술)와 같았다.

한 모금에 그의 이성은 마비되고

두 모금에 그의 야망이 타올랐다.

악마는 말했다.

당신은 할 수 있다.

그는 대답했다.

나는 할 수 있다.

악마가 두 번째로 말했다.

당신만이 할 수 있다.

그는 두 번째로 대답했다.

나만이 할 수 있다.

악마가 마지막으로 말했다.

당신은 반드시 해야 한다.

*그가 마지막으로 대답했다.*

*나는 반드시 해야 한다.*


처음 그를 만난 것은 어두운 지하주차장이었다.

평소에는 밝게 불이 켜져 있던 곳이지만, 그날은 갑자기 사방의 불이 꺼지며 겨우 몇 개의 전구만 죽어가는 반딧불처럼 남아있었다. 덜컥 겁이 났다. 두리번거리며 자기 차를 향해 걸어가던 유일상의 앞에서 갑자기 자동차의 헤드라이트가 켜졌다. 엄청난 밝기였다.

"으악!"

빛으로 된 주먹에 두 눈을 맞은 느낌이었다. 그는 빛의 폭력에 눈을 뜨지 못하고 팔로 두 눈을 가렸다.

"유일상 씨!"

차분한 남자의 목소리가 그를 불렀다.

"누구야?"

"친구요."

"뭐?"

들어 올린 팔 아래로 앞을 보려고 노력했지만, 아무것도 보이지 않았다. 참회하는 것처럼 눈물이 흘러내렸다. 그저 보이는 것은 자동차 본네트에 앉은 사람의 그림자뿐이었다.

그는 휴대폰을 꺼내 들었다. 급히 경찰에 전화를 했지만, 신호가 잡히지 않았다. 그럴 리가 없다. 조금 전까지 통화를 했었다.

"원하는 게 뭐야? 내가…."

"그건 내가 할 말입니다!"

남자가 말을 잘랐다.

"당신, 원하는 게 뭡니까?"

"뭐?"

놈은 말장난을 하고 있었다. 하지만 그 속에 뭔가가 있었다.

"무슨 소리야?"

"뭘 원합니까?"

"그…."

갑자기 말문이 막혔다. 한 번도 입 밖으로 말한 적이 없었다. 눈물이 계속 흘러내렸다. 빛의 파도가 거친 폭풍처럼 밀려왔다.

"세상!"

"뭐라고요?"

"이 세상! 나는 이 빌어먹을 세상을 원한다고!"

남자는 한동안 말을 하지 않았다.

"그게 답니까?"

"뭐?"

오른손으로 수건을 꺼내서 눈물을 닦았다. 이렇게 울어본 게 언제였는지 기억도 안 난다. 아버지는 언제나 울음을 그칠 때까지 그를 때렸다. 덜 맞으려면 안 울어야 한다!

"그게 다냐, 라고 물었습니다."

"그래!"

유일상이 소리쳤다.

"이 세상의 왕이 되고 싶어! 그래서 내 잘난 아버지한테 보여주고 싶다고. 나는 이런 놈이라고! 내 엄마 같은 패배자가 아니라고!"

아무리 닦아도 눈물이 멈추지 않았다. 왜 이러지?

"그렇게 될 겁니다!"

남자가 잘라 말했다.

"뭐?"

"친구가, 찾아올 겁니다. 그의 말대로 하세요."

빛이 점점 더 강해지는 느낌이었다. 고개를 숙여서 조금이라도 빛을 피해 보려고 노력했다. 하지만 강한 빛의 파동은 얇은 눈꺼풀을 뚫고 그의 뇌 속까지 환하게 밝혀버렸다.

"하나가 죽고, 하나가 파멸하면, 당신의 소원이 이루어집니다."

갑자기 모든 빛이 사라졌다. 유일상은 꼴사납게 땅바닥에 털썩 주저앉았다. 어둠이 이렇게나 편안하게 느껴질 줄은 몰랐다. 그는 바닥에 주저앉아 손수건으로 눈을 문질렀다.

'띠리리' 전화가 울렸다. 보좌관이었다.

"어디야?"

욱 해서 소리를 질렀다.

"네? 주차장인데요. 어디 계신가 해서…."

"뭐?"

고개를 들어보니 지하주차장 안에 퍼질러 앉아 있는 자신을 발견했다. 모든 것이 평상시와 똑같았다. 벌떡 일어나서 주변을 살펴보았다. 밝지도 어둡지도 않은 조명이 사방 구석구석을 밝히고 있었다.

저 앞쪽에 자동차 한 대가 헤드라이트를 깜빡이고 있었다. 보좌관이었다.

눈에 빛이 쏟아지자 순간 울컥했다.

"불 꺼!"

보좌관이 놀라서 얼른 불을 껐다. 달라진 것은 아무것도 없었다.

유일상이 자동차로 다가가자 보좌관이 차에서 내려 문을 열어주었다.

차에 올라타기 전, 유일상은 다시 한번 주변을 둘러보았다. 이상한 것은 아무것도 없었다. 그것이 기분 나빴다. 그럼 내가 본 것은 뭐란 말인가?

그는 아무 일 없었던 듯 행동하기로 했다.

"어디로 모실까요?"

"집으로 가. 병신아!"

그는 평소처럼 말하고 폭신한 뒷좌석에 몸을 기댔다. 차가 부드럽게 움직였다.

눈을 감았지만 수많은 빛의 입자들이 아직까지 그의 눈 속에서 춤을 추고 있었다. 고개를 흔들어도 그것들은 만화경처럼 잔상을 남기며 이리저리 흩날릴 뿐 계속 그곳에 남아서 빛나고 있었다.

친구는 뜻밖의 모습으로 다가왔다.

"박복덕 의원님?"

5선의 박복덕 의원은 아버지의 친구였다. 일제강점기부터 경상도 지역의 유지였던 그의 가문은 대대로 그곳에서 왕처럼 군림했다. 하지만 최근, 그가 국회국토교통부위원장으로 있으면서 많은 이권 사업을 가족회사에 몰아준 사실이 드러나면서 검찰의 수사가 시작되었다. 평소 같으면 친한 검찰의 윗선에서 다 무마시켜주었겠지만, 재수 없게도 이번 수사를 맡은 것은 임나영 검사였다. 비리에 항거하는 젊은 검사라는 별명으로 불리는 그녀는 몇 번의 좌천에도 불구하고 다시 중앙으로 돌아와 비리 공직자들을 처벌했다. 박복덕은 깨달았다. 이번에는 도망칠 수 없다는 사실을…. 그에게 남은 것은 긴 감옥생활과 막대한 벌금. 그리고 사람들의 멸시뿐이었다. 벌써, 그의 지역구 분위기는 예전과 확연히 달라졌다. 그의 차만 봐도 절을 하던 시골 할머니들이 이제는 그를 욕하며 쓰레기를 던졌다. 집에서는 아내와 자식들이 그를 벌레 보듯 피했다.

"내가 당신 비리 저질렀다고 이러는 게 아냐! 하려면 모르게 해야지. 그걸 들켜? 대가리가 그렇게 나빠? 막말로 당신 그렇게 되면 우리 애들은? 걔들은 국회의원 어떻게 돼? 응?"

입이 있지만, 말이 안 나왔다. 그냥 자기 방으로 피했다.

"아빠. 진짜 이게 뭐야? 나 이제 왕따야! 누가 비리 의원 딸이랑 놀아?"

방 안으로 따라 들어온 딸이 그를 원망했다.

방을 피해서 화장실로 들어갔다.

"아버지 얘기 좀 해요!"

아들이 문을 두드린다.

"아니, 아버지만 믿고 정치하라면서요? 이제 지역구 어떻게 해요? 사람들이 이제 민주당 찍겠대요. 아버지!"

피할 곳이 없었다. 친구들에게 전화했다. 동료 의원에게 전화했다. 수많은 밤을 같이 룸싸롱에서 보냈던 검사와 판사들에게 전화했다. 하지만 돌아오는 대답은 모두 같았다. 지금은 힘들다 나중에….

마지막으로 믿고 있었던 당최고위원이 그에게 말했다.

"탈당하시죠!"

"뭐?"

"이대로는 당에 부담만 됩니다. 탈당하시고 조사받으세요. 검찰에는 손을 써놓겠습니다."

거짓말이다. 모두가 방법이 없다는데 탈당까지 하면, 그는 이제 죽은 목숨이다.

"안 하시면 제명처리 하겠습니다. 삼 일 안에 결정하세요."

전화가 끊어지며, 그의 마지막 생명선이 끊어졌다.

죽고 싶었다. 그래, 차라리 죽자!

지금 죽으면 의원으로서 죽을 수 있다. 수많은 비리 혐의도 수사 종결된다. 벼랑 끝에 몰린 고라니처럼 이제 그는 선택의 기회가 없었다.

그는 항상 자식들에게 말했었다.

"성공한 인생과 실패한 인생의 차이는 말이야. 선택을 할 수 있냐 없냐의 차이야. 성공한 사람만, 선택을 할 수 있는 거다!"

그는 차를 몰고 절벽 끝으로 갔다. 가져간 술병을 꺼냈다. 아끼던 발렌타인 30년 산이었다. 이빨로 마개를 물어 열고 정신없이 목구멍에 부어 넣었다. 마지막으로 이런 사치를 하는 것도 나쁘지 않았다. 본네트에 앉아서 꿀꺽꿀꺽 입이 터져라 술을 부어 넣었다. 이제 차를 몰아 절벽 끝으로 달려가면 된다.

그때였다. 갑자기 밝은 헤드라이트 불빛이 그의 눈을 마비시켰다.

"억! 뭐야!"

놀라서 본네트 아래로 굴러떨어졌다.

"야! 불 꺼! 불 안 꺼?"

두 개의 헤드라이트 불빛 사이로 희끄무레한 사람의 그림자가 보였다.

"너 누구야? 죽고 싶어?"

낮은 목소리가 대답했다.

"질문은 제가 합니다."

"뭐?"

"당신, 진짜로 죽고 싶습니까?"

보좌관이 안내받은 장소로 차를 운전했다. 그들이 도착한 곳은 세월의 풍파를 정통으로 맞은 극장이었다. 대형멀티플렉스가 점령한 극장업계에서 옛날식 한 개짜리 스크린 극장은 공룡처럼 멸종했다. 옛날 포스터와 오래된 벽화가 군데군데 남아있는 이 건물은 철거 직전인 것처럼 보였다. 사방에 비닐 차단막과 출입금지 표시가 붙어 있었다.

"들어가시죠."

노란 안전모에 검은 마스크, 작업복 차림의 남자가 비닐 차단막을 걷어서 두 사람을 들여보냈다.

"손님, 세 분 들어가십니다."

남자가 무전기를 켜고 말했다.

오래된 팝콘과 먼지 냄새에 찌든 찐득거리는 복도를 지나자 극장 안으로 들어가는 문 앞에 작업복에 안전모, 검은 마스크 차림의 또 다른 남자가 서 있었다.

"들어가십시오."

남자가 문을 열어주고 무전기를 입에 가져가며 말했다.

"손님 세 분 들어가십니다!"

좁은 입구를 지나고 높은 콘크리트 담장을 지나자 극장 전체가 한눈에 들어왔다. 유일상은 그 안의 모습을 보고 충격을 받았다. 극장 안 무대는 완벽하게 국회 내부를 재현해놓았다. 먼저 와서 앉아 있던 박복덕 의원이 흘끗 그를 쳐다보고는 술병을 꺼내서 병나발을 불었다. 유일상과 그의 보좌관 두 명은 무대 쪽으로 걸어갔다. 바짝 마른 중년 남자 하나가 그들을 보고 다가와서 까딱 고개를 숙였다.

"안녕하세요. 무대연출 하는 박 감독입니다. 이쪽으로 오시죠."

남자는 두꺼운 안경을 올려 쓰며 먼저 무대로 걸어갔다.

"지금부터 리허설을 하실 겁니다. 단 하루뿐이니까, 철저하게 몸에 익히셔야 합니다. 아, 이쪽은 마술사 최찬규 씨!"

그는 한때 유명했던 마술사였다. 국내뿐만 아니라 해외까지 공연을 다녔던 유명인사였는데 미국에서 공연 도중 부상을 당해 병원에 입원했다가 마약에 중독됐다. 뉴스에 마약 관련 사건에 몇 번 이름을 오르내린 뒤로 그는 차츰 대중들 사이에서 잊혔다.

"최찬규입니다. 화이팅!"

남자는 주머니에서 약병을 꺼내 한 알을 입에 털어 넣고는 핏발선 눈으로 말했다.

"아, 이거! 아스피린이에요. 아스피린. 머리가 아파서. 머리가. 예!"

'띠리리' 전화가 걸려왔다. 유일상이 전화를 받았다.

극장 뒷쪽 조명 앞에 남자 하나가 앉아서 전화로 말하고 있었다.

"리허설은 오늘뿐입니다. 저분들이 시키는 대로 열심히 하세요."

박 감독이 무대 위로 올라왔다.

"자, 이제 시작하실까요? 리허설은 실제 상황 그대로 진행됩니다. 아시겠죠? 먼저 순서를 알려드릴게요. 대통령 들어오고, 연단 앞에 섭니다. 의원님들하고 보좌관님들, 달려 나오고 박복덕 의원님, 위로 올라갑니다. 경호원들 오기 전에 대통령 앞에 서서 구호 한 번 외치고 칼 꺼냅니다. 그리고 칼로 자기 배, 찌르려고 하다가 대통령이 말리면 몸싸움, 찔린 척 일어나서 무대, 단상이죠. 그 끝으로 가서 밑으로 떨어집니다. 그럼 밑에 있던 의원님 일행이 받아줍니다. 오케이?"

내용은 간단했다. 박 감독은 변수에 대해서도 이야기했다.

"만약 대통령이 안 잡는다. 괜찮아요. 그냥 스스로 찌르고 연단 아래로… 나머지는 같습니다. 그럼 언론에서 알아서 떠들 거예요. 비정한 대통령. 뭐 이렇게…"

마술사는 가짜 칼 쓰는 법을 일러주었다.

"찌르고 나서 칼손잡이가 위아래로 움직이면 안 돼요. 그러니까 가장 좋은 건 뱃살이나 근육 사이로 칼손잡이 끝부분을 잡는 겁니다. 몸을 웅크리면서. 이렇게… 아니죠. 몸을 더, 예. 그렇게!"

박 감독이 무전기로 말했다.

"조연출! 음악 준비하고. 대통령하고 경호원 배역들. 준비하시고… 하이, 큐!"

음악이 울리며 스피커에서 목소리가 나왔다.

"제19대 대한민국 대통령이신 이강산 대통령이 입장하십니다."

무대 옆에서 대통령 배역을 맡은 남자가 양복을 입고 활짝 웃으며 손을 흔들면서 걸어들어왔다. 그의 뒤에 경호원들이 따라왔다. 평소 이강산 대통령의 습관대로 경호원은 일정한 거리에 머물며 자리를 지켰고 이강산 대통령 혼자서 단상 위로 올라가 연단 앞에 섰다.

"존경하는 국민 여러분. 여러 동료 의원 여러분!"

남자가 연설을 시작했다. 성대모사를 하는 것처럼 이강산 대통령의 목소리와 톤이 비슷했다.

"자, 이때. 야당 의원들 나온다. 하이, 큐!"

지시를 받고 객석에 있던 박복덕과 유일상, 보좌관들이 달려 나왔다. 조연출이 준비된 손팻말을 건네주자 받아 들고 앞으로 나갔다.

"오케이! 여기까지! 자, 지금 좋아요. 그럼 다음 씬!"

그들은 이렇게 몇 시간을 반복해서 연습했다. 그 과정에서 박복덕은 마술 칼로 자기 배를 여러 번 찔렀다.

수많은 반복 끝에 마침내 박 감독이 고개를 끄덕였다.

"예, 이 정도면 이제, 될 것 같네요. 다른 분들하고는 다 말을 맞춰놨으니까, 안심하시고 자연스러운 연기, 그것만 집중하시면 좋은 공연, 아니 성공하실 겁니다. 에. 그럼 여기서 마칠게요. 수고하셨습니다."

박복덕과 유일상은 말 한마디 없이 따로따로 밖으로 나갔다. 그들은 서로 통화하지도, 만나지도 않았다.

각자의 차를 타고 각자의 길로 갔다. 그들이 떠난 뒤에도 남은 사람들은 분주히 움직이고 있었다.

이 이벤트 전체가 하나의 꿈 같았다. 어느 여름 해변가의 폐장한 카니발에 놀러 간 소년들.

미국 공포영화의 한 장면처럼, 무서운 꿈 이야기 같았다.

집에 돌아온 유일상은 그대로 침대에 엎드려 잠이 들었다. 그리고 그때서야 깨달았다. 오늘은 하루종일 아버지의 전화가 없었다.


다음 날, 유일상은 신문의 한 면에 실린 오래된 극장의 철거 소식을 발견했다. 어제 리허설을 했던 바로 그 극장이었다.

그리고 우연히 들여다본 부고란에 연극연출자 박인용 감독의 부고 소식이 있었다.

'극단소속 배우들과 버스로 이동하던 중 교통사고로 기차와 충돌. 12명 전원사망'

신문을 떨어뜨렸다. 사진에는 어제, 자신을 박 감독이라고 소개했던 그 중년남자의 얼굴이 나와 있었다.

어제의 리허설은 꿈이 아니었다. 무서운 현실이었다.


*악마가 마지막으로 말했다.*

*당신은 반드시 해야 한다.*

*그가 마지막으로 대답했다.*

*나는 반드시 해야 한다.*

최민용의 별명은 맥가이버였다. 어린 시절부터 집에서 고장 난 가전제품은 모두 그의 손을 거쳐 다시 태어났고 전자기기를 만지는 것을 좋아해서 항상 뭔가를 만들고 땜질을 했다. 유명한 공고전자과를 졸업한 다음 임시직으로 다니던 직장이 미래가 안 보여서 그만두고 군에 입대했다. 전역 후에 여러 일자리를 전전했지만, 대부분 그의 기대와 달랐다. 모든 것을 포기하고 싶어질 때쯤 민용은 큰아버지의 소개로 어느 국회의원의 운전기사로 취직했다. 이름은 보좌관이었지만 군복무 시절, 사단장 운전병이었던 그의 경력을 인정받아 운전 담당이 되었다. 의원의 이름은 유일상이었다. 아직 서른도 안 된 젊은이가 판사 출신에 하버드 법대를 졸업한 수재였다. 열심히 하기로 마음먹었다.

"안녕하세요. 의원님. 최민용이라고 합니다. 앞으로 잘…."

"닥치고 운짱이면 운전이나 하세요, 뭔 씨X, 말이 그렇게 많아?"

유일상은 그를 만난 첫날, 그에게 욕을 퍼부었다. 불행인지 다행인지, 그가 모시던 사단장도 욕을 입에 달고 살던 사람이어서 어느 정도 내성이 있었다. 외아들인 그는 일을 그만둘

수 없었다. 다시 부모님을 실망시키기는 싫었다. 그래서 그는 웃었다. 언제나 웃는 얼굴을 유지하면서 유일상을 대했다.

"야이, 병신새끼야!" 혹은 "미친 떨거지 새끼야!"는 기분이 괜찮은 축이었다.

"이런 밥벌레 새끼가!"나 "그러니까 니가 운짱이나 해먹고 사는 거야. 이 잉여 새끼야!"는 조금 기분이 안 좋을 때였고, "나가 죽어! 제발 쥐약 먹고 뒈져버려. 이 쥐보다 못한 한심한 새끼야!" "니 패배자 엄마가 다리 쫙악 벌려 니 패배자 아빠 씨 받아서 니가 태어났는데, 너는 패배자 아닐 것 같냐? 넌 태어날 때부터 패배자야! 장애인 새끼야!"는 기분이 아주 더러울 때였다. 주로 유일상이 그의 아버지를 만나고 온 날은 저런 기분이었다.


유일상의 아버지 유청한은 아주 독특한 인간이었다. 도가 지나친 자기애를 충족시키기 위해 다른 모든 사람을 낮춰보는 만화주인공 같은 캐릭터였다. 나는 옳고 너는 틀리다를 끊임없이 주입하는, 전형적인 가스라이팅 전문가. 그것이 자기 아들이라고 해도 마찬가지였다.

최민용은 어느 날 유일상의 명령으로 유청한을 태우고 서울에서 강원도 집까지 모셔다드린 적이 있었다.

"쓰레기야! 차 살살 몰아라! 내 아직 할 일이 많다! 니 같은 쓰레기는 몇 번 죽었다께도 몬 할일을 내는 내 반생 만에 다 해냈다."

이렇게 시작된 자기 자랑과 상대방 비하는 집에 도착할 때까지 몇 시간 동안 이어졌다. 그리고 놀랍게도 이때 그는 기분이 매우 좋을 때였다. 그는 웃으면서 끊임없이 운전 중인 최민용을 욕하고 모욕했다.

그의 이런 행동은 아들인 유일상과 같이 있어도 달라질 것이 없었다.

남들이 보기에 유일상은 대단한 사람이었다. 하버드 법대를 졸업하고 최연소 법관이 되었던 사람이다. 그리고 지금은 국회의원이다. 하지만 아버지 유청한의 생각은 달랐다. 유청한은 대한민국 최연소 법무부 장관이었다. 그가 보기에 아들 유일상은 모든 것이 부족한 팔푼이였다.

"넌 모자란 놈이다! 이게 모두 니 엄마라카는 우라질 년 때문 아이가! 내 그런 멍청한 년한테 내 씨를 주는 기 아이었는데…. 하지만 우짜겠노? 니 같은 놈이 벌써 내 아들이라고 떡 하니 니 애미 뱃속에 드가 앉았는데…."

아버지를 만날 때마다 유일상은 스트레스가 극에 달했다. 그 앞에서는 아무 말도 못 하다가 아버지와 헤어지면 한꺼번에 분노를 쏟아냈다. 그리고 그 대상은 언제나 최민용같은 주변사람이었다.

최민용은 묵묵히 그 욕을 들었다. 그는 멘탈이 강한 사람이었다. 어린 시절부터 시장에서 장사하는 가난한 부모 밑에서 험한 꼴, 못 볼 꼴을 많이 보면서 자라왔다. 그에게 이런 일은 아무것도 아니었다. 그렇게 시간이 지나고 화가 가라앉으면 유일상은 뒷좌석에 깊숙이 몸을 묻고 말했다.

"집으로 가. 병신아!"

서울로 돌아오는 긴 시간 동안 유일상은 그 자세 그대로 눈을 감고 있었다. 최민용은 뒤돌아보지 않으려고 노력했다. 그가 우는 것을 알고 있었기 때문이다.

유일상의 유일한 안식처는 집이 아니었다.

집에 있는 식모는 아버지가 붙여준 사람으로, 그의 모든 일거수일투족을 보고하는 감시자였다. 심지어, 대변을 몇 시에 보고 잠을 몇 시간 잤는지도 아버지에게 보고했다. 유일상은 집에 가는 것보다 의원사무실에서 머무는 것을 더 좋아했다. 하지만 그곳도 안심할 수는 없다. 유일상의 비서들은 대부분, 그의 아버지가 심어둔 사람이었기 때문이다.

그중 수석보좌관인 안영조가 최악이었다. 오랜 세월 아버지의 비서로 있던 사람이라서 특히 조심해야 했다. 그의 눈에 뭔가 보이면 아버지가 곧바로 전화해서 야단치는 경우도 허다했다. 그는 이 남자가 무서웠다. 어릴 때부터 그랬다.

초등학교 3학년 무렵이었다.


아버지는 안영조에게 체벌을 대신 시키곤 했었다. 안영조는 유청한이 차를 마시며 부채질을 하는 동안, 그를 대신해서 어린 유일상의 종아리를 회초리로 때렸다. 시험을 보고 온 날이면 항상 있는 행사였다.

'틀린 문제, 한 문제에 열대다! 뼛속에 새기라! 틀리몬 죽는다!'

어린 유일상은 회초리를 맞을 때마다 이 말을 반복하고 있었다.

한 대에, "틀리면!" 두 대에 "죽는다."

유일상은 영특한 아이였기에 보통은 틀린 문제의 개수가 세 개를 넘지 않았다. 그런데 한 번은 전산에 오류가 생겨서 열 문제가 틀린 것으로 성적이 나왔다. 전산오류라고 설명했지만, 아버지는 안 비서에게 회초리를 가져오게 했다.

"니가 억울할끼다. 하지만 말이다. 이기 약속인기다. 억울해도 하는 수 없다. 약속은 지켜야지."

아버지는 일본식 집의 툇마루에 앉아, 일본식 정원을 보며 일본산 녹차를 마시고 있었다. 이 집에서 일본산이 아닌 것은 한국산 버드나무 회초리뿐이었다.

어린 유일상은 회초리를 맞을 때마다 이 말을 반복하고 있었다.

한 대에, "틀리면!" 두 대에 "죽는다."

그는 그렇게 100대를 채웠다.


유일상은 얼큰한 짬뽕이나 김치찌개 같은 매운 음식을 좋아했지만, 평소에 그가 먹는 것은 엄격하게 통제되었다. 그의 아버지는 철저하게 저염분 음식을 고집했고 강요했다. 일본문화를 신봉하는 유청한은 일본 음식을 완벽한 음식이라고 찬양하며 자기 생활의 기본으로 삼았다. 그는 사시미와 스시(회와 초밥이라고 부르면 불호령이 떨어졌다)를 기본으로 일본식 밥상에 일본식 그릇, 일본식 반찬으로 소식하는 것을 철칙으로 했고 주변 사람에게도 강요했다. 그는 한국식의 찌개와 반찬, 중국요리 등을 혐오했다.

그래서 유청한의 고용인들은 유일상의 집에서도 같은 음식만 상에 올렸다. 이런 음식에 즐거움이나 자극은 조금도 없었다.

이 맛도 저 맛도 아닌 풀 찌꺼기와 생선 조각을 억지로 조용히 씹어 삼킬 뿐이었다. 된장조차도 한국식의 짠맛이 아니라 밍밍한 일본식 미소시루[味噌汁]만 고집했다. 그가 침울한 얼굴로 식사를 하는 동안, 집의 고용인들은 아버지에게 전화를 걸어 그의 상태를 보고했다.

어느 날 회식 때 술을 좀 많이 마신 유일상이 보좌관에게 남산 근처에서 좀 쉬었다 가겠다고 말했다. 유일상이 쉬는 동안, 차 밖에서 스트레칭을 하던 최민용은 출출해서 편의점에서 기계로 끓인 라면을 사 왔다. 가장 싸지만 가장 익숙한 맛. 어린 시절부터 자주 먹었던 그리운 맛이었다. 막 먹으려고 했을 때 차 문이 열리며 자는 줄 알았던 유일상이 나왔다.

"뭐야? 라면이냐?"

회식 때 최고급 한우며 생선회를 실컷 먹었을 텐데, 이상하게 그는 입맛을 다시고 있었다.

"드릴까요?"

긍정도 부정도 안 하면서 눈으로만 뚫어지게 라면을 보고 있는 유일상에게 먹으려던 라면을 넘겨주고 자신은 다시 편의점으로 들어가서 라면을 사서 나왔다. 기계에 라면을 조리하는데, 후루룩, 후룩 소리가 들렸다. 유일상이 테이블 앞에 앉아서 소리 내며 라면을 먹고 있었다. 최민용도 벤치에 앉아서 라면을 먹었다.

순식간에 국물까지 싹 다 비운 유일상이 라면 그릇을 버리고는 편의점 안으로 들어갔다. 다시 나온 그의 손에는 빨아먹는 쭈쭈바 두 개가 들려있었다. 그중 하나를 최민용에게 툭 던진 유일상이 그의 옆에 앉았다. 그에게 뭔가 호의를 베푼 것은 그때가 처음이었다.

"여기, 뷰 좋네. 수백 번을 오갔는데 오늘 처음 알았다."

그날, 처음으로 두 사람은 나란히 앉았다.


그날 이후, 두 사람은 종종 집으로 가기 전에 그곳에 나란히 앉아서 편의점 라면을 먹고 아이스크림을 먹었다. 둘 다, 유일상의 아버지가 엄격하게 금지시킨 것이었다. 두 사람은 말없이 휴식을 공유했다. 유일상은 인생에서 처음으로 친구 비슷한 것이 생긴 것 같은 느낌이었다.

그렇다고 그가 최민용에게 친절해지거나 한 것은 아니었다. 그는 하루에도 몇 번씩 폭발하고 주변에 스트레스를 풀었다. 그는 작은 활화산 같은 사람이었다. 용암을 내뿜지 않으면 결국 폭발하는 상태임을 알기에 최민용은 묵묵히 그의 화산재를 뒤집어썼다.

그러던 어느 날 유일상의 아버지 유청한이 암에 걸렸다는 사실을 알게 되었다.

위암이었다. 평소에 한국 음식을 혐오하고 건강한 일본 음식만 먹던 그가 위암에 걸린 것이 아이러니했다. 보통 사람이라면 이럴 경우, 지금까지의 태도를 버리고 주변 사람들에게 용서를 구하며 생을 정리할 테지만, 이 사람은 달랐다. 그는 오히려 더 심하게 아들 유일상을 다그쳤다.

"내 죽기 전에 니 대통령되는 꼴을 봐야되겠다!"

"네?"

"내가 연줄을 총동원해서! 악마한테 혼을 팔아서라도! 무능한 니놈, 대통령 만들끼다! 그래서 이 미개한 인간들만 사는 조선이라는 나라에 작은 희망을 하나라도 줘야겠다!"

유청한의 아들에 대한 집착은 더 심해졌다. 이전에는 그나마 하루에 몇 번, 정해진 시간에만 전화를 했는데, 이제는 시도 때도 없이 생각나면 전화를 해댔다. 무작위로 하루에도 몇 번씩 걸려오는 전화에 유일상은 죽을 맛이었다.

그가 전화를 안 받으면 바로 주변 사람들에게 전화가 왔다. 유일상은 스트레스로 숨도 못 쉴 지경이었다. 아버지의 전화 다음에는 바로 안영조에게서 전화가 걸려왔다. 그는 아버지의 병수발을 위해 내려가 있었다.

"어르신이 화가 많이 나셨습니다."

그는 숨을 쉬기 힘들었다.

전화벨만 울리면 경기를 일으키곤 했지만, 감히 전화를 피할 방도가 없었다.

그 전화를 최민용이 대신 받았다!

"네. 어르신. 지금 회의 중이십니다. 나오시는 대로 전화하시라고 말씀 전하겠습니다."

유청한은 아들 대신 최민용에게 십 분 동안 욕을 쏟아부었고, 그는 묵묵히 그것을 다 들었다. 뒷좌석에서 몸을 펴고 일어나며 유일상이 멍한 표정으로 그를 보고 있었다.

"어디로 모실까요?"

전화를 끊은 최민용이 묻자, 유일상이 양손으로 얼굴을 문지르며 말했다.

"남산으로 가!"


악마가 유일상에게 물었다.

"절대적으로 신뢰할 사람이 있습니까?"

그가 흘끗 최민용을 쳐다보았다.

"있습니다!"

"어서 오세요. 유 의원님!"

"불러주셔서 감사합니다. 대통령님!"

얼굴 가득 웃음을 띤 이강산 대통령이 주먹을 내밀었다. 유치한도 웃으며 주먹을 쥐어 부딪쳤다.

"앉으시죠. 마침 차를 마시려던 참이었습니다."

"우리 전통 차인가요? 감사합니다."

자리에 앉은 유치한이 차를 가져온 비서를 보며 대통령의 표정을 살폈다.

"해결돼서 다행입니다."

대통령이 살짝 미소를 지었다.

"여러분들 덕분이죠. 다만."

대통령이 찻잔 뚜껑을 열었다. 따뜻한 김과 함께 그윽한 향기가 피어올랐다.

"이걸로 끝났다는 생각은 안 드네요. 자, 드시죠."

유치한도 뚜껑을 열고 향기를 음미했다. 보성녹차의 은은한 향이 콧속으로 스며들었다. 두 사람은 뜨거운 차를 한 모금 마셨다.

"차 중에, 이 차를 가장 좋아합니다. 중국차는 화려하고 진하죠. 일본차는 은은하면서도 쏘는 맛이고요. 하지만 마음속에 가장 오래 남는 맛은 우리 차더군요."

"저는 차를 잘 모르지만, 이것은 정말 좋습니다."

이강산 대통령이 찻잔을 내려놓았다. 그리고 유치한을 향해 고개를 숙였다.

"덕분에 제가 위기에서 벗어났어요. 고맙다는 말을 하고 싶었습니다."

유치한도 얼른 고개를 숙였다.

"도움이 되었다니 기쁩니다. 저보다는 그분들이 잘 하신 거죠."

"정말 실력 있는 분들이더군요."

"제가 직접 겪어봐서 잘 압니다. 그 둘이 뭉치면 최강이죠."

"두 분 실적도 대단하시더군요."

"맞습니다."

유치한이 다시 한 모금 마시고 찻잔을 내려놓았다.

"말씀하신 대로 향이 깊이 남네요."

"마음에 드셨다니 다행입니다. 가실 때 좀 싸드리죠."

유치한이 손을 내저었다.

"마음만 받겠습니다. 국민 세금으로 산 걸 선물로 받을 수는 없습니다."

그 말에 이강산 대통령이 빙긋 웃었다.

"걱정 마세요. 이건 제가 개인적으로 구매한 겁니다."

"그래요? 그러시다면, 감사히 받겠습니다."

유치한이 정중하게 고개를 숙였다.

이강산 대통령은 이 젊은이가 좋아졌다. 소탈하고 가식이 없으며 어떤 상황에도 휘둘리지 않고 항상 자기 자신을 그대로 유지한다. 그러니 같이 있으면 의지가 되어 마음이 편하고 즐겁다. 친구를 사귀려면 이런 친구를 사귀어야 한다.

"그런데 오늘은 무슨 일로 부르셨습니까?"

"오늘은 유치한 의원님을 좀 알고 싶어서 모셨습니다."

"저를요?"

"유치한 의원님 책을 읽어봤습니다. 아주 인상 깊더군요. 특히 그, '철권연대' 말이죠. 어떻게 이런 생각을 하셨습니까?"

"처음에는 그냥 사람들을 돕는 모임을 만들고 싶었습니다. 도와주신 분들도 계셨고요. 그러다가 생각보다 우리나라에 고통받는 남성들이 많다는 것을 알았습니다. 그리고 많은 분이 여성을 원망하고 있었고요. 그래서 그분들한테 말했습니다. 여성들한테 화내지 마라. 우리가 화를 낼 곳은 바로 정부다!"

"정부요?"

"대통령님을 겨냥한 게 아니라, 권력을 가진 정치권을 말한 겁니다. 사회 부조리를 바로 잡으려면 정부와 정치가에게 항의해야죠."

"일리가 있네요."

"그 덕분에 저희 모임에서는 여성에게 분노하는 대신, 정치가에게 분노하고 요구하게 됐습니다. 그리고 제가 대표로 여기까지 오게 된 거고요."

"현명하시네요."

"과찬이십니다."

"아니에요. 유 의원님의 판단이 옳습니다. 올바른 리더십입니다."

"아닙니다. 그냥 현실을 바로 본 것뿐입니다."

"그게 정치가들이 할 일입니다. 정상적인 사회를 만드는 것!"

두 사람은 건배하는 것처럼 서로 찻잔을 들어 보이고 차를 마셨다.

"하지만 걱정도 많습니다. 이삼십 대 젊은 남성들의 표심이 변하고 있어요. 그들은 우리가 싸워왔던 가치와 정의에는 별 관심이 없더군요."

유치한은 찻잔을 내려놓았다.

"한국은 이제 선진국이 됐지만, 젊은이들은 여전히 힘듭니다. 우리나라 교육환경은 아주 잔혹합니다. 어린 시절부터 경쟁에 내몰리고 좋은 학군, 좋은 대학을 가기 위해 끝없이 노력하죠. 어른들은 공부해야 좋은 직장을 얻을 수 있다, 공부 안 하면 실패한다는 말로 학생들을 다그치지만, 현실은 대학을 졸업해도 좋은 직장을 얻기 힘듭니다. 그러니까 자연히 연애, 결혼, 자녀를 포기하는 삼포시대가 된 거죠."

"저도 잘 압니다. 그래서 양질의 일자리를 만들려고 노력하고 있고요."

"문제는 지금 정부가 너무 여성 위주 정책만을 펼치는 데 있습니다."

"남성이 약한 여성을 배려해주는 건·당연한 것 아닙니까?"

"사실은 그런 생각이 바로 성평등에 반하는 겁니다. 여성은 약하지 않습니다. 성평등은 여성우대가 아니라 모든 성이 동등하게 대우받는 것을 말하는 것 아닐까요? 외람되지만 대통령님, 현 정부 정책은 지나치게 여성 편향적입니다. 현대사회에서 남성들은 강자가 아닙니다. 특히 젊은 남성들은 군복무의 의무까지 지고 있지만 아무 존경도, 대우도 받지 못합니다."

"저는 특별히 남성들에게만 희생을 강요하는 건 아닙니다. 하지만 오랫동안 여성들의 희생이 나라 발전의 전제였던 것이 사실이니, 남성들이 좀 희생해서 여성들에게 기회를 주자는 거죠."

"그 희생을 지금 젊은이들에게 강요하면 안 됩니다. 그들은 오랫동안 노력했고 고생했지만 정당한 보상을 받지 못한 사람들이에요. 민주주의? 남북통일? 친일청산? 이런 것들은 기본적인 생활이 가능할 때 생각할 수 있는 가치입니다. 당장 직업도 없는 사람들한테 이런 가치를 들먹여봐야 화만 날 뿐입니다."

이강산 대통령은 입을 열지 않았다. 젊은 남성들의 마음이 민주당을 떠나고 있다는 말을 듣기는 했지만, 현실은 더 심각했다.

"이 상태로 계속 가면, 다음 선거 때는 야당에게 질 수도 있습니다. 젊은 남성들의 마음도 잘 헤아려주시기 바랍니다."

"알겠습니다. 앞으로 젊은 남성들을 고려한 정책을 연구하겠습니다."

"감사합니다."

유치한이 고개를 숙였다.

이강산 대통령은 이 젊은이가 마음에 들었다. 대통령 앞이라도 자기 할 말을 하는 배포도 마음에 들었다. 알면 알수록 더 좋아졌다.

나이를 떠나서 막역한 벗의 느낌을 받았다. 망년지교(忘年之交)였다.

"유 의원님은 볼 때마다 느낀 건데, 나이보다 더 깊이가 있습니다. 작가라서 경험을 많이 하셔서 그런가요?"

"아마도 어릴 때부터 가난하게 살아와서 그런가 봅니다. 저는 학력이 중학교 중퇴입니다. 공장에서 일했죠."

"저런, 그거 불법 아닌가요?"

"불법이죠. 친척 공장에서 일했는데, 구청에서 나오면 저는 놀러 온 친척이라고 소개했었죠."

"고생이 많으셨네요."

"아닙니다. 그래도 그런 경험 덕분에 제가 작가가 될 수 있었다고 생각합니다."

"그럼 그 손가락은?"

대통령은 유치한이 언제나 오른손 엄지손가락을 다른 네 손가락 안에 감추고 있는 것을 발견했다.

"공장에서 프레스에 눌렸습니다. 고등학교 검정고시를 준비하고 있었는데, 일하던 중에 졸았죠. 하지만 이만하길 다행입니다."

"저런, 큰일 날 뻔하셨네요."

"저도 그렇게 생각합니다. 덕분에 군대를 편하게 다녀왔죠. 대통령님은 힘들게 다녀오셨는데. 죄송합니다"

유치한은 오히려 농담으로 대통령을 위로했다.

"아니요. 저도 뭐, 견딜 만했습니다."

두 사람은 시간 가는 줄 모르고 이야기를 이어나갔다.

"이거 제가 시간을 너무 많이 빼앗은 거 아닙니까?"

"아닙니다. 대통령님 예전처럼 여유 있는 모습, 보기 좋습니다."

"덕분입니다. 감사합니다."

두 사람은 이만 마치기로 하고 서로 주먹을 부딪쳤다.

"이제 앞으로 어떻게 될까요?"

일어나는 유치한에게 대통령이 물었다.

"아직 끝난 게 아닙니다. 저들은 무슨 방법을 써서라도 다시 반격할 겁니다."

유치한이 머뭇거리지 않고 대답했다.

"의원님도 그렇게 생각하시는군요."

"대통령님을 함정으로 다시 밀어 넣으려고 하겠죠."

"누굴까요? 짐작 가시는 사람이 있나요?"

"금방 알게 될 겁니다."

"그래요?"

"지금부터 움직이는 사람들이 진짜 대통령님을 공격하는 세력일 테니까요!"

"총리님! 손님이 오셨습니다."

"들어오시라고 해요."

이대엽 총리는 손님이 누군지 알고 있었다. 그는 거울 앞에 서서 눈에 띄는 화려한 스카프와 수수한 스카프를 비교하며 고르고 있었다. 둘 중 딱히 마음에 드는 것이 없었다.

"자, 무엇을 고를까…요?"

문이 열리고 윤성재 검찰총장이 들어왔다. 덩치만으로 사람을 위압하는, 풍채가 좋은 남자였다.

"어서 오세요. 총장님!"

그 한 사람만으로도 방이 꽉 찬 느낌이었다. 그의 덩치와 저돌적인 성격 때문에, 사람들은 그를 '멧돼지'라고 불렀다.

"총리님! 이게 어떻게 된 겁니까? 부검은 못 할 거라고 하지 않으셨나요?"

들어오자마자 씩씩거리는 모습이 정말 멧돼지 같았다. 코에서 뜨거운 김을 뿜고 있었다.

"아, 뭐, 그럴 수도 있죠. 역시 이걸로 할까?"

총리는 고민하다가 수수한 스카프를 택했다.

"제가 전국의 부검의하고 의사들을 싸그리 다 협박해서 부검을 못 하게 해놨더니, 난데없이 퇴물 늙은이가 나왔어요."

스카프를 매고 거울을 보며 총리가 말했다.

"대통령, 이번에 완전히 보낼 수 있다고 하셨잖습니까?"

검찰총장이 따져 물었다. 거친 언성 앞에서도 넉살 좋은 총리는 웃기만 했다.

"보내려고 했죠. 그런데 경찰 쪽 인물들이 지나치게 능력이 있네요."

"그럼 이제 어떻게 하실 겁니까?"

"어쩌긴요? 하던 거 계속해야죠."

총리가 손으로 소파를 권하자, 총장이 털썩 주저앉았다.

"아, 김 비서! 여기 총장님, 마실 것 좀!"

"네! 알겠습니다."

여자 비서가 쟁반 위에 차가운 병맥주와 소주, 유리잔을 들고 왔다. 총장의 눈빛이 달라졌다. 그의 취향대로 냉장고에 있던 차가운 유리잔에 습기가 맺히기 시작했다. 안주는 육포였다.

그녀는 총장 앞에 쟁반을 내려놓고 두 개의 유리잔에 소주를 따른 다음, 그 위에 맥주를 '콸콸' 넘치도록 부었다.

"드세요!"

돌아서는 비서의 뒷모습을 총장의 두 눈이 뚫어지게 좇고 있었다. 그의 손이 습관적으로 자신의 사타구니를 만지고 있었다.

"자, 한잔하시죠!"

총리의 말에 총장이 여자의 엉덩이에서 시선을 거두고 잔을 들었다.

두 사람은 서로 잔을 부딪치고는 시원하게 들이켰다.

"크으!"

총장은 술과 여자를 좋아하는 사람이었다. 거기다가 머리까지 좋았다. 오수 끝에 서울대를 나와 검찰이 된 다음부터 그의 밤 생활은 술과 여자로 점철되었다.

"다음 수가 뭡니까?"

"이번 일의 핵심이 뭔지 기억하시면 됩니다. 총장님."

총리가 입에 맥주거품을 잔뜩 묻힌 채 가볍게 트림을 했다.

"대통령의 이미지는 깎아내리고, 우리 이미지는 높인다."

"아는데!"

검찰총장은 잔에 다시 소주를 붓고 맥주를 부어 폭탄주를 만들었다. 능숙한 솜씨였다.

"그 대통령 이미지가 다시 살아났잖습니까?"

"누가 그래요? 대통령이 살아났다고?"

"부검에서 드러났잖아요? 대통령이 죽인 게 아니라고!"

"쯧쯧, 총장님. 왜 이러세요. 선수끼리…."

총리가 검찰총장을 물끄러미 바라보자, 갑자기 총장이 '피식' 웃었다. 그리고 그것은 박장대소로 이어졌다.

"푸하핫! 그건 그렇죠!"

"고작 부검 정도로 뒤집기에 이건 판이 너무 크죠. 판사들한테는 말해놨죠?"

"그럼요. 저희는 그냥 총리님만 믿고 '쭈욱' 끝까지 가겠습니다."

"이제부터, 강직한 국민의 검찰 이미지, 만들어야죠?"

"그럼요. 문제없습니다."

두 사람이 잔을 들어서 건배하고 폭탄주를 마셨다. 검찰총장이 '꺼억' 하고 트림을 했다.

"이제, 앞으로 어떻게 하실 겁니까?"

이대엽 총리가 소파에 등을 기대며 물었다.

"앞으로가 아니라…."

검찰총장이 육포를 반으로 찢어서 씹으며 대답했다.

"벌써 시작했습니다."

───※───

한만옥 부장검사는 오성급 호텔 레스토랑의 가장 좋은 자리에 앉아 있었다. 그의 앞에는 이십 대 초반의 모델처럼 보이는 젊은 여자가 생글생글 웃으며 앉아 있었다. 물론 그녀는 아내나 딸이 아니었다. 그의 아내는 대형 로펌의 변호사로 지금은 딸과 함께 미국에 가 있었다.

"한우안심테이크입니다."

웨이터가 두 사람 앞에 뜨거운 김이 오르는 먹음직스러운 스테이크가 담긴 접시를 내려놓았다. 그리고 손님의 잔이 빈 것을 보고, 바로 와인을 따라주었다. 한 손은 허리 뒤에 두른 채 한 손으로만 술을 따르는 모습이 프로페셔널해 보였다.

"오빠, 제가 잘라드릴까여?"

젊은 여자아이가 애교스러운 말투로 물었다.

"그래, 잘라줘 봐!"

한만옥이 자신 앞의 접시를 그녀 앞으로 밀어주었다. 웨이터는 표정 하나 변하지 않고 '좋은 시간 되십쇼.' 하고 허리를 숙인 뒤에 자리를 떠났다.

여자아이가 낑낑거리며 열심히 고기를 썰었다.

그는 주변을 둘러보았다. 부장검사인 그에게만 내어주는 자리는 한강의 전망이 한눈에 보이는 최고의 장소였다.

지금은 이런 고위인사가 됐지만 한만옥은 가난한 판잣집 출신의 소위 '개천용'이었다. 명문대 법대를 다니며 과외교사로 학비를 벌며 사법고시를 준비했다. 그 당시에 헌신적으로 그를 대했던 어린 시절 여자친구가 있었다. 자신의 월급으로 한만옥에게 책이며 옷, 용돈까지 쥐가며 공부시켰던 고마운 여자였다. 하지만 그는 사법고시에 합격하자마자 바로 그녀를 버렸다. 자신에게 훨씬 더 조건 좋은 여자가 나타날 것을 알고 있었기 때문이었다. 그 뒤로 승승장구하고 연수원 후배인 지금의 아내를 만나 결혼했지만, 그는 아직도 가난했던 과거를 잊지 못했다. 옛 여자친구를 버린 이유는 간단했다. 그녀가 자신의 가난했던 시절을 떠올리게 해서였다.

"자, 먹어요. 오빠!"

고기는 삐뚤빼뚤하고 크기가 제멋대로였다. 이 비싼 요리를 이따위로 망쳐놓는 것을 보면, 이 소녀가 요리에 재능이 없고 멍청한 것은 분명해 보였다. 하지만 그녀의 가치는 다른 것에 있었다.

"자, 아~"

대신에 그녀는 애교가 넘쳤다. 포크로 고기를 찍어서 한만옥의 입에 가져다주었다.

"아~"

그는 핏물이 뚝뚝 떨어지는 고기를 낼름 받아먹었다. 입가에 핏물이 길게 흘렀다. 김치가 당기는 맛이었다. 부잣집 출신 아내는 그런 그를 이해하지 못했다.

한만옥이 와인 잔을 들어서 목을 축이는데 입구로 들어오는 사람의 모습이 보였다. 금테안경 뒤의 두 눈이 이쪽을 노려보고 있었다. 한만옥은 귀찮은 일이 생겼음을 직감했다.

"응, 양 프로, 무슨 일?"

같은 특수부의 양철승 검사가 얼굴을 찌푸리며 쏘아댔다.

"총장님 연락입니다! 왜 전화를 꺼놨어요?"

"사생활보호! 몰라?"

한만옥이 옆에 있는 미녀를 턱으로 가리켰다. 그는 미국에 아내와 딸이 나가 있을 때면 가끔씩 이렇게 외로움을 달래곤 했다.

"형수님 아시면 어쩌려고 이래요?"

"자네가 생각하는 그런 거 아냐. 이 아가씨가 미국에서 코넬대학을 나왔데. 거기 우리 딸이 가려는 데 아냐? 우리 딸선배! 학군조사 차원에서 학부모가 이 정돈 해야지!"

와인을 마시는 아가씨의 손에 깍지를 끼며 한만옥이 빙긋 웃었다.

"오빠, 코날리가 뭐야?"

어린 아가씨가 순진하게 되물었다. 양철승 검사가 손으로 이마를 짚었다.

"코넬은 무슨, 지방 전문대도 안 나온 것 같은데."

양철승의 말에 아가씨가 인상을 썼다.

"나, 저 오빠 싫어!"

"응, 나도 싫어! 재수 없어!"

한만옥이 그녀를 달랬다.

"그런데, 총장님이 왜?"

양철승이 그에게 바짝 붙어서 속삭였다.

"특별수사본부가 지금 유일상을 조사 중입니다."

"뭐? 그건 안 되지. 유일상은 차기 대통령 아냐? 아니, 차차 기인가?"

한만옥이 놀라서 잡고 있던 소녀의 손을 뿌리쳤다. 그녀는 입을 삐쭉 내밀고는 커다란 고기를 포크로 찍어서 입에 넣었다.

"그 친구, 문제 많던데… 그런 애를 왜 대통령으로 밀어요?"

"앞으로 한국은 일본처럼 내각제로 갈 거야. 그러니까 그런

허수아비가 대통령감으론 최고지. 오케이?"

"그럼 뭘 해요. 이제 경찰에 잡혀가면 끝인데."

"막아야지. 대통령, 살아나면 안 돼. 어렵게 똥통에 빠뜨렸는데 꺼내주면 되나? 죽을 때까지 굴려야지!"

"당연히 그래야죠. 검찰수사권을 빼앗아간다는 인간인데 살려주면 안 되죠."

양철승도 고개를 끄덕였다.

"어쩌지?"

"특별수사본부, 텁시다! 오케이?"

"응? 어떻게? 뭐 있나?"

양철승이 빙긋 웃으며 휴대폰으로 뉴스 기사를 보여주었다.

"몇 년 전, 경찰청 증거물 보관소 털린 일 기억하십니까?"

"내가 담당했는데 당연히 알지! 외국 용병까지 개입됐고 경찰 몇 명 죽었잖아? 그리고 그중에 기억상실증 걸린 경찰, 내가 엮어서 학교 보냈지."

"그렇죠. 그때 잡혔던 필리핀 용병. 기억하시죠?"

"당연하지. 근데 왜?"

"그 친구가 전에 했던 진술이 있습니다."

"그래? 왜 내가 몰랐지? 무슨 내용인데?"

"중요한 게 아니라서 그냥 덮었을 겁니다. 그냥 횡설수설했거든요. 그 친구 마약중독자였어요."

"그런데 그걸로 어떻게 엮어?"

"그 친구가 한 말 중에 이런 게 있습니다. 내부에 협조자가 있었다!"

"그 친구 아직 빵에 있나?"

"자살했죠."

"그런데? 이걸로 어떻게 엮어?"

"그때, 협조자로 지목됐던 사람이 바로, 신.영.규! 지금 특별수사본부장입니다. 오케이?"

한만옥이 박수를 쳤다.

"야, 양 프로! 이 친구 이거, 할 때 딱 하잖아! 응? 이게 바로 프로지!"

"자세한 건 내일 말씀하시죠."

"아냐. 같이 가. 나도 먹을 만큼 먹었어."

말을 마친 한만옥 검사가 와인 잔을 들고 벌컥벌컥 마셨다. 그리고 안주 삼아 스테이크를 손가락으로 집어 입에 넣었다. 손을 타고 핏물이 길게 떨어지면서 하얀 와이셔츠의 소매가 피로 물들었다. 그는 그것을 맛있게 혀로 핥았다.

한만옥이 냅킨으로 거칠게 입을 닦고 음식접시 위로 던졌다. 그의 매너에 질겅질겅 고기를 씹던 여자아이가 인상을 썼다. 그런 그녀에게 웃어 보이고는 자리에서 일어났다.

"잘 먹었어. 계산해!"

그대로 돌아서서 가버리는 한만옥을 보며 여자가 당황해서 벌떡 일어났다.

"오빠? 그냥 가면 어떻게 해여?"

"그냥 가긴, 인사했잖아? 잘! 먹!었어!요!"

그러고는 그는 그대로 걸어나가버렸다.

"아니, 부장님! 그냥 가시게요?"

양철승이 어이없다는 표정으로 물었지만 한만옥은 뒤도 돌아보지 않았다.

"대한민국 검사가 만나주는 것만도 영광이지! 돈 없으면 몸으로 때우겠지. 가자!"

서울중앙지방검찰청 3층 사무실에는 밤늦게까지 불이 켜져 있었다.

"Our Target. youngkyu-Shin⋯. cop. They helped me. He came from inside. They help⋯me. I got shot."

한만옥 부장검사와 양철승 검사가 직원이 재생시킨 녹음 파일을 듣고 있었다.

"뭐야? 이게 다야?"

한만옥의 물음에 양철승이 턱수염을 만지며 말했다.

"그나마 의미가 통하는 것만 살린 겁니다. 그 친구 체포됐을 때 약에 취해서 워낙 헛소리를 많이 했어요."

"약 한대?"

"그렇죠?"

인상을 쓰며 생각에 잠긴 한만옥이 손을 저었다.

"자리 좀 비켜주겠나? 아니, 그냥 퇴근해!"

"정말입니까?"

피곤한 얼굴의 직원이 반기며 물었다. 하지만 그 옆에서 양철승 검사가 작은 목소리로 '대기해! 대기!'라고 속삭이자, 고개를 떨구고 나가버렸다.

한만옥이 사람들이 못 듣도록 라디오를 켰다. 구성진 목소리의 '흥부가'가 흘러나오고 있었다.


"이건 좀 아쉽네요. 이걸로 털기가…."

양철승이 아쉬운 표정으로 말했다.

"어허. 이 사람들! 우리 검찰이야. 우리가 언제 증거 가지고 수사했어? 그냥 꼴리는 대로 터는 거지."

한만옥의 말에 양철승이 태클을 걸었다.

"언어순화 좀 합시다. 기분 내키는 대로! 오케이?"

"그래. 기분 꼴리는 대로! 응? 아, 국가를 위해서 하는 일인데, 간첩이 필요하면 간첩 만드는 거고, 조폭이 필요하면 조폭 만드는 거지! 응? 우리가 검찰인데!"

한만옥이 나무라는 투로 말했다.

"완전 도깨비방망이네?"

양철승이 키득거렸다.

"그렇지. 그런데, 우리 방망이는 금은보화 대신에 죄인을 만들어내지."

"조폭 나와라. 뚝딱! 간첩 나와라. 뚝딱!"

"하모! 큭큭큭!"

두 사람의 말이 이상하게 라디오의 민요와 장단이 잘 맞았다.

"우리는 실패가 없어. 본인 털어서 안 나오면 그 가족을 털고. 가족 털어도 안 나오면 친척들, 그래도 안 나오면 친구들까지 죄다 털고"

얼쑤! 하는 추임새가 절묘하게 맞아들어갔다.

"그러다 보면 뭐 하나는 걸리지."

"그럼 또 그걸 기자들한테 흘리고!"

*지화자!*

"기레기들은 똥 만난 개마냥 신나게 꼬리치며 설레발 치고."

"그렇게 한 70곳쯤 털면 성인군자 부처님도 천하에 개쌍놈 되지."

*잘한다!*

"이렇게 된 걸 왜 우리를 원망해?"

"무능한 정치가들에 그놈들 좋다고 찍어준 국민들 탓 이지!"

*얼쑤!*

"이렇게 멍청한 놈들이 끝도 없으니 우리 같은 절대권력이 나오지."

"민주국가에 절대권력! 돼지발에 말발굽!"

"개들은 어차피 우리가 싼 똥만 먹을 팔자니까."

*좋다!*

"이러니 우리가 천세를 누리지!"

"저러니 우리가 만세를 누리지!"

"뒤끝 구린 부자 놈들은 다 돈 싸들고 우리한테 오고."

"자기네들 성형미인 딸내미도 우리한테 갖다 바치네."

"우리는 그냥 방망이만 휘두르면 된다네."

"죄 나와라. 뚝딱. 돈 나와라. 뚝딱!"

*얼쑤!*

—◦◦◦—

방역복으로 온몸을 둘러싼 간호사가 병원 복도로 들어섰다. 그녀의 조심스러운 발걸음과 고무 밑창을 댄 소리 안 나는 신발 등은 일반적인 간호사와 조금 달랐다. 새벽 라운딩을 돌던 간호사가 한 병실로 들어가는 것을 기다렸다가 이 수상한 간호사는 복도를 조심스럽게 걸어갔다. 너무 빠르지도 늦지도 않게. 복도 CCTV를 확인했다. 동료들이 해킹해서 꺼둔 상태였다.

"하암! 뭐야. 벌써 나왔어?"

수간호사가 하품을 하며 스테이션으로 들어갔다.

"314호 환자, 또 컴플레인 들어왔어. 그리고 308호 환자 있지? 병원 밥 못 먹겠다고 내일 치킨 시켜달래."

메모들을 붙인 차트를 집어들고 다시 고개를 들자, 복도에 서 있던 간호사가 안 보였다.

"응? 박 선생! 박 선생?"

"네?"

뒤쪽 복도에서 걸어 나온 방역복 차림의 간호사가 대답했다.

"어? 자기 왜 거기서 나와? 좀 전에 저기 있었는데?"

"네? 저, 뒤쪽 병실 라운딩 돌았는데요?"

수간호사가 고개를 갸우뚱했다.

"주무셨구나. 잠 깨는 덴 이게 최고죠!"

간호사가 캔커피를 꺼내 보여주었다. 수간호사가 마스크를 가리키며 말했다.

"자기야. 지금 이러고 그거 마시니?"

"아차!"

"덤벙대긴…."

그때 전화기가 울렸다. 수간호사가 전화를 받았다.

"네. 격리병동입니다. 지금요? 네!"

수간호사가 간호사에게 말했다.

"지금 단체환자 들어온대. 노인요양원 감염되어서 한꺼번에 다섯 분!"

"가서 다 깨울까요?"

"그래, 나도 갈게!"


아무도 모르게 311호로 들어간 간호사가 병상 위의 환자를 살펴보았다. 침대 아래쪽 차트에 '오종환'이라고 적혀 있었다. 격리 중 호흡기 증상이 있어서 입원했다. 환자는 산소호흡기를 달고 오른팔에 링거를 꽂고 있었다. 그녀는 주머니에서 주사기를 꺼내 캡을 벗겼다. 신중하게 바늘을 링거에 꽂고 실린더를 밀어 약물을 짜냈다. 탁한 약물이 링거액에 섞였다가 서서히 투명해졌다. 약을 끝까지 밀어 넣은 간호사는 캡을 씌운 주사기를 다시 주머니에 넣고 태연하게 병실 밖으로 나갔다. 복도 CCTV를 확인했다. 아직도 불이 꺼져 있었다. 간호사들이 스테이션을 비운 것을 보고 바로 조용히 그 앞을 지나갔다. 그녀가 문을 빠져나가자마자 복도 CCTV의 빨간불이 켜지며 다시 작동을 시작했다.

"팀장님. 큰일났습네다!"

특별수사본부 사무실로 김정호가 후다닥 달려들었다. 너무 급해서 사투리를 그냥 뱉어냈다.

"뭐가?"

모니터를 살펴보던 신영규가 건성으로 대답했다.

"지금 검찰에서 압색 나왔습네다!"

"뭐? 어디를?"

"그거이… 우립네다!"

"뭐?"


경찰청 앞으로 대형버스 세 대가 들이닥쳤다. 억지로 청사 앞마당까지 진입한 버스에서 수십 명의 수사관이 봇물 터지듯 쏟아져 내렸다. 손에 손에 종이박스가 들려 있었다.

뒤이어 도착한 검은 승용차에서 내린 한만옥 부장검사가 지휘를 시작했다. 그는 손에 확성기를 들고 직원들에게 경찰 청사를 가리키며 말했다.

"저기 1층부터, 그냥 싹 털어! 청사 안에 먼지 하나 남기지 마!"

양철승 검사도 시장상인처럼 박수를 치며 독려했다.

"자, 차례로 차례로! 대충대충 철저히!"

"이게 뭐 하는 겁니까?"

소식을 들은 경찰청장이 입구로 나왔다.

"여, 우리 청장님! 최종 보스가 벌써 나오셨네?"

한만옥이 막대사탕을 빨며 말했다.

"정의구현이죠. 뭐겠습니까? 자, 여기! 영장 보여드려!"

양철승 검사가 영장을 내보였다.

"자, 법원에서 발급한 영장입니다."

"무슨 사건 가지고 이러는 겁니까?"

"5년 전 있었던 경찰청 증거실 도난사건 기억하시죠? 아, 그 사건 때 경찰 내부에서 협조자가 있었다는 새로운 증거가 나왔어요!"

"벌써 끝난 사건 아닙니까? 왜 하필 지금 이러는 겁니까?"

"새로운 증거가 나왔다니까? 협조, 부탁해요! 아니면 뭐, 할 수 없고."

"중요한 사건이 한두 개가 아닌데 꼭 지금 이러시는 이유가 뭡니까?"

"정의구현에는 시도 때도 없어요. 그냥 국민을 위해 하는 거죠. 뭐가 있겠어요? 잠깐!"

부장검사가 '웨앵!' 하고 한 차례 사이렌을 울렸다. 청장과 주변 사람들이 귀를 막았다.

검사가 손뼉을 치며 직원들을 독려했다.

"자, 자, 빨리빨리! 모든 파일. 모든 컴퓨터하드, 모든 메모, 한 장도 남기지 말고 싹 털어! 거기! 화장실은 왜 털어? 응, 급하다고. 오키!"

"이러지 마시고 서로 협력합시다. 필요한 게 뭡니까?"

청장의 말투가 따지는 것에서 달래는 것으로 바뀌었다.

"필요한 거?"

한만옥이 사탕을 빨며 잠시 생각하더니 '씨익' 웃었다.

"필요한 게 없는데? 우린 다 가져서!"

그러고는 다시 직원들을 지휘했다.

"이러면 좋을 게 없을 거요! 대통령 사건에도 영향을 미친다고!"

총장의 협박에도 한만옥은 미소만 지었다.

"5년짜리 대통령이 무서우면 어디 정의구현 하겠어요? 우린 평생 집권인데?"

그는 사탕을 '콰직' 하고 깨물어 먹고는 손잡이를 담배꽁초처럼 땅에 버리고 구둣발로 비볐다. 그러고는 '아이 셔!' 하며 사탕을 쪽쪽 빨았다. 그는 잔뜩 인상을 쓰며 총장에게 물었다.

"아! 특별수사본부가 어디죠?"

신영규는 검찰청조사실에 앉아 있었다. 시간을 끌 필요가 없다는 판단에 팀원들 전체가 같이 왔고 각각 조사실로 불려 갔다. 검찰청 조사실은 기본적으로 경찰청조사실과 다르지 않았다. 대부분 비슷한 시스템이라서 큰 차이점은 없었다. 하지만 검찰청은 근본적으로 다른 것이 있었다. 이곳의 공기는 경찰청보다 훨씬 더 무거웠다. 무거운 사건을 주로 다루는 검찰의 분위기 때문인지는 몰라도 보통 사람이 이 안에 들어오면 중압감으로 숨을 쉬기 힘들 것 같았다.

"아이고, 먼길 오셨네. 고생하셨어. 앉아요. 앉아!"

이런 무거운 분위기의 조사실에 양철승 검사가 들어오며 그를 반겼다.

이해가 되지 않았다. 당장 압박이 들어올 것으로 예상했었다.

"가만, 커피 하셨나? 아니면 녹차? 그래! 보이차! 몸 생각해야지!"

양철승은 차가운 모범생처럼 생겼는데 의외로 동창회 총무처럼 살갑게 굴었다.

"괜찮습니다."

신영규가 사양했는데도 그는 권하는 행동을 일관했다.

"그럼, 뭐, 간식? 빵이나 케이크? 아니면 햄버거? 설마! 피자?"

"됐으니까 본론이나 말해요. 사람 불러놓고 뭐 하는 겁니까?"

"어? 벌써 이러면 안 되는데?"

양철승 검사가 눈을 크게 떴다.

"여기 좀 오래 있어야 돼서 그런 건데, 호의를 거절하시네."

신영규가 노려보자, 양철승도 금테안경 뒤의 눈을 가늘게 떴다.

"그게 무슨 소립니까?"

"에이, 장사 한두 번 하시나? 당신들 여기 오래 있을 거라고!"

영문을 모르는 신영규의 모습에 양철승이 한숨을 쉬었다.

"당신들 뻘짓 못하게 여기 잡아둔 거야. 그러니까 그냥 편하게 시간 보내요. 뭐, 휴대폰으로 게임이나 하던가, 아니면 유튜브나 넷플릭스라도 봐요."

그 말에 신영규는 이들의 태도가 이해가 됐다. 이들은 노골적으로 대통령 사건 수사를 방해하고 있는 것이다.

"왜 이러는 거지?"

"근데 말이 좀 짧다. 검사면 상급 기관인데…. 아니 뭐 됐고. 알았어. 어차피 우리 둘이서 시간 때워야 되니까, 뭐 궁금한 거 질문!"

양철승 검사가 손을 들어 보였다.

"우리를 잡아둬서 뭘 하려는 겁니까? 대통령 사건은 벌써 해결됐는데!"

"아, 이거 또 설명을 길게 해야 하나? 알았어. 뭐 우리가 가진 게 시간뿐이니까."

양철승이 손가락으로 안경을 밀어 올렸다.

"당신들이 수사하는 그 사건은 말이야. 이를테면, 고르디 우스의 매듭 같은 거야. 아무도 풀 수가 없는 거지. 생각해봐, 사제들이 몇백 번을 꼬아서 매듭을 만들었어. 그건 이 세상에 풀지 못하는 문제도 있다. 뭐, 이런 가르침을 주려는 도구였다고. 그런데 그걸 알렉산더란 놈이 와서 칼로 잘라버렸네? 그럼 거기서 사제들이 너 이거 왜 잘랐어? 이러겠어? 칼 들고 있는데? 잠깐, 이야기가 좀 빗나갔네. 어쨌든 이 문제는 말이야, 처음부터 답이 없는 거야! 아무도 못 풀어! 아니 풀면 안 돼! 오케이?"

양철승의 눈빛이 변했다.

"칼로 잘라야 되는데 그 칼은 우리만 가지고 있어. 그런데 너희가 감히 매듭을 풀려고 하는 거야. 와! 머리도 나쁘고 칼도 없는 너희들이? 그런데 또 거의 풀 뻔했네? 깜짝 놀랐어! 진짜!"

양철승은 개그맨처럼 말에 추임새를 넣어가며 이야기했다.

"우리도 못 푸는 문제라서 필요하면 나중에 칼로 자르려고 했는데, 너희가 매듭을 풀어버린 거지! 거의 다! 와, 이게 뭐지? 깜놀!"

그는 혀짧은 소리로 침을 튀기며 빠르게 말을 쏟아댔다. 조금 전까지 보였던 공부벌레가 아니고 다른 사람이 앉아 있는 것 같았다. 신영규는 이 사람을 파악하려고 노력했다. 평소에는 점잖아 보이지만 자신의 세계로 들어가면 갑자기 광기가 흐른다. 정상이 아닌 것 같았다.

"이건 말야. 근본적으로 문제가 된다고. 잘 봐! 알렉산더 왕한테 잘 보이려고 사제들이 이 매듭 문제를 준비했어. 왕 성격상, 풀기 힘들면 칼로 자르겠지? 계산을 한 거야! 그렇게 준비다 해놓고 이제 순서를 기다리고 있는데, 앞에 있던 엉뚱한 놈이 매듭을 풀어버렸네? 모두 다 못 풀어야 정상인데 그걸 풀었어? 그럼 사제들은 뭐가 돼? 아니 왕은 또 뭐가 돼? 이거 말이 안 되잖아?"

점점 흥분하며 입에 거품을 물것처럼 말이 빨라졌다.

"그럼 이건 문제를 만든 놈이 책임을 져야 돼. 사형이지! 그러니까 어떻게 해? 옆에 있던 사제들이 문제 풀려는 놈한테 가서 이렇게 말해야지! 그건 그렇게 푸는 게 아니야! 와 속임수를 쓰네? 그리고 그놈을 쫓아내야지? 그래야 원래 시나리오대로 되니까. 이해하셨어요? 오케이?"

신영규는 눈앞에서 열변을 토하는 사람의 광기를 읽었다. 이런 인간의 트리거를 작동시키면 사태는 순식간에 최악이 된다. 신영규는 그 트리거를 한 번 건드려보기로 했다.

"그러니까, 지금 특별수사본부장 앞에서 검찰이 이번 사건에 개입했다고 자백하는 건가?"

갑자기, 양승철이 조용해졌다. 그의 눈빛이 한곳에 고정된 채 가만히 미동도 하지 않았다. 마치 고장 난 기계처럼 갑자기 정지했다.

"오케이! 자, 알았습니다. 신영규 씨, 아니 본부장님!"

갑자기 차분한 목소리로 양철승이 의자에 등을 기댔다.

"장난을 치거나, 시간을 낭비할 생각은 없습니다. 그냥 단도직입적으로 말씀드리죠."

조금 전까지 입에 거품을 물던 남자가 갑자기 사라져버렸다. 그의 눈앞에 있는 것은 냉철한 일벌레 검사였다. 극한으로 치솟았던 감정이 눈 녹듯이 녹아버렸다. 혈관 속의 아드레날린이 일순간에 증발해버렸다. 이렇게 감정을 빨리 조절할 수 인간은 본 적이 없었다. 심지어는 관자노리의 핏줄까지 가라앉았다. 완전히 다른 사람이 된 것 같았다.

"조금 전 일은 사과드리죠. 다시 나타나지 않을 겁니다. 약속드리죠. 이영 황자님!"

"뭐?"

신영규는 깜짝 놀랐다. 이번에는 그의 혈압이 갑자기 치솟았다.

"역시 놀라시네."

살짝 비치는 비웃음에 화도 치밀었다.

"솔직히 말씀드리면, 당신네 조직은 이미 오래전부터 우리가 태그를 붙여두었습니다. '삼족오'! 멸망한 조선왕조의 후예들이 세웠다고 알려진 컬트집단. 강원도 깊은 산속에 '오악재'라는 단체를 세우고 인재를 양성, 국가전복을 꾀하던 집단. 위험도로 보면 일본의 '오옴진리교'보다 몇 배나 더 위험하다. 오케이?"

양철승은 차분하게 파일을 읽어내려갔다.

어쩌면 이것이 진짜 양철승 검사의 모습인지도 모른다. 그렇다면 아까 그 모습은 누구였을까?

"사실을 말하면, 그 당시 정부, 군부독재 시절이었죠? 정부에서 당신네 조직을 위험집단으로 간주하고 안기부요원들을 잠입시켰죠. 하지만 이상하게 모두 연락이 끊어졌어요. 귀신같이 간첩을 잡아낸 거죠. 그래서 정부에서는 군부를 동원해서 그곳을 쓸어버리기로 결정했어요. 그런데 군대가 도착했을 때는 이미, 건물이 불타고 사람은 한 명도 안 남은 상태였죠. 지역 소방에 문의해보니, 화재로 건물이 불타면서 모두 해산했다. 부상자 십수 명, 사망자는 0명. 우습네요. 한밤중에 건물이 전부 소실됐는데 사망자가 하나도 없다니…."

갑자기 그때의 기억이 떠올랐다. 신영규는 눈을 감았다.

"살아남은 사람들을 잡아서 조사해보니, 그 짓을 한 게 황자라더군요. 미쳐서 불을 지른 거라고. 그 황자는 당시 아직 어린 십 대 중반. 당신이 거기 있었던 시기와 비슷하죠? 어때요? 당신이 불을 질렀나요? 이영 황자님?"

신영규는 마음을 다잡았다. 그는 이미 그곳과 관계가 없다!

"모른다!"

"아, 흥미롭네요. 그 사람이냐 아니냐, 라는 '가부' 질문에 '모른다'라고 대답하다니요. 질문에 대한 대답의 형태는 아주 중요하죠. 당신이 뭘 감추고 싶어 하는지를 바로 보여주거든요. 다시 한번 묻죠. 당신은 이영 황자가 맞습니까 아닙니까?"

"몰라!"

"큭큭큭!"

양철승이 노골적으로 비웃었다.

"답을 알려줘도 모른다네. 이건 뭐 병신인가?"

키득거리는 혀짧은 말투에 조금 전 감정 기복이 심하던 그 모습이 보였다.

"다시 한번 묻습니다. 당신이 바로 오악재의 황태자 이영! 맞지?"

그의 모습이 다시 날카로운 검사로 되돌아왔다.

"아니다!"

"물론 아니지! 황태자는 이설이니까! 당신은 이복누이한테 발리고 쪽팔려서 궁에 불을 질렀어. 오케이?"

신영규는 입을 굳게 다물었다.

"궁금한 건, 그런 짓을 한 당신한테 왜 삼족오그룹이 그렇게 많은 돈을 줬지?"

"모른다!"

신영규가 애써 잘라 말했다. 과거의 기억이 되살아난 이후, 그때 당시의 악몽이 수시로 그를 휩쓸고 지나갔다. 불타 죽은 사람들의 끔찍한 모습과 비명이 계속 그를 괴롭혔다.

신영규는 눈을 감았다.

"이것 봐! 어거! 진짜로 하면 버티지도 못하면서. 큭큭큭!"

앞에 앉은 검사가 다시 혀짧은 소리로 이죽거리는 장난꾸러기의 모습으로 변해 있었다.

"아유, 긴장 풀어, 긴장. 우리가 이러려고 모셔온 게 아닌데. 참."

그는 다시 혀짧은 남자의 목소리로 말하며 책상 위에 있던 과자를 집어 '와작와작' 소리 내며 먹어댔다. 아무래도 연기하는 것 같지는 않았다. 어쩌면 이 사람은 해리성장애(다중인

격장애)가 아닌가 하는 생각이 들었다. 그는 한참 동안을 먹고 마시며 휴대폰을 꺼내서 게임을 했다. 신영규는 이 사람을 가늠하기 어려웠다.

검사가 장난꾸러기처럼 콜라를 들어서 벌컥벌컥 마시고 손으로 입을 쓱 닦더니, 손목시계를 들여다보았다.

"어? 얼추 시간이 됐구나!"

리모콘을 집어 든 양철승이 TV 화면을 켰다.

뉴스였다.

"속보입니다. 잠시 정규뉴스를 중단하고 속보를 알려드리겠습니다. 박복덕 의원을 부검했던 부검의 오종환 박사가 치매 진단을 받은 사실이 드러났습니다. 이로써 국회 살인사건에 대한 부검 증거의 신빙성이 의심되어 재판에서 크게 불리해질 것으로 보입니다. 다시 한번 알려드립니다. 속보입니다. 대통령 살인사건의 부검을 담당했던 부검의의 자격논란이 불거졌습니다."

신영규는 자기도 모르게 자리를 박차고 일어났다.

"이게 무슨 소리야?"

"계속 봐!"

양철승이 피식 웃으며 턱짓을 했다.

방역복으로 무장한 리포터가 마이크를 들고 병실 앞에 서 있었다.

"본 리포터는 지금 당국의 허가를 받고 특별 격리병동으로 들어왔습니다. 저 앞에 오종환 박사가 있습니다."

문을 열고 병실 안으로 들어가자, 병상 위에 퍼질러 앉아 있는 노인의 모습이 보였다. 그는 멍하니 벽을 쳐다보고 있었다.

"오종환 박사님이시죠? 몇 마디 여쭤보겠습니다."

리포터의 질문에도 노인은 아무 반응이 없었다. 계속 벽만 쳐다볼 뿐이었다.

"박사님, 박복덕 전 의원 사체 부검하신 것 기억하십니까?"

"어…."

"박사님, 여기가 어딘지 기억하세요?"

"어, 어…."

리포터는 질문을 마치고 다시 밖으로 나왔다.

"지금 보시는 대로 위험을 무릅쓰고 박복덕 의원의 부검을 해서 세간에 영웅이라고 칭송받던 오종환 박사는 사실, 치매 환자였습니다."

이어서 담당 의사와 인터뷰하는 모습이 나왔다.

"오종환 박사님, 상태가 어떻습니까?"

"네. 오종환 환자는 매우 특수한 상태입니다. 치매 판정을 받은 지는 얼마 안 됐지만, 그동안 급속도로 치매가 진행되었던 것으로 보이고요. 하루에 일정 시간은 본정신을 유지하다가 다시 저런 상태로 돌아갑니다."

"지금 가장 중요한 질문인데요. 오종환 박사님이 정상적인 판단이 가능한 상태입니까?"

"아니요!"

의사가 잘라 말했다.

"이미 저분은 중증 치매 환자입니다. 솔직히, 저 상태에서 부검을 했다는 사실을 믿기 힘들 정도네요."

"선생님. 감사합니다."

인사를 마친 리포터가 방역복 속에서 카메라를 향해 시선을 돌렸다.

"이상 격리병동에서 리포터 고상혜였습니다."

"네. 수고하셨습니다. 지금까지 박복덕 의원의 시신을 부검했던 오종환 박사가 있는 격리병동에서 고상혜 리포터였습니다."

"박사님한테 무슨 짓을 한 거냐?"

신영규가 양승철을 노려보며 말했다.

"야, 빨라. 빨라! 좋아! 좋아! 우리가 뭔가 했을 거라고 믿고 있구나. 그래, 그럴 수 있지. 암!"

혀짧은 목소리를 내며 검사가 웃어댔다.

"근데, 질문이 잘못됐지. 누가 뭘 한 게 중요한 게 아니고, 앞으로 어떻게 될까가 중요한 거지!"

신영규의 표정이 굳어졌다. 이것이 의미하는 것은 하나다. 법정에 제출할 주요 증거가 그 효력을 상실하게 됐다는 것이다.

"아이고, 이거 어쩌나? 열심히 하셨는데. 응?"

양철승이 키득거렸다. 신영규는 애써 그를 무시했다.

"자, 경찰특공대 세워놓고 은퇴한 부검의 보내서 부검 한 건 멋있었어. 무슨 홍콩영화인 줄! 체크메이트! 우덜이 한 방 먹었어! 인정! 인정!"

박수를 치고 엄지손가락을 척 하니 세워 보였다.

"그런데 어쩌지? 그 부검의가 치매라네? 이거, 이거, 법정 가면 무조건 증거인정 안 된다. 아유, 아까워!"

"부검의, 한 명 더 있었다."

"아, 그 소설가? 그 인간은 부검의가 아니라 시다바리지! 졸업장뿐이잖아? 운전면허증 있다고 F1 나가나? 아니잖아?"

신영규는 말을 잊었다. 기습펀치를 맞은 느낌이다. 이제 상황은 다시 역전됐다.

"이제 포기해. 응? 포기하면 편해져. 너희들은 그냥, 안 돼! 그렇게 태어났어!"

혀짧은 소리가 속사포처럼 이어졌다.

"이제 봐봐. 법정에 가서 부검결과가 이렇다 하고 말해봐야 아무 의미가 없어지는 거야. 봤지? 봤지? 저 매듭은 못 풀어! 아까 말했잖아? 칼은 우리만 가지고 있는 거야. 아. 물론 너희도 칼 비슷한 건 가지고 있지. 개 잡는 작두칼! 큭큭큭. 아냐! 그런데 우리 칼은 바로 전가의 보도야. 권력의 상징. 왕의 목을 자르는 칼은 우리만 가지고 있는 거야."

그는 잠시 숨을 고르고 입가의 거품을 손으로 닦아냈다.

"이렇게 생각하면 이해가 빠르겠네. 우리는 그냥 형이야. 너희가 태어났더니 벌써 형이 있는 거야. 힘도 세고 밥도 더 많이 먹고…. 말 잘 들어야겠지? 이거 오프 더 레코더인데, 대한민국 법체계에서 너희 경찰은 어차피 우리 검찰의 하위 호환 버전이야. 그러니까 시키는 대로 짖으라면 짖고 똥을 먹으라면 먹으면 돼. 오케이? 그러니까 경찰은 그냥 앞으로도 우리 지휘 받으면서 시키는 것만 하면 되는 거야. 아. 막말로 형이 힘든 거 시키겠어? 그러니까, 그냥 포기하고 꼬리 치면서 잘 지내. 알았지?"

손목시계를 본 양철승의 표정이 다시 바뀌었다. 주섬주섬

자기 앞의 파일을 집어 들고는 자리에서 일어났다.

"오케이, 이제 여기서 볼일은 다 봤으니까, 돌아가시면 됩니다."

냉철한 표정으로 안경을 올려 쓰며 양철승 검사가 말했다. 그러고는 뒤도 돌아보지 않고 문을 열고 밖으로 나갔다.

그곳에 혼자 남은 김건은 텅 빈 눈으로 먼 곳을 보고 있었다.

조사실에 들어섰을 때, 김건은 예전에 이곳에 왔었던 기억이 떠올랐다. 그때는 수갑을 찬 채였다. 모래시계가 밑으로 무너져 내려가는 것처럼 계속 머릿속의 무언가가 무너져가는 느낌에 한없이 불안해하는 김건을 그들은 일부러 한참을 기다리게 했다. 조사관이 들어와서 몇 시간 동안 그를 다그치며 질문을 퍼부었고, 그가 여기가 어딘지를, 처음 여기에 들어왔던 순간을 잊어버릴 때쯤 담당 검사가 들어왔다.

지금도 그때와 같았다. 몇 분인지, 몇 시간인지 분간이 안 될 때쯤, 문이 열리고 그 남자가 들어왔다.

"여, 오랜만이야!"

한만옥 검사! 이제는 부장검사가 된 그때의 담당 검사가 웃으면서 조사실로 들어왔다. 웃을 때 입가의 주름, 전혀 웃지 않는 날카로운 눈매는 그때와 똑같았다.

"여어! 우리 김형! 나 이거, 무슨 운명의 장난인가 싶어. 그때도 그렇고 지금도 그렇고."

태연하게 앞자리에 앉은 한만옥이 똑바로 김건을 쳐다보았다. 이제는 김건도 지지 않고 그를 똑바로 노려보았다.

"이야기는 들었어. 감옥에서 열심히 해가지고 기억 회복했다고. 이래서, 될 놈은 뭘 해도 되는 거야. 자. 하이파이브!"

한만옥이 손바닥을 들어 올렸지만 김건은 손을 들지 않았다.

"당신은 그때, 나한테 신영규 선배를 배반하라고 말했어! 그럼 나를 병원으로 보내준다고 했지. 그래놓고 당신은 나를 다시 감옥으로 보냈어. 그런데 나를 보고 웃음이 나와?"

노려보는 눈이 매서웠다.

"야, 그렇게 보니까 내가 좀 미안해지네. 양심의 가책을 느껴. 야, 아프다. 여기가!"

한만옥이 자신의 심장을 쓰다듬으며 빙긋 웃었다. 그는 기름을 바른 뱀처럼 느물거렸다.

"확실히 내가 자네한테 그런 약속을 한 적이 있었어요. 그대로 지켜지지 않아서 유감이야. 하지만 이건 알아야 돼. 약속은 인격을 가진 주체와 주체 사이에 성립되는 거야. 인격을 상실한 자네한테 약속을 지켜야 할 법적 근거는 아무것도 없어."

분노한 김건 앞에서도 부장검사는 안색 한 번 바꾸지 않았다.

"물론 불쾌하겠지. 하지만 그뿐이야. 자네가 나한테 할 수 있는 유일한 것. 바로 그 불쾌감. 그러니까 소중히 즐겨. 그 감정을…."

"당신은 부끄러움이 없나? 적어도 한 인간의 인생을 망친 데 대한 미안함도 없는 거야?"

"그러니까, 설명했잖아?"

타이르는 말투로 검사가 말했다.

"약속은 인격을 가진 주체와 주체 사이에 성립되는 거라고. 그때 자네는 사람이 아니었어. 이렇게 회복되리라고는 상상도 못 했지. 나도 놀라워. 그리고 축하해!"

너무도 뻔뻔스러운 반응에 오히려 기가 막힐 지경이었다.

"아, 잠깐! 지금 시간이 됐으니까. 자!"

한만옥이 리모콘을 꺼내서 TV를 켰다.

"속보입니다! 정규뉴스를 중단하고 속보를 알려드리겠습니다. 박복덕 전 의원을 부검했던 부검의 오종환 박사가 치매 진단을 받은 사실이 드러났습니다."

"말도 안 돼!"
김건이 모니터 앞으로 달려갔다.
"그럼, 주희 씨는…."
그는 한참 동안 화면을 멍하게 쳐다보고 있었다.

"본 대로야. 부검의가 치매에 걸렸잖아? 그럼 그 사람이 했던 부검도 법적 효력을 상실하겠지? 상식이잖아?"
"저분은 치매가 아니야!"
"담당 의사가 그렇다잖아. 증인, 증거 다 있는데?"
"당신들 짓이지? 이런 일을 할 사람들!"
한만옥이 '쯧쯧' 하고 혀를 찼다.
"일, 그렇게 하는 게 아니야!"
"뭐?"
"참나, 어린 나이도 아닌데 이걸 모르네?"
불쌍하다는 표정으로 이쪽을 보고 있었다.
"이러니 우리나라 공교육이 욕을 먹는 거야!"
김건은 영문을 알 수가 없었다.

"누가 뭔가를 했을 것이다! 이건 가정이지? 그건 그럴 수도 있고 아닐 수도 있는 거야. 현실이 아니지. 그럼, 현실은 뭐다? 누가 이런 상태다! 이게 팩트지? 부검의가 치매라서 그 사람이 했던 부검이 법적으로 증가능력을 상실한 것! 이거지?"

그의 말대로였다. 김건의 입이 굳어버렸다.

"그럼 어떻게 해야 되겠어? 이미 팩트가 존재하는데 가정을 들이대기보다는 현실을 바로 보고 상황에 맞게 다음 행동을 해야겠지? 가정과 팩트가 만나면 가정은 개같이 멸망!"

부장검사는 목이 타는지 물병을 들어서 격하게 물을 들이켰다.

"야, 내가 무슨 일타강사도 아니고 이걸 일일이 알려줘야 되나?"

부검이 헛일이 됐다! 이제 소주희의 무죄를 증명할 방법이 없어졌다! 김건은 절망감에 두 눈을 감았다.

"그런데, 뭐, 방법이 아예 없는 건 또 아니야?"

물병 뒤에 얼굴을 가린 검사가 말했다. 투명한 물병 뒤로 웃는 얼굴이 일그러져 보였다.

"예전에, 신영규를 배신하면 살려주겠다고 했었지?"

이 사람은 무슨 말을 하는 걸까?

"그 약속, 아직 유효해!"

김건이 깜짝 놀라서 고개를 들었다.

"자네는 또 한 번 나를 위해서 그 일을 해줄 거야. 다시 한 번 선배를 배신하라는 말이지!"

"무슨 말을?"

"개가 똥을 끊냐는 말이 있지? 사회적으로 용인되지 않은 일탈 행위. 배신, 복수, 강간, 살인, 근친상간…. 그런 것들에는 묘한 중독성이 있거든. 검사짓 하면서 그런 사람들 수도 없이 봤어. 처음 하기가 어렵지, 한번 하면 또 하고 싶어지거든. 중독성! 자네는 이미 경험이 있어. 또 할 거야. 똥을 먹는 개처럼…."

"웃기지 마! 그때는 제정신이 아니었어! 절대 안 해."

"정말? 절대?"

'킁킁' 하고 검사가 손으로 입을 막고 웃음을 참았다. 하지만 초승달처럼 비웃는 눈은 이쪽을 향하고 있었다.

"소주희. 자네한테 특별한 사람이지?"

"뭐?"

"그 소주희. 우리가 풀어주지!"

"그게… 무슨?"

"우리는 대통령만 잡으면 돼. 그래서 먼저 신영규를 잡아야 하거든. 하지만 소주희는 우리 관심 밖이야. 그냥 집행유예 같은 걸로 풀어줄 수도 있어. 판사도 우리하고 같은 편이니까, 쉬워! 우리는 같은 이익을 나누는 집단이야. 같은 솥에서 밥을 먹는 식!구! 그런데, 지금 대통령이 자꾸 우리 밥그릇을 건드리니까. 우리도 협력해서 우리 밥그릇을 지켜야지. 안 그래?"

검사가 물병을 책상 위에 내려놓았다. 그리고 그 앞으로 숨듯이 엎드려서 한눈을 감고 한 눈으로 물병을 쳐다보았다. 물병 뒤에서 그의 눈은 기이하게 커 보였다.

"이 투명한 물병을 거쳐서 보면 세상이 온통 일그러지고 왜곡되어 보이지. 이게 사람들이 세상을 보는 방법이야. 하지만 이렇게 하면."

검사가 한 손가락으로 물병을 쓰러뜨렸다. 드러난 그의 눈이 김건과 마주쳤다.

"세상이 올바로 보이지. 이게 우리가 세상을 보는 눈이야. 자네도 깨닫기를 바라네."

검사가 손목시계를 흘긋 보았다.

"대충 시간이 됐네. 그만 가봐. 내가 한 말 잘 기억하고."

그가 두 팔을 뻗으며 기지개를 켜고는 자리에서 일어났다.

"어차피 너희들은 못 이겨. 대통령을 봐. 인기가 저렇게 높은 대통령도 한 방에 훅 갔어. 아무도 우리 못 이겨! 우리가 바로 이 나라의 중심이거든. 우리가 바로 대한민국이야! 너희들이 아무리 애써도 그냥 곁다리야. 그러니까 우리하고 협조해. 맞서지 말고 같은 곳을 봐. 그럼 보일 거야. 네 미래가."

말을 마친 부장검사가 문을 열고 밖으로 나가버렸다.

그곳에 혼자 남은 김건은 텅 빈 눈으로 먼 곳을 보고 있었다.

"너는 아무것도 아니야!"

오랜 기다림 끝에 김정호 앞에 앉은 남자가 한 말이었다.

"네?"

김정호는 어리둥절했다.

"너는 그냥 먼지 같은 거야!"

자신이 지금 무슨 말을 들었는지 이해가 안 됐다.

"쓰레기!"

명함에 손정기 검사라고 써 있었다.

"저기요."

경찰에서 용의자를 심문할 때도 압박을 한다. 오랜 경찰 생활 중, 그 역시 많은 사람을 압박했었다.

"너라는 존재는 그냥 아무것도 아닌 거야."

손정기 검사는 검사라고 하기에 조금 이상한 외모였다.

긴 머리에 둥근 선글라스를 쓴 이 남자는 검사라기보다 히피에 가까웠다. 광장에서 봉고를 두드리면서 대마초를 피우는 쪽이 더 어울릴 것 같은 모습이었다.

"저기. 무슨 말씀이신지…."

어쩌면 이 사람의 말이 무슨 철학적인 선문답 같은 것이 아닐까 하는 생각도 들었다.

"질문은 의미가 없어. 너는 알지만, 모르는 척하거나, 진짜 모르는 거지. 전자는 현실부정이고 후자는 아둔함이다."

어쩌면 이 사람은 법대가 아니라 철학과를 나온 것이 아닐까 하는 생각이 들었다.

"둘 다 쓰레기!"

"저기…."

김정호는 생각을 정리해서 말하려고 애썼다. 하지만 무슨 생각을 정리해야 할지 헷갈렸다.

"그럼 제가 쓰레기라는…."

"그렇지!"

남자가 고함을 질렀다.

"이제 이해했나? 너는 쓰레기다! 그걸 깨닫는 게 중요하지!"

어쩌면 이 사람은 진짜로 철학자나 고승 같은 사람이 아닐까 하는 생각이 들었다.

"그럼, 말씀하시는 분은…."

"나는 쓰레기가 아니다!"

남자가 잘라 말했다.

"왜 그렇죠?"

"이제부터 그걸 설명해주지!"

남자가 선글라스를 벗었다. 한쪽 눈의 동공이 하얗게 되어 있었다. 아마도 무슨 병 때문에 시력을 잃은 것 같았다.

"인간이 왜 존재한다고 생각하나?"

"네?"

또다시 원론적인 질문에 말문이 막혔다. 아니 기가 막혔다.

"네가 왜 태어났냐고?"

"그걸 제가 어떻게…?"

남자가 두 손으로 테이블을 쾅 하고 내리쳤다. 김정호는 깜짝 놀라서 입을 다물었다.

"인간은 별이다! 모든 인간은 빛나기 위해서 태어났다!"

이 방 안에 들어와서 지금까지 정상적인 대화는 하나도 없었다. 들어오자마자 그는 선문답을 시작했다.

"해 같은 사람이 있고 달 같은 사람이 있다. 너는 해냐? 달이냐?"

"잘 모르겠는데요."

"모두가 스스로 빛나지는 못해. 태양은 스스로 빛나지만 달은 빛을 받아야 빛난다."

그는 할 말을 다 했다는 듯 입을 다물고 팔짱을 꼈다. 그리고는 한동안 가만히 앞쪽을 응시했다. 감정호는 어떻게 대응해야 할지 몰랐다. 머릿속이 하얘졌다. 이것은 다른 종류의 공포였다. 그의 뇌세포들이 살 길을 찾기 위해 활발히 다른 조합을 찾고 있었다. 그동안 그는 멈춰버린 시계처럼 가만히 앉아 있었다.

"신영규!"

손정기가 말했다.

"그 사람과 같이 있으면 너는 영원히 빛나지 못한다."

"네?"

"너는 그냥 쓰레기인 채 죽는 거다."

울컥 화가 치밀었다.

"아니 무슨 말을 그렇게…."

"너는 언제 빛났었지?"

"예?"

갑자기 두뇌가 동작을 멈췄다. 내가 언제 빛났었지? 기억이 안 난다. 아니 빛났던 적이 있었나?

"그럼 이렇게 묻지."

남자의 표정에는 변화가 없었다. 깊은 바다처럼 고요했다.

"너는 왜 태어났지?"

아무 말도 안 나왔다. 무슨 말이라도 쥐어 짜내고 싶었지만, 말은 안 나왔다. '끄으으' 하는 기묘한 신음뿐이었다.

"그걸 모른다면 너는 쓰레기다."

"왜 빛나야 됩니까?"

이상한 질문에 이상한 질문으로 응답했다.

"안 빛나면 안 되나요?"

검사가 눈을 감았다. 잠시 말을 멈췄다가 가만히 입을 열었다.

"모든 인간은 빛나기 위해서 태어났다! 그것은 우리의 의무이며 목표다!"

"안 그런 사람도 많잖아요?"

"진정한 인생의 가치를 못 찾은 불쌍한 영혼들이다."

"아니, 제 말은, 왜 꼭 빛나야 하냐고요. 그냥 평범하게 살다가 죽어도 되잖아요?"

"인간은 빛날 때만 진정한 자아가 실현된다. 빛나지 못한 사람은 그냥 쓰레기!"

"누가 그렇게 빛나는데요? 예를 들면?"

"예를 들어 이강산 대통령을 봐. 그 사람은 아무도 못 건드리지? 그 사람이 대통령이라서가 아니야. 그 사람이 빛나기 때문이야. 빛나는 사람은 아무도 못 건드려. 빛은 무적이니까!"

"지금 위기잖아요?"

"빛나는 사람은 이겨낸다!"

그는 자신 있게 대답했다.

"그럼 검사님도 빛나는 겁니까?"

"나는 아무도 못 건드린다. 그러니 빛난다고 할 수 있지."

김정호는 그의 말을 수긍하기 힘들었다. 하지만 묘하게 끌리기도 했다.

"너는 약하다!"

"네?"

"빛나지 않으니까 약한 거다!"

갑자기 울컥했다.

"아니, 사람을 앞에 놓고 무슨? 들어나봅시다. 내가 어드러케 약한데? 예?"

"너는 북한에서 태어나고 자랐다. 나중에 한국으로 와서 경찰이 됐지. 너는 바로 그 출신성분 때문에 언제나 겁먹고 몸을 사린다. 스스로 쓰레기가 된 거다.”

김정호는 잠깐 말문이 막혔다.

“아니, 그건 맞는데….”

“너의 걱정도 일리가 있다. 마음만 먹으면 우리는 너를 아주 쉽게 북한간첩으로 만들 수 있다. 언론들은 모두 너를 나쁜 의도로 경찰에 잠입한 북한 공작원으로 보도하겠지. 진실은 상관없어. 그게 언론이 원하는 거야. 그들은 사건을 원해. 지금 정부는 평화롭고 지루한 세상을 만들려고 하지. 하지만 언론들은 그런 세상에서 살아남을 수 없어. 그들은 기본적으로 흡혈귀야. 피를 먹고 자라나는 나무지. 다른 사람의 피를 빨아야 산다. 지금 정권 밑에서 언론은 말라죽을 수밖에 없지. 그래서 그들이 우리를 좋아하는 거야. 왜냐? 우리는 끊임없이 그들에게 사건을 주고 피를 뿌리니까. 검찰과 언론은 결국 악어와 악어새의 관계 같은 거지.”

검사가 잠시 말을 멈추고 숨을 골랐다. 김정호는 말할 타이밍을 잃었다.

“우리가 너를 그들에게 던져줄 수도 있어. 너는 너무 좋은 먹이야. 조밥이지! 우리가 가만히 있어도 언론에서 너를 통째로 굽고 삶고 볶을 거야.”

“한국에 올 때. 인간적인 삶을 기대하고 왔습니다. 한국은 자유롭고 인간적일 줄 알았어요."

"전 세계 어디를 가든 억압은 있어. 억압을 하는 쪽이냐. 당하는 쪽이냐의 차이뿐이지. 나는 하는 쪽. 너는 반대."

할 말이 없었다.

"웃긴 일이지? 너는 힘을 원해서 경찰이 됐는데. 그걸로 충분하지 않았던 거지. 그런 선택 때문에 너는 빛나지 않은 사람이 된 거다!"

김정호는 입을 다물었다.

"선택을 잘해. 언젠가 네가 필요할 때가 올 거야. 그때 우리 쪽에 서라. 그래야 빛날 수 있어!"

'큿' 하고 코웃음을 쳤다. 검사가 고개를 갸우뚱했다.

"내 인생이요. 선택은 내가 하지!"

"쉬운 길을 두고 가시밭길을 택하나?"

"언제나 그랬습네다. 팔자가 그런가 보오!"

"후회할걸."

"내 인생! 내 선택! 내 책임!"

검사의 하얀 눈동자가 김정호를 향했다. 김정호도 더는 그의 말에 휘둘리지 않고 마주 보았다. 한동안 침묵 속의 대치가 이어졌다.

문득, 손목시계를 본 검사가 다시 선글라스를 쓰고 자리에서 일어났다.

"그럼 너는 영원히 빛날 수 없다!"

김정호가 양손을 머리 뒤로 깍지끼며 의자 등받이에 기대서 한 발을 무릎에 올렸다.

"그럼, 그러라지. 뭐."

과하게 예쁘게 생긴 여자가 사뿐사뿐 가벼운 스텝을 밟으며 안으로 들어왔다.

"한보라 검사입니다."

검사라기보다는 모델처럼 생긴 여자가 웨이브 진 긴 머리를 흔들며 활짝 웃어 보였다. 분명히 어디선가 본 적이 있는 미소였다. 옛날 잡지책? 광고? 어딘지 기억은 안 나지만.

"복승아 형사입니다."

복승아도 자기소개를 했다.

"아, 알아요. 우리가 불렀으니까 당신이 여기 온 거죠!"

한보라 검사가 칼처럼 말을 잘랐다.

"복승아 씨 파일 보고 깜짝 놀랐어요."

이렇게 예쁜 여성이 검사라는 사실이 믿어지지 않았다.

"그러니까, 복숭아 씨는 '스파이'였네요?"

가슴이 철렁 내려앉았다. 그들은 분명히 아무도 모를 거라고 말했었다.

"내사과!"

경찰 내사과는 경찰 산하조직이 아니라 행정안전부 산하조직이다. 이들의 신원은 철저하게 비밀이고 어떤 경우에도 알려지는 법이 없다. 하지만 실제로 수백 명의 내사과 요원들이 경찰 내부에 침투해 있다.

"뭐래?"

한보라 검사는 활짝 웃었다. 마치 여름꽃이 활짝 피어나는 것 같은 웃음이었다.

"그러니까, 이런 순서였겠죠? 외국인 용병들이 경찰청 증거실을 강탈할 때, 그 현장에서 죽은 경찰이 있었어요. 변진성!"

복숭아의 안색이 창백해졌다.

"당신 오빠였죠?"

"신발! 지금 뭐 하는 거야?"

복숭아가 주먹으로 테이블을 내리쳤다. 한보라는 가만히 지켜보기만 했다. 그리고 복숭아가 숨을 몰아쉬며 조금 진정되자 다시 말을 이었다.

"부모님이 이혼하면서 당신은 엄마와 함께 프랑스로 갔고,

엄마 성을 따라 복숭아로 개명. 변승아보다는 훨 낫네…. 오빠는 아빠와 한국에 남았고, 나중에 공무원 시험 봐서 경찰이 됐다. 두 사람은 사이 좋았네? 동화책에 나오는 남매 같아. 호랑이 피해서 금동아줄, 썩은 동아줄 찾는 그 남매."

복숭아는 순간적으로 끓어오르는 분노를 억제하기 힘들었다. 오랫동안 감춰왔던 비밀을 이 사람들은 어떻게 알았을까?

"프랑스에서 엄마는 프랑스 남자와 재혼. 성이 파이프? 피아프? 쏘리! 불어를 못 해서리…. 파리 근교에서 살았네? 파리 생각보다 별로던데. 더럽고 바가지 씌우고…."

"그건 한 면만 봐서 그런 거야. 진짜 파리는 좋은 점이 더 많아!"

"어머, 빠리지앵 맞네. 바로 화내는 것 보니까."

한보라 검사가 화보처럼 활짝 웃었다. 저 미소를 잡지 어디선가 본 것 같았다.

"계속! 중고등학교 때 성적이 좋았네. 그리고 의대에 진학했네? 공부 잘했나 보다."

복숭아는 대답을 하지 않았다.

"오빠하고는 계속 수시로 연락했고, 일주일에 두세 번씩 이메일을 주고받았다? 당신이 한국에 오면 오빠하고 지냈고 오빠도 몇 번 파리로 갔네? 야! 이 정도면 연인 아냐?"

"닥쳐!"

복숭아가 다시 소리쳤다.

"쏴리!"

한보라가 바로 사과했다.

"그런데 좀 자제해줘요. 계속 그러면 당신, 수갑 차요. 알죠?"

차갑게 경고를 날렸다. 그 눈빛은 진심이었다. 그리고 그녀
는 다시 파일을 읽기 시작했다. 복숭아는 이해가 안 됐다.

검찰에서 어떻게 이메일 기록까지 알았지?

"의대 2학년 때, 오빠의 사망 소식을 들었죠. 충격이 컸겠어
요. 아, 그런데 여기서 이해가 좀 안 되네요. 당신은 바로 한국
으로 갔어요. 프랑스 생활을 접고. 학교도 자퇴하고?"

검사가 고개를 갸우뚱했다.

"왜지? 당신은 오빠가 죽은 경위가 의심스럽다고 주장했네
요. 당신 오빠 변진성 씨는 그때 외국 용병과의 총격전 때 사
망했어요. 그런데 경찰은 변진성 씨를 그들과 협력했다고 의
심했어요. 그건 타당해 보이네요. 그 당시, 창고 근처 경비를
섰던 게 변진성 씨. 외국인 용병들은 창고 안까지 누구의 제
지도 받지 않고 들어갔어요. 그리고 결정적으로 변진성 씨의
사인인 두부 총상. 그 총알이 용병들이 쏜 총알이 아니라 경
찰 총알이었죠. 그것도 창고에서 죽은 경찰이 쏜 총에서 발사

된 총알. 누가 봐도 의심할 만하지 않나요?"

"오빠는 결백해! 그럴 사람이 아니야!"

"아! 오빠를 진짜 사랑하셨구나. 부럽네. 나는 남동생하고 매일 싸우는데. 뭐 그건 됐고. 그때 프랑스 생활을 다 접고 오셨는데, 아깝지 않았어요? 그냥 몇 년만 더 공부했으면 의사가 되는데? 한국에서 경찰 하는 것보다 그게 훨씬 낫지 않나?"

"그런 거 없어. 다시 가고 싶지도 않고!"

"이상하네. 아까는 파리 더럽다니까 화내놓고, 지금은 또 가고 싶지 않다?"

고개를 이리저리 갸우뚱거리며 파일을 넘기던 검사가 사진 한 장을 꺼내서 보여주었다.

"이거, 새아버지 맞죠?"

풍채 좋은 대머리 백인 남자가 활짝 웃는 얼굴로 양팔에 중년의 동양 여인과 어린 동양계 소녀를 끌어안고 있었다. 중년 여인은 웃고 있었지만, 소녀는 찡그린 표정이었다.

"새아버지가 두 분을 많이 사랑하셨나 보다. 그리고 이것도…."

다음 사진은 크리스마스트리를 배경으로 조금 더 큰 소녀를 자신의 무릎에 앉히고 웃고 있는 남자의 모습이었다. 그의 손이 소녀의 허벅지 위에 올려져 있었다.

"다음 사진은…."

대학교를 배경으로 대머리 백인 남자가 젊은 동양 여성을 안고 있는 모습이었다. 그는 양손으로 여성의 허리를 끌어안고 자기 몸 쪽으로 끌어안아 완전히 몸을 밀착시키고 있었다. 단순히 아빠와 딸의 사진으로 보기는 이상했다. 젊은 여성은 웃고 있지는 않았지만, 몸을 빼지도 않았다. 사진을 본 복숭아의 표정이 굳어졌다.

"이 사진으로 보면 몇 가지 추정이 가능해요."

검사가 차분하게 말을 이어나갔다. 그녀는 꼭 드라마 속의 소녀 탐정 같았다.

"사실, 이 사람은 당신 어머니와 결혼하지 않았죠. 당신 어머니는 이 사람의 정부였어!"

'쿵!' 하고 머리를 맞은 느낌이었다. 복숭아는 그대로 얼어 버렸다.

"일주일에 몇 번씩 남자가 엄마에게 찾아왔을 거예요. 그리고 돈을 받는 조건이었겠죠. 둘은 사랑을 나누었을 거고, 당신은 집 안에서 그 소리를 들었겠죠. 그리고 당신이 조금씩 커가면서 그 남자는 당신도 조건에 포함시켰어요."

"닥쳐!"

복숭아가 손바닥으로 책상을 내리쳤다.

"힘들다면 미안해요. 우리는 지금 당신 오빠 사건을 재조사하는 거잖아요? 조금만 참아요."

예쁜 검사가 다시 파일을 넘겼다.

"이런 사실을 유추할 수 있는 이유는 당신이 프랑스에서 입양된 기록이 없어서예요. 당신은 어떤 형태로든 엄마의 남자에게 성추행을 당했겠죠. 당신은 그 현실이 너무 싫어서 아빠에게 전화했어요. 하지만 한국에서 새 가정을 꾸린 아빠는 다시 당신들과 얽히기 싫어했죠. 오빠만이 당신의 유일한 버팀목이자. 출구! 오빠가 바로 당신을 구원할 동아줄이었던 거죠!"

"그만해! 제발!"

복숭아가 울기 시작했다. 검사는 한동안 가만히 있었다. 하지만 곧 다시 말을 이었다.

"당신은 오빠가 죽어서 한국으로 왔어요. 하지만 사실은 프랑스에서, 엄마와 그 정부에게서 벗어나고 싶었던 거죠. 새 아빠가 바로 당신의 호랑이였으니까!"

아무 말도 없이 복숭아는 고개를 떨구고 있었다.

"당신 오빠를 의심하는 이유 중 하나는 그가 죽기 일주일 전에 당신에게 보낸 이메일 때문이에요. '큰돈을 벌 기회가 있다. 잘되면 같이 살 수 있다.' 기억해요?"

"아니야! 틀려!"

"당신은 오빠의 명예를 지키고 싶다고 했어요. 하지만 당신도 알고 있었죠. 당신 오빠가 당신 때문에 경찰을 배신한 것을⋯."

복숭아는 양손 사이에 얼굴을 파묻었다. 그동안 계속 피하고 싶었던 진실과 이렇게 마주했다. 가만있다가 갑자기 버스에 치인 느낌이었다.

"그리고 당신은 내사과에 지원했죠. 당시에 현장에 있던 김건과 신영규 형사에게 접근하기 위해서!"

"그만해!"

"수시로 욕을 하는 당신의 그 틱장애는 오빠가 죽어서, 억울해서 생긴 증상이 아니야. 사실은 어린 시절 반복적으로 당했던 성추행의 결과인 거지!"

하지만 검사는 집요하게 말을 이었다.

"어린 시절 성추행을 당했던 여자는 어른이 되면 도 아니면 모 같은 극단적 선택을 한대요. 막 나가거나 혹은 자신을 진정으로 사랑해줄 동화 속 왕자님을 영원히 기다리거나⋯."

검사는 예쁜 무표정한 얼굴로 칼 같은 말들을 계속 박아 넣었다.

"둘 다 불행한 결말 확정! 막 나가서 성병 다잇소가 되든가, 왕자님만 기다리면서 평생 외롭게 늙어 죽든가."

복숭아의 어깨가 떨리고 있었다.

"과연, 자신의 과거까지 보듬어줄 남자가 얼마나 될까?"

"지금부터 진술 거부하겠습니다!"

고개를 든 복숭아가 눈물을 닦으며 말했다.

"어머, 잘됐다. 마침 끝낼 시간인데…."

검사가 주섬주섬 파일을 챙기더니 만개한 꽃처럼 활짝 웃으며 자리에서 일어났다.

"수고하셨어요. 그럼, 조심해서 가세요."

예쁜 검사는 일어나서 재킷을 집어들고 양 어깨에 걸치더니, 사뿐사뿐 가벼운 스텝을 밟으며 나갔다. 일상이 런웨이였다.

"잠깐!"

"네?"

힐을 또각거리며 걸어 나가던 검사가 아름다운 머리를 흔들며 되돌아보았다. 샴푸광고의 한 장면 같았다.

"벌써 만났어. 그런 남자!"

눈물로 얼룩진 눈화장에도 당당하게 미소짓는 복숭아의 표정을 보고 검사가 애써 활짝 웃어 보였다.

"아! 잘됐네요. 축하!"

분명히 어디선가 본 적이 있는 미소였다. 어딘지 기억은 안 나지만.

───◈◈◈───

이강산 대통령이 급히 집무실로 들어왔다. 먼저 와 있던 참모진들이 서둘러 인사를 했지만, 그것에 신경쓰는 사람은 없었다.

"그게 무슨 말이죠? 부검 증거 채택이 안 된다니요?"

"부검을 했던 부검의가 치매였답니다. 그래서 그분이 했던 부검이 증거능력을 상실했답니다."

"치매? 그럼, 치매 환자가 부검을 했다는 건가요? 그걸 아무도 몰랐고?"

"평소에 일정 시간 기억을 유지했답니다. 그때 부검을 한 것 같답니다."

"무슨 말도 안 되는 소릴! 치매 환자가 어떻게 부검을 합니까? 그리고 주변 사람들이 그걸 몰랐다는 게 말이 됩니까?"

참모진들이 대답을 못 했다.

아무도 예상하지 못했던 일이었다.

자기도 모르게 화를 냈던 이강산 대통령이 의자에 털썩 주저앉았다.

"특별수사본부에서는 뭐라고 하나요?"

"검찰이 경찰청을 압수 수색했습니다. 특별수사본부 팀원들도 검찰에서 조사를 받는 중이고요."

"검찰? 지금 검찰이 움직였다고요?"

대통령이 얼굴을 찌푸렸다. 이런 시기에 검찰이 움직이다니?

"검찰총장 연결해줘요!"

참모가 전화를 연결했다.

"네, 검찰총장님. 대통령님이 통화를 원하십니다. 네!"

대통령이 전화기를 들었다.

"여보세요. 총장님. 지금 검찰이 경찰청을 압수수색한 게 사실입니까?"

"아, 그거요. 네. 사실입니다."

검찰총장이 태연하게 대답했다.

"뭐라고요? 지금처럼 민감한 시기에 갑자기 이러는 이유가 뭡니까?"

"이유요? 정의사회구현 말고 뭐가 있겠습니까?"

"뭐요?"

"대통령님. 저희는 헌법에 보장된 저희의 의무를 다할 뿐입니다. 검찰총장을 대통령이 임명했지만 우리는 엄연히 삼권분립의 원칙에 따라 서로 역할이 다릅니다."

"정말 이러실 겁니까?"

"저희는 저희 할 일을 하고 대통령님은 대통령 일을 하면 되는 겁니다. 자, 그럼 이만. 제가 좀 바빠서!"

검찰총장이 먼저 전화를 끊어버렸다. 참모가 다시 전화를 걸었지만 받지 않았다.

"됐어요. 그만합시다."

대통령이 양손을 모아서 이마에 받쳤다. 고민이 있을 때의 습관임을 아는 참모들은 조용히 자리를 지켰다.

유치한의 말이 떠 올랐다.

지금부터 움직이는 사람들이 진짜 적이라고….


비서실장이 벌컥 문을 열고 들어왔다.

"대통령님! 큰일났습니다."

"뭐가요? 지금 이것보다 큰일이 있다고요?"

"검찰이 청와대를 압수수색 하러 왔습니다."

"뭐요?"

특별수사본부 분위기는 침울했다. 압수수색으로 인해 엉망이 된 사무실은 하드가 없어서 컴퓨터 하나도 제대로 돌릴 수 없었다. 김정호가 급하게 외부에서 하드를 가져와서 조립은 했지만, 프로그램 설치만 해도 얼마나 걸릴지 몰라서 사실상 쓸모가 없었다.

"아니, 무슨 업데이트를 또 하네!"

마우스를 움직이던 김정호가 포기하고 구석에 있는 의자에 앉았다.

사무실 네 귀퉁이에 한쪽씩을 차지하고 의자에 앉아 있던 네 사람은 오랫동안 서로 말이 없었다. 검찰에 다녀온 뒤로 네 사람 모두에게 어떤 벽이 생겼다. 그들은 어느 누구도 서로를 똑바로 보지 못하고 불안하게 시선을 옮겨 다녔다. 서로의 눈치를 보며 서로를 의심했다.

"야, 정호야!"

"응? 뭐?"

김건의 부름에 김정호가 시선을 피하며 대답했다.

"김건!"

"예?"

신영규의 부름에 김건도 팔짱을 끼고 천정을 보며 대답했다.

"야, 복!"

"뭡니까?"

김정호가 복숭아를 불렀을 때, 그녀의 시선도 바닥을 향하고 있었다.

"넌 왜 눈을 피하니?"

"생각 중입니다."

"무슨 생각?"

"무슨 핑계 댈까 하는 생각요."

"웅, 길쿠만."

"팀장님!"

"왜?"

복숭아가 신영규를 불렀을 때, 신영규도 창문 너머 먼 곳을 보고 있었다.

"앞으로 어떻게 하실 겁니까?"

"어떻게 되겠지!"

모두가 서로의 눈을 피하면서 엉뚱한 대답만 하고 있었는데 아무도 눈치채지 못했다. 모두가 자기만의 생각에 빠져 있었다.

김건이 TV를 틀었다. 마침 뉴스에서는 부검의 자격상실에
대한 토론 방송을 하고 있었다.


"그래서, 지금 드리는 말씀은 이겁니다. 이 상태에서 법정
가면 대통령은 무조건 집니다. 부검결과가 인정이 안 될 거거
든요!"

"그건 해봐야 아는 거죠. 부검결과는 벌써 나온 것 아닙
니까?"

"치매 걸린 사람이 한 부검, 누가 인정합니까?"

"부검은 두 사람이 했습니다. 오종환 박사라는 분하고 주
동산, 이분은 작가예요. 의사면허가 있다고 했지요?"

"그럼 뭐 합니까? 그분은 경험이 없어서 보조만 한 건데."

"그래도 의사 아닙니까?"

"왜 소리를 지르세요?"

"자, 두 분 다 진정하시고요. 아! 방금 속보가 들어왔네요.
검찰이 청와대를 압수수색 하려고 시도했다는 소식입니다.
청와대 대변인실은 안보상 압수수색을 거절했다고 했습니다.
다시 한번…"


김건이 TV를 꺼버렸다. 더는 듣기 힘들어서였다.

"이건 명백한 수사 방해야!"

"당연하다. 오종환 교수님은 절대 치매가 아니었어!"

"저도 이상해서 주동산 씨한테 물어봤습니다. 치매 같은 느낌은 전혀 없었는데요."

"하지만 실제로 치매에 걸렸고, 전부터 치료를 받았다고 의사가 증언했다."

"너무 말이 잘 맞네요."

"그래."

"그럼 이제…."

"나도 모르겠다!"


다시 처음으로 되돌아갔다. 서로가 서로의 눈치만 보고 누구의 말에도 집중을 못 했다.

더는 참지 못한 김건이 자리에서 벌떡 일어났다.

"저는 이대로 포기 못 합니다! 부검이 안 되면 다른 증거를 찾을 거예요!"

그러고는 신영규에게 말했다.

"사실대로 말씀드리죠! 검찰에서 저한테 선배님을 배신하라고 말했어요. 그러면 주희 씨를 풀어준다고요. 하지만 저는 그렇게 하지 않을 겁니다. 선배님을 다시 배신하는 일은 절대 없어요!”

“저한테는 팀장님하고 같이 있으면 제가 빛나지 못한다고 하던데요.”

이번에는 김정호가 일어났다.

“하지만 저는 팀장님 배신 못 합니다! 제가 처음 경찰 들어왔을 때 저를 받아준 건 팀장님하고 김건뿐이었어요. 저는… 큭!”

감정에 북받친 김정호가 말을 못 이었다.

“또 웁니까?”

복승아가 혀를 찼다.

“울긴 누가 우니?”

김정호가 급히 수습하며 돌아앉았다.

“저는 좀 심각합니다. 제가 내사과였다는 사실을 알고 있었어요.”

복승아의 말에 한순간 조용해졌다. 다들 아무 말도 안 하고 그녀를 보고 있었다.

“알고 있었는데?”

김정호의 말에 신영규도 고개를 끄덕였다.

“너 말야, 술 마시면 이야기 다 한다고. 너는 간첩 같은 거 하면 절대 안 되는 사람이야!”

"네가 내사과 담당자한테 그만두겠다고 한 것도 안다. 신경 안 써."

복승아가 놀라서 고개를 들었다.

"정말이오? 저는 그것도 모르고…."

그녀의 눈에도 눈물이 맺혔다.

"어? 우네?"

"닥쳐요! 좀!"

"웅, 거럼! 닥쳐야디."

김정호가 놀렸다가 본전도 못 찾았다.

"선배님은 뭐였습니까?"

"나는 복잡하다."

신영규는 생각을 정리한 다음 입을 열었다.

"나는 삼족오 그룹하고 연관이 있어. 그들은 내가 그곳의 중요인물이었다는 사실을 알고 있다."

"그게 답니까?"

"아니, 더 있다. 내가 어렸을 때 그곳에서 사고가 났었는데, 내가 그 사고를 일으켰다는 것도 알고 있었다."

한동안 다들 말이 없었다.

"그런데요?"

"뭐?"

"옛날 얘기 아닙니까? 나라 팔아먹고 국민 학살한 놈들도 옛날이야기 하지 말라면서 잘 먹고 잘사는데, 지금 와서 그게 뭐요?"

김건이 따지듯 말했다.

"끄응!"

신영규가 입을 다물었다.

누군가가 '피식' 하고 웃음을 터뜨렸다.

"뭐야? 겨우 이거야?"

"그러게! 난 뭐 다들, 대단한 거라도 있는 줄 알았지!"

'피시피식' 하고 터지기 시작한 웃음이 빗물에 둑 터지듯 터져 나왔다. '우하하' '까르르' 뭐가 그렇게 재미있는지 모두가 배꼽을 잡고 웃기 시작했다. 그 웃음이 한동안 계속 이어졌다.

"제가 한 말씀 드리겠습니다."

김건이 손을 들었다.

"해봐."

"제가 기억을 잃어봐서 아는데 말입니다. 사람은 누구나 자신만의 비밀이 있습니다. 그것이 자신 때문이든 다른 사람 때문이든 감추고 싶은 것은 누구나 있어요. 그건 우리 모두가 평생을 짊어지고 가야 할 멍에 같은 거겠죠. 그럼에도 우리는 어떻게든 그런 부담을 이겨내고 여기까지 온 겁니다."

그의 말에 서로가 서로를 다시 쳐다보기 시작했다. 그제야 고개를 들어 서로의 눈을 보기 시작했다. 귀를 열어 말을 듣기 시작했다.

"저는 우리가 여기에 모인 이유를 돌아보자고 말하고 싶습니다. 우리는 모두 다른 사람들을 돕고 싶어서 이 자리에 모인 겁니다. 정호는 도움을 받은 분 때문에 경찰이 됐고, 복 형사님은 오빠의 죽음이 억울해서 경찰이 됐죠. 우리가 여기 있는 이유는 그거예요. 남을 돕는 것! 그것이 곧 나를 돕는 법입니다. 지금은 그것만 신경 씁시다!"

"이야, 김건이! 넘자 기억 돌아오더니만 연설 잘 한다야!"

"그래? 내가 좀 하지. 흐흐."

"그 말이 맞다. 지금은 우리가 할 수 있는 일을 하자!"

"네!"

"넵!"

"그럼 이제 뭐 하죠?"

"아, 제가 배운 게 있는데요!"

김건이 손을 들었다.

"뭘 할지 모를 때는 청소부터 먼저 하는 거랍니다. 주희 씨한테 배웠죠."

"그럼, 그럴까?"

"일어나자!"

네 사람이 다시 일어나서 움직이기 시작했다.

'띠리리리'

김건의 스타텍이 울렸다.

"누구네?"

"글쎄? 모르는 번혼데? 이 번호, 공중전화인가?"

김건이 '딸칵' 하고 폴더를 열었다.

"여보세요."

"여보세요. 김건 수사관님, 맞나요?"

"네. 맞습니다."

"저는… 국회의원 유일상 씨 보좌관입니다."

"아, 네."

"이번, 대통령 사건, 조작된 겁니다. 그 증거를 가지고 있습니다!"

최민용은 혼란 속에서 마술칼과 피를 넣었던 봉지 등을 모아서 유일상의 상의 안쪽 비밀 주머니에 넣고 지퍼를 잠갔다. 모든 것이 리허설대로였다. 낡은 피와 새로운 피를 모두 뒤집어쓴 유일상을 둘러업자, 안영조 보좌관이 그의 양복 상의를 단단히 챙긴 뒤에 그들은 한달음에 국회를 벗어났다. 밖에는 이미 앰뷸런스가 대기하고 있었다. 국회에서 충돌을 염려해서 미리 불러둔 것이라고 했지만, 그 안에는 유청한의 사람들이 타고 있었다. 유일상은 앰뷸런스 안에 누워서 최민용에게 눈짓을 했다. 최민용은 증거물들을 들고 유일상의 차에 올라 앰뷸런스를 뒤따랐다. 병원에 도착한 뒤에 그는 자동차 의자 안 비밀공간에 있던 비닐봉지에서 유일상이 입었던 것과 똑같은 상의를 꺼내고 그 봉지에 그가 들고 왔던 피 묻은 옷을 대신 집어넣었다. 그리고 비밀공간에 그 봉지를 넣어 숨겼다. 기자들이 계속 따라오며 중계를 하고 있었다. 이상한 행동은 아무것도 하면 안 된다!

병원응급실로 들어간 유일상을 따라가서 다른 비서에게 상의를 넘겨주고 대기했다. 눈을 뜬 유일상이 그에게 신호를 보냈다. 그는 즉시 밖으로 나와서 유청한에게 전화를 걸었다.

"어르신, 준비가 끝났습니다."

"알았다. 서둘러라!"

최민용은 지시대로 행동했다. 그의 모든 행동은 기자들이 추적하고 있었다. 그의 동선은 나중에 수사기관에 의해 모니터링될 것이다. 생명이 위독한 아버지를 위해 보좌관을 보낸 효심 가득한 아들, 최민용은 그 아들을 위해 밤길을 달려 강원도로 가면 되는 것이다.

사고가 없도록 최대한 조심하면서 목적지에 도착하기 전, 중간에 증거물을 없애버리면 된다.

운전이라면 자신 있다. 그리고 강원도의 수많은 산들은 그가 어린 시절부터 뛰어놀던 곳이었다. 산속에서 버섯을 키우는 일을 하던 아버지를 따라 이산 저산을 누볐었기에 지리를 잘 알고 있었다. 그중, 버려진 버섯농장에 들어가서 불을 붙이고 증거물을 태우면 된다. 이 모든 것은 '그들'의 시나리오였다. 그들은 모든 것을 알고 있었다.

시계를 보면서 늦지도 빠르지도 않게 차를 몰았다. 혹시라도 있을지 모를 불상사를 방지하기 위해 신경을 곤두세운 채 운전에 집중했다.

기분 탓인지 검은색 자동차 한 대가 자신을 따라오는 것 같았다. 그가 속도를 올리면 그 차도 올리고, 그가 속도를 늦추면 그 차도 늦췄다.

'혹시?'

이상한 기분에 계속 뒤를 돌아보았다.

그때, 백미러에 반짝이는 경광등이 보였다.

돌아보니, 경찰차 한 대가 따라오고 있었다. 긴장해서 숨이 막혔다. 요란한 사이렌이 울리며 스피커에서 '웅웅' 울리는 목소리가 들렸다.

"234X, 정차하세요!"

최민용은 긴장한 채 도로 옆에 차를 세웠다. 그의 옆으로 조금 전까지 뒤따라오던 검은 차가 그대로 스쳐 지나가는 것이 보였다.

경찰관 두 명이 차에서 내렸다. 그들도 이상하게 긴장한 모습이었다.

"안녕하세요?"

유리창을 내린 최민용이 경찰에게 먼저 인사했다.

"수고하십니다."

경관들이 경례를 했다.

"무슨 일이십니까?"

경관 한 명이 뒤로 돌아가서 차량 이곳저곳을 기웃거렸다. 신경이 쓰였다.

"조금 전에 과속하셔서요."

"과속이오?"

권장속도 60킬로미터 구간에서 80킬로미터로 달리기는 했다. 하지만 이것도 다른 차에 비하면 느린 속도였다.

"뭐 하시는 분이신지, 젊은 분이 비싼 차를 몰고 다니시네?"

차를 둘러보던 경관이 다가오며 말했다.

"아, 우리는 언제 이런 차 타보나…?"

경관이 타이어를 발로 툭툭 차며 말했다.

"경찰관 박봉에 무슨…."

그들의 행동이 조금 이상했다. 문제가 있어서 그를 잡은 것이 아닌 것 같았다.

"저기, 뒤쪽 트렁크 한번 열어보시죠."

"예?"

"트렁크요! 왜요? 못 열어요?"

"아니요. 열겠습니다."

최민용은 기억을 더듬었다. 트렁크에는 이상한 것은 아무것도 없었다. 비밀공간은 조수석 좌석 밑에 있다. 그는 스위치를 눌러서 트렁크를 열었다. 경찰관이 플래시를 꺼내서 그 안을 살폈다. 가슴이 쿵쾅쿵쾅 뛰었다.

"잠깐 나와보세요."

다른 경관이 그에게 말했다. 그 말대로 하려다가 자신의 상태를 깨닫고 퍼뜩 정신이 들었다. 피 묻은 유일상을 들쳐업고 나오느라고 그의 옷에도 여기저기 피가 묻어 있었다. 화장실에서 급하게 닦아내기는 했지만, 밖으로 나가면 옷에 묻은 피가 분명히 보일 것이다. 그리고 최악의 경우, 이를 의심한 경찰이 그를 체포하고 차를 수색한다면….

"저, 수고 많으십니다."

최민용이 웃으며 말했다. 그는 이 경관들의 목적이 뭔지 짐작했다.

"그러니까요. 내려보세요!"

다른 경관의 말투가 더 퉁명스러워졌다. 위협이 먹히자 더 위압적으로 변했다.

"저, 이 차 유일상 국회의원님 찹니다."

국회의원이라는 말에 경관들이 서로를 쳐다보았다.

"저는 보좌관 최민용입니다. 오늘 뉴스 보셨는지 모르겠는데 국회에서 사고가 있었어요. 저는 유일상 의원님 병원에 모셔다드리고 지금 의원님 아버님 뵈러 가는 길입니다. 암 투병 중이시라서 놀라실까 봐요."

최민용이 명함을 꺼내서 건네주자, 경관들의 표정이 바뀌었다. 퉁명스럽게 쏘아대던 경관이 갑자기 등을 똑바로 펴고 섰다.

"아, 그러셨구나. 아유, 그것도 모르고…."

"아닙니다. 경관님들이 수고가 많으십니다."

"바쁘신데 어서 가보시죠."

이 경관들은 운전자를 협박해서 돈을 뜯어내려고 했던 것 같았다. 이런 경관들을 신고하는 것이 정상이지만 지금은 그럴 때가 아니었다.

"네. 그럼 수고하세요."

최민용이 천천히 차를 출발시켰다. 백미러로 보니 경찰차는 경광등을 반짝거리며 차를 돌려 반대차선으로 달려가버렸다. 또 다른 먹이를 사냥하러 가는 야비한 들짐승 같았다.

한참을 달려 강원도의 어느 야산 근처에 도착했다. 기록을 남기지 않기 위해서 차를 졸음쉼터에 세워두고, 완전히 시동을 끈 다음, 비밀공간에서 증거물을 꺼내 배낭에 넣고 펜스를 넘어 산을 올랐다. 휴대폰은 오래전에 꺼두었다. 그대로 한 시간 정도를 쉬지 않고 계속 달려 폐농장에 도착했다. 오래전, 그의 부모님이 버섯농장을 하던 곳이었다.

그는 그곳 창고에서 낡은 금속통을 꺼내서 마당으로 들고 왔다. 대충 모은 땔감들을 안에 쟁여 넣고 배낭 속에서 휘발유를 꺼내 뿌린 다음, 오래된 신문지에 라이터로 불을 붙여 안으로 던져넣었다. '펑' 하는 소리와 함께 불이 타올랐다. 장작이 젖어있어서 금방 불이 꺼질 것을 걱정했지만, 다행히 매캐한 연기와 함께 피어난 불이 수분을 날려버리고 활활 타올랐다. 최민용은 배낭에서 증거물을 꺼내 들었다. 이제 이것들을 태워버리기만 하면 된다. 그리고 그 재들을 산속 적당한 곳에 묻기만 하면 된다. 이것이 '그들'의 시나리오였다. 이번 음모의 최종장.

하지만 그의 생각은 달랐다.

이렇게 한다고 해서 그의 안전이 보장될까? 그는 아버지를 통해서 유일상의 아버지 유청한에 대해 몇 번이나 들은 말이 있었다. 10년이 넘게 그를 위해서 봉사하며 온갖 잡일을 했던 기사가 돈을 빌려달라는 요청을 하자, 그 즉시 해고했다는 일화는 신문에까지 나왔었다. 그 아버지에 그 아들이다. 그들은 이용해 먹다가 필요 없어지면 버릴 것이다. 더구나 이런 큰 비밀을 알고 있다면 그냥 해고 정도로 끝날 리가 없다. 그래서 그는 '보험'을 들기로 했다. 그 증거들을 없애는 대신, 어딘가에 숨기기로 했다. 그는 품속에서 자신이 만든 '안경'을 꺼냈다.

그의 별명은 '맥가이버'였다. 그는 마음만 먹는다면 뭐든지 만들어내는 재주를 가지고 있었다.

그 '리허설' 이후, 그는 자신의 안전을 위해서 뭔가를 만들어야겠다고 결심했다. 더구나 그 리허설에 참가했던 사람들이 모두 사고로 죽었다는 사실을 알고 나서, 그 결심은 더욱 굳어졌다.

　그는 곧바로 '안경'을 만들기 시작했다. 동대문 대형안경도
매점으로 가서 가장 두꺼운 프레임의 안경을 샀다. 딱딱한 재
질의 싸구려 플라스틱 안경이었다. 이런 것이 가공하기 쉽고
들키지 않는다. 그는 그날 밤, 가지고 있는 기술과 장비를 총
동원해서 핀홀카메라가 달린 안경을 만들었다. 구조는 단순
화하고 귀걸이 안쪽에 접촉식 스위치를 넣어서 머리를 쓸어
넘기는 척하며 스위치를 켤 수 있게 만들었다. 안경프레임에
마이크로 SD 메모리카드를 넣고 그 위에 금속로고를 붙여 본
드로 접착했다. 로고를 떼어내지 않는 한 발견하기 어려웠다.
가장 중요한 핀홀카메라는 예전에 사두었던 만년필카메라에
서 꺼냈다. 그는 그것을 안경 한가운데가 아니라 다리와 프레
임이 연결된 부분에 설치했다. 두꺼운 프레임이라서 세 개의
고정나사가 있었는데 그중 가운데 나사를 빼고 카메라를 넣
었다. 동력은 얇은 충전식 전지를 안경다리에 숨겨 넣었다. 테
스트를 해보니 성공적으로 녹화가 됐다. 자신의 시각과 같은
앵글로 녹화가 되었다. 하지만 생각보다 녹화시간이 너무 짧
았다. 최장 4분이 한계였다. 뭐가 됐든 그 시간 안에 포착해야
한다.

다음 날, 유일상을 태우고 강원도 유청한의 집으로 갔을 때였다. 유청한이 최민용을 보자마자 고개를 갸우뚱했다.

"그기 뭐꼬? 니, 안경 이리 줘바라!"

깜짝 놀랐다. 최대한 떨림을 자제하며 안경을 벗어서 건넸다. 유청한은 안경을 이리저리 살펴보고 안경다리를 휘어보았다. 마이크로 SD카드가 들어 있는 로고가 흔들거렸다.

"야! 니, 이거 한번 봐라!"

유청한이 안 비서에게 안경을 던져주었다. 그것을 두 손으로 받아든 안 비서가 이곳저곳을 자세히 살펴보았다. 그의 손이 덜렁거리는 로고 부분을 건드렸다. 최민용은 눈을 감았다. 이마에 비 오듯 땀이 흘렀다. 덜렁거리는 로고를 잡아떼면 바로 SD카드가 드러난다! 그럼….

"그냥 안경입니다. 어르신!"

안영조 비서가 안경을 최민용에게 돌려주었다.

"무슨 안경이 그래 장난감처럼 생겼노?"

"요즘 디자인이 이렇습니다."

유청한은 링거거치대를 지팡이처럼 짚으며 옆 방으로 가버렸다.

"조심해!"

안 비서가 낮은 목소리로 말하고, 유청한을 따라서 가버렸다.

　최민용은 얼른 안경을 썼다. 그 위로 땀방울이 흘러내렸다. 안영조의 말이 무슨 뜻인지 짐작하기 어려웠다.


　증거물은 네 가지였다. 유일상의 양복상의, 마술칼, 피주머니, 유일상의 휴대폰이었다. 거기에 그는 자신이 만든 카메라 안경을 집어넣었다.

　특히 휴대폰에는 유일상이 아버지 유청한, 그리고 그의 '친구'들과 주고받은 문자까지 있어서 반드시 없애야 할 증거였다. 최민용은 그중, 휴대폰을 집어 들었다. 비밀번호는 알고 있었다. 가끔, 유일상을 대신해서 전화를 받았기 때문에 유일상이 비밀번호를 알려주었다.

　그는 휴대폰을 켜고 영상녹화 어플을 켰다.

　"제 이름은 최민용입니다. 저는 유일상 의원 보좌관입니다. 이번 사건 전모를 밝히겠습니다."

　한참 동안 사건에 관한 이야기를 마친 그는 펜으로 휴대폰 위에 비밀번호를 적었다.

　모든 증거물 들을 비닐 주머니에 넣고 봉한 뒤에 창고 안쪽으로 들어갔다. 여기저기 쥐들이 뛰어다니는 소리가 들렸다. 산속 생활이 싫은 가장 큰 이유가 바로 쥐였다. 도시에서는 보기 힘든 쥐들이 이곳에서는 떼로 돌아다녔다. 그는 쥐가 갉아먹지 못하도록 굳어버린 페인트 깡통을 열고 그 안에 비닐봉지를 욱여넣었다. 그러고는 삽으로 땅을 파서 깡통을 깊이 파묻었다. 다시 마당으로 나오니, 불이 거의 꺼지고 숯이 되어가고 있었다. 삽으로 흙을 퍼서 드럼통 안에 넣어 불씨를 완전히 흙으로 덮었다.

모든 일을 마치고 그는 다시 산밑으로 내려갔다. 차로 돌아오니 어느새 세 시간이 지나 있었다.

그는 대충 땀과 흙, 옷에 묻은 풀씨 등을 정리하고 차에 올랐다. 아직 갈 길은 멀었다.


유청한의 집에 도착했을 대는, 이미 해가 떠오른 지 한참 뒤였다. 안으로 들어가자, 링거거치대를 지팡이 삼아서 서성거리던 노인이 그를 보자마자 다그쳐 물었다.

"시킨 대로 했느냐?"

"예!"

한참 동안 노인이 매서운 눈빛으로 그를 노려보았다. 그 광기를 견디기 어려웠지만, 오히려 든든했다. 자신이 죽으면 나중에 그 증거가 발견될 것이라는 믿음 때문이었다. 대통령을 음해한 자작극이 세상에 드러나게 된다.

"왜 안경이 바뀌었노?"

노인의 날카로운 눈빛이 그를 향했다. 그는 의심이 생기면 그것이 해소되기 전까지 절대 의심을 풀지 않았다.

"부러졌습니다. 일할 때…."

그때서야 유청한이 의심의 눈초리를 거두었다. 그도 '일'이 무슨 의미인지 알고 있었다.

"씻고 밥 먹어라!"

유청한은 가정부에게 밥을 차리라고 이른 다음, 최민용이 벗은 옷을 속옷까지 전부 소각하도록 지시했다. 그가 샤워를 마치고 나왔을 때는 이미 새 양복에 속옷, 양말까지 일습이 준비되어 있었다. 가정부에게 밥을 차리지 말라고 말하고, 최민용은 차로 가서 눈을 붙였다. 유청한은 외부인이 자기 집에서 자는 것을 좋아하지 않았다. 20년을 함께 한 가정부조차 그의 집 근처에 따로 집을 지어 살게 할 정도였다.

배고픔보다 피곤함이 더 심했다. 차로 돌아온 최민용은 좌석을 뒤로 눕히고 곧바로 깊이 잠들었다.


그는 땅속으로 빨려 들어가는 꿈을 꾸었다. 꿈속에서 그는 빨간색의 강물이 흘러가는 것을 보고 있었다. 자세히 보니, 그것은 빨간 눈을 한 수백만 마리의 쥐들이었다. 그중 가장 큰 대왕쥐의 등에 칼이 꽂혀 있었다. 그 칼을 잡으려고 민용은 쥐의 행렬 속에 뛰어들었다. 간신히 헤엄쳐서 그 칼날을 붙잡자, 죽은 줄 알았던 대왕쥐가 빨간 눈을 번쩍 뜨더니 그에게 달려들었다.

"헉!" 놀라서 눈을 떴다. 어느새 점심때가 되어 있었다. 그는 차의 시동을 켰다. 유일상을 태우러 가야 했다.

---

평일의 백화점은 한산했다. 코로나 이후 가장 큰 타격을 받은 곳 중 하나가 바로 백화점이라는 것이 실감 날 정도로 사람이 적었다.

유일상의 보좌관 최민용은 백화점에서 옷을 사려는 것 같았다. 오프 시간인지 여유 있는 발걸음으로 매장 안을 둘러보고 있었다. 형사들은 조용히 그를 미행하고 있었다. 백화점에서 만나자고 했지만, 아직 장소는 특정하지 않았다.

"저기!"

복승아가 주시하던 전방을 턱으로 가리키며 말했다.

"봤어!"

김정호 역사 그쪽을 보고 고개를 끄덕였다.

최민용은 누군가가 자신을 따라오는 것을 느꼈다. 형사처럼 보이는 남녀 한 쌍이었다. 그들은 이마 한가운데에 경찰이라고 써 붙여 놓은 것처럼 행동하고 있었다. 캐주얼한 양복에 전혀 어울리지 않는 운동화. 거기다 두 사람이 연인라는 콘셉트인지 최민용과 눈이 마주치자 서로 손을 잡고 연인처럼 행동했다. 그 모습도 어색하기 짝이 없었다. 심지어 그래놓고는 서로 부끄러워하는 꼴이라니. 하지만 그 두 사람보다 진짜 신경 쓰이는 사람은 따로 있었다.

야구 점퍼 차림에 야구모자를 쓴 젊은 남자였다. 그는 벌써 삼십 분 전부터 최민용을 따라다니고 있었다. 그가 눈치챘다는 것을 야구모자 남자도 알고 있었다. 하지만 그는 전혀 숨으려는 기척도 없이 당당하게 존재감을 드러냈다. 증거물을 숨기러 가던 길에 뒤따라오던 검은 차가 떠올랐다.

처음에는 유일상의 아버지 유청한이 보낸 사람인 줄 알았다. 하지만 다른 가능성도 있다. 이번 일에 관여했던 사람들은 모두 죽었거나 죽어간다. 이번이 자신 차례일지도 모른다. 최민용은 형사들을 만나는 게 좋겠다는 결론에 도달했다. 형사들에게 이번 사건의 전모를 알고 있다고 말하고 보호를 요청하면 살 가능성도 있다. 하지만 '저들을 믿을 수 있을까?' 하는 의구심이 들었다. 자신을 미행한다는 말은 죽일 수도 있다는 뜻이다. 과연 저들이 형사가 맞을까? 그러다가 그 두 사람의 어설픈 연기를 보고, 왠지 그들은 믿을 수 있겠다는 생각이 들었다.

그는 마음을 굳히고 서둘러서 백화점 정문으로 빠져나갔다.

형사 커플과 야구모자가 모두 자신을 따라 나오는 것이 보였다.

백화점 바로 옆 지하주차장 입구 앞의 횡단보도를 건넜다. 그를 따라 움직이는 형사들의 모습이 보였다. 하지만 야구모자는 안보였다. 어쩌면 지금이 기회인지도 몰랐다.

횡단보도를 건너다가 뒤를 돌아보았다. 그를 향해 빠른 걸음으로 다가오는 형사 커플이 보였다. 그는 그 자리에 멈춰서 몸을 돌렸다. 형사를 향해 손을 들었다.

'쾅!'

'끼이익!'

지하주차장에서 갑자기 튀어나온 전기차가 최민용과 충돌했다. 전기차는 엔진 소리도 안 들려서 기척도 못 느꼈다. 최민용은 옆으로 크게 날아가 펜스에 머리를 부딪쳤다. 그의 목이 ㄱ자로 꺾였다.


"구급차! 구급차 불러요!"

복숭아가 뛰어가며 외쳤다. 김정호는 급히 폰을 꺼내서 119를 눌렀다. 펜스 앞에 구겨진 채 쓰러져 있는 최민용에게 복승아가 다가가서 맥을 짚어보았다.

"아직 살아있어!"

전기차 운전자가 차 문을 열고 내렸다. 배가 불룩 튀어나온 팔십 전후로 보이는 영감이었다.

"아이고, 이기 무슨 일이고? 정신이 하나또 엄네!"

노인이 하소연하듯 중얼거렸다.

"저 사람, 신원 확인해."

"할아버지요? 왜요?"

"소리 들었지? 충돌한 다음에 브레이크 밟았어!"

상황을 이해한 복승아가 운전자에게 다가갔다. 김정호는 휴대폰을 꺼내서 버튼을 눌렀다.

"왜?"

"팀장님. 문제가 생겼습니다!"

"뭐야?"

"보좌관 최민용, 방금 교통사고 당했습니다."

"뭐?"

"중상입니다. 의식이 없어요!"

신영규의 미간이 깊게 파였다. 이제 유일상의 범죄를 입증할 방법이 없어졌다. 유일한 희망의 끈이 끊어졌다.

─◦◦◦◦◦─

"최민용, 상태 어때?"

신영규가 휴대폰에 연결된 복승아에게 물었다.

"안 좋습니다. 담당 의사 만나봤는데, 두부 손상이 심하답니다. 지금 수술 들어갔는데 오늘을 못 넘길지도 모릅니다."

복승아가 대답했다. 그 말을 옆에서 들은 김건이 탄식했다.

"그래 알았다. 경찰 인력 보냈으니까, 교대하고 돌아와!"

"네."

아직도 정리가 안 된 수사본부에 남아있던 신영규와 김건은 한동안 말을 잊었다. 모든 상황이 절망적이었다. 마지막 희망이라고 여겼던 유일상의 보좌관마저 차 사고로 중상을 입었다.

"사고 낸 운전자는?"

"지금 조사 중입니다. 그냥 급발진 사고였다고 주장합니다."

"정호 말 들었지. 충돌한 다음에 브레이크를 밟았다고."

"사고자가 나이가 많아서 고의성을 입증하기 어려울 것 같답니다."

"몇 살인데?"

"일흔여덟이랍니다."

"이런! 되는 일이 없네!"

신영규가 책상을 주먹으로 '쾅' 하고 내리쳤다.

"선배님!"

김건이 굳은 표정으로 그를 불렀다.

"사건, 이대로 포기합니까?"

"아니!"

지친 듯 의자 등받이에 몸을 기대며 신영규가 말했다.

"하지만 지금은 방법이 안 보인다. 암담해!"

허리케인이 쓸고 지나간 것처럼 어수선한 사무실 안에서 두 사람의 긴 침묵이 이어졌다.

이제 정상적인 방법은 모두 막혀버렸다. 코믹북이라면 베트맨이라도 부를 텐데, 여기는 박쥐모양 서치라이트도 없다. 사방이 막힌 벽 속에 갇힌 느낌이었다.

양손으로 코와 입을 덮고 생각에 잠겨 있던 김건이 한참만에 입을 열었다.

"저는 오종환 교수님 치매 소식 듣고 떠오른 게 있어요.".

"뭐냐?"

"오블리비언!"

신영규가 벌떡 몸을 일으켰다. 심장이 튀어나올 것 같았다.

"나도 그걸 의심했었다. 오 박사님은 건강했어. 마지막 뵈었을 때도 어려운 스도쿠를 풀고 계셨는데 치매일 리가 없지!"

"압니다. 오블리비언! 경찰서 증거물실에 있던 그걸 훔쳐 간 사람들이 그걸 쓸 방법을 찾은 거죠. 전쟁터가 아니라 우리 일상생활에서요! 그들은 앞으로 이런 방법으로 정적들을 제거해 나갈 겁니다. 치매 환자가 증가하겠죠. 어제까지 정부에 비판적이었던 인사가 눈을 떠보니 치매 환자가 되는 식으로요."

"무섭다. 인정하기 싫지만, 네 말이 맞는 것 같아서 더 무서워."

신영규가 몸을 앞으로 숙이며 두 손으로 입을 가렸다.

"김건! 네가 기억을 잃은 건 내 책임이야. 나는 그걸 모르고 살았을 뿐. 책임을 회피할 순 없다."

"선배님 잘못이 아닙니다. 누가 될 수도 있었는데 제가 된 것뿐이죠. 그리고, 저는 이제 다시 돌아왔어요."

"아니. 내 잘못이 맞다. 놈들은 나를 제거하려고 했어. 그런데 네가 맞은 거다."

"지나간 일을 계속 돌이켜봐야 배만 고파집니다. 진짜 미안하면 나중에 밥이나 사십쇼. 말만 하지 말고!"

"뭐? 나도 산다면 사는 사람이야!"

신영규가 발끈했다. 하지만 내심으로는 김건에게 감사했다.

"그럼, 지금이라도 가자! 뭐든 사줄게!"

시계를 본 김건이 갑자기 벌떡 일어났다.

"아, 저는 지금 가볼 데가 있습니다. 주희 씨 문제로 만날 사람이 있어요."

말을 마친 그는 모자를 쓰고 바로 밖으로 달려나갔다.

"다음에 쏘십쇼!"

신영규가 그의 뒷모습을 향해 중얼거렸다.

"그래, 다음에…."

아직 여름은 보이지 않고 봄은 꽉 찬 때였다. 아침저녁으로는 쌀쌀하지만, 낮에는 조금씩 더워지는 계절의 길목에 있는 어느 저녁, 신데렐라 포장마차는 지하철역 근처의 공원에서 문을 열었다. 시간은 매일 저녁 밤 11시에서 자정까지만 영업하는 것이 방침이었지만, 모든 자영업이 밤 9시에 문을 닫아야 하는 정부의 방역방침 때문에 부득이하게 8시에 문을 연 것이다.

평소와 달라진 시간 때문인지 신데렐라 포장마차에는 손님이 그리 많지 않았다.

지하철에서 내린 김건은 멀리서 보이는 불빛을 따라 신포로 달려갔다.

"아! 김건 씨! 오랜만이에요!"

"프랑수아! 보고 싶었어요!"

마스크를 쓴 두 사람이 서로의 주먹을 부딪치며 인사했다. 얼마 전까지 맨 얼굴로 마음대로 나다니던 것이 꿈 같았다. 이제 서로의 표정을 보는 것도 힘든 일상이 되었고, 놀랍게도 그들은 그것에 적응하고 있었다.

"김건 씨. 주희 씨는 어떻게 됐어요?"

만나자마자 묻는 것도 소주희에 대한 것이었다.

김건은 자기도 모르게 한숨을 내쉬었다. 마스크 속에서도 그 절망감이 그대로 전달되었다. 프랑수아의 표정도 어두워졌다.

"어렵게 됐어요. 부검에서 유리한 증거가 나왔는데, 부검의가 치매 판정을 받아서 증거로 인정되지 않을 거래요."

"오, 주희 씨!"

프랑수아도 눈을 감았다. 당장이라도 울 것 같은 표정이었다.

"믿어지지 않아요. 주희 씨가, 우리 친구가 그런 일을 겪다니요!"

"저도 믿기지 않아요. 주희 씨는 항상 다른 사람을 돕는 착한 사람인데 이런 상황이 될 줄은 상상도 못 했어요."

두 남자는 한동안 말없이 한숨만 내쉬고 있었다.

"정말 구할 방법이 없어요? 김건 씨, 전문가잖아요!"

김건이 힘없이 고개를 저었다.

"이번 일로 제 한계를 알았어요. 똑똑한 척만 했지, 정작 소중한 사람이 위험한데 아무것도 못 하고…"

그 말에 프랑수아가 두 눈을 크게 떴다.

"김건 씨. 지금! 소중한 사람이라고 했어요?"

자신의 말을 깨달은 김건이 머쓱했지만, 이내 고개를 끄덕였다.

"확실히 깨달았어요. 주희 씨는 저한테 아주 소중한 사람이에요. 우선은 이 감정에 충실하려고요."

"브라보! 바로 그거예요!"

프랑수아가 박수를 쳤다.

"프랑스 사람으로서 한국 사람들 보면 답답할 때가 많아요. 서로 너무 생각을 많이 해요. 사랑은 머리로 하는 게 아니라 가슴으로 하는 거예요!"

젊은 프랑스인의 말에 김건도 피식 웃으며 고개를 끄덕였다. 그의 말대로 우리는 머리로만 사랑하는 것에 너무 익숙해진 것 같았다.

"아!"

시계를 본 프랑수아가 벌떡 일어났다. 시간은 불과 폐점 20분 전이었다.

"아직, 아무것도 안 드렸네요. 잠깐만요!"

부리나케 주방으로 들어간 프랑수아가 김이 모락모락 오르는 수프 그릇을 들고 나왔다.

"부알라! 그라탕(GRATIN)이예요!"

쌀쌀한 봄 저녁에 너무나 잘 어울리는 음식이었다.

"본아파티!"

자기도 모르게 '이야!' 하고 감탄사를 내지른 김건이 스푼을 들고 한입 떠먹었다. 포근한 감자의 식감과 크림과 치즈의 짠맛, 고소함이 어우러진 환상적인 맛이었다.

"가슴이 따뜻해져요. 이런 게 엄마의 손맛이겠죠?"

"이건 대표적인 프랑스 가정요리예요. 저도 자주 먹었죠."

"저한테 프랑스인 엄마가 있었으면 이런 요리를 해주셨겠죠? 정말 맛있네요."

그라탕을 떠먹던 김건이 스푼을 들어 올렸다.

"이 스푼 너무 좋아요. 커서 한 번에 많이 떠먹기 좋아요."

"그렇죠? 사실 그 스푼, 주희 씨 아이디어였어요. 마지막으로 왔을 때, 스푼이 너무 작다고 불평했거든요."

김건이 빙그레 웃었다.

"주희 씨답네요. 그런데 이거, 꽤 비싸 보이는데?"

"비싼 건 아니에요. 싼 것 중에서는 고급이지만."

"싼 것 중에는 고급!"

프랑수아의 말에 낄낄거리던 김건이 무심코 스푼을 들여다보았다. 거울처럼 반짝거리는 둥근 머리가 꼭 거울 같았다. 그 안에 비치는 자신의 모습을 보던 김건이, '어!' 하고 그대로 굳어버렸다.

"왜 그래요? 뭐 나왔어요? 벌레? 머리카락?"

프랑수아가 걱정스러운 표정으로 물었다. 하지만 김건은 대답 대신 냅킨으로 스푼을 닦아내기 시작했다.

"먼지? 이상하다. 잘 씻었는데?"

그 모습을 걱정스레 지켜보던 프랑수아가 밖으로 나와서 김건 옆에 섰다.

충격을 받은 표정으로 스푼을 빤히 들여다보던 김건이 말을 더듬으며 프랑수아에게 물었다.

"여, 여, 여기! 프⋯프랑수와! 여기 좀 봐요!"

"뭘요?"

"이거! 이 스푼!"

김건이 가리키는 곳을 본 프랑수아가 고개를 갸우뚱했다.

"스푼밖에 없는데요?"

"안에! 안에 뭐가 보여요?"

"안에? 아! 우리 모습이 비쳐 보이네요!"

"그렇죠? 우리 모습이 비치죠? 맞아! 이거야!"

김건이 흥분해서 외쳤다.

"주희 씨 영상, 요리 시합 때, 음식을 덮는 뚜껑이 있었어요. 프랑수아! 여기도 뚜껑 있어요? 요리 덮는 거!"

"아, 있죠. 잠깐만요!"

프랑수아가 안으로 달려가더니 뭔가를 찾기 시작했다. 와장창, 쨍그랑 깨지는 소리가 나더니 상기된 표정으로 요리에 덮는 뚜껑을 들고 왔다.

"이거죠?"

"맞아요!"

김건이 뚜껑에 자신의 모습을 비쳐 보았다. 그것을 향해 손을 뻗자, 거울 같은 은색 표면에 그 모습이 선명하게 비쳤다.

"됐어! 어쩌면 가능해! 아니 꼭 될 거야! 된다! 프랑수아!

이거면 주희 씨 구할 수 있어요!"

서둘러 모자를 쓴 김건이 품속에 손을 넣어 지갑을 찾
았다.

"지갑이 어딨지? 급한데…."

"아니요. 오늘은 서비스예요!"

"아, 고마워요. 그럼…."

김건이 손으로 모자를 붙잡고 바람처럼 달려나갔다. 그 모
습을 본 프랑수아가 마스크를 벗고 빙그레 웃었다.

"브라보! 김건 씨! 나는 당신을 믿어요!"

국과수 서울 분원은 소독을 마친 후에 다시 문을 열었다.
부검의들이 모두 확진되어 당분간 부검은 못 하지만, 확진자
가 없는 다른 부서는 업무를 재개했다. 신영규와 김건은 영상
포렌식 부서로 급하게 뛰어들었다.

"그 영상, 포렌식 나왔나요?"

김건이 다급하게 묻자, 담당자 방송국 과장이 뒷머리를 긁
었다.

"어려워요. 너무 작아서 식별이 안 됩니다."

그는 작업한 동영상을 보여주었다. 가장 크게 확대해도 누구인지 식별이 불가능했다.

"말씀하신 대로, 요리 뚜껑에 비친 차차연의 모습을 찾아서 확대했어요. 확대한 화면을 최대한 보정하고 선명도를 높였죠. 하지만 식별이 가능할 정도는 아니에요."

"아, 이런!"

화면을 보고 김건이 탄식했다.

"방법이 없나요?"

"지금 우리 장비로는 무리예요. 요즘 최신장비는 딥러닝기술을 이용해서 영상을 재구성하거든요. 그런 거라도 쓰면 모를까. 어려워요."

"그 기계 얼마나 하는데요?"

신영규가 당장 지갑을 꺼낼 기세로 물었다.

"얼마가 문제가 아니라 못 사요! 첨단기술 관련 장비라서 이스라엘에서 안 판다네요. 우리도 요청은 해놨는데, 언제 올지 몰라요."

"그 기계만 있으면 할 수 있다는 말인가요?"

"그렇죠. 우리가 화면으로 보는 동영상은 아주 작은 사각형 픽셀(pixel, px)들로 구성되어 있어요. 그 사각형들이 작을수록 선명도가 높아지죠. 그 기계는 인공지능으로 그 점들을 재구성해서 선명도를 획기적으로 높여줘요. 미국에서 FBI가 오래된 동영상 속에서 자동차 번호판을 식별해서 범인을 잡은 방법이 그 장비 때문인데, 우리나라에는 아직 없죠."

사무실을 나오는 김건은 소금에 절인 배추처럼 축 늘어져 있었다. 어깨부터 무릎, 턱까지 아래로 늘어뜨린 모습이, 꼭 그 주변에만 중력이 두 배로 작용하는 것 같았다.

"실망하지 마라. 방법이 있을 거야."

"이게 주희 씨를 구할 마지막 방법이었어요. 아! 정말 어렵게 생각했는데."

김건이 머리를 쥐어뜯으며 괴로워했다.

"이제 남은 카드는 하나도 없어요. 더는 생각도 안 나고요. 아! 이게 제 한계네요!"

실연당한 고릴라처럼 두 어깨를 늘어뜨린 채 김건이 터덜터덜 걸어갔다.

"저 먼저 가볼게요!"

"야. 김건!"

하지만 신영규도 실망해서 떠나가는 그를 잡지 못했다.

'이제 남은 카드는 하나도 없어요.'라는 김건의 말이 귓가를 떠돌았다. 그 말은 사실이었다. 이제 경찰로서 할 수 있는 일은 아무것도 없다. 하지만 신영규에겐 아직 최후의 카드가 남아있었다! 그는 그 카드를 쓰기로 마음먹었다.

　서울시 경철청은 이상한 구조로 되어 있다. 새로 지은 신청사가 오래된 구청사를 품고 있는 모습인데 그 둘 사이를 연결하는 통로는 오래전에 만들어진 나무복도뿐이었다. 이 복도에서는 과거 열여섯 시 이십 분에 역사적인 사건들이 일어났다고 해서 열여섯 시 이십 분 복도, 혹은 일육이공 복도라고 불렸다.

　신청사를 지으면서 이 복도는 일종의 역사전시장으로 설계되어 긴 복도 전체가 완벽하게 밀폐되었다. 좌우의 유리 벽으로 햇빛은 들어오지만, 열고닫는 창문은 없었다. 양쪽의 출입구를 제외하면 누구도 통과하지 못하는 긴 밀실이었다.

　신영규는 그 복도를 걷고 있었다. 아직 오전 중이었지만 어두운 이 복도 안에 있으면 깊은 바닷속에 있는 것처럼 시간을 알 수 없었다. 이 안에 있으면 묘하게 마음을 안정시키는 효과가 있었다. 어떤 면에서 바 '모비딕'을 연상시키기도 했다.

　이 복도를 통해 신청사와 구청사가 연결된다. 이 유일한 통로 덕분에 구청사는 도시 한가운데서 무인도처럼 고립될 수 있고 안전을 유지할 수 있었다. 그런 이유로 이 복도는 가장 완벽한 비밀장소였다. 누구도 복도에 도청기를 설치할 생각은 하지 않기 때문이다.

아직 한낮의 햇빛이 스며들지 않은 긴 복도는 고래 뱃속처럼 춥고 어두웠다. 이곳에서 시간의 존재를 알게 해주는 유일한 것이 바로 낡은 괘종시계였다. 문을 열고 시계의 태엽을 감아주었다. 이것은 일종의 의식이었다. 그는 괘종시계의 태엽을 감으며 자신의 생각을 조였다. 그것은 언제나 효과가 있었다. 그는 그런 식으로 자연인 신영규가 아닌 생활인 신영규의 생체리듬을 조절했다. 태엽을 다시 넣고 문을 닫는 신영규는 긴 복도에 사람이 없는 것을 확인하고 휴대폰을 꺼냈다.

김건이 말했었다.

'이제 남은 카드는 하나도 없다.'고. 하지만 신영규에게는 아직 마지막 카드가 남아있었다.

그는 그 마지막 카드를 쓰기로 했다. 그것은 그의 아픈 과거와 연결되어 있다.

그 카드를 쓴다는 것은 엄청난 대가를 치러야 한다는 뜻이기도 하다. 하지만 이미 결심은 끝났다.

'띠리리링.'

통화버튼을 누르자 신호가 갔다. 하지만 상대방의 이름이나 번호가 표시되지 않았다. 이 번호는 특수한 경로를 통해 완전히 가려져 있었다.

세 번 신호가 간 후에 알 수 없는 딸깍거리는 소리가 몇 번 들리며 목소리가 들렸다.

"무슨 일이냐? 영아!"

이설이 낮지만, 힘 있는 목소리로 물었다.

"도움이 필요해."

한동안 응답이 없었다. 저 너머로 여전히 딸깍거리는 소리가 들리고 있었다.

"말해봐라."

"CCTV 영상을 확대해야 하는데 선명도가 낮아서 식별이 안 돼. 영상 포렌식을 할 수 있는 특별한 장비가 필요해."

다시 한동안 대답이 없었다. 미간을 찡그리는 이설의 모습이 보이는 것 같았다.

"그건 왜 필요하지?"

"죄 없는 사람을 구하려고."

다시 침묵이 이어졌다. 신영규는 이설이 무슨 생각을 하고 있는지 짐작이 안 갔다.

"삼족오의 힘은 우리 내부 사람만을 위해 쓰인다."

완곡한 거절인가?

"너는 내부 사람이냐? 영아!"

이설의 목소리가 무겁게 그를 눌렀다.

"아니, 난 그곳을 떠났어."

신영규가 억지로 말을 꺼냈다. 그날의 일이 다시 떠올라서 숨을 쉬기 어렵게 했다.

"우리는 나라의 최고 권력자를 위해서만 일한다."

저 어두운 구석에서 빨간 눈의 까마귀가 다시 그를 노려보는 것 같았다.

"외부인이 우리 힘을 이용하려면 대가가 필요하다."

차가운 목소리가 되돌아왔다.

"뭐요? 그게?"

각오는 했었다. 오악재를 괴멸시켰고, 오래전에 그곳을 떠난 그에게 친절하게 가족 같은 대우를 바란 것은 아니었다.

"네 재산의 절반!"

신영규의 재산은 약 천억 원 정도였다. 동산과 부동산을 다 합친 것으로 개인적으로 했던 주식과 코인 투자에서 많은 실패를 했음에도 불구하고 다른 곳에서 발생한 이익으로 그 손해를 회복했다. 이설은 도움의 대가로 그 재산의 절반을 요구하는 것이다.

"그렇게 합시다."

신영규가 대답했다. 별로 오래 생각하지도 않았다.

"뭐라?"

"내 재산의 절반을 주지. 그러니까 일을 도와주시오."

한동안 대답이 없었다. 기계음 같은 짤깍거림만 이어지고 있었다.

"황실의 언사에 농(농담)은 없다. 영아. 알고 있느냐?"

"알고 있소!"

신영규는 망설이지 않고 대답했다.

"우리는 말한 대로 반드시 행한다. 그것이 말에 힘을 얻는 유일한 방도다!"

"선제의 말씀이셨지. 기억하오."

모든 과거를 기억한다. 아직도 그때를 되새길 때마다 많은 아픔과 고통으로 죽을 것 같지만, 더는 피하지도 숨지도 않겠다 마음먹었다.

지금 할 수 있는 일을 한다. 그리고 그 첫 번째가 바로 소주희를 돕는 것이다.

"알았다. 그리하자."

낮은 목소리가 말했다.

"고맙소. 누님!"

낮은 목소리가 답했다.

딸각, 딸각, 윙, 전화가 끊어졌다.

이 소리가 마치 고래 뱃속에서 나는 소리 같아서 묘하게 이곳과 잘 어울렸다.

─◦◦◦◦◦◦─

한 시간 뒤, 신영규에게 전화가 한 통 걸려왔다. 자산관리회사 담당자였다.

"안녕하십니까? 이지스 자산관리 팀장 알렉스 한입니다."

친숙한 목소리였다. 한국어는 한국 발음으로, 영어단어만 미국식으로 발음해서 묘한 이질감이 있었다. 투자에 밝은 한국계 미국인으로 꽤 오랜 시간 그를 도와서 자산관리를 하고 있었다.

"고객님의 재산이 한꺼번에 이동했습니다. 알고 계셨습니까?"

그는 곧바로 이설을 떠올렸다. 그들은 일 처리가 아주 빠르다.

"압니다."

"네. 그러시다면…."

남자가 말꼬리를 흐렸다. 미국인이지만 한국말을 아주 잘

하는 사람이었다.

"혹시, 저희 서비스가 마음에 안 드시거나 불만이 있으신 가요?"

"아니오. 아주 만족하고 있습니다."

"네…."

다시 말꼬리를 흐렸다.

"그러시면 왜 자산을 이동시켰는지 여쭤봐도 될까요?"

진짜 질문은 항상 그다음에 나온다.

"시, 실례가 안 된다면?"

"뭘 좀 사려고요."

"네?"

"일 관계로 가전제품을 하나 샀어요."

"가전제품이요?"

"네. 한국에 없는 거라서 좀 비싸더라고요."

수화기 너머로 'What in the hell!'이라고 중얼거리는 소리가 들렸다. 안 들리는 줄 아는 모양이다. 미워할 수 없는 사람이었다.

"계속 잘 부탁해요."

"네. 고객님. 앞으로도 저희를…."

신영규가 전화를 끊었다. 남자의 흐려지는 말꼬리와 함께 대화가 끊어졌다.

———⬥⬥⬥———

　수사 회의를 하는 형사들의 얼굴이 하나같이 어두웠다. 어떠한 희망도 없는 절망적인 표정이었다. 특히 김정호 형사의 얼굴은 블랙홀처럼 어두웠다. 표정이 너무 어두워서 한숨을 한 번씩 쉴 때마다 주변의 빛까지 빨아들이는 느낌이었다.

"최민용 자택은?"

"다 찾아봤는데, 아무것도 없었습니다."

복승아가 대답했다.

"우리 미래처럼… 휴우!"

김정호가 한탄했다.

"다른 단서는 없나?"

"컴퓨터하고 휴대폰을 봤는데, 모두 포맷되어 있었습니다."

김건이 대답했다.

"우리 앞날도 포맷되갔구만… 에효!"

김정호가 탄식했다.

"포렌식은?"

"국과수에 넘겼습니다. 그런데 시간이 걸릴 거랍니다."

복숭아가 대답하며 김정호를 노려봤다.

"우리는 남은 시간도 없어. 피유!"

김정호가 눈치 없이 깊이 한숨을 쉬었다.

"야! 정호야, 그만 좀 해!"

보다 못한 김건이 핀잔을 주었지만, 잠시 그쪽을 쳐다보곤 또다시 한숨을 푹 쉬며 고개를 떨구었다.

자신의 눈앞에서 사고를 당한 주요증인에 대한 미안함과 아쉬움에 정신을 못 차리는 것 같았다. 그 모습을 본 신영규가 당장 불호령을 내릴 것 같았지만, 뜻밖에도 그는 김정호를 그냥 놔두었다.

"다들 알겠지만, 최민용은 우리 팀의 마지막 희망이었다. 이 사람은 모든 주장을 뒤집을 결정적인 증거를 가진 '키맨'이었다. 만약, 우리 생각대로 유일상이 박복덕을 죽였다면 모든 것이 한방에 뒤집어진다. 그것을 증명할 증거를 가진 사람이 최민용이었다."

신영규는 잠시 말을 멈추고 팀원들을 살펴보았다. 모두가 지칠 대로 지쳐 보였다. 몸도 몸이지만 정신력이 바닥으로 떨어져 있었다.

"어렵지만, 아직 희망이 있을지도 모른다. 가택수색을 했지만, 집에는 아무것도 안 나왔다. 그렇다면 증거를 자기 몸 주

양파수프

**519**

위에 둔 것이 아니라 어디 먼 곳에 뒀을 가능성이 크다. 최민용의 최근 행적을 봤을 때 가장 멀리 간 곳이 어디였지?"

"사건 당일, 강원도로 갔을 때입니다."

김건이 대답했다.

"그렇지! 그때 행적에서 수상한 점을 발견했었다. 밤늦게 출발했는데 아침에 도착했다. 본인은 중간에서 자고 왔다고 말했지?"

"네. 도로변 졸음쉼터에 주차하고 잤다고 했습니다."

"그럼 합리적으로 봤을 때 최가 중간에 차를 세우고 어딘가에 증거를 숨겼을 가능성이 크다."

"그렇네요. 어두운 밤에 산을 올랐다면 멀리 가기는 힘들었을 겁니다. 그럼 왕복 두세 시간 거리 안쪽에 있겠네요."

김건이 말했다.

"그래, 아마도 본인이 잘 아는 곳이었을 가능성이 크다."

신영규가 김정호를 흘끗 보았다. 아직도 정신을 못 차리고 한숨만 내쉬고 있었다.

"야, 김정호!"

"뭐, 뭐이가?!"

"정신 차려! 지금 뭐 하는 거냐?"

"저는…거저….'

버럭 호통에 김정호가 벌떡 정신을 차렸다.

"그날 밤, 차를 타고 가던 중간에. 어디서 세웠지?"

신영규의 날카로운 눈빛과 만나자 억지로 정신을 차렸다.

"CCTV 다 봤지만, 모릅니다. 국도하고 산길을 교묘하게 탔어요. 중간에 어디서 세웠는지 알 길이 없습니다."

"휴게소하고 톨게이트는?"

"다 찾아봤는데 안 나옵니다."

신영규도 눈앞이 막막해졌다. 하지만 팀원들 앞에서 그런 티를 낼 수는 없었다.

"좋아! 다시 말하지만, 증거를 숨긴 장소는 최민용이 잘 아는 곳이었을 가능성이 크다. 지금부터 찾아야 하는 건 그의 어린 시절부터, 부모, 친척, 친구 중에 강원도, 특히 산속과 관련된 일이나 생활을 했던 사람들을 찾아봐. 그중에 최민용이 증거를 숨긴 곳이 분명히 있다!"

"네!"

"네!"

팀원들이 다시 불확실한 가능성만으로 수사에 박차를 가하기 시작했다. 이제 남은 기회는 거의 없었다.


복도를 걸어 나가는 김정호의 뒤에 복숭아가 따라붙었다.

주변에 사람이 없는 것을 확인한 복숭아는 뒤에서 슬그머니 김정호의 손을 잡았다. 뒤돌아본 김정호가 부끄러워하며 두리번거렸지만, 손을 빼지는 않았다.

"왜 이래? 누가 보면 어쩌려고?"

"기운 없잖아? 기 받으라고… 싫어요?"

"아니. 그건 아니고…."

김정호가 멋쩍게 웃었다.

"요즘 왜 그렇게 힘이 없어요?"

"응. 그냥…."

손으로 코끝을 만지며 말을 흐리던 김정호가 복숭아의 걱정하는 눈빛에 입을 열었다.

"한국에 처음 왔을 때, 기대를 많이 했어. 이제 인간답게 살 수 있다고 생각했지. 여기서는 나라는 인간이 마음대로 뜻을 펼치고, 빛날 수 있을 것 같았어. 그런데 여기서도 나쁜 놈들만 보이네. 나는 아직도 이 모양 이 꼴이고…."

"아닌데? 선배, 빛나는데?"

"뭐?"

고개를 든 그가 자신을 빤히 보고 있는 복숭아의 두 눈을 발견했다.

처음 그녀를 만났을 때가 떠올랐다. 말투가 거친데도 세상에 이렇게 눈이 예쁜 사람이 있구나, 하는 생각이 들었다. 그런데 이제 그 두 눈이 온전히 자신을 향하고 있었다. 복숭아가 두 손으로 김정호의 손을 잡았다.

"내 눈에는 선배가 빛나요."

충격을 받은 김정호가 할 말을 잊었다. 두뇌가 재부팅하려고 잠시 꺼진 느낌이었다.

"무리하지 말고, 선배가 할 수 있는 걸 해요. 가장 잘하는 걸로…"

"가장 잘하는 거?"

자신이 가장 잘하는 게 뭔지 안 떠올랐다. 지금은 그저 눈앞에 있는 빨간 입술만 보였다.

"오빠가 북한말로 뭐야?"

그 입술이 속삭였다.

"오라바이."

"오라바이?"

"오라바이!"

"알았어. 힘내요. 오라바이!"

김정호의 두뇌가 재부팅됐다. 아니 온몸이 재부팅됐다. 눈앞에서 움직이는 앵두 같은 입술에서, 맞잡은 두 손에서 알 수 없는 힘이 솟아났다. 이제 이 세상에서 못할 일이 없을 것 같았다! 그때였다.

"오라바이! 거, 빨리 좀 갑시다!"

"그러게, 저 오라바이, 아까 나갔는데 아직도 여기 있네? 참!"

신영규와 김건이었다. 복숭아가 얼른 손을 놓았다. 김정호
도 빨개진 얼굴을 빙글 돌렸다.

"가자우! 일해야지! 일!"

"그래요. 가요!"

허둥지둥 나가는 두 사람을 다른 두 사람이 빙글빙글 웃으
며 전송했다.

"좋을 때다."

"부럽다. 에효!"

수사회의에서 정한 방향대로 최민용의 주변 사람들을 대
상으로 한 탐문이 시작됐다. 각자 만날 사람들을 정해서 최대
한 많은 정보를 얻기 위해 동선을 최소화했다. 하지만 수사는
시작하자마자 난항에 부닥쳤다.

"팀장님, 최민용 부모님, 대화를 거부합니다."

"친척들도 마찬가지입니다."

"친구들도 입을 다물었어요."

"동료들은 만나기 자체를 거부한다."

최민용의 주변 사람들이 모두 약속이나 한 듯이 수사요청에 응하지 않았다. 그들 모두는 한결같이 두려운 표정으로 전화를 바로 끊어버리거나 만나려고 찾아가면 '할 말 없습니다!' 하고는 바로 돌아서버렸다. 단편적인 대화 한두 마디 정도는 오갔지만, 그 이상은 얻을 수가 없었다.

주변 사람 모두가 이런 식으로 나오니 쓸 만한 정보는 얻지 못했다.

"이거, 누가 벌써 손을 쓴 것 같은데요. 그게 아니고서야 이 정도로 대화 자체를 거부할 리가 없잖아요?"

김건이 씩씩거리며 말했다.

"누구겠냐?"

신영규도 화를 참으며 말했다.

"검찰이 왜 이렇게까지 우리를 방해할까요? 우리는 단지 진범을 잡으려는 것뿐인데."

"바로 그걸 싫어하는 거지. 진범이 누구인지는 상관없다. 그놈들은 사건이 눈에 보이는 대로 끝나길 바라는 거다."

"검찰은 경찰하고 같은 편 아닙네까?"

김정호가 머뭇거리며 물었다.

"검찰은 경찰의 상급기관이다. 훨씬 더 큰 권력을 쥐고 있는 검찰이 수사권까지 가지고 있어. 그야말로 무소불위의 권력이다. 그 권력을 빼앗기기 싫은 거겠지."

"참, 복잡합니다. 남한은 이런 일 없는 줄 알았는데 여긴 더 하네요."

"사람 사는 곳 다 똑같다. 정치는 인간의 본성이야!"

인간이 곧 정치라고 한 검찰의 말이 생각났다.

"어찌됐든, 지금 상태에서는 최민용에 대한 정보를 얻을 방법이 없습니다."

"그래, 이제 방법이 없다. 그만하자! 오늘은."

신영규가 이렇게 말하자, 팀원들이 모두 놀라서 쳐다보았다. 신영규는 절대 포기하는 법이 없었다. 과거, 아무리 힘든 상황에서도 팀을 독려하고 옥박지르며 멱살을 잡아서 하드캐리하던 그였다. 그런 사람의 입에서 쉬자는 말이 나오자, 믿기가 힘들었다.

"자, 수고 많았고 우선 좀 쉬어라. 밥도 좀 먹고, 사우나도 다녀와! 아! 코로나 때문에 안 되지."

억지로 밝은 표정을 지으며 신영규가 말했다.

"우리 고생했으니까 대통령도 이해하시겠지. 이 이상은 무리다. 그러니까 잠 좀 자고 내일 다시 이야기하자!"

말을 마친 신영규가 주머니에 손을 찔러넣고 밖으로 나갔다. 우선 생각을 정리해야 했다. 모든 수가 막힌 지금, 팀원들을 밀어붙여봤자 아무것도 나올 것이 없다.

"선배님!"

김건이 그를 따라 나왔다. 신영규가 발을 멈췄다.

"정말 이대로 그만하실 겁니까? 포기하실 거예요?"

"방법이 없다."

"그렇다고 우리가 포기하면 대통령은 어떻게 누명을 벗습니까? 주희 씨는요?"

"나도 답답해! 하지만 지금은 아무것도 못 해. 뭔가 다른 수를 찾아봐야지!"

"또 선배님 혼자 고민하실 겁니까? 우리 한팀 아닙니까? 같이 머리를 맞대봐야죠."

"때로는 쉬어야지. 너도 좀 쉬어라!"

"제가 쉬면 주희 씨는요?"

김건이 버럭 소리를 질렀다.

"주희 씨도 쉴 수 있나요?"

신영규는 입을 다물었다.

"아무 도움도 못 받고 그 착하고 여린 사람이 혼자서 감옥 안에 있잖아요!"

눈물을 글썽이는 것을 보니 마음이 아팠다.

"그런데 제가 어떻게 쉽니까?"

"나도 마음이 아프다. 하지만 지금은 어떻게 할지 도저히 모르겠다."

뒤도 돌아보지 않고 그는 그대로 걸어가 버렸다. 머리를 쥐어뜯으며 고민하는 김건에게 지금은 해줄 것이 아무것도 없었다.


복도를 걸으면서도 신영규의 머릿속은 어지러웠다. 모든 가능성이 막힌 지금 어떤 방법을 써야 할지 아무리해도 생각이 안 났다. 부검을 통해서 대통령의 무죄를 입증했다고 생각했다. 하지만 곧바로 오종환 교수가 치매 판정을 받으며 부검결과의 증거능력이 상실되었다. 그야말로 롤러코스터같은 사건의 연속이었다. 하지만 이제 더는 앞으로 갈 동력이 없다.


"팀장님!"

복도 중간, 괘종시계 옆에 서 있던 김정호가 그를 불렀다.

"응? 언제 왔어?"

김정호는 그 말에 대답하지 않고 바짝 다가섰다. 눈과 눈이 마주쳤다. 이런 모습이 낯설었다.

"방법이 있습니다."

"뭐?"

김정호는 주변을 살피고 나서 다시 말을 이었다.

"휴전선 부근은 주기적으로 미국 정찰위성이 사진을 찍습니다."

그건 신영규도 알고 있었다. 몇 번의 북한 쪽 침투사건 이후, 미국은 근본적으로 한국을 믿지 못하게 되었다. 그들은 한국군의 정보 능력을 불신하고, 비밀리에 자국의 정찰위성을 이용해서 휴전선 부근을 주기적으로 촬영한다. 그리고 거기에는 간첩의 침투가 가능한 강원도의 산도 포함된다.

"무슨 말을 하는 거냐?"

"코드만 알면 됩니다!"

"뭐?"

김정호의 말이 이해가 안 됐다.

"무슨 코드?"

"사건 당일 새벽, 강원도 상공을 지나간 '정찰위성코드' 말입네다!"

김정호의 표정이 이상하게 차분했다.

"너 그게 무슨…?"

"제가 북에서 뭐했는지 아시지 않습니까? 위성 코드만 알려주시면 사진. 제가 구해오갔습니다."

"너, 그게 무슨 뜻인지 알고 하는 말이냐?"

"이번 한 번뿐입네다. 자기가 할 수 있는 일을 하라고 하셨지요? 잘 생각해보니, 이 시점에서 제가 할 수 있는 일이 바로 이겁네다."

"그러다가 들키면? 너 지금까지 고생해서 쌓은 거 다 날아가!"

"안 들킵네다. 제가 이래 봬도 실력이 꽤 좋습네다."

"야, 정호야!"

"이건 저만 할 수 있는 일입네다. 그냥 해주시라요. 코드만 팀장님 방법으로 찾아주시라요."

말을 마친 김정호는 괘종시계의 유리문을 열고 태엽손잡이를 꺼내서 태엽을 감기 시작했다. 이 시계의 원주인은 큰 일을 하기전에 이렇게 태엽을 감았다고했다.

신영규는 잠시 멍해졌다. 그동안 잊고 있었다. 김정호는 사실 북한에서 원자폭탄보다 더 가치있는 전략자산이었다.

태엽을 감은 김정호가 다시 괘종시계의 유리문을 닫았다.

거대한 추가 좌우로 흔들리며 시계바늘이 움직였다.

"아, 그리고 해킹하는 동안 보호받을 안전한 집도 하나 부탁합네다!"

말을 마친 김정호가 가벼운 발걸음으로 밖으로 걸어 나갔다. 신영규는 그런 그의 뒷모습을 보고만 있었다. 그는 이미 마음을 굳힌 것 같았다.

어둡고 긴 복도에서 그의 뒷모습이 안 보일 때까지 그 자리에 서 있었다.

아무도 없는 긴 고래 뱃속. 신영규는 다시 휴대폰을 꺼냈다. 그도 마음을 굳혔다.


통화버튼을 눌렀다. 신호가 가지만 상대방의 이름이나 번호가 표시되지 않았다. 이전과 같았다.

세 번 신호가 간 후에 딸깍거리는 소리가 몇 번 들렸다.

"무슨 일이냐? 영아!"

이설이 낮은 목소리로 물었다. 왠지 지난번보다 힘이 없었다.

저 너머로 딸깍거리는 기계음만 들리고 있었다.

"인공위성 식별코드가 필요하오."

"위성 식별코드?"

"대통령 사건 당일 밤과 다음날 새벽, 강원도를 촬영한 미국 스파이 위성의 식별코드!"

"흠!"

이설이 고민하고 있었다.

"이게 왜 필요한 거냐?"

"억울한 사람을 구하려고."

다시 침묵이 이어졌다. 신영규는 이설이 무슨 생각을 하고 있는지 짐작이 갔다.

"삼족오의 힘은 우리 내부 사람만을 위해 쓰인다."

그럴 줄 알았다.

"너는 내부 사람이냐? 영아!"

이설의 목소리가 무겁게 그를 눌렀다.

"아니오. 누님."

신영규가 대답했다. 지난번보다는 마음이 편했다.

"너도 알겠지만, 외부인이 우리 힘을 이용하려면 대가가 필요하다."

"알고 있소."

"네 재산의 남은 반!"

피식 웃음이 나왔다.

"그럽시다!"

오히려 이설이 당황했다.

"남을 위해서 네 재산 전부를 내놓겠다는 거냐?"

"나를 위해서요."

한동안 딸깍거리는 소리만 이어졌다.

"그리하자."

"아! 그리고 해킹을 할 만한 안전가옥도 부탁하오."

"다시 연락하마!"

이설이 먼저 전화를 끊었다. 딸깍거리는 소음이 몇 번 이어지더니 전화가 끊어졌다.

─◦◦◦◦◦◦◦◦◦◦─

얼마 뒤에 자산운용 관리사의 담당자가 다시 전화를 걸어왔다.

무슨 내용인지 짐작하고 신영규가 전화를 받았다.

"안녕하세요. 저는… 아, 좀 많이 당황스럽네요."

전화가 너머로 긴 한숨 소리가 들려왔다.

"뭐가요?"

"지금, 운용하시던 자산이 전부 다 빠져나갔습니다. 알고 계시죠?"

그럴 줄 알았다.

"알고 있어요."

"무슨 일, 있으신 건 아니고요?"

"아무 일도 없습니다."

"아하, 참⋯."

미국에서 태어난 재미교포가 감탄사를 참 잘도 쓴다.

"오우, 혹시 저희 회사 서비스가 마음에 안 드셨다면 저한테 알려 주시면⋯"

"아니오. 서비스에는 불만이 없습니다."

"그럼 왜?"

"뭘 좀 얻으려고요."

"뭘 얻으시려고 이런 거액을⋯?"

"번호요."

"번호요?"

담당자가 한숨을 길게 쉬었다.

"그러니까 번호 따려고 남은 재산을 다 쓰셨다고요? 누군데요? 헐리웃배우? 싱어?"

"그냥⋯ '스타'라고만 해두죠."

"What the hell⋯."

담당자는 자기도 모르게 영어로 뭔가를 중얼거리고 있었다. 충격이 큰 모양이었다.

한참 뒤에 그는 체념한 목소리로 다시 말했다.

"다음에 기회되면 다시 연락 주세요."

"네. 고생하세요."

전화기 너머로 '스타? 스타? 알유키딩미?' 하는 푸념이 들려왔다. 그의 R발음이 아주 선명해서 듣기 좋았다.

—❊—

"방 과장, 저기 뭐 왔는데?"

국과수 영상포렌식팀 팀장인 방 과장에게 선배 김 과장이 말을 전했다.

"뭔데요?"

"큰 거!"

"예?"

택배회사 직원이 운반차로 큰 나무박스를 옮기고 있었다.

"영상포렌식팀, 방송국 과장님?"

"네?"

"여기 싸인해주세요."

"네!"

얼떨결에 사인을 한 방 과장은 박스에서 눈을 떼지 못했다. 외국에서 온건 분명한데, 이상한 문자도 보였기 때문이다.

"이거, 어디서 온 거예요?"

"이스라엘요."

배달을 마친 택배원이 쿨하게 나가버리고 방 안에는 남자 두 명과 미스터리 박스 하나만 남아 있었다.

"이게 뭐야?"

유학경험자 김동일 과장이 박스의 라벨을 읽었다.

"이스라엘에서 온 건데? A.I…조류독감?"

"A.I가 인공지능이지 어떻게 조류독감이에요? 진짜!"

"농담이지! 조크! 나 유학파야!"

"그런데 이게 어떻게 왔지?"

박스를 보니 궁금한 것이 한두 가지가 아니었다.

"왜 작년에 한국, 이스라엘 장관 협의회 때 양국법무부 교류하기로 했었잖아? 그때 요청했던 장비 아냐?"

"왜 이것만 왔죠? 이상하네? 좀 볼까? 뭐야? 인공지능 영상분석장치?"

"열어봐! 그럼 알겠지!"

적당한 공구를 못 찾은 두 사람은 대형 호치키스를 사용해서 나무 상자를 비틀어 열었다. 수많은 완충재 속에서 일반 데스크탑보다 두 배 정도 더 큰 장비가 나타났다.

김 과장이 메뉴얼을 집어 들었다.

"이거 그건데? 인공지능으로 영상보정 되는 거!"

"진짜! 그게 어떻게 들어왔지?"

"또 무슨 딜을 했겠지. 이거 받는 대신 뭐 사고 그런 거."

"가만 그럼? 이걸로 그거 할 수 있겠는데!"

방 과장이 매뉴얼을 빼앗아서 훑어보며 말했다.

"뭐?"

"차차연 사건!"

—✦✦✦—

검은 옷에 검은 모자를 쓴 십여 명의 사람들이 강원도의 깊은 산속을 빠르게 걷고 있었다. 맨 앞에서 선 사람들은 냄새추적에 특화된 군용견을 앞세우고 손에는 비닐백에 든 남자 옷을 들고 있었다. 50대로 보이는 남자가 "멈춰!"라고 말하자 부관처럼 보이는 덩치 큰 남자가 외쳤다.

"정지!"

"위치확인!"

위성연결지도를 들고 있던 남자가 화면을 보며 말했다.

"이 근처입니다. 위쪽으로 조금만 더 가면 됩니다."

"개한테 다시 냄새 맡게 하고 앞장서!"

"네!"

남자들은 모두 훈련이 잘된 군인들 같아 보였다. 신고 있는 신발도 등산화가 아닌 군화였다.

냄새를 맡으며 앞서 걷던 개가 갑자기 어느 지점에서 멈추고 앞으로 나가지 않았다. 개 줄을 잡고 있던 남자가 손을 들어 주먹을 쥐었다. 뒤에 있던 남자가 주변을 살피더니 리더를 불렀다.

"부장님!"

"뭐야?"

"샛길입니다! 개가 여기서 안 움직입니다."

"수색해!"

"네!"

리더의 말에 부관이 명령했다.

"박 대리! 김 사원! 수색 후 보고!"

"네!"

지목된 두 사람이 망설임도 없이 덤불 사이로 뛰어들었다.

"휴식!"

"전체, 사주경계하면서 휴식!"

남자들이 바닥에 앉아서 물을 마시며 숨을 골랐다. 채 오분이 안 되었을 때, 무전기가 울렸다.

"목표지점 도착! 버섯농장 확보!"

무전기를 끄고 리더가 말했다.

"붙어!"

"전체, 행군 시작!"

"네!"

남자들이 곧바로 덤불 속으로 뛰어들었다.

그리 오래 걷지 않아서 목적지가 보였다. 낡은 폐가가 된 버섯농장과 다 쓰러져가는 합판 창고였다.

"군견, 수색시작! 금속탐지기 준비해서 돌려!"

"네!"

부관의 명령에 모든 사람들이 일사불란하게 가방에서 장비를 꺼냈다. 금속탐지기와 각종 탐사장비였다. 사람들은 모두 흩어져서 농장 주변을 샅샅이 뒤지기 시작했다. 창고 안을 수색하던 팀의 금속탐지기가 '삐비빅' 하고 울었다. 아래를 살펴보니 흙을 새로 덮은 흔적이 있었다.

옆 사람이 배낭에서 야전삽을 꺼내서 폈다. 그리고 그 주변 땅을 파기 시작했다.

뭔가에 삽이 부딪치면서 '깡' 하는 금속성 소음이 들렸다. 그곳을 파내니, 낡은 페인트 통이 나왔다. 뚜껑을 새로 닫은 흔적이 있었다.

"부장님!"

남자가 창고 밖으로 달려나가서 리더에게 페인트 통을 내밀었다.

그것을 받아든 부관이 팔 힘으로 페인트 통 뚜껑을 비틀자, '펑' 하며 열렸다.

안에는 반투명 비닐봉지가 들어 있었다. 비닐봉지를 꺼내서 바닥으로 뒤집자, 안에 있던 물건들이 쏟아져 나왔다. 못, 철물 등의 잡동사니와 함께 툭 떨어진 것은 '선데이 서울'이었다. 비키니차림의 아가씨 사진 밑에 '나 오늘 한가해요'라는 문구가 선명했다.

"다시 찾아!"

화가 난 부관이 소리치자 남자들이 다시 헐레벌떡 뛰어갔다.

리더가 무심한 듯 잡지를 발로 툭 차더니 집어 들고 먼지를 닦아내서 뒷주머니에 넣었다.

차에서 내린 김정호는 굳은 표정으로 건물을 올려다보았다. 무표정한 얼굴에 비장함만 감돌았다. 늘 어수룩하고 밝게만 보이던 평소 모습과는 완전히 다른 느낌이었다.

건물 안으로 들어간 그는 거대한 내부를 둘러보았다. 너무 오랜만이라서 잠시 위치를 되짚어 보아야 했다. 작은 컨테이너들이 수없이 늘어선 넓은 창고 내부를 돌아보다가 '1~25'라고 써진 안내판이 있는 왼쪽으로 향했다. 구불구불 이어진 골목을 따라서 가장 안쪽에 있는 '1025' 컨테이너에 도착한 김정호는 주머니에서 열쇠를 꺼내 큰 자물쇠에 꽂아 넣었다.

'끼익'

두꺼운 철문을 열자, 어두운 컨테이너 내부가 입을 벌렸다. 주머니에서 휴대폰을 꺼내 플래시를 켰다. 몇 개의 박스와 클래식 모터싸이클이 있었다.

이 안에 김정호의 '과거'가 들어 있었다. 북한에 있던 시절, 중국, 한국에 온 초창기, 현재의 모습과는 다른 그의 이전 모습들이 이곳에 보관되어 있었다. 경찰이 되어 새 삶을 시작하면서 그는 이곳에 자신의 과거를 봉인했다. 그리고 다시는 이곳으로 돌아오지 않기로 결심했었다.

　내부를 살피던 그는 책 박스 뒤쪽에 있는 노란색 상자를 꺼냈다. 뚜껑을 열자, 그 안에 들어 있던 구형 전동식 타자기가 모습을 드러냈다. 타자기를 꺼내서 살펴본 김정호가 안쪽에서 작은 검은색 상자를 꺼냈다. 노트북 배터리처럼 보이는 물건이었다. 옆의 전원을 켰다. 아직 배터리는 살아있었다. '위잉' 하는 소리와 함께 기계가 작동했다. 익숙한 느낌이었다. 그는 그것의 스위치를 끈 후, 주머니에 넣고 창고를 대충 정리한 뒤에 밖으로 나갔다. 두꺼운 철문을 닫고 거대한 자물쇠를 잠갔다. 그곳을 떠나기 전, 그는 잠시 자신의 과거가 담긴 컨테이너를 쳐다보았다. 그러고는 마음을 굳히고 발걸음을 옮겼다.

　'한 번뿐이다!'

　건물 밖으로 나와서 차에 오른 김정호는 휴대폰을 켜고 네비게이션에 위치를 입력했다.

　경기도의 어느 야산이었다.

　그는 그곳으로 차를 몰았다.


"안내를 종료합니다."

네비게이션의 멘트를 끝으로 차를 멈추자, 블록과 양철지붕으로 된 작은 집이 눈에 보였다.

김정호는 자물쇠의 번호를 돌려 열고 안으로 들어갔다.

안에는 작은 책상과 의자가 놓여 있었고 인터넷 연결이 가능한 선과 노트북이 놓여 있었다.

자리에 앉아서 노트북을 열고 전원을 켰다.

빨간 중국글자가 화면에 나타나며 부팅이 됐다. 그는 가져온 검은 상자를 꺼내서 USB포트에 연결했다. 그 상자는 일종의 외장드라이브로, 그가 직접 만든 해킹툴을 모두 담고 있었다.

컴퓨터에 툴을 설치하면서 화면이 바뀌었다.

'Pluto'

얼음으로 글자를 새긴 것 같은 도안이었다.

이제 모든 준비가 끝났다.

전설의 천재 해커, 핵폭탄 100개의 파괴력을 가졌다는 전략 병기 '명왕성'이 돌아왔다. 혼자서 한 나라의 일 년 예산만큼의 자금을 해킹했다는 신화의 주인공. 인민영웅 '명왕성'의 부활이었다.

'명왕성' 김정호는 노트북에 장치를 연결하고 인터넷에 접속했다. 자신이 만든 해킹툴을 열었다. 익숙한 느낌이었다. 그는 이어피스로 전화를 연결했다.

"김건. 이제 시작한다."

"정말 이래도 되냐? 해킹은 절대 안 하는 게 네 원칙이 잖아?"

"원칙이다. 하지만 이번만 깼어."

"대통령을 위해서 이렇게 하는 거냐? 고맙다."

"대통령을 위해서가 아니야. 내래 님자를 위해서 하는 거 이디."

"뭐?"

"기억하네? 내가 처음 경찰서 왔을 때, 북한 출신이라고 아무도 말 한마디 안 걸었는데, 님자가 와서 먼저 말을 걸어 줬디."

"그래. 내 옛날이 생각나서 그랬어. 나, 왕따였거든."

"그래, 님자가 나한테 웃으면서 말을 걸던 그 순간이 나는 잊혀지지 않아. 그때 결심했디. 님자를 위해서라문 죽더라도 은혜를 갚겠다고 말이야!"


북미항공우주방위사령부(North American Aerospace De-fence Command; NORAD) 통칭 노라드(NORAD)는 미국 공군 과 캐나다 공군이 공동으로 운영하는 다국적 연합방공사령

부다. 북아메리카의 항공, 우주의 관측 또는 위험의 조기 발견을 목적으로, 기지는 미국 콜로라도주 샤이엔산에 위치하고 있다. 우주의 위성 상황이나 지구상의 핵무기, 전략 폭격기 등의 동향을 24시간 감시하고 있다. 스파이 위성과 정찰기 등의 전략자산을 활용한 이들의 감시망은 전 지구적으로 펼쳐져 있고 이것은 동맹국에도 예외가 아니었다.

이곳 노라드 기지에 인터넷 해커침입경보가 울렸다.

"어디야?"

당직 사관 제시 젠킨스 소령이 얼굴을 찌푸렸다.

"한국입니다."

보안담당 빌리 크리야킨이 보고했다.

"한국? 그럴 리가? 아이들 장난 아냐?"

야간 근무 인원들이 집합 명령을 받고 모두 달려왔다.

"그런 것 치곤 너무 정확합니다. 우리 보안프레임의 약점을 잘 알고 있는 것 같습니다."

"한국은 우방이야. 우리를 공격할 리가 없잖아?"

"북한 해커일 수도 있습니다. 수법이… 너무 익숙합니다. 설마… 명왕성?"

"명왕성? 말도 안 돼! 사라진 지 벌써 십 년이 넘었잖아? 북에서 숙청된 걸로 알고 있는데?"

"이 수법, 침착하면서도 빠른 공격. 자신감. 놈이 분명합니다! 저는 이놈을 동경해서 해킹을 연구했다고요!"

"제1방어벽 돌파!"

보안 담당자가 보고했다.

"너무 빠르잖아?"

"이놈이 신의 손이라고 불리는 이유가 있어요. 기존 해커들하고 달리, 직접 보안프레임의 약점을 파고들어요. 말도 안 되는 실력이에요! 놈이 확실합니다!"

"제2방어벽 돌파!"

"어떻게든 해봐!"

"하고 있습니다. 하지만… 놈이 너무 빨라요."

"젠장! 무슨 수를 써봐. 빌! 우리는 미국군사위성의 거의 모든 정보를 가지고 있어. 뚫리면 끝장이야!"

"알고 있습니다. 하지만…"

"제3방어벽 돌파! 모든 방어벽이 뚫렸습니다!"

"말도 안 돼! 이게 인간의 능력이라고?"

"인공지능 아니야? 중국에서 인공지능에게 해킹을 가르치고 있다는 말을 들었는데…."

"뭐가 됐든 이미 뚫렸습니다. 이제 정보를 모두 빼앗길 겁니다."

모두가 숨을 죽이고 한국에서 넘어온 해커를 막으려고 총력을 기울이고 있었다.

하지만, 그런 노력들도 소용없이 해커는 자기 안방처럼 마음대로 그 안을 누비고 다녔다.


"왜 내 별명을 명왕성이라고 지었는지 아니?"

"아니, 그 말은 안 해줬잖아?"

"명왕성은 말이야. 원래 태양계의 행성 중 하나였디. 그런데 다른 외행성들이 발견되면서 태양계 행성에서 탈락한 거이야. 태양계 행성이었는데 이도저도 아닌 게 되어버린 거지. 그거이 내 처지하고 같더라는 말이디. 몸은 북에 있는데 마음은 남에 있는 나하고 명왕성이 같은 신세더라 이거야."

잠시 침묵이 이어졌다.

"지금 내 몸은 여기 있지만, 내 마음은 어디 있는지 잘 모르갔어.

"정호야. 네 마음은 나한테 있어."

"김건…"

"나한테도 있는데…"

복승아의 목소리였다.

"정호야, 우리는 가족이다. 밥을 나눠 먹어서 가족이 아니라, 마음을 나눠서 가족인 거다!"

신영규의 목소리도 들렸다. 잠시 침묵이 흘렀다. 그러더니 '푸하하!' '까르르' 하는 웃음이 터져 나왔다.

"선배님, 요즘 뭐 학원 다닙니까? '밥을 나눠서가 아니라, 마음을 나눠서 가족인 거다.' 푸하하!"

"오글오글!"

"야이씨! 닥쳐라!"

시끌벅적한 '가족'들의 소란을 들으며 '히죽히죽' 웃던 김정호/명왕성이 엔터키를 눌렀다.

"이제 끝내야디!"


"놈이 사라졌어요!"

당직 사령은 손으로 얼굴을 쓸었다. 이제 큰일이 터졌다. 노라드는 바로 반년 전에 삼천만 달러를 들여서 보안시스템을 업그레이드했다. 그 최강의 방패가 해커 한 명에게 유린당한 것이다.

"노리던 게 뭐야? 뭘 가져 있지?"

"사진입니다."

"사진? 무슨 사진?"

만약 그것이 주요 군사시설의 사진이라면 문제는 커진다.

"위성사진입니다. 남한을 찍은 사진입니다."

"뭐? 그게 다야?"

믿을 수가 없었다. 러시아나 중국, 북한의 해커들이 군사기밀을 노리고 수도 없이 공격해 오지만 대부분이 실패한다. 그런 노라드를 해킹해서 고작 가져간 것이 한국의 위성사진 몇 장이라니?

"네. 강원도의 산을 찍은 사진을 복사하고는 바로 떠났습니다."

"이게 무슨 일이람? 그 많은 정보를 그냥 두고 겨우 사진만 몇 장 빼갔다고?"

화면 가득 'Pluto'라는 글자가 뒤덮였다.

"제가 그랬죠? 명왕성이라고…."

"그래, 빌. 자네가 그랬지."

십여 년 전, 명왕성 Pluto는 미국에게 다가온 가장 무서운 악몽이었다. 북한의 천재 해커로만 알려진 그는 수시로 미국의 공공기관과 은행, 군사, 정보국을 해킹해서 주요 기밀 및 자산을 탈취했다. 그러다가 결정적으로 핵미사일 100기 장전

사건이 일어났다. 명왕성이 해킹을 해서 미국의 핵미사일들이 일제히 발사 직전 상태가 된 것이었다. 해커는 금방 무장을 해제하고 빠져나갔다. 이것은 실제 북한의 군사행동이 아니라 해커 개인의 호기심에서 비롯된 일이라고 결론지었다. 해커는 백악관을 해킹해서 미국 대통령이 가진 전시핵미사일 통제권을 시험한 것으로 보여졌다. 그 일로 수많은 장성의 목이 달아났고, 미국의 보안시스템은 전면 개편되었다.

미국 정부는 명왕성에 거액의 현상금을 걸기도 했다. 그러다가 그 해커가 중국에서 실종되었다는 소식이 들려왔다. 미국이 보낸 암살자가 18살 소년에 불과한 그를 중국에서 암살했다는 뒷소문이 들리기도 했다. 북한에서 숙청당했다는 소문도 있었다. 사실이 어쨌든, 그 이후로 명왕성은 한 번도 나타난 적이 없었다. 그런데 그 명왕성이 다시 나타난 것이다!

당직 사관 제시 젠킨스 소령이 모자를 고쳐 쓰며 말했다.

"장군님한테 연결해!"

TV 화면에 '포커스 인터뷰!'라는 자막과 함께 경쾌한 음악이 나오고 있었다.

"안녕하세요. 포커스 인터뷰의 윤성희입니다. 요즘, 정치권을 뜨겁게 달구고 있는 국회 살인사건, 다들 아시죠? 오늘은 그날, 현장에서 피해자 박복덕 의원을 온몸으로 받아내셨던 분을 모셔봤습니다. 최연소 법관. 법정에서 단 한 번도 패한 적이 없는 승률 100퍼센트의 무적의 변호사! 하버드 대학교 수석 졸업! 모든 숫자가 1이네요. 일 번남! 국회의원 유일상 의원님, 나오셨습니다!"

웅장한 음악과 함께 양복을 멋지게 입은 유일상이 웃으면서 걸어 나왔다. 사회자와 인사를 나누고 자리에 앉을 때까지 그는 여유로운 웃음을 잃지 않았다.

"안녕하세요. 의원님."

"네. 안녕하세요."

"모든 경력에 최초! 1등! 같은 수식어들이 붙네요."

"네. 의도한 건 아닌데 어쩌다 보니까 그렇게 됐습니다."

"경력에서 유일하게 1이 아닌 것이 야당이라서 기호가 2번이시라고요?"

유일상이 조용히 웃었다. 재미있어서 웃는 것이 아니라 밑에서부터 억지로 미소를 지어 밀어 올리는 느낌이었다.

"네. 맞습니다. 솔직히 저도 기분이 좋지는 않더군요."

"아, 솔직하시네요."

사회자가 웃으며 분위기를 띄워주었다.

"열심히 해서 다음에는 일 번으로 출마하고 싶습니다."

"네. 우리 일 번남, 유일상 의원님의 희망 잘 들었습니다. 화이팅!"

"화이팅!"

두 사람이 웃음을 터뜨렸지만, 유일상의 표정은 굳어 있었다.

"항간에는 유일상 의원님의 남은 목표가 최연소 대한민국 대통령이라고 하던데요. 사실인가요?"

그 질문에 유일상의 표정이 순간적으로 굳어졌다. 하지만 이내 다시 미소를 지어 보였다.

"제 꿈이라기보다 제 아버님의 꿈입니다. 어렸을 때부터 항상 저한테 목표를 크게 잡아야 된다고 하시면서 제가 대통령이 되는 모습을 보고 싶다고 하셨어요."

"아, 그러셨군요. 본인보다 아버님의 희망이 더 크셨네요."

"네. 그런데 최근에 그 꿈을 이루기 위해서 더 열심히 할 동기가 생겼습니다."

"동기요? 그게 뭔가요?"

"아버님, 몸이 편찮으십니다."

"많이 안 좋으신가요?"

"암이십니다. 수술을 했지만, 경과가 좋지 않습니다."

"그러시군요. 이 자리를 빌어서 쾌차하시기를 기원하겠습니다."

"감사합니다."

"아, 국회에서 연설을 하신다고 들었어요."

"네. 지난번 국회사건을 계기로 여당의 정치탄압을 규탄하고 대통령의 특검 수사 촉구를 압박하는 연설을 하려고 합니다."

"네. 아주, 바쁘시네요."

"아닙니다. 할 만합니다."

유일상이 억지로 미소를 지으며 대답했다.

"궁금한 게 있는데요."

아나운서가 미소를 지으며 물었다.

"네. 말씀하시죠."

"친구 있으세요?"

"네?"

너무 놀라서 순간적으로 얼굴이 험악하게 굳어버렸다.

"아, 다른 뜻이 아니고요, 너무 우수하셔서 친구들이 어울리기 부담스러웠을 것 같아요. 그냥 '엄친아'잖아요."

"아, 그렇진… 않습니다."

유일상의 얼굴이 다시 부드럽게 바뀌었다.

"저는 친구를 만날 때 배경이나 학벌 같은 건 안 봅니다. 그 냥 마음에 맞으면 만나는 거죠."

"와, 보기보다 소탈하시네요. 그럼 친구들을 만나면 주로 어디로 가세요?"


*유일상의 머릿속에 남산 편의점 전망대의 풍경이 떠올랐 다. 그곳에서 나란히 앉아 라면과 아이스크림를 먹던 최민용 의 모습이 떠올랐다. 말은 안 해도 옆에 있으면 의지가 되던 사람… 우리는 친구였을까?*


"편의점요."

"네? 편의점요?"

"네. 거기서 같이 라면을 먹습니다. 후식으로 아이스크림 도 먹고요."

"너무 의외네요. 의원님은 와인바나 호텔라운지, 뭐 이런 데만 좋아하실 것 같은데요?"

"그런 곳도 좋죠. 하지만 힘들게 하루 일을 끝내고 동네 슈 퍼나 편의점에 앉아서 라면이나 맥주 한 캔 마시는 게 더 좋 더라고요. 그때 같이 있어주는 게 진짜 친구 같아요."

최민용의 사고 소식을 듣고 처음에는 놀랐다. 그리고 이어진 아버지의 말을 듣고 소름이 끼쳤다.

"그놈아가 딴마음을 뭇다. 그래서 처리해뿟다!"

아버지는 무슨 음식물 쓰레기를 처리하는 것처럼 간단하게 말했다.

"당분간 운전은 안 비서한테 맡겼으니 그리 알아라!"


"…직접하세요?"

"네?"

"운전요! 직접하세요?"

유일상이 머릿속으로 답을 정리하며 미소를 지어 보였다.

"원래는 좋아합니다. 저는 큰 차보다 경차가 좋더라고요. 물론, 그거 몰고 호텔 같은 데 가면 무시를 당하기도 하죠. 하지만 저는 작은 차가 더 좋습니다. 그런데 안전문제 때문에 국회의원 되고 나서는 보좌관들이 운전을 해주세요."

"아, 그러시구나."

"저도 운전하고 싶을 때가 꽤 많습니다. 특히 작은 차를요. 하하!"


유일상은 운전을 못 했다. 면허는 있다. 그것도 1종 보통. 하지만 운전은 못 했다. 어린 시절부터 아버지와 같이 차를 타고 갈 때면 아버지가 운전 기사들에게 욕을 하고 때리는 모습을 수도 없이 봤었다. 그래선지 운전을 하려고 할 때마다 그의 뒷자리에는 아버지가 앉아서 그를 노려보고 있는 것 같았다.

"이 빙시야! 그것도 운전이라고 하나? 고마, 저쪽 전봇대 콱 처박고 죽으뿌라!"

놀라서 뒤돌아보면 아무도 없었다.

운전면허는 어떻게 땄지만, 혼자서 운전석에 앉을 때마다 숨을 쉬기 어려웠다.


"보좌관들은 어떠세요? 보좌관들이 나이가 더 많지 않나요?"

"네. 그렇습니다. 다들 형뻘이죠. 그래서 오히려 편합니다. 제가 격의 없이 대하니까 보좌관들도 격의 없이 대해줍니다. 아, 물론 일할 때는 진지하게 하지만요."

"격의 없이 대하신다는데, 어떻게 하세요?"

"아, 저희가 바빠서 사무실에서 밥을 시켜먹는 경우가 많은데요, 먹고 나서 치울 때 가위바위보를 합니다."

"가위바위보요? 그럼 의원님이 지시면?"

"제가 치우는 거죠. 하하!"

유일상은 운전을 하는 안영조 비서에게 무슨 말을 할지 몰랐다. 이 남자는 아버지의 오랜 심복이었다. 그는 유일상의 일거수일투족을 모두 보고하는 사람이었다. 최민용이 그렇게 되고 나서, 이제 유일한 안식처였던 남산 편의점도 갈 수 없었다. 이 사람과 함께 있으면 불안하다. 숨을 쉬기 힘들다. 그의 모습이 아버지의 모습과 겹쳐 보이기도 했다.

"어디로 모실까요?"

돌아보는 그의 얼굴에서 자신을 경멸하는 아버지의 눈빛이 보였다.

"이봐라! 이봐라! 아가 이리 떨빵해서 우야겠노?"

"네?"

퍼뜩 정신을 차리니 자신을 보고 있는 안 비서와 눈이 마주쳤다.

"어디로⋯."

"집! 그냥 집으로 가요!"

"네. 알겠습니다."

그의 눈을 피해 머리를 기대고 눈을 감았다. 고개를 돌렸지만, 백미러로 이쪽을 보는 안 비서의 시선이 그를 따라왔다. 숨이 막혔다. 가만히 길게 숨을 내쉬었다.

"오늘 정말 충격의 연속인데요? 엘리트에 모범생 이미지인 유일상 의원님이 너무 소탈한 모습을 보이셔서 국민들이 많이 놀라셨겠어요."

"아, 평소에 오해를 많이 받습니다. 하지만, 사람 사는 건 다 똑같지 않을까요?"

"아, 그럼 길거리 음식, 뭐 좋아하세요?"


자동차가 명동 거리를 지날 때, 신호대기에 걸렸다. 무심코 창밖을 보던 유일상은 거리 한가운데서 유치한을 발견했다. 친구들 두세 명과 포장마차 앞에서 떡볶이를 먹고 있었다. 코로나 바이러스 때문에 마스크를 쓰고 있어서, 그들은 떡볶이를 먹을 때만 마스크를 벗으며 나름 고군분투하고 있었다. 그런데도 뭐가 그렇게 재미있는지 서로의 모습을 가리키며 깔깔대고 웃고 있었다. 진심, 그들이 부러웠다. 스스럼없이 하고 싶은 것을 하고, 먹고 싶은 것을 먹는 자연인 유치한이 부러웠다. 자신의 인생에서 그런 날이 올까? 대통령이 되면? 아버지가 죽으면? 자신도 저렇게 자유롭고 행복할까?

문득, 백미러로 자신을 보고 있는 안 비서의 시선을 느꼈다. 아버지가 없어도 다른 누군가가 계속 그 뒤를 이어서 자신을 감시할 것이다. 나는 언제 자유인이 될 수 있을까?

차가 다시 출발하려고 꿈틀 움직였다. 그때였다. 포장마차 앞에 있던 유치한의 친구 중 한 명이 마스크를 벗고 물을 마셨다. 그의 시선이 이쪽을 향했다.

그는 바로 유일상 자신이었다!

차 안의 유일상이 차 밖의 유일상과 눈이 마주쳤다. 영원 같은 순간이 두 사람의 시선을 얼려버렸다. 차 안의 유일상은 자신이 차 밖의 유일상과 점점 더 가까워 짐을 느꼈다. 나뉘어진 하나의 자아가 서로의 눈을 통해 다시 합쳐지려 하고 있었다. 차 밖의 유일상이 말했다.

'너도 할 수 있어! 그 문을 열고 나와! 나는 바로 너야!'

차 안의 유일상이 문손잡이를 잡았다. 지금 이 순간, 그는 격렬하게 깨달았다.

'나는 대통령이 되고 싶지 않아! 문을 열고 나갈 거야. 나는 바로 너야!'

그 순간, 문손잡이를 잡은 그의 손이 새빨간 피로 물들었다. 놀라서 바라본 왼손도 역시 빨간 피로 물들어 있었다. '으헉!' 하며 놀라서 고개를 드니, 바로 눈앞에 자신을 향한 박복덕의 두 눈이 있었다. 그의 심장에 박힌 칼. 그 칼을 쥐고 있는 자신의 손! 피를 토하며 웃고 있는 박복덕이 피범벅이 된 손으로 유일상의 손을 잡았다.

"으아악!"

놀라서 눈을 떴다.

"괜찮으세요? 의원님?"

안 비서가 물었다.

"괜찮아요. 잠깐 졸았나 봐요."

유일상은 문손잡이를 잡았던 손을 내렸다. 너무 늦었다. 이미 자신은 돌아올 수 없는 강을 건넜다.

'덜컹' 하며 차가 다시 출발했다.

그의 시선이 다시 밖을 향했다. 차 밖의 유일상이 다시 마스크를 썼다. 유치한이 그의 어깨에 손을 올리자, 그가 웃으며 고개를 돌렸다. 그들은 웃으며 다시 떡볶이를 먹기 시작했다.

차가 속도를 내면서 앞으로 나갔다. 점점 작아지던 그들의 모습은 이내 점이 되어 사라져버렸다.


"오늘 같이해주셔서 너무 감사합니다. 앞으로도 건승하시기 바랍니다."

"네. 감사합니다. 오늘 아주 즐거웠습니다."

유일상은 있는 힘껏, 얼굴의 모든 근육을 끌어모아 미소를 지어 보였다. 저 멀리, 달에서도 보일 정도로 아주 큰 미소였다.

특별수사본부수사팀은 모두 잔뜩 고무되어 있었다.

김정호 덕분에 얻은 사진에서 최민용의 자동차 위치를 확인할 수 있었다. 그의 차는 강원도의 어느 산 옆을 우회하는 국도변에 세 시간 이상 멈춰 있었다.

"여기서 산속으로 올라갔을 가능성이 큽니다."

김건의 말에 신영규도 동의했다.

"아, 최민용의 초등학교 친구가 이런 말을 했습니다. 최민용이 서울로 이사오기 전에 강원도에 살았었는데, 부모가 표고버섯 농장을 했답니다. 그래서 별명이 버섯돌이였대요."

복숭아가 수첩을 보며 말했다.

"위치는?"

"그것까지는 모릅니다. 그 당시 기록을 조사해봤는데, 최민용 아버지 최성식 씨가 강원도 시내에 집이 있었던 것으로 나오는데, 버섯농장 이야기는 없습니다. 아마도, 무허가로 버섯농장을 했던 것 같습니다."

"표고버섯을 키우려면 어떻게 해야 하지?"

"일반적으로 참나무를 많이 씁니다. 나무에 구멍을 여러 개 뚫고 종균을 삽입하죠. 그리고 어둡고 습한 곳에 두면 1~2

년 사이에 수확이 가능합니다."

김건이 관자노리를 누르며 대답했다.

"특별한 재배환경이 있나? 생장환경이나 고도는?"

"그냥 그늘지고 습기만 많으면 잘 자란답니다."

"그래…."

신영규가 미간을 찌푸렸다.

"위치를 알았지만, 아직 모르는 게 너무 많아. 조금 전에 강원도 경찰에 수색협조요청을 했는데 내일 아침이나 가능하다고 한다. 우리는 그전에 가능한 많은 정보를 얻어야 한다!"

"네."

대답하는 형사들의 표정이 밝지 않았다. 산 전체를 어떻게 찾나 하는 걱정이 앞섰기 때문이다.


'드르르륵'

옷 속의 진동에 김건이 스타텍 휴대폰을 꺼내 들었다. 기억이 돌아왔지만, 그는 아직도 이 오래된 휴대폰을 선호했다.

주동산이다. 아니 시간이 9시가 넘었으니….

"안녕하세요."

친근하면서도 건방진 목소리. 주동신이다!

"오랜만이네요."

"제 형제한테 이야기는 들었어요. 증거를 찾고 있다면서요?"

김건은 주동신에게 오종환 박사의 이야기를 전하며 조심할 것을 당부했었다.

"맞아요. 이제 자동차 위치는 알았는데, 오늘은 수색대 조직이 힘들다네요. 내일 일찍 시작할 생각입니다."

"제 친구들이 도와드릴 겁니다."

"네?"

"제 친구인 진이 여러분들을 도울 수 있습니다. 진과 그의 사촌들은 모두 특별한 능력이 있어요. 진은 특수한 눈을 가지고 있습니다. 낮에는 빛이 너무 강해서 밖으로 나오지도 못하지만, 밤에는 올빼미처럼 선명하게 볼 수 있죠. 그리고 그의 사촌 준은 개보다 더 후각이 뛰어납니다. 다른 사촌 현은 박쥐처럼 반사된 소리를 들을 수 있죠. 이 세 명이 모이면 백 명의 인간보다 낫습니다."

김건은 정신이 없었다. 갑자기 너무 황당한 이야기를 들어서였다. 하지만 주동신은 시시한 농담을 하는 사람이 아니었다.

"믿기 힘든 이야기네요. 현실에서 사람이 그런 능력을 가지고 있다고요?"

"우리는 밤의 일족입니다."

주동신이 그럴 줄 알았다는 듯 차분하게 설명했다.

"낮에는 숨어 살지만, 밤은 우리 세상이죠. 밤이 되면 우리의 진짜 힘이 나옵니다. 제 말은 과장이 아닙니다. 이들이 돕는다면 오늘 밤 안에 원하는 것을 찾을 수 있을 겁니다."

너무 좋은 이야기는 믿기 어렵다. 이것은 이성을 가진 인간의 정상적인 반응이다.

"우리를 도와주시는 이유가 뭡니까? 제가 뭘 해드려야 하지요?"

"지금은 아닙니다. 나중에 저희가 필요할 때, 필요한 도움을 주시면 됩니다."

"알겠습니다. 그럼, 부탁드리겠습니다. 도와주세요."

"야, 김건!"

김정호가 불안한 표정으로 말렸다.

"수사 중에 민간인 협조를 어떻게…."

"내가 책임진다!"

신영규의 말에 모두가 깜짝 놀랐다.

"오늘 밤에 수색대가 그곳으로 가기는 어렵다. 저쪽의 사주를 받은 놈들이 먼저 가서 증거를 찾을지도 모른다. 우리도 할 수 있는 건 다해보자. 김건!"

"네."

"나하고 같이 현장에 가서 대기한다."

"네으입!"

"저는 어떻게 할까요?"

"너는 오늘 할 일 했어. 좀 쉬어!"

신영규가 김정호의 어깨를 두드리며 말했다.

"네? 그럼 퇴근할까요?"

"아니! 여기서 쉬어!"

"아! 여기서… 그럼 그렇지…."

"복숭아하고…."

"네? 아이, 그래도 되나?"

신영규가 바람처럼 사무실을 나섰다. 따라 나가던 김건이 빙긋 웃으며 말했다.

"야. 사무실에서 연애하지 마라!"

"일 없으니 날래 가라!"

김정호가 손에 들었던 종이를 뭉쳐 던지며 말했다.

하지만 김건이 나가고, 사무실에 둘만 남자 그의 신경은 전부 복숭아에게 향했다. 복숭아가 머리를 묶었던 줄을 빼고 머리를 풀어헤치자 김정호는 화들짝 놀라서 외쳤다.

"야! 무슨 짓이네?"

"왜요? 좀 편하게 있으려고 그런 건데?"

"사방에 CCTV야! 오해하면 어쩌려고?"

"끄면 되잖아?"

복승아가 손으로 머리를 쓸어넘기며 말했다. 그 눈빛이 묘하게 도발적이었다.

"아! 그러면 되겠구만!"

김정호가 미끄러지듯 컴퓨터 앞으로 달려가서 곧바로 감시카메라를 껐다. 그리고는 복승아에게 묘한 눈빛을 보냈다.

"우리, 이제 편하게 있어도 되겠어!"

그의 목소리가 버터를 통째로 삼킨 듯 아주 느끼해졌다.

"그럼, 그럴까?"

"마음껏 편해지라!"

"얼마나?"

"미치도록!"

두 사람의 시선이 뜨겁게 얽혔다. 그동안 사람들의 시선을 피해서 몰래 사귀느라 힘든 것이 이만저만이 아니었다. 이제 아무도 없는 사무실에서 둘만의 시간을 가질 수 있다. 서로에게 다가가려는 순간, 전화기가 울어댔다. 눈으로 욕을 하며 김정호가 전화를 받았다. 신영규였다.

"난데, 혹시나 해서 말이야."

전에 없이 다정한 말투였다.

"사무실에 CCTV 또 있다!"

"네?"

"한 대가 아니야. 보안 문제 때문에 본청에서도 하나 설치했어. 그런데 있잖아…."

신영규가 조용히 속삭였다.

"그건 네가 못 꺼!"

"아니, 그걸 어떻게…." 전화기 너머로 미친 듯이 터져버린 김건과 신영규의 웃음소리가 가득 울려 퍼졌다.

"정호야! 편하게 있으라! 푸하하하!"

김정호가 전화를 던져버렸다.

"야, 저 두 사람 사이 나쁠 때가 나는 더 좋았다!"

밤의 일족, 삼 형제는 산으로 올라가는 입구에 서 있었다.

진이 하늘에 떠 있는 초승달을 보고 눈살을 찌푸렸다. 달빛이 약할수록 그는 더 잘 본다. 어둠을 향하는 그의 눈동자가 밝게 빛났다. 숲속의 깊은 그늘이 그의 눈앞에 모두 속살을 드러냈다.

"앞에 사람은 없다."

준이 눈을 감고 고개를 돌려 왼쪽 귀를 앞으로 향했다.

"들짐승뿐이구나."

현이 고개를 뒤로 젖히고 턱을 내밀며 깊이 공기를 들이마셨다.

"멧돼지가 있어. 고라니도… 귀찮네!"

진이 앞장서서 산길을 뛰어갔다. 그의 눈은 어둠 속에서 오히려 밝게 보였다. 그는 튼튼한 다리로 산길을 평지처럼 뛰어다녔다. 그의 사촌 형제들이 다치지 않도록 위험한 돌이나 나무뿌리 등의 장애물은 미리 없애버리거나 멈춰 서서 주의를 주었다. 하지만 그것도 꼭 필요한 것은 아니었다. 눈이 잘 안 보이는 준은 수시로 '쯧쯧' 하고 혀 차는 소리를 내서 그 돌아오는 소리로 사물을 감지할 수 있었다. 박쥐가 가진 레이더와 같은 기능인데, 그는 훈련을 통해 그 기능을 몸에 익혔다. 순수한 어둠이라면 진보다 더 잘 볼 수 있다.

냄새를 맡는 '현' 역시, 진의 냄새를 맡고 그 길을 그대로 따라 달리기 때문에 많이 쳐지지도 않았다. 그는 숨 쉬는 것처럼 편하게 냄새를 맡으며 산길을 내달렸다. 갑자기 그가 '서!'하고 낮게 외쳤다.

삼 형제가 발을 멈췄다.

"멧돼지다!"

산속에서 멧돼지는 아주 위험한 짐승이다. 하물며 밤길에는 더욱더 위험하다. 냄새를 잘 맡는 멧돼지는 어둠 속에서도 목표물을 포착하고 들이받아 죽일 정도로 힘이 엄청나다. 진이 주머니에서 비닐봉지를 꺼냈다.

"뭐야?"

"계피가루!"

진은 계피가루를 손으로 꺼내서 흩뿌렸다. 바람을 타고 계피가루가 사방으로 퍼져나갔다. 현이 손으로 코와 입을 막았다. '후두둑' 하는 소리와 함께 뭔가가 뛰어가는 소리가 들렸다.

"갔어!"

준이 '쯧쯧' 하고 혀를 차더니 말했다. 진도 머리를 들어 길 주변을 살펴보았다.

"가자!"

삼 형제는 다시 어두운 산길을 달리기 시작했다.

그들은 한참을 그런 식으로 이동했다. 위험하거나 뭔지 모를 것이 나타나면 멈추고 기다렸다. 그리고 안전이 확인되면 다시 달렸다. 그들의 방식은 지극히 단순했지만, 놀랍도록 빠르고 효율적이었다. 오랜 시간 같이 행동했던 만큼 호흡이 좋왔고 서로에 대한 신뢰도 두터웠다. 그리고 이 모든 것을 가능하게 하는 가장 기본적인 것은 바로 자기 능력에 대한 자신감이었다. 자신을 믿기 때문에 스스로 판단해서 위험 여부를 판별해서 형제들에게 알려준다. 다른 사람들 역시 서로를 신뢰하기 때문에 그 판단을 믿고 따른다.

그들은 어느 고갯길에 멈춰 서서 숨을 골랐다.

"저 언덕 너머에 집이 있어."

진이 어둠 속을 노려보며 말했다.

'쯧쯧' 하고 소리를 낸 준이 45도 옆을 가리켰다.

"저 앞에 샛길!"

진도 그 길을 찾아내고 앞장서서 뛰기 시작했다. 형제들이 다시 발을 움직였다.

그들에게 첨단장비는 아무 의미가 없었다. 비싼 첨단장비가 하는 일보다 그들은 훨씬 많은 것을 더 쉽고 빠르게 할 수 있기 때문이다.

그들의 눈에 버려진 버섯농장이 들어왔다. 진이 예리하게 눈을 빛내며 주변을 살펴보았다.

"여기 사람이 왔었어!"

현이 코를 벌름거리며 말했다.

"아홉… 아니. 열 명!"

그 말과 함께 진은 바닥에 어지럽게 널린 군화의 흔적을 발견했다.

"빈집. 그리고 창고?"

준이 '쯧쯧' 소리를 내며 사방으로 고개를 돌렸다. 마치 인간 레이더 같았다.

진이 먼저 집으로 가서 안을 둘러보았다. 원래 폐가였지만 안은 누군가에 의해 폭격을 맞은 것처럼 헤집어져 있었다.

"최근에 뒤진 거야. 먼저 왔다 간 사람이 한 거지!"

"그들도 증거를 찾나?"

"그렇겠지."

진이 밖으로 나왔을 때 현이 창고 근처에서 냄새를 맡고 있었다. 그는 짧은 숨과 긴 숨을 번갈아서 여러 방향에서 냄새를 맡고 있었다.

"어때?"

"며칠 사이에 두 팀이 여길 다녀갔어. 처음 온 건 한 사람. 두 번째는 이삼일 전에 열 명 정도가 다녀갔어."

"냄새, 구분돼?"

"먼저 온 냄새, 조금 달라. 피 냄새가 나!"

창고에서 냄새를 맡던 그가 창고 안쪽을 가리켰다.

"저 안으로 갔어!"

창고 안도 온통 헤집어져 있기는 마찬가지였다. 삽으로 땅을 다 파헤쳐놓았고 벽이며 기둥에 걸려 있던 것들은 전부 꺼내서 칼로 자르거나 부숴놓았다. 뭔가를 찾으려고 미세한 부분까지 샅샅이 뒤져본 모양이었다.

"이 안에는 없을 거야."

"그래, 있다면 찾았겠지."

"집 전체를 헤집어놓았다는 뜻은 아직 못 찾았을 가능성이 크다는 뜻이야. 중간에 찾았으면 헤집다 말았겠지."

"그래, 어쩌면 증거는 아직 여기 있을지도 몰라."

'쯧쯧' 하며 창고 뒤쪽을 살피던 민이 고개를 갸우뚱했다.

"이상한데? 저 앞에 우물이 있는데, 입구를 막아놨어!"

"어디?"

준이 가리키는 곳은 창고 뒤쪽 잡동사니가 쌓여있는 곳을 지나 야트막한 언덕 뒤쪽이었다. 삼 형제가 모여서 준이 가리키는 곳으로 걸어 올라갔다. 눈으로 봐서는 알 수가 없는 곳이었다. 이런 곳에 금속탐지기를 사용할 리도 없었다. 소리를 쏘아서 반사된 음으로 사물을 구분하는 준에게는 그 텅빈 공간이 보였다.

삼 형제는 언덕 위로 올라 안쪽으로 걸어 들어갔다. 준은 걷는 도중 계속 '쯧쯧' 하며 혀와 입천장이 부딪치는 소리를 보내고 귀를 돌려서 돌아오는 소리를 들었다. 가까이 갈수록 위치와 형태가 더 뚜렷해졌다.

농장 뒤쪽의 언덕 위로 꽤 올라간 곳에 평평한 바닥이 이끼로 덮인 곳이 나왔다. 이끼는 위장인지 카펫처럼 되어 있어서 옆을 들고 걷어내자 한 번에 들렸다. 그 아래로 나무로 만든 뚜껑이 있었고, 뚜껑을 들어 올리자, 돌을 쌓아 만든 작은 우물이 나타났다. 말라버렸는지 우물 바닥에 물은 없었다.

현이 쿵쿵하고 냄새를 맡더니 우물 아래, 바닥 쪽을 가리켰다.

"저 아래! 피 냄새!"

진이 어둠 속을 노려봤다. 쌓인 돌 틈으로 비닐봉지 같은 것이 보였다. 그는 곧바로 몸을 던져 우물 아래로 내려갔다. 우물은 깊이가 2미터가 채 안 되었다. 바닥까지 내려가서 어렵지 않게 돌 틈에서 비닐봉지를 찾았다. 민과 현이 손을 뻗어 진을 끌어 올렸다.

"있어?"

"있어!"

봉지 안에는 칼 손잡이처럼 보이는 피 묻은 물건과 휴대폰, 뿔테안경, 양복 상의, 주머니 등이 있었다. 경찰이 찾는 물건이 틀림없었다. 진은 방풍 상의를 벗고 메고 있던 배낭 속에 증거를 넣었다. 배낭은 아주 얇아서 몸에 착 붙도록 설계되어 있었다. 배낭을 메고 몸에 밀착시킨 뒤 다시 상의를 입으니, 거의 표시가 나지 않았다.

"내려가자!"

"그래!"

삼 형제는 가벼운 마음으로 산을 내려가기 시작했다.

"멈춰!"

민이 급하게 형제들을 멈춰 세웠다.

"왜? 멧돼지냐?"

"아니. 사람!"

그가 버섯농장이 있던 곳을 가리켰다.

"쇠, 화약 냄새. 총이다!"

형제들이 어둠 속에 몸을 숨겼다.

현이 '쯧쯧' 하고 앞쪽으로 소리를 보냈다.

"세 명!"

개 짖는 소리도 들렸다.

"개 두 마리!"

"어디에 있었지?"

"산 윗쪽에… 산을 잘 아는 놈이다. 바람 반대 방향인 산 위에 숨어서 아래를 감시하고 있었어. 그래서 냄새가 안 났던 거야."

"어떻게 하지?"

"우선, 산 밑에 있는 경찰들한테 알리고 돌아서 내려가자, 어둠에서는 우리가 유리하니까 피할수 있을 거야!"

진은 무전기를 꺼내서 스위치를 켰다. 비상시에만 사용하라고 한 것이었다.

"증거발견. 하지만 무장한 사람들에게 쫓기고 있다. 이상."

"조심해서 내려와라. 우리도 올라간다. 이상!"

무전기를 끄고, 삼 형제는 이동을 시작했다. 그들은 언덕 위쪽을 크게 빙 돌아서 직접 하산길로 갈 작정이었다. 어둠 속에서도 그들은 조금도 망설이지 않고 움직였다. 소리도 내지 않고 신속하게 이동해서 산길로 접어들었다. 하지만 그들이 크게 돌아서 이십여 분간 움직이는 동안 바람 방향이 바뀌었다. 바람은 그들을 지나 농장 쪽으로 흘러갔다. 먼저 냄새를 맡은 개들이 컹컹대며 날뛰기 시작했다.

"이런!"

"개들이 냄새를 맡았어!"

갑자기 불이 켜지며 온 사방이 밝아졌다. 그들은 강력한 서치라이트를 사방으로 비췄고, 조명탄까지 쏘아 올렸다.

"온다!"

"뛰어!"

형제들이 달리기 시작했다. 눈이 잘 안 보이는 현을 민이 부축하고 달리고 있었다. 적들이 개를 풀었는지 개 짖는 소리가 점점 더 가까워졌다.

진은 달리는 도중, 가지고 있던 계피봉지를 꺼내서 사방으로 뿌렸다. 개들을 방해하기 위해서였다.

"가자!"

"달려!"

이것이 효과가 있었는지 개들이 잠시 멈춰 서서 으르렁댔다. 하지만 그것도 잠시 놈들은 다시 냄새를 맡고 쫓아오기 시작했다.

형제들은 갈림길에 도착했다.

진은 잠시 고민했다. 세 명이 같은 곳으로 뛰면 경찰들을 만나기 전에 붙잡히고 만다. 민은 위급 시에 빨리 움직이지 못한다. 개 짖는 소리가 가까워졌다. 그는 망설이지 않고 형제들에게 말했다.

"뛰어!"

진이 준과 현에게 경사가 완만한 하산길을 가리키고는 그들의 몸에 계피가루를 뿌렸다.

"우아악!"

그리고 자신은 큰 소리를 내며 경사가 심한 옆길로 달려 내려갔다. 뛰면서도 그는 계속 신경을 집중했다. 추격자들의 불빛과 고함, 개 짖는 소리가 어지럽게 흩어지더니, 조금 뒤에 곧바로 한쪽으로 집중되었다. 이쪽이다! 진은 미친 듯이 아래로 달려 내려가기 시작했다.

'탕!'

총소리가 들렸다. 그리고 등 뒤에서 침 흘리는 개의 거친 숨소리도 들렸다.

또 한 번 '탕!' 하고 총소리가 들렸다. 사냥용 산탄 소리였다. 총소리와 함께 그의 바로 옆 나뭇가지에 뭔가가 '후두둑' 하고 박히며 구멍이 나고 터져나가는 폭발음이 들렸다.

또 다시 '탕' 하고 총소리가 났다. 조금 전 그가 지나갔던 나무 몸통에 무수한 구멍이 뚫린 둥근 원형의 총탄 자국이 생겼다. 조금만 늦었으면 저 구멍들이 그의 얼굴에 생겼을 것이다. 이놈들은 진짜로 죽일 생각으로 덤벼들고 있었다.

진은 다시 달렸다. 달리기는 자신이 있었다. 햇빛 아래로 나가지 못해서 운동선수는 못됐지만, 그는 밤길을 달리는 것을 좋아했다. 어두운 밤거리에서 그는 세상 누구보다도 빨랐다.

하지만 네 번째 '탕' 하는 소리와 함께 그는 종아리에 불로 지진듯한 통증을 느끼며 앞으로 고꾸라졌다. 관성의 힘 때문에 데굴데굴 굴러서 큰 고목나무 아래로 처박혔다. 하늘이 노랬다. 나무 사이로 보이는 달 때문에 한꺼번에 너무 많은 빛이 들어와서 눈이 부셨다.

"으윽!"

진은 넘어진 상태에서 자신의 몸 상태를 점검했다. 나무에 부닥친 오른팔과 어깨가 몹시 아팠다. 양쪽 무릎도 깨진 모양이었다.

다른 곳은 그럭저럭 괜찮았지만, 왼쪽 다리를 움직이려고 했을 때, 종아리를 불쑤시개로 지지는듯한 통증을 느꼈다.

"크아악!"

그는 짐승처럼 비명을 질렀다.

양손으로 찢어져서 피가 흐르는 종아리의 상처를 감싸 쥐었다. 그의 주변으로 피 냄새를 맡은 개들이 몰려왔다.

놈들은 '으르릉' 하는 적개심에 가득 찬 소리로 위협하며 그를 향해 다가왔다. 곧이어 사람 발소리도 다가왔다.

"하, 왜 이렇게 잘 뛰어? 고라니야? 뭐야?"

"아이씨, 라면 먹다가 놀라서 뛰어왔네!"

남자는 세 명이었다. 그렇다면 현과 민은 무사한가?

"야! 빨리 증거 찾아!"

"네!"

리더같은 남자가 명령하자 젊은 남자 하나가 총을 들고 다가와서는 진의 종아리를 발로 툭툭 건드렸다.

"크아악!"

진이 비명을 질렀다.

"아프겠다. 야! 그러게 왜 도망가니? 그것만 주면 총은 안 쐈지. 증거 어딨어?"

진이 대답을 안 하자 남자는 군홧발로 진의 종아리를 짓이겼다.

"증!거!물! 어딨냐고? 쳇! 이거 안 되겠네?"

"야! 그냥 죽이고 뒤져! 그게 빨라!"

부하가 머뭇거리자 리더가 소리쳤다.

"얌마! 빨리 끝내고 라면 좀 먹자! 다 불겠다!"

그 말에 부하가 '쩝' 하고 입맛을 다시며 총을 들었다.

"미안! 라면 때문에…."

그리고 그는 천천히 진의 머리에 산탄총총구를 겨누고 방아쇠를 당겼다.

'탕!'

총소리가 울렸다. 그런데 좀 다른 총소리였다. 산탄총이 아니라 권총 소리였다.

"움직이지 마!"

김건이 연기가 나는 총을 겨누며 소리쳤다.

총을 겨누던 부하가 총을 놓치고 화들짝 놀라서 뒤로 물러 났다. 권총으로 그의 손에 있던 산탄총을 맞춰서 날려버린 것 이었다.

"넌 또 뭐야. 이씨!"

리더가 김건을 향해 총구를 돌렸다.

'탕' 하는 총소리가 울렸다. 리더의 손에 있던 총도 날아갔 다. 서부영화에서나 보던 장면이었다.

"움직이지 마!쎄!요! 한국어 몰릅니카?"

김건이 외쳤다. 믿을 수 없는 사격기술이었다. 이런 핀포인 트 사격이 가능한 사람은 특등사수인 '샤프수터(Sharp-shoot-er)'밖에 없다.

세 번째 남자는 개 담당인지, 무기가 없었다.

"바쁘니까 그냥 가라!"

김건의 말에 세 사람이 서로 눈치를 보다가 일어나서 달리 기 시작했다.

"야! 야! 강아지 데려가!"

조련사가 멈춰서 휘파람을 불자, 김건을 향해 으르렁거리 던 개들이 그를 따라서 달려갔다.

"괜찮아요?"

다가온 김건이 진의 상처를 살폈다.

"아유, 아프겠다. 그래도 많이 다친 건 아니네. 갑시다!"

김건은 진을 억지로 일으켜 세우고 팔을 자신의 어깨에 둘렀다.

"으윽!"

진이 아파서 신음했다.

"여기 있으면, 그놈들이 친구들 데리고 다시 와요. 그러니까 아파도 갑시다."

그는 무자비하게 진을 다그치며 아래로 걸어 내려갔다. 그러면서도 뒤를 살피는 것을 잊지 않았다.


산 아래로 내려오자, 신영규가 달려와서 진을 부축했다.

"친구들은 여기 있어."

민과 현이 진에게 다가왔다. 그들은 뜨겁게 손을 맞잡았다.

"구급차는요?"

"와 있지!"

신영규의 포르쉐 뒤에 앰뷸런스 한대가 서 있었다. 진을 배려했는지 경광등이 꺼져 있었다. 눈이 부신지 진은 손으로 눈을 가리고 있었다. 신영규가 말없이 자신의 선글라스를 건네주었다. 백만 원이 넘는 고가 명품이었다.

"증거는?"

진이 상의를 벗고 배낭에서 비닐봉지를 꺼내 건네주었다.

신영규가 비닐장갑을 끼고 지퍼백을 열어 안쪽을 보았다. 김건이 말했던 피 묻은 마술칼과 휴대폰 등이 들어 있었다.

"있다! 올라가서 확인하자!"

"오케이!"

김건이 신호하자 밤의 일족 삼 형제를 태운 앰뷸런스의 문이 닫혔다. 진이 선글라스를 쓰고 침대에 누웠다. 그들은 경광등과 사이렌을 울리며 도로를 달려나갔다.

김건이 스타텍을 꺼내서 전화를 걸었다. 주동산에게 상황을 알려주기 위해서였다. 몇 번 신호가 가고 전화를 받았다.

"김건 씨!"

건방진 주동신의 목소리였다.

"덕분에 증거는 찾았습니다. 그런데 진씨가 다쳤어요."

김건은 상황을 짧게 설명했다.

"야! 빨리 타!"

신영규가 차에 오르며 재촉했다. 조금 전의 사람들이 인원을 모아서 내려오면 힘들어진다. 그는 곧바로 포르쉐의 시동 버튼을 눌렀다. 김건도 통화를 하며 차에 올랐다. 문이 닫히자마자 신영규가 차를 출발시켰다. 은색 총알처럼 포르쉐가 고속도로로 튀어 나갔다.

"걱정 마세요. 다른 형제들이 그들을 도울 겁니다. 우리는 밤에 무적이예요!"

주동신이 말했다. 하지만 김건은 걱정을 버리기 힘들었다.

"끝나고 직접 병원에 가볼게요."

"아니요, 그럴 필요 없습니다."

전화기 너머로 낮게 웃는 소리가 들렸다.

"제 친구들은 그런 것을 좋아하지 않습니다. 나머지는 저 한테 맡겨주세요. 알아서…"

갑자기 주동신이 말을 끊었다.

"응? 이 시간에 누구지?"

그는 문으로 가서 밖을 내다보았다.

"이 시간에 왜 방역요원이 왔지? 그것도 두 명이?"

"잠깐! 절대 문 열지 마세요!"

김건이 외쳤다.

"그거 방역요원 아닙니다! 이 시간에 방역요원이 거길 왜 가요!"

김건은 그에게 오블리비온(즉효성기억상실제)에 대해 말해 주었다.

"뭐, 짐작은 했어요. 제 형제가 말해줬거든요."

주동신이 가방 지퍼를 열며 말했다.

"저는 이만 사라져야겠네요. 그쪽도 조심하세요."

"조심하세요."

주동신이 전화를 끊었다.

신영규와 김건은 아직, 해도 뜨기 전에 경찰서에 도착했다. 차에서 내리자마자 증거물 봉지를 들고 서둘러 사무실로 들어간 두 사람은 바로 증거물 검토를 시작했다.

유일상의 양복 상의와 피가 묻어 있는 마술칼. 뿔테안경. 휴대폰이 들어 있었다. 휴대폰은 비밀번호를 풀어야 했는데, 최민용이 케이스에 펜으로 적어놓은 번호가 바로 비밀번호였다.

폰을 충전하면서 전원을 켜고 사진과 동영상이 들어 있는 갤러리 폴더를 검색했다. 마지막으로 찍은 동영상이 있었다.

재생 버튼을 누르자, 허름한 창고 건물 내부를 배경으로 최민용이 카메라를 보며 말을 하고 있는 모습이 나왔다.

"저는 국회의원 유일상 의원의 보좌관 최민용입니다. 저는 국회에서 일어났던 대통령 살인사건의 음모에 원치 않게 가

담하게 되었고 그 당시의 상황을 모두 동영상으로 기록해두었습니다. 이 휴대폰과 같이 있는 뿔테안경에 핀홀카메라가 장치되어 있습니다."

최민용이 두꺼운 뿔테안경을 들어 보였다.

"그 안에 당시의 모든 영상이 찍혀 있습니다. 이건, 제가 만든 안경카메라로, 선명도는 높지 않지만 박복덕 의원이 죽을 당시의 모든 상황이 찍혀 있습니다."

갑자기 무슨 소리를 들었는지 경계하는 표정으로 주변을 둘러 보더니 다시 말을 이었다.

"이번 국회 살인사건은 이강산 대통령을 함정에 빠뜨리기 위해 박복덕과 유일상, 그리고 그의 아버지 유청한이 치밀하게 계획한 것입니다. 이들은 사건 이틀 전, 미리 리허설까지 마쳤습니다. 그리고 이들과 연관된 사람들은 다 죽었습니다. 저 역시 언제 죽을지 몰라서 이렇게 증거와 증언을 남깁니다."

김정호가 뿔테안경에서 꺼낸 마이크로SD카드를 컴퓨터에 연결했다. 화면은 단상아래에서 위쪽을 보는 모습이었다. 박복덕 의원이 뒷걸음질 치며 단상 끝으로 왔고 몸을 돌려 아래로 떨어져 내렸다. 그 아래에 있던 유일상이 그를 받아주는 척하며 오른손에 든 칼로 찔러 올렸다. 그리고 그의 몸에 깔려 넘어졌다가 일어나, 뒤에서 그를 부축하며 소리쳤다.

"사람 살려! 의사!"

그리고 그 자신도 뒤로 쓰러지며 기절했다.

최민용이 달려가서 유일상을 둘러업었다.


모든 기록을 본 경찰들이 충격으로 말을 잊어버렸다. 실제로 일어난 이 엄청난 사기극에 충격을 받았다. 더구나 이런 짓을 한 사람이 촉망받는 국회의원이라는 사실이 더 놀라웠다.

"이 증거들. 복사본 남기고, 바로 국과수로 보내. 혈액검사도 요청하고, 영상포렌식팀에 보내서 영상진위여부 확인 부탁하고⋯."

"네!"

"아냐. 내가 직접 가지. 김건! 가자!"

"네!"

증거물들을 수습한 신영규가 곧바로 뛰어나가고 김건도 그 뒤를 따랐다.

또 둘만 남은 김정호와 복승아가 어색하게 서로를 쳐다보고 있었다.

"어째, 또 우리만 남았니."

김정호가 어색하게 말했다.

"그러게."

복숭아도 그와 시선이 마주치자 어색해하며 고개를 돌렸다. 용기를 낸 김정호가 의자에 앉은채로 복숭아 쪽으로 미끄러졌다. 그 모습을 본 복숭아도 의자를 미끄러뜨려서 다가갔다. 두 사람이 의자를 탄 견우와 직녀처럼 서로 만나려는 순간 벌컥 문이 열리며 김건이 뛰어들어왔다.

"모자! 모자를 두고 갔어!"

화들짝 놀란 김정호가 벌떡 일어나더니 자신의 의자를 앞뒤로 밀어 보이며 말했다.

"봤지? 바퀴가 자꾸 한쪽만 돌아!"

"제 것도요. 불편해서 일을 못 하겠네!"

김건이 두 사람에게 웃어 보이며 다시 나갔다.

"미안, 하던 거 마저해!"

김정호가 그 뒤에 대고 냅다 소리쳤다.

"하기는 뭘 하니?"

그러고는 문이 닫히자 다시 의자에 앉더니 복숭아에게 느끼한 표정으로 물었다.

"아까 어디까지 했지?"

국과수에 가서 포렌식팀에게 영상과 마술용 단검의 혈액 검사를 요청한 신영규는 김건과 함께 초조하게 결과를 기다렸다.

한 시간이 조금 안 된 시간에 DNA 포렌식 담당자 김동일 과장이 달려왔다. 그들은 흥분된 표정으로 결과를 알려줬다.

"동영상 진짜래요. 합성한 흔적 없음!"

"혈액은요?"

김 과장이 결과지를 건네주었다.

"박복덕 혈액이 맞아요. 사건 당시에 박 의원 몸에서 나온 혈액과 일치해! 피 주머니 속에 있던 것도 박복덕 혈액! 그리고 부검에서 나왔던 그거! 박 의원의 몸에 나 있던 사각형 틀 모양! 이 가짜 단검의 앞쪽과 일치해요!"

김건과 신영규가 손을 맞잡았다. 마침내 사건을 해결했다!

"아, 그리고 한 가지 더!"

김 과장이 웃으며 말했다.

"영상포렌식하는 방 과장이, 영상에서 차차연 얼굴 복원했대요!"

"네? 정말요?"

김건이 펄쩍 뛰더니 곧바로 영상포렌식실로 달려갔다.

"감사합니다! 야! 김건 같이 가!"

신영규도 어이없다는 듯 웃으며 그 뒤를 따랐다.


영상 포렌식 담당자 방송국 과장은 화면에 영상을 띄워서 바로 보여주었다.

"야! 이 새로 들어온 기계, 진짜 끝내주더라고. 원래 깨져서 안 보이던 이미지를 이 정도까지 살리더라니까?"

화면에 CCTV에 잡힌 뚜껑에 반사된 차차연의 모습이 보였다. 그냥 보기에는 카메라맨에 가려서 안 보였지만, 뚜껑에 반사된 차차연은 몰래 손을 뻗어 약병 같은 것을 놓고 있었다. 바로 그 독이 든 앰플이었다.

"이게 다가 아니에요!"

방 과장이 다른 영상 한 개를 재생시켰다.

차차연이 자신의 무릎 위에 쓰러진 강한남의 손에서 안약 병을 집어내더니, 그것을 샐러드 위에 뿌리는 모습이 나왔다. 그러고는 그 안약 병을 자신의 가슴골 사이에 넣었다. 이것도 기둥에 가려서 안 보이던 모습이었다.

"이…이건 어디서 나온 겁니까?"

김건이 떨리는 목소리로 물었다.

"벽에 있던 전자렌지!"

"아!"

"스튜디오 옆에 쌓아둔 소품 중에 전자렌지가 있더라고. 잘 보니까 그 앞면이 거울이네? 거기에 비치는 장면들을 포렌식해봤더니, 그중 하나에 이 장면이 딱! 찍힌 거죠!"

"이야! 감사합니다!"

김건이 갑자기 격하게 방 과장을 끌어 안았다.

"고생 좀 했어. 나중에 이거? 응?"

그가 술잔 꺾는 시늉을 하며 웃자 김건이 흐느꼈다.

"감사합니다. 크흑! 한우 사드릴게요!"

신영규가 그를 억지로 떼어내며 말했다.

"부탁 좀 드릴게요. 이 영상, 여기로 좀 보내주세요."

그가 적어준 것은 오유령의 번호였다.

"자, 김건!"

신영규가 몸을 돌리며 말했다

"가요?"

김건이 물었다.

"가자!"

신영규가 대답했다. 두 사람이 비장한 표정으로 걸어 나갔다.

"안녕하세요. 미찌클럽 라이브, 차차연입니다!"

특유의 말주변과 간드러진 콧소리로 '촤아'를 외치며 양손을 좌우로 활짝 펼쳐 보였다. 화려한 무늬가 그려진 넓은 소매가 펼쳐지며 아름다운 새가 양 날개를 활짝 펼친 것처럼 멋진 장면이 나왔다. 그녀의 트레이드마크인 '불새'였다. 동시에 무대 좌우에서 폭죽과 불꽃이 터져 나왔다.

"오늘 주제는 'Show must go on.on.on!'"

에코가 잔뜩 들어간 마이크가 그녀의 목소리를 메아리치게 했다.

"최근에 저희 쇼에서 불미스러운 일들이 있었죠. 그 때문에 운명을 달리하신 분도 계시고 감옥에 갇힌 사람도 있습니다. 하지만 여러분, 어떤 경우에도 우리의 쇼는 이어져야 합니다! 왜냐하면, 우리 인생이 바로 쇼(Show), 그 자체니까요! 우리 모두는 예술가입니다. 우리는 각자의 인생에서 자신만의 무대 위에 서서 춤추고 노래하는 주인공들입니다. 누구는 광대가 되고 누구는 댄서가 되어서 이 차가운 세상에 자신만의 온기를 더하는 것! 그것이 바로 우리의 사명입니다. 지금 당장 일이 안 풀린다고, 힘들다고, 기죽지 말고! 자신이 할 수 있는 만큼만 하면, 세상은 그만큼 더 좋아지겠죠. 자, 힘내세요. 여러분! 오늘이 바로 우리 인생 최고의 하이라이트입니다!"

진지하고 호소력 있는 그녀의 목소리에 많은 시청자들이 지지의 댓글을 달았다.

'역시, 차차연!'
'프리마돈나!'
'언어천재!'

댓글을 본 차차연이 발레리나처럼 우아하게 허리를 숙여 인사했다.

"감사합니다. 자, 그럼 오늘도 우리 신나게 놀아볼까요?"

오늘은 특별히 특수효과를 위해서 데려온 팀들이 있었다. 영화와 방송 특수효과를 전문으로 연출하는 팀들이 차차연의 몸에 연결한 지지대에 와이어를 연결했다. 그리고 줄을 당기자 차차연의 몸이 공중으로 떠올랐다.

"좌아!"

차차연이 양손을 좌우로 활짝 펼치자 겨드랑이와 팔 아래에 많은 수술이 달린 옷 때문에 새가 날개를 펼친 것처럼 보였다. 빨간색 불 모양의 도안 때문에 그녀의 별명인 '불새'가 날아오르는 것 같았다.

'나왔다. 불새!'
'진짜 열심히 산다'
'매달린 통닭'

신나는 음악에 맞춰서 공중에 떠오른 채 날개를 펼치며 하늘을 나는 차차연은 그녀 인생에서 최고의 퍼포먼스를 펼치고 있었다. 그녀의 말대로, 오늘이 바로 그녀 인생 최고의 하이라이트 같았다. 모든 것이 완벽했다. 이제 그녀에게 남은 것은 이대로 하늘로 올라가서 밤하늘의 별자리나 여신이 되는 것뿐이었다.

그때였다. 스튜디오의 문이 거칠게 열리며 경찰들이 들이닥쳤다.

"경찰입니다. 음악 끄세요!"

오유령을 선두로 그녀의 팀원들이 들어서며 직원들을 압박했다. 특수효과 팀원들이 놀라서 차차연을 공중에 띄우고 있던 줄을 거칠게 내렸다.

"악! 뭐야?"

순식간에 바닥에 떨어져 엉덩방아를 찧은 차차연은 자신의 긴 옷소매를 깔고 앉아서 제대로 일어서지도 못했다.

"차차연 씨! 강한남 씨 살해혐의로 긴급체포합니다!"

그런 그녀 앞에선 오유령이 영장을 내보이며 말했다.

"일체의 진술을 하지 않거나 개개의 질문에 대하여 진술을 하지 않을 수 있고 진술을 거부할 권리를 포기하고 행한 진술은 법정에서 유죄의 증거로 사용될 수 있으며…."

모든 것이 들통났다는 것을 깨달은 차차연은 체념한 얼굴로 무대 위에 누워 있었다. 그녀의 시선은 하늘을 향하고 있었다. 자유롭게 날아다니던 공간. 어떤 제약도 기준도 없는 나만의 공간. 자신이 속한 곳은 이 땅이 아니라, 저곳 하늘이다! 그녀는 조금 전까지 누렸던 자유를 향해 두 팔을 쭉 펼쳤다. 그 손목에 오유령이 '철컥' 하고 수갑을 채웠다.

"안돼!"

불새의 날개가 꺾였다. 추락한 신수(神獸)는 빛을 잃었다.


'대에박!'

'불새추락!'

'차차연이 진범?'

수갑을 찬 채 끌려가는 차차연의 모습을 보며 댓글을 다는 수 많은 시청자들에 의해, 댓글창이 미친 듯한 속도로 올라가고 있었다. 동시 접속자 수가 사상 처음으로 백만을 돌파했다.

화면에 차차연을 이미지화한 캐릭터가 나타나서 춤을 추며 말했다.

'신기록달성! 감사합니다. 촤아!'

---

저녁 8시에 시작된 유일상 의원의 국회연설은 다분히 의도된 것이었다. 최근 그를 떠오르는 스타로 밀고 있는 언론들은 가족들이 많이 모인 시간에 그의 연설을 배치했다. 여당 쪽의 반발도 있었지만, 대통령의 무죄가 인정되지 않아서 모두 힘이 빠진 분위기였다.

유일상이 단상 위로 걸어가자, 야당 의원들이 뜨거운 기립 박수로 그를 맞이했다. 대통령에게는 야유를 퍼붓던 그들이 이 젊은 의원에게는 무한한 지지를 보여주고 있었다.

"대통령! 유일상!"

누군가가 외치자 다들 그를 따라서 외치기 시작했다.

"대통령! 유일상!"

아버지 유청한의 이빨이 들어간 사람들이겠지만, 지금 이 순간 유일상의 인기는 절대적이었다. 그 모습을 여당 의원들이 떨떠름한 얼굴로 지켜보고 있었다.

많은 사람들의 박수와 환호 속에 유일상이 연단 앞에 섰다. 그는 여유 있게 마이크를 체크했다. 열렬한 환호와 박수. 이 순간만큼은 자신이 유치한을 이겼다는 생각에 가슴이 벅차올랐다.

"지금 우리 대한민국은 이전에 없었던 초유의 위기상황에 빠져있습니다. 북한은 수시로 미사일을 발사하며 우리나라의 안보를 위협하고 있습니다. 그럼에도 국가안보를 무시하고 북한 퍼주기에 주력하던 현 정부의 정책은 완벽한 실패임을 절실히 느끼고 철저한 반성이 있어야 할 것입니다."

야당의원들이 기립하며 박수를 쳤다. 그들은 모두 유일상의 팬클럽 회원처럼 행동했다.

"이강산 대통령은 이곳 국회에서 살인을 했습니다."

"뭐야?"

"아직 결론이 안 났잖아?"

여당 의원들이 발끈해서 들고일어났지만, 유일상은 연설을 멈추지 않았다.

"그것이 고의건, 사고건 그것은 중요하지 않습니다. 결과적으로 볼 때, 대통령은 사람을 죽였습니다."

반박할 수 없었다. 정치가들은 모두 필연적으로 결과론자들이기 때문이다. 아무리 일을 잘하고 열심히 노력해도 선거에서 지면 모든 것이 끝나는 세계에서 살다 보면, 생각은 자연스럽게 바뀐다.

"박복덕 의원은 지역사회의 유지였고 존경받는 지도자였습니다. 대통령과 여당은 자신의 제왕적인 권력을 이용해서 그런 박복덕 의원을 죽음으로 몰아넣었습니다. 무자비한 정치공작과 탄압 속에서 가정이 깨지고 하루아침에 모든 것을 잃은 박복덕 의원은 이곳 국회에서, 대통령 앞에서 자신의 죽음으로 결백을 증명하려 했습니다. 하지만 이강산 대통령은 그런 박복덕 의원을 말리는 대신, 잔인하게 죽였습니다. 우리 모두가 본 것처럼 그의 손으로 직접 심장을 찔렀습니다!"

유일상은 눈을 감았다. 자신의 손에 든 칼 위로 떨어져 내린 박복덕, 그의 눈과 눈이 마주친 그 순간이 떠올랐다. 칼이 심장을 관통할 때의 그 느낌.

"저는 죄인입니다. 저는 동료의원을 지키지 못했습니다. 살고 싶다고, 살려달라고 절절하게 외치는 동료의원을 대통령의 저 흉악한 손으로부터 지키지 못했습니다."

그는 주먹 쥔 손으로 입을 막으며 격해진 감정을 가라앉혔다.

"오랫동안 대통령과 여당은 우리를 적폐라고 불렀습니다. 진정한 애국자이고 평생을 나라를 위해서 싸워온 우리를 저들은 적폐라고 멸시했습니다. 그것은 차라리 시기입니다. 우리는, 우리 부모님은 잠시도 애국, 애족을 멈춘 적이 없기 때문입니다! 만약 그것이 적폐라면 저는 기꺼이 적폐가 되겠습니다!"

야당 의원들이 다시 기립해서 박수를 쳤다. 그 분위기가 거의 북한 노동당 전당대회같았다. 이제 유일상은 명실상부한 스타로 떠오르고 있었다.

"대통령은 더는 숨지 마십시오. 정말 자신이 무죄이고 당당하다면 떳떳하게 조사를 받으십시오. 특검수용하고 국민앞에 사과하십시오. 아방궁 청와대에, 영부인의 치마폭 뒤에 숨어 있지 말고, 이곳 국회에 나와서 자신이 말한 대로 면책특권을 포기하고, 세상과 대면하십시오. 대통령이 용서받을 수 있는 유일한 방법은 바로 국민들 앞에서 떳떳하게 심판받는 것임을 명심하십시오!"

'와아!' 하는 함성이 국회를 뒤흔들었다. 다시 한번 자리에서 일어나 기립박수를 치는 야당 의원들에 의해 여당 의원들의 목소리는 작게 묻혀버렸다.

유일상의 기분도 최고로 올라갔다. 지금까지 살면서 한 번도 이런 감정을 느껴본 적이 없었다. 모두에게 인정받는 느낌, 모두에게 사랑받는 느낌, 그리고 무엇보다, 자신이 중요한 사람이 된 느낌! 지금 이 순간, 세상은 그를 중심으로 돌고 있다!

"지금부터 이강산 대통령에게 직접 요구하겠습니다. 존경하는 동료의원 여러분, 저와 함께해주시기 바랍니다."

유일상은 왼손으로 마이크를 불끈 쥐고, 주먹 쥔 오른손을 들어 올렸다.

"나와라, 대통령!"

그의 선창에 따라 야당 의원들이 오른손 주먹을 들어 올리며 큰소리로 구호를 외쳤다.

"나와라, 대통령!"

"지금 뭐 하는 거야?"

여당 의원들이 항의했지만, 소용이 없었다. 그들은 독재에 맞서는 민주투사 같은 모습으로 행동하고 있었다.

유일상이 다시 선창하고 야당 의원들이 따라했다.

"받아라, 특검!"

"받아라, 특검!"

완벽한 순간이었다. 유일상은 가슴이 부풀어 올라 하늘로 떠오를 것 같은 느낌이었다. 그는 벅찬 감정을 다스리지 못하고 목청껏 구호를 외쳤다. 그의 선창에 따라 수 많은 의원들이 구호를 반복했다. 감동적인 순간이었다.

"살인자, 대통령!"

"살인…."

"받아라, 검찰조사!"

하지만, 어느 순간부터 구호를 따라하는 사람들이 적어지고 웅성웅성하는 소리가 퍼지기 시작했다. 유일상은 뭔가 잘못된 것을 느꼈다. 휴대폰을 꺼내본 동료의원들의 표정이 두려움을 넘어서 경악으로 바뀌었기 때문이었다. 등 뒤에서 비치는 밝은 빛을 느낀 유일상이 고개를 돌렸다. 연단 뒤쪽 천장에서 거대한 스크린이 내려오고 화면이 켜졌다.

"뭐지? 여기 좀…."

그는 두리번거리며 관리자를 찾았다.


*"속보입니다!"*


프로젝트로 방영된 뉴스에서 여성 앵커가 속보를 전하고 있었다.

"이강산 대통령 국회연설 도중 벌어진 살인사건의 실체가 규명되었습니다! 잠시, 화면 보시겠습니다."

1인칭 시점으로 촬영된 동영상이었다. 그 모습에 잡힌 것은 박복덕 의원이었다. 단상 위에서 비틀거리다가 밑으로 떨어진 그를 밑에 있던 유일상이 손으로 받으며 칼로 찌르는 모습이 나왔다.

"허억!"

"뭐야? 저게 범인이었어?"

사람들의 탄식이 여기저기서 터져 나왔다.

"영상 속 인물은 야당인 국민통합당, 유일상 의원인 것으로 밝혀졌습니다. 유일상 의원은 지금 국회에서 연설 중인 것으로 알려져 있습니다!"

유일상은 그대로 굳어버렸다. 조금 전까지 그는 이 세상에서 가장 높은 곳에 있었다. 그런데 어느새 바닥으로 떨어졌다.

"살인자!"

"국통당의 음모다!"

"국통당 검찰조사!"

여당 의원들이 소리치자, 정신을 차린 야당 의원들이 태세를 전환했다.

"아냐! 이 일은 유일상이 단독으로 한 일이야!"

"그래. 유일상이 살인자다! 당은 상관없다!"

"유일상의 긴급체포를 결의한다!"

"유일상 의원 출당하라!"

야당 의원들이 갑자기 모든 포문을 유일상에게 돌렸다. 유일상은 멍해졌다.

조금 전까지 자신을 지지하던 사람들, 자신의 말에 환호하던 사람들이 갑자기 자신을 공격하기 시작했다. 자신을 비난하기 시작했다. 그들의 목소리가 울림처럼 들렸다.

"내려와라. 살인자!"

"경비원! 저놈 잡아!"

"저놈이 원흉이다!"

"대통령을 음해한 놈이다!"

바로 이어서 여당 야당 가리지 않고, 모든 의원들이 유일상을 비난하기 시작했다.

무섭게 소리치는 성난 군중들과 자신 사이에는 오직 작은 연단 하나뿐이었다.

그들의 쏘아보는 성난 시선에서 자신을 가릴 것은 오직 작은 마이크 하나뿐이었다.

외로웠다.

어린 나이에 엄마를 잃었을 때, 그는 혼자라고 느꼈었다. 사실, 그때 이후로 그는 쭉 혼자였다.

문이 열리고 국회 안으로 일단의 사람들이 들어왔다.

"특별수사본부 본부장 신영규입니다. 국회 살인사건 피의자조사 때문에 왔습니다. 유일상 의원님, 같이 가 주시겠습니까?"

샘이 TV를 보며 박수를 쳤다.

"아, 이렇게 끝이 나네요. 정말 재미있었는데. 아쉽습니다."

"아쉬울 것 없네. 우리는 우리한테 필요한 재앙을 만들어 냈고 그것은 충분히 작동했어."

"여기서 더는 반전이 없겠죠? 박사님~"

샘이 의심하는 눈초리로 묻자 오레온이 손을 내저었다.

"천만에, 보신대로일세. 내 작품은 여기까지야. 아쉽지만 저들의 승리로 막을 내려야지."

"흠!"

잠시 생각에 잠겼던 샘이 입을 열었다.

"이해가 안 가네요. 박사님은 분명히 이 계획의 허점을 알고 있었습니다. 그리고 외람되지만, 그 경찰팀이 이 사건을 해결할 것도 알고 있었어요."

그의 모습을 물끄러미 바라보던 오레온이 천천히 고개를 끄덕였다.

"부정하지 않겠네."

"제가 잘못 봤는지 모르겠지만 심지어 박사님은 중간중간에 박사님의 시그니처를 넣기까지 했습니다."

"그게 보였나? 역시 날카롭군."

"혹시, 박사님은 발견되기를 희망하신 것 아닙니까? 연쇄살인범들이 그런 것처럼?"

"조금 다르지만… 뭐, 그것도 맞아."

"설명해주시겠습니까?"

"그래. 음, 나는 내 제자에게 특별한 애착을 가지고 있다네."

"제자라면, 김건을 말씀하시는 거죠?"

"그래. 나는 그 친구의 기억을 재건하면서 동시에 그 친구를 탈출의 도구로 만들었어. 인간의 기억을 조정해서 도구로 만드는 건 새로운 시도였지만, 결과는 성공적이었네. 보시다시피…."

그는 두 팔을 펼쳐서 손가락으로 자신을 가리켰다.

"그 부분은 천재적이었습니다. 박사님만 할 수 있는 일이었죠. '원오브카인드(One of a kind; 독특한)'입니다!"

"고맙네. 그런데 그 일을 하면서 예상치 못했던 어드버스-리액션(adverse reaction; 부작용)이 생겼어."

"그게 뭘까요?"

"내 생각보다 제자에 대한 내 애착이 훨씬 더 커진 거야. 이제는 그 친구가 그리워서 견딜 수가 없을 정도네. 프랑켄슈타인을 만든 박사의 심정이랄까?"

"아하!"

샘이 손가락으로 오레온을 가리켰다.

"제 느낌대로군요. 이 모든 것이 바로 김건에게 낸 문제였어요!"

"틀리지 않네. 나는 그 친구가 내 트릭을 간파하기를 바랐어. 그리고 결과적으로 그렇게 됐고. 뭐, 기분이 좋지는 않지만, 한편으로 자랑스럽기도 하군. 아들한테 처음으로 팔씨름을 진 아빠의 느낌일까?"

"비난하지 않겠습니다. 심정적으로, 충분히 이해가 가니까요."

샘이 몸을 바짝 기울였다.

"제가 걱정하는 건 K목사님입니다."

"걱정하지 말게."

"네?"

"이미 목사님도 알고 계시네."

"그게 정말인가요?"

"오히려 칭찬을 해주셨다네."

오레온이 휴대폰을 꺼내서 보여주었다. 보안이 철저한 메신저로 메시지가 와있었다.

'성공을 축하합니다. 이제, 이 나라에 재앙의 씨앗이 잉태했습니다. K'


"이런, 정말이네요. 오늘은 놀라움의 연속이네요."

오레온이 빙긋 웃었다.

"진짜 재앙은 지금이 아니야. 이번 일을 통해서 세력을 잡은 사람. 권력 집단. 불만에 가득 찬 이기적인 인간들. 타락한 언론과 부패한 정치가들, 이 모든 인간 군상들이 자신의 욕심을 위해서 물고 물리는 복마전이 열릴 거야. 한국의 진짜 재앙은 그때 시작되는 거지. 그건 조용한 재앙이 아니라 뻔뻔한 재앙이 될 거야!"

"이제 알겠습니다. 목사님과 박사님은 이번에 그 시작을 준비하신 거군요."

"사도(使徒)로서의 내 임무는 끝났네. 이제 나는 내 손으로 제자와의 애착을 끊으려고 하네. 우리 둘 중 하나는 죽거나 망가지겠지."

"애석하네요. 애정이 크실 텐데."

"이미 모든 준비는 끝났어. 자네는 어떤가? 아직도 성령 공주를 만날 생각인가?"

"물론이죠. 저도 모든 준비가 끝났습니다. 이제서야, 제 지적 호기심을 충족할 수 있어요."

"알았네. 더는 말리지 않겠네. 자, 행운을 비네. 샘! 할렐루담야!"

"행운을 빕니다. 박사님! 할렐루담야!"


고무보트에 올라탄 샘이 조용히 노를 저어 떠났다. 그 모습을 한참 동안 지켜보던 오레온은 갈대숲 사이로 돌아간 샘의 모습이 보이지 않게 되자 휴대폰을 꺼냈다.

스산한 바람이 호수 전체를 훑고 지나갔다. 좌대가 크게 흔들렸다.

신호음이 가고 상대방이 전화를 받았다.

"네! 박사님!"

"시작해!"

멀리 강물 위로 왜가리 한 마리가 날아올랐다.

유일상은 경찰서 조사실에 앉아 있었다. 그가 이곳에 온 이유는 간단했다. 그의 아버지가 안영조 비서를 통해 가라고 명령했기 때문이다. 그것 외에도, 그는 이 세상에서 이곳 말고는 달리 갈 곳이 없었다. 너무나 명백한 범죄의 증거 앞에서 주장은 아무 의미가 없었다. 그렇다고 해서 그는 순순히 모든 죄를 인정하고 자백할 마음도 없었다. 이 모든 것은 자신의 의지가 아닌 다른 사람이 꾸민 일이다. 자신은 '심신미약상태'였으며, 피해자일 뿐이다. 그래서 그는 묵비권을 행사하기로 했다. 상황을 봐서 영상 자체를 딥페이크(deepfake)를 이용한 가짜라고 주장하거나, 식물인간이 된 최민용에게 뒤집어씌우는 방법도 생각했다.

"많이 기다리셨죠?"

처음 등장한 것은 여자 형사였다.

"인적사항 확인하겠습니다."

"네."

유일상은 인적사항을 확인해주었다.

"그 외의 사항은 묵비권을 행사하겠습니다."

"아, 묵비권, 네."

의외로 형사는 순순히 고개를 끄덕였다.

"사건 말고 다른 질문인데요. 연설문은 누가 쓰셨어요? 잘 쓰셨던데."

"제가 썼습니다."

사건과 관련된 것이 아닌 내용이라 유일상은 바로 답해주었다.

"아, 보통은 보좌관이나 전문 작가가 쓰지 않나요?"

"연설문은 제가 씁니다."

"그러시구나."

여자 형사는 몇 가지 이상한 질문을 하고는 그냥 나가버렸다.


잠시 후에 북한 사투리를 쓰는 남자 형사가 들어왔다.

"배고프시면 뭐 좀 시켜드릴까요?"

그가 쭈뼛거리며 물었다.

"괜찮습니다."

저녁부터 못 먹어서 배가 고플 만도 한데 그는 지금 전혀 공복을 느끼지 못했다. 천국에서 지옥으로 떨어진 뒤라서 인간적인 기본 욕구가 마비된 느낌이었다.

"연설하시느라 배 고프실텐데…."

"괜찮습니다."

그는 재차 거절했다.

"그래도…."

이번에는 그냥 입을 다물었다. 남자 형사는 '아, 예' 하고는 나가버렸다.

이상했다. 형사들이 사건 관계된 질문을 할 것이라고 예상했는데 별 질문 없이 나가버렸다.

잠시 후에 수사본부장이라는 사람이 들어왔다.

"유일상 씨!"

의원님이 아닌 '씨'라고 불리는 것이 아팠다. 그는 길지 않은 인생에서 항상 이름 뒤에 직함으로 불렸다. 그런데 이제 경찰서에 피의자 신세로 와 있다 보니, 이런 취급을 당하게 된 것 같아 비참해졌다.

"그 연설문 본인이 쓰신 것 맞죠?"

"맞습니다."

"여기 내용 좀 확인해주시겠어요?"

그가 파일 하나를 내밀었다. 유일상이 오늘 국회에서 했던 내용이 모두 기록되어 있었다.

"읽어보시고, 본인이 했던 내용이 맞으면 서명 좀 부탁드립니다."

"변호사 없이는 어떤 문서에도 서명하지 않겠습니다."

"이건 사건 관련 내용이 아니라 본인이 했던 연설 내용입니다. 절차상 확인이 필요한 사항입니다."

생각해보니, 본인이 연설했던 내용은 확인해도 될 것 같았다. 유일상은 내용을 확인하고 본인 것임을 인정했다.

"제가 한 연설이 맞습니다."

"내용도 전부 틀림이 없죠?"

"그렇습니다."

"본인이 쓰신 것도 맞죠?"

"네!"

"그럼, 연설 내용 중에 한 가지만 질문하겠습니다."

"네."

"박복덕 씨가 심장을 찔린 건 어떻게 알았습니까?"

형사가 그의 눈을 빤히 들여다보며 물었다.

"네?"

예상하지 못했던 질문이었다. 그 당시가 떠올랐다.

"신문이나 뉴스에서…."

"살인사건은 말입니다."

형사가 말을 잘랐다.

"기본적으로 언론에서 중요한 정보를 제공하지 못하게 되어 있습니다. 그래서 그 당시 현장에 있었던 증거는 범인하고 형사만 알 수 있죠. 박복덕 씨가 심장을 찔려서 죽은 건 저희도 부검을 하고 나서 알게 된 겁니다. 그런데 유일상 씨가 그것을 알고 있다?"

형사가 비웃듯 코웃음을 쳤다.

"형사하고 범인만 아는 정보를 당신이 알고 있다. 당신은 형사가 아니다. 그럼 당신은 뭘까?"

유일상은 놀라서 식은땀을 흘렸다.

"묵비권… 행사하겠습니다."

그는 간신히 이 말을 끄집어내고 굳게 입을 다물었다.

소주희가 경찰서 현관을 나서고 있었다. 수갑이 없는 자유로운 모습이었다. 그녀의 뒤에 박재훈 변호사와 오유령, 형사들이 따라 나왔다.

"아유, 우리 소주희 셰프님! 협조해주셔서 감사합니다. 수고 많으셨어요!"

오유령이 높은 톤으로 말했다. 그녀의 변신이 놀라웠다.

"이제 가시면 됩니다. 고생하셨어요."

소주희 옆에 서 있던 박재훈 변호사가 말했다.

"변호사님이 고생하셨죠. 변호사님 아니었으면…."

"유치한 의원님 덕분이죠. 걱정 많이 하셨습니다."

"네. 정말 감사합니다."

'끼이익!' 하고 높은 브레이크 마찰음이 들렸다. 폭스바겐 비틀이 정문 근처에 제멋대로 정차하면서 낸 소리였다.

"여기 세우시면 안 됩니다!"

경비경관이 말했지만, 허겁지겁 문을 열고 내린 운전자는, '죄송합니다. 제가 좀 급해서…딱지 떼지 마세요!' 하며 그냥 안으로 달려 들어가버렸다.

"주희 씨! 주희 씨!"

소주희는 자신을 부르는 소리에 고개를 돌렸다. 김건이었다!

"아저씨!"

왈칵, 반가움에 눈물이 나왔다. 한달음에 달려간 김건이 소주희를 힘껏 끌어안았다.

"미안해요. 주희 씨! 내가 너무 늦었죠?"

깜짝 놀란 소주희가 김건을 올려다보았다. 그는 울고 있었다.

자신 때문에 바보처럼 울고 있는 남자의 얼굴을 보자, 마음속에 있던 수많은 질문과 원망 들이 한꺼번에 녹아버렸다.

"늦어서 미안해요. 주희 씨!"

"아니요! 딱 맞게 왔어요!"

그녀도 울고 있는 남자를 안아주었다. 기자들의 플래시가 폭죽처럼 터졌다.

"주희 씨, 배 안 고파요? 얼굴이 반쪽이 됐어요. 뭐, 먹고 싶은 거 없어요?"

"먹고 싶은 거요? 아! 양파수프! 저 그거 먹다가 체포됐거든요."

"알았어요. 프랑수아한테 연락할게."

"저쪽에 앰뷸런스가 와 있습니다."

강지환 형사가 친절하게 안내했다.

"네? 왜요?"

"현기증이 있다고 하셔서 진찰 먼저 받아보시라고, 저희 팀장님이 부르셨습니다."

"네. 걱정돼서 제가 불렀어요."

오유령이 자상한 언니 같은 표정으로 말했다.

"그냥 절차니까. 타고 가세요."

기자들을 의식한 오유령이 가식적인 톤으로 말했다.

김건은 그녀를 쏘아보았다.

"괜찮아요. 아저씨. 저 병원 먼저 갈게요."

소주희가 김건을 안심시켰다.

"너무 많이 울어서 어지러운가 봐요."

"내 차로 바로 따라갈게요."

소주희를 앰뷸런스에 태운 김건이 구급요원에게 다가가서
물었다.

"어느 병원이죠?"

"아. 네… 어… 강동대학병원입니다."

"응? 왜 그렇게 멀리 가지?"

"김건 수사관님!"

고개를 갸우뚱하는 김건 앞에 오유령이 웃으며 다가왔다.
순간 울컥했지만 눌러 참았다.

"신영규 본부장님한테 안부 전해주세요. 뭐, 우리 앞으로
자주 보겠지만…."

상냥한 오유령의 목소리 톤이 어색했다.

"네? 그게 무슨 말이죠?"

"아, 아직 모르셨구나. 그런 게 있어요."

그 틈에 소주희를 태운 앰뷸런스가 조용히 떠나버렸다. 정신을 차리고 보니 경광등도 사이렌도 아득히 멀어져버렸다.

"뭘 저렇게 급하게 가?"

김건이 차로 향하는데 앰뷸런스 한 대가 그의 차 옆에 멈춰섰다.

"응? 저거 뭐야? 왜 앰뷸런스가 한 대 더 왔지?"

차에서 내린 구급대원이 경찰서 정문의 경비경관에게 다가가서 말했다.

"여기, 환자 이송하러 왔는데요!"


앰뷸런스 안에서 구급대원이 침대에 누운 소주희에게 가스 마스크를 씌우고 가스통의 밸브를 열었다.

"이게 뭐예요? 왜…."

스르륵 눈이 감기며 소주희는 그대로 잠에 빠져들었다. 구급대원이 운전석과 연결된 스피커폰으로 말했다.

"목표 확보!"

"오케이!"

앰뷸런스가 속도를 올려서 고속도로로 빠져나갔다. 경광등과 사이렌을 끄고 인적없는 갓길로 빠져나갔다. 간간이 보이던 공장이나 초가집도 안 보이더니 천천히 다가온 어둠 속으로 앰뷸런스도 완전히 묻혀버렸다.


"정말 없나요? 한 번만 더 체크해주세요!"

김건이 간곡한 목소리로 부탁했다.

"몇 번이나 체크했습니다. 소주희라는 환자분은 안 계세요!"

스테이션의 간호사가 답답하다는 표정으로 말했다.

"분명히 여기로 온다고 했어요. 아! 응급실로 간 거 아닐까요?"

"응급실도 전산은 다 연결되어 있어요. 접수환자는 다 떠요."

할 수 없이 김건은 간호사한테 꾸벅 인사하고 다시 강동대병원 주차장으로 나왔다.

"야, 주희 씨 만나기 진짜 힘드네!"

아마도 빈 병상이 없어서 다른 병원으로 간 모양이었다.

"아유, 그래! 몇 달을 참았는데, 몇 시간만 더 참지 뭐!"

전화기를 꺼내서 물어보려던 차에 전화가 걸려왔다. 모르는 번호였다. 주희 씬가?

"아유, 주희 씨! 지금 어디 있어요?"

김건이 웃는 얼굴로 전화를 받았다.

"크리스토퍼 로빈이 말했습니다."

낮고 부드러운 목소리가 말했다. 꿈에서도 잊지 못한 그 목소리였다.

"오레온!"

악몽이 되살아났다!

"즐거운 놀이 시간이에요!"

경찰서를 나온 유일상은 기자들을 피해서 뒷문으로 나갔다. 주차장으로 가서 곧바로 안영조 보좌관의 차량을 발견하고 올라탔다. 그는 유일상을 보고도 별말을 하지 않았다. 모든 창문이 코팅된 SUV 안에서 유일상은 차가 경찰서를 빠져나갈 때까지 고개를 깊숙이 숙이고 있었다. 정문을 빠져나갈 때, 한 눈치 빠른 기자가 '저 차! 저 차 아냐?' 하며 소란을 피워서 길을 막기도 했지만, 경찰관들의 통제로 간신히 빠져나왔다. 멀리서도 경찰서의 불빛이 안 보일 때쯤 되어서야 유일상은 고개를 들었다. 주머니에서 휴대폰을 꺼냈다. 수십 통의 전화가 와 있었다. 하지만 이상하게도 아버지의 전화는 단 한 통도 없었다.

이미 자정을 넘긴 상태였다. 그는 아버지에게 전화를 할까 말까 망설였다.

"연락하실 필요 없습니다."

다 알고 있다는 듯이 안 보좌관 아니, 안 비서가 말했다. 그는 오랜 세월을 아버지의 비서로 지냈었다. 아버지 옆에서 이렇게 오래 버틴 사람은 안 비서와 가정부 박 여사뿐이다.

"남산으로 가라고 하시더군요."

"남산?"

유일상은 그 의미를 잘 알고 있었다. 온몸에 힘이 빠졌다. 머리를 뒤로 눕혔다. 푹신한 의자가 그를 깊숙이 받아들였다. 어머니의 품처럼.

"옆에, 술병이 있습니다."

그의 말대로 앞 좌석의 포켓에 고급 양주병이 있었다. 30년 된 몰트위스키였다. 유일상은 평소에 술을 즐기지 않았다. 그가 술을 마시는 날은 기분이 나쁜 날이었다. 취하도록 마신 적은 없었다. 아버지의 꾸중이 무서웠기 때문이었다. 그런데 생각해보니 지금처럼 술을 마시기 좋은 날은 또 없었다. 그는 손을 뻗어 위스키병을 집어 들었다. 마개를 열려고 했지만, 손이 떨려서 잘되지 않았다. 고급 위스키는 위조방지를 위해 뚜껑에 특별한 장치를 해두는 경우가 많다. 이것도 그런 것 때문인지 모른다. 몇 번 뚜껑을 열려고 힘을 주다가 화가 나서 병을 던져버리려는데, 안영조 비서가 손을 뻗어 병을 잡았다. 그리고 왼손으로 가볍게 뚜껑을 돌려 열었다. 잘 숙성된 휘발성 향기가 바늘처럼 콧속을 찔렀다. 술맛을 잘 몰랐지만, 이 향기가 가슴에 와닿았다. 아이러니하다. 하필 이럴 때, 술맛을 알게 되다니.

의자에 깊이 누운 채, 술병을 입에 가져갔다. 꿀꺽, 꿀꺽 몇 모금을 연달아 삼켰다. 불덩이가 목구멍을 타고 넘어가는 느낌 이후, 뱃속이 따뜻해졌다. 혈관을 타고 뜨거운 불기운이 온몸 구석구석으로 내달렸다. 그는 갑자기 기분이 좋아졌다.

'세상 다 그런 거지. 뭐.'

어린 시절, 엄마가 항상 혼자서 되뇌던 말이었다. 아버지에게 맞고 나면 혼자 놀고 있던 유일상의 옆에 와서 누운 채 이 말을 중얼거렸다. 스무 살이나 많은 남자의 후처로 들어와서 겪는 고초를 일반화하려는 시도였다. 유일상도 그 말을 중얼거렸다.

"세상 다 그런 거지, 뭐!"

혼자 중얼거리며 키득거리는 그를 안영조 비서가 백미러로 지켜보고 있었다.

차가 서울타워 입구에 멈춰섰다.

"다 왔습니다!"

유일상이 고개를 들었다.

"직원들은 없습니다. 혼자서 엘리베이터로 가시면 바로 전
망대까지 올라갑니다. 거기서 엘리베이터를 바꿔 타시고 최
상층으로 올라가시면 됩니다. 세팅이 다 되어 있으니 그냥 타
시면 됩니다. 거기서 내리시면 불이 켜진 문이 있을 겁니다.
직원 전용문인데, 밖으로 나갈 수 있습니다."

안영조가 길고 복잡하게 설명했다. 불행히도 유일상의 뛰
어난 두뇌는 모든 것을 기억했다.

유일상이 문을 열고 내렸다. '잘 있으라, 잘 가라, 뒤를 부
탁한다' 같은 의미없는 말들은 꺼내지도 않았다. 고급 양주병
으로 병나발을 불면서 최연소 대통령감이라고 불리던 남자
가 비틀비틀 걸어갔다. 그는 고개를 들어 서울타워를 올려다
보았다. 사람들에게 서울타워보다 남산타워라고 더 잘 알려
진 어마어마한 높이의 타워. 입에 머금었던 술을 꿀꺽 삼키고
입구를 향해 걸어갔다. 단두대로 향하는 사형대의 입구. 그는
레미제라블의 곡조를 흥얼거렸다.

건물 안으로 들어갔다. 들었던 대로 직원은 없었다. 그는 엘
리베이터에 올라탔다. 자동으로 문이 닫히고 위로 올라갔다.

평소 같으면 관리하는 사람들이 있었을 테지만, 지금은 텅 비어 있었다.

조용한 클래식 음악이 울렸다. 고속엘리베이터 때문에 귀가 조금 멍했다. 그는 다시 술을 한 모금 마셨다.

"크으!"

목구멍이 타들어 가는 느낌이었다. 배속이 묵직하게 차올랐다. 절망 같은 느낌이었다.

전망대에 도착해서 다시 최상층으로 올라가는 엘리베이터에 오르자, 자동으로 문이 닫히고 위로 움직였다. 누군가가 제어실에서 제어하는 것 같았다.

최상층에 도착한 엘리베이터의 문이 열렸다.

이상하게 어두웠다. 모든 조명이 꺼진 가운데 복도 끝만 빨간 비상구 등이 켜져 있었다. 건물 밖으로 나가는 통로의 문이었다. 그가 손을 대자, '끼이익' 소리와 함께 문이 열렸다.

남산타워의 옥상 외부는 일반인이 출입할 수 없는 곳이었다. 청소, 수리 등, 관리업무를 위해서만 쓰이는 문이었다. 지금 이곳이 열려 있다는 말은 누군가가 일부러 열어놓았다는 뜻이었다. 술을 한 모금 들이킨 유일상이 문을 열고 밖으로 나갔다. 갑자기 불어닥친 강한 바람에 몸이 흔들려 겁을 먹었다. 하지만, 자신이 뭘 하러 왔는지를 떠올린 그는, 그 아이러니에 피식 웃음이 나왔다.


아버지는 평소 입버릇처럼 이렇게 말했었다.

'실패하면 니는 남산으로 가라! 거서 뛰어내리라!'

유일상은 옥상 끝으로 기어갔다. 조심스럽게, 천천히. 난간 끝으로 계속 기어갔다. 마침내 그곳에 도착하자, 그는 술병을 들고 혼자서 축배를 들었다. 크게 한 모금을 들이킨 그는 아래를 내려다보았다. 바로 아래쪽은 주차장이었다. 이미 자정을 넘긴 시간이라서 주차된 차량은 거의 없었다. 그는 다시 크게 한 모금을 마셨다. 이제 준비는 끝났다. 자신이 떠나고 아버지마저 떠나면, 그 지역구는 아마도 안영조 비서가 관리하게 될 것이다.

'뭐, 알아서 하겠지.'

휴대폰을 꺼내서 쳐다보며 잠시 고민했다. 마지막으로 아버지에게 전화를 해야하나? 다음 순간, 다 부질없다는 생각이 들었다. 아버지가 그를 이곳으로 보냈다. 실수를 용서할 분이 아니었다. 갈 때는 깨끗이 가자! 그는 휴대폰을 힘껏 던져버렸다. 최후의 불빛을 반짝이면서 휴대폰은 카미카제 전투기처럼 떨어져 내렸다. 한참이나 지나서야 둔탁한 충격음이 들렸다. 가슴이 후련했다. 진작 이럴 걸…

생각해보면 이것은 당연한 결말이었다.

'악마와 거래하면 그 끝은 언제나 지옥이다.'

그는 악마와 거래를 했고, 이제 자신의 영혼으로 그 대가를 치러야 한다.

양손으로 난간을 잡고 있던, 그의 눈앞에, 그동안의 인생이 주마등처럼 스쳐 지나갔다. 갑자기 주르륵 눈물이 흘렀다. 무서워서가 아니었다. 지금까지 지나온 그의 인생에서 자신이 하고 싶었던 일을 한 기억이 단 한 가지도 없었기 때문이었다. 평생을 아버지의 지시대로 로봇처럼 '일'해왔다. 어떤 보람이나 성취감도 없었다. 내가 좋아하는 일이 아닌데, 무슨 놈의 하버드고 무슨 놈의 판사인가? 그리고 그 결과가 바로 이 것이다. 그는 비틀거리며 난간 위에 두 발을 올려 섰다. 마지막으로 벌컥벌컥 위스키를 들이붓고 술병을 난간 위에 내려놓았다.

그는 눈을 감고 국회에서 연설을 하던 순간을 떠올렸다. 모든 사람들이 박수치고 환호하며 그의 이름을 불렀다. 유일상은 그들을 향해 무대인사를 하듯 정중히 고개를 숙였다.

"이번 생은… 망했어요!"

그 말을 마지막으로로고 나서 그는 마침 불어오는 바람에 몸을 실었다.

주차장에는 차들이 거의 없었다. 야근을 마치고 나오던 여직원은 자신의 사랑스러운 소형차를 향해 걸어가고 있었다. 차는 작아도 자신을 안전하게 태우고 다니는 소중한 애마였다. 오늘도 녹록찮은 하루 일과를 마치고 차를 타고 집에 갈 생각에 마냥 행복했다. 내일은 비번이라 늦잠을 잘 수 있어서, 오늘 밤은 드라마를 보면서 치맥을 달릴 예정이었다.

갑자기 '휭' 하고 매서운 바람이 불어왔다. 고개를 숙이고 몸을 돌렸다. 그리고 다음 순간, 그녀는 자신의 경차 위로 무언가 거대한 물체가 떨어져 내리는 것을 보았다. 그것은 눈 깜짝할 사이에 경차의 지붕 위로 추락했다. 얼마나 높은 곳에서 떨어졌는지, '펑!' 하는 거대한 충격음과 함께, 지붕을 뚫고 차의 바닥에 깊숙이 박혀버렸다.

"으악!"

놀라서 비명을 질렀다. 그 소리보다 더 시끄럽게, 차의 보안 장치가 '삑삑' 울어댔다.


안영조 비서는 서울타워가 잘 보이는 전망대에 차를 세웠다. 차에서 내려 자판기에서 따뜻한 밀크커피 한잔을 뽑아서 벤치에 앉았다. 새벽의 전망대는 마음을 차분하게 해줬다. 때마침 그 자리에 있던 한 커플이 떠나면서 그는 온전히 혼자가 되는 특권을 누리게 되었다. 그는 멀리서 아름답게 빛나는 서울타워를 향해 건배를 하고, 기분 좋게 커피를 한 모금 마셨다.

'따르릉' 전화가 걸려왔다.

"네, 어르신!"

"일상이는 어딨노?"

유청한이 다급한 목소리로 물었다. 그에게 경찰 조사를 들먹이며 아들에게 전화하지 말라고 한 것이 바로 안영조였다. 그는 자신이 대신 말을 전하겠다고 안심시켰다.

"남산 근처에 내려드렸습니다."

"남산? 거기는 와?"

노인의 목소리가 떨렸다.

"혼자서 할 일이 있으시다더군요."

"이런 판국에 무슨? 내, 내가 말 안 했나? 집에 데려오라고…"

"저도 그렇게 말씀드렸는데, 너무 완강하셔서요."

그는 대화 도중 여유 있게 커피로 목을 축였다.

"이, 이기 무슨 일고? 내… 내 아들, 일상이! 일상이 어댔노?"

"너무 걱정마시죠. 마음 정리하시고 들어가실 겁니다. 아마, 어르신한테 꾸중 듣는 게 무서워서 그럴 수도 있죠."

"니, 니는 모른다. 내가 일상이한테 그렇게 한 건, 다 글마 잘되라고 그런기다. 이 세상이 얼매나 무서운지 아나? 정신 안 차리모 바로 먹히뿐다. 천지삐까리가 적이야!"

경찰차가 사이렌을 울리며 서울타워로 올라가고 있었다. 그 뒤를 이어서 앰뷸런스도 달려가고 있었다. 안 비서는 그것이 무엇을 의미하는지 알고 있었다.

"어르신, 지금 운전 중이라 전화를 끊어야겠습니다!"

뭔가를 눈치챈 유청한이 다급하게 물었다.

"무슨 일고? 이기?"

안 비서는 전화를 끊었다. 곧바로 다시 전화가 울렸다. 노인네의 성격을 잘 아는 그는 웃으며 전화기를 껐다. 벤치에 등을 기대고 커피를 마셨다. 달달한 쓴맛이 기분 좋았다. 누군가 커피에 대해 이렇게 말했다. '첫맛은 천사의 키스, 끝 맛은 악마의 유혹.' 아마도 커피의 향과 강한 중독성을 빗대서 말한 것 같았다. 그는 지금 그 두 가지를 동시에 느끼고 있었다.

아까의 경찰차에 이어서 다른 경찰차와 경광등을 단 승용차가 나란히 서울타워로 올라가고 있었다. 그리고 그 뒤를 이어서 방송국 차량과 언론사 차량 들도 레이스를 하는 것처럼 달려가고 있었다. 그 모습을 지켜보며 안영조는 음미하듯 천천히 커피를 마셨다.

그 악마를 유청한에게 소개한 것이 바로 안영조였다. 처음에 그 제의를 받았을 때, 그는 이것이 자신에게 주어진 마지막 기회임을 직감했다. 그래서 약물로 엉망이 된 노인을 꼬드겼다.

'악마와 거래하면 그 끝은 언제나 지옥이다.'

하지만 이미 삶이 지옥인 사람은 그것이 두렵지 않다. 그래서 그는 유청한과 유일상 사이에서 두 사람을 조종해왔다. 어쩌면 이것은 이미 예정된 일이었다.

자신이 받기로 했던 지역구 국회의원 자리를, 유일상에게 빼앗긴 순간부터, 그는 이런 기회를 기다리고 있었다.

천재적인 두뇌를 가졌지만, 멘탈이 약한 유일상을 흔들기 위해, 딥러닝기술로 유청한의 목소리를 합성해, 하루에도 수십 번씩 전화를 걸어 야단을 쳤다. 그리고 결국 노이로제에 걸린 유일상은 악마와 거래했다.

최민용을 추천한 것도 그였다. 동네에서 발명왕이라고 소문난 청년을 수소문해서 찾았다. 그는 일종의 백업 플랜이었다. 그는 의외로 자신의 역할을 훌륭하게 해냈다. 그가 아니었으면 자신이 직접 찍은 영상을 경찰에 투척할 생각이었다.


안영조는 빈 종이컵을 구겨서 쓰레기통에 버렸다.

경찰은 유일상의 시신을 발견하고 가장 먼저 유청한에게 전화할 것이다. 그리고 유청한은 바로 안영조에게 전화를 할 것이다. 이제 다시 충실한 비서와 보좌관 역할로 돌아갈 차례였다. 그는 차에 올라타고 휴대폰을 켰다.

'따르릉' 전화가 걸려왔다. 그는 공손한 태도로 전화를 받았다.

"네, 어르신!"

---

"속보입니다. 어젯밤, 국회에서 박복덕 의원을 살해한 혐의로 조사를 받고 있는 유일상 전 의원이 스스로 목숨을 끊었습니다. 이강산 대통령이 살해한 것으로 알려졌던 박복덕 의원을 살해한 진범이 유일상 전 의원임이 당시, 현장을 촬영한 동영상에 의해 밝혀졌습니다. 이에 어제 저녁, 국회에서 연설 중이던 유일상 전 의원은 조사를 받기 위해 경찰에 자진 출두했습니다. 조사는 자정 가까이까지 이어졌고, 조사를 마치고 취재진의 눈을 피해 경찰청을 빠져나간 유일상 전 의원은 그 길로 N서울타워로 가서 스스로 목숨을 끊었습니다. 유 의원의 보좌관에 의하면, 유 의원은 극심한 스트레스로 힘들어

했다고 합니다. 유 의원이 어떻게 서울타워에 올라갔는지는 아직 밝혀지지 않았습니다.”

여성 아나운서가 멘트를 이었다.

“비극은 또 있습니다. 아들의 사망 소식을 들은 유일상 전 의원의 아버지 유청한 씨가 오늘 오전, 사망했습니다. 유청한 전 장관은 과거 군사정권에서 최연소 법무부 장관을 지냈던 경력이 있습니다. 다른 연고자가 없는 관계로 두 사람의 장례는 보좌관이 맡기로 했습니다.”

“야당인 국민통합당은 성명을 발표하고, 박복덕 의원을 살해하고 대통령을 음해한 것은 유일상 의원이 독단적으로 벌인 일이고, 당과는 아무 관계가 없다고 선을 그었습니다. 야당 대표 원오철 의원의 발언 내용입니다.”

‘우리 역시 피해자입니다. 이강산 대통령께 깊은 유감과 사과의 말씀을 전하며, 필요하다면 우리 국민통합당 전 의원 및 관계자가 검찰 조사를 받겠습니다! 우리는 결백하다는 사실을 다시 한번 분명히 밝힙니다.’

이강산 대통령은 모닝커피를 즐기고 있었다. 같은 커피라도 그동안 쓰기만 했던 것이 이제 단맛이 더 많이 느껴졌다.

아침부터 많은 전화를 받았다. 국회 살인사건에서 혐의를 벗은 것을 축하하는 전화들이었다. 미국 대통령과 중국 주석까지 연락이 왔다. 역시 일본 측에서는 아무 연락도 없었다.

언론의 태도도 180도로 바뀌었다. 사건 시작 시점부터 가장 자극적으로 이강산 대통령을 살인자로 보도하던 언론들이 갑자기 그의 열렬한 지지자로 변했다.

하지만, 들뜬 기분은 거기까지였다.

"그동안 업무가 많이 밀렸지요? 오늘부터 정상업무, 시작합시다."

대통령의 말에 비서실장과 참모진들이 다시 바빠졌다. 그들은 그동안 동결됐던 외교채널을 재가동하고 코로나 시기에 맞는 맞춤 방역을 위한 논의도 시작했다.

또다시 눈코 뜰 새 없이 바쁜 대통령의 업무가 시작됐다.

"대통령님! 국무총리가 찾아오셨습니다."

"총리?"

잠시 생각하던 이강산 대통령이 대답했다.

"오늘은 바쁘니, 다음에 뵙기로 하죠. 다음에는 약속을 먼저 잡으시라고 전해줘요."

대답을 들은 총리는 억지로 웃으며 몸을 돌렸다.


"대통령님. 국회 연설은 언제로 잡을까요?"

"빠를수록 좋지. 오늘이라도 합시다."

"의장님하고 각 당 지도부하고 상의하겠습니다."

"그래요. 아, 그리고 실장님!"

방을 나가려는 강이든 비서실장을 이강산 대통령이 불러 세웠다.

"네!"

"이번 일 겪는 동안, 고생 많았습니다."

"아닙니다. 저야 뭐."

"비서실장님, 이제 직책에서 물러나세요!"

"네? 갑자기 왜요? 제가 뭐 잘못했나요?"

비서실장이 어리둥절한 표정으로 물었다.

"아니요. 다음 지자체장 선거, 준비하세요!"

"네?"

"나중에 대선까지 나가려면, 지자체장은 필수입니다. 바로 준비 시작하세요."

"대선이라니요?"

"이번 일 겪으면서 알았습니다. 실장님 같은 분이 앞으로 이 나라를 이끄셔야죠."

"아니요. 저는 대권에 관심이 없습니다."

비서실장이 손을 저으며 반대했다.

"알았습니다. 하지만, 선거준비는 하세요. 팀도 만드
시고…."

"어디 지자체를 말씀하시는 겁니까?"

"서울시장!"

대통령의 말에 비서실장이 두 눈을 크게 떴다.

"제가요?"

"가능합니다. 제가 적극 돕겠습니다."

"오우! 음… 생각해보겠습니다."

비서실장의 말에 대통령이 활짝 웃었다.

"아! 그리고 지난번 말했던 한국형 FBI있죠?"

"네."

"그거, 빨리 추진합시다."

"너무 갑작스럽지 않을까요? 인사검증도 아직…."

"아니오! 그 조직을 맡을 적임자를 찾았어요!"

윤범 교수는 남산의 전경이 한눈에 보이는 미술관 사무실
에 서 있었다. 언제봐도 질리지 않는 서울의 전경. 그 아름다
움의 비밀은 무질서함에 있다. 발톱을 좀먹어가는 무좀균처
럼, 사람들은 서울의 모든 틈바구니에 콘크리트를 처발랐다.
그 결과 만들어진 거대한 혼돈. 그리고 그 속에 위태롭게 자
리 잡은 질서. 그는 이 서울의 파괴적인 아름다움에 언제나
압도되곤 한다. 모든 것이 파괴된 파편의 집합체 같은 도시.
유토피아의 정반대 선상에 놓인 도시. 서울의 전경을 보고 있
노라면 일몰 때의 명상과도 같은 울림과 만나곤 한다.

책상 위의 조용한 진동이 그를 현실로 끌어내렸다. 윤범 교
수는 휴대폰을 들어 귀로 가져갔다.

"여보세요."

상대방은 그가 오랫동안 기다리던 사람이었다.

"그래?"

그리고 그는 오랫동안 기다리던 소식을 전했다.

"시간은?"

별로 좋은 소식은 아니었다.

"알았어."

하지만 반드시 들어야 하는 소식이었다.

"아니야. 내가 전하지."

그리고 반드시 전해야 하는 소식이었다.

"수고했어."

전화를 끊고 윤 교수는 다시 한동안 창밖의 전경을 내려다보았다. 회색빛 도시가 더욱 어두워 보였다. 그는 알고 있었다. 이제 한 시대가 끝나려고 한다는 사실을.

그는 전화기를 들고 화면에 떠 있는 이름을 한참 동안 내려다보았다.


'프랑수아'


입을 굳게 다물고 통화버튼을 눌렀다.

인천공항에 대기 중이던 Fan Dragon Air 항공사의 화물운송기에 대형 컨테이너가 실리고 있었다. 비행기 수직꼬리날개에 그려진 문양은 서양의 용이 날개를 펼치고 하늘을 나는 모양이었다. '미술품 취급주의'라는 딱지가 붙어 있는 화물컨

테이너는 한 개가 아니었다. 작업자들은 시간 낭비 없이 개미처럼 바지런히 움직이고 있었다. 화물적재가 끝나자, 화물기는 활주로에서 대기하다가 신호를 받고 곧바로 이륙했다.

은색의 포르쉐가 뜨거운 은색 햇빛을 받으며 눈부신 은색 섬광을 뿌려대고 있었다. 횡단보도 앞에 멈춰선 그의 뒤에서 빵빵한 베이스를 뿜내는 음악 소리가 들려왔다. 이 소리가 기억이 났다. 곧바로 그의 옆에 금색의 스포츠카 한 대가 멈춰섰다. 금색으로 칠한 페라리였다. 예전에 한 번 레이스를 하려다가 못한 적이 있었던 바로 그 차였다.

금색, 은색이 동시에 햇빛에 반짝거리자 주변의 차들은 눈을 뜨기가 힘들 지경이었다.

페라리의 창문이 열리며 20대로 보이는 금발 머리의 젊은 녀석이 건방진 표정으로 턱을 내밀었다. 옆자리의 금발 머리 아가씨도 똑같이 비웃는 표정이었다. 둘 다 금발이지만, 얼굴은 동양인이었다. 금발 머리, 작은 눈.

젊은 녀석은 일부러 '부우웅' 하고 괴물같은 엔진음을 내며 도발했다.

'쯧' 하고 신영규는 엑셀에 발을 올리고 '부르릉' 하고 맞장구치듯 엔진음을 내고 있었다.

페라리의 젊은이가 씨익 웃으며 눈썹을 치켜떴다. 신영규가 핸들을 꽈악 잡았다.

금발머리가 차창 밖으로 손을 내밀고는 손가락 세 개를 펴 보였다. 레퍼같은 문신은 여전했다. 거친 표현과 달리, 힘든 일은 조금도 해보지 않은 손이었다. 손가락이 두 개가 되고 한 개가 되더니 페라리가 요란한 소리를 내며 몸을 떨었다. 두꺼운 타이어가 바닥을 갈아내며 하얀 연기를 뱉어내기 시작했다. 신영규도 참지 못하고 기어에 손을 올렸다.

주먹 쥔 손을 밖으로 뻗은 채, 금발머리가 액셀을 밟았다.

두 대의 자동차가 동시에 출발했다. 주변에 자동차가 별로 없는 한산한 도로 위를 두 대의 슈퍼카가 미친 듯이 속도를 올리고 있었다. 기어가 바뀌며, 시속 100킬로미터에서 150, 200킬로미터로 마구 올라가더니, 시속 250킬로미터에 육박했다. 자신이 질 리가 없다고 생각했던 페라리의 운전자는 은색 포르쉐의 가속에 깜짝 놀랐다. 지기 싫었던 그는 더 바짝 붙어서 위협적으로 따라붙었다. 이대로면 다 위험해진다고 판단한 신영규는 경광등을 꺼내서 지붕에 달았다. 반짝이는 경광등을 본 페라리 운전자가 깜짝 놀라 속도를 줄였다. 그때서야 기억났다. 슈퍼카 동호회 회원들 사이에서 유명한 은색 포르쉐 경찰차!

"으아악!"

"끄아악!"

금색페라리가 속도를 줄이면서 오른쪽으로 크게 한 바퀴 돌아서 멈췄다. 그 옆에 은색 포르쉐가 멈춰섰다. 창문을 내린 신영규가 페라리 운전자를 향해 말했다.

"안전운전 하세요!"

그러고는 은색의 화살처럼 도로를 달려 사라져버렸다.


전화가 걸려왔다. 그는 갓길에 차를 세우고 전화를 받았다.

"선배님 '용'이 한국을 떠났답니다."

전화기 너머로 김건이 말했다.

"무슨 소리냐?"

"조금 전에 프랑수아한테 연락받았습니다. Fan Dragon 항 공사 화물기가 조금 전 한국을 떠났답니다."

"화물은?"

"한국의 국보와 국보급 미술품 십만 점, 유럽 전시 투어 목 적이랍니다."

"알았다."

그는 차에서 내려 뜨거운 본네트에 기대앉았다. 그의 머리 위로 비행기 한 대가 하얀 꼬리를 끌면서 날아가고 있었다. 손이 닿을 수 없는 아득한 높이였다. 이제 이 이야기는 끝났다.

생각해보면 모든 것은 '신데렐라 포장마차'라는 이상한 푸드트럭에서 시작됐다. 한국을 도우러 왔다는 프랑스 젊은이를 통해 이상하고 신비한 사건들을 만났고, 만남과 이별, 재회하는 사람들의 이야기가 지금까지 이어졌다. 치기 어린 소년의 꿈같은 용과 기사의 이야기가 어떻게 끝났는지는 알 수 없다. 동화라면 '모두가 영원히 행복하게 살았다.'라는 결말로 끝나겠지만, 현실은 그렇지 않다. 인간은 시공간의 연속체이다. 살아있는 한, 이야기는 계속된다.


*"너는 시험을 통과했다."*

*전화가 너머로 이설의 목소리가 들렸다. 어딘가에서 '딸깍 딸깍' 하는 소리도 들렸다.*

*"무슨 말이오? 누님."*

*"예전 오악재에서 했던 시험, 황제의 자격을 묻는 시험 말이다."*

*다시 과거가 떠올랐다. 그는 눈을 감았다.*

*"너는 다른 사람을 위해서 네가 가진 모든 것을 버렸다. 조선의 황제가 갖춰야 할 첫 번째 덕목. 이타심이다."*

*"황제는 누님이오!"*

"나는 오래 못 산다. 영아."

"그게 무슨 말이오?"

"병이 있다."

말이 안 나왔다. 그렇게 강해 보이던 누님이 병이 있다니?

"나는 자격이 없소! 내가 한 짓이 있는데 어찌…"

"그렇기 때문에 네가 해야 된다."

"못하오!"

강하게 부정하는 신영규에게 이설의 부드러운 질문이 날아와 꽂혔다.

"영아. 네 마음은 어디에 있느냐?"


신영규는 은단을 꺼내서 몇 알을 입안에 털어 넣었다.

나의 마음은 어디에 있는가?

모른다. 하지만 한 가지는 안다. 그는 그것을 찾을 때까지 계속 달릴 것이다.

어스름한 땅거미가 공원을 뒤덮더니, 어느새 짙은 어둠이 사방에 드리웠다. 밤이 본격적으로 시작될 무렵, 프랑스 국기

색깔을 한 작은 푸드트럭이 공원 입구에 멈추더니, 반딧불이 같은 작은 조명들이 반짝이며 펼쳐졌다. 자정 전 한 시간만 운영하는 것이 원칙이라서 신데렐라 포장마차라고 불리지만, 사회적 거리두기 방역지침 때문에 지금은 10시 전까지 한 시간만 운영하고 있다. 신비감이 좀 줄어들었다며 푸념하는 손님도 있었지만, 프랑수아는 어깨를 으쓱하며 새로운 시간에 문을 열었다. 손님들도 언제 끝날지 모르는 어두운 시대에 적응하려고 노력했다.

어둠이 짙게 깔린 공원의 한쪽을 밝힌 작은 케이크 같은 조명이 보는 사람의 마음을 따뜻하게 해주었다. 그곳으로 몇 명의 사람들이 한꺼번에 들어오고 있었다.

양복차림의 남자 두 명과 그 두 사람을 사방에서 에워싸고 걷는 일단의 사람들이었다.

"이쪽입니다. 대통령님!"

유치한이 신데렐라 포장마차를 가리키며 말했다.

"아, 보이네요!"

이강산 대통령이 미소를 지으며 말했다.

두 사람이 작은 푸드트럭에 도착했다. 다섯 명의 경호팀이 그들을 에워싸고 경계했다.

경호팀장이 프랑수아에게 양해를 구하고 주방 안쪽을 수

색했다. 기분이 좋지는 않았지만, 프랑수아는 어깨를 으쓱하며 옆으로 물러섰다. 수색을 마친 팀장이 신호를 보냈고 경호팀은 각자의 자리에 서서 주변을 경계했다.

"미안해요. 프랑수아. 쉬는 날인데…."

"아니요. 유치한 작가, 아니 의원님 오시는데 당연히 열어야죠."

"미안합니다. 저 때문에…."

이강산 대통령도 사과했다.

"아닙니다. 영광입니다."

프랑수아가 정중하게 허리를 숙이며 인사했다.

"우리 유치한 의원님이 여기 칭찬을 너무 많이 하셔서 꼭 한번 와보고 싶었어요."

"한번 드셔보시면, 제 말씀을 이해하실 겁니다."

유치한도 거들었다.

"저는 프랑스 요리를 잘 몰라요. 옛날에 친구가 만들어준 음식 몇 가지를 먹어본 게 답니다. 셰프님! 오늘 요리가 뭔지 설명해주시겠어요?"

"네. 오늘 요리는…."

프랑수아가 메뉴를 가져와서 두 사람의 앞에 놓았다.

"오늘, 기대가 큽니다. 프랑수아. 오늘 코스요리가 뭐예요?"

"오늘 요리는 이겁니다."

메뉴를 열어본 대통령과 유치한이 깜짝 놀란 표정을 지었다.

"양파수프?"

"딸랑, 이거 하나라고요?"

"네. 오늘 요리는 이거 하나예요."

유치한이 안절부절 못하며 물었다.

"농담이죠? 어렵게 대통령님 모시고 왔는데, 우리 배고 파요!"

하지만 프랑수아는 해맑게 웃으며 고개를 끄덕였다.

"맞아요. 그러니까 빨리 드릴게요."

"그럼, 그걸로 주세요!"

이강산 대통령이 말했다.

"이렇게 자신있게 말씀하시는데 한번 먹어보고 싶네요."

"네. 잠시만 기다려주세요."

프랑수아는 웃으며 주방으로 들어갔지만, 유치한은 우물쭈물 눈치를 살폈다.

"죄송합니다. 뭔가 전달이 잘못된 것 같은데요."

"아니요. 한번 봅시다. 원래, 진짜 잘하는 식당은 이것저것 안 하고 딱 한 가지만 하잖아요?"

"그게… 예."

미리 준비를 해놓은 듯, 프랑수아는 금방, 안에서 접시 두 개를 들고 나왔다. 경호팀장이 테이블 앞에 서서 미리 접시를 살펴보고 통과시켰다.

프랑수아는 두 사람 앞에 김이 모락모락나는 따듯한 수프를 내려놓고 한걸음 물러섰다.

"본아피티!"

아직은 서늘한 저녁이었다. 가끔씩 불어오는 매운 바람에 경호원들이 목을 움츠렸다.

따뜻한 음식이 앞에 놓이자 두 사람의 마음이 푸근해졌다.

유치한이 먼저 스푼을 들고 수프를 한입 떠먹었다. 양파의 단맛과 짠맛이 어우러진 고소한 액체가 혀 위를 미끄러지듯 맴돌다가 아쉽게 목구멍으로 넘어갔다. 상상도 못 한 맛에 저절로 웃음이 나왔다.

이강산 대통령도 스푼을 들고 수프를 한입 떠먹었다. 한동안 입안에서 맛보다가 꿀꺽 삼킨 그의 입가에도 미소가 감돌았다.

"이거 맛있네요!"

"네! 생각보다, 너무 맛있는데요."

두 번째 스푼을 입에 넣은 유치한이 눈을 감고 뭔가를 생각했다.

"이거, 그리운 맛인데요?"

"그래요! 그리운 맛!"

대통령 역시 한 입을 새로 떠먹고 잠시 생각에 잠겼다.

"가만, 이건 먹어본 맛인데?"

갑자기 뭔가가 생각난 듯, 눈을 번쩍 떴다.

"이거, 먹어본 적이 있어요! 이 양파수프 맛! 그리고 크루통 대신 바게트를 얹은 것도….'

그러고 나서 그는 프랑수아를 자세히 쳐다보았다.

"셰프님, 혹시 장 마르셀을 아시나요?"

"네. 대통령님."

프랑수아가 웃으며 고개를 끄덕였다.

"그분은 제 아버지예요!"

"아!"

이강산 대통령이 놀란 표정으로 스푼을 내려놓았다.

"장의 아들? 이럴 수가!"

"당신이 제 아버지 장의 한국친구죠?"

대통령이 고개를 끄덕였다.

"내가 정치에 입문하고 몇 년 안 되었을 때, 프랑스에서 온 예술가 일행들과 만났어요. 그중에 장이 있었죠. 다른 사람들

은 당시 여당인사하고만 이야기했는데, 장은 야당인 우리한
테 더 친밀하게 다가왔죠. 좋은 친구였어요."

"아버지도 한국에서 만난 친구들 이야기를 많이 했어요.
그리고 나중에 한국에 가서 사람들을 도우라고 말했었죠."

"장이 죽었다는 말을 듣고 얼마나 상심했는지 몰라요. 그
런데 이제 그 아들을 만나다니. 정말 반가워요!"

"저도 반가워요. 대통령님."

"이 수프, 장한테 배웠나요?"

"제 어머니, 셰프였어요. 하지만 양파수프만은 언제나 아버
지가 만드셨죠."

"장이 두 번째 한국에 왔을 때, 우리를 초대했어요. 친구가
하는 프랑스식당이었는데, 거기서 직접 요리를 만들어서 우
리한테 대접했죠. 그때 먹었던 양파수프가 너무 맛있어서 기
억에 남았어요. 그때하고 같은 맛이네요."

"어릴 때부터 먹어서 맛을 기억하고 있어요."

"솜씨가 좋아요. 멋진 셰프예요."

"감사합니다."

이강산 대통령은 다시 수프를 떠먹고는 눈을 감았다.

예전, 장과 처음 만났을 때가 떠올랐다. 한국과 아시아의
국보를 노리고 있는 국제조직에 대해서 경고하고 스스로 지

키지 않으면 아무도 돕지 않는다고 설파한 그의 말에 깊이 감동했던 일도 떠올랐다. 그리고 그의 죽음을 전해 들었을 때 느꼈던 상실감도 생생하게 되살아나며 눈시울이 뜨거워졌다.

유치한도 말없이 수프를 먹었다.

생각해보면, 모든 것이 이 수프에서 시작되었다. 어려운 형편에 소설에 쓸 프랑스 음식을 먹어보려다가 우연히 소주회를 만났고 이 신데렐라 포장마차를 만났다.

안 팔리는 삼류 소설가에서 국회의원이 되어 지금은 대통령과 단 둘이 식사를 하고 있다. 그리고 지금 이 순간 먹는 음식이 바로 양파수프였다. 그리고 그 음식에는 프랑수아와 그의 아버지 장, 대통령의 사연이 깃들어 있었다. 우연치고는 기가 막혔다.

두 사람은 말없이 접시를 비웠다.

대통령이 먼저 자리에서 일어났다.

"얼마죠?"

"공짜입니다. 오늘은 제가 아버지 친구에게 대접하고 싶어요."

"저는 아버지 친구가 아닌데…."

유치한의 말에 프랑수아가 활짝 웃었다.

"유치한 씨는 제 친구잖아요."

갑자기 대통령이 프랑수아에게 정중하게 허리를 숙여 인사했다. 주변 사람 모두가 깜짝 놀랐다. 일국의 대통령이 20대 초반의 프랑스 젊은이에게 최고의 예의를 표하고 있었다.

"감사합니다. 우리 대한민국은 프랑수아 씨의 아버지, 장에게 큰 도움을 받았습니다. 장의 도움이 없었다면, 우리는 보물을 빼앗기고도 몰랐을 겁니다. 장 덕분에 미리 준비할 수 있었습니다."

깜짝 놀랐던 프랑수아도 대통령에게 정중히 허리를 숙여 인사했다.

"감사합니다. 제 아버지도 기뻐하실 겁니다."

유치한도 프랑수아에게 허리를 숙였다.

"유 작가님은 왜?"

"제 인생의 터닝포인트가 바로 여기였어요. 한국에 와주셔서 감사합니다."

프랑수아도 다시 허리를 구부려 인사했다.

"좋은 친구가 되어주셔서 제가 감사합니다."


바람이 불었다. 끝없이 이어져 흐르는 거대한 공기의 흐름 속에서 하나의 끝을 알리는 것 같은 바람이 불었다. 멀리서 보면 케이크의 촛불이나 크리스마스트리의 전구처럼 보이기

도 하는 공원 안의 따뜻한 작은 불빛이 마지막 시간이 다가
오자 깜빡깜빡 점멸하며 꺼지려 하고 있었다.

---

오후 세 시를 알리는 종소리가 들렸다. 이철호 회장은 라파
엘의 사무실 문 앞에 서 있었다.

인터폰 버튼을 누르자, "네!" 하고 응답이 왔다.

"들어가도 될까요?"

"아. 미스터 리! 들어오세요."

문이 열리며 안에 있던 자끄가 그를 미소로 맞아주었다.
할 말이 숨어있는 미소였다.

"어서 오세요. 미스터 리. 와주셔서 감사합니다."

언제나 느끼지만, 이 사람들은 절대 비밀결사의 두목처럼
보이지 않는다. 물론, 발밑에 상어 탱크와 연결된 비밀함정이
나 강철 이빨을 가진 킬러를 숨겨둔 건지도 모르지만.

그러고 보니 덩치 큰 흑인 경호원이 안 보였다.

"보디가드가 안 보이네요?"

"보디가드? 아, 알렉스 말인가요? 그는 보디가드가 아닙니
다. 지금 화물운반을 돕고 있죠."

"화물운반이면, 한국에서 온 화물 말인가요?"

"그렇습니다."

이철호 회장의 표정이 굳어졌다.

"이제 한국의 국보가 이곳으로 왔겠군요."

하지만 라파엘이 고개를 저었다.

"아니오, 한국의 보물은 이곳으로 오지 않았습니다."

"네?"

"한국은 우리와 똑같은 장소를 만들었어요. 작은 고독의 문이죠."

"뭐라고요?"

"'남빙고'라는 곳이죠. 한국 대통령은 한국의 보물을 지킬 각오가 대단합니다. 그래서 비밀리에 국보를 지키는 창고를 만들었죠."

"그럼?"

"원래 우리의 비행기는 한국의 보물을 싣고 이곳으로 올 예정이었지만, 그냥 돌아왔어요. 한국인들을 믿었죠."

"우리는 다른 나라의 보물을 강탈하는 것이 목적이 아닙니다. 스스로 지킬 힘이 없는 나라의 보물을 대신 지켜줄 뿐이죠."

자끄도 한마디했다.

"우리가 가지고 있던 한국의 보물들도 모두 돌려보낼 계획입니다. 이제 한국은 예전의 약한 나라가 아니니까요."

"감사합니다. 정말 감사합니다."

이철호 회장이 벌떡 일어나 자끄를 얼싸안았다.

"오늘 오시라고 한 이유는 따로 있습니다."

라파엘의 차분한 목소리에 이 회장이 고개를 돌렸다.

"바로 말하는 게 좋겠네요. 미스터 리. 이제, 한국과 관련된 우리의 프로젝트는 모두 끝났습니다."

그는 미소를 지으며 말했다.

"이만, 집으로 돌아가셔도 좋습니다!"

"제19대 대한민국 대통령이신 이강산 대통령이 입장하십니다."

장내 안내 방송과 함께 경쾌한 음악 소리가 들리면서 이강산 대통령이 국회 안으로 들어왔다. 보통은 여당 의원들이 일어나서 맞이하고 야당 의원들은 앉아 있거나 심한 경우 야유를 한다. 하지만 오늘 국회 모습은 완전히 달랐다. 대통령이 국회로 들어서자 여당, 야당을 막론하고 모든 의원들이 자리에서 일어나 박수를 치는 진풍경이 연출되었다.

국민통합당의 의원이었던 유일상의 음모로 대통령이 위기에 빠졌었다. 그 전까지 유일상을 떠받들던 야당은 모든 것이 그의 개인적인 일탈이라고 규정하고 곧바로 탈당 조치를 했다. 국민들의 비난이 심해지자, 대통령을 찾아가 사과하고 협치를 약속했다. 청와대와 광화문 광장에 최대인원으로 동원되었던 시위 인력까지 모조리 철수시켰다. 국민통합당과 유일상에 대한 국민들의 분노를 감지한 언론도 종일 유일상 때리기로 돌아섰다. 불과 이틀 전까지 미래의 지도자라고 추켜세우던 유일상을 '비겁한 사기꾼'으로 매도했다. 박복덕 역시 마찬가지였다. 박복덕의 휴대폰을 입수한 한 언론사에 의해 그가 유일상과 했던 대화들이 드러나며 두 사람의 공모가 드러났다. 박복덕의 가족들은 밤 비행기를 타고 외국으로 도주했다.


대통령이 단상 앞에 섰다. 한 가지 지난번과 달라진 풍경은, 단상이 목책으로 막혀 있고 입구에 경비원이 서 있다는 것이었다. 이제 허가를 받지 않으면 단상 위로 올라갈 수 없다.

의원들을 향해 허리 숙여 인사한 이강산 대통령이 연단 앞에 섰다.

"존경하는 국민 여러분, 여러 동료의원 여러분! 우리는 지난번 대한민국, 아니 전 세계 초유의 사태를 경험했습니다. 상식적으로 도저히 일어날 수 없는 일이 이곳 국회에서 발생했습니다. 저는 살인자라는 누명을 쓰고 청와대에 감금된 채 지내야 했습니다. 다행히 특별수사본부의 활약으로 진범이 밝혀지고 저는 혐의를 벗었습니다. 하지만 저를 비롯한 국민들의 마음은 아주 무겁습니다."

대통령은 잠시 말을 끊고 청중들을 돌아보았다.

그는 다시는 이 앞에 서지 못할 거라고 생각했었다.

"이번 일로, 권력을 가진 집단이 그 권력을 사유화하면 얼마나 위험해질 수 있는지 잘 알게 되었습니다. 기득권이 자신들의 특권을 이용해서 어떤 악행을 일삼는지도 똑똑히 봤습니다. 이제 우리 세대에서 이 부조리를 끊어내야 합니다. 저는 국회의원들의 면책특권을 없애야 한다고 생각합니다."

국회의원들이 자리에서 일어나며 박수를 쳤다. 이번에도 여당, 야당 모든 의원들이 동참했다. 야유를 보내던 지난번과 완전히 다른 분위기였다.

"우리는 시대의 흐름에 맞게 변화해야 합니다. 세계는 끊임없이 변화하고 있습니다. 강대국은 힘으로 약소국을 억압하고, 주변국을 경제력과 군사력을 이용해 침략하고 있습니다.

그뿐만이 아닙니다. 환경파괴로 인한 기후변화로 인류는 생존의 위기에 직면해 있습니다. 이런 시기에 우리는 정당과 지역, 성별, 세대로 나뉘어 끊임없는 갈등을 해왔습니다. 이제 그런 낡은 태도와 가치는 모두 타파하고 새로운 도전을 시작할 때입니다!"

너스 스테이션의 간호사 두 명이 잠들어 있었다. 간호사들은 자신들이 방호복을 입기 전에 잠을 깨려고 마신 커피에 수면제가 든 것을 몰랐다.

그들이 잠든 것을 확인한 후, CCTV의 빨간불이 깜빡거리더니 꺼져버렸다. 그와 동시에 간호사 복장의 여자 하나가 복도로 들어왔다. 그녀는 잠자는 간호사들과 CCTV를 확인하고, 최민용의 병실로 들어갔다. 석고붕대로 전신을 감싼 환자가 침대에 누워있었다. 양팔과 다리가 매달린 채 들려있었다. 간호사는 주머니에서 주사기를 꺼냈다. 능숙한 솜씨로 캡을 열고 피스톤을 밀어 액을 바늘 끝까지 밀어낸 후에 환자의 링거에 찔렀다. 링거액이 탁해졌다가 금방 섞이며 투명해졌다. 환자가 꿈틀거렸다. 간호사는 주사기를 주머니에 넣고 환자의 상태를 확인한 다음 몸을 돌렸다.

그 순간 환자의 손이 그녀의 손목을 잡았다.

"안녕?"

환자로 변장한 신영규가 벌떡 일어나며 말했다.

"우선 첫 번째로 검찰수사권을 정상화하겠습니다. 기형적으로 수사권과 기소권을 모두 가진 검찰의 권한을 축소하고 수사권을 폐지할 것입니다. 권력의 사유화를 원천차단하겠습니다!"

간호사가 갑자기 발로 신영규의 손을 걸어차고 손목을 풀었다.

"어익후!"

비꼬는 듯한 비명을 무시하고 간호사가 밖으로 튀어나갔다.

"거기까지!"

김정호가 총을 겨눈 채 말했다.

"지롤해봐! 한번 쏴보게!"

복승아가 그녀의 미간을 겨냥하며 말했다. 간호사는 할 수 없이 바닥에 무릎을 꿇고 머리 뒤로 손을 올렸다.

"그다음으로는 한국형 FBI를 만들 것입니다. 권력자의 비리를 감시하고 국민의 눈높이에 맞게 심판하겠습니다. 이제 적폐세력은 대한민국 어디에서도 발을 붙이지 못할 것입니다."


병원 밖에는 '삼송택배'라는 로고가 붙어 있는 소형트럭이
서 있었다. 그 트럭은 특수하게 위장된 것으로, 해킹과 도청
장비가 완비되어있는 국가정보원의 특수임무용 트럭이었다.
그들은 안에 들어간 요원의 연락이 끊어지자 안절부절 못하
고 있었다.

"일단 나가!"

팀장의 주문에 운전석에 앉아 있던 요원이 시동을 걸었다.
하지만 차는 앞으로 나가지 못했다. 검은 옷을 입은 경찰특공
대원들이 기관총을 겨누고 있었기 때문이었다.

누군가가 문을 두드렸다. 대답이 없자, 밖에서 해머와 쇠지
렛대를 이용해서 억지로 문을 비틀어 열었다. 차 안에 있던
세 명의 요원들이 경찰특공대원들이 총을 겨누자 머리 위로
손을 들었다.

"꼴보기 싫어서 체포합니다!"

특공대원 막내의 말에 대장이 한숨을 쉬며 옆의 대원에게
눈짓했다. 그가 미란다원칙을 고지한 다음 대장에게 넌지시
말했다.

"틀린 말은 아닌데요."

"이제 우리 대한민국은 새로운 도전에 직면해 있습니다. 유감스럽게도 지금의 우리에게 선택권은 없습니다. 변하지 못하면 도태됩니다. 시대의 흐름에 따르지 못하면 우리 대한민국호는 그대로 침몰할 것입니다."

대통령의 연설은 전 국민이 지켜보고 있었다. 아니, 전 세계가 지켜보고 있었다.

언론사에서는 데스크가 대통령의 연설을 비판하는 기사를 써온 기자에게 면박을 주며 다시 써올 것을 종용했다.


"하지만 우리는 자랑스러운 한국인입니다. 우리 조상들은 무수한 위험과 국난을 헤쳐왔고 이겨냈습니다. 잿더미에서 부활했고 무너진 담장을 세웠으며 학교와 병원을 세우고, 민둥산에 나무를 심었습니다. 그리고 그런 노력 끝에 우리는 지금의 찬란한 대한민국을 이루어냈습니다."

많은 의원들의 박수가 이어졌다. 그 안에는 억지로 활짝 웃는 얼굴로 열심히 박수를 치고 있는 총리와 검찰총장의 모습도 보였다.

"우리는 이겨냈고 헤쳐왔습니다. 그리고 답을 찾았습니다. 이런 노력들이 우리를 지금의 부강한 나라로 이끌었고, 앞으로의 번영으로 이어질 것입니다. 그리고 우리 후세의 노력으로 우리 대한민국에 새로운 미래가 도래할 것입니다!"

연설이 끝나자 모든 의원들이 자리에서 일어나 열렬히 박수를 쳤다. 허리를 숙여 인사를 마친 대통령이 단상 아래로 내려가 의원들과 인사를 나눌 때도 박수와 환호는 계속되었다. 마치 중국의 전당 대회를 연상시키는 풍경이었다. 처음으로 대한민국의 국회는 '동물국회'의 오명을 벗어났다. 하지만 억지로 미소지은 얼굴로 박수치고 환호하는 의원들의 면면을 살펴보면, 이것은 다른 종류의 '동물국회'로 바뀐 것뿐이었다. 견원지간(犬猿之間)에서 원원지간(猿猿之間)으로.

이리저리 실핏줄처럼 복잡하게 얽힌 을지로의 어두운 골목 안에, 중절모에 코트 차림의 남자 하나가 서 있었다. 불빛 하나 없는 어두운 그늘에서 그가 노려보는 곳에는 서너 명의 남자들이 허름한 가게 앞에 앉아서 술을 마시고 있었다. 그는 너무 집중해서 자신의 뒤에서 누군가가 다가오고 있는 것도 몰랐다.

뒤에서 몰래 접근한 남자가 그의 어깨에 손을 올렸다.

"김건!"

"허걱!"

놀라서 돌아본 곳에 캔커피를 들고 신영규가 서 있었다. 캔
커피를 받아든 김건이 바로 따서 한 모금 마셨다. 차가운 음
료가 목구멍을 넘어가자 잠이 확 달아났다.

"누구냐?"

신영규가 김건이 감시 중인 사람들을 턱으로 가리키며 물
었다.

"주희 씨가 납치되던 날, 구급대원으로 왔던 놈입니다. 도
난당한 구급차 기사가 저놈을 봤어요."

"그냥 잔챙이 같은데?"

"뭐라도 상관없어요. 주희 씨 찾을 단서만 있으면…."

두 사람은 한동안 말없이 어두운 골목에 서 있었다.

"대통령이 했던 말 있지? 한국형 FBI를 만들겠다고 한
거…."

"네. 알죠."

"나를 초대 처장으로 임명하겠단다."

"그래요? 축하드립다. 바빠지겠네요."

김건의 말에 신영규가 코웃음을 쳤다.

"네가 더 바쁠걸? 부처장으로 너를 추천했거든!"

"네?"

"이제 도망 못 간다. 그리고…."

신영규가 다 마신 캔커피를 양 손바닥에 놓고 수직으로 납작하게 눌러 버렸다. '와작!' 하는 소리에 술을 마시던 놈이 두리번거렸다. 김건이 그에게 눈치를 주었다.

"소주희 찾는 데는 거기가 더 유리할 거야."

"언론에서 오유령을 밀지 않았나요?"

"그랬지. 그런데 오유령이 학창 시절에 일진이었거든. 피해자들이 집단 반발했다."

"아, 그거 참…."

두 사람은 다시 감시대상을 지켜봤다. 멱살을 쥐고 싸울 것 같던 젊은이들이 친구의 중재로 다시 앉아서 술잔을 부딪쳤다.

"이번 사건, 처음 시작할 때, 몇 가지 가설을 세웠었지?"

신영규가 낮은 목소리로 말했다.

"대통령을 음모에 빠뜨리고 가장 이득을 보는 사람이 누구인가?"

"그랬죠."

"한 사람을 놓쳤다."

"누군데요?"

"대통령!"

"네?"

깜짝 놀라는 김건과 달리 신영규는 별다른 변화가 없었다.

"우리는 음모가 성공할 경우만 생각했지, 이 사건이 해결될 경우는 생각 못 했어. 지금 대통령을 봐라. 사상 최초로 지지율 90퍼센트가 넘었어. 그리고 같이 음모를 꾸민 일당이라는 의심을 피하려고 야당도 무조건 협치를 하고 있다. 민주주의에서 있을 수 없는 권력이야."

"일리가 있네요."

김건도 수긍했다.

"하지만 위험부담이 너무 컸잖아요? 우리가 성공할 가능성은 거의 없었어요."

"만약, 그게 다 예정된 거라면?"

남자들이 다시 서로 욕을 하고 있었다. 이번에는 아까 말리던 친구가 다른 친구들 멱살을 잡았다.

"만약, 우리가 대한민국 역사에 없던 무소불위의 괴물을 만든 거라면 어떻게 하지?"

신영규의 목소리가 살짝 떨렸다. 가능성이지만, 생각만 해도 무서운 일이었다.

"그럼 우리가 막아야죠!"

김건이 돌아보며 말했다.

"합시다. 그 FBI!"

저쪽 분위기가 험악해지고 있었다. 젊은이들이 병을 깨뜨려 손에 쥐고 서로 욕설을 퍼붓고 있었다.

이제 나갈 때가 되었다. 두 사람은 곧바로 어둠 밖으로 뛰쳐나갔다.

싸우던 일행이 그들을 돌아보았다.

"뭐야? 저 새끼들은?"

신영규와 김건이 경찰 수첩을 꺼냈다.

"경찰이다!"

# 에필로그1

김건 씨. 이렇게 편지만 보내서 미안해요.

하지만 이제 한국에서의 제 일은 끝났어요.

한국이 위험할 때 다섯 명의 기사들이 활약해서 위기를 이겨냈고 용이 날아올랐죠. 그것이 한국에 어떤 영향을 줄지는 모르지만, 모두가 자신이 할 일을 했다고 생각합니다.

저는 이제 프랑스로 돌아갑니다. 어머니와 가족들을 만나고 제 인생을 살아가려고 해요. 여러분들도 각자의 삶에서 행복하시기 바랍니다.

주희 씨 일은 너무 마음이 아파요. 빨리 무사히 돌아오기를 빕니다. 건강한 주희 씨의 모습을 다시 보고 싶어요.

김건 씨는 항상 '결과는 긴 과정의 끝에 있는 한 개의 점에 불과하다'고 말했었죠.

그 말을 듣고 생각했어요.

모든 만남의 결과는 헤어짐이에요. 그렇게 보면, 우리 인생에서 가장 중요한 것은 만남이라는 과정이라고 생각해요. 지난 몇 년간, 우리는 가장 좋은 친구였고 동료였어요. 저는 여러분들에게 영감을 받았고 여러분은 제 작은 식당에 와서 영감을 얻었죠. 그 과정에서 우리는 서로를 도우며 진정한 행복을 느꼈습니다.

저는 한국을 구하기 위해서 이곳에 왔지만, 사실은 여러분과 한국에게 구원받았어요.

지난 몇 년간의 경험이 저를 인간으로서, 성인으로서 더 성숙하게 만들어줬어요.

언제가 될지 모르지만, 꼭 다시 만나게 될 거라고 믿어요.

그때는 꼭 밝게 웃는 주희 씨 모습도 보고 싶어요.

이만 줄일게요.

그럼 안녕히!


여러분의 친구 프랑수아

9시가 가까워지는 공원 입구의 원형광장에 가스등 모양의 가로등이 연이어 켜져 있었다. 멀리서 보면 생일 케이크 위에 켜진 촛불처럼 보여서 따듯한 느낌에 기분이 좋아지는 모습이었다.

 구식 양복을 입고 중절모를 쓴 남자 하나가 지하철역 주변 공원을 헐레벌떡 달려가고 있었다. 가쁘게 숨을 몰아쉬며 손으로 모자를 붙잡은 채 한달음에 공원 끝까지 쉬지 않고 뛰었다.

 "제발!"

 공원 끝자락에 있는 따스해 보이는 작은 불빛이 점점 가까워지고 있었다.

 늦으면 안 된다! 시간이 지나면 마법이 사라지니까!

 한 번만 더, 제발 한 번만 더 신데렐라 포장마차의 따뜻한 수프를 마시고 싶었다.

 간이 의자에 앉아 와인을 마시며 조금 질기지만 맛있는 스테이크를 먹고 싶었다. 그리고 행복하게 웃는 사람들과 반갑게 인사하고 싶었다.

 제발 한 번만 더….

하지만 마법은 없었다.

공원 끝자락에 다다랐을 즈음, 그곳이 그냥 가로등이었다는 사실을 알게 되었다. 저절로 발이 멈췄다.

김건은 양손으로 무릎을 짚고 숨을 몰아쉬었다. 비오듯 땀이 흘렀지만 닦을 힘도 없었다.

어느 날 갑자기 프랑수아와 그의 작은 푸드트럭은 사라져버렸다. 그리고 그 후, 두 번 다시 그를 봤다는 사람은 없었다. 모두가 아쉬워했지만, 그렇게 신데렐라 포장마차는 우리들의 인생에서 사라져버렸다.

어쩌면 신데렐라 포장마차는 진짜가 아니었는지도 모른다. 그것은 일식이나 월식, 아니면 신기루처럼 특별한 시기에만 나타나는 특별한 현상 같은 것인지도 모른다.

그것이 현실이기에는, 그 작은 식당과 주인장 프랑수아는 너무나도 마법 같았다.

어쩌면 오늘, 아니면 내일, 신데렐라 포장마차는 다시 우리 눈앞에 불쑥 나타날지도 모른다.


나는 당신에게 진심으로 충고한다.

어느 늦은 퇴근길에 작고 따뜻해 보이는, 수많은 꼬마전구를 켠 프랑스 국기를 닮은 푸드트럭이 눈앞에 나타난다면 무조건 가서 앉으라.

　잘생긴 주인장이 웃으며 당신을 맞이할 것이다. 그리고 그날의 추천메뉴를 권할 것이다.

　그때는 각오하라. 그 순간 당신은 그곳의 포로가 될 테니까.

　당신의 눈앞에 싸고 맛있는 요리를 잔뜩 늘어놓고 주인장은 웃으며 이렇게 말할 것이다.

　"본아파티!"


-fin-

"이거이, 좀 이상한데?"

컴퓨터 화면을 들여다보던 김정호가 고개를 갸우뚱했다. 한국형 FBI 창설이 기정사실화하면서 두 사람도 덩달아 바빠졌다.

"뭐가요?"

언제나처럼 복승아가 시크하게 물었다. 하지만 그녀의 신경은 온통 김정호에게 향해 있었다.

"이 범죄분석 프로그램 말야. 표정인식 프로그램이 있거든? 사건 현장에 있던 사람들 얼굴을 분석해서 부적절한 표정을 가진 사람을 가려주는 거이야. 예를 들면 화재현장에 있는 사람들 중에 웃는 표정을 하는 사람을 찾아서 범인일 가능성을 알려주는 거지."

"그런 게 효과가 있나?"

"이걸로 잡은 범인이 꽤 많대. 얼마나 정확한지는 잘 모르지만."

"그래서요?"

"응, 여기에 지난번 국회사건 당시 의원들 얼굴을 인식시켜봤거든."

"그런데?"

"표정에 변화가 없는 사람들이 몇 명 있어!"

"표정에 변화가 없다? 그럼. 사건이 일어날 걸 미리 알고 있었나?"

"그렇게 볼 수 있지. 대부분은 표정에 변화가 있었거든."

"야당 의원들도?"

"응. 길티. 그런데 생각 못 한 사람이 있어."

김정호가 화면을 가리켰다.

"누구? 응? 이 사람들!"

복승아가 깜짝 놀라서 외쳤다.

"이대엽 총리하고 그쪽 의원들이잖아?"

"그래. 야당 의원 몇 명은 표정이 부자연스러워. 어쩌면 그 사람들은 사건이 일어날 걸 미리 알았는지도 모르지. 하지만 여기 이건…."

"내부의 적!"

복숭아가 화면을 노려봤다.

"그게 다가 아니야."

"누구? 또 있어?"

김정호가 말없이 화면 한쪽을 손으로 가리켰다. 그쪽을 본 복숭아가 꽉 다문 이빨 사이로 간신히 말을 쥐어 짜냈다.

"비서실장!"

—·✦·—

늦은 밤, 강이든 비서실장을 태운 차량이 오래된 성당에 도착했다.

"나 혼자 들어갈 테니까, 밖에서 조금만 기다려줘요."

"네!"

"알겠습니다."

대답하는 보좌관들에게 비서실장이 웃으며 "수고해요" 하고는 안으로 들어갔다. 비서실장은 기독교인으로 알려졌지만, 종교적 편견없이 종종 성당이나 사찰도 방문하곤 했기에 이상한 점은 없었다. 보좌관들도 야식이나 먹을 셈으로 근처의 편의점으로 향했다.

성당 안에는 늦은 시간에도 기도하는 사람들이 두 명 있었다.

비서실장은 마스크를 쓴 채로 고해실로 들어갔다.

그는 고민이 많은 표정이었다. 대통령은 그에게 말했다. 앞으로 그의 역할이 커질 것이라고. 내년 지방단체장 선거에 후보로 출마해야 하니 그 준비를 시작하라며 보좌관까지 붙여주었다. 내가 할 수 있을까 하는 의문이 들었다. 하지만 해야한다. 그에게는 반드시 해야 할 사명이 있다!

반대편에서 누군가가 안으로 들어왔다. 그는 성직자의 가운을 걸치고 있는 노인이었다.

작은 창이 열렸다.

"할렐루담야!"

강이든이 말하자, 반대편에서도 "할렐루담야!" 하고 응답했다.

"축하드립니다. 비서실장님. 아니, 서울시장님!"

K목사가 말했다. 80을 바라보는 노인치고 그는 아주 건강해 보였다.

"아직 시장은 아닙니다. 선거를 해봐야 알죠."

"이미 당선되신 겁니다. 저희가 벌써 뒤에서 돕고 있습니다."

"다 목사님 덕분입니다. 가르쳐주신 대로 해서, 이런 결과가 나왔습니다."

"모든 것은 신의 뜻입니다."

"옳으신 말씀입니다. 경배하고 찬양합니다. 할렐루담야!"

"할렐루담야!"

"이 모든 것이 다 미국에서 목사님의 세미나에 참석한 덕분입니다. 내 손에 흐르던 피! 뼈가 부러지는 감촉, 모든 것이 생생하게 기억납니다."

"제가 처음 미국에 갔을 때, 당시 신학생이던 실장님이 저를 도와주셨기 때문이죠."

"그때부터 우리는 운명을 공유하게 되었습니다."

"실장님은 특별한 분이셨죠. 성령께서 특별한 은혜를 내리셨어요."

"저도 느꼈습니다! 그 덕분에 제가 오늘 이 자리까지 올 수 있었습니다."

"자, 이걸…."

K목사가 작은 상자를 내밀었다. 그의 손바닥에 새겨진 십자가 문양이 선명했다.

상자를 열자 피에 젖은 금빛 십자가가 모습을 나타냈다. 다른 십자가보다 더 피가 흥건했다.

"오, 이것은!"

"이것은 성령 공주의 십자가입니다. 가장 높은 사도, '죽음의 천사'의 상징입니다."

"영광입니다. 할렐루담야!"

"할렐루담야! 모든 것이 신의 뜻대로 되었습니다."

"목사님과 성령의 인도 덕분입니다."

"이제, 무얼 하시겠습니까?"

"신의 뜻대로, 진짜 환란을 준비하겠습니다. 이 땅에 사는 사람 누구 하나도 빠져나가지 못할, 진짜 대재앙이 이곳을 덮칠 것입니다. 저는 한국에서 그 '피의 금요일'을 준비하겠습니다."

강이든 비서실장이 비장한 표정으로 말했다.

K목사가 고개를 끄덕였다.

"성령께서 인도하실 겁니다. 할렐루담야!"

"할렐루담야!"

문이 열리고 사람이 밖으로 빠져나가는 소리가 들렸다. 오래지 않아 인기척은 사라졌다.

그가 밖을 내다보자 그곳에는 기도하는 사람들 외에는 아무도 없었다. 그는 피에 젖은 금십자가를 목에 걸고 옷 속에 감춘 뒤, 천천히 밖으로 걸어 나갔다.

"끝나셨습니까?"

그를 맞이하는 보좌관들에게 강이든이 활짝 웃어 보였다.

"갑시다. 할 일이 아주 많아요!"

-끝-

# 여우고개

짙은 안개가 뾰족한 산봉우리를 휘감았다. 눅눅한 습기에 가슴이 답답하였다. 삿갓을 들어 올려 하늘을 보니 까마귀 떼처럼 시커먼 구름이 파도치듯 몰려들었다. '이거 심상치 않구나' 하고 걱정하던 차에 주먹만 한 빗방울이 후두둑 나뭇잎을 때리기 시작했다. 구멍이 숭숭 뚫려 있어 쓰나 마나 한 삿갓을 양손으로 거머쥐고 젊은 스님은 비를 피할 곳을 찾아 산길을 달리기 시작했다. 이제 겨우 동자승 티를 벗은, 채 스물이 될까 말까 한, 여드름 자국이 남아 있는 앳된 얼굴이, 걱정근심으로 하늘의 먹구름만큼이나 잔뜩 찌푸려져 있었다. 울 것처럼 삐뚤어진 입에서 관세음보살, 석가모니불을 수백 번 부르며 달리고 또 달리니, 기도가 통했는지 저 앞쪽에다 쓰러져가는 당집이 하나 보였다. 젊은 스님은 죽을 힘을 다해 그 집을 향해 달음박질했다.

천신만고 끝에 간신히 도착한 당집은 지붕이 깨져 비가 새고 퀴퀴한 냄새가 고약했지만, 지금 당장은 구중궁궐보다 더 마음이 놓였다. 젖은 승복을 벗어 물을 짜내고, 짚신의 해진 곳을 다시 묶었다. 하지만 불이 없어 차갑게 식은 몸이 사시나무 떨듯 떨렸다. 그는 하얀 입김을 내뿜으며 하늘을 올려다보았다. 제발, 소나기였으면, 지나가는 돌개바람이었으면 하고 바랐지만, 비바람은 그 기세가 심상치 않아 하늘에서 구멍이 뚫린 것처럼 세찬 물줄기를 쏟아 내렸다.

젊은 스님은 후회했다. 머물렀던 주막에서, 사람들이 했던 말을 듣지 않았기에 기어이 이런 사달이 난 것이다. 김치에 국밥으로 이른 점심상을 걸게 받고 다시 길을 나서려는 스님을 늙은 주막 주인장이 한사코 붙잡았다.

"스님! 아니 되오. 이제 하품 한 번 하면 저녁때인데 어떻게 산에 오르려고 하오?"

마음이 급한 스님은 합장하며 대답했다.

"산 넘어, 김 진사댁에서 저희 큰스님께서 기다리십니다. 내일이 그댁, 어머니 제삿날인데 제가 큰스님의 가사를 가져가야 합니다."

"아 글쎄! 스님 사정 모르는 바는 아니지만, 늦게 산에 올랐다가 여우한테 홀리기라도 하면 어쩌려고 그러오?"

"여우요?"

젊은 스님은 고개를 갸우뚱했다.

"저 산에는 여우고개가 있다오. 거기는 여우 귀신이 사는데, 한번 홀리면 죽을 때까지 떨어지지 않는다오. 괜한 고집 부리지 말고 하루 더 묵고 내일 아침 일찍 나서시오. 내 스님한테는 국밥에 괴기도 특별히 더 넣어드리리다!"

"감사합니다만, 제가 늦으면 저희 큰스님이 때를 못 맞추게 됩니다. 그럼….”

꾸벅 합장하고 문을 나서려는 스님을 이번에는 주막집 아낙까지 나서 길을 막았다.

"기어이 가시려거든 조금 지체했다가 다른 사람과 같이 가시오. 관아에서도 산을 넘을 땐 반드시 두 명 이상이 같이 가라고 했어요!"

하지만 혈기방장한 젊은 스님은 빙긋 웃으며 태연히 문을 나섰다.

"설마 귀신이 불제자를 죽이기야 하겠습니까?"

그렇게 표표히 홀로 산길을 오른 터였다. 동자승으로 산사에서 자란 스님은 산이라면 이골이 났기에 두렵지 않았다. 실제로 발걸음이 빨라 '날다람쥐'라는 별명까지 있었다. 하지만 갑자기 불어닥친 비구름에는 당해낼 재간이 없었다. 그는 하릴없이 하늘만 쳐다보며 비가 지나기를 기다렸다.

조금만 더 늦으면 해가 질지도 모를 상황이라 초조해졌다. 여차하면 이대로 하산했다가 내일 다시 오르자고 체념하던 중에, 멀리서 이곳으로 향하는 듯한 사람의 모습이 홀연히 나타났다. 볏짚으로 만든 우비를 걸친 채 비를 맞으며 꼿꼿이 걸어오는 기골이 장대한 젊은 청년과 그 옆에서 그림이 그려진 빨간 종이우산을 쓰고 하늘하늘 걸어오는 그의 아내인 듯한 여인의 모습이 보였다. 여인은 남편이 몹시 사랑스러운지 틈만 나면 남편의 팔에 매달리고 등에 업히는 등 보기에 과한 행동을 서슴지 않아서 젊은 스님은 붉어진 고개를 돌리고 염불을 외웠다.

어쨌든, 한 사람이라도 더 있으면 하산 않고 같이 산을 넘을 수 있기에 스님은 반갑게 그들을 향해 손을 흔들었다.

"여보시오! 시주님네! 오늘 중에 이 산을 넘으려는데, 비를 만나 못가던 참이었소. 방향이 같으면 같이 가도 되겠소?"

"그러시지요. 저도 마침 이 산을 넘으려는 참이니 같이 가시오."

기꺼이 동행하자는 남자와 달리 그 아내는 스님을 노려보며 싫은 표정을 지었다.

"흥, 여우고개니 화상이 아니라 여우 귀신일지 누가 안담?"

남자는 아내의 말에 대꾸도 없이 성큼성큼 걸어갔고, 그를 놓칠세라 스님도 재게 발걸음을 옮겼다. 다행히도 이때부터 부잣집 굿판처럼 시끄럽던 빗소리가 절집 염불 소리처럼 줄어들기 시작했다. 이제 삿갓만 잘 쓰면, 등에 맨 바랑에는 빗줄기가 안 닿을 정도는 되었다.

"호옹~ 여봉, 나 저 중 싫은데. 대머리가 눈부셔!"

아내가 남편의 왼팔을 자신의 두 팔로 끌어안고 몸을 밀착하며 말했다. 젊은 스님은 그들의 모습에 자신도 색정에 빠질까 봐, 부지런히 염불을 외웠다.

그 모습을 본 아내가 더 싫은 티를 냈다.

"어머, 미쳤나 봐. 혼자서 막 중얼거려."

"금강경인가요?"

남편이 스님에게 물었다. 아내에게 알려주려는 것 같았다.

"맞습니다. 시주님, 어찌 아십니까?"

"돌아가신 어머니께서 불교도여서 자주 염불하시는 것을 들었습니다. 젊은 스님 염불 소리를 들으니 어머니가 그립네요."

"나무아미타불. 어머님의 극락왕생을 빕니다."

"감사합니다. 나무아미타불!"

"시주님은 무얼하는 분이시오?"

"저는 나무꾼이올시다. 산속무지렁이라 다른 재주가 없소이다."

"그런 것 치곤, 시주님은 남다른 기상이 있습니다. 흡사, 무장 같아요!"

"잘 봐주시어 고맙소이다. 그런데, 우리 좀 서둘러야겠소! 이러다 해가 지겠어요!"

나무꾼이 발걸음을 재촉하자, 스님도 덩달아 바빠졌다. 지난 겨울, 도 닦느라 몸 단련을 게을리했던 탓에 금방 숨이 턱에 찼다. 남자의 아내는 힘들다고 투정을 부리더니, 남자가 발을 멈추고 미투리를 바꿔 신는 동안 얼른 그의 넓은 등에 매달려서 '까르르' 웃어댔다. 힘이 좋은 남자는 아내를 업고도 표정에 변화도 없이 달리듯 걸어갔다.

하늘을 덮었던 까마귀 구름이 걷히며 줄어든 빗줄기기가 이윽고 완전히 멎자, 나무꾼은 바람처럼 산길을 달려가기 시작했다.

"여보시오, 시주! 좀 천천히 갑시다."

스님이 거친 숨 끝에 간절히 그를 불러봤지만, 남자의 발걸음은 느려지지 않았고, 몇 번 좁은 나무 사이를 굽이 돌더니 어느 순간, 더는 보이지도 않게 되었다. 저 멀리 엉뚱한 방향에서 여인의 까르르까르르 웃음소리가 들렸지만, 메아리 때문에 위치를 종잡을 수 없었다. 무섭고 힘들었지만, 스님은 젊은 혈기에 쉬이 물러서지 않았다. 그는 허리띠를 다시 동여매고 나무꾼이 간 방향으로 무거운 걸음을 재게 옮겼다. 비 온 뒤라 가뜩이나 좁은 산길은 미끄럽고 질척거렸다. 미끈 하고 나간 발에 중심을 잃을 뻔한 몸을 추스르니 발밑은 천 길 낭떠러지였다.

"어익후! 관세음…."

스님은 숨이 차서 가슴속에 납이 가득 찬 것처럼 뜨거웠다. 하지만 그는 포기하지 않았다.

"여보시오! 시주님!"

앞서간 사람을 부르며 계속해서 걸어 나갔다.

한참을 그렇게 걸었는데 앞쪽에서 '콸콸콸' 거센 물소리가 들렸다. 숲길을 빠져나와 큰 바위산이 있는 곳에 도착하자, 저 앞에 나무꾼이 서 있는 것이 보였다. 그의 등에 기대고 있던 그의 아내가 고개를 돌려 스님을 노려봤다.

"아! 여기 계셨소? 어찌나 빠른지, 내 감당을 못하고 놓쳤소이다."

나무꾼은 스님을 보고 웃었다.

"먼저 와서 산 상태를 보고자 달린 것뿐이오."

"원, 그런 줄도 모르고. 다시 만나서 참으로 다행입니다. 그런데 저 앞은 무슨 일이오?"

그들의 앞에는 원래 작은 폭포가 있고 바위산을 돌아서 한사람이 겨우 지나갈 정도의 잔도(栈道)가 놓여 있었다. 하지만 지금은 계곡 위에서 물이 넘치며 산사태가 일어나 그 잔도를 덮어 버렸다.

"이런, 이거 낭패로고!"

스님이 끌끌 혀를 찼다. 여인네가 그 모습을 보고 '메롱'하고 혀를 날름 내밀었다.

"길이 없다면 어찌하면 좋습니까? 다른 길로 돌아갈까요?"

"다른 길은 반나절을 걸어야 합니다. 그리고 이 상태를 보면 그 길도 막혔을지 모르지요."

사내가 한동안 생각을 하더니 등에 진 가죽행낭을 내려 그 속을 헤집기 시작했다. 아내는 뽀르르 옆으로 달려가서 그 속을 들여다보았다.

"우리 서방! 뭐 하려고? 응? 응?"

나무꾼은 행낭에서 도끼와 밧줄을 꺼냈다. 산에서 일하니 필수적으로 소지하고 다니는 모양이었다.

"이건 뭐야? 응? 이건 뭐야?"

아내는 어린아이처럼 신나서 까불어댔다. 스님은 그들의 상황이 조금 이해되었다.

'아, 저 처자가 머리가 조금 모자란 모양이군. 나무관세음보살!'

제대로 된 아녀자라면 산속에서 나무꾼의 마누라가 되어 고생을 사서 할 이유가 없을 것이다. 그리하여 저 나무꾼은 어디서 좀 모자란 바보를 아내로 맞은 것이렸다! 도를 닦으러 팔도의 절을 다니다 보면 이런 광경도 종종 목격되니, 그리 놀랄 일도 아니었다. 사람의 인연은 참으로 불가사의한 법이로고. 이해하고 보니 그 처자 또한 착하고 순진하게만 보였다. 일체유심조(一切唯心造)라는 가르침이 새삼 다시 떠올랐다.

'오늘도 새로이 하나를 배우는구나! 거거거중지 행행행리각(去去去中知 行行行裏覺, 가고 또 가는 가운데 알게 되고, 행하고 또 행하는 가운데 깨닫게 된다)이로다!'

나무꾼이 꺼낸 도끼는 여타의 것과 조금 달랐다. 양쪽에 달린 날붙이뿐만 아니라 손잡이까지 쇠로 된 놈으로, 나무를 베는 용도가 아니라 전쟁이나 무술수련에나 적합한 것으로 보였다. 어쩌면 이 사내는 무예를 익힌 사람인지도 모른다는 생각이 들었다.

나무꾼이 밧줄을 도끼 손잡이 끝에 달린 쇠고리에 끼워 길게 빼서 반대편으로 끌어내더니 밧줄의 양 끝을 단단히 묶었다. 줄을 당기니 고리를 지나며 줄이 둥근 바퀴 모양으로 움직였다. 굳이 이렇게 묶은 이유가 궁금했다.

나무꾼은 줄을 잡고 도끼를 빙글빙글 돌리더니 산사태로 끊어진 잔도의 반대편에 서 있는 굵은 노송을 겨누고 힘껏 던졌다. 첫 번째는 운이 없었다.

'퉁' 하고 가지 위쪽에 맞은 도끼가 아래로 튕겨 떨어지자, 나무꾼은 줄을 당겨 다시 도끼를 끌어 올렸다. 그는 침착하게 다시 손잡이 근처의 줄을 잡고 도끼를 빙글빙글 돌리더니 소나무의 가지 사이로 힘껏 던졌다. 이번에는 보기 좋게 가지 사이에 도끼가 끼었다. 나무꾼이 힘껏 당기자 도끼의 양 날이 나뭇가지에 단단히 걸렸다.

"옳지! 되었다!"

스님이 자기도 모르게 박수를 쳤다. 그 모습에 나무꾼의 아내도 배시시 웃었다. 그 모습이 귀여워, 스님은 얼른 고개를 돌리며 '관세음보살'을 염했다.

나무꾼이 밧줄의 반대쪽을 이쪽 편의 나뭇가지에 안쪽으로 끼워 걸쳤다. 밧줄의 한쪽을 당기니 도끼의 쇠고리를 통해 움직이며 다른 한쪽이 돌아가는 형태가 되었다. 스님은 그제야 손으로 무릎을 탁 하고 치며 말했다.

"아하! 이리하면 반대편에 건너가서도 줄을 회수할 수 있겠소이다. 젊은 분이 경험도 많으시오!"

"우리 서방 최고! 우리 서방 만세!"

아내도 까불며 좋아했다.

"소인의 아비에게 배운 얕은 재주요.. 자랑거리도 못되오!"

퉁명스레 받아친 나무꾼이 스님에게 먼저 밧줄을 붙잡고 진흙더미로 뒤덮인 잔도 위를 건너게 했다. 스님이 건너는 동안 나무꾼은 이쪽에서 줄을 붙잡아 그가 실족하는 것을 방지할 셈이었다. 무서웠지만 젊은 스님은 용기를 냈다. 여기만 건너면 너무 늦기 전에 산을 넘어갈만 했기 때문이었다. 더구나 든든한 나무꾼이 있어서 마음이 의지가 되었다.

"흥, 대머리는 떨어지면 좋겠네!"

그의 아내가 악담을 했지만, 이미 그들의 사이를 눈치챈 젊은 스님은 '아미타불'이라고 합장을 하고는 밧줄을 붙잡고 산사태로 끊어진 잔도 위를 걷기 시작했다. 발을 디딜 곳이 별로 없어서 그의 발은 허공을 한참 버둥거리다가 간신히 발 디딜 만한 곳을 찾아 발을 딛고 숨을 몰아쉬곤 했다. 일 초가 일각 같았고 일각(15분)이 일 년 같았다. 온몸에 땀이 흐르고 밧줄을 잡은 양손이 쥐가 날것처럼 아팠다.

"헉!"

순간, 발을 헛디뎌 미끄러질 뻔했다. 등에 매두었던 삿갓이 끝도 모를 절벽 아래로 떨어져 내렸다. 아래를 보자 두려움에 그대로 몸이 굳어버렸다.

"관세음보…보살!"

눈을 질끈 감았다. 나무꾼이 얼른 줄을 팽팽하게 잡아당겨 그를 끌어올려주었다. 물에 빠진 개 마냥 필사적으로 버둥거리던 스님이 마침내 반대편 굳은 땅에 발을 디뎠다.

"피유-우! 아미타불!"

자기도 모르게 온몸에서 한숨이 빠져나왔다.

"내 이제 안전하오! 시주님도 조심히 건너오시오!"

스님이 손을 흔들자, 나무꾼도 건널 준비를 했다. 그의 아내는 어찌 건널까 궁금해하던 차에 스님은 이상한 광경을 보았다. 나무꾼이 가죽행낭을 둘러메고 양손으로 밧줄을 잡은 뒤에 건널 준비를 하자, 그의 아내가 냉큼 그의 목을 잡고 등 뒤에 매달리는 것이었다.

"어이쿠, 저런! 저러면 힘이 더 들 터인데!"

스님이 걱정스레 쳐다봤지만, 나무꾼은 전혀 개의치 않는 표정이었다. 그의 목에 매달린 철부지 아내도 전혀 무서워하지 않았기에 스님도 그냥 숨을 죽인 채 지켜만 보았다.

기운 좋은 나무꾼은 굵은 양팔로 밧줄을 잡고 빠르게 슥슥 진흙 위를 밟았다. 그 몸짓이 너무 재서 스님과는 비교도 안 되게 건너는 것이 빨랐다. 하지만 이해가 안 되는 것은 양다리로 몸을 단단히 감싸도 힘들 판에 그의 목에 매달린 아내가 양팔로는 굳게 남편의 목을 조른 채 두 다리를 아래로 늘어뜨려 제멋대로 좌우로 흔들고 있었다. 거기다가 태연하게 노래까지 부르는 것이었다.

"하나 하면 하품 나오고, 두이(둘) 하면 눈이 감기네. 서이 (셋)하면 사지(가) 풀리고 너이 하면 잠이 오네!"

마치 남편을 떨어뜨리려고 작정한 것 같았다.

"여보시오! 그럼 위험하오! 다리를 가만히 두시오!"

하지만 여자는 스님을 향해 혀를 날름거리며 더욱더 두 다리를 까불어댔다.

아니나 다를까, 나무꾼의 디딘 발이 미끄러지며 그는 갑자기 아래로 덜컥 미끄러져 내렸다. 여인의 등에 매어두었던 빨간 우산이 아래로 속절없이 떨어져내렸다. 혼비백산한 스님이 놀라서 밧줄에 매달렸다. 팽팽하게 만들어 남자를 끌어당기려는 심산이었다. 철없는 아낙네도 놀랐는지 까불던 두 발을 얼른 사내의 몸에 휘감았다.

"끄.응차!"

나무꾼은 팔뚝에 힘줄이 드러날 정도로 용을 쓰며 몸을 끌어올렸다. 대단한 용력이었다. 단순히 두 팔의 힘만으로 덩치 큰 자신과 목에 매달린 아내까지 위로 끌어올려 버린 것이다!

"으라차차차!"

위로 몸을 끌어올린 나무꾼이 내친김에 몇 걸음을 더 옮겨서 단단한 땅에 내려섰다. 그가 등을 돌리자 그의 아내도 땅에 폴짝 뛰어 내려왔다. 스님은 이 모자란 여인에게 야단을 내리고 싶었지만, 남의 처자를 탓하는 것도 바람직하지 않기에 억지로 입을 다물었다. 나무꾼은 줄을 잡아당겨 매듭을 풀어내더니 도끼와 줄을 다시 가죽행낭에 챙겨 넣었다.

"욕보셨소!"

"덕분에 내가 욕을 좀 봤소이다. 거기서 소리를 지르니 놀라서 발을 헛디뎠지 뭐요? 자칫했으면 북망산천을 볼 뻔했소."

'그건, 당신의 마누라 때문이 아니오?'라고 따지는 말이 목구멍까지 올라왔지만, 꿀꺽 삼켜 참았다. 나무꾼의 바로 옆에 그의 아내가 서 있었기 때문이었다. 괜스레 긁어 부스럼을 만들고 싶지 않았기에 스님은 합장하며 사과했다.

"소승의 불찰입니다."

노스님은 매사에 따지기 좋아하는 그에게 평소 이렇게 말씀하셨다.

'애당초, 네가 승려가 될 재목이 아니로구나! 이리 따지기를 좋아하면야, 고을 원님이 되었어야지!'

그리고 이런 말씀도 덧붙였다.

'절밥은 따져 이기려고 먹는 것이 아니니라. 공부해서 깨우치려고 먹는 것이다.'

젊은 스님이 사과하자 사람 좋은 나무꾼이 웃으며 손을 흔들었다.

"아니올시다. 우리는 항상 하던 짓이라 놀랄 거리도 못되오. 그냥 농으로 한 것이니 우리 대사(大師)께서 너무 개의치 마시오."

남자는 웃으며 스님에게 대나무 물통을 내밀었다. 힘을 쓴 다음이라 물이 달았다. 일행은 그곳에서 물을 마시며 잠시 숨을 돌렸다.

고도를 잃은 붉은 해가 뾰족한 봉오리에 걸려 있었다.

그 모습을 흘끗 올려다본 나무꾼이 다시 발걸음을 재촉했다.

"시간이 없소. 내처 달립시다!"

일행은 가쁜 숨을 고르며 다시 산길을 오르기 시작했다.

도중에 몇 번, 이런저런 고비가 있었지만, 나무꾼은 노련하여, 어렵지 않게 위기를 벗어났다.

갑자기 큰 멧돼지를 만났을 때는 눈앞이 노래질 정도로

놀랐는데, 나무꾼은 별일도 아니라는 듯 가만히 있으라고 속삭였다.

"저놈 배를 보니, 이미 먹은 것이 많소. 공연히 자극만 안 하면 지나갈 거요."

그의 말대로 멧돼지는 거대한 체구로 콧김을 뿜으며 이쪽을 노려보았지만, 바로 달려들지는 않았다. 아내가 무섭다며 남편의 목에 매달렸다. 그러다가 멀리서 늑대 울음소리가 들리자 놈은 재빨리 숲속으로 도망쳐버렸다.

"이제 거진 다 왔소! 저 봉우리만 넘으면 그다음부턴 하산길이오!"

나무꾼이 땀을 닦으며 높은 봉우리를 턱으로 가리킬 때는 이미 산꼭대기에 빨간 노을이 걸린 뒤였다.

아직 거리상으로는 한 시진(두 시간)쯤이 남아 있었지만, 어두운 산행은 피할 수 있어서 조금 안심이 되었다.

"이쪽 길이 아니야! 여기 가면 안 돼!"

하지만 나무꾼에게 매달린 그의 아내가 하산길 내내 투정을 하고 있었다. 짜증이 났는지, 나무꾼은 대꾸도 없이 묵묵히 걷고 있었다.

"저리로 가! 빨리!"

아내가 가리킨 손끝은 험한 산속이었다.

"그길로 가면 위험한 것 같소이다!"

스님이 참지 못하고 한마디하자, 아내가 표독스럽게 마주 쏘았다.

"늑대도 안 물어갈 대머리! 입 닥쳐!"

"이 길은 많이 다녀 잘 압니다. 그냥 따라오시오."

나무꾼이 스님에게 퉁명스럽게 말했다.

아내에게 한소리한 것이 고까웠던 모양이었다.

스님은 얼른 합장을 하며 고개를 숙였다.

"소승이 괜한 소리를 했소이다. 시주께서 용서하시오."

"아니, 뭘요, 커험!"

멋쩍게 웃으며 나무꾼이 발을 더 재게 놀렸다.

이제 완전히 해가 지며 사방에 빛이 사라졌다. 크고 둥근 보름달이 떴지만, 구름에 가려 사방을 분간하기 힘들었다.

두 사람은 애가 닳아 더 바삐 발을 놀렸다. 하지만, 나무꾼 의 아내는 남편의 목에 매달려 계속 트집만 잡고 있었다. 스 님은 짜증이 일었지만, 조용히 염불을 외며 마음을 달랬다.

"어휴! 저 미친 중놈, 또 혼자 중얼거려!"

나무꾼의 아내가 입을 삐죽 내밀었다. 남편이 묵묵부답으로 내달리기에 여인네도 마음을 접은 것 같았다.

산을 거의 다 내려왔을 때부터 콸콸콸 물 흐르는 소리가 지축을 울릴 지경이었다.

아니나 다를까, 그들이 산 아래에 도착했을 때, 무섭게 불어난 강물이 그들을 맞이하고 있었다. 물살에 나무다리가 쓸려 내려간 모양이었다. 이 강만 건너면 마을인데, 낭패도 이런 낭패가 없었다.

그 모습을 눈으로 좇던 나무꾼이 고개를 저었다.

"스님, 여기는 글렀소이다그려. 저 위쪽 상류로 올라가서 물이 얕은 곳으로 건너야겠소."

스님도 고개를 끄덕였다.

"그리 합시다. 위험은 피하고 보는 것이 상책이지요."

"흥! 그것 봐! 내 말이 맞지? 아까 그길로 갔으면 훨씬 빨랐을 텐데…."

그러고 보니, 아까 갈림길에서 나무꾼의 아내가 했던 말이 이것인 것 같아 조금 미안한 마음도 들었다. 그쪽으로 내려갔으면 바로 상류로 갔을 것이다. 하지만 이상한 점도 있었다.

'그녀는 어떻게 이곳 사정을 미리 알았단 말인가?'

일행이 이각(일각:15분) 정도나 걸어서 이미 어둠이 짙게 깔린 강 상류에 도착했다. 이곳도 물살이 빠르기는 매한가지였지만, 유량이 적어 건너기에 훨씬 수월해 보였다.

"여기는 깊은 곳이 어른 목 아래 정도지요. 지금은 물이 차서 좀 위험하지만 건널 만은 할 거요. 우리 대사께서는 자맥질을 할 줄 아시오?"

그 물음에 젊은 스님이 빙그레 웃었다. 모처럼 자신이 잘하는 순서가 왔기 때문이었다.

"소승의 고향 집이 강가 근처였습니다. 어릴 때부터 자맥질은 좀 했지요."

"그럼 됐소이다. 더 늦기 전에 후딱 건넙시다."

말을 마치자마자 나무꾼이 상의를 벗기 시작했다.

스님은 그의 아내까지 있는데 옷을 벗는 것이 내키지 않았지만, 한 치 앞도 보기 힘든 밤이라 용기를 내어 옷을 벗어제꼈다. 그것들을 바랑에 넣고 나서 그는 색심(色心)을 막고자 염불을 외우며 일부러 나무꾼 부부 쪽은 눈길도 주지 않고 강물로 달려갔다.

'풍덩!' 하고 차가운 강물에 뛰어들자 몸이 부르르 떨렸다. 큰 스님의 가사가 든 바랑을 머리 위로 올려 왼손으로 부여잡고 두 다리와 오른팔만으로 물살을 저어 앞으로 나아 갔다.

문득 뒤를 돌아보니, 나무꾼도 옷을 벗어 가죽행낭에 넣 고는 첨벙첨벙 어두운 강물로 달려가고 있었다. 특이한 것은 그의 아내가 그의 어깨 위에 목마를 타고 앉은 것이었다.

'아무리 물질을 잘해도 저러면 버티지 못할 텐데?'

강물이 소용돌이치며 제멋대로 바닥에 깊은 구멍을 만들 고 있었다. 혼자도 힘든데 '아차' 하면 부부가 같이 바닥으로 침몰할 것 같아 걱정이 앞섰다. 하지만 너무나도 태연한 사 내의 표정에 걱정을 접어두었다. 지금은 자기부터 먼저 챙겨 야 할 판이었다. 어린 시절 자맥질하던 실력으로 강물로 뛰어 든 스님은 물 위로 목을 내놓고 사지를 휘저어 물살을 갈랐 다. 강폭이 그리 넓지 않아 스님은 오래지 않아 반대편 강가 에 닿을 수 있었다. 하도 헤엄을 잘쳐, 그의 어린 시절 별명이 '물자라'였으니, 아직 그 실력이 녹슬지 않았다.

몸을 떨며 문득 강 저쪽을 보니 나무꾼이 강물 위로 머리 만 내놓은 모습이 보였다. 보아하니, 헤엄은 아니고 그냥 바 닥을 걷고 있는 것으로 보였다. 그런데 그의 아내의 행보가 기이했다. 그녀는 그의 어깨 위에 앉아서 까불까불 몸을 좌우로 흔들고 있었다. 나무꾼이 힘이든지 양볼을 터질 듯 부풀리며 가쁘게 숨을 몰아쉬고 있었다.

달빛 아래 그녀의 몸이 더욱 크게 보였다. 기이하게도 조금 전까지 어린아이 같던 모습이 사라지고 갑자기 농염하고 성숙한 여인의 모습으로 보였다. 스님은 손으로 눈을 비볐다.

"하나 하면 하품 나오고,"

그녀의 늘씬한 두 다리가 나무꾼의 목을 단단히 휘어 감았다.

"두이(둘) 하면 눈이 감기네."

아내가 하얗고 긴 두 손으로 나무꾼의 두 눈을 가렸다.

"서이(셋) 하면 사지(가) 풀리고"

기운이 빠진 나무꾼이 허우적거리고 있었다.

"너이 하면 잠이 오네!"

팔다리를 허우적대던 나무꾼이 갑자기 물밑으로 쑥 가라앉았다. 그의 머리 위에 앉아 있던 여인이 이쪽을 쳐다보았다. 그녀는 두 손으로 나무꾼의 머리 꼭대기를 물속으로 힘껏 밀어 넣으며 노래를 하고 있었다.

"오늘은 밥을 먹네! 맛있는 간을 먹네!"

"시주! 시주! 어쩐 일이오? 무탈하오?"

하지만 나무꾼은 다시 떠오르지 않았다. 그의 목 위에 올라타 있던 아내가 스님을 보고 섬뜩하게 웃었다. 그러더니 물속으로 녹아내리듯 가라앉았다.

젊은 스님은 앞뒤 가릴 틈도 없이 바로 물속으로 뛰어들었다. 그는 최대한 빨리 손발을 놀려 나무꾼에게 다가갔다. 그가 가라앉은 자리에는 아무것도 없었다. 아마 바닥을 밟으며 걷다가 깊은 구멍에 빠진 것 같았다.

"흐읍!"

숨을 들이마시고 스님은 물속으로 자맥질해서 들어갔다. 어두운 강물 속에는 아무것도 없었다.

깊은 곳으로 내려가서 아무것도 안 보이는 깜깜한 물속에서 스님은 최대한 손발을 휘저었다. 뭐든지 하나 손끝에 걸리기를 바랐다. 그때였다. 그의 바로 앞에 희끄무레한 형태가 보였다. 아무리 봐도 나무꾼의 아내가 입었던 옷 색깔이었다. 그쪽을 향해 헤엄쳐 나아갔다.

막 거기에 손을 대려는 찰나, 갑자기 고개가 획 돌면서 하얀 얼굴이 스님을 향했다. 나무꾼의 아내가 길게 찢어진 입으로 웃고 있었다. 그 입이 양쪽 귀까지 찢어지더니 작고 날카로운 가지런한 이빨들이 당장에라도 물것처럼 활짝 열렸다. 하지만 스님은 숨을 놓지 않았다. 손으로 입을 막아 필사적으로 숨을 지켰다. 물속에서 숨을 놓치면 바로 죽음이라는 사실을 그는 잘 알고 있었다.

'어이쿠! 이 물건이 바로 여우 귀신이로구나!'

이것은 일부러 그를 해치려 하고 있다.

구름에 가렸던 달이 나오며 강물 아래로 밝은 달빛이 비쳤다. 그 순간 여인이 깜짝 놀라며 어두운 바닥으로 꾸물꾸물 헤엄쳐 사라졌다. 스님이 그녀가 사라진 아래를 보자, 달빛 아래 어렴풋이 사람 그림자가 비쳤다. 이제 입속의 숨도 얼마 남지 않았기에 스님은 필사적으로 아래로 내려갔다. 생각보다 훨씬 넓고 깊은 구덩이였다. 구덩이 가장 아래쪽에 도달했을 때쯤, 다시 비친 달빛에 그 모습이 모두 적나라하게 드러나 보였다.

몇 구인지 셀 수도 없는 시신들이 물속에 떠 있었다. 발목이나 몸이 물풀에 묶인 채, 물살의 흐름에 따라 이리저리 흔들리고 있었다. 하나같이 복부에 큰 구멍이 뚫려 있었다. 바로 간(肝)이 있는 위치였다! 그중에서 아직 배에 구멍이 없는 사람의 모습이 보였다. 바로 나무꾼이었다. 아직 그의 코에서 작은 거품이 나오고 있었다. 저 숨이 끊어지면 다시는 살리지 못한다! 스님은 그에게로 헤엄쳐가서 나무꾼의 발목에 엉킨 물풀을 풀어냈다. 아무리 해도 잘 풀리지 않자, 나무꾼 행낭 속의 도끼가 생각났다. 그는 서둘러 그의 짐 속에서 도끼를 꺼내 물풀을 잘라냈다. 나무꾼의 발목이 풀리자, 그는 도끼를 팽개치고 나무꾼의 뒷덜미를 쥐고 물 위로 헤엄쳐 오르기 시작했다. 조금만 더 가면 숨을 쉴 수 있다! 달빛이 구름 사이로 숨자, 어두워져 사방이 분간 안 되는 짙은 어둠 속에서 스님은 나무꾼을 끌어당기며 필사적으로 위로위로 헤엄쳐 올라갔다. 평생, 이렇게 힘을 써본 적이 없었다. 그런데 그때, 갑자기 나무꾼의 몸이 무거워졌다. 뭔가가 물속에서 끌어당기는 느낌이었다. 아래를 내려다보자, 나무꾼의 발목을 잡고 있는 하얀 손이 보였다. 그의 아내였다.

"내 고기다!"

여인은 귀까지 찢어진 입을 쩌억 벌리며 물 듯이 달려들었다. 스님은 순간, 목에 건 염주를 풀어 그녀를 향해 던졌다. 하얀 것이 깜짝 놀라 손을 놓친 틈에 젊은 스님은 사력을 다해 위로 솟구쳐 올랐다.

"못 간다. 이놈!"

하지만 다음 순간 커다란 입을 벌린 여인이 스님에게 달려

들며 나무꾼의 팔을 붙잡았다. 사내를 사이에 두고 양쪽에서 힘겨루기가 시작되었다. 스님은 절망했다. 자신의 숨이 얼마 안 남았기 때문이다. 더구나 이미 코에 숨이 없는 나무꾼은 조금만 더 지체해도 영영 불귀(不歸)의 객이 될 것이 분명했다. 그는 마지막 사력을 다해서 나무꾼을 잡아끌었다. 그때였다. 구름이 열리며 밝은 달빛이 강속으로 비춰 내렸다. 바닥까지 훤히 보일 정도로 밝은 빛이었다.

"악!"

여인이 손을 놓더니 눈을 가리며 바닥으로 내려갔다.

그 틈에 스님은 나무꾼을 뒤에서 끌어안고 물 위로 올라갔다.

"커억! 쿨럭쿨럭!"

숨을 들이마시며 폐에 들어간 물을 토해냈다. 그는 물길에 휩쓸려 내려가며 죽을힘을 다해 헤엄쳤다. 그리고 물가에 도달해서 나무꾼의 상투를 잡고 물가로 끌어올렸다.

"쿨럭! 쿨럭!"

나무꾼이 물을 토하며 기침을 했다. 스님도 잔뜩 마신 물로 헛구역질을 해댔다. 텅 빈 강변에 두 남정네의 토악질 소리만 크게 울려 퍼졌다.

"스님, 쿨럭! 스님이 나를 구했소?"

나무꾼이 숨을 몰아쉬며 물었다.

"말하였잖소? 쿨럭! 소승이 자맥질을 좀 합니다. 쿨럭!"

스님이 물을 뱉어내며 대답했다.

"시주님! 그런데 그 여인은 도대체 누구였소? 아내가 아니었소?"

"예?"

나무꾼이 헛구역질을 하며 되물었다.

"무슨 여인 말이오? 스님! 나한테서 뭐를 보셨소?"

"처음 봤을 때부터 시주 옆에 아리따운 처자가 붙어있었습니다. 모르셨소?"

"이런, 망할!"

나무꾼이 욕을 내뱉었다.

"보름 전인가, 산에서 여우에 홀린 사내 하나를 구해준 적이 있었소. 절벽에서 뛰어내리려던 것을 잡아주었는데, 이제 보니 그 여우가 나한테 붙었나 보오!"

"나무아미타불!"

그 순간 스님은 모든 것이 생각났다.

사람들은 말했다. 여우고개는 여우 귀신이 사는데 한번

홀리면 죽을 때까지 떨어지지 않는다고.

젊은 스님은 조용히 입을 다물었다.


두 사람은 몸을 추스르고 마을로 내려갔다. 주막에 도착해서 스님은 주모에게 돈을 주며 부탁해 방에 군불을 때서 나무꾼을 재우게 했다. 그는 오한이 나서 심하게 몸을 떨고 있었다. 그가 깨어나면 따끈한 국물도 한 사발 내어주라 일렀다.

그리고 스님은 곧바로 마을, 신도의 집에 머물고 있는 큰스님을 찾아갔다.

마을 최고 부자인 김 진사댁은 이미 제사준비를 마치고 대문을 활짝 열어놓은 채 등롱까지 걸어놓아 찾기가 쉬웠다. 문 앞에서 일하는 하인에게 스님을 뵈러 왔다고 말하자 놈은 얼른 그를 안으로 맞아들였다.

다른 스님들과 마당에 나와 있던 큰 스님이 젊은 스님을 반갑게 맞이했다.

"그래, 오는 길에 고생이 많았구나."

"아니옵니다. 소승, 할 일을 했을 뿐입니다."

"그래, 그래. 수고가 많았다."

스님이 길게 자란 턱수염을 만지며 고개를 끄덕였다. 젊은 스님은 마음이 뿌듯했다. 온갖 어려움을 헤치고 임무를 완수한 자신이 대견하기만 했다. 긴장이 풀리자 자기도 모르게 노곤해지며 하품이 나왔다.

그때였다.

"그런데 말이다."

큰스님이 날카로운 눈으로 노려보며 물었다.

"너한테 매달려 있는 저 여인은 대체 누구인고?"

*하나 하면 하품 나오고,*
*두이(둘) 하면 눈이 감기네.*
*서이(셋) 하면 사지(가) 풀리고*
*너이 하면 잠이 오네!*

-끝-

## 책셰프
## 정가일의 말

마침내 신데렐라 포장마차 시리즈가 5권으로 완결됐습니다.

1권이 나온 지 6년이라는 세월이 흘렀고 기획단계인 3년을 포함하면 총 9년 만에 완결된 것입니다.

원래 신데렐라 포장마차는 총 10권 정도의 분량으로 기획되었습니다. 하지만 현실적인 어려움으로 인해 5권으로 마무리를 지었습니다.

아쉬움이 많지만 그중 가장 아쉬운 점은, 김건이 기억을 회복하고, 오레온이 기상천외한 방법으로 감옥을 탈출하는 장면을 그린 〈기억학교〉를 건너뛰고 바로 마무리를 지었다는 점입니다.

5권의 내용이 4권과 이어지지 않는 느낌을 받으셨다면 바로 이 때문입니다. 사죄드립니다.

이 9년 동안 저 개인은 놀라울 정도로 아무 변화가 없었습니다. 그때와 비교하면 아직도 무명이고 여전히 가난합니다.

십 년 동안 다섯 권이나 책을 내고도 이렇게 무명인 경우는 전 세계에 별로 없을 것입니다. 일종의 재능일까요? 자부심을 가져봅니다.

되돌아보면 1권부터 5권까지 단 한 권도, 아니 단 한 문장도 편하고 자유롭게 글을 써본 적이 없습니다. 매 순간이 갈등과 번뇌, 좌절의 연속이었죠.

하지만 그 많은 문제와 난관을 이겨내고 마지막 권을 완결시켰을 때 저는 제 인생의 퍼즐 한 조각을 완성한 느낌이 들었습니다. 이렇게 힘들 때 해냈으니 앞으로도 어떻게든 해나가겠죠.


오랜 시간 동안 이 책의 출판을 맡아주신 도서출판 들녘에 깊이 감사드립니다. 이 책의 성공 여부를 떠나서 이 책은 저에게 아주 의미가 큽니다.


제 책에 나오는 오종환 박사의 실제 모델이시며, 이 책의 법의학 부분을 감수해주신 전 국과수 원장 최상규 박사님께 깊은 감사를 드립니다.

30년 전, 소설가를 꿈꾸는 청년의 유치한 질문에도 친절하게 답변해주신 박사님의 그 자상함이 오늘 저를 한 사람의 소설가로 이끌어주셨습니다.

　　어려운 여건 속에서도 격려와 응원으로 저를 지지해주신 아버지께 깊이 감사드립니다. 비록 상업적인 성공은 못 했지만, 인생의 쓴맛을 보는 데엔 성공했습니다.

　　힘들다고 하소연할 때마다 너만 힘드냐고 때리고 짜증 내며 저를 강하게 두들겨준 제 아내에게도 일종의 감사를 드립니다. 이런 것이 바로 우주의 균형이겠죠.

　　그리고 제 책을 사주신 독자들께 깊이 감사드립니다.
　　여러분의 힘든 삶에서 제 책이 잠깐의 휴식이 되었기를 바랍니다.

　　*Bon appetit*!